《고통의 해석》은…

근현대에 활약했던 독일 대문호들의 빼어난 단편들을 ~~~~~~~~~~ 분석과 풍부한 해설로, 인간의 고~~~~~~~~~~~~~~~~~~~~~~~~~~~~~ 중등교육기관 김나지움의 교과서~~~~~~~~~~~~~~~~~~~~~~~~~ 완성도 높은 19개 단편을 선택해 ~~~~~~~~~~~~~~~~~~~~~~~~~~~ 사회학·종교학을 넘나드는 통합적

이 책이 단편소설만을 대상으로 한 것에는 특별한 이유가 있다. 단편은 우리가 늘 접할 수 있는 평범한 사람들의 일상을 소재로 삼고 있으면서도, 짧은 형식 속에 장편소설 못지않게 인생의 깊은 의미와 가르침이 함축적으로 녹아 있기 때문이다. 작품에 나타난 세계가 독자의 눈에는 비현실적으로 느껴질 수도 있으나 작가들의 입장에서는 진정한 '현실'의 기록이다. '비현실'로 보이는 세계가 실제로는 작가가 독자들에게 '진짜 현실'을 볼 수 있도록 제시한 한 방법인 것이다. 따라서 이 책에 등장하는 이야기들은 독일 문학의 특성을 잘 농축해 보여줄 수 있는 다양한 형식과 주제를 포함할 뿐만 아니라 독일인 특유의 사고방식과 생활감정을 구체적으로 공유하고, 단편소설의 독특한 스타일과 문제의식까지 두루 담고 있다.

문학작품을 이해하고 해설한다는 것은 작가가 살았던 시간과 공간 속에 녹아 있는 이상을 파악하고 그것이 독자의 시대에서 어떻게 변화된 의미로 새롭게 형성되는지를 살펴보는 것이다. 그런 의미에서 독일 대문호들의 삶과 이상이 고스란히 담긴 이 이야기들은, 변해가는 시대와 함께 인간 존재에 대한 새로운 해답을 찾기 위해 고군분투하는 우리에게 늘 열려 있는 질문으로 매순간 깨달음을 선사할 것이다.

고통의 해석

Analyse des Leidens

고통의 해석

1판 1쇄 인쇄 2015. 3. 10.
1판 1쇄 발행 2015. 3. 16.

지은이 이창복

발행인 김강유
책임 편집 임지숙
책임 디자인 안희정
제작 김주용, 박상현
제작처 민언프린텍, 금성엘엔에스, 대양금박, 정문바인텍
마케팅부 김용환, 김재연, 박제연, 박치우, 백선미, 김새로미, 고은미, 이헌영

발행처 김영사
등록 1979년 5월 17일 (제406-2003-036호)
주소 경기도 파주시 문발로 197(문발동) 우편번호 413-120
전화 마케팅부 031)955-3100, 편집부 031)955-3250
팩스 031)955-3111

값은 뒤표지에 있습니다.
ISBN 978-89-349-7026-2 03850

독자 의견 전화 031)955-3200
홈페이지 www.gimmyoung.com
이메일 bestbook@gimmyoung.com

좋은 독자가 좋은 책을 만듭니다.
김영사는 독자 여러분의 의견에 항상 귀 기울이고 있습니다.

이 도서의 국립중앙도서관 출판시도서목록(CIP)은 서지정보유통지원시스템 홈페이지
(http://seoji.nl.go.kr)와 국가자료공동목록시스템(http://www.nl.go.kr/kolisnet)에서
이용하실 수 있습니다.(CIP제어번호 : CIP2015007019)

위대한 작가들이 발견한
삶의 역설과 희망

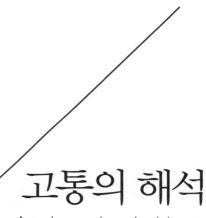

고통의 해석
Analyse des Leidens

이창복

김영사

| 일러두기 |

1. 이 책의 주註는 미주로 처리했으며, 주의 번호는 각 장章별로 시작했다.
2. 외국어 표기는 내용의 이해와 강조를 위해 필요한 경우에만 병기했으며, 작품명에는
   처음에 한해 병기했다.
3. 작가의 작품과 잡지, 연극에는 《 》 부호를, 신문과 보고서에는 〈 〉 부호를 사용했다.
4. 인용문에는 " " 부호를, 강조하는 부분에는 ' ' 부호를 사용했다.

인생은
고통에서 양분을 얻는다

인생은 달리기 경주와 같다. 우리는 있는 힘을 다해 10여 초를 달린 후에 숨을 헐떡이면서 퍼져버리는 100m 경주의 주자가 되지 말고 삶의 마지막 순간까지 달리는 마라톤 경기의 주자가 되어야 한다. 그러려면 넘어야 할 수많은 고통이 있다. 그러나 우리는 그 고통에서 삶의 양분을 얻을 수 있는 노력과 지혜를 가져야 한다.

'인생은 고통에서 양분을 얻는다.' 독일의 문호 프리드리히 횔덜린의 말이다. 내가 매년 봄 학기 첫 시간에 대학 신입생들에게 꼭 들려준 말이기도 하다. 앞의 글은 내가 중학교 3학년 때 전근 가시는 체육 선생님에게서 들은 것이고, 후자는 대학 다닐 때 우연히 읽은 것이다.

지극히 평범한 내용들이다. 그러나 일찍이 괴테도 "나는 고통을 겪으면서 많이 배웠다"[1]고 말했고, 카프카도 우리가 겪지 않을 수 없는 "이 세상의 모든 괴로움을 통해서 발전한다"고 말하지 않았던가.[2] 이것은 우리가 그 평범한 것들을 어떻게 받아들이고 이해하고 생각하느냐에 따라서 귀중한 가치를 지니게 된다는 뜻이다. 진리란 어려운 책 속에만 있는 것이 아니라 보고 감지할 수 있는 모든 것들에 내재해 있다. 다만 우리가 그것을 보지 못할 뿐이다. 그래서 세상을 보는 혜안이 필요하다.

위의 두 글은 내 삶을 지금껏 이끌어온 지극히 평범한, 그러나 나에겐 아주 귀중한 진리가 되었다. 두 번의 전쟁을 체험한 나의 세대는 극도로 빈곤했다. 나 역시 지독한 가난 속에서 청소년 시절을 보냈다. 이제 80세를 바라보는 인생의 황혼기에서 내 삶을 버릇처럼 반추하면 삶의 긴 실타래에 맺힌 여러 가지 고통의 매듭들이 지금도 이따금 부지중에 되살아나고, 그때마다 후회와 부끄러움이 가던 발걸음을 잠시 붙들기도 한다. 나는 지금 어려울 때마다 안일 속에 계속 안주하려는 타성을 깨고 극복의 용기와 지혜를 준 나의 평범한 진리에 감사하고 있다. 나는 어떻게든 지금까지의 '나'로부터 벗어나서 바깥세상으로 떠나는 모험을 해왔다. 상상만 하지 않고 실천해왔다.

그 실천의 시작은 독일 유학이었다. 고등학교 교사직을 버리고 150달러(1965년 당시에는 정규 유학생에게 50달러만 환전해주었다. 100달러는 암시장에서 환전했다)를 쥐고 배를 타고 독일로 유학을 떠날 때 우리 형제들은 부산의 어느 여관에서 약속했다. 나는 1년 후에 밑의 동생을, 그리고 그는 막냇동생을 독일로 데리고 올 것을. 고통과 시련은 컸지만 그 약속은 지켜졌다. 그 사이에 큰형님이 독일 학술 교류처DAAD 장학금으로 오게 되어, 마침내 독일에서 네 형제의 공부가 시작되었다. 모두가 철학, 독문학, 언론학, 미술 분야에서 학위를 취득하고 교수로서 정년퇴임을 했다. 그 막내가 《새로 만든 먼나라이웃나라》의 이원복 교수이고, 이 책에 기꺼이 삽화를 그려주었다.

자랑하는 것 같은 말이 몹시 쑥스럽다. 그러나 여기에는 자랑스러워 보이는 포장 속에 숨겨 있는 평범한 진실을, 즉 소박하지만 스스로 만족할 수 있는 한 인생이 시련과 고통에 의해서 이루어졌다는 작은 체험을 독자들과 함께하고픈 나의 소망이 스며 있다. 나의 삶이 '인생은 고통에서 양분을 얻는다'는 횔덜린의 말에 대한 한 예로 봐주었으면 하는 바람이다. 생명의 탄생에는 출산의 고통이 있고, 이 고통 없이 생명은 존재할 수 없다. 삶과 고통은 불가분의 표리다. 거친 돌이 갈리고 닦여서 보석으로 빛을 내듯이 고통은 생명의 꽃을 피우게 한다. 시인 서정주는 이러한 고통을 〈국화 옆에서〉에서 한 송이 국화꽃이 피어나는 것으로 비유했다. 인간도 식물도 모든 살아 있는 존재는 생명이 있는 한 반드시 고통을 겪어야 한다. '나는 생각한다. 고로 나는 존재한다'라는 데카르트의 명제가 변용된 의미로 나에게 다가온다. '나는 고통을 겪는다. 고로 나는 존재한다.'

그러니 아픈 것은 청춘만이 아니다. 무한경쟁 시대에서 어느 세대를 막론하고 꿈과 목표를 가진 모든 사람은 열정과 기대로 아플 수밖에 없다. 니체가 차라투스트라의 입을 통해 신의 죽음을 선언한 후에 신 대신에 인간이 행복론의 주체가 된 시대가 도래한 이후엔 더욱 그랬다. 더구나 오늘날 민주주의 시대에 사는 현대인은 누구나 노력하면 행복할 수 있다고 쉽게 믿는다. 그런데 현실은 그렇지 않다. 행복을 바라는 개인의 마음과 불행한 현실 사이의 괴리가 크기 때문에 행복에 대한 스트레스에 시달릴 수밖에 없다. 그렇다고 누구나 마냥 아파만 할 수 없다. 세상의 다양한 시련과 위기와 고난에 대처하는 지혜가 치유의 방법으로 필요했다. 그래서 몇 년 전부터 힐링문화가 범람하기 시작했다. 비록 그것이 시대적 경향이라 해도 청년층은 물론이고 장년층과 노년층을 대상으로 힐링과 멘토링의 비슷한 내용이 다양한 제목들로 포장된 행복론의 서적들이 출판 시장을 독점하다시피 한다.

물론 이 도서들이 사회적·경제적으로 불안한 의지할 데 없는 젊은 층에게 따뜻한 격려와 위로의 역할을 하는 것은 부인할 수 없지만 그 부작용도 간과해서는 안 된다. 아프지 말고 행복해라, 열이 있으면 해열제를 먹으라는 식의 지극히 추상적이고 들으나 마나 한 지루한 일반론에 아프고 지친 젊은이들은 쉽게 그들의 어려운 상황을 대입시키고 그것에서 위로와 해답을 얻었다고 생각한다. 그러나 그것은 일시적·개인적·자족적인 위로와 해답일 뿐이며 근본적인 대책이 되지 못한다. 결정적으로 오늘날 유행하는 힐링 도서들에는 아픔의 근원적인 치유에 필요한 전문적 지식과 올바른 사유가 결여되어 있기 때문이다. 그럼에도 불구하고 힐링 서적은 시대적인 유행과 맞물려서 내용의 질적 문제와는 관계없이 독서 시장을 잠식하면서 인문학 분야의 다양한 도서에 대한 대중의 관심을 위축시키고 있다. 따라서 유행이 된 힐링은 올바른 치유와는 거리가 먼, 오히려 치유되어야 할 사회적 병증의 한 현상으로 보인다.

이제 올바른 치유를 위해서 제대로 된 진단과 처방이 절실하다. 아픔의 현상들에 대해 연민과 위로를 하기보다는 아픔의 이유에 대한 통찰과 사유를 불러일으키기 위해 치유의 목적과 방법에 질적인 변화가 있어야 한다. 약의 효과는 표피의 단맛에 있지 않고 약제의 쓴맛에 있는 것처럼, 우리의 삶을 견고하게 하는 올바른 힐링의 효과는 다분히 감상적인 위로나 멘토링 그 자체에서 나오는 것이 아니라 다양한 독서와 사회적 경험을 통한 독자의 자율적 인문학적 사유에서 나온다. 물론 고통과 고난에 찬 삶 속에서 행복과 위로를 갈구하는 개인들이 많은 한, 힐링 도서 역시 인간을 탐구하는 학문인 인문학의 범주에 속한다고 할 수 있으나, 힐링이나 멘토링에는 사회과학적 합리성과 인문학적 상상력을 일으킬 수 있는 역량이 부족하다.

다행히 요즘 인문학이 새롭게 활기를 띠고 있다. 모든 연령층을 위한 인문학 강의가 경쟁이라도 하듯이 열린다. 사실 마르크시즘의 영향이 대단했던 19세기 이래로 최근까지 인문학의 정신은 경제적인 것에 지배되어 왔을 뿐만 아니라 효율성을 내세운 과학기술에 밀려 점차 학문의 주변으로 밀려나면서 인문학이나 사회과학은 사회의 발전과 변화를 위한 해법을 제시하는 데 부족했다. 그러나 그런 시대가 지금 빠르게 변하고 있다. 젊은 세대도 존재적 위기의 본질을 '경제적인 것'에서보다 '사회적인 것'에서 보고 자신의 존재적 가치를 경제적인 가치로만 환원시키려 하지 않는다. 그들이 추구하는 '치유'의 주목적에서도 질적인 변화가 나타나고 있다. 그래서 지금은 인문학이 절실한 때이고, 현 사회는 인문학의 튼튼한 기초 위에서 합리적인 성숙한 사회, 생각하는 건전한 사회로 발전해야 한다.

문학, 역사, 철학, 예술을 포괄하는 인문학은 인간의 삶의 길을 탐구하는 학문으로서 지성의 본산이다. 특히 문학은 혼란한 사회에서 인간적인 것을 정서와 오성의 힘을 빌려 언어로 서술한다. 그리고 한 시대의 인간적인 것이 문학을 형성한다. 독일의 노벨 문학상 수상자인 하인리히 뵐은 '문학과 예술은 인간화의 수단'[3]이기 때문에 우리는 문학과 예술을 존중해야 한다고 말했다. 그의 말은 놀랍게도 최인훈의 《바다의 편지》에서 반복된다.

사회의 모든 악은 사람들이 어른이 되면서 문학을 접하지 않은 데서 시작한다. 문학의 기쁨을 모르면 사회는 썩고 사람은 간사스러워진다. 문학을 통하여 사람은 사람이 되는 것이다.[4]

문학은 인간에 대한 박애의 전달 수단이며 그래서 우리 마음의 병을 다스리는 치유의 수단이다. 그러기 위해 우리는 문학작품을 읽고 스스로를 성찰해야 한다. 이 책이 시도하고 있는 해설은 이 목적을 위한 것이다.

모든 문학작품은 언제나 청자나 독자와 무관하지 않은 어떤 인물이나 특별한 상황을 알리고 표현함으로써 작가와 독자를 공동의 관심사로 연결한다. 이때 독자는 작가에 의해 계획되고 표현된 인물과 세계를 더 이상 '문학적', 즉 '허구적'이 아니라 '현실적' 사실로서 체험하게 된다. 그럼으로써 독자는 문학작품에서 자신에게 모범으로 보여준 것을 선先 체험하게 된다. 이 과정에서 독자는 주인공과 동일해지고, 작품은 독자가 무엇이 되어야 하는지를 말해준다. 더 나아가 작가는 하나의 전체 계층, 전체 계급, 전체 국민 또는 아직 존재하지 않은, 미래에 상상되는 군중에게 호소하고 싶어 한다. 작가는 자신의 작품이 전문인들이나 지식인들의 높지만 좁은 범위에서보다 광범위한 일반 독자들에게서 큰 호응을 얻길 바란다. 그런데 대중을 위한 문학의 경향은 독자에게 장단점의 이중적 영향을 미친다. 즉 대중문학의 다양한 독서물의 증가는 평범한 독자들에겐 보다 좋은 가르침을 얻을 수 있다는 장점이 있는 반면, 문학이 지금까지 생각할 수 없는 규모의 대량 소비 상품으로 빠져드는 세속화의 위험한 상황으로 내몰린다는 단점도 가지고 있다. 따라서 증가하는 다양한 독서물 중에서 고난으로 삶의 꽃을 피우는 올바른 힐링을 알리는 좋은 작품을 독자들이 선택할 수 있도록 그들의 인식 능력과 작품 이해를 위한 명료한 해설이 어느 때보다도 절실하다.

이 책은 유명한 독일 작가의 단편만을 연구대상으로 삼았다. 거기엔 몇 가지 이유가 있다.

첫째, 단편 이야기는 우리가 늘 접할 수 있는 평범한 사람들의 일상을 소재로 삼으면서 짧은 형식 속에 장편소설 못지않게 인생의 깊은 의미와 가르침이 함축적으로 녹아 있기 때문이다. 따라서 작품 해설에는 시詩의 경우에서처럼 세밀한 분석이 전제된다. 대체로 문학작품을 이해하고 해설한다는 것은 작가가 살았던 창작의 시간과 공간에서 체험된 세계의 의미와 그 세계 속에 녹아 있는 작가의 이상을 파악하고, 나아가 그것들이 독자의 시대에서 어떻게 변화된 의미로 새롭게 형성되는지 되살펴보는 것이다. 따라서 한 작품을 이해하는 데는 작가의 생애와 시대적 배경, 언어와 문장 구조, 작가의 정서와 이념, 그리고 다양한 표현기법 등에 대한 광범위한 연구가 필요하다.

둘째, 독자와의 공동 연구를 위한 것이다. 문학작품의 이해에는 무엇보다도 작품을 반복해서 집중적으로 읽는 것이 중요하다. 그렇지 않을 경우 많은 해설서들이 그러하듯, 한 문학작품의 의미는 그 작품을 읽지 않은 독자들에게 추상적으로, 그것도 일방적으로 전달된다. 수준 높은 독서의 메커니즘은 그리 단순하지 않다. 제일 먼저 해설은 작품에 대한 독자의 사고에서, 즉 독후감에서 시작해야 한다. 그럼으로써 독자는 스스로 단어와 문장을 이해하고, 자신의 지식을 더해서 작품 내용을 분석하고 종합해서 상징이나 메타포에 은닉된 의미를 찾아 자신의 것으로 만드는 창의적인 사고를 할 수 있다. 그 후에야 비로소 그것을 다른 해설들과 비교하고 비판할 수 있다. 그러기 위해서 독자는 연관된 책을 읽어 '배경지식'을 늘리고 사고력을 향상시켜야 한다. 이 과정에서 독자는 자신이 모르는 세상을 새롭게 체험하고 삶의 지혜를 터득하게 되며 자신의 꿈을 찾아가는 숨겨져 있는 길과 기회를 발견하게 된다. 이런 의미에서 문학은 유행하는 힐링 도서들과는 달리 스스로 삶을 더욱 풍성하게 만드는 올바른 힐링과 멘토링의 수단이라는 것이다.

셋째, 이 책의 단편들은 거의가 독일 김나지움의 교과서에 실려 있는 것이다. 독일 학생들은 김나지움 시절부터 수준에 맞는 문학작품들을 단순한 내용 요약의 차원이 아니라 자신의 생각과 평소 쌓아올린 지식을 바탕으로 해설하도록 훈련을 받는다. 그래서 그들은 독해력과 언어 사고력뿐만 아니라 논리력도 향상시키고, 나아가 다른 과목들에 대한 이해와 흥미를 증진시킨다.

우리나라에서도 논술시험은 대학 입학 수험생들에게는 넘어야 할 큰 산이다. 논술만큼은 결코 암기와 같은 벼락공부로 해결되지 않는다. 시험의 목적이 논리력과 사고력의 평가에 있기 때문이다. 독후감 쓰기, 배경지식 늘리기, 사고력과 논리력 향상시키기 같은 교육이 독일에서처럼 우리나라에서도 실시되어야 한다. 이것은 비단 대학 입시의 논술고사나 입학사정 제도에 대비하기 위한 것만은 아니다. 독서는 우리에게 풍부한 지식과 인식의 기쁨을 주고, 우리를 다른 사람과 달리 만들기 때문이다. 그런데 오늘날의 과속과 과잉 시대가 우리에게 가져다주는 문명의 피해는 책을 읽지 않고 사색하지 않는 지적 행위의 결핍이다. 이 책에서 독자와 함께 문학작품을 해설하려는 시도는 바로 이런 문제를 해결하기 위해, 더 구체적으로 말해서 논리적 사고력과 분석적 독해력의 향상을 필요로 하는 논술 준비생들이나 수준 높은 독서활동을 지향하는 독자들을 위해 아주 작지만 그래도 보람 있는 일이다.

인간은 시대의 변화와 발전과 함께 살아가기 때문에 문학과 예술은 밝은 미래를 위해서 현실을 비판하고 역사를 진전시키는 역할을 하고자 했다. 그 역할에 대한 질문은 오래되었지만 시대의 변화와 함께 늘 새롭게 열려 있는 질문이 되기 때문에 숱한 논쟁에도 불구하고 명확한 정답을 찾지 못하고 있다. 그러나 한 가지 우리가 문학에 감사해야 하는 것은 문학이 좁은 현실을 확대시키고, 우리가 체험하지 못한 다양한 가능성을 체험하게 만든다는 것이다. 독서에는 과거가 존재하지 않는다. 문학작품은 각 개인에게 지나간 그리고 다가오는 미래의 시대들을 자신의 것으로서 열어주고, 접근하기 어려운 세상의 내면 공간을 전달해준다. 즉 문학작품은 그 작품에서 묘사된 시대를 현재로 옮기고, 말없는 현실을, 우리에게 맡겨진 현실에 대한 반항을 환상의 자유로운 권리로 간명하게 표현한다.

이 책에서 시도된 해설들은 독일 문학작품 속에 숨겨진 진실을 밝히는 방법의 한 예를 보여주기 위한 것이지만, 부족한 것에 아쉬운 마음이 크다. 문학작품에 관심이 있는 분들에게 작으나마 도움이 될 수 있기를 바란다.

2015년 봄
개포동 서재에서
이창복

차례

01

숨겨진 진실을 비추는 세상의 거울

요한 페터 헤벨
Johann Peter Hebel

1760~1826

"헤벨은 가장 순수하게 세상을 바꾸는 최고의 연금술사다."

Johann Peter Hebel

요한 페터 헤벨은 남부 독일의 슈바르츠발트에 있는 비젠탈이란 작은
도시에서 소박한 가정의 아들로 태어났다. 고향과 스위스의 바젤에서 성
장한 그는 목사가 되려고 신학을 공부했으나 꿈을 이루지 못하고 1771년
부터 카를스루에서 교사로서의 인생을 시작했으며 1808년에는 그곳
김나지움의 교장이 되었다. 학교에서 신학을 가르치고 바덴에서 복음교
회의 감독장이자 관리인으로 활동하면서도 민중의 계몽과 교육을 위해
창작활동을 게을리하지 않았다. 그는 알레만 지방의 방언으로 쓴《알레
만 방언 시집Alemannische Gedichten》을 1803년에 발표해서 유명해졌다. 그
는 연대기, 민중본에서의 오래된 이야기, 신문, 바덴 지방 달력과 연관된
일화들을 발췌해 그의 뛰어난 언어로, 그리고 넘치는 기지와 지혜로 모
든 연령층의 사람들에게 감동을 줄 정도로 새로운 이야기로 만들었다.
이 이야기들은《라인 지방에서 온 집안 친구의 보물상자Schatzkästlein des
Rheinischen Hausfreunds》란 제목으로 1811년에 출간되었다.《예기치 않은 재

《라인 지방에서 온 집안 친구의 보물상자》의 표지

회Unverhofftes Wiedersehen》를 비롯해서 앞으로 다루게 될 헤벨의 다른 작품들은 이 이 이야기책에 수록된 대표작들이다.

　헤벨은 문학사적으로 볼 때 낭만주의와 사실주의 사이의 시대에 살았으나 어느 사조에도 속하지 않았던 작가로서 그의 문학은 오히려 계몽주의 문학의 전통에 뿌리를 두고 있다. 계몽적·도덕적 교화를 위해 그의 이야기에 등장하는 인물들은 왕이나 귀족보다는 농부들, 광부들, 술집 주인들, 수공업자들처럼 실제로 살아가는 소박한 모습들로 묘사된다. 이 모습들에서 언제나 인본주의나 기독교 사상에 근거한 기본적인 인간관계가 소박하고 우아한 방법으로 그려지고 있다. 그의 문학세계는 지극히 인간적이다. 모든 사람은 인간이란 가치에서 똑같이 하나의 개인으로 취급된다. 그래서 그의 이야기들은 시대의 흐름을 뛰어넘어 수용되는 포용력을 가진다.

중요한 것은 헤벨이 전래된 이야기, 신문, 바덴지방 달력 등에서 얻은 세간의 소재를 계몽적-교육적 목적에서 '달력 이야기Kalendergeschichte'란 새로운 장르로 작품화했다는 것이다. 실제로 헤벨의 달력 이야기는 정교한 문학적 형성력과 언어 구사력으로 하인리히 폰 클라이스트, 프란츠 카프카, 베르톨트 브레히트, 하인리히 뵐과 같은 작가들에게 많은 영향을 주었을 뿐만 아니라, 이들의 작품들의 모범이 되었다.[1] 발터 벤야민은 헤벨을 향토시인으로 보려는 오류를 처음으로 지적하고 헤벨 문학이 향토예술의 제한된 한계를 넘어 민중문학의 새로운 장르를 개척했다고 보았다.[2] 그 새로운 장르란 헤벨의 '달력 이야기'를 의미한다. 그리고 이 책에서 다루게 될 작품들의 대부분이 이 장르에 속하기 때문에, 문학 형식으로서 '달력 이야기'의 특징에 대해 언급할 필요가 있다.

본래 '달력Kalender'은 일자, 주, 월, 연도를 교회나 기타 경축일, 농사나 일상생활에 필요한 표시와 함께 나타내는 표식이다. 단순한 일자 표시 이외에 달력은 점차적으로 날짜에 얽힌 전설과 역사적인 사실뿐만 아니라, 새롭고 진귀한 사건들을 알리는 기능을 가지게 되었다. 작가들은 이런 달력의 내용들을 민중의 교화를 위한 수단으로 사용했다. 달력은 순박한 민중의 호기심, 환상, 기적, 신앙과 같은 것을 만족시켜주었을 뿐만 아니라, 교회와 사회의 개선이나 미신 타파 등을 위한 투쟁의 수단도 되었다. 그래서 작가들은 이런 계몽적·교육적 목적을 쉽게 달성하기 위해 이 내용들을 재미있게 전달해야 했다. 여기에서 '달력 이야기'가 문학의 한 장르로서 발전하게 된다. '달력 이야기'의 장르적 조건은 이와 같은 전제하에서 첫째로 도덕적 교훈이 있어 순박한 민중을 계몽시켜야 하고, 둘째로 소재는 독자들의 호기심과 자극적인 것에 대한 즐거움을 유발해야 한다는 것이다. 따라서 특유한 사건이나 엄청난 불행과 같은 것이 즐겨 소재로 선택되게 마련이며, 사건의 시간은 현실성을 살리기 위해 화자의 현재 시간으로 옮겨진다. 마지막으로 이와 같은 것을 표현하기 위해서 언어 형태는 보고적이고 합리적이어야 하며, 서민적이고 문학적이어야 한다.[3]

그 당시 하층계급의 사람들은 성서와 찬송가, 그리고 약초지 이외에는 거의 읽을 책을 갖지 못한 상태여서, 달력은 이들에게 신문의 기능 외에도 읽을거리를 제공하는 유일한 수단이었다. 헤벨도 당시의 이런 상황을 잘 알고 있었기 때문에 민중의 교화를 위해 민중의 곁으로 가장 가까이 접근할 수 있는 방법으로 '달력문학'을 택했다. 다시 말해서 그는 달력에서 민중문학의 요소를 발견했다. 그래서 신문이나 우화집, 보잘것없는 민중본에서 내용 없이 베껴내는 것으로 달력을 채워서는 안 된다고 주장했다.[4] 대체로 문학적인 것은 소재의 허구적 생산과 같다고 말하지만, 헤벨은 주어진 소재의 예술적 변형과 완전한 형성에서도 문학의 창조적 업적이 있다고 보았다. 소재의 문학적 변천 과정에서 과거는 다시 현재로 되어야 하며 소재가 지닌 교육적·도덕적 진리는 독자들에게 흥미 있게 문학이란 당의정糖衣錠으로 포장되어야 한다는 것이다.[5]

이미 말했듯이, 헤벨에게서 '창조적'인 것은 생생한 신문기사처럼 이미 주어진 소재들을 문학적 이야기로 변화시키는 것이다. 그래서 헤벨의 이야기는 자유롭게 창작된 허구적 산물이 아니라 사실적이다. 소재의 문학적 형성 과정에서 헤벨은 가장 단순하고 밝으며, 매력적이고 사색적인 언어를 구사해서, 그의 달력 이야기는 대중적이고 교양적인 중간의 소리로 문화적 계층의 차이를 넘어서 배우지 못한 사람들에나 교양 있는 사람들에게 즐겁게 다가간다. 헤벨에 의해서 비로소 달력문학은 문학작품으로서 최고의 단계에 이르게 된다. 예를 들면, 이미 괴테는 《예기치 않은 재회》의 예술적 가치를 높게 평가해서 1810년 11월 중순에 한 모임에서 이 이야기를 낭독했으며, 그해 열렸던 서적 박람회에 출품된 42권 중에서 가장 우수하고 아름다운 작품으로 선정했다.[6] 이 이야기는 괴테가 극찬한 지 100여 년이 지난 후에 발터 벤야민, 에른스트 블로흐, 마르틴 하이데거, 테오도르 호이스 같은 사람들에 의해 재평가되었다. 벤야민과 블로흐는 헤벨의 달력 이야기 모음집인 《라인 지방에서 온 집안 친구의 보물상자》를 "독일 산문 금세공술의 가장 순수한 작품 중의 하나"라고 말했으며, 그중에서 《예기치 않은 재회》를 "세계의 가장 아름다운 이야기"라고 극찬했다.[7]

헤벨의 문학에서 도덕은 하나의 창작 수단이었다. 즉 이야기에서 교훈적·교육적 내용의 속담이나 도덕적 명제들이 낱말 그대로 받아들여지지 않고 때로는 개념적이거나 추상적으로, 때로는 포괄적이거나 상반적인 이중의 의미로, 또는 의미심장하게 간접적으로 표현되고 있기 때문에, 이들 속담이나 도덕은 독자들로 하여금 이야기 속에 숨겨진 의미를 생각하게 하는 수단이 된다. 이런 의미에서 진리가 문학적으로 숨겨진 현상과 연관해서 헤벨의 달력 이야기는 '세상의 거울'이라 할 수 있다.[8] 다시 말해 거울이 사물의 현상을 사실 그대로 비추고 있듯이, 헤벨은 그의 문학적 소재로 세상의 일들을 사실에 가장 충실하게 사용하고 있으나, 여기서 이 상들 속에 숨겨진 진리의 의미가 무엇인가를 밝히는 것이 우리의 과제가 된다. 따라서 헤벨의 대표적인 '달력 이야기'에서 실제 사건이 작가에 의해 문학적으로 어떻게 변형되었으며, 나아가 그의 창조적 예술성이 어떻게 나타나 있는가에 대한 관찰이 작품 해설의 전제로 주어진다.

——— 시간에서 영원으로 ———
: 성실의 본질을 담은 달력 이야기들

    여기에는 세 이야기가 등장한다. 사랑, 직업, 봉사와 연관된 인간의 성실이 공동의 주제다. 인간은 홀로 존재할 수 없고 다른 사람들과의 관계는 필연적이다. 결혼을 전제로 한 이성 간의 사랑이나 친지들의 자연적인 우정에서, 그리고 삶을 위한 일터에서나 봉사활동에서 성실은 인간의 내적 결합을 유지해주는 기본적인 힘이다. 이런 의미에서 성실은 표면적으로는 인간의 신뢰에 근거한 윤리적 행동의 불변성이며, 내면적으로는 행위자의 생각에 뿌리를 둔 지속력 내지 인내력인 것이다. 그 때문에 성실은 사람들에게 선행된 약속에 따라서 현재의 태도를 취하게 하고, 다시 미래를 지향해서 자기 자신을 변함없이 유지하도록 노력하게 한다. 따라서 성실의 본질은 인간 존재의 시간성에 뿌리를 두고 있지만 오히려 그 시간성을 초월해서, 즉 역사적 사건들이나 속세의 우연한 일들이 끼치는 영향에서 벗어나서 영원의 한 형태를 지상에서 구체화시키는 불변성의 깊이에서 확인된다.

    성실은 인간을 윤리적 존재로 만든다. 성실은 다른 인간과의 관계에서 나타나지만, 거기에는 자기 자신에 대한 성실이 본래의 핵심이며, 다른 사람과의 관계보다 상위에 있다. 그래서 모든 성실은 근본적으로 자기 자신에 대한 성실이라고 말할 수 있다. 사랑이나 우정의 불변성은 오직 자기 자신에 대한 성실에서 변호된다. 윤리적 인물의 신뢰성은 오로지 그의 성실에 의해서 결정된다. 다음에 다루어질 세 이야기의 주인공들, 즉 50년을 하루처럼 사랑을 간직해온 늙은 노파, 복권 당첨의 행운에도 옛 직업을 지키는 물장수, 4대를 거쳐 보육에 헌신한 하녀는 모두가 이 같은 성실의 구체화된 모습들이다. 성실의 개념은 법의 영역에도 미친다. 인간 사이에 이루어지는 모든 약속, 계약, 복무관계 등에서 성실은 서로 신뢰하는 관계의 기초를 만들기 때문에, 성실과 신뢰는 법질서의 보편적인 원칙이다. 구체적으로 고용과 피고용의 노동관계에서도, 사회를 위한 봉사활동에서도 상호적 신뢰와 성실은 필연적인 전제다. 그래야만 고용자와 피고용자 사이와 개인과 사회 사이에 윤리적 결합이 이루어질 수 있으며, 각 개인은 성실 의무의 이행을 통한 내면의 자유와 주관적 삶의 가치를 얻게 된다. 그러나 인간은 경우에 따라 결코 진리는 아니라 해도 윤리적 관점의 차이에서 생길 수 있는 자신의 어떤 확신이나 신념에 지배될 수 있기 때문에 성실 의무 이행은 표면적으로 방해될 수 있다. 인간은 인간적인 삶의 질이 건강이나 경제력 같은 육체적 안녕과, 만족이나 자유와 같은 정신적 행복의 조화에서 이루어진다는 보편적 진리를 망각하고 물질적 안일만 추구하기 때문이다. 두 번째 이야기《물장수》의 두 주인공이 그 예라 할 수 있다.

성실은 성서적 개념에서 볼 때 신앙과 유사관계에 있다. 신앙은 구원과 영생에 대한 신의 약속을 신뢰하며 굳게 매달리는 것으로, 신에 대한 불신은 신의 성실에 대한 부정이다.[9] 신은 우리에게 은총을 약속했기에 그의 약속을 이행할 의무가 있다. 이런 의미에서 인간의 기도는 신의 성실에 대한 호소인 것이다.《예기치 않은 재회》와《베로니카 하크만》에서의 두 노파의 모습은 바로 신의 성실에 대한 호소로서 인간의 기도인 것이다. 성실은 인간의 존재적 가치를 시간 속에서 영원의 형태로 승화시키는 윤리적 힘의 원천이다.[10]

《예기치 않은 재회》
Unverhofftes Wiedersehen

지금으로부터 족히 50년은 더 된 이야기다. 스웨덴에 있는 팔룬에서 한 젊은 광부가 그의 젊고 예쁜 신부에게 키스하며 말했다.

"동짓날에 신부님이 우리를 위해 축복의 기도를 해주실 거예요. 그러면 우리는 부부가 되어 우리만의 보금자리를 차려요."

아름다운 신부는 애교 있는 미소를 띠며 말했다.

"평화와 사랑도 그 안에 함께할 거예요. 당신은 나의 유일한 모든 것이에요. 그러니 당신 없이는 난 이 세상 어딘가에 살아 있는 것보다 차라리 무덤에 있겠어요."

그러나 신부가 동짓날 전에 두 번째로 '이 두 사람이 부부가 되어서는 안되는지 신고할 누군가가 있는지' 교회에 공고했을 때 죽음이 다가왔다. 왜냐하면 그 젊은이가 다음 날 아침에 그의 검은 광부 옷을 입고 그녀의 집 앞을 지나갔을 때(광부는 그의 수의를 늘 입고 있다) 그는 다시 한 번 그녀의 창문을 두드리고, 그녀에게 아침 인사를 했지만 더 이상 저녁 인사는 없었다. 그는 다시는 광산에서 돌아오지 않았고, 그녀는 헛된 일인지 모르고 결혼식 날 그가 두를 가장자리가 빨간 검은 목도리의 바느질을 하고 있었다. 그러나 결코 그가 돌아오지 않자 그녀는 그 목도리를 치워놓고 그를 애도했으며 결코 평생 그를 잊지 못했다.

그 사이에 포르투갈의 리스본이 지진으로 파괴되었고, 그리고 7년전쟁이 지나갔으며, 그리고 황제 프란츠 1세가 죽었고, 그리고 예수회가 폐지되었으며, 그리고 폴란드가 분할되었고, 그리고 여황제 마리아 테레지아가 죽었으며, 그리고 슈트루엔제가 처형되었고, 미국이 독립했으며, 그리고 프랑스와 스페인 연합군은 지부롤터를 점령하지 못했다. 터키 사람들은 슈타인 장군을 헝가리에 있는 베테란 동굴에 감금했고, 그리고 요제프 황제도 죽었다. 스웨덴의 구스타프 왕은 러시아의 핀란드를 점령했고, 그리고 프랑스 혁명과 긴 전쟁이 시작되었으며, 그리고 황제 레오폴트 2세도 세상을 떠났다. 나폴레옹은 프로이센을 정복했고, 그리고 영국 사람들은 코펜하겐을 폭격했으며, 그리고 농부들은 씨를 뿌렸고 그리도 수확을 했다. 방앗간 주인은 방아를 찧고, 그리고 대장장이들은 망치질을 했으며, 그리고 광부들은 광맥을 찾아 지하 작업장에서 땅을 팠다.

1809년에 하지夏至 전후쯤, 팔룬의 광부들이 두 수직 갱도 사이에 하나의 구멍을 뚫으려 했을 때, 족히 200m나 되는 깊은 지하에서 그들은 돌조각과 황산수의 틈바구니에서 한 젊은이의 시체를 파냈다. 그 시체는 녹반이 흠뻑 배어 있었으나, 그 외에는 썩거나 변하지 않았다. 마치 그가 겨우 한 시간 전에 죽었거나, 또는 작업 중에 약간 잠들었던 것처럼, 그의 얼굴 모습과 나이까지도 완전히 알아볼 수 있었다. 그러나 사람들이 그를 갱 밖으로 옮겼을 때 아버지와 어머니, 친구들과 지인들은 이미 오래전에 죽었고, 언젠가 갱 속으로 들어가서 다시는 돌아오지 않은 광부의 옛 약혼녀가 올 때까지, 어떤 사람도 잠자고 있는 젊은이를 알아보려고 하거나 무엇인가 그의 불행에 대해서 알려고 하지 않았다. 주름 가득한 얼굴과 백발의 그녀는 지팡이 자루에 기대어 그곳으로 왔고, 옛 신랑을 단번에 알아보았다. 그리고 고통보다는 기쁜 감격으로 그녀는 사랑했던 그의 시신 위로 쓰러졌다. 한참 만에 격한 감정을 추스르고 난 후에야 비로소 그녀는 말했다.

"이분은 내 약혼자예요. 그를 위해 나는 50년 동안을 슬퍼했고, 하나님은 내가 죽기 전에 그를 다시 한 번 보게 해주셨어요. 결혼식 일주일 전에 그는 지하로 내려가서 다시는 올라오지 못했다오."

둘러서 있던 모든 이들이 야위고 쇠약한 옛 신부와 아직도 젊음의 아름다움을 지닌 신랑을 보았을 때, 그리고 그녀의 가슴에 50년이 지난 후에 젊은 사랑의 불꽃이 다시 한 번 깨어난 것을 보았을 때, 그들의 마음은 슬픔과 눈물로 사로잡혔다. 그러나 그는 결코 미소를 짓기 위해 입을 열지도, 다시 알아보기 위해 눈을 뜨지도 않았다. 그녀는 마침내 그의 가족으로서, 권리를 가진 유일한 사람으로서, 그의 무덤이 교회 마당에 마련될 때까지 광부들을 시켜 그를 그녀의 방으로 옮기게 했다. 다음 날, 무덤이 교회 마당에 마련되어 광부들이 그를 데리러 갔을 때 그녀는 한 상자를 열고 목도리를 꺼내 그에게 둘러주었고, 마치 그의 장례식 날이 아니라 결혼식 날인 것처럼 예복을 입고 그를 따라갔다. 그런 다음 사람들이 그를 교회 마당의 무덤에 내려놓았을 때 그녀는 말했다.

"이제 하루 아니면 열흘만 더 차가운 신혼 침대에서 편히 주무세요. 당신을 오래 기다리게 하지 않겠어요. 전 할 일이 별로 없으니 곧 갈게요. 그리고 곧 다시 우리의 낮이 올 거예요. 땅은 한 번 되돌려준 것을 두 번은 갖지 않을 거예요."

이렇게 그녀는 떠나갈 때 말하고 다시 한 번 뒤돌아보았다.

사랑의 성실은 세월의 흐름에도 영원을 구현한다

헤벨의《예기치 않은 재회》는 스웨덴의 팔룬에 있는 어느 구리 광산에서 일어난 실제 사건을 소재로 삼고 있다. 전래된 사건의 내용은 다음과 같다. 1719년 12월에 구리 광산의 깊은 갱 속에서 한 젊은 남자의 시체가 발견되었다. 그 시체는 황산염 속에 흠뻑 배어 있어 부패되지 않은 채 사고 당시의 젊은 모습을 그대로 지니고 있었다. 사람들은 그 시체를 지상으로 옮겨놓은 후, 그를 아는 사람이 있는지, 그것이 누구이며 언제 죽었는지를 질문하기 시작했다. 그때 마그누스 요한센이라는 늙은 광부가 그 시체의 얼굴을 알아보고, 그의 이름이 마티아스 이스라엘손이며, 1670년 가을 결혼 직전에 홀로 갱 속으로 들어간 이후 실종되었는데, 갱이 무너져 죽었을 것이라고 말했다. 그리고 그의 옛 약혼자였던 늙은 여자가 찾아와 옛날의 젊은 모습을 지닌 그 시체를 곧 알아보았다. 그녀는 비록 늙었으나 다시 되살아난 사랑에서 그의 장례를 자신이 치를 수 있게 해줄 것을 요청했다.[1]

자연과학자인 하인리히 슈베르트는 이 광부에 대한 이야기를 처음으로 독일에 발표했다. 슈베르트 보고의 주 테마도 늙은 백발의 신부와 젊은 약혼자 시체와의 만남이다.

사람들이 겉보기엔 딱딱한 돌로 변해버린 것 같은 이상한 시체를 유리

요한 페터 헤벨

창 안에 두고 공기 유입을 막으려 했으나 실패한 이후에 이 시체는 재로 부서져버렸다. 그 옛날의 광부는 스웨덴 팔룬 철광의 갱 안에서, 두 갱 사이에 통로를 뚫으려 했을 때 발견되었다. 이 시체는 녹반에 흠뻑 배어서 처음에는 부드러웠으나, 바깥 공기를 쐬자마자 곧 돌처럼 굳어졌다. 이 시체는 50년간 약 200m의 깊은 곳에서 황산염수 속에 잠겨 있었다. 예전에 사랑했던 모습에 대한 기억이 옛날의 성실한 사랑을 간직하지 않았더라면, 아무도 불의의 죽음을 당한 젊은이를 알아보지 못했을 것이며, 광산 연대기는 민간 전설처럼 수많은 불행한 사건을 기록하는 데 불확실했기 때문에, 아무도 그가 언제부터 갱 속에 누워 있었는지 그 시기를 알지 못했을 것이다. 금방 밖으로 꺼내진 시체를 둘러싸고 서 있던 사람들은, 한 사람은 죽음 속에서 젊은 시절의 외모를, 다른 한 사람은 육체가 시들고 늙어감에도 젊은 시절의 사랑을 성실하게 변함없이 간직했기 때문에, 그리고 마치 50년의 은혼식에서처럼 젊은 신랑은 굳고 차가운 시체로 발견되었으나 늙고 백발인 신부는 아직도 따뜻한 사랑으로 충만했기 때문에, 이 보기 드문 한 쌍의 재결합을 놀라 바라보았다.[12]

슈베르트의 보고는 1809년 〈시인의 과제〉라는 제목으로 《야존》지에 실려 더욱 널리 알려지게 되었다. 헤벨은 당시 이 잡지의 기고가로 일했기 때문에 이 소재를 쉽게 알 수 있었다. 헤벨은 슈베르트의 보고를 그 내용에 가장 충실하게 《예기치 않은 재회》라는 제목으로 '달력 이야기' 형태로 작품화한 최초의 작가다.

슈베르트의 보고는 죽은 광부와 약혼녀의 재회만을 다루고 있다. 우선 헤벨의 문학적 성과는 슈베르트의 보고에는 없는, 즉 이 두 사람이 만나기

《예기치 않은 재회》의 한 장면

이전까지의 '앞 이야기'를 만들어낸 것이다. 슈베르트 보고의 주 테마인 두 연인들의 생과 사를 달리한 '재회'는 헤벨의 이야기에서도 주로 다루어진다. 그렇기 때문에 이 '앞 이야기'에서 나오는 인물들이나 그 밖의 것들은 큰 의미를 가지고 있지 않으며 또한 구체적으로 묘사되지 않고 있다. 그래서 인물들에게 이름도, 개성적인 특징들도 주어지지 않았으며, 주변의 경치에 대한 묘사도 없이 다만 스웨덴의 팔룬이라는 장소만이 언급되고 있다. 그러나 이 '앞 이야기'는 50년 전의 실제 사건에 맞게 평범한 일상 속에 있는 젊은 남녀의 사랑하는 분위기를 성공적으로 전달함으로써 50년 후의 재회 장면의 극적 효과를 상승시키는 역할을 한다.

요한 페터 헤벨

결혼을 앞둔 이들이 자신들의 보금자리를 갖고 평화와 행복 속에서, 그리고 기독교적인 생활 질서 속에서 그들의 사랑을 실현하려는 대화는 여주인공의 주부다운 평범한 모습을 나타내기에 충분하다. 또한 신랑을 유일한 존재로 생각하는, 죽음을 초월하는 사랑을 말하는 신부에게서 이미 이 사랑 속에 간직되어 있는 인간의 성실이 이 이야기 시작부터 강조되고 있음을 알 수 있다. 그러나 신부의 행복한 꿈은 신랑의 갑작스러운 죽음으로 이루어지지 않는다. 약혼자 없이는 차라리 무덤에 있고 싶다고 말하는 신부의 대화에서, 그리고 수의 같은 검은색의 광부 옷에서 약혼자의 죽음은 예고되어 있다. 이렇게 이미 헤벨의 '앞 이야기'에서 신랑의 죽음은 신부의 성실한 사랑과 대칭적 주제로 부상된다. 시간을 초월해서 지속되는 사랑의 힘과 모든 유기적 생명체를 형성하고 파괴하는 시간의 힘, 이 두 힘이 이 이야기를 구성하는 반대 명제로 작용한다. 이야기에 나오는 인물, 물건, 소도구, 색채와 시간은 이 두 힘에 상징과 비유를 부여하면서 이들 모두가 이 이야기의 주제인 '성실한 사랑'이란 추상적 개념을 가시적으로 구체화하고 있다.

이 이야기에서 헤벨은 문학적 창작의 천재성을 무엇보다도 시간의 처리에서 가장 잘 보여준다. 세 번의 상이한 시간의 단계가 상징적 묘사 속에서 이어지며 이야기의 윤곽을 그린다. 첫째 단계는 광부의 죽음에도 불구하고 변하지 않는 약혼녀의 사랑에서 흐름이 정지된 지상의 시간이고, 죽은 광부에겐 변화가 없는 지하의 시간이다. 둘째 단계는 썩지 않고 여전히 젊은 모습을 지닌 시체와 늙어버린 신부의 재회를 통해 이 두 사람에게 정지되었던 시간은 역사와 자연의 변화에서 상징적으로 나타나는 '다가옴'과 '사라짐'의 윤회적 시간성으로 바뀌며, 셋째 단계에서 윤회적 지상시간은 신부의 성실한 사랑에 의해 내세의 영원한 시간으로 극복되고, 죽음 이후에 이루어지는 사랑이 현세에서 미리 구체화된다. 이렇게 시간의 처리와 연계된 이 이야기는 광부의 실종으로 시작해서 재회 이후에 오는 영원의 약속으로 끝난다.

광부의 죽음이 알려진 이후의 문장들은 약혼녀의 기다림, 슬픔, 성실한 사랑 등을 직접적으로 언급하지 않는다. 시간의 처리도 예외 없이 상징적이고 간접적으로 이루어져 있다. 광부는 그녀의 창문을 두드리고 그녀에게 아침 인사를 했지만 더 이상 저녁 인사는 없었다. 그렇기에 그녀에게 하루의 저녁은 마감되지 않은 채 열려 있고 시간은 멈추어 있다. 신부는 결혼식 날에 신랑에게 선물할 검은 목도리의 가장자리를 바느질하고 있었으나, 약혼자의 죽음으로 그녀의 일은 헛된 것이 되고 만다. 그녀는 자신의 사랑을 가슴속에 간직하듯이 그 목도리를 상자 속에 넣어두고 간직한다. 멈추어 있는 저녁처럼, 상자 속의 목도리처럼, 그리고 그녀의 가슴속에 간직된 변함없는 사랑처럼, 그녀에게 시간의 흐름이 멈춘다. 정지된 시간은 50년 후에 이루어진 재회에서 다시 흐르기 시작한다. 닫힌 상자가 열리고 목도리가 신랑의 목에 둘러지며, 광부의 저녁 인사는 신부의 저녁 인사로 비로소 이어진다. "이제 하루 아니면 열흘만 더 차가운 신혼 침대에서 편히 주무세요." 멈추었던 시간이 50년 후에야 다시 흐른다.

신부에게 시간의 멈춤은 무엇보다도 시간의 부사들에서 상징적으로 보이고 있다. 예를 들어 '더 이상 저녁 인사는 없었다', '그는 다시는 광산에서 돌아오지 않았고, 그녀는 헛된 일인지 모르고 (…) 검은 목도리의 바느질을 하고 있었다', '그러나 결코 그가 돌아오지 않자', '결코 평생 그를 잊지 못했다' 등 문장에서 반복적으로 사용된 절대 부정의 부사들은 변화 없는 시간의 정체성, 다시 말해 실현되지 않은 채 지속되는 시간의 정지 상태를 의미한다. 이렇게 정지된 시간의 연속을 알리는 부사들은 시간의 흐름과 무관하게 그녀의 마음속에 간직된 사랑을 표현하는 수단으로 사용되었다. 그녀의 사랑은 생성과 파멸이라는 자연법칙을 초월한 것으로, 50년간 썩지 않고 아직도 젊음의 아름다움을 지닌 시체에서 상징적으로 나타난다.

재회 시에 신부가 지녔던 야위고 쇠약하고 주름투성이 백발 노인의 모습에서 그녀의 가슴에 50년이나 간직한 사랑의 영원성과 시간의 허무성이 대조적으로 나타난다. 뿐만 아니라 작가는 이별에서 재회까지의 50년이란 '사이 시간'을 이 기간 동안에 일어났던 역사적 사건들로 채워서 시간의 흐름을 역동적으로 묘사하고 지상의 무상함을 강조했다. 이로써 신부에게서의 '정지된 시간'은 역사에서의 '흐르는 시간'과 더욱 분명하게 대비된다. 괴테도 언어의 연금술사라고 칭찬한 헤벨은 50년 사이에 일어난 크고 작은 사건들을 지나치게 단조롭다 할 정도로 오직 대등 접속사 '그리고 und'만을 15번이나 반복적으로 사용해서 연결하고 나열해놓았다.

여기에서 우리는 두 가지의 의미에서 이 이야기의 주도 동기를 부각시키려는 작가의 창작 의도를 이해할 수 있다. 우선 위에서 언급했듯이 첫째로 지상의 무상함이 강조되고 있다. 대지진, 전쟁과 혁명, 왕들의 죽음과 같은 세계사적인 사건들이나 씨 뿌리고 방아 찧고 지하에서 광맥을 찾아 땅을 파는 눈에 띄지 않는 서민들의 일상적인 사소한 일들은 생성과 소멸의 자연법칙 앞에 모두가 무상하고 허무하다는 데서 동일하기 때문에 모든 사건은 의도적으로 '그리고'라는 대등 접속사로 엮어졌다. 비록 50년에 걸친 연대기적 사건 나열에서 여주인공에 대한 언급은 없고 그녀는 뒤로 물러나 있지만, 지상의 허무함은 그녀의 사랑에서 나타난 인간의 성실함을 소멸의 법칙을 초월한 영원의 한 현상으로 돋보이게 한다. 그를 결코 잊지 않았다는 그녀의 인생법칙은 그녀를 모든 것을 변화시키는 시간의 법칙으로부터 벗어나게 한다. 인간의 사랑과 성실이 시간의 흐름 속에서, 지상에서 영원의 한 모습으로 구현된다.

두 번째로 대등 접속사는 시간과 자연의 윤회법칙을 부각시킨다. 세계사적 사건들과 씨 뿌리고 수확하고, 방아 찧고 망치질하는 농부들과 직공들의 일상적인 일들은, 마치 저녁 없이는 어떤 아침도 있을 수 없듯이, 자연의 '자연적인' 윤회의 법칙에서 이루어진다. 역사는 새롭게 다가오고, 새롭게 온 것은 다시 역사가 된다. 바로 대등 접속사 '그리고'가 생성과 소멸을 반복적으로 이어주는 역할을 한다. 반복을 허용하지 않는 절대 부정의 부사들('결코' 돌아오지 '않는다' 또는 그를 '결코' 잊지 '않았다')로 표현된 광부와 그 약혼녀에게서 윤회의 법칙은 그 힘을 상실한다. 50년의 세월은 그녀에겐 불과 아침과 저녁 사이의 시간에 불과한 것이다.

이제 시체의 발견으로 신부에게서 아침에 멈추어 선 시간은 다시 흘러가게 된다. 그리고 그 사이의 세계사적 사건들은 신부의 삶과 연결된다. 이로써 위대한 사람들의 역사는 한 개인의 작은 삶에서 구체화되고, 개인으로부터 떨어져서 더 이상 그에게 아무런 영향을 줄 수 없는, 즉 그와는 아무런 관계가 없는 운명으로서 대치해 있는 것이 아니라 개인의 사소하고 중요하지 않은 삶의 역사와 통합된다. 그래서 이 이야기에서 세계의 역사적 사건들은 그 자체로서 중요한 것이 아니라 역사의 허무함에서, 다시 말해 50년에 걸친 시간을 초월한 그녀의 기다림과 성실을 부각하는 역할을 충족시키고 있다는 데서, 그리고 시간의 멈춤을 시간의 흐름으로 대치시킨다는 데서 중요하다.[13] 세계의 역사적 사건들은 약혼녀 인생의 외각을 형성할 뿐이다.

하루의 아침과 저녁의 시간 처리에서 보여준 것처럼 헤벨은 한 해의 가장 양극적인 두 날을, 즉 동지와 하지를 자료로 수용하면서 다시 한 번 그의 천재성을 보여준다. 동지는 민속적 의미에서 결혼 시기일 뿐만 아니라, 1년 중에 밤이 가장 길다. 또한 날씨나 수확을 예상하는 데 쓰이는 농민들의 달력에 의하면 12월 13일이다. 하지는 1년 중에 낮이 가장 긴 날이고 6월 24일이다. 이 내용들은 이야기에 놀라운 상징성을 부여한다. 광부는 동짓날에 죽는다. 동지는 광부가 묻혀 있던 어둠과 죽음의 지하시간을 상징한다. 그리고 신부에게는 기다림의 긴 시간, 그녀의 충족되지 않은 인생의 긴 날을 의미한다. 그런데 그는 낮이 가장 긴 하지에 지상으로 옮겨진다. 시체의 발견은 신부의 어두운 긴 시간, 긴 날을 끝낸다. 동시에 하지는 두 연인들의 만남으로 새롭게 시작하는, 어둠과 죽음이 없는 내세의 영원한 낮을 상징한다. 헤벨은 주 테마인 재회의 장면을 가장 간결한 문장과 인색할 정도의 단어를 구사하면서도 재회의 현실감과 생동감을 매우 훌륭하게 문학적으로 형상화하고 있다. 50년간이나 간직되어온 '차가운' 시체의 '젊고 아름다운' 모습은 신부의 '주름투성이 백발의' 모습과는 무관하게 그녀의 가슴속 깊은 곳에 간직된 '젊은 사랑의 불꽃'과 서로 비유된다. 이 재회의 장면은 그 당시에 노파와 시체를 둘러싼 사람들의 마음을 슬픔과 눈물로 사로잡았듯이 오늘날에도 독자에게 깊은 감동을 준다.

슈베르트의 보고에 의하면 광부의 시체가 지상으로 옮겨졌을 때, 그것은 녹반에 흠뻑 배어 처음에는 부드러웠으나 바깥 공기를 쐬자마자 곧 돌처럼 굳어졌고, 그 후에 재처럼 산산이 부서졌다. 낭만주의 작가인 E. T. A.

호프만은 지하의 세계가 환상적인 것으로 더 중요하기 때문에 슈베르트의 보고를 그대로 수용하고 있다.[14] 그러나 계몽주의자이며 교육자인 헤벨은 자연과학적 사실에 근거한 슈베르트 보고를 그대로 수용할 수 없었다. 그는 자신의 계몽적·교육적 목적에서 문학적으로 달리 구성해서 마지막 중요한 장례 장면을 첨가했다. 그럼으로써 그는 재회 장면의 감동과 도덕적 교훈을 전달하는 데 성공한다.

신랑을 위해 목도리를 50년 동안 간직해두었던 상자가 열릴 때 멈춰진 시간은 역사의 시간으로, 일상의 시간으로 다시 흐르기 시작한다. 광부는 '일하다 잠깐 잠이 든 젊은이'의 모습으로 발견된다. '잠'은 다음 날 날이 밝으면 깨어남을 전제로 한다. 그래서 '잠'은 저녁에서 아침으로 가는, 즉 어둠에서 밝음으로 가는 교량이며, 그 첫 발걸음이다. 헤벨은 '죽음'을 '잠'의 개념과 연결시킴으로써 종말로서 죽음의 시간적·현세적 의미를 구축했다. 이 모든 것은 부활의 기독교적 신앙에 근거한다. 헤벨은 부활의 신앙에 근거한 사랑을 통해 인간에게 현실 속에서 파괴적인 시간의 힘을 극복할 수 있는 영원의 한 형태를 보여주고 있다. 장례를 마친 후에 그녀는 말한다.

당신을 오래 기다리게 하지 않겠어요. 전 할 일이 별로 없으니 곧 갈게요. 그리고 곧 다시 우리의 낮이 올 거예요. 땅은 한 번 되돌려준 것을 두 번은 갖지 않을 거예요.

50년의 긴 시간은 놀랍게도 마치 단 하루인 것처럼 '아침'부터 '저녁'까지의 짧은 시간 간격으로 축소된다. 사랑의 놀라운 힘은 시간의 흐름에 초연하고 시간의 축소를 증명해준다. 그녀가 죽는 날은 곧 그녀가 결혼하는 날이 되며 사랑하는 두 사람이 지하의 어둠 속에서, 그리고 슬픔 속에서 보냈던 50년은 부부로 새롭게 시작하는 영원 앞에서는 한낱 순간일 뿐이다. 이렇게 이루어지지 않은 채 지나가 버린 지상의 결혼은 영원한 내세로 옮겨진다. 밤은 단지 짧을 뿐이며 다시 오는 낮은 영원한 것이다. '땅은 한 번 되돌려준 것을 두 번은 갖지 않을 것'이기 때문이다.

이 이야기에서 세상의 사물들은 때로는 상징적으로 때로는 비유적으로 표현되었다. 다시 말해 '장례'는 '결혼'으로 변하고, 붉은 술로 가장자리가 장식된 검은색 목도리는 죽음을 초월한 사랑을 상징하며, 사건들의 나열은 시간 속의 존재적 허무감을 나타내는 비유가 된다. 그리고 '무덤'은 '신방'으로 변함으로써 대지는 침대가 되고 세계는 인간의 집이 되며, 팔룬의 무대는 시간을 초월한 인간의 운명이 나타나는 우주적 지평으로 확대된다. 한 소박한 신부의 절대적인 사랑과 지속적인 성실에 대한 헤벨의 단순한 이야기는 시간과 영원 사이에 존재하는 인간에게 현세에서 허무감을 극복하고 영원을 현실화시킬 수 있다는 한 예를 제시해주는 인류의 비유담이 된다.[15] 여기에서 우리는 괴테가 헤벨의 《예기치 않은 재회》에 대해 경탄하며 헤벨은 가장 우아한 방법으로 우주를 순수하게 만든다고 한 말을 이해할 수 있다.[16] 사랑의 성실은 인간의 존재를 지상에서 영원으로 승화시키는 윤리적 힘인 것이다. 인간은 하나의 생명체로서 끝이 있기 마련이다. 그러나 끝남의 허무감은 살아 있을 때의 삶에 대한 성실로 극복해야 한다. 그것이야말로 끝남이 아니라 새로운 시작이기 때문이다.

《물장수》
Der Wasserträger

파리 사람들은 우물에서 물을 길지 않는다. 그곳에서 모든 것이 대규모로 운영되듯이, 사람들은 물도 옴 단위(약 150리터)로 흐르는 센강에서 해마다 똑같이 물을 집집마다 대주고 그것으로 먹고사는 가난한 단골 물장수를 가지고 있었다. 가축을 제외하고도 50만 명의 사람들이 모여사는 이곳에서 그들이 사용할 물을 얻기 위해 많은 우물을 파는 것은 불가능했다. 또한 그 지역에 다른 마실 수 있는 물은 없었기 때문에 사람들은 우물을 파지 않았다.

두 명의 물장수가 물을 길며 밥벌이를 했고, 일요일에는 함께 포도주 한 잔을 마셨다. 그리고 언제나 몇 푼을 떼어서 복권에 투자했다. 복권에 투자한 돈은 강에 돌을 던지는 것과 같다. 그러나 이따금 행운은 수천 명 가운데 한 사람을 막대한 돈에 당첨시키고, 다른 바보들이 다시 유혹되도록 나팔을 분다. 두 물장수들도 동시에 10만 리브르보다 더 많은 금액에 당첨되는 행운을 얻었다. 그중 한 사람은 자신의 몫을 집에 가져왔을 때 곰곰이 생각했다. 어떻게 해야 이 돈을 안전하게 투자할 수 있을까? 내가 한 해에 얼마를 소비해야 돈을 지켜내고, 결코 셀 수 없을 때까지 매년 돈을 불려서 큰 부자가 될 수 있을까? 곰곰이 숙고한 끝에 그는 결심한 바를 실행에 옮겼고 엄청난 부자가 되었다. 그리고 집안 친구의 한 착한 친구는 그를 안다.

요한 페터 헤벨

그러나 다른 물장수는 달랐다.

"분명히 나는 내 돈에 관해선 내 마음대로 하겠지만 고객을 포기하지는 않는다. 그건 현명하지 못한 거야."

그래서 그는 그가 부자일 때 그의 사업을 맡아 할 집안 친구와 같은 조수 한 명을 채용했다. 그러고 나서 그는 말했다.

"석 달 안에 나는 이 돈을 끝낼 거야."

그 후 그는 가장 비싼 비단옷을 입고, 매일 갈수록 더 아름다운 여러 가지 색의 다양한 저고리를 입으며, 매일 머리를 다듬게 했고, 일곱 결 곱슬머리를 포개어 쓰고, 분가루 묻은 두 손가락을 높이 쳐들고, 석 달 동안 화려한 집을 빌렸으며, 그의 좋은 친구들과 악사들을 식사에 초대하여 매일 한 마리의 황소, 여섯 마리의 송아지, 두 마리의 돼지를 잡았다. 지하실에서 식당 안까지 하인들이 두 줄로 서서 술병들을, 마치 사람들이 불났을 때 불 끄는 물통을 건네주듯이 한 줄에는 빈 병을, 다른 줄에는 가득 찬 병을 건네주었다.

그는 파리의 땅을 결코 밟지 않았고, 그가 희극을 보러 가거나 왕궁에 가려 할 때면 그를 여섯 명의 하인들이 마차 안팎으로 운반해야 했다. 어디서나 그는 나리, 남작님, 백작님이었으며 파리 전체에서 가장 이해심 많은 남자였다. 그러나 그가 3개월이 끝나기 3주 전에 한 줌의 도블론(스페인의 옛 금화)을 세거나 쳐다보지도 않은 채 끄집어내려고 돈 상자 속에 손을 넣었을 때 바닥이 짚어지자 말했다.

"이런, 내가 생각했던 것보다 더 빨리 끝나겠군."

그래서 그는 자기와 친구들을 위해 한 번 더 즐거운 파티를 준비했고, 그러고 나서 상자 안에 있는 남은 돈을 쓸어 모아서 그의 조수에게 희사하고 그와 작별했다. 그는 다음 날 다시 옛 일로 돌아가야 했기 때문이다. 이제 그는 다시 예전처럼 즐겁고 만족스럽게 집집마다 물을 날랐다. 그뿐 아니라 그는 손수 그의 옛 동료에게 물을 나르고, 옛 우정에서 물값으로 아무 것도 받지 않고는 그를 비웃는다.

집안 친구는 그때 무엇인가를 생각한다. 그러나 그는 그것을 말하지 않는다.

직업의 성실은 스스로를 삶의 주인으로 만든다

이 이야기는 두 사람의 물장수를 다루고 있다. 그러나 제목은 복수가 아니라 단수여서 화자는 둘 중 한 사람을 선택한다. 이야기의 대부분이 두 번째 물장수를 다루고 있어 화자가 두 번째 물장수를 주인공으로 선택했음을 알 수 있다. 그 밖에도 첫 번째 물장수는 오직 네 개의 문장으로 짧게 묘사되고 있다는 것 역시 이 같은 사실을 간접적으로 뒷받침한다.

이 두 인물은 복권 당첨을 전후해서 몇 가지 표면적인 공통점과 차이점을 보여준다. 공통점이란 그들이 물장수란 같은 직업으로 돈을 벌었고, 여러 해를 일요일에 함께 포도주를 마셨으며 '언제나 벌이에서 몇 푼을 떼어서 복권에 투자했고' 함께 10만 리브르 이상의 복권에 당첨되는 행운을 얻었다는 것이다. 유일한 차이점은 '복권 당첨'이라는 같은 상황에서 돈과 연관되어 생기는 그들의 상이한 '생활양식'이다.

행운에 대한 상이한 반응은 화자가 이 두 사람에게 부여한 다른 인생관에서 비롯된다. 이 이야기는 끝없는 부의 축적과 지나친 낭비라는 완전히 다른 태도를 취한 두 물장수를 다루고 있는데 화자는 낭비적인 두 번째 물장수의 인생관을 우월한 것으로, 올바른 것으로 내세운다. 그래서 독자의 자연스러운 관심은 화자가 왜 첫 번째 물장수에서 나타난 부의 축적이란 시민의 보편적 상식을 부정적으로 수용하면서 오히려 낭비하는 두 번째 물장수 편에 서 있느냐는 질문으로 발전한다. 그런데 이 질문의 해답은 열려 있다. 이야기《물장수》는 해답을 "집안 친구는 그때 무엇인가를 생각한다. 그러나 그는 그것을 말하지 않는다"라며 독자들의 생각에 떠맡기는 것으로 끝나기 때문이다.

헤벨의 달력 이야기 모음집인《라인 지방에서 온 집안 친구의 보물상자》에 자주 나오는 '집안 친구'는 헤벨의 도덕적·윤리적 교훈을 전달하는 허구의 인물이자 헤벨 자신이기도 하다.[17] 해답은 독자들의 생각에 맡겨지고 어려움은 더해진다. 그러면서 '집안 친구'는 자신의 침묵에 독자들의 주의를 더욱 환기시킨다. 침묵은 무엇인가 말할 것이 있으나 하지 않고 있다는 암시적 표현이기 때문에 거기에는 독자가 스스로 무엇인가를 생각하라는 요구가 숨어 있다. 그 요구는 의심의 여지 없이 교육자인 화자의 '민중 계몽적' 의도와도 연결되어 있다.

시민적 도덕규범에 의하면 사람들이 첫 번째 물장수에게 더 호의적인 생각을 가져야 한다는 것은 질문의 여지가 없다. 그는 자신의 돈을 안전하게 투자하고 증식할 수 있는 방법을 생각한다. 절약은 시민적 미덕일 뿐만 아니라, 이자에서 이자로 계속되는 자본의 증가에서 기대할 수 있는 생활의 안전성과 투자의 확실성은 생업에 종사하는 시민계급의 일상적인 소망이다. 그럼에도 화자는 평생 동안 부자가 되려고 노력하는 첫 번째 물장수에게 아주 무관심하다. 뿐만 아니라 자기 재산의 안전한 증식을 생각하는 모든 선량한 시민을 당혹스럽게 만든다. 화자는 두 번째 물장수의 편에 서서 돈을 물 쓰듯이 써버리는 낭비를 길고도 상세하게 서술하여 독자를 수수께끼 같은 혼란에 빠뜨린다. 이 혼란은 두 물장수의 태도를 좀 더 자세히 관찰하게 만든다.

위에서 이미 지적한 표면적인 공통점 외에도 이 두 물장수는 비록 그들이 추구하는 목적이 다르다 해도, 두 가지의 놀라운 내면적 공통점을 보여준다. 그 하나는 돈의 축적과 낭비가 다 같이 계산이 전제되지 않은 극한적 상태에서 일어난다는 것이며, 다른 하나는 이들의 행위가 모두 깊은 생각과 이성에 따라 이루어진다는 것이다. 첫 번째 물장수의 의도는 그가 돈을 '결코 셀 수 없을 때까지 매년 점점 더 부자가 되는 것'이다. 두 번째 물장수는 그의 돈을 가능한 한 빨리 써버리기 위해 돈 상자에서 '세지 않고' 또한 '보지도 않은 채' 꺼내 쓴다는 것이다. 이 두 사람에게서 나타난 이런 행위는 다 같이 수數에서 구체화된 계산의 가치를 무의미하게 만든다. 이것이 두 사람이 돈의 축적과 낭비에서 보여준 공통점이다. 또한 그들은 다 같이 이성이 명령하는 대로 따른다. 첫 번째 물장수는 '곰곰이 숙고한' 후에 행동한다. 두 번째 물장수 역시 "분명히 나는 내 돈에 관해선 내 마음대로 하겠지만 고객을 포기하지는 않는다. 그건 현명하지 못한 거야"라며 무엇이 현명하지 못한지를 충분히 생각하고 인식한 후에 행동한다.

첫 번째 물장수를 사로잡은 무한한 저축의 충동은 비창조적이고 맹목적이다. 이 같은 비정상적으로 전도된 행동에서 저축은 의미도 목적도 없이 돈의 축적만을 추구하는 금전욕이 된다. 그 욕망은 결코 충족될 수 없고, 끊임없이 더 많이 소유하려는 탐욕으로 발전한다. 탐욕이 그의 존재 의식의 근거가 되고, 그에게 부富는 맹목적으로 존중된 우상으로서의 재물이다. 부는 더 이상 인간의 봉사에 있지 않고, 돈 축적의 목적은 인간적 삶의 의미를 상실하게 한다. 시간적으로 제한이 없는 돈의 이자 증식에만 몰두한다. 재물의 증식을 위한 시간은 인간적인 시간을 삼켜버린다. 자연스러운 삶의 시간은 돈의 축적을 위한 인위적인 시간으로 변한다. 그는 '맘몬'의 노예가 되어 내면의 자유와 정체성을, 극단적인 금전욕에서 인간의 존엄성을 상실한다.

이 이야기의 마지막 장면은 이에 대한 좋은 예를 제시한다. 즉 옛 일로 다시 돌아온 두 번째 물장수는 옛 동료에 대한 우정에서 그에게 공짜로 '물'을 길어주고, 가난한 옛 동료의 선물을 거리낌 없이 받는 첫 번째 물장수의 모습을 동정 어린 웃음으로 비웃는다. 빈털터리의 동정 어린 웃음에서 선한 시민의 기본 예의마저 상실한 첫 번째 물장수의 극단적인 금전욕이 폭로되고 있다. 또한 화자는 이른바 소유만을 위한 삶을 살아가는 시민의 절약을 우스꽝스러운 금전욕으로 풍자한다. 소유만을 위한 삶은 나 자신이 아니라 내가 가지고 있는 소유물이 나의 자아를 정의하고 나를 존재하게 하는 근거가 되며, 그럼으로써 자신의 정체성과 내면의 자유를 상실하게 되기 때문이다. 진정으로 행복한 자는 마음이 가난한 부자보다 마음이 부유한 빈자다. 이런 의미에서 헤벨은 경제적으로 가난한 두 번째 물장수를 표면상 부유한 첫 번째 물장수보다 우위에 두고 후자를 동정하고 비웃게 한다.

돈의 노예가 된 첫 번째 물장수의 삶에 이어서 두 번째 물장수의 돈 낭비에 대한 묘사가 다양하게 펼쳐진다. '엄청난 부자'가 된 물장수와는 달리 다른 물장수는 '3개월'보다 3주 먼저 흥청거리며 방만한 생활로 당첨금을 탕진한다. 건전한 상식을 초월한 지나친 금전 소비에서 표현된 두 번째 물장수의 모습은 평범한 시민들의 이목을 끌기에 충분하다.

그는 매일 다른 모양과 색깔의 저고리, 매일 더 아름다운 옷을 입으며 '일곱 결 곱슬머리를 포개어 쓰고, 분가루 묻은 두 손가락을 높이 쳐들고' 다니며 '석 달 동안 화려한 집'을 빌려 살면서 사치와 과장된 유행에 빠져 지나친 소비생활을 한다. '매일 한 마리의 황소, 여섯 마리의 송아지, 두 마리의 돼지를 잡는' 과잉소비는 음식에 대한 인간의 욕구를 반자연적이고 동물적인 것으로 전락시킨다. 또한 지나친 연회와 유흥을 위한 과소비 상황은 화재 시의 위기 상태로 풍자되고, 외출할 때 땅을 밟지 않는 그의 비자연적 보행 형태는 인간의 기본적인 자연법칙을 어긴 삶의 나태함을 나타낸다. 사람들은 어디서나 그를 나리, 남작님, 백작님이라 불러 돈이 사회적 신분과 질서를 무너뜨린다. 이 같은 전체적 낭비의 부조리에 직면해서 두 번째 물장수에 대한 화자의 호감은 더욱 설명할 수 없고 모순적이 된다. 비록 두 번째 물장수가 궁극적으로 재물의 반자연적인 낭비에서 벗어나 순수한 '옛 일'로 '즐겁고 만족스럽게' 돌아갈 수 있는 내면의 자유와 정체성을 가졌다 할지라도 그것이 낭비에 대한 독자들의 의혹을 해소하기에는 충분하지 않다.

만일 두 번째 물장수가 금전욕에서 자유로웠다면 왜 그는 3개월 동안의 지나친 낭비 대신 당첨금으로 처음부터 복지의 목적을 위해 기부하지 않았느냐는 질문이 생긴다. 이 질문에서 재물과 함께하는 3개월의 제한된 시간에서 보여준 무절제한 과잉소비의 무의미성과 비자연성을 설명할 수 있는 분명한 반대명제가 제시된다. 부로 인해 발생하는 엄청난 부조리와 그 허무성에 대한 증명은 기부와 같은 수동적인 포기에 의해서가 아니라, 능동적으로 철저하게 실행된 실제적인 예를 통해서 더욱 구체적으로 제시될 수 있다. 상식을 넘어선 과장된 소비의 묘사는 부를 파로디Parodie화하려는 의식적인 유희다. 이 과장된 유희를 통해 화자의 교육적 · 도덕적 의도는 기부와 같은 직접적이고 단순한 형식이 아니라 예술적으로 포장된 간접적인 비유의 형식으로 표현된다. 그로 인해 비로소 돈과 사치에 의해 지배된 세상의 공허함과 모순적 현상이 부각된다. 즉 계속해서 바뀌는 '가장 고상한' 옷은 실속 없는 유행을 고발하고, 일곱 결의 유행하는 머리 모양은 광대극이 된다. 좋은 친구들은 부에 유혹된 기생적 존재들로 변한다. 그리고 자비로우신 나리, 남작님, 백작님 하며 부르는 세상 사람들의 존칭은 인물이 아니라 돈의 낭비에서 기인한 것이다. 이렇게 낭비의 유희는 물질적인 부에 빠져든 세계의 어리석음을 폭로하면서, 동시에 우리가 오류에 빠져들지 않게 하는 숙고의 계기가 된다. 부의 파로디는 올바른 삶에 대한 우화인 것이다.[18]

　두 물장수는 똑같이 '숙고'와 '이성'에 따라 행동한다. 그러나 첫 번째 물장수의 행동은 돈의 증식만을 목적으로 삼은 현세적이고 이기적인 데 반해 두 번째 물장수는 고객을 포기하지 않았다는 데서 과거나 현재나 미래에서 영원히 존속되어왔고 또 존속되어야 할 삶의 호혜적 상관관계를 중요시하는 보다 높은 인간적인 현명함을 보여준다. 인간은 자신이 매일같이 땀 흘려 하는 일이 단지 돈을 벌기 위해서가 아니라 자신과 다른 사람들이 함께 공존하고 발전할 수 있는 호혜적 관계에서 기쁨이 될 때 자신의 관심과 능력을 그 일에 쏟아붓게 되고, 평생 동안 직업에 성실할 수 있다. 이런 일의 지속성에 비해서 낭비의 유희에는 3개월이란 시간적 한계가 정해져 있다. 이야기에서 '석 달'이란 말은 네 번 반복되고, 낭비의 기간은 고객에게 물을 나르는 그의 전 생애에 비해서 '순간'으로 강조된다. 그리고 그 '순간'은 부에 의한 사치, 유행, 호화로 일관된 끊임없는 변화의 연속이다. 이렇게 부의 무의미성과 허무성이 폭로되면서 두 번째 물장수의 변함없는 성실이 뚜렷해진다. 그는 자신의 방법대로 현세에서 영원을 실현한다. 즉 직업의 성실은 시간 속에서 이루어지는 영원의 또 다른 한 형태인 것이다.

파리에 사는 사람들은 물장수들이 공급해주는 '물'에 의존해서 살고, 물
장수들은 '물'값으로 산다. '물'은 누구에게나 생명수다. 바로 여기에 화자
가 두 사람의 직업을 물장수로 선택한 교육적 의도가 암시되어 있다. 물
없이 인간은 살 수 없다. 물은 모든 생명체의 근원적이고 기본적인 생명
의 양식이다. 그래서 동화나 성서에서 물은 '생명의 물'로 나타난다. 생명
을 주는 물과의 관계를 첫 번째 물장수는 그의 이기적인 부의 축적 때문에
상실한다. 그러나 두 번째 물장수는 낭비의 기간에도 고객을 위해 조수를
채용하고 자신의 일을 계속한다. 그 기간이 끝난 후에 그는 예전처럼 즐겁
고 만족스럽게 본래의 직업으로 돌아가 사람들에게 봉사하고, 손수 옛 동
료에게도 물을 길어다 주고 대가도 받지 않는다. 우정의 봉사는 지불할 수
없는 것이기 때문이다. 그러나 그는 지금은 엄청난 부자인 옛 동료에게 무
엇이 올바른 생명의 양식인지, 무엇이 올바른 삶인가를 비유적으로 보여
준다. 생명수를 길어다 주는 두 번째 물장수의 단순한 일은 사회봉사를 인
간의 과업으로 이행하게 하는 직업의 성실에서 나온 것이다. 그래서 그는
부의 유혹을 뿌리치고 부와 유희할 수 있다.
　물장수들의 단순하고 소박한 일은 다른 사람들에게 생명수를 공급하는
인간적 봉사활동이다. 비록 다른 사람을 위한 봉사는 부를 주지 않지만, 그
들은 그 봉사의 대가로 한 조각의 빵과 일요일에 한 잔의 포도주를 마실
수 있다는 데 기뻐하고 만족하는 삶을 살아간다. 이렇게 삶의 기쁨과 충만
은 오직 인간적 활동에서 나오기 때문에 탐욕스럽게 돈만 모으는 사람에
게는 있을 수 없다. 이로써 첫 번째 물장수에서 자신의 노동 없이 복권의
행운으로 졸지에 얻어진 부가 인간의 건전한 이성을 마비시키고 비인간적
인 삶으로 빠뜨리는 불행의 근원이 될 수 있다는 교훈을 말해준다. 반면에

우리는 두 번째 물장수에서, 그가 자기 존재에 대한 믿음과 투철한 직업의
식에서 주변 세계와의 연대감을 중시하고, 사회와 이웃 사람들에게 베풀
고 나누어 가지는 데서 오는 기쁨과, 나아가 건전한 인간, 건전한 사회를
만드는 사회 참여의 보람을 체험할 수 있다.

이 이야기는 자본주의의 무한경쟁 시대에 시사하는 바가 크다. 1970년
대 자본주의 시장경제의 발전과 고도산업화가 대량생산과 소비와 함께 비
인간화를 불러왔다는 비판이 고조되기 시작했다. 이때 독일 출신 정신의
학자 에리히 프롬은 시대적 위기를 극복하기 위한 이정표이자 질문을 아
리스토텔레스적 자기애에 근거한 이기심과 이타심으로 구분되는 인간의
두 가지 존재 유형을 통해서 제시했다. 그는 대표적인 저서 《소유냐 존재
냐Haben oder Sein》(1976)[19]에서 '소유를 위한 존재'와 '존재를 위한 소유'라는
두 가지 삶의 양식을 대비시킨다. '소유를 위한 존재'는 소유욕에 몰입해서
오직 그의 욕구가 충족되는 만족감이나 기쁨만을 아는 이기심의 한계를
넘지 못하는 존재양식이다. 때문에 이런 존재양식의 인간은 사회공동체에
봉사하고 남에게 무엇인가를 베풀어서 느끼는 기쁨과 만족감을 알지 못할
뿐만 아니라 다른 사람들로부터 받는 감사함도 느끼지 않는다. 에리히 프
롬은 이런 이기심을 '자기 파멸적 자기애'라고 말했다. 첫 번째 물장수의
경우가 이에 해당된다. 그러나 '존재를 위한 소유'는 절제되지 못한 욕망
에 따라 비인간적이고 무조건적인 소유욕에 빠지지 않고 사회공동체의 일
원으로서 자신의 일이 자신과 함께 다른 사람의 행복을 위한 것이라는 이
타적 내지 호혜적 존재양식이다. 존재적 소유의 실존양식이야말로 이웃을
사랑하는 이타심이 곧 자기를 사랑하는 자애심이라는 것을 알고, 인본주
의적 공동체를 위해 봉사할 줄 아는 지적 창조력, 이성, 사랑 같은 존재적

가치로 충만한 삶인 것이다. 두 번째 물장수의 경우가 이에 해당된다. 결국 《물장수》는 오늘날의 자본주의 사회에서 여전히 문제가 되고 있는 바로 이기심과 이타심의 이야기이기도 하다.

헤벨의 《물장수》는 인간의 근본적으로 다른 두 생활양식에 대한 비유담이기 때문에, 두 물장수의 존재양식이 일세기 반이 훨씬 넘은 후에도 에리히 프롬의 경제사회적 내지 사회심리학적 이론에서도 유추될 수 있다는 사실뿐만 아니라 인간의 인본주의적 실존양식에 대한 교훈으로 계속 남을 것이라는 사실에 놀라지 않을 수 없다.

자본주의는 지금 위기의 전환점에 있다. 지금은 가정이든 사회든 이기심에 의한 갈등과 분쟁이 어느 때보다도 심각하다. 그럴 때일수록 위기를 극복하고 문제를 바로잡기 위해서는 법률과 규칙을 바꾸는 것보다도 인간의 마음이 더 중요하기 때문에, 우리는 욕망 자체를 절제하고 이익을 추구하되 다른 사람의 행복을 위한 이타심에서 올바른 일을 해야 한다는 것을 의식해야 한다. 그래서 우리는 두 번째 물장수처럼 인생을 바라보는 긍정적이고 이타적인 마음가짐과 자기 자신을 보며 언제나 흔쾌히 웃을 준비가 되어 있는 마음의 여유를 가져야 할 것이다.

《베로니카 하크만》
Veronika Hakmann

친애하는 독자는 1813년의 달력에서 열 명의 경건하고 늙은 하인들에 관한 이야기를 읽었을 때 좋은 생각을 많이 가졌고, 그들 모두의 이름이 무엇이며 어떻게 생겼는지도 안다. 그러나 이 순간에 집안 친구에게 드는 느낌이란 그 독자가 늦가을 정원에 있는 사과나무에서 사과를 모두 땄을 때 이제 그 나무엔 아무것도 없다고 생각한다는 것이다. 그러나 시간이 좀 지나고 나뭇잎들이 질 때, 그 독자는 예기치 않게 여전히 한 나뭇가지에 달린 외롭고 아름다운 하나의 사과를 보고 그것도 수확한다. 그 사과 하나는 다른 모든 것들보다 그에게 참으로 큰 기쁨을 준다.

1744년 선제후 카를 테오도르[20]가 라인란트팔츠 지방에서 통치를 시작했을 때의 일이다. 베로니카 하크만이 만하임의 한 시민 가정에 하녀로 들어왔고, 그의 아들을 팔에 안고 두루 데리고 다니며 보살폈다. 이후 그 어린 아들이 남자로 성장해서 자신이 다시 아버지가 되었을 때, 이미 후베르투스부르크 평화조약[21]이 맺어진 후에도 그녀는 여전히 그 집에 있었고, 그를 안아주었듯이 이젠 그의 아이들을 안아주고 돌보았으며, 그것은 지금까지 오랫동안 계속되고 있다. 왜냐하면 그녀의 첫 주인의 증손자에게서 아들이 태어나 귀엽게 자랐을 때도 이미 아미앵의 평화조약[22]이 맺어진 후에, 그녀 역시 여전히 더 이상 하녀로서가 아니라, 말하자면 가정의 귀중한 상속물로 그 집에 있었기 때문이다.

요한 페터 헤벨

그러던 어느 날 지나간 세월이 꿈처럼 그녀의 마음을 스치고 지날 때 마치 동경 같은 것이 그녀를 엄습했다. 그래서 "너" 하고 그녀는 고용주에게 말했다.

"나에게 네 아이를 잠시만 넘겨주게."

그녀는 그에게 별로 겉치레 말을 하지 않았다. 그리고 하녀가 주인을 '너'라고 불렀으나, 주인은 그녀의 나이와 경건함에 대한 존경심에서, 그리고 그녀가 그를 길렀기 때문에 하녀에게 '당신'이라 칭했다. 그는 그녀에게 물었다.

"당신의 팔은 더 이상 무엇을 안을 수도 없을 뿐더러, 당신의 무릎은 당신 자신조차 지탱하기 힘든데 왜 그런 것을 요구하십니까?"

"나는 너와 네 아버지, 그리고 네 할아버지를 팔에 안고 흔들어 재웠으니, 내가 죽기 전에 네 아이도 팔에 안아보고 싶구나."

그녀의 대답에 감동한 아버지와 어머니의 눈엔 눈물이 고였고, 그는 그 늙고 성실한 노파에게 앉아 있으라고 말했다. 그리고 옆에 서 있는 사람은 아이를 그녀의 무릎 위에 놓는 모습을 보여준다. 그는 그녀에게 말한다.

"신께서 당신이 저와 제 아버지들에게 베푸신 모든 것을 당신에게 보답하실 거예요."

그녀는 말했다.

"그분은 나를 곧 당신께 데리고 가실 거야."

그녀는 61년을 같은 집에서 봉사하며 살았고, 80세가 되던 1805년에 죽었다.

봉사의 성실은 사회적 계급을 인간적 서열로 전도한다

1813년에 프란츠 황제는 열 명의 경건하고 늙은 하인들을 뽑아 정직성과 성실함을 칭송하고 상을 내렸다. 이 사실은 '성실과 고마움'이란 제목으로 그해의 달력에 실렸다. 헤벨은 이 이야기를 소재로 삼으면서 그들 가운데 베로니카 하크만이란 한 하녀의 성실한 봉사를 수확 후에 홀로 남은 아름다운 사과와 비유했다. 이는 오 헨리의《마지막 잎새The Last Leaf》를 연상시킨다. 이미 1926년에 에른스트 블로흐는 헤벨의 성실의 동기가 후일 베르톨트 브레히트의 달력 이야기《아우크스부르크의 백묵원》에서 사용되었음을 지적했다.[23] 오 헨리의 단편소설《마지막 잎새》에서 벽에 그려진 앙상한 나무에 매달려 있는 마지막 잎새가 생명의 힘을 상징하듯이《베로니카 하크만》에서는 가을에 잎들이 지고 난 후에 뜻밖에 한 가지에 매달려 있는 하나의 외롭고도 아름다운 사과가 한 하녀의 정직성과 성실성을 상징적으로 보여준다. 그 마지막 사과처럼 아름답고 귀중한 열매는 나무의 장식품 같은 무성한 푸른 잎들이 늦가을에 낙엽이 되어 떨어질 때 비로소 볼 수 있게 된다. 허무의 동기와 시간의 흐름을 초월하는 성실의 테마가 정교한 비유를 통해 나타난다.

한 하녀의 성실한 봉사는 그녀의 생애가 역사적 사건들과 대조적으로 엮이면서 변화 속에서의 불변성과 지속성을 보여준다. 이 같은 방법은 헤벨이《예기치 않은 재회》에서 신부의 변함없는 기다림의 50년 간격을 세

요한 페터 헤벨

계사적 연대기로 채운 기법과 유사하다. 그렇지만《베로니카 하크만》에서의 연대 기법은 독특한 윤곽을 가지고 있다. 즉 역사적 사건들은《예기치 않은 재회》에서처럼 일괄적으로 가지런히 나열되지 않고, 다만 세 개의 큰 역사적 사건들만이 하녀의 일생과 평행적으로 엮이면서 그녀의 변함없는 성실을 나타낸다는 것이다.

세 개의 역사적 사건들은 단계적으로 확대된다. 1744년에 선제후 카를 테오도르가 통치하기 시작한 좁은 라인란트팔츠 지방의 역사, 1763년의 7년 전쟁의 종식, 독일의 계약 파트너가 참여하지 않은 1802년의 아미앵 평화조약 체결에서 볼 수 있듯이, 지방 군주의 수도에서 프로이센 역사를 넘어 외국과 관계된 대규모의 정치 사건들로 확대된다. 이는 규모와 관계없이 모두 그녀의 변함없는 성실을 강조하는 수단일 뿐이다. 하녀 베로니카는 여전히 집에 있었다. 이렇듯 개인의 생애와 세계 연대기의 비상한 연결은 역사에서 보여주는 보편적인 허무성과 성실에서 나타나는 인간의 불변성에 대한 대조 효과를 목적으로 삼는다.

그뿐만 아니라 대대손손의 세대교체 역시 베로니카의 성실한 봉사를 부각한다. 그녀는 4대에 걸쳐 아이들을 돌본다. 어린 아들은 자라서 아버지가 되고, 그의 증손자에게서 아들이 태어나 자랄 때까지 그녀는 계속해서 그 집에 남아 있다. 이렇듯 그녀는 세대의 바뀜과 상관없이 헌신적이었기 때문에 그녀에겐 삶의 빈부귀천이 아무런 의미가 없다. 이제 그녀는 '가정의 귀중한 상속물'이 되어 사라져가는 시간 속에서 인간의 성실에 의해 실현된 영원의 한 형태로 남아 있다. 그녀의 성실한 봉사의 의미는 바로 인간을 보호하고 양육하는 힘으로 설명되고 있다. 4대에 걸친 그녀의 일이란 어린 아들들을 '팔에 안고 두루 데리고 다니며 보살피는 것'이다. 임종의

《베로니카 하크만》의 한 장면

시간이 가까이 왔을 때 늙고 힘없는 노파의 마지막 소원도 죽기 전에 주인의 아들을 가슴에 품어보는 것이다.

어린아이를 가슴에 품고 보호하고 양육하는 일은 섬세한 어감을 통해서 백성을 보호하는 선제후의 통치와 연결된다. 선제후 카를 테오도르가 라인란트팔츠 지방에서 통치를 시작했을 때, 베로니카가 하녀로 들어갔다는 부분은 필생의 과업을 시작하는 시간적 일치성, 즉 보모로서의 '보살핌'과 국부로서의 선제후의 '다스림' 사이의 일치성을 암시해준다.

인간의 성실은 사회적 지위를 바꿀 수 있다. 하녀가 주인을 '너', 주인이 하녀를 '당신'이라고 부른 것에서 사회계급의 질서가 전도된다. 헤벨에게 중요한 것은 사회적 신분이 아니라 인간적 품격이다. 그 때문에 성실은 헤벨에 있어서 단순히 경험적·사회적 미덕이 아니라 인간의 존재적 가치를 결정하는 기본적인 힘인 것이다.《물장수》에서 돈이 인간의 사회적 신분을 바꾸는 것에 대한 풍자와 대조를 이룬다.

성실은 인간을 윤리적 존재로 만든다. 성실은 인간을 내적으로 결합해주는 기본적인 힘이고, 윤리적 인물의 신뢰성은 오로지 그 힘에서 나오기 때문이다. 이 이야기의 중심을 이루는 성실한 돌봄의 불변성과 신뢰성, 진심 어린 인내심은 시간의 보편적인 허무의 법칙을 해체한다. 지상의 끊임없는 변화, 무상, 전쟁을 일으키는 불신 등이 인간의 모든 성실을 파괴하고, 사회의 결속과 지속적인 질서를 파괴하는 것과 대조적으로 베로니카의 성실은 인간을 보호하려는 정신적 본성, 즉 마음의 힘인 것이다. 하녀의 성실은 신학자인 헤벨에겐 나약하고 선한 모든 인간을 안아주고 보호하는 신 자체의 본질, 즉 성실의 근원으로서 인간의 마음속에 살아 있는 신성神性인 것이다. 신은 인간이 행한 성실의 보답자다. 이런 의미에서 4대에 걸쳐, 특히 죽기 전에 어린아이를 가슴에 품고 보호하는 베로니카의 성실은 신의 가호를 호소하는 기도처럼 마음속에 살아 있는 신성의 인간적 발현이며 동시에 인간의 성실이 윤리적 힘의 원천임을 보증하는 신의 대행자다.[24]

진리로 가는 길

: 올바른 삶의 인식을 위한 이야기들

위의 세 이야기는 성실을 주제로 하고 있다. 이 이야기들에서 성실은 사건의 전환점과 문학적 내용의 핵심을 이룬다. 즉 성실은 시간의 유한적·파괴적 원칙에 반해서 작가의 문학적 형성력으로 시간을 해체하고, 무한을 시간 속에서 실현하는 정신적 힘으로서 인간성과 인간의 윤리적 질서의 기본력으로 작용한다. 헤벨의 달력 이야기들에서 성실 못지않게 중요한 주제적 주 동기들 가운데 하나는 진리에 이르는 가능성에 대한 질문이다. 비록 진리에 대한 문제는 인기 있는 문학적 대상이 아니라 해도, 순수한 철학적 질문만이 언제나 진리인식의 문제를 다루는 것만은 아니다. 근대의 짧은 산문의 대가인 프란츠 카프카가 "문학은 진리를 향한 탐험"이라고 말했듯이, 헤벨은 카프카보다 훨씬 일찍이 그의 이야기에서 인간의 존재론적 진리인식에 대한 문제를 제시하고 그것을 문학적 주제로 삼았다.

그러나 헤벨은 성실의 주제에서처럼 올바른 삶의 진리를 격언처럼 우리에게 직접 제시하지 않고, 다만 때론 정신적·추상적 표현 형식으로, 때론 비유적·구체적 형태로 보여준다. 그리고 그는 가장 진기한 우회와 오류를 통해 진리에 이르도록 한다. 예를 들어 다음에 다루게 될 이야기 《칸니트 페어스탄》에서 시골의 한 수직공은 대도시인 암스테르담에서 겪은 인생의 허무함에서 자신의 운명에 만족하는 삶의 지혜를 얻고 귀향한다. 그러나 삶의 지혜는 이야기의 구성술과 주제적 주 동기의 섬세한 결합에서, 다시 말해 '집', '배' 그리고 '무덤'의 상징 내용과 이야기의 비유 형식과의 기능적 결합에서 이루어진 문학적 형성물로 주어진다. 또 다른 이야기 《치유된 환자》에서 게으른 암스테르담의 부자가 시골 의사에게서 병을 고치는 것도 마찬가지다. 다음의 이야기들은 인간이 올바른 삶의 진리인식에 이를 수 있는 상징적 내용이 어떻게 이야기의 비유 – 형식에서 구체적으로 설명되고 있는가를 보여준다.

《칸니트페어스탄》
Kannitverstan

인간은, 만일 그가 하려고 한다면, 아마도 매일 엠엔딩겐과 군델핑겐에서, 그리고 마찬가지로 암스테르담에서도, 지상의 모든 사물의 변화무쌍함에 대해 관찰하고, 비록 호박이 그에게 넝쿨째 굴러떨어지지 않는다 해도, 그의 운명에 만족하게 되는 기회를 가질 수 있을 것이다. 그러나 아주 진기하게 우회迂廻해서 한 독일 수직공은 암스테르담에서 오류를 통해 진실과 그 인식에 이르게 되었다. 왜냐하면 그가 화려한 집들, 출렁이는 배들, 그리고 바쁜 사람들로 가득한 크고 부유한 상업도시에 왔을 때, 두틀링겐에서 암스테르담까지의 모든 편력에서 아직까지 본 적이 없는 크고 아름다운 집 한 채가 곧바로 그의 눈에 들어왔기 때문이다.

그는 오랫동안 놀란 채로 값비싼 건물, 지붕 위에 있는 여섯 개의 굴뚝, 아름다운 추녀 돌림띠, 그리고 고향에 있는 아버지 집의 문보다 더 크고 높은 창문들을 관찰했다. 마침내 그는 지나가는 사람에게 말을 걸지 않을 수 없었다. "여보시오" 하고 그는 그 사람에게 말을 걸었다.

"창문에 튤립과 별모양의 꽃과 자라란화로 가득한 이 대단히 아름다운 집을 가지고 있는 분의 이름이 무엇인지 나에게 말해주실 수 있는지요?"

그러나 무슨 중요한 볼일을 봐야 했던 그 남자는 불행히도 묻는 사람이 네덜란드어를 전혀 알아듣지 못하는 만큼 독일어를 이해 못해서 짧고 퉁명스럽게 말했다. 그는 "칸니트페어스탄"이라고 답하며 투덜대면서 지나갔다. 그것은 한마디의 네덜란드어였거나, 아니면 올바로 관찰한다면 세 마디 말이었고, 독일어로 '난 당신 말을 알아듣지 못해요'라는 뜻이다. 그러나 착한 이방인은 그것이 자기가 물었던 남자의 이름이라고 생각했다. '칸니트페어스탄 씨는 엄청난 부자가 틀림없어'라고 생각하며 계속해서 걸어갔다.

골목에서 골목으로 거닐면서 그는 마침내 헤트 아이Het Ey 또는 독일어로 입실론Ypsilon이라고 불리는 만灣에 도착했다. 그곳에는 배와 배, 돛대와 돛대가 나란히 정박해 있었다. 그리고 조금 전에 동인도에서 돌아와서 하역하고 있는 큰 배가 그의 주의를 끌 때까지, 어떻게 두 눈으로 이 모든 진기한 것들을 충분히 보고 관찰해나갈 것인지 처음에는 알지 못했다. 벌써 상당히 많은 궤짝들과 둥근 꾸러미 등이 육지에 나란히 쌓여 있었다. 계속해서 설탕과 커피, 쌀과 후추로 가득 찬, 실례입니다만 쥐똥도 그 가운데 섞여 있는 많은 통들이 굴려서 밖으로 운반되었다. 이를 한참을 바라보던 그는 마침내 막 궤짝을 어깨에 이고 운반한 사람에게 바다가 이 모든 물품을 육지로 실어다 주는 행복한 남자의 이름이 무엇인지 물었다. "칸니트페어스탄"이 그 대답이었다. 그때 그는 생각했다. '아하, 저기 보이지 않니? 바다가 그런 재화를 육지로 띄워 보내주는 자에겐 놀라운 일이 아니야. 그는 그렇게 좋은 집을 세상에 짓고, 그런 좋은 튤립을 금도금을 한 화분에 넣어 창문 앞에 놓아두었지.' 이제 그는 다시 돌아가면서 이 세상에서 그렇게 많은 부자들 가운데 자신은 얼마나 가난한 사람이냐며 스스로를 정말 슬프게 생각했다.

그러나 칸니트페어스탄 씨가 가진 만큼 나 또한 언젠가 얻을 수 있다면 하고 그가 막 생각했을 때 그는 길모퉁이를 돌아 긴 장례행렬을 보았다.

검은색으로 복면한 네 마리의 말이 역시 검게 씌운 장례마차를, 마치 죽은 자의 장례를 치른다는 것을 알기나 하듯이 천천히 슬프게 끌고 갔다. 고인의 친구들과 지인들의 긴 행렬이 쌍쌍이, 검은 외투를 두르고 말없이 그 뒤를 따랐다. 멀리서 외로운 종소리가 울렸다. 이제 우리의 이방인은 착한 사람이 망자를 볼 때면 누구에게나 스쳐가는 슬픈 감정에 사로잡혔고, 모든 것이 지나갈 때까지 모자를 손에 들고 경건히 서 있었다. 그렇지만 목화 50킬로그램의 값이 10굴덴(14~19C까지의 독일 금화) 오른다면 자신의 목화로 얼마나 벌 수 있을까 하고 조용히 계산하던 행렬의 마지막 사람에게 다가가서 그는 그의 외투를 살며시 잡고 순진하게 실례를 청하며 물었다.

"조종이 울리고, 당신이 그토록 슬프게 생각에 잠겨 함께 가시니 아마도 당신의 좋은 친구였음이 틀림없지요?"

"칸니트페어스탄!"이 그 대답이었다. 그때 우리의 착한 두틀링겐 사람의 눈에서 몇 방울의 눈물이 흘러내렸고, 그의 마음이 갑자기 무거워졌다가 다시 가벼워졌다.

"가련한 칸니트페어스탄" 하고 그는 외쳤다. '당신은 부자였지만 현재 가지고 있는 것이 무엇인가? 나도 가난하지만 언젠가 얻을 수 있는 것들이지. 수의와 아마포, 그리고 당신의 아름다운 모든 꽃 중에서 아마도 차가운 가슴 위에 놓일 한 송이 로즈메리 아니면 마름모꼴 화환이지.' 이런 생각을 하면서 그는 자신이 장례행렬에 속해 있는 사람처럼 묘까지 망자를 따라가서 잘못 생각한 칸니트페어스탄 씨가 그의 무덤 속으로 내려지는 것을 보았고, 그는 한마디도 알아듣지 못하는 네덜란드어의 장례식 설교에서 그가 주의해 듣지 않았던 많은 독일어의 설교보다 더 많이 감동했다. 마침내 그는 가벼운 마음으로 다른 사람들과 함께 다시 떠나갔고, 독일어를 이해하는 사람이 운영하는 한 여인숙에서 맛있게 림부르크 치즈 한쪽을 먹어치웠다. 그리고 세상의 많은 부자들이 있는데도 자신은 가난하다는 사실이 마음을 짓누를 때마다 암스테르담에 있는 칸니트페어스탄 씨를, 그의 큰 집과 부유한 배, 그리고 그의 좁은 무덤을 생각했다.

우회와 오류는 진리를 인식하기 위한 필연적 전제다

시작하는 첫 문단은 상이한 두 문장에서 저자가 시도한 결론을 미리 제시하고 있다는 데서 이야기의 구조적 특징을 보여준다. 첫 번째 문장은 이야기의 중심을 이루는 철학적 명제, 즉 인간은 지상의 모든 사물들이 공유하고 있는 '무상함'을 관찰함으로써 자신의 불행한 운명에도 만족할 수 있다는 교훈을 제시한다. '그러나'로 시작하는 다음 문장은 제시된 진리의 인식에 이르기 위해서는 '인간의 의지(즉 '하려고 한다면')'뿐만 아니라 '우회'와 '오류'가 전제되어야 한다는 것을 강조하고 있다. 그리고 첫 번째 문장에서 지상의 '무상함'이 사색적·추상적 표현 형식에서 보편적 진리처럼 선언되고 있다면, 이 보편화된 진리는 '그러나'의 다음 문장에서 한 독일 수직공의 특별한 체험으로 구체화된다. 즉 서론적 문단의 첫 문장에서의 보편적 의미의 '인간'은 다음 문장에서 특정한 '독일의 군델펑겐이란 시골의 수직공'으로 바뀌고, 추상적 진리는 그의 체험을 통해서 구체적 비유로 묘사된다. 문학적 언어는 일상의 단순한 경험들뿐만 아니라 철학적·추상적 개념을 비유로 표현할 수 있는 수단이다. 그래서 이 이야기에서 철학적 명제가 교훈적이고 사색적인 표현의 경직성에서 벗어나 문학적 언어의 형성력에 의해 비유적으로 전달되고 있기 때문에, 비유의 이면에 잠재해 있는 내용을 이해하기 위해 언어적·문체적 형성에 대한 관찰이 요구된다. "문학은 진리를 향한 탐험이다"[25]라고 프란츠 카프카가 간명하게 말했다면,

헤벨의 이 이야기는 카프카보다 훨씬 앞서 명확하고 진지하게 인간의 진리인식의 가능성에 대해 묻는 훌륭한 작품이다.

인간에겐 체험의 인식 과정 없이 곧바로 진리에 이를 수 있는 대로大路가 주어져 있지 않다. 인간은 본능적으로 지금까지의 '나'로부터 벗어나 새로운 것을 체험하고 싶어 한다. 그래서 사람들은 대부분 바깥세상으로 떠나려는 충동을 느낀다. 무릇 여행이 그러하듯이, 독일 수직공이 고향인 군델핑겐을 떠나 암스테르담으로 가는 편력 역시 이런 충동에서 나온 것이라 할 수 있다. 그는 고향을 떠남으로써 낯선 세계와 처음으로 만난다. 이런 의미에서 여행 또는 편력이란 고향과 자신으로부터 이탈해서 낯선 세계로 접근해가는 것이고, 다른 인간과 세상의 만남이며, 이 만남을 통한 세계체험이고 동시에 세계인식의 습득 과정인 것이다. 여행이나 편력은 진리를 인식하게 되는 필연적인 우회인 것이다.

헤벨은 우회와 함께 오류를 진리인식에 대한 전제로 제시한다. 사람들은 흔히 낯선 곳에서 오류를 범하기 마련이다. 고향이 아니라 암스테르담에서, 즉 우회를 통해서, 그리고 주인공이 가상 속에서 범하는 오류를 통해서 진실과 그 인식에 이르게 된 군델핑겐의 수직공의 인식 편력이 그 예다. 헤벨은 주인공에게 어떤 이름도 주지 않음으로써 그의 우회와 오류를 개인이 아닌 모든 사람의 인식에 필연적인 전제로 확대하고 있다. 우회와 오류는 누구에게나 있으며, 그렇기 때문에 인간적이라는 것이다.

그에게 있어 오류는 우선 언어에 의해서 생긴다. 그는 낯설고 언어가 다른 암스테르담의 세계를 시골뜨기의 눈으로 본다. 이때 시골에서 온 이방인과 그곳 암스테르담 사람들은 서로 이해하지 못하고, 의사소통은 중단되었다. 그럼에도 불구하고 그들은 그런 사실을 모르기 때문에 간단한 질

헤벨의 친필 원고와 삽화

문과 대답을 의사소통으로 착각한다. 이 이야기 과정에서 군델펑겐의 수
직공은 세 번 묻는데, 그때마다 '나는 당신의 말을 이해할 수 없다'는 네덜
란드어 '칸니트페어스탄'이란 같은 대답을 반복해 듣고, 그것을 사람 이름
으로 오해하는 최초의 오류를 범한다. '칸니트페어스탄'은 의인화되어 소
통의 수단이 된다. 바로 칸니트페어스탄 씨란 상상의 인물을 통해 수직공
에게 대화의 소통이 없는 암스테르담의 세계에서나 군델펑겐의 고향 세계
에서 모든 지상의 사물들이 공유하고 있는 하나의 진리에 대한 이해가 생

긴다. 다시 말해서 불가피한 그러나 무의식적인 최초의 오류는 모든 지상적인 것은 무상하기 때문에 자신의 불행한 운명에 만족할 수 있다는 차원 높은 진리의 인식에 이르게 된다. 이 이야기의 결론이기도 한 이 진리가 시작의 문장에서 제시된 것이다. 그것은 우선적으로 언어의 몰이해에서 생긴 오류에서 비롯된다.

주인공이 형이상학적 진리를 경험하게 되는 과정이 집, 배, 장례행렬의 비유들로 압축되어 설명되고 있다. 이 세 대상들은 낯선 세상인 암스테르담이 그에게 보여준 세 가지 기본적 존재 영역에 대한 대표적인 비유들이다. 집은 고향처럼 정착과 안정을 주는 삶의 원초적 터전이며, 배는 거리의 극복을 통한 세계의 여행, 발견, 정복, 지배에 대한 상징일 뿐만 아니라 세계 부의 집적지集積地로서의 상징이고, 마지막으로 장례행렬과 무덤은 지상에 있는 모든 존재의 허무함에 대한 비유인 것이다.

우선 암스테르담에서 '크고 아름다운 집 한 채'가 편력하는 군델핑겐 수직공의 눈에 곧바로 들어온다. '눈에 들어온다'는 것은 지상의 사물들과 최초의 만남이 매우 수동적이라는 것을 말해준다. 그러나 그는 곧이어 그 집의 창窓들이 '고향에 있는 아버지 집의 문보다 더 크고 높은' 것에 놀라 '처음 보는 진기한 것들'을 자세히 보고 관찰하기 시작한다. 그의 세상과의 만남은 처음의 소극적·수동적인 '봄'에서 의식적·능동적 '관찰'로 발전한다. 그에겐 낯선 세계를 체험하고 받아들이기 위한 의사소통 수단이 필요하지만, 그는 언어적 수단이 아니라 언어와 비교해서 매우 불안전한 인식수단 두 눈에만 의존할 수밖에 없다. 그래서 처음 보는 낯선 세계의 기적들에 대한 의식적·능동적 관찰은 놀람과 호기심을 불러일으키고, 그는 비로소 적극적인 질문을 하게 된다. 마침내 그는 지나가는 사람에게 그 크고 아름다운 집의 주인 이름을 묻는다.

독일어를 모르는 암스테르담 사람은 퉁명스럽게 '칸니트페어스탄'이라고 대답한다. 질문을 통해서 비로소 이 이야기의 불가피한 그러나 주도 동기적인 '오류'가 발생한다. "칸니트페어스탄 씨는 엄청난 부자가 틀림없어." 이같이 주인공이 겪는 경험적 오류는 이야기 끝까지 계속된다. 칸니트페어스탄은 말하자면 현실과의 만남에서 생긴 능동적인 오류다. 이 오류는 이어지는 잘못된 비유들에서 추상적이지만 현실에 구속력 있는 차원 높은 진리를 인식하게 하는 매체로서 계속 작용한다.

주인공이 편력 중에 만난 두 번째 대상물은 '배'다. 이미 깊어진 호기심에서 나오는 그의 관찰은 그에게 대화를 포기하지 않고 질문을 하게 한다. 큰 배의 주인이 '칸니트페어스탄' 씨라는 것을 알게 된 순간 주인공은 이 세상의 많은 부자들 가운데서 너무나 가난한 자기 자신을 진정으로 슬프게 생각한다. 이제 그는 처음으로 자기 자신을 들여다보게 된다. 그의 능동적이고 자발적인 자기 관찰은 사변적으로 바뀐다. '놀람'의 감정은 자아를 성찰하는 이성으로 작용한다. 이렇게 주인공의 의식과 현실 사이의 근본적인 불일치에서 생기는 역설적인, 그러나 한 단계 상승된 인식 논리가 집과 배에 대한 관찰에서 만들어진다. 그의 인식은 부와 빈곤, 부자와 가난한 자, 소유에만 근거한 인간의 행복과 불행 사이의 세속적 관계에 대한 것이다. 그 결과는 그 자신이 가난한 사람이라는 스스로에 대한 '슬픈 관찰'이다. 자기 자신과 세상과의 관계에 대한 그의 유일한 판단 기준은 소유의 개념에서 이루어지며 부는 행복과 같은 의미로만 수용된다. 그래서 그의 질문은 큰 집이나 큰 배가 누구의 것이냐는 소유자와 소유물에 대한 것일 수밖에 없다.

요한 페터 헤벨

그는 자신의 불행한 운명을 원망하고, 스스로를 처음 보는 도시 풍경에 낯선 '이방인'이 아니라, 실제로 부자들의 세계에서 쫓겨난 이방인으로 느낀다. 이때 빈부의 격차에서 느낀 자기 자신에 대한 슬픈 감정은 후에 이어지는 장례행렬에서 그를 사로잡은 다른 차원의 슬픈 감정과 연관해서 더 높은 진리의 씨앗이 된다.

군델핑겐의 수직공은 긴 장례행렬을 만난다. 그는 그것을 처음엔 마치 하나의 세속적인 구경거리처럼 보았다. 네 마리의 말이 장례마차를 끌고 가고, 고인의 친구들과 지인들의 긴 행렬이 그 뒤를 따라갔다. 큰 집과 큰 배에서처럼 그는 처음에 장례행렬의 큰 규모에 관심을 갖는다. 장례행렬의 맨 마지막에서 목화 값만을 머릿속에 계산하면서 따라가는 사람은 죽음 앞에서도 재물만을 추구하는 현세의 속성을 풍자한다. 처음에 주인공이 장례행렬에서 가졌던 죽음에 대한 생각도 이 같은 수준에서 이루어졌다고 할 수 있다. 그러나 장례행렬의 마지막 사람에게 묻는 그의 세 번째 질문은 약아빠진 목화 상인보다 '현세의 무상'이란 진리에 더 가까이 있음을 알려준다. 그는 슬픈 생각에 잠겨 장례행렬을 따라가는 목화 상인을 사자死者의 '좋은 친구'라 믿고 그들의 관계를 묻는다. 그러나 돌아온 대답은 역시 '칸니트페어스탄!'이었다.

재산과 소유자에 대한 질문은 이제 좋은 친구였을 것이라는 인간관계에 대한 질문으로 바뀐다. 소유와 연관된 질문은 죽음 앞에서 아무런 의미가 없기 때문이다. 이 같은 질문의 전환은 주인공이 서서히 인간존재의 본질적 영역에 대해 눈이 뜨이는 것을 보여준다. 장례행렬에서 의인화된 '칸니트페어스탄'은 주인공에 의해 장례마차 위의 죽은 자와 일치되고, 마지막으로 잘못된 그러나 논리정연한 오류가 발생한다. 이로써 재산과 행복을 동등하게 생각하는 데서 생긴 이전의 오류는 세상과 인생에 연관된 더 깊고 근본적인 오류로 승화된다. 착한 군델핑겐 사람의 슬픔은 더 이상 빈부에서 오는 슬픔이 아니다. 그것은 가련한 칸니트페어스탄 씨에 대한 동정에서, 세상의 무상함에 대한 자신의 감정에서, 즉 오류를 통한 잘못된 인식에서 생긴 슬픔이다.

엄청난 부자인 칸니트페어스탄 씨는 이제 한낱 가련한 시체일 뿐이고, 세상의 아름다움을 상징하는 화려한 꽃들은 차가운 가슴과 수의와 아마포 앞에서 인간의 사멸적 존재처럼 시듦과 무상함의 표시일 뿐이다. 무상함에 대한 인식에서 그는 자신의 불행한 운명에 대한 변호와 위로를 찾는다. 죽음 앞에서 부자와 가난한 자가 존재하는 현실세계의 척도는 의미를

《칸니트페어스탄》의 한 장면

잃고 주인공은 가벼운 마음으로 더 이상 부의 사회에서 '쫓겨난 자'가 아니라 '착한 이방인'이 된다. 그래서 그는 칸니트페어스탄 씨의 장례행렬에 끼어 묘까지 따라갔고, 한마디도 알아듣지 못하는 네덜란드어로 된 장례식 설교에 크게 감동했다. 마침내 그는 오류를 통한 진리인식에 이른 것이다. 언어적 장벽은 그에게 큰 의미가 없다. 장례식 설교의 감동에서 흘리는 눈물이 말해주듯이, 순박한 수직공에게 진리인식은 머리에서가 아니라 가슴에서 이루어지기 때문이다. 이야기 과정에서 무상함이라는 결코 가볍지 않은 철학적·추상적 개념은 도덕적·교훈적 논리의 경직된 서술 형태로 표현되지 않고 크고 작은 것, 부유하고 가난한 것, 나아가 삶과 죽음 사이의 양극적 비유들에서 구체화된다.

목사인 헤벨의 작품세계에는 성서적 상황이 부지중에 배어 있다. 이 이야기의 순박한 주인공이 집, 배, 장례행렬의 구체적인 비유들을 통해 긍정적인 삶의 철학을 터득하는 모습은 손가락으로 상처를 만져보고 사실을 분명하게 한 후에야 비로소 예수의 부활을 믿은 복음서의 의심 많은 사도 토마[26]와 비슷하다. 이것은 진리의 인식을 위한 놀라운 우회다. 말이 통하는 사회로 돌아와서 영양이 듬뿍 든 이 세상의 '림부르크 치즈'를 맛있게 먹는 장면은 진리인식에 대한 확실한 표현으로, 그가 자신의 삶을 즐기고 자신의 운명에 만족하면서 삶을 여유 있게 살아갈 수 있는 지혜를 얻었다는 것을 말해준다. 이런 의미에서 고향을 떠난 순박하고 무지한 편력자는 우회와 오류를 통해 삶의 진리를 깨우친 귀향자로서, 현실세계로의 귀의자로서 거듭난 모습을 나타낸다. 이 작품은 일종의 토마의 귀의歸依다.

화자는 이 이야기의 시작 부분에서 인간의 인식 과정에 '자의적 노력(조건문 '만일 그가 하려고 한다면')'을 전제하고 있다. 세 번의 현실과의 접촉, 세 번의 질문, 그 질문에 대한 의식적인 자기 개입 그리고 적극적인 해석 시도는 군델핑겐 시골 사람의 자의적 노력에서 나온 것이다. 따라서 오류는 인간이 현실과의 만남에서 만들어낸 능동적이고 자발적인 산물로서 진리인식의 역할을 하지만, 반복적으로 상승된 최고의 단계에서 비로소 인간을 진리로 안내한다. 다시 말해 진리에 대한 총체적 인식에서 볼 때 인간의 지식과 인식에는 한계가 있기 때문에 인간의 생각은 불완전한 것이라 할 수 있으며, 그래서 인간은 관찰할 때면 언제나 오류를 불러일으킬 수 있고, 나아가 이러한 인식 시도에서 나타난 일련의 불가피한 오류는 또 다른 오류를 불러일으키기 마련이라는 것이다. 그렇지만 일련의 불가피한 개개의 오류들은 그들의 방법대로 고유한 논리의 정연성에 의해서 생기기 때문에, 결국 경험된 오류들은 최고로 상승된 상태에서 절대적 진리에 대한 '인식'으로 발전하는 철학적 · 사변적 '오류'를 불러일으킨다는 것이다. 오류는 누구에게나 있으며, 그렇기 때문에 인간적이다. 그리고 오류를 통한 인식은 인간과 세상을 변화시킨다.

이야기꾼으로서 헤벨은 인간이 인식의 방법에서 우회와 오류를 필연적으로 불러온다는 진리를 인식시키기 위해서 독자들을 비유의 세계로 가는 놀라운 '우회'로 인도한다. 때문에 '우회'는 결코 '잘못된 길'로 되지 않는다. 이런 의미에서 《칸니트페어스탄》은 주인공의 '가장 진기한 우회'와 자기 착각에서 생긴 반복된 '오류'들을 통해 놀라운 방법으로 현세의 무상함과 자기 운명의 만족이란 진리를 전하는 우화로서의 문학작품인 것이다. 우리가 삶의 과정에서 숙명적으로 겪어야 하는 실패란 좌절과 체념이 아니라 우회와 오류를 통해 성공으로 가는 편력의 한 과정일 뿐이다.

《치유된 환자》
Der geheilte Patient

부자들은 그들의 노란 카나리아 새들에도 불구하고 때때로, 고맙게도 가난한 사람은 모르는 온갖 근심과 병을 견뎌내야 한다. 왜냐하면 공기 속에 있지 않고, 오히려 가득 찬 접시들과 잔들에, 그리고 부드러운 안락의자와 비단 침대에 있는 병이 있기 때문이며, 저 부유한 암스테르담 사람은 이에 관해서 한마디 말할 수 있다.

그는 오전 내내 안락의자에 앉아 있었고, 약간 활기가 있을 때면 담배를 피웠으며, 아니면 멀거니 입을 헤 벌리고 서서 창밖을 내다보았다. 그럼에도 불구하고 그는 점심을 너무 많이 먹어서 이웃 사람들은 때때로 말했다. "밖에 바람이 부나, 아니면 이웃 사람이 그렇게 코를 고나?"

오후 내내 그는 똑같이 때로는 찬 것을, 때로는 따뜻한 것을, 배고픔도 식욕도 없이, 오직 지루함에서 저녁때까지, 그러니까 언제 점심 식사가 끝났고 언제 저녁 식사를 시작했는지를 사람들이 올바로 말할 수 없을 정도로 먹고 마셨다. 그는 저녁 식사 후에 침대에 누웠고, 온종일 돌을 부리거나 나무를 팬 것처럼 피곤했다. 그로 인하여 그는 결국 곡물 부대처럼 둔해진 뚱뚱한 몸이 되었다.

먹고 자는 것이 그에게는 결코 달갑지 않았다. 그는 오랫동안 여러 번 아주 건강한 것도 아니고 아주 아픈 것도 아니게 지냈다. 사람들이 그의 말을 들을 때마다 그는 365가지 병을, 말하자면 매일 다른 병을 가졌다. 암스테르담에 있는 모든 의사들은 그에게 충고해야만 했다. 그는 소화용 물통에 가득한 조제 물약과 여러 삽 가득한 가루약 그리고 오리 알만큼 큰 알약들을 삼켰고, 그래서 사람들은 마침내 농담조로 그를 두 다리를 가진 약국이라 불렀다. 그러나 모든 약들은 그에게 아무런 도움이 되지 않았다. 왜냐하면 그는 의사들이 지시한 것을 따르지 않고 말했기 때문이다.

"제기랄, 개처럼 살아야 한다면 무엇 때문에 내가 부자인가, 그리고 왜 의사는 내 돈으로 나를 건강하게 만들고 싶어 하지 않는가?"

마침내 그는 100시간 멀리 떨어져 사는 한 의사에 관해 들었는데, 그 의사는 매우 능숙해서 그가 환자들을 똑바로 보기만 해도 그들이 건강해지고, 그가 나타나는 곳에서는 죽음이 그를 피한다고 했다. 그 남자는 그 의사를 신뢰하게 되어 그에게 자신의 상황을 편지로 써 보냈다. 의사는 무엇이 그에게 필요한지를, 말하자면 약이 아니라 절제와 운동이 필요하다는 것을 곧 알아차리고 말했다.

"기다리게, 내가 자네의 병을 곧 고쳐줄 것이네."

그래서 의사는 그에게 다음과 같은 내용의 편지를 썼다.

"친구 양반, 당신은 나쁜 상황에 처해 있소. 내 말을 따른다면, 당신을 도울 것이오. 당신은 배 속에 나쁜 짐승을, 일곱 개의 주둥이를 가진 용 같은 괴물을 가지고 있소. 내가 직접 그 괴물과 이야기를 해야만 하니 나에게 오시오. 그러나 절대로 마차를 타거나 말을 타고 와서는 안 되며, 걸어서 와야 하오. 그렇지 않으면 당신은 그 괴물을 흔들고, 그놈은 당신의 내장을 물어뜯어 갑자기 오장육부를 모두 두 동강 낼 것이오. 그다음으로 당신은 한 접시 가득한 채소를 하루에 두 번 이상 먹어서는 안 되오. 게다가 낮에는 한 개의 구운 소시지와 밤에는 계란 한 개, 그리고 아침에는 파 조각을 얹은 고기 수프보다 더 먹어서는 안 됩니다. 당신이 더 먹으면 먹을수록 괴물만 더 커질 것이고, 그 괴물은 당신의 간을 짓눌러 재봉사는 다시는 당신의 옷을 만들어야 할 필요가 없지만, 목수가 만들어야만 합니다. 이것이 내 충고입니다. 만일 당신이 내 충고를 따르지 않는다면, 당신은 내년 봄에 뻐꾸기 우는 소리를 결코 듣지 못할 것입니다. 당신이 하고 싶은 대로 하시오!"

환자가 그렇게 의사와 함께 나눈 말을 들었을 때, 그는 즉시 그다음 날에 손수 장화를 닦고, 의사가 그에게 지시한 대로 길을 떠났다. 첫날에 그는 아마도 달팽이가 그보다 앞서 갈 수 있을지도 모를 정도로 너무나 느리게 갔다. 그리고 그는 그에게 인사하는 사람에게 감사해하지도 않았다. 벌레가 땅 위를 기어가면 그는 그것을 짓밟아버렸다.

그러나 이틀째와 사흘째 되는 아침에 새들이 오늘처럼 그렇게 사랑스럽게 노래 부른 적이 한 번도 없었던 것처럼 지저귀는 소리가 아름답게 들렸다. 이슬은 그에게 너무나 신선하게 빛났고, 들에 핀 개양귀비도 그토록 붉게 빛났으며, 그를 만난 모든 사람들은 매우 친절하게 보였다. 그리고 그 역시 그랬다. 그가 여인숙에서 출발했을 때, 날마다 아침은 더 아름다워졌으며, 그는 더욱 가볍고 경쾌하게 걸어갔다. 그리고 그가 18일째 되는 날에 의사가 있는 도시에 도착해서 다음 날 아침에 일어났을 때, 그는 매우 기분이 좋아서 말했다.

"내가 의사에게 가야 하는 지금처럼 가장 적절한 시간에 건강해질 수 있었다니. 나에게 조금만이라도 귀에서 윙윙거리는 소리가 나거나, 아니면 가슴이 답답하기라도 하다면 좋을 텐데."

그가 의사에게 왔을 때, 의사는 그의 손을 잡고 말했다.

"도대체 지금 어디가 아픈지 나에게 다시 한 번 자세히 말해주시오."

"의사 선생님, 다행히도 난 아무 데도 아프지 않습니다. 당신이 나처럼 건강하시다면, 나는 기뻐할 것입니다."

그의 대답에 의사가 말했다.

"좋은 정신이 나의 충고를 따르라고 당신에게 권했습니다. 괴물은 이제 떨어져 나갔습니다. 그러나 당신은 몸 안에 아직 알을 가지고 있기 때문에 다시 걸어서 집에 가야만 합니다. 그리고 아무도 보지 않아도 집에서 열심히 나무를 톱으로 잘라야만 하며, 알이 부화되지 않도록 허기가 당신에게 주의를 주는 것보다 더 먹어서는 안 됩니다. 그래야 당신은 노인이 될 수 있습니다."

그리고 의사는 미소까지 지었다. 그러나 부유한 이방인은 말했다.

"의사 선생님, 당신은 섬세하고도 이상한 분이십니다. 그리고 난 당신을 잘 이해합니다."

그 후 그는 그 충고를 잘 따랐고, 물속의 고기처럼 건강하게 87년 4개월 10일을 살았으며, 새해마다 의사에게 인사로 20도블론을 보냈다.

요한 페터 헤벨

올바른 치유는 타성을 깨고 나오려는 내적 탐험에 있다

낮과 밤이 있어 밝음과 어둠을 인식하듯이, 인간의 삶에서도 즐겁고 행복한 시간과 괴롭고 불행한 시간이 끊임없이 교차된다. 밤의 어두움을 겪고 맞이하는 새날의 광명이 더 귀중하고 보람 있게 느껴지듯이, 우리가 겪는 괴로움이나 불행은 곧 우리의 즐거움이나 행복을 담보한다. 우리는 그런 고통을 겪으면서 성숙해지고 삶의 지혜와 기쁨을 얻기 때문이다. 밥벌이를 위해 땀 흘려 일한 후에 찾아오는 만족감, 버거운 연구 끝에 깨닫는 기쁨, 오랜 인내와 피나는 노력 끝에 맛보는 성취감, 이런 것들이 괴로운 과정을 거친 후에 얻게 되는 즐거움이다.

그런데 세상에는 안일과 나태에서 즐거운 것, 하고 싶은 것만 하려 하고 힘든 것, 하기 싫은 것을 하려 하지 않는 사람들이 많이 있다. 특히 땀 흘리지 않고 얻은 재물이기에 분별없이 소비하는 졸부들의 삶이 그러하다. 산해진미와 시도 때도 없는 과식과 과음은 우리의 몸을 망가뜨릴 뿐만 아니라 삶을 동물적으로 만든다. 호화로운 주거환경은 안일하고 나태한 삶에 빠뜨리고, 운동부족으로 질병을, 무절제한 소비는 정신적 폐허를 불러온다. 이것은 처음에 즐겁다가 뒤에 괴롭게 되는 일이다.

헤벨의 이야기 《치유된 환자》는 위에서 말한 두 가지 교훈을 비유적으로 전한다. 주인공인 '부유한 암스테르담 사람'에게 부로 인한 나태함과 무절제한 소비의 잘못된 삶이 병의 징후로 나타난다. 물질적 안일과 향락 뒤에 찾아오는 괴로움의 예다. 그러나 그는 병의 치유를 위해 고통을 감수하고 올바른 삶을 찾아 평생 동안 누린다. 고통 끝에 얻은 기쁨이다. 여기서 중요한 것은 《칸니트페어스탄》에서처럼 이 이야기도 오류와 우회, 그리고 인간의 의지가 주도 동기로 작용하고 있다는 것이다. 주인공에게 병의 치유 과정은 올바른 삶의 인식 과정과 일치하고, 그 과정에서 잘못된 삶의 치유에 대한 오류, 그리고 100시간 떨어진 의사를 찾아가는 우회가 비유적으로 설명되고 있다.

부유한 암스테르담 사람의 삶은 재물의 무절제한 소비로 특징지어진다. 그는 안락의자에 앉아서 배고픔도 식욕도 없이, 그리고 규칙적인 식사시간도 없이 오직 지루함에서 무위도식하는 비인간적인 삶에 빠져 있다. 그의 인생은 오직 먹고 마시고 소화시키는 동물과 같은, 물질적인 것에 완전히 예속되어 있음을 보여준다. 이 같은 그의 삶은 창조적 가치를 상실한 인간 존재를 가시적으로 표현한 것이다. 그의 삶은 다만 계속되는 재물의 소비일 뿐이다. 그리고 나태한 암스테르담의 부자는 오전 내내 안락의자에 앉아서 멀거니 입을 헤 벌리고 아무런 생각 없이 창밖을 내다본다. 그런 그의 모습은 스스로를 쇼윈도의 마네킹으로 만드는 것으로, 자기 자신과 바깥세계가 차단된 상태에서 자신의 소외된 존재를 폭로하고 있다. 뿐만 아니라 그는 이 세상에서 인간은 인간과 더불어 살아야 한다는 진리를 인식하지 못하기 때문에 창조적이고 진취적으로 행동해야 하는 인간 본연의 과제를 부인한다.

이것이 그에게서 '병'으로 나타난다. 즉 상징적 의미에서 그의 병은 물질적 풍요에 기인한 인간의 총체적 나태함이며, 사회공동체에서 공유해야 할 인간 본연의 과제를 알지 못하는 부유한 사람들의 병이다. 이 병으로 건전한 육체와 정신을 위한 인간의 순수하고 자연스러운 욕구는 억제되고, 일에 대한 의욕의 상실과 사람에 대한 염증이 생긴다. 그는 365가지 병을, 말하자면 매일 다른 병을 가지고 살면서 막연히 불편하게 느끼고, 불안해지고, 무엇인가 이상이 있다는 것을 알고 있지만, 왜 그리고 무엇이 잘못인지를 아직 알지 못한다. 그의 병은 육체적인 것이 아니라 정신적·심리적 병인 것이다.

따라서 그가 자신의 병을 고치기 위해 동원한 부의 힘에 의존한 물리적 테라피는 처음부터 잘못된 것이다. "암스테르담에 있는 모든 의사들은 그에게 충고해야만 했다." 과다한 음식처럼 과다한 약품이 치료를 위해 처방된다. "그래서 사람들은 마침내 농담조로 그를 두 다리를 가진 약국이라 불렀다." 그러나 암스테르담에 있는 의사들은 병의 근원을 밝히지 못한 채 육체적 증상만을 보고 처방했기 때문에 과다한 약은 그의 건강을 더욱 나쁘게 만들 뿐 병을 치유할 수 없다. 때문에 환자는 의사들의 지시에 따르지 않았을 뿐만 아니라 자신과 의사들을 원망한다.

여전히 돈의 전능에 대한 그의 믿음은 확고하지만 돈에 의한 병의 치유는 불가능하다. 그는 비로소 자신의 삶이 바로 '개 같은 삶'이라는 비판적 의식을 가지기 시작한다. 잘못된 삶과 잘못된 치유를 통해 부유한 환자는 올바른 삶과 올바른 치유를 찾게 된다. 오류가 진리 발견의 필연적 전제로 예시되고 있다.

마침내 그는 '올바른 의사'에 관한 소문을 듣는다. 그 의사는 가까운 데 있지 않고, 100시간 멀리 떨어진 곳에 산다. 이 100시간의 거리가 그에겐 바로 우회를 통한 올바른 치유의 인식 과정이다. 그 의사는 전적으로 화학적인 의약품에만 의존하지 않고 환자를 '올바로 보는 것'으로써 환자의 생

《치유된 환자》의 한 장면

활과 마음의 상태를 파악하고 치유할 수 있다. 부유한 환자는 그 의사에게 편지를 쓴다. 사람의 글과 말에는 그 사람의 본성이 반영되기 때문에 그 의사는 환자의 편지만 읽고도 병을 진단할 수 있다.

그가 '올바로 본다는 것'은 병의 외적 증상에 대한 시각적 관찰이 아니라, 병의 근원에 대한 정신적·심리적 통찰을 의미한다. 그래서 올바른 의사는 약이 아니라 인간다운 삶, 즉 '절제와 운동'이 치료를 위한 처방이라는 것을 안다.

'올바른 의사'의 치료 행위는 우선 환자의 관심을 불러일으키기 위해 특별한 쇼크 치료법을 사용한다. 그는 직접적으로 환자를 병의 치명적인 결과인 죽음과 가차 없이 대질시킨다. 만일 환자가 그의 충고를 따르지 않는다면 재봉사가 그의 옷을 만드는 대신에 목수가 그의 관을 짜게 될 것이며 '내년 봄에 뻐꾸기 우는 소리를 결코 듣지 못할 것'이라고 경고한다. 그 의

요한 페터 헤벨

81

사가 준 경고의 참된 의미는 환자에게 죽음에 대한 공포를 불러일으킴으로써 죽음이 인간에게 주는 심오한 의미, 즉 죽음이 지상의 모든 것을 무의미하고 허무하게 만든다는 진리를 인식시키려는 데 있다. 이런 인식을 통해서 환자는 비로소 재물의 예속에서 벗어나 내면의 자유를 얻으며 올바른 치유의 가능성을 찾게 된다. 환자는 남의 도움과 돈에만 의존하는 수동적인 행위에서 벗어나 자신이 의사가 되어 자신의 병을 치유할 수 있는 적극적인 행위가 필요하다는 것을 깨닫게 된다. 그래서 '올바른 의사'는 그에게 모든 것을 내맡긴다. "당신 마음대로 하시오!" 이것은 환자를 포기하는 것이 아니라, 병의 치유 행위를 환자의 임의적 결정과 책임에 완전히 맡기는 의사의 믿음인 것이다. '올바른 의사'는 이렇게 환자에게 치유는 자기 자신에게 있다는 기본적인 진리를 인식시킨다.

　환자를 죽음에 이르게 하는 병의 원인은 그의 '배 속에 있는 나쁜 짐승'이다. 그 짐승은 그의 간을 짓누르는 일곱 개의 주둥이를 가진 용 같은 괴물이다. 그를 죽음으로 몰고 가는 '나쁜 짐승'은 환자가 무절제한 소비 상태에 빠진, 인간답지 않은 동물적인 삶에 대한 메타포다. 이 '괴물'은 환자가 먹는 만큼 더 커진다고 의사는 말한다. 이것은 환자가 물질적인 것에 의존하면 할수록 그의 삶은 그만큼 더 비인간적·동물적이 된다는 것에 대한 경고다.

　'일곱 개의 주둥이를 가진 괴물'의 비유는 성경에서 나온 것이다. 일곱이란 숫자는 칠거지악의 의미를 연상시킬 뿐만 아니라 신·구약성서에서 언급하고 있는 일곱 개의 악덕을 암시한다. 성서의 예를 들면 "원수는 (…) 다정하게 말해도 믿지 말아라 / 그 속에 구렁이가 일곱 마리나 들어 있다."(잠언 솔로몬 26, 25) 마리아 막달레나에서 '일곱 마귀(누가 8, 2)'란 말이 나온다. 요한묵시록에서 세계의 종말 시기에 바다에서 올라온 짐승은 '뿔이 열 개이고 머리는 일곱 개(요한 묵시록 13, 1)'를 가지고 있다. 마지막으로 일곱이란 수는 일곱 천사가 각각 한 가지 재난을 내릴 권한을 가지고 있는 최후의 묵시록적 고통의 숫자다(계시록 15, 1).[27]

'올바른 의사'는 예수를 상징한다. 성서에서 예수는 맨손으로 많은 환자들을 고쳐주고(누가 5, 38~44), 나사렛을 방문해서는 "의사여, 네 병이나 고쳐라(누가 4, 23)"는 속담을 자기 자신과 연결한다. 구약성서에서도 하나님은 의사로 나타난다. "나는 야훼, 너희를 치료하는 의사다(출애굽기 15, 26)." '올바른 의사'는 예수처럼 영혼의 의사이며, 인류의 의사인 것이다.

괴물의 '알들' 역시 상징적 의미를 가진다. 만일 환자가 옛날의 악습에서 벗어나지 못할 경우에 그 알들은 다시 괴물로 자라서 생명을 위협할 수 있다고 경고한다. 이런 위험은 인간에게 언제나 존재한다. 때문에 인간은 모든 악의 유혹에서 스스로 벗어나려는 의지와 노력을 기울여야 한다. 여기서 의미하는 헤벨의 구원에 대한 동기는 올바른 삶을 통해 스스로 구원되어야 한다는 기독교적 구원론과 일치한다. 괴물의 '알들'은 올바른 삶을 계속 유지하기 위해 노력해야 한다는 일종의 경고다.

환자는 '올바른 의사'의 편지를 받고 즉시 그의 지시대로 행동한다. 그는 그다음 날에 손수 장화를 닦고 길을 떠난다. 그럼으로써 그는 창 안에 갇힌 마네킹 같은 존재에서 벗어나 세상으로 나간다. 집을 떠난다는 것은 그가 돈의 힘에 의존하지 않고 스스로 악습의 세계에서 벗어나는 치유의 첫걸음인 것이다. 치유는 환자 자신의 의지에 있다는 진리가 비로소 그에게 스스로 체험되고 완성되어간다. '올바른 의사'에게 걸어가는 '길'은 그의 삶을 근본적으로 바꾸어놓는다. 변화는 환자가 걸어가는 도중에 세상과

요한 페터 헤벨

사람들의 만남을 새롭게 느끼는 데서 시작한다. 그의 편력은 우회적인 치유의 과정으로서 심리적·정신적 변화 과정인 것이다.

헤벨은 이 과정을 언어의 대가답게 비유적으로 잘 표현하고 있다. 첫날에 그는 여전히 옛 모습으로 나타난다. 그는 달팽이보다 느리게 걸어가면서 그에게 인사하는 사람들에게 감사하지 않고, 땅 위를 기어가는 벌레를 짓밟아버린다. 재물에 예속된 그의 삶은 그를 비인간적·비사회적 존재로 만들었다. 그러나 그는 점차 지금까지 느끼지도 알지도 못했던 세상의 아름다움을 체험하게 된다. 이제 그의 귀에는 새들의 지저귀는 소리가 이제껏 듣지 못했던 아름다운 노래로 들려오고, 그의 눈에는 신선한 이슬의 광채와 들에 핀 개양귀비의 빛나는 붉은색이 비친다. 길에서 만나는 사람들이 매우 친절해 보였고, 자신도 친절해졌다. "날마다 아침은 더 아름다워졌으며, 그는 더욱 가볍고 경쾌하게 걸어갔다."

그가 어느 정도 자연의 아름다움과 친절한 세상을 체험할 수 있게 되었을 때, 인간다운 삶이 열리기 시작한다. 그 체험에서 얻은 새롭고 단순한 기쁨은 동물처럼 먹고 마시는 무절제한 소비에서는 얻을 수 없는 행복이고, 동시에 걷는 노력의 대가로 체험할 수 있는 자연과 세상의 아름다움에 대한 경탄이다. 그것은 자연을 통해 순화된 인간 내면의 표현인 것이다. 그래서 그가 걸어가는 '길'은 그에겐 인간이 되어가는 길이다. 성서적 의미에서 볼 때, 그 길은 인간을 신의 뜻에 따라 죄 많은 삶에서 치유된 상태로 옮겨놓는, 다시 말해서 '부활'로 가는 '길'이다. 암스테르담 사람은 긴 여정에서 성서 속의 골로사이인들이나 에페소인들처럼 옛 생활을 청산하여 낡은 인간을 벗어버리고 새 인간으로 변해가야 하며, 올바르고 거룩한 진리의 생활을 하는 사람[28]이 되어야 한다는 것이다. 마침내 암스테르담의 부유한 환자는 자신의 치유를 스스로 깨닫게 된다. 그가 18일째 되는 날에 의사가 있는 도시에 도착해 다음 날 아침에 일어나 의사에게 가려 했을 때, 그는 되찾은 건강에 매우 기뻐했다. 그의 명랑한 기분은 치유에 대한 확신의 표현인 것이다. 그는 모든 약을 능가하는 최선의 처방이 절제와 운동임을 깨닫게 된다. 의사는 자신의 충고를 따르게 한 환자의 좋은 정신을 칭찬한다. 이제 환자는 '괴물'의 비유를 이해한다. "난 당신을 잘 이해합니다."

오히려 그는 의사의 건강을 염려하는, 말하자면 이웃을 위한 인간성을 보여준다. 그는 더 이상 황금의 탑 속에 갇혀 있지 않고 그의 여생을 인간적인 본성과 일치해서 그에게 알맞은 생활환경에서 "물속의 고기처럼 건강하게" 살아간다. 헤벨의 이 이야기는 병의 치유나 건강한 삶은 전적으로 인간의 마음과 의지에 달려 있다는 진리를 비유적으로 보여주는 우화다. 이 우화는 우리에게, 부유한 재물에 의한 무위도식의 즐거움은 인간을 파멸로 이끌고, 반면에 절제와 노력의 고통 끝에 얻는 즐거움이야말로 값지고 오래간다는 지극히 평범한, 그러나 실제에 있어서는 실행하기 어려운 진리를 말해주고 있다. 호사다마好事多魔라 한다. 즐거움 뒤엔 고통이 온다는 말이다. 사람들은 너나없이 이 길로 쉽게 빠져든다. 그러니 처음엔 괴로우나 나중에 즐거워진다는 삶의 지혜가 새로워진다.

이 이야기에서 말하는 올바른 치유는 타성을 깨고 나오려는 내적 탐험에 있다. 부유한 암스테르담 사람의 편력처럼 사람은 여행의 목적지보다 그 여정 자체를 음미할 줄 아는 현명함을 가져야 한다. 인간에게 그 여정이란 내면세계의 윤리적 변화를 위한 노력의 과정인 것이다. 때문에 인간은 자신의 인생에서 마음만 먹으면 언제든지 현실의 각고에서 오는 고통을 즐거움으로 즐길 수 있을 것이다.

요한 페터 헤벨

인간의 초인적 노력과 구원의 이념

요한 볼프강 폰 괴테
Johann Wolfgang von Goethe

1749~1832

"인간은 노력하는 한 방황하는 법이다."

괴테는 프리드리히 실러와 함께 독일 고전주의 문학을 대표하는 세계적인 문호다. 《파우스트. 하나의 비극Faust. Eine Tragödie》(이하 《파우스트》로 표기)은 그가 평생에 걸쳐 완성한 대표작이며, 유명한 고전으로도 잘 알려져 있다. 《파우스트》의 한 장면인 〈천상의 서곡〉을 텍스트로 선택한 것은, 비록 그것이 단편 산문만을 해설하려는 이 책의 의도와는 다르다 해도, 이 한 장면에 《파우스트》의 전체적 윤곽이 함축적으로 암시되고 있어 해설방법의 다양성을 선사하기 때문이다.

파우스트는 허구적 인물이 아니라 요하네스 파우스트라는 역사적 인물로서, 기록에 의하면 1480년경 하이델베르크 근처의 헬름슈타트 혹은 마울브론의 크니틀링겐에서 출생해 1540년경에 죽은 전설적인 독일 사람이었다. 그는 대학에서 신학과 의학을 연구했고, 마술에 몰두했으며 연금술도 익혔고, 점성술까지 연구해서 예언자 역할을 했을 뿐만 아니라, 마술의 힘으로 세계를 방랑하면서 비행을 시도하고, 술통을 타고 달리고, 금을 만드는 등 기행을 벌였다. 그는 스스로를 철학자 중의 철학자요, 반신半神이며, 천문학자, 의사, 예언가라고 불렀다. 그는 언제나 개犬의 모습을 한 악마를 데리고 다녔는데, 마지막에는 어느 여관에서 자신의 악마에게 살해되었다고 한다.

파우스트의 이런 기괴한 생애는 환상과 미신이 지배했던 당시에 많은 사람에게 이야깃거리를 주었다. 신학자들은 그를 굉장한 허풍선이, 마술사, 사기한으로 배격했으나, 자연과 학문 연구에 몰두한 젊은 층은 존경했으며, 그래서 그는 역사적 인물에서 구전의 전설적 인물로, 허구적 인물로 전해지게 되었다. 특히 파우스트가 문명의 과도기인 르네상스 시대에 살았기 때문에 전설이나 민중본에서 전해지는 악마와의 결탁은 큰 의미를 지닌다. 코페르니쿠스는 로마에서 지동설을 주장해서 지구가 우주의 중심이라는 모든 개념을 깨트렸고, 그 결과 신앙, 철학, 사상을 뒤바꾸어놓는 혼돈을 불러일으켰다. 종교개혁의 격동은 사회개혁 움직임을 일게 하고, 농민전쟁이 일어났으며, 길드가 생겼다. 이런 변혁의 르네상스 시대에 파우스트 전설의 주인공은 지상생활에 만족하지 않고 악마의 힘으로 인간의 한계를 넘어 새로운 학문과 우주의 신비를 알려고 하는 연구가의 모습을 지닌다. 그 시대는 학자들까지도 초인적인 지식은 악마와 결탁하지 않으면 불가능하다고 믿었던 시기였기 때문이다. 그렇게 해서 전설적인 파우스트는 전통적 기독교의 속박에서 벗어나 새로운 변혁을 추구하는 순수한 독일 정신의 상징으로 발전했다.

전설적 파우스트 소재는 프랑크푸르트의 출판업자인 요한 스피스에 의해 1587년에 발행된 민중본《요한 파우스트 박사의 이야기Historia von Dr. Johann Fausten》에서 처음 문학적으로 구성된다. 이 책은 파우스트의 역사

《파우스트》의 1940년도 판 표지

적·전설적 자료를 모두 이용했으며, 중세의 여러 가지 악마의 이야기들과 파우스트와 악마의 계약 등을 포함하고 있어 파우스트 문학의 중심을 이루는 여러 소재를 가장 잘 종합한 책이라 할 수 있다. 이 책에 이어서 파우스트에 대한 책이 계속 출간된다. 1599년에는 함부르크의 게오르크 비드만이 파우스트가 라이프치히에서 보낸 향락적인 생활을 저주하는 내용으로 민중본을 개작했고, 1674년에는 니콜라우스 피처가 기존의 민중본과 비드만의 파우스트와 유사하나 몇 개의 새로운 동기를 삽입해서 작품을 발표했다. 괴테는 후일에 〈천상의 서곡〉을 쓸 때 바이마르 도서관에서 이 책을 빌려서 참고했다. 그리고 1725년에는 '기독교적으로 생각하는 사람'이라는 익명의 저자가 그 시대에 맞게 요약한 책자를 출판했다. 어린 괴테

는 이 책을 읽었을 것이다.[1] 이 책에 〈아우어바흐 지하 술집Auerbachs Keller〉
이 언급되고 있는데, 괴테는 16세 때, 즉 라이프치히대학에서 법학을 공부
할 때 그곳의 아우어바흐 지하 술집의 분위기를 직접 맛볼 수 있었다.[2]

결론적으로 민중본에 나타난 파우스트 상像은 르네상스 시대의 정신에
맞게 지나칠 정도로 꼼꼼히 생각하는 연구가로서, 신학을 등지고 세계인
으로서 인간 지식의 한계를 넘어 신의 창조적 근원을 알기 위해 악마와 계
약하는 비극적 주인공이라는 것이다. 여기서 중요한 것은 악마와의 계약
은 나쁘다 할 수 있으나 앎에 대한 충동은 나쁘다고 할 수 있느냐는 것이
다. 앎의 충동에서 번민하는 파우스트 소재의 근본적 요소는 괴테 시대에
와서 표현이 가능했다. 인간의 내면에 대해 언급하기 시작한 것은 괴테 시
대의 정신이었기 때문이다.

파우스트란 인물을 처음 문학적으로 구성해 독일뿐만 아니라 유럽에 전
파한 사람은 셰익스피어 이전의 영국의 유명한 극작가였던 크리스토퍼 말
로다. 그는 파우스트 소재에서 오직 악마만이 견줄 수 있는 '초인적 모습'
을 발견하고, 1589년에 《파우스트 박사의 비극적 이야기Tragical History of
Doctor Faustus》라는 비극을 탄생시킴으로써 파우스트 소재를 문학적으로
형성한 제1인자가 되었다. 괴테의 《파우스트》 제1부에서 볼 수 있는 '학자
의 비극Gelehrtentragödie'이 이때 최초로 생겼고, 특히 이 극이 시작하는 〈밤
Nacht〉 장면에서의 긴 독백도 이때 생긴 것이다. 아이러니하게도 영국의 유
랑극단이 말로의 작품을 독일에서 공연하여 독일 사람들에게 파우스트라
는 인물을 대중화시켰다.

그러나 계몽주의 시대가 시작되면서 이 연극은 인형극으로 밀려났다. 영
국의 희극배우들은 성공적인 무대공연을 위해 원본에 충실하지 않고 관객

의 취향에 따랐다. 그래서 말로의 비극은 어릿광대 극이 되었고, 비극이 지닌 격정과 위대함은 희극적으로 바뀌어 비극 대신에 인형극이 자주 공연되었다. 젊은이들은 인형극을 즐겨 보았으며, 괴테도 어릴 적에 프랑크푸르트에서 이것을 보았다. 오직 계몽주의 시대의 학자들만이 파우스트 소재를 연구의 대상으로 삼았다. 이 시대의 대표적 작가인 고트홀트 에프라임 레싱은 1755년에서 1770년까지 두 번에 걸쳐 파우스트 소재를 독일적 시민비극으로 만들려고 시도했으나 민중본에 있는 악마와 지옥의 장면들이 계몽주의의 시대적 경향과 맞지 않기 때문에 완성하지 못하고《파우스트 단편Faust Fragment》만을 남겼다. 그러나 이 단편에서 '지식욕'이 주 동기로 나타나면서, 이것 때문에 파우스트가 악마와 계약하고 멸망에 빠지게 되지만[3] 천사에 의해 구원받는 해피엔딩으로 구성되었다는 데서 고전주의 정신과 일치하며, 괴테의《파우스트》비극에도 영향을 주었다.

별도로 다루게 될 괴테의《파우스트》이외에 파우스트 작품들은 18세기에서 근대에 이르기까지 계속해서 나왔다. 그중 중요한 작품으로는 오스트리아의 파우스트라 할 수 있는 파울 바이드만의《요한 파우스트-5막의 알레고리 드라마Johann Faust-Ein Allegorisches Drama on fünf Aufzügen》(1775), 막시밀리안 클링거의 정치적 파우스트 소설《파우스트의 삶, 행적 그리고 지옥행Faust's Leben, Taten und Höllenfahrt》(1791), 크리스티안 디트리히 그라베의《돈 후안과 파우스트Don Juan und Faust》(1829), 하나의 무도시와 5막의 산문으로 된 하인리히 하이네의《파우스트 박사Der Doktor Faust》(1851), 파우스트 소재를 작곡가 아드리안 레버퀸의 생애와 접목시킨 토마스 만의 소설《파우스트 박사Doktor Faustus》(1947), 롤프 호흐후트의《히틀러의 파우스트 박사Hitlers Dr. Faust》(2000) 등이 있다. 이뿐만 아니라 파우스트 소재는 음악, 미술, 영화 등 다양한 예술 장르로 작품화되었다. 우리가 파우스트 하면 곧 괴테를 생각하게 되는 것은 그의 작품이 고금을 통해서 파우스트 문학의 백미이기 때문이다.

괴테의 《파우스트》 비극은 그가 여든세 살의 나이로 죽기 몇 개월 전에 서야 완성한 필생의 작품이다. 그가 언제부터 파우스트 소재를 취급했느냐는 것은 확실하지 않다. 그러나 많은 문헌은 그가 프랑크푸르트의 어린 시절에 파우스트의 민중본을 읽었고 인형극을 보았으며, 1766년이나 1769년인 라이프치히 수학 시절에 이미 파우스트를 구상하기 시작했다는 것을 말해준다.[4] 그리고 괴테가 니콜라우스 피처의 민중본을 1801년에 바이마르 도서관에서 빌려 갔다는 기록은 그가 집필 시에 이 책을 이용했다는 사실을 증명해준다. 《괴팅겐 문학연감Göttinger Musenalmanach》의 발행인인 하인리히 크리스티안 보예는 괴테가 1773년에 그의 《파우스트》를 거의 끝냈다고 보고함으로써 최초의 파우스트 초안이 완성되었음을 알 수 있다.[5] 종합적으로 볼 때 괴테는 파우스트 초안을 질풍노도 시대에 시작했으나 고전주의와 낭만주의에 이르러서야 작품을 완성하게 되며, 따라서 《파우스트》에는 평생에 걸친 그의 체험과 여러 시대의 정신이 스며 있다고 볼 수 있다.

괴테는 1775년에 바이마르의 친구들에게 자신의 파우스트 초안을 낭독했다. 궁정 여관女官 루이제 폰 괴흐하우젠이 이 초안을 베껴놓았고, 이것을 에리히 슈미트가 1887년에 발견해서 《초고 파우스트Urfaust》라는 제목으로 출판했다. 이는 괴테가 바이마르에 가지고 간 초안과 동일한 것으로, 질풍노도 시기의 작품이다. 모두 22개의 장면으로 된 '학자의 비극'(5장면)과 '그레첸 비극'(17장면)으로 구성되었다. '학자의 비극'은 전래된 파우스트의 소재와 동기를 수용하고 있으나, 괴테가 라이프치히에서 자주 들렀던 〈아우어바흐 지하 술집〉이 새로운 장면으로 삽입되는 등 지식의 한계에 부딪힌 노학자의 비극적 장면이 새롭게 구성되었다.

'그레첸 비극'은 괴테의 체험에서 만들어진 것으로, 파우스트 문학에 처음으로 등장한다. 괴테는 제센하임의 목사의 딸 프리드리케 브리온과의 사랑과 이별의 쓰라림과 죄의식을, 그리고 프랑크푸르트에서 변호사로서 순박한 어린 소녀의 유아살인 사건에 대한 심문과 재판에 참여한 경험을 '그레첸 비극'과 연결시킨다. 그럼으로써 지식의 한계와 지상의 제한성을 뛰어넘기 위한 방법으로 지하 술집에서의 노래와 춤, 그레첸과의 사랑이 선택된다. 그러나 이 초고는 질풍노도 시대의 개방 형식의 드라마로서 장면과 장면 사이에 틈새가 있고, 메피스토펠레스가 등장하는 이유도 파우스트와 그레첸이 이별해야 하는 근거도 모호하여 구조상의 허점을 보이고 있다.

괴테도 초안의 구조적 허점을 잘 알고 보완하려고 노력했다.[6] 그는 1786년에 이탈리아 여행을 갈 때 파우스트의 미완성 초고를 가지고 가서 2년의 체류 동안에 그것을 완성하려고 계획했다. 이 기간에 괴테는 〈마녀의 주방Hexenküche〉이라는 새로운 장면을 삽입해서 마술로 파우스트를 젊게 만들어 노학자와 16세 어린 소녀의 사랑을 합리화시키고, 파우스트의 모험을 가능하게 만들었다. 그러나 그는 이때도 아직 위대하고도 종합적인 세계관이 형성되어 있지 않았기 때문에 파우스트 소재를 완전히 지배할 수 없었다. 그는 '여러 가지 원인'으로 인해 줄거리 상의 틈새들을 메우지 못하고 미완성 원고를 완성시키지 못한 채 〈성당Dom〉 장면에서 중단하고 만다. 괴테는 이것을 1790년에 《파우스트, 하나의 단편Faust, ein

파우스트와 메피스토펠레스의 만남

Fragment》이라는 제목으로 출판한다. 중요한 것은 괴테가 파우스트 초고를 보다 더 예술작품으로 개작하려고 노력했다는 것이다. 그는 질풍노도 시대의 거인적이고 폭풍적인 생각에서 벗어나 객관적으로 대상에 거리를 두고 의식적으로 구성하려는 고전주의적 성향을 보인다. 이《파우스트, 하나의 단편》은《초고 파우스트》를 보완하고《파우스트》를 완성하게 했던 중간 역할을 하는 데 의미가 크다고 할 수 있다.

50대의 괴테는 젊은 시절에 썼던 파우스트 초고와 미완성의 단편에 다시 손대는 것을 매우 꺼렸다.[7] 그 당시 괴테의 바이마르 생활은 바쁜 정무로 인해 창작활동을 불가능하게 만들었기 때문에 괴테는 두 번째로 이탈리아 여행을 떠나려고 계획했으나 그 가능성을 예측할 수 없는 불안한 상태에 있었다. 그럼에도 불구하고 괴테는 1797년 6월 22일에 프리드리히 실러에게 쓴 편지에서 파우스트 작업에 다시 착수할 결심을 알린다. 실러의 적극적인 충고는 괴테에게 파우스트를 이념적·철학적·시학적으로 완성하는 데 큰 도움이 되었다. 1797년 여름이 괴테의 파우스트 문학에 중요한 시기였다는 것은 바로 이때 그의《파우스트》의 유명한 서론적 세 장면, 즉 〈헌사Zueignung〉, 〈무대 위에서의 전희Vorspiel auf dem Theater〉, 〈천상의 서곡〉이 새롭게 창작되었기 때문이다.

실러의 지속적인 충고와 영감이 풍부했던 젊은 시절에 대한 회상에서 오랫동안 집필하지 못했던 파우스트의 영감이 괴테에게 새롭게 밀려왔다. 그는 창작의 충동과 다시 시작할 결심에서 1797년 6월 말경에 〈헌사〉를 썼다. 〈헌사〉는 바로 파우스트를 완성하려는 결심의 순간에 대한 직접적인 시적 표현으로서 초기 파우스트의 창작 시기에 대한 시적 회고이자 엄격하고 장중한 8행시의 형식으로 이루어진 자서전적 진술이다.

괴테는 1791년에 고대의 인도 시인인 칼리다사의 드라마《사쿤탈라Sakuntala》를 읽고 이를 높게 평가했으며, 이것을 모방해서 〈무대 위에서의 전희〉를 썼다. 이 장면에서는 극장주와 시인, 어릿광대 사이의 대화를 통해 상업주의적 사회현실에서 연극이 종합예술로서 성립할 수 있는 상대적인 연관성과 각자의 역할이 제시되고 있다. 이로써 〈무대 위에서의 전희〉는 〈헌사〉에 나타난 시인의 명상과 독백을 연극과 관련된 세 사람 사이에서 벌어지는 현실적인 대화로 바꾸고, 다음 장면인 〈천상의 서곡〉에서 벌어지는 천상의 형이상학적 내용을 연극 무대의 현실로 옮겨놓는 교량적 역할을 한다.

〈천상의 서곡〉은 1797년에 만들어졌다. 파우스트 작품이 최종적으로 구성되는 순간에 문학에 대한 세 사람의 상반된 견해가 〈무대 위에서의 전희〉에서 토론되었다면, 〈천상의 서곡〉에서는 〈무대 위에서의 전희〉에서 나타난 분산된 관점이 신의 우주창조와 그 법칙에서 일치하고 있다.[8] 나아가 이 장면은 파우스트와 메피스토펠레스의 본질, 파우스트의 방황, 신과 메피스토펠레스의 계약 등《파우스트》작품의 중요한 이념과 동기가 함축되어 있고, 뒤이어 완성되는《파우스트》제1부와 제2부의 전체적 윤곽을 암시하고 있다는 데서 매우 중요하다 할 수 있다.

위에서 언급한 세 장면은《초고 파우스트》와《파우스트, 하나의 단편》에는 없다. 이 사실에서 우리는 이 세 장면이, 괴테가 20대가 아닌 50대의 고전주의 작가로서《파우스트》를 완성하기 위해 새로운 구성방법을 집요하게 생각한 데서 나온 산물이라는 것을 알 수 있다. 우리는《파우스트》비극 제1부의 첫 장면 〈밤〉에서, 파우스트의 협소한 연구실에서 그를 만나기 전에 우선 이 세 장면을 통과해야 한다. 괴테는 본래 〈천상의 서곡〉에 맞추어 《파우스트》비극 제2부의 마지막 장면을 천국이 아니라 지옥에서 전개될 〈종곡Epilog〉으로 계획했으나, 이를 포기하고 〈매장Grablegung〉과 〈심산유곡Bergschluchten〉 장면으로 대체했다. 〈천상의 서곡〉과 〈종곡〉을 연결하려 했던 괴테의 구상은 〈천상의 서곡〉에 비극 제2부의 중요한 동기와 사건의 윤곽이 함축적으로 내재해 있다는 것을 말해준다. 비록 〈헌사〉와 〈무대 위에서의 전희〉는 〈천상의 서곡〉처럼 괴테의《파우스트》작품에 직접적인 관계가 없다 해도, 이 세 장면들은《파우스트》작품을 올바로 받아들여야 할 분위기로 독자나 관객을 끌어올리기 위한 수준 높은《파우스트》의 서론적 장면들인 것이다.

괴테는 1797년에 파우스트를 다시 집필하기 시작해서 1806년에《파우스트》 비극 제1부를 완성하고 1808년에 출판한다. 이때 '학자의 비극'과 '그레첸 비극'은 완전하게 보완 및 수정된다. 우주의 근원에 대한 비밀과 창조의 원리를 규명하기엔 세상의 모든 학문이 부족하기 때문에 파우스트 는 악마와의 계약으로 마술을 이용하여 초인적 경지에 이르고자 시도하 지만 좌절한다. 계약의 조건이 명시된다. 파우스트가 내면에서 아름다움 을 체험하는 순간, 즉 "멈춰라, 넌 정말 아름답구나"⁹ 하고 외치는 순간 악 마는 파우스트의 영혼을 소유해도 좋다는 것이다. 메피스토펠레스는 처 음에 파우스트를 술, 노래, 사랑의 관능적 방법으로 인간의 한계를 탈출시 키려 한다. 파우스트는 〈마녀의 주방〉에서 회춘하고, 거리에서 순결한 처 녀 그레첸을 만난다. 파우스트는 그녀로 하여금 마술의 힘으로 유아를 살 해하고 어머니를 독살하게 하며, 오빠마저 파우스트의 칼에 찔려 죽게 해 서 그녀를 죽음의 파경으로 몰아넣는다. 그러나 광증을 일으킨 그레첸은 함께 도주하자는 파우스트의 청을 거절하고 감옥에 남는다. 심판의 마지 막 순간에 그녀에게 천상에서 그녀가 구원되었다는 소리가 들려온다. 즉 그녀는 파우스트에 의해서가 아니라 신의 뜻에 의해서 구원되었다는 구 원의 동기가 구체적으로 나타나며, 제2부의 마지막에서 '영원히 여성적인 것'¹⁰으로서 파우스트 구원의 모티프로 연결된다.

《파우스트》 비극 제2부는 1825년에 시작되어 1831년에 완성된다. 질풍 노도 시대의 초안을 손질해서 만든 비극 제1부는 우주의 본질에 대한 인 식과 육체적 욕망이나 사랑의 개인적 영역에서 이루어지고 있으나, 비극 제2부는 개인적 영역을 뛰어넘어 고전주의의 시대에서 가능한 미학적·정 치적·세계관적 영역을 내포한다. 비극 제2부는 5막으로 구성되어 있고, 각 막幕에서 시공을 초월하여 모든 가능한 파우스트의 체험이 전개된다. 처음에 파우스트는 봉건제국의 황궁으로 들어가 지하의 보물을 담보로 권력과 재력을 누린다. 그는 순수하고 경이로운 고대 그리스 문화를 동경해 그리스의 고전적 발푸르기스의 밤 축제에 참가하고, 지하세계로부터 신화적인 최고의 미녀 헬레나를 불러와 결혼생활을 한다. 그러나 그들의 아들이 죽으면서 헬레나도 다시 저승으로 돌아가 버린다. 파우스트는 마술의 힘으로 체험한 정치, 문화, 사랑에서 또다시 깊은 절망에 빠진다.

이제 파우스트는 이 절망에서 욕망만을 추구해온 내세를 단념하고 지상에서 파라다이스를 실현하려 한다. 그래서 끝없이 넓은 바다와 늪지대를 비옥한 옥토로 만드는 공사에 혼신을 다한다. 그는 '근심'이란 요녀가 내뿜는 입김으로 눈까지 멀지만, 오히려 내면에 자기가 만든 '자유로운 땅에서 자유로운 백성과 함께 살고 싶은' 상상에 빠진다. 그가 상상한 공동체에서는 "자유도 생명도 날마다 싸워서 얻는 자만이, 그것을 누릴 만한 자격이 있는 것이다".[11] 이 순간에 그는 행복한 예감에 젖어 "멈춰라, 넌 정말 아름답구나" 하고 외치고, 그의 영혼을 메피스토펠레스에게 줌으로써 파란만장한 삶을 마감한다. 그리고 그의 영혼은 그레첸의 사랑의 힘으로 구원된다.

괴테는 1831년 8월에 완성된 《파우스트》를 봉인하고 그 위에 "나는 이제 자손들을 생각해야 한다"고 써두었다. 이는 곧 후세에 대한 생각으로, 괴테는 평생에 걸쳐 자신이 체험한 모든 것을 파우스트 박사의 비극적 운명을 소재로 해서 만인이 공유할 수 있는 높은 차원의 가치 영역으로 승화시킨다. 노력하는 인간은 삶과의 투쟁에서 결코 몰락하지 않고 내면의 자유를 즐기고 값진 삶을 영위할 수 있다는 진리를 주고 있다는 데서 이 책은 시공을 넘어 인류와 함께하는 불후의 명작이며 세계 최고의 고전이다.

〈천상의 서곡〉
Prolog im Himmel

주님, 천상의 무리들,
후에 메피스토펠레스.
세 명의 대천사가 앞으로 나온다.

라파엘

태양은 옛날과 다름없이 소리 울리며
형제들인 별들과 노랫소리 겨루고,
이미 정해진 그의 여정을
우레 같은 걸음으로 완성한다.
그의 모습 천사들에게 힘을 주나니,
누구 하나 그 오묘한 이치를 알 수 없으나,
헤아릴 수 없이 지고한 창조의 업적은
천지창조의 첫날처럼 장엄하도다.

가브리엘

그리고 빠르게, 상상할 수 없이 빠르게

요한 볼프강 폰 괴테

찬란한 지구는 그 주위를 돌고 있으니,
낙원처럼 밝은 낮이
무서움 가득 찬 깊은 밤으로 뒤바뀌도다.
바다는 드넓은 조류를 이루어
깊은 암벽에 부딪혀 솟아오르고,
바위며 바다는 영원히 빠른
천체의 운행에 휩쓸려가도다.

미카엘

그리고 폭풍은 다툼을 하듯
바다에서 육지로, 육지에서 바다로 휘몰아치고,
광란하며 그 주위에
깊고도 깊은 활동의 사슬을 빚어내도다.
거기에 황폐하게 파괴하는 번갯불이
우레 내리치는 길에 앞서 타오르고 있다.
하지만 주여, 당신의 사자(천사)들은
온화한 당신의 날이 다가옴을 찬미하나이다.[12]

셋이서

그 모습 천사들에게 힘을 주나니,
누구 하나 당신의 깊은 뜻 헤아릴 수 없으나,

온갖 당신의 지고한 창조의 업적은
천지창조의 첫날처럼 장엄하도다.

메피스토펠레스

아, 주님, 당신이 또 한 번 가까이 오셔서,
모든 일이 우리에게서 어떻게 되어가는지 물으시고,
게다가 평소에도 나 같은 놈을 기꺼이 맞아주시니,
보시다시피 이렇게 나도 시종들 틈에 끼었소이다.
죄송하지만 나는 고상한 말은 할 줄 모르니,
여기 계신 모든 분들이 날 비웃는다 해도 할 수 없소이다.
내가 점잖은 체해봤자 당신은 틀림없이 웃어버릴 텐데,
만일 당신이 웃음을 잃어버리지 않았다면 말이오.
태양이니 천지니 하는 것에 대해선 할 말이 없소이다.
내가 보는 것이란 그저 인간들이 괴로워하는 꼴뿐이지요.
지상의 작은 신이라고 하는 놈들은 언제나 같은 꼬락서니를 하고 있어,
천지창조의 그날 그대로 기묘한 존재이지요.
차라리 당신이 그에게 하늘의 빛을 주시지 않았더라면,
인간이 조금은 더 잘 살아갈 수 있었을 텐데요.
인간은 그것을 이성이라 부르고,
어떤 짐승보다도 더욱 짐승답게 살아가는 데에만 쓰고 있지요.
말씀드리기 죄송하지만,
인간이란 제게는 다리가 긴 여치와 같다는 생각이외다.

언제나 푸르르 나르고, 나는 듯하다 팔딱팔딱 뛰고,
곧 풀 속에 처박혀 케케묵은 옛 노래나 불러대지요.
차라리 풀 속에라도 계속해 누워 있기나 했으면 좋으련만!
놈들은 쓰레기 더미를 보기만 하면 코를 쑤셔 박지요.

주님

내게 할 말이 그것뿐인가?
너는 늘 불평만 늘어놓으러 찾아오느냐?
지상에선 네 맘에 드는 것이 영원히 하나도 없단 말인가?

메피스토펠레스

그렇습니다, 주님! 그곳은 언제나 마찬가지로 정말 좋지 않습니다.
비참한 나날을 살아가는 인간들이 하도 딱해서,
나조차 그 가련한 놈들을 괴롭히고 싶지 않을 지경이지요.

주님

그대는 파우스트를 아는가?

메피스토펠레스

그 박사 말인가요?

주님

나의 종이니라!

메피스토펠레스

과연 그렇군요! 그자는 독특하게 당신을 섬기고 있지요.
그 바보가 마시고 먹는 것은 지상의 것이 아니지요.
가슴에서 부글거리는 것이[13] 그자를 먼 곳으로 몰아가는데,
그도 자신의 바보짓을 반쯤은 알지요.
하늘로부터는 가장 아름다운 별을 갖고파 하고,
땅 위에서는 갖가지 최고의 쾌락을 요구하지만,
가까이 있는 것이나 멀리 있는 것이나 모두
그자의 들끓는 가슴을 만족시킬 수가 없지요.

주님

그가 지금은 혼미한 가운데 나를 섬긴다 할지라도,
내 머지않아 그를 맑고 밝은 곳으로 인도하리라.

요한 볼프강 폰 괴테

105

정원사도 어린 나무가 푸르러지면,

꽃과 열매가 다가올 계절을 장식하리라는 것을 아는 법이니라.

메피스토펠레스

무슨 내기를 하겠소? 그자를 잃고 말 것이오.

당신이 내게 허락만 해주신다면,

그자를 나의 길로 슬쩍 끌고 가리다!

주님

그가 지상에 살고 있는 동안에는

네게 그런 짓을 못하게 하지 않으리라.

인간은 노력하는 한 방황하는 법이니라.

메피스토펠레스

고맙소이다. 나는 이제까지 한 번도

죽은 놈을 잡고 상대하진 않았으니까요.

내가 제일 좋아하는 것은 통통하고 싱싱한 볼이지요.

송장이라면 난 집에 없다고 하겠습니다.

나에겐 마치 고양이가 쥐를 상대하는 것과 같은 기분이라오.

주님

그럼 좋다! 그 일은 너에게 맡기겠노라!
그의 영혼을 근원으로부터[14] 끌어내어,
만일 네가 그 영혼을 잡을 수만 있다면
어디 너의 길로 유혹하여 끌어내려 보아라.
그리고 언젠가 네가 실토하는 날에는 부끄러워하리라.
선한 인간은 어두운 충동 속에서도
올바른 길을 잘 알고 있다는 것을.

메피스토펠레스

좋습니다! 오래 걸리지도 않을 겁니다.
난 내기에 조금도 겁나지 않습니다.
내가 목적을 달성하게 되면,
가슴 가득히 승리를 만끽하도록 해주십시오.
그놈은 쓰레기를 처먹게 될 것이오, 그것도 게걸스럽게.
마치 내 아주머니뻘 되는 저 유명한 뱀처럼[15] 말이오.

주님

그때에도 언제든 마음대로 찾아와도 좋다.
나는 한 번도 너와 같은 무리들을[16] 미워한 적이 없느니라.

요한 볼프강 폰 괴테

107

부정을 일삼는 모든 정령들 중에서

너 같은 익살꾼은 내게 조금도 부담이 되지 않느니라.

인간의 활동은 너무나 쉽사리 느슨해지고,

인간은 자칫하면 무조건 쉬기를 좋아한다.

그래서 내 기꺼이 그에게 동반자를 붙여주어,

그들을 자극하고 일깨우면서 악마로서의 역할을 다하도록 하겠노라.[17]

그러나 너희, 올바른 신의 아들들이여,[18]

이 활기로 가득 찬 아름다움을 즐기도록 하라!

영원히 살아서 움직이며 생성하는 것이,[19]

사랑의 자비로운 울타리로 너희를 에워싸도록 하라.

그리고 흔들거리는 현상으로 떠도는 것을,

끊임없는 사상으로 확고히 붙잡아 두도록 하라.

(하늘이 닫히고 대천사들은 흩어진다.)

메피스토펠레스

가끔 저 노인을 만나는 게 즐겁단 말이야.

그래서 나도 그와 의가 상하지 않도록 조심하고 있지.

위대한 주님으로선 너무 마음씨가 고와서,

악마인 나에게까지 이처럼 인간적으로 말해주는 것이겠지.

인간은 혼돈 속에서도 올바른 길을 알고 있다

《파우스트》비극은 본래의 줄거리에 앞서 〈헌사〉와 〈무대 위에서의 전희〉, 그리고 〈천상의 서곡〉의 서론적 세 장면들로 시작한다. 〈헌사〉와 〈무대 위에서의 전희〉는 이 비극과는 직접적인 관계가 없다. 그러나 이미 앞에서 언급했듯이, 〈천상의 서곡〉은 《파우스트》비극의 '줄거리의 도입부'[20]로서, 그리고 파우스트와 메피스토펠레스의 본질, 파우스트의 방황, 주님과 메피스토펠레스의 계약과 같은 전체 작품의 이념과 동기가 함축되어 있기 때문에 매우 중요한 장면이다.

우선 〈천상의 서곡〉 장면은 라파엘, 미카엘, 가브리엘의 3대 천사들이 그들이 다스리는 영역인 천체와 대지와 대기의 현상들을 찬양하는 노래로 시작한다. 라파엘은 천체를 다스리는 대천사다. 그는 '천지창조의 첫날처럼' 정해진 여정을 완성하고 있는 태양과 별들에 대한 관조에서 영원한 우주의 법칙을 보고, 이 별들이 지구 주위를 돌 때 생기는 우레와 같은 천체음악을 듣는다.[21] 가브리엘은 대지를 다스리는 대천사다. 그는 지구의 자전에서 명암이 갖는 창조적인 힘을 전달한다. 괴테의 '빛' 개념에서 볼 때, 명암은 대립적인 것이 아니라 신의 창조적 에너지의 양극이다. 지구의 자전에서처럼, 명암 에너지의 규칙적인 변화는 물질이 움직이는 원인을 만든다. 밀물과 썰물, 또는 모든 유기체들의 생성, 성장, 사멸의 변화같이 명암 에너지의 규칙적인 변화는 모든 원소의 화학적 · 물리적 작용을 일으키며,

동시에 태양이 지구의 자전에 영향을 주듯 거대한 힘이다. 명암의 리듬에서 신의 위대한 창조의 힘을 인식할 수 있는 체험을 가브리엘은 말하고 있다. 미카엘은 대기의 현상들을 다스리는 대천사다. 가브리엘에 이어 미카엘의 노래에서 4대 원소를 변화시키는 신의 창조적인 의지와 힘은 뇌우와 폭풍, 천둥과 번갯불 같은 대기의 현상에서 관찰된다. 폭풍이나 낙뢰는 파괴력을 가지고 있으나 천사의 눈으로 보면 오히려 그곳에는 파괴와 생성, 죽음과 탄생, 변화 속의 통일 등 우주의 장엄한 질서가 있다. 따라서 뇌우는 '온화한 당신의 날'이 올 것임을 예고한다.

3대 천사들은 다 같이 신의 창조물에 대한 관찰에서 힘을 얻고, 천지창조의 장엄함을 찬미하고 있으나 이들은 모두가 창조주가 아니기 때문에 천지창조의 오묘한 이치를 파악할 수 없다. 천체에 대한 세 천사들의 찬양은 라이프니츠의 낙천적인 변신론[22]과 일치하는 것으로 신의 천지창조에서 우주의 대질서를 찬양하는 것이다. 이렇게 신의 절대적 존재는 대천사들에 의해서 뚜렷해진다. 괴테는 신의 전능을 구약성서에 의해서가 아니라 대천사들의 언어를 통한 문학적 형상과 비유를 통해 표현하고 있다.[23]

세 명의 대천사들의 노래에 이어서 신과 메피스토펠레스 사이에 천상의 대화가 전개된다. 여기서 중요한 것은 주님, 메피스토펠레스, 파우스트로 대표된 인간의 관계가 각각 그 본질과 역할 면에서 밝혀지고 있다는 것이다. 우선 메피스토펠레스는 신의 '시종'으로 등장하고, 인간 파우스트도 신에 의해 선택된 '종'[24]으로 나타난다. 세 명의 대천사들처럼 메피스토펠레스 역시 맡은 분야가 있다. 천사들이 빛의 힘을 나타낸다면 메피스토펠레스는 어둠의 힘을 나타낸다. 그는 빛을 흐리게 하고 영원한 이념적인 것을 시간과 공간의 한계 속에 제한하는 정령으로서 그의 활동 범위는 천상의 대우주에서 벗어난 지상의 물질세계이며, 그 대상은 소위 '지상의 작은 신'이라고 하는 인간에 제한되어 있다. 그는 신의 선의善意에 대한 대응력으로서, 인간 존재에 크게 작용하는 힘이다. 그래서 천사들의 우주찬미를 부정하고 그 증거로서 신의 가장 훌륭한 피조물인 인간의 결점을 내세우려 한다. 메피스토펠레스는 폭력과 혼란, 불합리를 지배하는 자로서 인간세계에 군림해서 천사들의 우주찬미와 똑같은 강도의 표현으로 인간에 대한 비난을 털어놓음으로써 신에게 자신의 위치를 대천사들과 동등하게 보이려고 한다. 세 천사들은 다 같이 신의 세계창조의 업적을 "천지창조의 첫날처럼 장엄하도다"라고 찬양한다. 메피스토펠레스도 대천사들과 똑같은 표현으로 지상의 작은 신인 인간을 천지창조의 그날 그대로 기묘한 존재라고 말한다.

인간의 본질에 대한 메피스토펠레스의 생각이 부정적 의미에서 밝혀진다. 인간의 불행은 신이 '하늘의 빛'이라고 하는 '이성'을 인간에게 주었지만, 인간은 그것을 "어떤 짐승보다도 더욱 짐승답게 살아가는 데에만 쓰고 있다"는 것이다. 메피스토펠레스는 신으로부터 받은 인간의 이성적 존재를 부정한다. 그래서 그는 〈서재Studierzimmer〉 장면에서 파우스트로 가장해 "인간의 최고의 힘인 이성과 학문을 무시하라"고 학생에게 말한다.

괴테에게 있어 이성은 특별한 의미를 가진다. 라이프니츠, 볼프, 칸트의 영향 아래서 이성은 이념과 이상을 형성하는 정신적 능력이었다. 괴테 역시 《파우스트》 비극에서 이성을 희망의 꽃을 피우고, 삶의 원천을 동경하며, 인간을 지구의 신으로 만드는 최고의 힘으로 보았다.[25] 그는 이성의 이론적 측면 외에도 윤리적 측면을 강조하고 인내, 희망, 신앙 등 모든 미덕을 실제로 실천된 이성으로 보았다. 여기서 인간은 이성에 의해 지상의 작은 신이 된다는 '초인적 인간상'에 대한 생각이 처음으로 언급되고 있다.[26]

그러나 인간은 이성에 의해 윤리적 존재가 되고 초자연적 위치를 갖게 되지만, 인간의 이성은 신의 완전한 이성과는 비교할 수 없으므로 그 한계성에 의한 비극도 괴테는 인식했다. 오히려 인간은 이성에 의해 지상에 뿌리박고 천상을 동경하는 이중적 본성의 갈등에 빠지게 된다. 이 모순과 한계성을 메피스토펠레스는 날거나 뛰어다니다가 '곧 풀 속에 처박혀 케케묵은 옛 노래나 불러대거나', '쓰레기 더미' 속에 코를 쑤셔 박는 '다리가 긴 여치'에 비유해서 조소한다.

인간을 향한 메피스토펠레스의 부정적인 조소에 대해서 주님은 파우스트라는 특수한 인간의 예를 들어 그에게 대답한다. 주인공인 파우스트라는 이름이 처음으로 주님에 의해 불리고, 주님과 메피스토펠레스에 의해 그의 본질이 설명되고 있다는 것이 매우 중요하다. 우선 파우스트는 '주님의 종'으로 소개된다. 이미 위에서 언급했듯이, 기독교적 의미에서 볼 때 '종'의 개념은 '신에 의해서 선택된 자'다.[27] 이런 의미에서 파우스트는 구약성서 〈욥기〉의 내용과 연관된다. 괴테는 《괴테와의 대화Gespräche mit Goethe》를 쓴 요한 페터 에커만에게 "《파우스트》의 서론 부분이 욥과 유사하다고 말해도 전혀 무방하다"[28]고 이야기함으로써 〈천상의 서곡〉과 〈욥기〉의 유사성을 밝히고 있다. 그 유사점과 차이점은 다음과 같다. 우선 유사점은 이렇다.

1. 신은 두 곳에서 모두 대천사들과 함께 등장하고, 천사들은 우주를 찬미하고, 그들 속에 악마도 끼어 있다.
2. 파우스트와 욥은 신의 종으로 등장한다.
3. 신과 메피스토펠레스 사이, 욥기의 신과 사탄 사이에는 파우스트와

〈천상의 서곡〉을 표현한 괴테의 스케치

욥을 시험하려는 내기가 이루어지지만, 이 내기는 모두가 신의 허락하
에서 이루어진다.

4. 인간은 똑같이 여치로 묘사되고 있다.

5. 무엇보다도 〈천상의 서곡〉과 〈욥기〉는 변신론적 종교 이념에서 유사
하다.

칸트는 일찍이 욥에서 경험을 통한 실증적 변신론을 발견했다. 욥은 신
의 시험에 의해 절망의 길로 빠지게 되고, 신의 존재에 대한 회의를 체험
하나, 이를 극복하고 순수한 믿음을 다시 얻게 되는 것에서 칸트는 〈욥기〉
를 최고의 경험적 변신론이라고 했다. 욥과 같은 경험적 변신론의 이념은
〈천상의 서곡〉뿐만 아니라, 《파우스트》 비극에도 흐르고 있다. 신은 자신
이 종으로 선택한 파우스트에게 범인凡人이 할 수 없는 일을 할 수 있는 능
력을 주기 위해 먼저 그가 온갖 정신적·육체적·물질적 고통을 겪게 하고,

이것을 통해서 인내와 지혜를 얻게 한다. 프리츠 슈트리히는 《파우스트》 비극을 '변신론이며 천지창조의 변호'[29]라고 했으며, 벤노 폰 비제도 이 비극을 '최고의 의미에서의 변신론, 즉 비극에 의한 변신론'[30]이라고 말했다. 이런 의미에서 파우스트는 욥과 같은 것이다.

그러나 파우스트와 욥은 결정적인 점에서 상이하다. 욥은 죄를 짓지 않은 채 악마의 시험에 빠지고, 신앙심으로 모든 고통을 참고 견디는 수동적인 모습인 데 반해, 파우스트는 메피스토펠레스의 힘을 빌려 지상의 향락을 추구하며 죄를 범하게 되는 데서 그의 시험에 대한 모습은 자의적이고 적극적이며, 그래서 더 큰 위험을 내포하고 있다. 주님이 '종'으로서 파우스트의 이름을 말했을 때 메피스토펠레스는 "그 박사 말인가요?"라고 놀라 묻는다. 이 물음 속에는 그의 경악과 당혹 이외에도 파우스트가 결코 기독교의 전통적인 '종' 개념에서 신을 봉사하고 있지 않는 특별한 존재라는 부정적인 생각이 내포되어 있다. 메피스토펠레스가 '여치'에 비유해서 조소했던 인간의 이중적 본성의 비극은 하늘의 별을 소유하려는 이상적 충동과 지상에서 최상의 쾌락을 맛보려는 감각적 충동 사이에 있는 파우스트의 갈등적 존재에서 구체화되어 나타난다. 메피스토펠레스는 이런 파우스트가 올바른 신의 종으로서 봉사할 수 없다고 생각한다. 그러나 메피스토펠레스의 생각은 이미 정해진 '주님과 종'의 끊을 수 없는 관계에서 잘못된 것이 된다. 파우스트 역시 주님과 필연적인 주종관계에 있다. 그래서 파우스트는 신의 감시와 보호하에 있으며, 따라서 그가 한때 혼미 속에서 신을 섬긴다 해도 그는 신에 의해 곧 밝고 맑은 곳으로 인도될 것이라는 것이 전제되어 있다. 이러한 신의 의도를 괴테는 '어린 나무가 푸르러지면, 꽃과 열매가 다가올 계절을 장식하리라는 것을 아는' 정원사의 비유를 통해 표현한다.

대지에 뿌리를 박고 하늘의 이상을 향해 가지를 뻗는 나무는 고전에서부터 인간에 대한 메타포였다. 괴테에게 있어서도 나무는 성장, 특히 정신적 성장에 대한 표상이다. 비록 인간은 자율성을 갖고 있다 해도, 나무로서 신의 보호가 필요하다. 신은 인간이 진리를 잃지 않고 선의 열매를 맺도록 가꾸어주고, 또 열매를 거두게 될 것이라고 확신한다. 이로써 여치에 비유된 메피스토펠레스의 비관적 인간관은 부정되고, 오히려 인간의 우월적인 존재가 증명된다. 파우스트를 자기의 길로 끌어들이겠다는 메피스토펠레스의 '내기' 제의는 자신의 인식의 한계를 스스로 폭로하고 있는 것이다. 그의 '내기' 제의에 대해서 주님은 의미 깊은 말로 대답한다.

그가 지상에 살고 있는 동안에는
네게 그런 짓을 못하게 하지 않으리라.
인간은 노력하는 한 방황하는 법이니라.

여기에서 두 가지 중요한 것이 제시되고 있다. 첫째로 이 '내기'가 정당하게 이루어진 것이냐는 것과 둘째로 인간의 방황은 노력을 전제로 한다는 것이다. 우선 이 '내기'는 지상에 국한되어 있으며, 게다가 신으로부터 미리 허가를 얻어야 한다는 것, 그리고 메피스토펠레스가 인간에게 자유로이 나타나도 좋으나 그는 악마로서의 일을 신의 명령에 따라서 이행해야 한다는 것 등, 이 사실들은 신과 메피스토펠레스 사이의 '내기'가 동등하게 이루어졌다고 볼 수 없다는 것을 말해준다. 더구나 여기서 또 하나 중요한 것은 인간의 본성과 악마의 역할에 대해 신이 내린 정의다. 즉 인간의 활동은 너무나 쉽사리 느슨해지고, 인간은 자칫하면 무조건 쉬기를 좋아하기 때문에 주님은 메피스토펠레스로 하여금 인간의 동반자로서 인간을 자극하고 일깨우는 악마로서의 역할을 다하도록 하게 한다는 것이다.

이 같은 신의 의도에서 볼 때 메피스토펠레스의 존재와 역할은 근본적으로 신의 지배하에 있으며, 인간을 선善으로 이끌려는 신의 뜻을 이행하는 한 수단일 뿐이다. 이것 역시 이 '내기'가 정당하게 이루어진 것이 아니라는 것을 말해준다. 그럼에도 불구하고 메피스토펠레스가 파우스트를 자기의 길로 유혹할 수 있다는 낙천적인 태도는 그의 시야 범위가 제한되어 있어 전체를 볼 수 있는 통찰력이 그에게 결여되어 있음을 보여준다. 신은 파우스트의 운명 전개를 예지하고 있기 때문에 메피스토펠레스의 '내기'를 관대히 받아들인다.

그럼 좋다! 그 일은 너에게 맡기겠노라!
그의 영혼을 근원으로부터 끌어내어,
만일 네가 그 영혼을 잡을 수만 있다면
어디 너의 길로 유혹하여 끌어내려 보아라.
그리고 언젠가 네가 실토하는 날에는 부끄러워하리라.
선한 인간은 어두운 충동 속에서도
올바른 길을 잘 알고 있다는 것을.

'내기'의 대상은 파우스트 영혼의 근원에 대한 문제다. 라인하르트 부흐발트는 괴테의 《파우스트》의 〈서재〉 장면에서 '나무'와 '근원'의 두 상징을 지적했다.[31] 정원사로서 신이 가꾸어야 할 대상은 '인간 내에 있는 선의 씨

앗'³²과 같은 최고의 윤리적 힘이 솟아 나오는 '근원'의 문제라는 것이다. 이에 대한 메타포로서《파우스트》비극에는 '청량수淸凉水', '생명의 샘', '생명의 시냇물'³³과 같은 말이 자주 쓰이고 있다. 파우스트의 방황과 노력은 생명의 근원에 대한 동경, 다시 말해서 인간을 최고의 윤리적 존재로 만드는 선의 근원에 대한 동경에서 발생한다. 따라서 신이 메피스토펠레스에게 제시한 내기는 후자가 파우스트를 그의 영혼의 근원에서 끌어내 올 수 있느냐 없느냐에 대한 것이다.

메피스토펠레스 역시 파우스트를 향락에 빠지게 하여 '생명의 근원'을 밝히려는 파우스트의 노력을 방해하고, 그의 영혼을 그 근원에서 때어내려는 것이 목적이다. 그래서 이들의 '내기'의 핵심은 기독교적 의미에서 파우스트의 영원을 구원하고 행복을 주기 위한 투쟁에 있는 것이 아니라, 파우스트라는 인물을 통해 신의 창조적인 선을 전개하려는 데 있다. 즉 파우스트가 '생명의 근원'으로 가는 길, 다시 말해 선의 윤리적 근본 영역에서 스스로를 반신적·초인적 존재로 만드는 길을 찾느냐, 못 찾느냐 하는 문제에 있다. 이 문제는 바로《파우스트》비극의 기본 테마이기도 하다. 메피스토펠레스가 승리할 경우, 그는 파우스트에게 벌로서 먼지를 먹이겠다고 말한다. 그런데 벌레나 먼지는《파우스트》비극에서 '비천한 것' 또는 '속세적인 것', '비이성적인 것'에 대한 비유로 사용되었으므로³⁴ 파우스트가 메피스토펠레스에게 굴복하는 경우, 이는 파우스트가 신의 창조적 선을 포기하는 저속한 인간으로 몰락하는 것을 의미한다.

여기서 괴테의 윤리관을 이해할 수 있다. 그의 문학적 자서전이라 할 수 있는《시와 진리Dichtung und Wahrheit》의 제8권에서 이에 대한 묘사가 있다. 즉 괴테는 신을 최고의 완전한 정령으로 보고, 세계는 정령들의 순차적 단계로 구성되었다고 생각했다. 이 단계는 신으로부터 시작한다. 신으로부터 멀리 이탈할수록 신과의 유사성에서 멀어지고, 물화物化된다.[35] 따라서 물질은 최고의 정령인 신의 반대극이다. 인간은 그 중간에 존재하며, 신성의 초상이 될 수 있는 것은 인간이 신적인 정령을 내심 가지고 있는 경우다. 고로 인간은 이 신적인 것을 포기한다면 물질로 되어가면서 한낱 '꿈틀거리는 벌레'에 불과하며, 쓰레기 더미에 코를 쑤셔 박는 여치와 같은 위험에 처하게 된다. 신의 존재적 본질은 창조하는 것이다. 고로 모든 신과 유사한 정령들의 동경은 신처럼 창조할 수 있는 것이고, 신의 창조에 참여할 수 있는 것이다. 이런 괴테의 윤리관에서 볼 때 파우스트적 노력이란 신처럼 끊임없이 창조하는 노력이다. 끊임없이 노력하는 인간은 신과 같은 창조적 정신을 소유하고 또 실현할 수 있다는 것이다. 인간이 노력하지 않는 한 인간의 창조적 본성은 퇴색되고 물화된다. 따라서 괴테에 있어서 인간의 노력에 대한 반대 의미는 한 장소에, 한 상태에 정체해 있는 것이다. 그래서 처음에 혼란했던 파우스트가 그에게 주어진 한계를 대담하게 넘어서려는 노력은 인간의 한계에 머물지 않고 보다 높은 단계로, 윤리적 힘의 근원인 선의 높은 차원으로, 다시 말해서 신적인 차원으로 비상하려는 노력이다.

가꾼 나무에서 열매를 기다리는 정원사는 '선한 인간은 어두운 충동 속에서도, 올바른 길을 잘 알고 있다는 것'을 확신한다. 그러한 신의 확신은 신이 인간에게 준 근원적인 선에 대한 신뢰에서 나온 것이다. 때문에 메피스토펠레스는 언젠가는 이것을 인식하게 되고 부끄러워할 것이라고 예언한다. 나무의 성장은 선을 향한 인간적 성장에 대한 비유다.

파우스트의 알려고 하는 충동은 메피스토펠레스에 의해 나타난다. 그의 충동은 메피스토펠레스에겐 혼란스러운 것으로 보이나, 그것은 다만 진리의 인식 과정에는 잘못된 길을 통해서만 도달할 수 있다는 조건이 신에 의해 전제되어 있기 때문이다. 이 방황의 동기는 괴테적 특징일 뿐만 아니라, 그 시대적 사조이기도 하다. 신은 메피스토펠레스에게 파우스트의 방황을 예언한다. '인간은 노력하는 한 방황하는 법'이기 때문이다.

파우스트의 노력은 방황의 세계체험이다. 지상의 인간으로서 어두운 충동에 쫓기는 파우스트의 방황은 신에 의해 정해진 숙명적인 것으로 나타난다. 본래 괴테 이전에 전설적인 소재에서 나타난 파우스트의 모습은 신적인 거인이요 비범하고 초인적인 인물이었다. 그러나 이러한 파우스트의 초인상은 괴테에 의해 〈천상의 서곡〉에서 절대자인 신과 비교되면서 한낱 표본적인 인물이 되었다. 괴테는 바이마르에 오기 전까지만 해도 방황하는 파우스트적 인간상을 생각하지 않았으나, 바이마르에 체류한 이후부터 이 생각이 깊어져 그의 소설《빌헬름 마이스터의 수업시대Wilhelm Meisters Lehrjahre》와《빌헬름 마이스터의 편력시대Wilhelm Meisters Wanderjahre》에서 집요하게 언급되었으며, 노년에 이르기까지 계속되었다. 괴테에 의하면 인간은 위인이나 범인이나 모두 다 오류를 범하기 마련인데, 다만 위인은 어떠한 제한도 알지 못하기 때문에, 반대로 범인은 그의 좁은 시야를 세계로 생각하기 때문에 모두가 오류를 범한다는 것이다.[36] 파우스트의 방황과 오류는 어두운 충동에 의한 '혼미'에서 생기지만, 이는 그를 '밝은 곳'으로 '올바른 길'로 인도하려는 신의 의도에 의한 것이기 때문이다.

《파우스트》에서처럼 인간의 방황과 오류에 대한 괴테의 낙관론은 신에 의한 구원이 약속되어 있다는 형이상학적·종교적 근원에서 시작한다. 그러나 이 구원의 가능성은 인간의 노력을 전제로 한다. 인간이 노력할 때에 비로소 인간은 오류를 범하고 방황하게 된다. 이 노력은 진리에 접근하고 인식하려는 윤리적 파토스인 것이다. 그래서 '진리에 대한 깊은 애착에서 인간에게 오류는 하나의 정열'이라고 괴테의 시 〈일메나우Ilmenau〉에서 밝히고 있다.[37] "사람은 방황하면서 배운다"[38]고 괴테가 말했듯이, 그는 《빌헬름 마이스터의 수업시대》에서도 규칙적으로 방황하는 것은 더욱 좋은 것이라고 주장했다.[39]

괴테에 있어 '방황'은 이성을 전제로 한다. 방황하는 인간은 이성적이며, 따라서 비이성적인 인간은 방황 자체를 이해하지 못한다. 인간은 이성에 의해 자기 방법대로 '방황'하면서 '오성'에 이른다는 사실을 메피스토펠레스 역시 《파우스트》비극 제2부의 〈고전적 발푸르기스의 밤Klassische Walpurgisnacht〉에서 옛날 조교가 만든 총명한 인조인간인 호문클루스에게 스스로 교시해주고 있다.[40]

이상에서 언급된 예들은 하나같이 '방황'은 인생의 체험 과정이라는 데에 일치하면서, 동시에 진리인식의 교육적 발전 과정이라는 것을 말해준다. 인간은 몽매한 잠에서 깨어나 옛날에 방황했던 자신을 발견하고 후회한다. 뒤늦게 깨달은 진리는 이미 그 고상함을 잃게 되어 인간은 새롭고 보다 높은 목적을 향해 다시금 방황하면서 변화하고 발전하려 한다. 이러한 체험 과정은 고통의 과정이다. 괴테가 "나는 고통을 겪으면서 많이 배웠다"[41]고 말했듯이, 고통의 체험은 방황의 동기와 연결되어 괴테의 《파우스트》비극 안에 깊이 자리 잡고 있다. 결국 인간의 방황과 우회는 신의 뜻에 의해 전개되도록 되어 있다. 그러나 구원의 가능성은 인간의 노력을 전제한다. 결론적으로 '내기'는 메피스토펠레스와는 관계가 없는 신의 '유희'인 것이다.

파우스트를 둘러싼 신과 메피스토펠레스의 대화는 '그러나'라는 의미 전환 부사에 의해 중단된다. 신에 의해 창조된 자연은 활기로 가득한 아름다움과 영원히 살아서 움직이며 생성하는 힘이 발현하는 곳이기 때문에, 신은 대천사들에게 그들을 에워싸고 있는 사랑의 자비로운 울타리를 보고 즐기라고 명한다. 그리고 흔들거리는 현상으로 떠도는 것을, 끊임없는 사상으로 확고히 붙잡아 두라고 명령한다. 하늘이 닫히고 대천사들은 흩어진다. 이렇게 〈천상의 서곡〉은 끝난다.

이 마지막 시구에는 두 가지 의미가 내재해 있다. 구원의 메시지와《파우스트》를 완성해야 하는 시인의 사명이다. 형태학자인 괴테에게 자연은 끊임없는 생성과 변화의 움직임 속에 있다. 신이 대천사들에게 내린 "흔들거리는 현상으로 떠도는 것을 / 끊임없는 사상으로 확고히 붙잡아 두도록 하라"는 마지막 위임은 인간들로 하여금 자연현상의 변화 속에서 신의 근본사상과 일치하는 영원한 사랑을 찾아 확실히 인식하게 하라는 것이다. 이미《젊은 베르테르의 슬픔Die Leiden des jungen Werthers》에서 젊은 괴테는 "확실히 사랑만큼 이 세상에서 인간에게 필요한 것은 없다"[42]고 사랑을 강조한다. 이 생각은 고전주의자인 괴테에게서 더욱 깊어진다. 인간은 신의 사랑에 의해 창조된 존재이며, 이 세계의 본질은 곧 사랑인 것이다. 자연은 신의 창조적인 사랑의 현현顯現이다. 나무로 비유된 인간은 자연의 일부이며, 자연에서 이탈할 수 없는 존재다. 그래서 인간은 신의 영원히 생동하는 사랑의 자비로운 울타리로 둘러싸여 있기 때문에 오직 자연을 통해서 사랑에 접근한다.[43] 그래서 파우스트의 구원은 욥처럼 결코 기독교적인 절대적 신앙에 있지 않고 자연에 있다.

그 외에도 자연의 '흔들거리는 현상'이란 오랜 침묵 뒤에 괴테에게 다시 떠오르는《파우스트》의 구상을 의미한다. 대천사들에게 내린 신의 위임은 앞으로 《파우스트》를 써야 할 괴테의 사명과 일치하고 있다. 괴테는 서론적 세 장면들 중에 첫 장면인 〈헌사〉에서 《파우스트》를 다시 쓰기 시작하면서 자신의 눈앞에 아물거리는 영감들을 확고히 붙들어 작품으로 완성하려는 의지를 보인다.

그 옛날 한때 내 흐린 눈앞에 나타났던
아물거리던 너희 모습들이여, 다시 가까이 다가오는구나.
이번에는 나 기어이 너희를 붙잡아 볼 수 있게 되려는가?⁴⁴

〈천상의 서곡〉에서 신이 파우스트의 운명을 그의 예정된 계획과 뜻에 따라 이끌고 가듯이, 《파우스트》 비극을 써나갈 시인도 앞으로 전개될 파우스트의 운명을 예정된 계획대로 창조하기 때문에 신과 시인은 다 같이 창조자로서 동등한 위치에 있게 된다. 신이 우주를 창조했듯이, 이제 시인은 인류의 대변자로서 현상세계의 변화에서 '지속적이고 영원한 것'을 문학의 확고한 형태로 창작해야 할 의무를 가진다. 신이 파우스트의 변화 많은 체험 과정에서 '영혼의 근원'을 감시하고 보살피듯이, 시인도 파우스트의 방황과 우회의 변화 등 많은 체험들에서 시간과 역사를 초월한 '끊임없는 사상'을 표현하려고 한다. 따라서 "아물거리는 형상으로 떠도는 것을 끊임없는 사상으로 확고히 붙잡아 두도록 하라"는 대천사에 내린 신의 지시는 곧 중단했던 《파우스트》 비극을 다시 쓰기 시작하라는 시인의 내적 명령과 각오에 대한 형이상학적인 표현이다.

괴테는 파우스트의 생애를 최후의 순간까지 비극적인 과오와 방황의 연속으로 구성한다. 그럼으로써 그는 〈천상의 서곡〉에서 신에 의해 예언된 파우스트의 형이상학적인 승리와 구원을 지상에 살면서 방황하고 노력하는 파우스트적 인간의 경험세계에서 실증하고 있다. '내기'의 핵심은 파우스트가 자연의 활기찬 아름다움과 영원한 생성의 힘에서 신의 사랑을 체험하게 됨으로써 인류애를 찾을 수 있느냐는 데 있다. 그래서 파우스트가 메피스토펠레스에게 자신의 생명을 내주기로 한 내기의 계약이 끝나는 시점은 바로 인류애의 아름다움을 체험한 '최고의 순간'이다. 파우스트는 이순간을 이렇게 표현하고 있다.

> 멈춰라, 너는 참으로 아름답구나!
> 내가 이 세상에 이루어놓은 흔적은
> 영원토록 사라지지 않을 것이다.
> 이런 드높은 행복을 예감하면서
> 나는 지금 최고의 순간을 맛보고 있노라.[45]
>
> (파우스트, 뒤로 쓰러진다.
> 죽음의 영들이 그를 붙잡아 땅 위에 누인다.)

파우스트를 유혹하려는 메피스토펠레스의 모든 시도는 실패로 돌아간다. 결국 파우스트는 깊은 불만과 절망 끝에 악마의 유혹에 의한 향락이나 물질적 욕망을 좇는 모험을 단념하고, 지상세계에서 인류를 위한 새로운 노력을 경주하기 시작한다. 협동하는 정신으로 바다를 메워 천국과 같은 자유로운 땅을 일구고, 그곳에 어른이나 아이 모두가 값진 삶을 살 수 있는 인간의 공동체를 만들기 위해 함께 일하는 과정에서 파우스트는 내면으로 인류애의 높은 경지에 이르렀음을 인식하게 된다. 이것이 아름다움을 체험할 수 있는 '최고의 순간'인 것이다. 결국 파우스트가 '아름다움'을 추구한 노력이란 인류가 끊임없이 갈망해온 지상의 유토피아 건설을 위한 방황이며 투쟁이다. 그의 노력은 지상의 모든 시련을 극복하는 초인적인 것이다. 그의 구원은 지칠 줄 모르는 인간의 노력에 있다. 이 주제는 인간은 노력하는 한 방황하는 법이고, 선한 인간은 어두운 충동 속에서도, 올바른 길을 잘 알고 있다는 〈천상의 서곡〉의 시구에 함축적으로 예시되어 있다.

파우스트의 구원과 속죄의 동기는 결코 기독교적이 아니다. 자연을 통한 신의 창조적 선의 인식에서, 그 아름다움의 체험에서 얻는 인류애가 파우스트뿐만 아니라 전 인류를 구원한다. 그레첸의 순수한 사랑이 파우스트의 영혼을 천상으로 이끈다. 그녀의 사랑은 자연에 부여된 생명의 근원에서 끊임없이 솟아나는 생성의 힘, 즉 몰락에서 새로운 생명을 잉태하고 탄생시키는 '영원한 여성적인 것'[46]이다. 여성의 몰아적 사랑이 우리를 진실한 존재로, 도덕적 완전성으로 인도한다는 것이다. 올바른 인류애가 파우스트를 구원한 것이다.

끝으로 하늘의 장면은 끝나고 메피스토펠레스만 홀로 남는다. 그는 자신에게 친절했던 신의 태도를 '인간적'이라고 말함으로써, 괴테는 천상에서 벌어진 〈천상의 서곡〉의 형이상학적 세계를 인간의 현실세계로 옮겨놓고, 환상적인 소재, 동기, 테마를 인간세계의 사실 영역으로, 즉 무대의 공간으로 성공적으로 옮겨놓는다. 그리고 이어지는 비극에서 파우스트의 지상에서의 체험을 가능하게 해준다. 지금까지의 설명에서 알 수 있듯이, 〈천상의 서곡〉 장면은《파우스트》비극의 본 줄거리의 윤곽뿐만 아니라 전 작품에 흐르고 있는 주제와 동기를 함축적으로 예시해주는 가장 중요한 서론적 장면이다.

03

진리를 향한 탐험으로서의 문학

프란츠 카프카
Franz Kafka

1883~1924

"문학은 진리를 향한 탐험이자 마음속 얼어붙은 바다를 깨뜨리는 도끼다."

Franz Kafka

프란츠 카프카는 1883년 7월 3일 체코의 수도 프라하에서 유대계 직물 원료 도매상과 양조장의 딸이며 독일 유대계 출신인 율리 뢰비의 아들로 태어났다. 그는 1901년까지 프라하에 있는 독일계 김나지움에 다녔고, 프라하대학에서 독문학과 법학을 전공하면서 문학과 예술에 조예가 깊은 친구들과 교류했다. 법학박사 학위를 받은 후에는 1908년부터 프라하에 있는 반관반민의 노동자 상해보험회사에서 죽기 2년 전까지 근무했다. 그는 낮에는 직장에 근무하고 밤에는 글쓰기에 몰입하는 이중생활을 했다. 이렇게 관료생활과 창작생활이라는 양립할 수 없는 딜레마 속에서 그는 평생을 살았다.

카프카는 가부장적 아버지 밑에서 성장기를 보냈다. 유대인 거주지의 어둠침침한 구석과 비밀스러운 통로, 다락방과 뒤뜰이 있는 분위기, 직장생활을 통해 몸소 겪은 관료주의, 유럽 전체에 만연한 반유대주의와 경제공황, 제1차 세계대전을 전후한 세계적 격변과 불안한 시대 등, 이 같은 가정과 사회의 경험에서 카프카는 인간의 존재적 불안과 절망, 그리고 소외와 사회적 무법성을 직시하게 되었다. 그 외에도 그의 문학에 영향을 주는 여러 가지 이율배반적 상황에서 갈등을 겪어야 했다. 우선 그는 전통 유대인과는 달리 서구적이고 진보적이었으며, 기독교가 아닌 유대교를 믿었고, 프라하에 살면서 체코 사람들과는 달리 독일어를 하는 유대계 독일인이었다. 예술가로서 시민계급과는 거리가 있었으며, 동시에 자기인식을 위해 끊임없이 노력하는 인간으로서 편안한 믿음이나 이데올로기에 안주하는 사람들과 달랐다. 그리고 엄격한 아버지에게서 자란 탓에 평생 동안 아버지에 대한 극복할 수 없는 콤플렉스에 시달렸고, 여동생들은 나치의 강제수용소로 끌려가 학살당했다. 그 당시엔 불치병이었던 결핵이 그의 소외감과 고독, 불안의 감정을 심화시켰다.

무엇보다도 카프카 문학에서 중요한 것은 그가 유대인 작가라는 것이다. 그는 예루살렘에 회귀를 꿈꾸는 시온주의자였으며, 글쓰기는 그의 종교에 깊이 뿌리를 두고 있다. 그는 스스로를 에덴동산에서 추방된 유대인으로서 실향민이자 동시에 낙원을 꿈꾸는 영원한 방랑자이며 숙명적인 이방인으로 생각했다. 그래서 그는 고독과 불안 속에서 세 번이나 약혼했으나 결혼하지 못하고 평생을 독신으로 지냈다. 그중에서도 유대계의 펠리체 바우어 양과는 두 번이나 약혼했다가 파혼했고, 체코의 명문가 출신이며 재기발랄한 밀레나 예젠스카 여사와의 사랑도 끝내 이루지 못했다.

신의 계명을 어긴 유대인으로서 그는 무자비한 심판을 받아야 할 죄인의 입장에서 누가 형벌을 내리는지 모르면서도 그 형벌에 귀속되어야 하는 원초적 불안감 속에서 살았다. 때문에 그의 문학에서 죄는 일반적으로 일컫는 사회적 범죄가 아니라 인간의 실존적 원죄를 의미한다.[1] 카프카는 문학에서 이러한 유대인의 문제를 보편적 인류의 문제로, 다시 말해서 자본주의가 지배하는 현대 산업사회에 있어서의 인간문제로 보편화해서 인간 존재의 고독과 불안, 삶의 부조리와 소외를 적나라하게 묘사했다. 이렇듯 그의 문학은 현대사회에서 인간의 실존적 문제와 존재적 상황 등 실존주의적 주제를 다루고 있기 때문에, 우리는 그의 문학을 실존주의 문학 또는 상황문학이라고 부른다.

카프카에게 글쓰기는 일상적 삶의 허위를 뚫고 진실을 찾으려는 투쟁이다. 그래서 그는 예술은 고통이라고 말했다. 진실을 찾으려는 자는 안일만을 추구하는 공동체에서 고립되어야 한다. 그렇지 않으면 그는 그 공동체의 공범자가 되기 때문이다. 카프카는 작가로서 우리가 영위하고 있는 일상적인 삶의 정상적인 과정이 얼마나 불안하고 허위에 차 있는가를 인식하기 위해서는 적어도 한 사람은 첨예하게 깨어 있는 의식을 가지고 그곳에 머물러야 한다고 주장한다. 그래서 카프카는 자신의 문학에서 인생의 좌절, 불합리, 소외, 부정이 가득 찬 세계를 묘사한다. 익명의 주인공들이 이런 악몽과 같은 상황에서 자기 자신의 존재적 의미를 찾기 위해서 노력한다. 그의 문학은 계속해서 우리가 노력해야 할 목표를 제시해주고 있지만, 주인공들에게 그 목표 자체는 애매하다. 그들은 그 목표가 무엇인지를 알지만 그 목표에 이르는 길을 모르며, 자신을 안내하고 도와줄 수 있는 단 한 가지 방법도 찾아내지 못한다. 카프카의 문학은 목표는 있되 길이 없다는 패러독스를 가지고 있다. 그래서 현실세계의 실제나 일상적인 사고와 인식은 신비, 비유, 우화, 상징의 가상적인 형태에서 수수께끼처럼 표현된다. 모든 것이 불합리적·이율배반적이며 역설과 반어의 연속이다. 묘사된 것은 환상적이고 초현실적이지만 현실 이상으로 절실하게 다가온다. 고로 이것들에 대한 해석은 신학적·형이상학적 내지 형이하학적·사회학적 다의성과 애매성을 가진다. 카프카의 작품들에서는 표현주의적인 색채와 상상력이 풍부한 초현실주의적인 특색을 볼 수 있다.

그의 문체의 특징은 간결하고 사실적인 기술이고, 현실과 환상의 미묘한 교차 속에서 나타난다. 젊은 카프카는 바라보는 사실을 결코 올바르게 되돌려주지 않고 변화시키고 일그러뜨린다. 다시 말해서 일상생활을 사실주의적으로 엄밀하고 냉철하게 묘사하는 것 같지만, 묘사된 것은 결코 사실이 아니라 수수께끼와 같은 사건이나 사물의 불가사의나 신비성이다. 그래서 프란츠 바우머는 카프카의 문학에 대해 "비합리적인 내용이 합리적인 언어 형태에서 이야기되고 무의식적·환상적 체험은 뚜렷한 의식으로 기록된다"[2]고 말했다. 카프카는 암호나 수수께끼와 같은 언어유희를 즐겼던 작가다. 간결하고 사실적인 묘사와 묘사된 사건의 불가사의가 이루는 뚜렷한 대조, 그리고 환상적인 것과 사실적인 것의 절묘한 융합은 카프카 문학의 가장 큰 특징이다. 또한 그의 작품의 난해성과 애매성도 바로 수수께끼와 같은 불가사의나 신비성에 있으며, 동시에 그것은 카프카 문학의 매력이기도 하다. 언어 형태와 내용의 관계는 카프카 문학 해설의 중요한 요소이기 때문에, 여기서 다루게 될 세 편의 이야기들에서 깊이 있게 분석될 것이다.

카프카의 작품은 장편, 중편, 단편, 일기와 서한문으로 분류된다. 《소송Der Prozeß》,《성Das Schloß》 그리고 《아메리카Amerika》는 고독의 3부작이라는 그의 대표적인 장편소설들이다. 《변신Die Verwandlung》,《선고Das Urteil》,《유형지에서In der Strafkolonie》,《시골 의사Ein Landarzt》,《단식 광대Ein

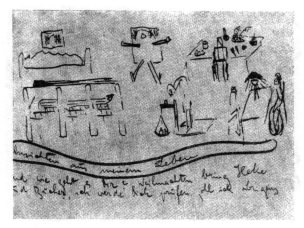

1918년 우편 위에 그린 카프카의 스케치

Hungerkünstler》는 그의 대표적인 중편들인데, 특히《변신》은 내용의 압축된 농도나 긴장도에서 기타의 중편 작품들뿐만 아니라 장편소설도 능가하는 카프카의 걸작이다.

무엇보다도 카프카 문학의 독창성을 잘 나타낸 것은 그의 단편들이다. 카프카는 짧은 단편의 형태를 통해 그의 장편소설이 보여주고 있는 혼란스럽고 다양한 문제들을 함축해서 명확하게 표현하고 있기 때문이다. 예를 들어 단편《법 앞에서》는 장편소설《소송》의 제9장에 나오는 우화이지만, 이것은 장편소설의 전체 내용과 동기를 함축적으로 나타내는 독립된 장章을 이루고 있다. 또《황제의 밀지》역시 그의 중편소설《만리장성 축조Beim Bau der chinesischen Mauer》에 나오는 같은 형태의 장이다.[3] 이러한 극심한 함축화 현상은 우리가 카프카의 문학에서 볼 수 있는 기본 형식이며, 여기에서 그의 천재적 창작력이 높게 평가되고 있다.[4]

프란츠 카프카

카프카는 요한 페터 헤벨, 하인리히 폰 클라이스트 그리고 파울 하이제 같은 단편소설 작가들의 영향을 받았다. 그러나 다른 유럽 국가들에 비해 뒤떨어진 독일 단편소설을 세계적 수준으로 끌어올렸고, 어떤 예술사조로도 설명할 수 없는 20세기의 가장 독특하고 유명한 작가가 되었다.

카프카는 프라하의 답답한 생활을 벗어나려고 했지만 결국 떠나지 못했다. 그는 평생 혼자 살면서 창작활동에 전념했고, 임종 전날까지 침상에서 새 작품의 교정지를 읽다가 마흔한 살 생일을 한 달 앞두고 폐병으로 죽었다. 그는 자신의 작품들을 불사르도록 유언한 작가였다. 그와 그의 작품들은 생전에는 별다른 주목을 받지 못했다. 다행히도 그의 작품들은 친구인 막스 브로트에 의해 소각되지 않고 제2차 세계대전 후에 출판되어 세계에 알려졌다. 특히 그의 문학은 프랑스에서 높이 평가되어 이른바 장 폴 사르트르의 실존주의 문학과 알베르 카뮈의 부조리 문학은 카프카 문학의 영향을 배제할 수 없다. 그의 문학은 본고장인 독일보다 구미 각국에 더 많이 알려지게 되었고, 후일에 점차로 독일에 역류되는 기현상을 보였다.

자본주의 사회에서 고뇌하는 예술가의 실존적 삶이나 현대인간의 불안 심리 및 소외상태를 카프카처럼 사실적으로 그려낸 은유는 1915년경의 표현주의 시대만 해도 가히 상상하기 어려운 선지자적이고 파괴적인 것이었다. 《변신》에서 주인공인 그레고르 잠자가 하루아침에 벌레로 변한 상황이 좋은 예다. 그가 죽은 지 90년이 지난 지금에 이르면서 자본주의의 거대한 메커니즘에 의해 인간 존재의 불안과 소외가 계속 커져가고 있는 한, 카프카는 시대를 초월해 우리에게서 새롭게 부활할 것이다. 그리고 그의 문학은 그 내용의 비의秘義적인 난해성과 패러독스한 표현 형식에도 불구하고 현대인의 실존적 체험을 위한 예술로 우리에게 새롭게 다가올 것이다.

《갤러리에서》
Auf der Galerie

만일 폐결핵에 걸린 연약한 여곡마사가 원형 공연장에서 흔들거리며 달리는 말을 타고, 휙휙 소리 내며 지나가면서, 키스를 던지면서, 허리로 몸을 가누면서 몇 달이고 끊임없이 원을 그리며 빙빙 돌도록, 지칠 줄 모르는 관중 앞에서 채찍을 휘두르는 무자비한 단장에 의해 강요당한다면, 그리고 만일 이 유희가 잠시도 그치지 않고 윙윙거리는 오케스트라와 환풍기의 소음 속에서, 잦아들다가는 새롭게 커져가곤 하는, 본래 피스톤 같은 손들의 박수갈채에 이끌려, 계속해서 점점 더 크게 열리는 잿빛의 미래 속으로 이어진다면, 그러면 아마도 한 젊은 갤러리 손님이 서열이 매겨진 관람석 층계를 급히 내려와 원형 공연장 안으로 달려 들어가서는, 언제나 분위기에 어울리는 오케스트라의 팡파르를 뚫고 '멈춰라!' 하고 외쳤을 것이다.

그러나 사실은 그렇지 않다. 희고 붉게 치장한 아름다운 한 여인은 제복을 입은 거만한 조수들이 그녀 앞에서 커튼을 젖히면 그 사이로 날듯이 등장한다. 단장은 헌신적으로 그녀의 눈을 주시하면서 그녀를 향해 숨을 헐떡인다. 마치 그녀가 위험한 여행을 떠나는, 무엇보다도 가장 사랑하는 그의 손녀인 양, 그녀를 회색 얼룩말 위에 조심스럽게 올려주고, 채찍으로 신호를 주어야 할지 결정하지 못한다. 마침내 자신을 억제하면서 채찍 소리를 내어 신호를 보낸다. 그리고 입을 벌린 채 말을 따라 옆에서 함께 뛰어간다. 예리한 눈길로 그 여곡마사가 뛰어오르는 곡예를 뒤쫓는다. 그녀의 절묘한 기교는 결코 파악할 수가 없다. 조심하라고 영어로 경고하려고 애를 쓴다. 굴렁쇠를 잡고 있는 마부들에게 세심하게 주의하도록 사납게 경고한다. 위험한 공중회전을 하기 전에는 손을 높이 쳐들어 오케스트라에게 조용히 해달라고 간청한다. 드디어 그 작은 여인을 떨고 있는 말에서 부축해 내리고, 두 뺨에 키스하며, 관중의 어떤 찬사도 충분하지 않다고 생각한다. 그러는 사이에 그녀는 그의 부축을 받으면서 발끝으로 높이 서서, 먼지에 휩싸인 채 두 팔을 벌리고 고개를 뒤로 젖히며, 자신의 행복을 서커스단 모두에게 나누어 주고 싶어 한다. 사실이 그러하기 때문에, 갤러리에 앉아 있던 사람은 발코니 난간에 얼굴을 대고, 마치 괴로운 꿈속으로 잠겨들 듯이, 마지막 행진에서 자신도 모르게 울고 있다.

현상의 허위 속에 숨겨진 본질을 통찰하다

카프카의 모든 단편들 가운데《갤러리에서》는 줄거리가 짧음에도 불구하고 문장과 언어의 형태가 건축학적 구조[5]를 가지고 있는 가장 잘 알려진 작품이다. 그렇기 때문에 우리는 이 작품의 어려운 의미를 잘 설명할 수 있는 문장과 언어 형태의 구조에 대한 분석이 전제되어야 한다. 아울러 의미 해설의 다양한 가능성에 비해서 이야기가 짧기 때문에 인용문의 반복이 불가피할 수밖에 없음을 밝혀둔다.

《갤러리에서》는 두 개의 문단(첫째 문단: 만일 폐결핵에 걸린 (…) '멈춰라!' 하고 외쳤을 것이다. 둘째 문단: 그러나 사실은 그렇지 않다. (…) 자신도 모르게 울고 있다)으로 구성되었다. 각 문단은 똑같이 원형 공연장에서 공연되는 여곡마사의 곡예 행위를 묘사하는 전반부 문장과 갤러리 손님의 행위를 묘사하는 후반부 문장으로 이루어지는데, 전자는 비정상적으로 길고 규모가 큰 문장으로 묘사되고 있는 반면에 후자는 짧은 문장으로 끝난다. 그런데 두 문단에서 여곡마사의 곡예 행위와 갤러리 손님의 행위는 대비된 두 공간의 분위기에서 상반된 내용과 언어 형태로 이야기되고 있다. 구체적으로 말해 두 문단은 상이한 화법 사용에서 상반된 내용을 나타낸다. 첫째 문단에서 잔인한 서커스 단장과 미친 듯이 열광하는 매정한 관중에 의해 강요되는 여곡마사의 가혹한 훈련은 막 뒤에 숨겨진, 공연장의 관객들이 볼 수 없는 상상 세계의 일이기 때문에 '만일'로 시작하는 긴 문장의 '가정법'으로 묘사되고 있는 반면, 높은 곳에서 숨겨진 진실을 볼 수 있는 갤러리 손님의 행위는 가혹한 훈련을 멈출 것을 요구하며 외치는 "멈춰라"의 짧은 문장의 직설법으로 묘사되고 있다.

둘째 문단은 긴 문장의 직접화법과 짧은 문장의 간접화법으로 구성되어 있어, 첫째 문단과 반대되는 화법상의 차이를 보인다. 둘째 문단의 전반부 문장에서 앞 문단의 '폐결핵에 걸린 연약한 여곡마사'는 아름답고 행복한 모습으로 나타나고, 그녀의 가혹한 훈련은 공중으로 치솟는 세련된 기교와 손녀처럼 배려하는 감독의 사랑으로 열광하는 관중의 갈채와 경의를 불러일으키는 연극이 된다. 이 연극이 관객들이 볼 수 있는 현실이다. 그래서 둘째 문단의 전반부 문장에서 그녀의 묘기는 시종일관 실재 형식의 직설법 문장으로 묘사된다. 첫째 문단에서의 현실, 즉 상상 속에서 관조된 본래의 현실은 가상세계의 아름다움에 가려져 보통 사람은 그 본래의 현실을 볼 수도 파악할 수도 없고, 다만 볼 수 있는 무대 위의 사건을 올바른 현실로 생각하는 착각에 빠진다. 후반부 문장에서는 손뼉 치며 환호하는 손님들과는 달리 갤러리 손님은 "발코니 난간에 얼굴을 대고, 마치 괴로운 꿈속으로 잠겨들 듯이, 마지막 행진에서 자신도 모르게 울고 있다". 그의 행위는 그가 다시 몽상의 세계로 빠져들 듯이 가상법 문장 형태로 묘사되고 있다. 이렇게 두 문단은 구문론적 형태에서 큰 대조를 보여주고 있으나 동일한 건축학적 구조로 만들어졌다는 공통점을 가지고 있다.

카프카의 문학에 있어서 언어 형태와 내용의 관계는 우선 본질적으로 상이한 두 사실 영역을 모순 속에서 표현하고 있다. 다시 말해 진실은 허상 뒤에 숨겨지고 허상은 진실로 비친다는 것이다. 정상적인 인간이 실제로 보는 현실, 그래서 카프카에 의해서 의식적으로 사실의 형식으로, 직설법의 형식으로 표현된 것, 말하자면 공연장 위에서의 여곡마사의 '행복' 이나 단장의 헌신적 사랑의 제스처 등은 바로 허위이자 기만이다. 관객들은 막 뒤에서 비인간적 메커니즘의 무자비한 법칙에 시달리는 여곡마사의 고통을 보지 못하기 때문이다. 그래서 보일 수 없는 것, 실로 우리의 시간과 공간에서 관조되는 사실세계에서 불가능한 것으로, 상상할 수 없는 것으로 나타나는 것, 말하자면 환풍기의 팬처럼 빙빙 돌도록 채찍을 휘두르는 무자비한 단장의 강요와 모터의 피스톤처럼 기계적으로 손뼉 치는 지칠 줄 모르는 관중의 환호에 시달리면서 끊임없이 원을 그리며 잿빛의 미래 속으로 달려야 하는 여곡마사의 고통, 그것이 진실이다. 반복적으로 이어지는 현재분사는 그녀의 고통이 과거에서 현재를 넘어 미래로 계속됨을 말해준다.[6] 《갤러리에서》처럼 생각된 정신적 현실과 관조된 감각적 현실 사이의 대립, 즉 이 세상의 고통은 아름다운 가상의 허위로 가려져 있다는 것을 분명하게 인식시키고 있는 작품은 드물다.

우리가 두 문단의 대조적인 문장구조와 언어 형태에 대한 분석을 통해 작품의 내용에 대한 해석을 시도했다면, 두 문단에 똑같이 등장하는 인물들의 상징적 의미 역시 파악해야 한다. 이 이야기에는 세 명의 인물, 즉 갤러리 손님, 서커스 단장 그리고 여곡마사가 등장한다. 우선 두 문단에서 보여주고 있는 갤러리 손님의 상이한 태도가 설명되어야 한다. 우선 두 문단에서 여자 곡마사에 관한 처음의 문장들은 갤러리 손님의 태도를 위한 전희로서의 기능을 한다. 여기서 다시 한 번 숙고되어야 할 것은 왜 그 갤러리 손님은 첫째 문단의 마지막에서 오직 상상 속에서 "멈춰라!" 하고 외쳤으며, 둘째 문단의 마지막에서는 서커스 세계의 화려한 현실에 직면해서 환호하는 관객들과는 달리 수수께끼 같은 체념의 태도로 얼굴을 발코니 난간에 묻고 우느냐는 것이다.

'갤러리Galerie'란 단어는 어원학적으로 볼 때 성서의 이름인 '갈릴레 Galiläa'[7]에서 유래한 것으로, 이는 10세기 이래로 갈릴리에서 온 사람들이 로마에서 머물렀던 성당의 앞마당 또는 전면의 홀을 의미할 뿐만 아니라, 이런 연유로 해서 '갈릴리'란 지명으로도 상용되었다. 또한 프랑스어 '파라디paradis'는 '천국' 또는 '맨 꼭대기 관람석'이란 의미를 가지고 있어서 카프카는 '파라디'에 대한 상징을 '갤러리'와 즐겨 연관시켰다. 카프카의 '갤러리'란 개념은 극장의 맨 위층 자리 또는 성당 앞마당이라는 의미 외에도 '갈릴리', 즉 '낙원'이란 상징적 의미를 내포하고 있다. 따라서 '갤러리 손님'은 최근에 낙원 갈릴리에서 온 손님이란 의미를 가지며, 우리에게 구원을 약속하는 예수의 모습에 비유될 수 있다. 그렇기 때문에 "멈춰라!" 하고 외치며 높은 곳에 위치한 갤러리에서 원형 무대로 뛰어 내려가려는 갤러리 손님은 성서적 의미에서 강림하는 구원의 메시아 모습을 상기시킨다. 첫째 문단의 짧은 문장에서 갤러리 손님은 연약한 여곡마사의 부단한 말 타기를 끝낼 수 있을지도 모르는 메시아의 영향력을 보인다.

그는 깨어 있는 의식을 가지고 가상세계의 베일을 걷어 올릴 수 있고, 현실세계의 허상을 직관할 수 있으며, 여곡마사의 끊임없는 고통을 멈추게 할 수 있는 유일한 사람일 수 있다. 그러나 사실은 그렇지 않다. "아마도 한 젊은 갤러리 손님이 (…) 오케스트라의 팡파르를 뚫고 '멈춰라!' 하고 외쳤을 것이다"라는 카프카의 묘사에는 불확실성이 내포되어 있다. 만일 '아마도'라는 부사가 없었더라면, 그의 불가사의한 구원의 희망이 팡파르로 전달되었을 것이며, 나팔소리는 최후의 심판을 위한 나팔소리가 아니라 천사의 나팔소리처럼 모든 장애를 제압하며 개가를 울리는 소리처럼 들렸

《갤러리에서》의 한 장면

을 것이다. 그러나 그런 가능성은 희박하게 보인다. 만일 관객들이 허위에 가려진 진실을 볼 수 있다면 구원이 가능했을지도 모르며, 그러면 아마도 그 갤러리 손님은 원형무대로 뛰어가서 오케스트라의 팡파르 소리를 뚫고 "멈춰라!" 하고 외쳤을 것이다. 그는 관람석 층계를 급히 내려가고 싶으나 그렇게 하지 않는다.

둘째 문단이 시작하는 "그러나 사실은 그렇지 않다" 문장은 첫째 문단이 지닌 메시아적 구원의 아름다운 희망을 갑자기 파괴해버린다. 전과 다름 없이 여곡마사의 끊임없는 말타기의 고통은 계속된다. "사실이 그러하기 때문에" 게다가 허위가 진실을 가려서 관객들은 다만 박수갈채를 받으며 행복에 빛나는 여곡마사만을 보기 때문에, 갤러리 손님은 아무것도 도울 수 없게 되고 "마치 괴로운 꿈속으로 잠겨들 듯이, 마지막 행진에서 자신

프란츠 카프카

도 모르게 울고 있다". 갤러리 손님에겐 다시 명백한 현실의 영역이 사라지고, 그는 이미 첫째 문단이 우리에게 보여주었던 비현실의, 몽상적-환상의 영역으로 도피해간다. 그래서 갤러리 손님은 갈릴리에서 온 구원의 그리스도가 아니라 일시적인 무명의 갤러리 관람자로서의 정체를 드러낸다. 이는 가능하지만 아마도 결코 실현되지 않은 그리스도의 강생을 암시한다고 할 수 있으며, 그래서 갤러리 손님은 다가올 구원의 약속에서 사라져버린 구원의 희망을 슬퍼하여 우는 알레고리 인물이 된다. 막연한 메시아의 구원에 대한 성서적 신화의 트라베스티[8]다.

단장의 모습도 이중적으로 나타난다. 공연장에서 여곡마사에게 보여준 그의 사랑과 걱정의 모습은 가식적 연극에 불과하며, 다만 그의 본래 동물적 본성을 폭로할 뿐이다. 단장의 모습은 신神이나 단편소설《변신》에 나오는 가부장적이고 엄격한 아버지와 같은 절대적 존재로 군림한다. 이런 단장의 모습은 카프카의 종교관에서 비롯된다. 카프카는 종교를 단지 사회적 형식의 규범 속에서 수용하려 했다. 그래서 그는 자신을 결코 종교적인 유대인이 아니라고 밝혔으며, 기독교의 구원에 대한 확신은 그에겐 완전히 생소한 것이었다. 그럼에도 불구하고 그는《갤러리에서》와《황제의 밀지》가 쓰인 수개월 동안 종교적인 문제들을 집중적으로 다루었다. 그러나 그의 성서 연구는 그에게 신에 대한 아무런 새로운 생각도 주지 않았다. 만일 성서의 신이 있다면, 그에게 신은 잔인하고 끔찍한 신이었을 것이며 인간의 가정에 분노하고 근거 없이 금지시키며 여전히 카인(아담과 이브의 큰아들)을 좋아하는 신이었을 것이다.[9] 카프카는 이러한 성서적 신상神像을《변신》에서의 아버지 모습에서, 그리고《갤러리에서》의 동물적인 수식어로 꾸며진 서커스 단장의 모습에서 문학적으로 훌륭하게 묘사했다.

단장(신)은 연약한 여곡마사를 서커스의 원형 모래 공연장 위에서 먼지를 일며 달리도록 회초리를 휘두르듯이, 그의 무자비한 회초리에 따라 계속해서 춤추는 구제받지 못한 자들을, 아마도 구제받을 수 없는 자들을 서커스의 원형 공연장에서, 넓은 의미에서 지구에서, 영원히 빙빙 도는 공허 속으로 사라지는 사막의 길로 몰아낸다. 구원, 자유, 해방은 카프카의 세계에서는 과대망상이고 환영이며, 이룰 수 없는 꿈이고, 공허한 환상이다.[10] 갤러리 손님이 보여준 반항의 태도는 바로 카프카가 구약성서에서 찾았다는 '잔인하고 분노하는 신'에 대한 항의의 비유적 표현일 것이다. 카프카가 '신'에 대해서 말한다면, 펠리체 바우어 양에게 부친 편지에서 알 수 있듯이, 그는 초월적인 신을 믿었다고 결코 말할 수 없으며, 오히려 그런 신앙에 낯설다고 자주 주장했다.[11] 《일기Tagebücher 1910~1923》에서 그는 고해하는 톤으로, 그것도 가상법으로 '신'에 관해 말하면서, 그에게 '신'이 있다는 것은 "나에 대한 이해심이 있는 한 사람을 가진 것, 말하자면 하나의 여인을, 즉 사방에 의지할 곳을 가진 것"[12]에 불과하다는 것이다. 이렇듯 '신'과 '아버지'의 개념과 일치하는 단장의 모습은 인간의 실존을 위협하고, 파라다이스에 대한 동경을 파괴하는 부정적·비윤리적 요소들의 총체적 의인화인 것이다.

이 이야기에서 여곡마사는 카프카 문학의 전형적 인물로서 노동하는 인간들, 특히 예술가의 존재적 위기를 상징한다. 여곡마사는 먼지에 휩싸인 채 십자가처럼 양팔을 펼치고 회색 얼룩말 위에 서서 오케스트라의 팡파르에 맞추어 달린다. 이 장면은 성서의 내용을 연상시킨다. 그녀는 십자가 위의 그리스도 수난과 고통을 연상시키고, 오케스트라의 팡파르는 그녀에게 고통의 감수를 독려하고, 신 같은 서커스 단장의 회초리 소리와 조화를 이루어 '묵시록'의 말세를 예고하는 최후 심판의 나팔소리[13]를 연상시킨다. 그녀는 구약성서 '모세'[14]에서처럼 이스라엘의, 구원받지 못한 옛날 인간들의 먼지에 휩싸여 원형 공연장 위를 달린다. 카프카에게 있어 원운동은 앞으로 다가갈 수도, 발전할 수도 없는 공허한 존재적 회전을 의미한다. 공허한 원운동이 인간의 존재적 위험으로 작용한다는 것에 대한 좋은 예로서 1920년에 발표된 카프카의 《팽이Der Kreisel》를 들 수 있다. 이 이야기에서 한 철학자는 어린이 놀이터를 돌아다니면서 오직 '돌아가는 팽이'에만 몰두했을 때, 아이들의 울부짖는 소리에 놀라 그들이 휘두르는 회초리 아래서 도는 팽이처럼 비틀거렸다. 팽이의 원운동, 철학자의 비틀거림, 회초리는 《갤러리에서》의 첫째 문단과 일치한다고 할 수 있다. 물론 여기서 철학자는 젊은 갤러리 손님과 연관된 것이 아니라, 여곡마사의 상황에 해당된다.[15] 이런 의미에서 무자비한 단장의 회초리에 강요되어 환풍기의 날개처럼 끊임없이 원을 도는 여곡마사의 존재는 불안하고 무자비한 현실세계에 살고 있는 인간의 존재적 위험을 폭로한다. 또한 그녀의 곡예는 근대 노동세계에 사는 인간의 절망적 상황을, 기술세계로의 추방을 암시하고 있는 것이다.

카프카 문학에서 서커스 세계는 예술세계에 대한 비유로 사용되었다. 《갤러리에서》 외에도 《단식 광대》와 《여가수 요제피네Josefine, die Sängerin》를 예로 들 수 있다. 이런 의미에서 여곡마사의 모습은 예술가의 존재적 위험을 상징한다. 올바른 예술에 대한 관객들의 몰이해, 이들이 분별없이 열광하는 가상세계의 기만은 순수한 예술의 본질을 그르치며 예술이 절대적인 것을 향해 완성으로 가는 것을 방해한다.

비록 이 이야기에서 갤러리 손님이 수동적이고 능력은 없지만 메시아로 비유되면서 기적적인 구원에 대한 희망을 알렸다 해도, 그런 가능성은 희박한 것처럼 보인다. 카프카의 작품들에는 갤러리 손님의 외침처럼 반항이 나타나지만, 그런 반항의 행위는 절대적인 신 앞에서는 무의미하며, 한낱 연출에 불과할 뿐이다.[16] 부조리의 현실세계에서 인간의 삶은 숙명적으로 고통을 감수할 수밖에 없기 때문에, 인간의 반항은 효과 없이 머문다. 그렇지만 카프카 문학에서 비극적 주인공들의 반항은 적어도 우리 인간들에게 가상세계의 허위와 기만을 폭로하고, 존재하는 것 본연의 근원적인 순결과 아름다움을 찾아야 하며, 선과 진실로 가야 한다는 의식을 일깨워준다. 이것은 카프카의 예술관에서, 즉 예술이란 소실되지 않는 분명한 의도를 가지고 진리의 주변을 날아다니면서 어두운 곳에 빛을 비춰준다는 생각에서 비롯된 것이다. 인간의 삶은 반드시 앞을 향해 나갈 수밖에 없으나, 올바른 삶이 무엇인지는 삶의 뒤편을 봐야 알 수 있다. 그렇듯 정상적인 관조의 허위 뒤에 숨겨진 진실을 드러내려는 것은 최소한 윤리적 요청의 의미에서 우리를 구원하고 교화하려는 문학적 시도라 할 수 있다.[17] 카프카 문학은 비록 길을 제시해주지 못하지만 독자가 깨어 있는 의식으로 현대 물질문명의 위협을 느끼고 존재적 위기에서 벗어날 수 있는 기대와 희망을 일깨워준다. 이것이 바로《갤러리에서》가 우리에게 주는 교훈이다.

《황제의 밀지》
Eine kaiserliche Botschaft

한 이야기가 전해지고 있다. 한낱 개인에 불과한 당신에게, 가련한 신하에게, 황제의 태양 앞에서 가장 멀고도 먼 곳으로 도주한 보잘것없는 그림자에게, 바로 그런 당신에게 황제는 임종의 침상에서 한 밀지를 보냈다. 황제는 사자使者를 침대 옆에 꿇어앉히고 그 밀지를 그의 귓속에 속삭여주었다. 황제에게는 그 밀지가 매우 중요했기 때문에, 그는 밀지를 자신의 귀에다 되풀이하도록 시켰다. 그는 머리를 끄덕여 내용이 맞는다는 것을 시인했다. 그리고 그의 임종을 지켜보는 사람들 앞에서 — 장애가 되는 모든 벽들은 허물어지고, 넓고도 높게 뻗어 있는 옥외 계단 위에는 제국의 높은 분들이 빙 둘러서 있다 — 이 모든 사람들 앞에서 황제는 사자를 떠나보냈다. 사자는 곧 길을 떠났다. 그는 지칠 줄 모르는 강인한 남자로 양팔을 번갈아 앞으로 내뻗으면서 군중 사이를 뚫고 길을 터 나아간다. 제지를 받으면, 태양의 표시가 있는 가슴을 내보인다. 그는 역시 다른 누구보다도 수월하게 앞으로 나간다.

그러나 사람들의 무리는 너무나 방대하고, 그들의 거주지는 끝이 없다. 탁 트인 들판이 열린다면 그는 날듯이 달려갈 것이고, 당신은 곧 그의 주먹이 당신의 문을 두드리는 굉장한 소리를 들을 것이다. 그러나 그는 속절없이 애만 쓰고 있다. 그는 아직도 가장 깊은 궁궐의 방들을 힘겹게 헤쳐 나가고 있지만, 결코 그 방들을 벗어나지 못할 것이고, 설령 그 방들을 벗어나는 데 성공한다 해도 아무것도 얻는 것이 없을 것이다. 계단을 내려가기 위해서 그는 자신과 싸워야 할 것이고, 설령 그것이 성공한다 해도 아무것도 얻는 것이 없을 것이다. 궁궐의 뜰은 통과할 수 있을지 모른다. 그러나 그 뜰을 지나면 두 번째로 둘러싸여 있는 궁궐이 있고, 다시금 계단과 정원들, 또다시 궁궐, 그렇게 수천 년이 계속될 것이다. 그래서 마침내 그가 가장 바깥쪽 문에서 뛰쳐나오게 되면 — 그러나 그런 일은 결코, 결코 일어날 수가 없다 — 비로소 세계의 중심, 그 침전물로 높게 퇴적된 왕도王都가 눈앞에 펼쳐질 것이다. 아무도 이곳을 뚫고 지나가지 못한다. 비록 죽은 자의 밀지를 가지고 있는 자라 할지라도 — 그런데도 저녁이 오면, 당신은 창가에 앉아 밀지가 오기를 꿈꾼다.

프란츠 카프카

신성에 대해 끊임없이 이성의 도전을 꿈꾸다

《황제의 밀지》는 《갤러리에서》에 이어 같은 해(1917)에 카프카의 유고에서 비로소 알려지게 된 중편소설 《만리장성 축조》의 한 부분으로 쓰인 것으로, 1919년에 이야기 모음집 《시골 의사》에 발표되어 독자적인 이야기가 되었다. 카프카가 손수 출간한 이 작은 산문은 《만리장성 축조》의 핵심적인 주제와 동기를 함축해 나타내고 있어 인간의 기본 상황을 의미 있게 비유하는 특징을 가졌음은 물론 다시 한 번 카프카의 언어적 천재성을 보여준다.

《갤러리에서》처럼 《황제의 밀지》도 카프카 산문의 특징이라 할 수 있는 이중적 문장구조와 언어 형태로 구성되었다. 이 이야기는 명확하게 상이한 두 개의 문단(첫째 문단: 한 이야기가 전해지고 있다. (…) 그는 역시 다른 누구보다도 수월하게 앞으로 나간다. 둘째 문단: 그러나 사람들의 무리는 (…) 당신은 창가에 앉아 밀지가 오기를 꿈꾼다)으로 이루어진다. 이 이야기에는 시작부터 '황제', 황제의 밀지를 받을 대상자인 '당신'과 그 밀지의 '사자'가 두 개의 사실 영역에서, 즉 현실세계와 비현실세계에서 언급된다. 첫째 문단은 사자에게 황제 밀지의 위임과 밀지를 받을 '당신'을 향한 사자의 출발에 확실성을 주기 위해 직접화법으로 구성되었고, 둘째 문단은 그 가능성을 부정하는 간접화법으로 구성되었다.

첫째 문단은 도입 문장으로서 사자가 황제의 밀지를 전하기 위해 길을 떠나는 순간에 이르기까지를 언급한다. "그런 이야기가 전해지고 있다"라는 소문 또는 전설의 화법으로 표현된 황제는, 소문이나 전설이 모든 시간을 넘어서 현재까지 전해지고 있듯이, 우리로 하여금 지금 이 이야기가 서술되고 있는 시간에 통치하고 있는, 그래서 지금의 우리와 함께 여전히 살고 있는 군주라는 생각을 하게 한다. 황제가 밀지를 보내는 대상은 '당신'이란 인물의 불확실성에 의해서 '한낱 개인에 불과한 그대' 또는 '바로 그런 당신'으로 확대되어 시공을 넘어 현실세계에 살고 있는 우리 모두에 해당한다. 태양으로 비유된 황제 앞에서 '당신'은 '가련한 신하' 또는 '태양 앞에서 가장 멀고도 먼 곳으로 도주한 보잘것없는 그림자'로서 아주 작고 하찮은 것으로 인식되면서 그림자를 만드는 태양의 모습인 황제는 모든 인간의 머리 위에 군림하는 위대한 존재로 나타난다. 지배자를 빛으로, 피지배자를 빛의 그늘로 비유하는 태고의 은유법은 '황제'와 '당신'이 절대적 종속관계에 있음을 말해준다.

이미 《갤러리에서》에서 언급했듯이, 이 절대적 종속관계는 카프카와 아버지와의 관계에서 비롯된다. "아버지는 다만 아버지만으로서도 그에겐 너무나 강했다."[18] 《황제의 밀지》에서의 '그림자'는 아들 카프카가 빛을 싫어하는 것과 비유된다. 아들은 자신을 '안락의자에서 세계를 지배하는' 폭군 같은 아버지의 '가련한 신하'로 느낀다.[19] 그의 《아버지에게 보내는 편지Brief an den Vater》는 이 같은 사실을 말해준다.

나는 (…) 당신 앞에서 기어 다녔고, 내가 당신의 힘이 최소한 직접적으로 더는 미치지 못할 정도로 당신에게서 멀리 떨어졌을 때에야 비로소 감히 움직였습니다.[20]

태양 같은 절대자인 황제는 사자에게 침상에서 죽어가면서 밀지를 전한다. 비록 밀지는 지금 죽어가고 있는 황제에 의해서 합법적인 권한과 가치를 잃을지 모르지만, 그래서 변함없는 권한과 가치를 가지고 있느냐는 의문을 일으킬 수 있지만, 밀지는 황제의 권위에 의한 유언의 존엄성을 지니고 있기 때문에 여전히 의미가 있다. 황제는 '가장 멀고도 먼 곳'으로 도주한 백성에게 전설적인 존재이며, 백성은 어떤 황제가 다스리는지, 왕조의 이름이 무엇인지조차 모르기 때문이다.[21] 그리고 황제가 이미 죽었다 해도 그의 지배는 정신적으로 작용하기 때문에 그의 권위는 불멸하고 그에 접근할 수도 없다.

이 같은 황제의 모습과 밀지 전달의 동기는 종교적 의미에서 해석될 수 있다. 황제는 '태양'이며 동시에 신을 상징한다. 니체의 "신은 죽었다"라는 혁명적인 선언처럼 카프카에게 기독교적인 의미에서의 신은 죽었으며, 그럼에도 불구하고 그의 복음은 시공을 넘어 우리의 정신세계를 지배한다. 이 이야기에서 카프카가 언급하고 있는 사자는 메시아의 사자로서 예수의 한 변형이라고 볼 수 있다. 황제의 사자는《갤러리에서》의 '갤러리 손님'과 유사하다. 황제의 밀지는 인간을 구원하기 위한 기독교적인 복음이며, 성서적 교리이고 유대교의 율법을 상징한다고 볼 수 있다.

황제가 사자에게 밀지를 전달하는 사건은 비록 추상적이지만 전설처럼 인간에게 사실같이 작용하기 때문에 첫째 문단이 끝날 때까지 사실을 나타내는 직설법으로 표현되고 있다. 명료한 단어의 선택, 완료형으로 된 문장구조와 리듬은 이미 한 행위가 완전히 이루어진 상황을 말해준다. 이로써 첫째 문장은 황제의 밀지가 사자에 의해 보내진 것을 의심의 여지가 없는 확실한 사실로 묘사한다. 이 같은 사실은 현재형의 문장들에 의해 현재에도 계속되고 있음이 암시될 뿐만 아니라 "바로 당신에게"라는 표현들에서 황제의 밀지를 받아야 할 대상의 명확성도, 사자의 임무완성에 대한 확고한 의지도 확실하게 나타나고 있다. 이렇게 카프카는 형이상학적 내용을 단조로운 문체와 일상적인 평범한 단어로 직접적이고 정확하고 간결하게 표현한다. 이는 성서의 복음과 기독교적 구원의 약속이 오늘날까지도 사실처럼 믿는 자들에게 군림하고 있는 것에 비유된다.

첫째 문단에서 이어지는 밀지 전달에 대한 세 문장은 그 상황을 상세하고도 거의 의전儀典적으로 묘사하고 있다. 무릎을 꿇는 사자, 밀지 내용의 정확함이 중요하다고 속삭이는 황제, 관계없는 자들을 모르게 하려는 무언극조의 인상 깊은 속삭임 장면이 이어지고, 이 장면은 '나라의 위대한 분들'이 있음으로 해서 의미가 상승된다. 황제의 공개적인 죽음에 참석하고 있는 고위관료들은 밀지의 비밀과는 전혀 무관하다. 그들은 단지 황제와 사자를 연결하는 거의 제식적인 동작을 위한 큰 무대의 측면 장치를 형성할 뿐이다. 그다음의 문장들은 전적으로 사자의 행위, 즉 그의 즉각적인 출발, 육체적·정신적 특징, 거의 자동화된 기계적 움직임들, 그리고 비교할 수 없이 빠른 행진을 묘사한다. 황제의 사자는 장애물을 만날 때마다 가슴에 황제를 상징하는 '태양의 표식'을 가리키고, 그 표시는 그에게 황제의 사자로서의 자격을 부여하고, 황제의 유언을 전하도록 알지 못하는 군중을 뚫고 지나가는 길을 열어준다. 황제(신)로부터 가장 멀리 도주한 보잘것없는 '당신'에게 이르는 공간은 우선 쉽게 이해할 수 있는 공간의 크기로 나타난다. 이제 그 공간은 황제의 침상에서 시작해 무너진 벽들과 고위관료들을 넘어 사자가 급히 뚫고 지나가는 군중에게까지 확장된다. 사자가 "다른 누구보다도 수월하게 앞으로 나간다"는 첫째 문단의 마지막 직설법 문장은 호칭된 '당신'에게, 바로 우리에게 그가 앞에 놓인 공간을 극복할 수 있을 것이라는 '희망'을 준다.《갤러리에서》의 첫 문단의 마지막 문장에서 '갤러리 손님'이 주는 '희망'과 유사하다.

둘째 문단은 '그러나'라는 의미전환 접속사로 시작함으로써(《갤러리에서》 '그러나'로 시작하는 둘째 문단의 구조와 비교하라) 첫째 문단에서 제시된 밀지 전달의 희망과 그 확실성에 갑작스러운 회의를 불러일으킨다. 우선 화자는 "사람들의 무리는 너무나 방대하고, 그들의 거주지는 끝이 없다"는 사실을 알고 뚫고 나아가려는 사자의 시도가 실제로 불가능하다는 것을 구체적으로 부각시키기 위해 자신이 알고 있는 지식을 역시 직설법의 현재형 문장으로 밝힌다.

그러고 나서 곧바로 화자는 부정적인 사실에서 벗어나기 위해 가정법(탁 트인 들판이 열린다면)의 가상세계로 회피한다. 그럼으로써 사자의 밀지 전달 행위가 가정법으로 묘사되고, 그 가능성이 가정의 상황들에서 전개되면서 사실상 불가능함을 나타낸다. 가정의 세계에서 공간들은 실제가 아닌 서술적 상상력으로 설계되고, 방향 설정 요소로서의 개념을 상실한다. 사자가 가장 깊은 궁정의 방들을 억지로 뚫고 나가는 과정에서 이 방들은 통상적 면적을 넘는 범위로 확대된다. 공간들은 궁정들의 방들, 층계들, 그리고 안마당들로 언제나 같은 모양으로 끊임없이 연속된다. 공간 자체가 흐르듯이, 같은 것의 영원한 회귀가 공간에서 이루어진다. 반복적인 단조로운 문장들의 연속이 이것을 말해준다. 끝없는 공간이 마침내 시간적으로 계산되면서(그렇게 수천 년이 계속될 것이다. (…) 그런 일은 결코, 결코 일어날 수가 없다) 시간은 사자가 극복할 수 없게 막아선다. 사자는 서술세계에서 완전히 육체적·실제적 존재를 상실한다. 반면에 '태양의 나라'의 넓이는 이제 '동화도 그 크기에는 미치지 못하고, 하늘도 그걸 다 덮기가 어려울 정도'[22]로 모든 상상력을 넘어선다. 마침내 독자는 사자가 황제의 궁정 밖으로 나올 수 있다는 기대를 상실한다. 화자는 사자의 전진前進과 밀지 전달에 대한 희망을 반복적으로 사용된 부정적인 표현들로, 예를 들어 '속절없이 애만 쓰고 있다', '아무것도 얻는 것이 없을 것이다', '그런 일은 결코, 결코 일어날 수가 없다', '아무도 이곳을 뚫고 지나가지 못한다' 등의 직설법의 문장들로 부정한다. 이렇게 이 이야기에서 황제와 '가장 멀고도 먼 곳으로 도망간', '당신' 사이가 밀지 전달의 시간적·공간적 불가능성으로 메워진다.

마침내 사자가 마지막 성문에 도달했다고 생각한 곳은 인간의 죄악으로 가득 찬 세상의 한 중심에 있는 수도首都일 뿐이다. 즉 사자는 둥근 세계의 한 중심에서, 다시 말해 앞으로 나아가는 것이 아니라 빙빙 도는 회전무대 위에서처럼 출발의 원점에서 결코 벗어나지 못하는 영원한 회전의 무의미한 반복만을 해온 것이다. 이것은《갤러리에서》의 여곡마사의 원형 공연장의 상황과 유사하다. 실제로 카프카는 자신의 이야기들에서 선회의 움직임을 중심 동기로 삼았다.[23]

사자가 극복하기 어려운 먼 거리와 목적에 도달할 수 없다는 것에 대한 동기들은《황제의 밀지》외에도 카프카의 다른 이야기《이웃 마을Das nächste Dorf》에서도 다시 한 번 심화되어 나타난다. 몇 줄로 스케치된 이 이야기에서 카프카의 주 동기들이 간명하고도 포괄적으로 묘사되고 있다.

나의 할아버지께서는 늘 이렇게 말씀하셨다. '인생이란 놀랍게도 짧구나. 지금 돌이켜 생각해보니 이렇게 한마디로 말할 수 있구나. 예를 들자면, 어떤 젊은이가 ― 불행한 우연한 사고들은 제쳐놓는다 하더라도 ― 이미 삶의 평범한, 행복하게 흘러가는 시간은 그렇게 말을 타고 가기엔 턱없이 모자란다는 것을 두려워하지 않고서 어떻게 이웃 마을로 말을 타고 나설 결심을 할 수 있는지, 나로서는 거의 이해하기 힘들구나'라고 말이다.[24]

한 노인은 인생이란 너무 짧아서 어떤 젊은이가 이웃 마을로 말을 타고 떠날 결심을 할 수 있다는 것을 결코 이해할 수 없다는 말로 총체적인 자기 경험을 말한다. '어떤 젊은이'는 기독교인을 암시하는 것이 분명하며 '이웃 마을'은 구세주가 약속한 영원의 땅을 상징한다고 볼 수 있다. 약속된 내세에 대한 동경에서 인간의 본성에는 현세의 존재와 삶에 대한 무관심이 잠재해 있기 마련이다. 그러나 노인에게 인생은 일상적인 것, 당연한 것을 행하며 살아가기에도 결코 충분하지 않다고 생각되기 때문에, 젊은이가 이웃 마을까지의 거리를 알지도 못하면서 믿음만 가지고 그곳으로 말을 타고 가기에는 인간의 현존이 충분하지 않다는 것이다. 노인의 말은 '이 마을'에, 즉 현세의 인생에 만족하지 못하고 언젠가는 도착할 것이라는 막연한 희망에서 '이웃 마을'로 말을 타고 성급히 가려는 삶의 태도에 대한 경고로 보이며, 그러기엔 인생은 너무나 짧다는 것이다. 이웃 마을까지의 거리를 확인하려는 관찰 과정에서 그 젊은이는 살아온 시간을 회상할 때 살아갈 생존 기간이 짧다는 것을 알게 되고, 반면에 공간은 확대되어 공간과 시간 사이의 결정적인 조절이 불분명해진다.

결국 개인의 삶을 개인의 존재가 끝나는 경계 저편으로 옮겨놓는 것 없이는 인생은 이웃 마을에 가기에 충분하지 않다. '불행한 우연한 사고들'은 그 젊은이처럼 겁 없이 이웃 마을로 말을 타고 가려는 인간의 소망이 마치 기적처럼 이루어진다는 것을 암시한다. 그러나 이 기적은 인간 본연의 평상적인 범위 안에서 행복하게 흘러가는 인간의 삶을 모험에 걸어야만 하는 위험한 사고인 것이다. 이웃 마을에 이르기 위해서 말을 타고 가는 사람은 인생의 삶을 희생할 수밖에 없다. 말을 탄 젊은이는 결코 이웃 마을에 도달할 수 없다.[25] 카프카는 조급함을 인간의 큰 죄악으로 생각했다. 조급함 때문에 인간들은 낙원에서 추방되었고 조급함 때문에 돌아가지 않는다는 것이다.[26] 여기서 카프카의 수많은 역설 가운데 하나가 나타난다. "서두르는 자는 그의 목적에서 멀어진다. 목적은 목적이 없는 것의 대가로 도달할 수 있을 뿐이다."[27] 다시 말해서 할아버지의 경고는 결코 나타날 수 없는 불행하고 위험한 기적 대신에 시간 속의 짧은 인생을 평범하고 행복하게 살아가야 한다는 조상들의 소리인 것이다. 존재적 위기의 극복을 위한 카프카의 실존주의적 윤리관이기도 하다. 또한 기독교의 말세론에 의한 현실 경시풍조와 조급한 내세의 동경에 대한 파로디이기도 하다.

밀지의 전달이 절대로 불가능하다는 것은 '세계의 중심, 그 침전물로 높게 퇴적된 왕도'와의 관계에서 절정에 이른다. 표현주의자들이 도시를 다양한 삶의 불결함과 동일시했듯이, 이 이야기에서도 극복할 수 없는 것으로서의 왕도의 '침전물'은 또 다른 극복할 수 없는 '먼 곳'에 해당한다. 수천 년의 '침전물' 속에서 모든 역사적 기억이나 황제의 기억도 질식된다. 《만리장성 축조》에서 '백성들은 과거의 군주들과 함께 현재의 군주들을 죽은 사람들 가운데 섞는다'.[28] 황제에 의해 '당신'에게 파견되었지만 결코 도달할 수 없는 사자는 오래전에 잊힌 죽은 자의 권위에 속한다. 황제는 처음에는 초지상적 모습으로 묘사되었지만 이젠 죽어가는 자로서 이름 없이 잊힌 자들의 수없는 지배서열 안에 있는 어떤 지배자가 되고 만다. 황제의 사자는 전혀 중요하지 않다. 밀지의 도착을 불가능하게 하는 더 큰 이유가 분명해진다. 세계의 중심, 그 침전물로 높게 퇴적된 왕도, 즉 우리의 인간세계가 '황제'의 영역을 '당신'의 영역에서 분리한다. 만남은 불가능하다. 밀지는 오지 않는다.[29]

《황제의 밀지》에서의 '당신'처럼, 그리고 '어떤 젊은이'처럼 희망이 이루어질 수 없다는 카프카의 존재적 불안감과 소외감은 그가 유대인이라는 데서 심화된다. 카프카는 이런 운명에 대해 친구인 구스타프 야누흐와의 대화에서 이렇게 말했다.

> "내가 태어난 유대인 도시의 카르펜 골목에서 고향까지는 측량할 수 없을 만큼 멀다네", "나는 남 슬라브에서 태어났지", 그의 눈의 표현이 나(야누흐)를 감동시켰기 때문에 나는 알아차렸다. 그러나 카프카는 고개를 서서히 내저었다. "유대인 도시에서 타인(마을 이름) 교회까지는 너무나 멀고도 멀다네. 나는 다른 세계에서 왔다네."

그리고 그는 사랑하는 밀레나 예젠스카에게 오래전부터 간직해온 이 같은 내면의 고통을 이렇게 써 보냈다.

> 밀레나여, 내가 어찌 그대에게 가겠는가를 생각해보구려. 38년이란(그리고 내가 유대인이기에 그만큼 더 긴) 여행을 해온 내가 말이오.

《황제의 밀지》의 배후에는 옛날부터 우리에게 전해 내려오는 규범과 경고에 순종하는 인간의 상황이, 달리 말해서 신이 죽었음에도 신에 대한 깊은 불안에 사로잡혀 있는 인간의 상황이 그려져 있다. 인간에게 밀지를 전해주는 신은 죽은 신인데도 인간은 불안 속에서 신의 밀지를 기다리는 비극적인 상황에 처해 있다는 것이다. 인간은 저녁이 오면, 즉 죽음의 시간이 다가오면, 창가에 앉아 구원의 밀지를 꿈꾼다. 이러한 인간의 형이상학적인 슬픔이 이 이야기의 마지막 문장에서 객관적이고 솔직한 언어로 묘사되고 있다.

이 이야기의 끝 문장은 비록 이 이야기가 허구적 세계라 할지라도, 전설처럼 내려오는 황제의 결단과 사자의 의지가 황량한 현실세계에 살고 있는 모든 '당신'에게, 우리에게 희망과 은혜의 의미로 작용한다는 것을 암시한다. 이 희망과 동경은 다름 아닌 작가 카프카 자신의 것이며, 카프카가 지적하고 있는 모든 '당신'의, 독자들의, 이 시대를 살고 있는 현대인들의 것이다. 비록 꿈의 몽매함이 지식의 명료함과 반대된다 해도, 지식은 낮의 날카로운 명료함이 사라진 후에, 밤에 꿈꾸는 사람에게 싹트는 조용한 희망을 결코 막을 수 없다. 오히려 이 희망은 카프카의 문학에서 모든 이성에 반해 화해와 구원의 불빛으로 작용한다. 그의 단편《법 앞에서》에서 그 희망의 불빛은 '어둠 속에서 법의 문 안으로부터 꺼지지 않고 비쳐오는 광채'[30]처럼 우리에게 비치고, 우리를 그곳으로 들어오도록 유혹한다. 그러나 인간은 그 문 앞에서 평생 동안 들어갈 수 있는 허가만을 기다리면서 끝내 들어가지 못하고 일생을 마치는 비극적인 주인공의 상황에서 벗어나지 못하고 있다.《황제의 밀지》도 이 같은 인간의 비극적 상황을 묘사한 카프카의 대표적인 작품이다. 그러나 카프카는 그의 문학을 통해서 인간의 올바른 존재를 가능하게 하는 '초월적인 밝은 세계'[31]가 있음을 우리에게 가르쳐주고 있다.

문학사가들은 짧음에도 불구하고 카프카의 중요한 사상적 모티프와 문체상의 원칙을 가지고 있는 《황제의 밀지》를 신학적·심리학적 비유로서 이해시키려 한다. 먼 곳에서 빛나는 신, 19세기에는 신의 죽음을 가능한 것으로 생각했던 그런 신으로서의 황제, 그에게서 가장 멀리 떨어져 있는 그늘의 존재이며 가련한 신하인 '당신'에 대한 중개자로서의 사자, 이같이 신학적 비유로 함축된 의미는 아주 명료하게 구성된 것처럼 보인다. 그렇지만 죽은 황제의 밀지나 사자의 도착에 대한 불확실성은 종교적 회의가 우리의 현시대에 만연되었듯이, 이 작품이 제시하는 희망에 회의적으로 작용한다. "모든 것은 생성되고 영원히 다시 돌아온다 — 탈주한다는 것은 불가능하다!"는 니체의 영원한 회귀사상처럼[32] 삶의 테두리 안에서 밀지의 사자에겐 다만 실패한 도주의 시도만 있을 뿐이다. 탈주의 불가능, 피할 수 없는 회귀, 지속적인 생성과 자기 변신이 모든 카프카적 주인공들의 공통된 운명이다.

삶의 모순성과 불확실성은 카프카의 근본 체험이다. 카프카는 이 체험의 문제성을 논리적 사유능력으로 이해하도록 수수께끼처럼 불가사의한 영역으로까지 몰고 가고, 자기 작품의 애매성이나 난해성에 대한 비난에도 불구하고 의식적으로 비유에 대한 관찰을 통해 교훈을 말하는 서술기법을 고수한다. 다시 말해서 그는 삶의 부조리나 죄의식과 구원에 대한 인간 존재의 본질적인 문제를 쉽게 해석하고 이해할 수 있게 묘사하지 않고, 현실과 가상의 두 세계를 왕래하면서 비유적인 모습들에서 암시하거나 역설적인 것 뒤에 숨겨진 의미로 전달한다. 그러나 복잡하게 표현된 카프카의 세계에서 부정적인 것은 언제나 긍정적인 것과 연결되어 있다. 카프카는 인간의 존재와 관련된 것들을 부정과 긍정의 대립적 관계에서 관찰한다. 그래서 그의 작품들에는 종말론적 그리고 메시아적 얼굴의 신, 메시아의 사자에 대한 회의와 희망, 임의적인 자기 파괴와 열망하던 변용과 같은 대립적 양면성이 상충한다. 카프카의 주인공들은 그 혼란에서 벗어나려고 노력하지만 오직 환상 속에 같은 자리에서 맴돌 뿐이다. 그렇지만 카프카의 모든 주인공들은 하나의 공통된 원칙을 보인다. 즉 사람들은 카프카의 작품에서 언제나 다시 새롭게 그리고 한결같이 데카당스를 묘사하는 부정적인 이야기들을 경험하지만, 동시에 카프카에 의해 비유담식으로 표현된 윤리적·도덕적 요청을 인식하게 된다는 것이다.

《법 앞에서》
Vor dem Gesetz

법 앞에 한 문지기가 서 있다. 한 시골사람이 와서 이 문지기에게 법 안으로 들여보내 달라고 청한다. 그러나 문지기는 그에게 지금은 입장을 허락할 수 없노라고 말한다. 그 시골사람은 곰곰이 생각해보더니 그렇다면 나중에는 들어갈 수 있겠느냐고 묻는다.

"가능한 일이긴 하지" 하고 문지기가 말한다.

"그러나 지금은 안 돼."

법으로 들어가는 문은 언제나처럼 열려 있고, 문지기가 옆으로 비켜섰기 때문에, 시골사람은 몸을 굽혀 문을 통해 안쪽을 들여다보려 한다. 문지기가 이것을 보고는 웃으며 말한다.

"그렇게도 네 마음이 끌리거든 내 금지를 어겨서라도 들어가도록 해보게나. 그러나 알아두게. 내가 힘이 세다는 것을. 그래도 나는 가장 낮은 문지기에 불과하다네. 그러나 방을 하나씩 지날 때마다 문지기가 서 있는데 갈수록 더 힘센 문지기들이지. 세 번째 문지기의 모습만 봐도 벌써 나조차 견딜 수 없다네."

시골사람은 그런 어려움을 예기치 못했다. 법이란 누구에게나 그리고 언제나 개방되어 있어야 한다고 생각했다. 하지만 지금 그는 털외투를 입은 문지기의 모습을, 그의 큰 매부리코와 검은색의 길고 가는 타타르인의 턱수염을 자세히 뜯어보고는, 차라리 입장 허가를 받을 때까지 기다리는 게

낫겠다고 결심한다. 문지기는 그에게 걸상 하나를 내주고 문 옆에 앉아 있게 한다. 그는 그곳에서 여러 날 여러 해를 앉아 있다. 그는 들어가는 허락을 받으려고 여러 시도를 해보고 자주 부탁을 하여 문지기를 지치게 한다. 문지기는 가끔 그에게 간단한 심문을 한다. 그의 고향과 그 밖의 많은 것들에 대해 물어보지만, 그것은 지체 높은 분들이 던지는 것 같은 관심 없는 질문들이고, 마지막에 가서는 언제나 다시금 자기는 아직 들여보낼 수 없노라고 문지기는 그에게 말한다. 자신의 여행을 위해 많은 것을 장만해 온 시골사람은 문지기를 매수하기 위해 아무리 귀중한 것이라 할지라도 모두 이용한다. 물론 문지기는 주는 대로 다 받긴 하면서도 "나는 당신이 무엇인가를 소홀히 했다고 생각하지 않도록 하기 위해서 받을 뿐이라네" 하고 말한다.

여러 해 동안 그는 문지기를 끊임없이 지켜본다. 그는 다른 문지기들은 잊어버리고, 이 첫 번째 문지기가 법 안으로 들어가는 데 있어 유일한 장애라고 생각한다. 그는 이 불행한 우연을 처음 수년 동안은 분별없이 큰 소리로 저주하다가, 후에 나이가 들어서는 그저 혼자서 속으로 투덜거린다. 그는 어린아이처럼 유치하게 된다. 그리고 그는 문지기를 여러 해를 두고 살펴보다 보니 그의 털외투 깃 속에 있는 벼룩까지 알아보게 되었으므로 그 벼룩에게까지 자기를 도와 문지기의 마음을 돌려달라고 부탁한다.

마침내 시력이 약해진 그는 자신의 주변이 정말로 어두워지는 것인지 아니면 그의 눈이 착각하게 할 뿐인지를 분간하지 못한다. 그러나 이제 그 어둠 속에서 그는 법의 문에서 꺼질 줄 모르게 비쳐오는 한 줄기 찬란한 빛을 분명하게 알아본다. 이제 그의 살날이 얼마 남지 않은 것이다. 죽음을 앞두고 그의 머릿속에는 그때까지의 모든 경험들이 그가 아직껏 문지

프란츠 카프카

기에게 물어보지 못한 하나의 질문으로 집약된다. 굳어져 가는 몸을 일으킬 수가 없어서 그는 문지기에게 눈짓을 한다. 문지기는 그에게 몸을 깊이 숙일 수밖에 없다. 키 차이가 그 시골사람에게 매우 불리하게 벌어졌기 때문이다.

"도대체 당신은 지금 무엇을 더 알고 싶은 거요?" 하고 문지기가 묻는다.

"당신의 욕망은 끝이 없군."

"모든 사람들이 법을 절실히 바라는데" 하고 그 남자는 말한다.

"여러 해 동안 나 이외에는 아무도 들여보내 달라고 요구한 사람이 없으니 어찌 된 일이지요?"

문지기는 이미 그 남자가 임종에 다가와 있다는 것을 알고, 청력을 잃어 가는 그의 귀에 들리도록 큰 소리로 외친다.

"여기서는 당신 말고는 아무도 입장 허가를 받을 수 없었소. 이 입구는 오직 당신만을 위해 정해진 것이기 때문이지. 나는 이제 가서 문을 닫아야겠소."

인간에게 망설임은 죄악이며 고통이다

《법 앞에서》는 카프카의 장편소설 《소송》의 제9장 〈대성당에서Im Dom〉에서 전개되는 주인공 요제프 K와 신부의 토론 중에 신부가 K에게 들려준 한 전설이다. 이 전설 역시 《시골 의사》에 실려 발표됨으로써 《황제의 밀지》처럼 단편으로서의 독자적인 가치와 의미를 갖게 되었다.[33] 카프카는 평소에 자신의 작품에 대해서는 신랄한 비판자였으나, 이 전설에 대해서는 '만족감과 행복감'[34]을 느꼈다고 그의 《일기》에 썼을 정도로 긍정적으로 평가했다. 또한 근래에 와서 잉게보르크 헤넬은 이 전설을 "그의 가장 의미 있는 비유"라고 말했다.[35] 물론 이 비유는 카프카의 소설 《소송》에 대한 것이다. 사실 단편인 《법 앞에서》는 장편소설인 《소송》을 이해하는 데 없어서는 안 되는 중요한 역할을 할 뿐만 아니라, 카프카의 문학 전체의 난해한 의미를 이해하는 데도 도움이 된다. 그것은 《황제의 밀지》처럼 《법 앞에서》도 짧은 단편임에도 불구하고 그의 중요한 장편소설들이 보여주고 있는 혼란스럽고 다양한 문제들을 단순 명확하게 표현하고 있기 때문이다. 따라서 우리의 연구 대상인 《법 앞에서》는 《소송》과의 주제적 연관 속에서 분석되어야 한다.

'법'으로 들어가는 문을 지키는 문지기에게 한 시골사람이 다가온다. 그는 문지기로부터 법 안으로 들어가려는 시도가 얼마나 위험한 것인가를 듣고, 위축당하고 두려운 나머지 들어가지 못하고 문 옆에서 기다릴 결심을 한다. '나중에'는 들어갈 수 있느냐는 그의 질문에 문지기는 가능하지만 '지금'은 안 된다고 대답한다. 그는 평생 동안 문지기에게 들여보내 줄 것을 간청하고, 온갖 방법과 노력을 경주했음에도 불구하고 죽는 순간까지 입장 허가를 받지 못한다. 그러나 모든 사람들이 법 안으로 들어가길 원하는데, 오랫동안 자신을 제외하고는 아무도 들어갈 것을 요구하지 않은 것은 어찌 된 일이냐고 그가 임종 직전에 문지기에게 물을 때, 문지기는 이렇게 대답한다.

여기서는 당신 말고는 아무도 입장 허가를 받을 수 없었소. 이 입구는 오직 당신만을 위해 정해진 것이기 때문이지. 나는 이제 가서 문을 닫아야 겠소.

이 마지막 대화에서 우리는 시골사람이 평생에 걸친 온갖 노력과 시도에도 불구하고 결국 목적을 이루지 못하고 죽고 마는 비극적 상황을 본다. 여기서 이 작품을 이해하는 데 몇 가지 의문이 생긴다. 즉 법은 언제나 열려 있음에도 시골사람이 법 안으로 들어가지 못한 이유는 무엇일까? 더 자세히 말해서 시골사람과 문지기 그리고 법은 어떤 의미를 가지고 있으며, 시골사람이 법 안으로 들어가지 못한 이유는 문지기와 관련해서 어떻게 설명할 수 있는가? 그리고 끝내 법 안으로 들어가지 못한 시골사람의 비극적 종말은 현재를 살아가는 우리에게 어떠한 의미를 제시해주는가? 이에 대한 해답은 곧 전설《법 앞에서》가 지닌 함축된 의미에 대한 이해뿐만 아니라 그 밖의 다른 난해한 카프카 문학의 핵심적 의미를 이해하는 데 도움이 될 것이다.

이 이야기에서도 언어 형태와 내용의 상반적 관계에 대한 관찰은 무엇보다도 우선되어야 할 과제다. 이 관계의 특징은 본질적으로 상이한 두 사실 영역이 모순 속에서 나란히 표현되고 있다는 것이다. 예를 들어서 "법 앞에 한 문지기가 서 있다"라는 첫 문장에서, 법이라는 추상적인 개념은 문지기라는 구체적인 인물과 그가 서 있는 확실한 장소와 연결되어 현실적으로 표현되고 있다. 보이지도 않고 알지도 못하는 법의 영역으로 들어가려는 시골사람의 추상적인 동경은 법에 의해 고용된 문지기에 의해 이루어지지 않는 가시적이고 실제적인 상황으로 나타난다. 문지기가 시골사람에게 '지금'은 들어갈 수 없으나 '나중에'는 들어갈 수 있다고 한 대화에서 '지금'이라는 인간이 살고 있는 현존의 시간은 '나중'이라는 미래의 추상적 시간과 변증법적으로 병렬되어 있어 '나중'의 추상적 개념은 현존시간의 사실성과 확실성을 가지게 된다.

또한 법은 누구에게나 언제나 열려 있으며, 어둠 속의 광채처럼 들어올 것을 유혹하지만 문지기를 통해 접근을 못하게 하는 모순적 양면성을 지닌다. 평생 동안 기다리면서 어느 날에는 꼭 법 안으로 들어갈 수 있으리라는 시골사람의 목적에 대한 확신은 그가 법 안으로 들어가기 위해 경주하는 잘못된 노력의 애매함이나 불충분함과 상반된 대조를 이루고 있다. 시골사람은 죽음 직전에 거의 시력을 상실한 상태에서 '꺼지지 않은 광채'를 본다. 즉 그는 죽음 직전에서야 법의 아름다운 광채를 인식하는 역설적인 상황에 처한다. 이렇듯 문지기와 시골사람의 대화를 이루는 변증법적 근거는 위에서 언급한 바와 같이 본질적으로 상이한 두 개의 사실 영역이 나타내는 모순적 관계에서, 다시 말해 추상적이고 비합리적인 내용이 구체적이고 합리적인 문장과 언어 형태에서 사실적으로 이야기되는 모순적 관계에서 이루어진다.

  다음으로 또 하나의 언어 형태와 내용의 특징적 관계는 내용의 과감한 함축과 의도적인 상술에서 볼 수 있다. 내용의 함축과 상술, 이것은 카프카 문체의 특징이기도 하다.《법 앞에서》는 이 두 가지 특징을 잘 나타내고 있는 대표적인 예다. 소설《소송》에서 수많은 사건들에 의해서 장황하게 서술된 주인공 요제프 K의 비극적 생애는 시골사람의 몇몇 상황들로 함축된다. 그러나 함축된 이 상황들은 한 개인의 상황으로 그치지 않고, 인간의 구체적인 삶의 다양한 현상에 대한 표본적인 예가 되어, 시골사람이 처해 있는 특수한 상황은 보편성을 갖는다. 예를 들어 문 옆에서 작은 의자에 앉아 평생 동안 헛되이 기다리면서 문지기에게 들여보내 줄 것을 간청하는 시골사람의 모습은 그에게 국한된 특수한 상황을 넘어서 목표를 인식하지 못하고 목표에 접근할 수 있는 길을 찾지 못한 채 방황과 오류에서 삶을 헛되이 소모하는 인간의 희비극적 상황을 상징적으로 말하고 있다. 반면에 시골사람이 법 안으로 들어가려는 노력은 모든 인간이 목표를 향해 가까이 가려는 노력 전체에 대한 함축된 표현이기도 하다. 시골사람이 최하급 문지기에 의해 저지당하고, 법 안으로 들어갈수록 방마다 더욱더 힘센 문지기가 서 있다는 구체적인 상황 묘사는 목표에 이르는 미래의 길에는 알 수 없는 난관과 문제가 점점 더 증가한다는 인간의 위기적 전체 상황에 대한 함축적인 비유인 것이다. "이 입구는 오직 당신만을 위해 정해진 것이기 때문이지"라는 말은, 모든 인간은 본질적으로 차이가 있기 때문에 각자는 자신의 방법으로 목표에 접근해야 한다는 개인의 도덕적 당위성을 설명해주고 있다. 이와 같이 시골사람이라는 구체적이고 특수한 인물을 통해 간결하고 함축적으로 표현된 사실은 다시금 관념적 연상을

고통의 해석

164

불러일으켜서 인간의 전체적인 현실생활에 적용될 수 있는 보편적 의미를 갖게 된다. 그의 문학의 큰 주제들은 아주 단순한 언어로 묘사된다. 주해적 부연, 수식적 형용사, 감동을 유발하는 어휘들의 구사는 그의 작품에서는 거의 찾아볼 수 없다. 어휘가 무미건조함에도 불구하고 그의 문체는 간결하고 힘이 있기 때문에 평탄한 이야기의 흐름 속에서 단어 하나하나는 중요한 의미와 역할을 지닌다. 그의 극단적인 표현의 간결성은 자신의 언어능력에 대한 확신에서 생기는 언어의 절약성에 근거하고 있는 것이다.[36]

함축의 기법과 대조를 이루는 카프카 문체의 또 하나의 특징은 한 특정한 현상을 의도적으로 섬세히 묘사한다는 것이다. 그것은 카프카가 모든 사소한 사실들에 대해서도 정확하게 관찰하기 때문에 가능하다. 카프카는 자신에 대해서 '현미경 눈'[37]을 가졌다고 말했다. 그것은 주위 세계의 사소한 것일지라도 그에게는 결정적으로 중요한 것이 될 수 있기 때문이다. 예를 들면 법을 지키고 있는 문지기의 모습은 시골사람에게 공포심을 주어 그로 하여금 본래의 목적을 포기하게 하고 평생 동안 문 옆에서 기다릴 결심을 하게 하는 중요한 역할을 갖는다. 때문에 이 문지기의 외모는 과감하게 요약하는 함축기법에 어긋나게 세밀하게 묘사되었다. 그는 털외투를 입고 있으며 '큰 매부리코와 검은색의 길고 가는 타타르인의 턱수염'을 가졌다는 수식어로 묘사되었을 뿐만 아니라 그의 코는 크고 매부리 모양으로, 그리고 수염을 '타타르인같이 길고도 가늘며 검다'고 네 번이나 형용사로 중복해서 수식함으로써 문지기의 독특한 모습이 시골사람에게 공포를 줄 수 있는 충분한 근거를 주고 있다. 이러한 세부 묘사는 추상적인 것을 구체화하고, 사실대로 느끼게 하는 데 충분할 뿐만 아니라, 시골사람의 희비극적 상황을 희화적으로 표현한다. 이상에서 언급한 바와 같이 어휘의 절약과 정확성, 표현의 함축 및 세부 묘사는 카프카 문체의 특징이다. 그런데 이 특징은 모두가 가상적이거나, 비현실적인 개념을 구체적이고 현실적인 사실로 표현하는 데 일치한다. 카프카의 문체는 진리를 비추는 '틀림없는 거울'이며 '그의 문학의 진리는 그의 언어의 진리'다.[38]

지금까지 언어 형태와 내용의 특징적 관계를 살펴보았다면 이제 내용에 대한 분석, 즉 법과 문지기와 시골사람, 이들의 관계에 대한 상징적 의미에 대한 분석이 있어야 한다. 인간의 죄, 그리고 법과 심판은 카프카 전 작품의 중요한 테마다.[39] 그것은 카프카가 유대인으로서 유대교의 율법에 깊은 관심이 있어 그의 종교적·도덕적 사고는 처음부터 이 율법과 긴밀한 관계를 지니고 있었기 때문이다. 그렇다고 그의 작품에 나오는 법의 의미는 종교적 율법의 범위 내에서만 국한되지 않고 매우 다양한 비유로 표현되고 있다. 법에 대한 시골사람의 생각은 '법이란 누구에게나 그리고 언제나 개방되어 있어야 한다'는 것이다.

그런데 이 법 앞에는 문지기가 서 있으며, 시골사람이 법 안으로 들어가는 것을 저지한다. 다른 한편으로 법은 '법의 문으로부터 꺼지지 않고 비치는 광채'로 인간을 들어오도록 유혹한다. 이렇게 《법 앞에서》의 법은 개방과 유혹, 유혹과 저지의 이중적 면모로 나타난다. 또한 문지기는 자신이 최하급 문지기이며, 안으로 들어갈수록 방마다 더 힘센 문지기가 지키고 있어 자신도 이미 세 번째 문지기만 보아도 그 위력에 눌려 두려울 정도라고 시골사람에게 말한다. 그리고 시골사람은 임종 직전에서야 법의 광채를 볼 수 있게 된다. 여기서 법은 위협적일 뿐만 아니라 시간적·공간적 무한성을 가진다. 그러면서도 법은 '광채'처럼 확실한 존재로 나타나는 반면, 인간이 생존하고 있는 '지금—시간'에는 접근할 수도 파악할 수도 없는 초월적인 것으로 나타난다. 그 밖에도 법의 이중적 면모는 인간이 법에 접근하려고 시도하지도, 또한 그것을 포기하지도 못하게 하는 비극적 상황에 처하게 한다.

이러한 이중적 의미의 법을 우리는 우선 형이상학적 영역에서 파악할 수 있다. 카프카는 유대교를 신봉하는 유대인이며, 유대교는 곧 율법의 종교라는 관점에서 볼 때, 법은 모세의 율법서인 토라Thora의 의미에서 신적 율법의 성격을 갖는다.[40] 이와 관련해서 법은 '종교적 또는 철학적 진리'[41]의 의미를 가지며 '당위법 또는 존재법'[42]의 의미로도 해석된다. 이 같은 형이상학적 의미는 모두 가능하지만, 그 어느 것도 전유專有적 타당성을 내세울 수 없다. 그러나 여기서 하나의 공통된 의미는, 형이상학적 의미에 있어서의 법은 인간에게 원죄로부터 구원의 가능성과 이에 의한 올바른 존재의 가능성을 부여하는 완전하고 절대적인 최고의 가치에 대한 비유라는 것이다. 이 법은 문지기가 지키는 문 안에 있는 법, 즉 시간적으로 볼 때 아직 현세에 존재하지 않는 새로운 법이며 미래의 법이다. 그래서 이 법은 불확실하며, 침묵으로 일관한다.[43]

그러나 시골사람이 법으로 들어가지 못하는 이유는 이와 같은 법의 불확실성 때문만은 아니다. 법과 시골사람과의 관계에서 그는 법 안으로 한 걸음을 내딛느냐, 아니면 문지기에 대한 공포와 두려움에 굴복해서 입장 허가를 얻을 때까지 기다리느냐 하는 결정을 해야 한다. 그는 자율적 인간이고 그래서 그 결정을 자의적으로 해야 하기 때문에 그가 입장入場을 포기하는 것은 완전히 자신의 책임이며 잘못이다. 또한 입장의 포기는 그의 본연의 목적에 대한 포기인 것이다. 법 안으로 들어가지 못한 이유를 자신이 아닌 다른 것에 돌리는 행위, 예를 들어 벼룩에게까지 애걸하는 그의 모습은 '걸인의 모습'[44]이며, 노망이 든 모습이다. 그가 노망이 드는 과정은 '도덕적 퇴폐화 과정'[45]인 것이다. 카프카 작품의 다른 주인공들처럼, 시골사람의 죄는 형벌에 저촉되는 범죄가 아니라, 도덕적인 죄이며, 개인적으로 피할 수 없는, 스스로 책임질 수밖에 없는 죄다. 그러므로 그를 심판할 수 있는 법은 바로 도덕법, 혹은 인간의 양심 속에 있는 윤리적 진리일 수밖에 없다.《소송》의 주인공 요제프 K는 법을 모르는 죄 때문에 체포된다. 요제프 K를 체포하러 온 법정관리는 동료에게 말한다.

여보게, 빌렘, 그는 법을 모른다고 시인하고, 동시에 죄가 없다고 주장한다네.[46]

법을 모르는 인간은 비도덕적·비인간적 존재이기 때문에, 게다가 인간의 원죄설과 관련해서, 존재하는 한 알 수 없는 '거대한 조직 속에 있는 영원한 피의자'[47]로서 죄와 심판의 불가피한 상황에서 방황한다. 다시 전설《법 앞에서》에서 시골사람은 자유롭기 때문에 언제나 떠나갈 수 있음에도 불구하고 그가 법 앞에서 평생 기다린 것은 다름 아닌 법에 의해 감금된 상태인 것이다. 이것은 곧 벗어날 수 없는, 그러나 자유로운 인간의 현실 그 자체다. 요제프 K는 체포당한 것은 분명한 사실이지만, 그는 그것 때문에 직무수행에 방해받지 않고 그전처럼 직장생활을 계속할 수 있다. 법원의 감시자는 말한다.

당신이 체포된 것은 분명하지. 그러나 이 사실이 당신의 직무수행을 방해해서는 안 되지. 당신은 평상생활에서도 방해를 받아서는 안 되지.[48]

재판의 대상은 추상적인 것이 아니라 삶의 현실, 지상에서 인간 존재를 둘러싸고 일어나는 문제들의 총체적 현상에 대한 것이다. 따라서 이 재판으로부터 벗어날 수 있는 가능성은 세계의 위협적인 힘 앞에 굴복하거나 경직되지 않고, 자신의 존재적 정의를 과감히 물을 때 비로소 생길 수 있다. 즉 시골사람이 법 안으로 들어갈 수 있는 것은 현재의 시간에서는 불가능하며, 그가 세계를 거부할 수 있는 순간에, 다시 말해서 죽음의 순간에 비로소 가능하다는 사실을 말해준다. 그가 임종 직전에 어둠 속에서 빛을 본다는 사실은 죄의 인식과 죽음을 통한 속죄의 순간이 일치하며, 이 순간 이외에는 구원의 가능성이 없다는 것을 말해준다. 이것이 바로 카프카의 주인공들이 말해주는 비극적 숙명론이자 작가의 염세관이다. 비극적 종말을 맞는 시골사람은 카프카의 작품에서 비극적 운명을 가지고 나타나는 주인공들의 전형이다.[49]

문지기의 마지막 말이 말해주듯이, 카프카에 있어서 법은 현세법처럼 사회와 인류 전체에 대한 공통적인 법이 아니라 인간의 원죄에서 비롯된 양심의 법처럼 개인에 따라 상이한, 철저히 한 개인에게만 적용되는 법이다. 동시에 인간은 이 법에 의해 결코 무죄판결을 받을 수 없다. 소설《소송》에서 요제프 K는 그가 재판의 도움을 요청한 화가 티토렐리와 인간의 결백과 무죄판결에 대해 토론한다. 그 내용은 대략 다음과 같다.

요제프 K는 "당신은 결백합니까?"라는 화가의 질문에 "그렇습니다" 하고 대답한다. 그러나 화가는 K의 결백을 증명할 수 있는 무죄판결의 불가능성을 설명함으로써 요제프 K의 이 같은 주장을 간접적으로 부인한다. 화가의 말에 의하면 무죄판결에는 '실제적인 무죄판결'과 '표면상의 무죄판결'이 있다는 것이다. 그런데 실제적인 무죄판결을 내릴 수 있는 사람은 한 사람도 없으며, 실제로 무죄판결이 누구에게도 내려진 적이 없고 아무도 무죄판결을 한 번도 본 적이 없다는 것이다. 이에 반해 세상 법에서는 죄가 없는 사람은 무죄판결을 받을 수 있고 또 석방 운동을 할 수 있으나, 그것은 표면상의 무죄판결로서 일시적인 것이고, 이 판결을 내리는 기관은 '최하급 재판관'이기 때문에 '최종적인 무죄판결을 내릴 권한은 없으며, 그 권한은 당신도, 나도, 우리 모두의 힘이 미칠 수 없는 최고 재판소만이 행사할 수 있다'는 것이다. 그런데 표면상의 무죄판결을 받아봤자 재판관들은 무죄판결을 내릴 때 이미 다음에 체포할 것을 예견하고 있으니까, 그것으로 끝나는 것이 아니라 무죄판결이 내려지면 또다시 체포가 뒤따르고, 또 무죄판결이 내려지면 또다시 체포하여 끝없이 반복된다는 것이다. 이런 판결을 내리는 재판소에는 모든 것이 다 소속되어 있으며 어떤 이유도 전혀 통하지 않는다는 것이다.[50]

여기에서 화가 티토렐리는 인간이 존재하는 한 결코 재판에서 무죄판결을 받을 수 없다는 비극적 상황을 설명함과 동시에 이 법의 재판소는 인간의 마음속에 평생토록 지니고 있는 자기 양심의 재판소이며, 여기에서 실시되는 재판은 요제프 K의 심중에, 모든 인간의 내면에 자리 잡고 있는 자기 재판으로서 존재의 재판인 것이다. 이때의 법은 다름 아닌 양심의 법, 즉 윤리와 도덕의 총체적 율법인 것이다. 그런데 인간에게 궁극적인 무죄판결을 내릴 수 있는 재판소는 우리 모두가 도달할 수 없는 최고 재판소로서 재판의 최종 판결은 공개되지도 않고, 재판관들에게조차도 알려지지 않는다.[51] 이 최고 재판소는 현세에 있지 않은 세계 최후의 심판을 주재하는 재판소로서의 형이상학적 의미를 갖게 되며, 이때의 법은 인간의 현세적 법칙이 아닌 신의 법칙을 의미한다.

위에서 언급한 것과 달리 법의 의미는 카프카가 체험한 현실적 차원에서도 설명될 수 있다. 카프카는 작가로서 글을 쓰려는 충동에서, 그러나 생활을 위해 보험회사에서 일해야 하는 갈등 속에서 현실세계를 체험했다. 또한 그는 층층이 올라가는 관료사회의 계급제도와 법을 집행하는 관청세계에서, 그리고 억압당하지 않고 개인 삶의 권리를 수호하려는 긴장 속에서 현실세계를 체험했다. 따라서 카프카에게는 평범한 사람들이 결코 접근할 수 없는 오스트리아의 관료제도와 그 세계를 유지하는 질서 및 법칙이 법의 현실적 의미의 범주에 속한다. 그래서 빌헬름 엠리히는 법을 현실적 의미와 연관해서 세계법이라고 규정하였으며, 문지기를 이 법을 집행하는 하급 재판소로 보았다.[52] 그러나 카프카에게 이러한 현세적인 법이나 질서는 하나의 '허위'에 불과한 것이다. 그래서 요제프 K는 신부와의 토론에서 '허위가 세계질서가 된 것'[53]이라고 말한다.

이 전설에서 시골사람은 문지기 때문에 끝내 법 안으로 들어가지 못하고 죽어간다. 문지기가 왜 시골사람을 못 들어가게 했느냐는 이유에 대해서 전혀 언급되어 있지 않지만, 시골사람이 왜 법 안으로 들어가지 못했는가의 이유는 여러 가지 측면에서 설명된다. 이와 연관해서 중요한 것은 이 두 사람의 관계에서 문지기는 어떠한 존재로서 시골사람에게 무슨 영향을 주느냐는 것이다.

우선 문지기와 시골사람의 관계에서 문지기는 위압적인 모습으로 나타난다. 그는 자기의 의무를 충실히 이행하는, 법에 의해 고용된 하인의 모습을 보여준다. 그는 긴 세월 동안 한 번도 자기의 직장을 이탈하지도 않고, 문지기 중에서도 최하위의 위치를 인식해서 상관들을 두려워할 정도로 존경하며, 뇌물에 동요되지도 않고, 시골사람이 온갖 방법을 다해 졸라댔으나 자신의 의무를 저버리지 않는다. 그는 법문 앞을 지키는 관리로서 법의 세계에 속하는 사람이기 때문에, 그에 대해서는 누구도 비판할 수 있는 권리가 없으며, 뒤늦게 법을 찾아오는 시골사람보다는 더 훌륭하고, 나아가 그를 의심하는 것은 법정의 권위를 의심하는 것과 같은 것이라고 신부는 말한다.[54] 여기서 문지기는 하급관리라는 좁은 의미를 벗어나서 '냉혹한 관료세계의 풍자화'[55]로서의 의미를 가질 수 있으며, 나아가 '하급세계 재판소' 또는 '필요하지만, 절대적 진리 자체가 아닌 세계질서'의 의인화로 볼 수 있다.[56] 따라서 문지기가 시골사람이 법 안으로 들어가는 것을 막는 것은 다름 아닌 세계가, 세계질서나 재판소, 관료사회가 시골사람이 법에 접근하는 것을 막는 장애요소라는 사실을 말해준다. 이는《황제의 밀지》에서 '세계의 침전물'이 사자의 밀지 전달을 막는 것과 일치한다. 그럼에도 불구하고 평범한 인간은 문지기를 비판할 수도, 그의 권위를 의심할 수도 없는 상황에서 이 세상에 존재하는 한 현실세계나 그 기구의 위압적인 힘과 우월성에 경직되어 그들 속에서 기반을 찾고, 그들과 대립해 있으면서도 그들에게 의존하고 그들의 관심과 동정을 얻으려고 한다. 따라서 법의 문 앞에서 문지기가 지키고 있는 것은, 시골사람으로 비유되고 있는 우리 인간이 세계라는 거대한 재판조직 속에서 영원한 피의자로 남아 있는 불가피한 인간의 존재적 현실이라고 볼 수 있다.

문지기는 그 밖에 또 다른 모습을 보여준다. 문지기의 성격상의 약점이기도 한데, 그는 관료세계의 엄격한 법칙과 끊임없는 일에서 벗어나고 싶어 했으며, 단순하고도 자부심이 강한 그의 태도는 그의 이해력을 흐리게 하고, 감시능력을 약화시킨다는 것이다. 그는 원래가 성품이 친절한 자로서, 시골사람의 입장을 거절하면서도 농담 삼아 들어가 보라고 권하고 의

자까지 내주어 문 옆에 앉아 기다리게 한다. 여러 해 동안 이 남자의 탄원을 들어주는 인내력, 관료적인 무관심한 질문, 근무에 태만하지 않음을 증명하기 위해 여러 가지 뇌물을 받은 일, 뜻밖의 난관을 큰 소리로 저주하는 시골사람을 너그럽게 용서해주는 마음 등, 이 모든 것은 그의 동정심의 발로라고 할 수 있다. 시골사람이 살아날 가망이 없다고 생각되었을 때에야 겨우 그 시골남자가 평생 동안 기다렸던 대답을 문지기가 들려주었기 때문에, 문지기가 시골사람을 기만했다고 《소송》에서 요제프 K가 말했을 때 신부는 오히려 문지기가 기만당했다는 역설적인 논리를 전개한다. 신부는 문지기의 단순하고도 자부심이 강한 태도와 이에 의한 착각을 그의 논리적 근거로 내세운다. 즉 문지기는 법의 내부를 모르며 법의 밖에서만 있어야 하고, 법의 안쪽에 등을 돌리고 서 있기 때문에 법 안에서 빛나는 '광채'를 볼 수 없으나, 시골사람은 볼 수 있다는 점에서 문지기는 시골사람보다 더 어리석다고 말할 수 있다는 것이다. 문지기는 시골사람에게 공포감을 주려고 세 번째 문지기에 대한 이야기만 들어도 두렵다고 말한다. 그럼에도 불구하고 시골사람은 법 안으로 들어가려고 했으나, 문지기는 오히려 그 남자보다 더 두려워하고 아예 법 안으로 들어가려 하지 않았다.

　문지기는 시골사람이 자기에게 종속되었다고 생각했으나, 이것 또한 문지기의 단순한 생각에서 기인된 착각이다. 무엇보다 자유로운 인간은 속박되어 있는 문지기보다 상위에 놓여 있다는 사실만 보아도 그러하다. 시골사람은 자유롭게 자기가 가고 싶은 곳은 어디든지 마음대로 갈 수 있으며, 다만 법 안으로 들어가는 것만이, 그것도 단 한 사람의 문지기에 의해 저지당했기 때문이다. 그가 문 옆에 일생 동안 앉아 있었던 것도 자기 뜻에 의한 것이었으며, 거기에는 아무런 강제성이 없다. 반대로 문지기는 법의 문을 지키는 직무에서 그 자리를 벗어날 수 없고, 그 남자가 죽는 순간에 그의 임무가 끝난다는 것으로 보아 문지기는 오히려 그 시골사람에게 종속되었다고 볼 수 있으나, 문지기는 이 사실을 전혀 깨닫지 못한다.

이러한 단순함에서 문지기는 그의 직무에 대해서도 착각하고 있다. "나는 이제 가서 문을 닫아야겠소"라고 말한다. 그런데 시작 부분에서 법의 문은 누구에게나 언제나 법 안을 향해 열려 있다고 규정되어 있기 때문에, 문지기는 그 문을 닫을 수 없다. 여기서 언급한 법은 인간 각자의 고유한 법이기 때문에 입장을 막는 문지기의 태도는 이율배반적이다. 다시 말해서 중요한 것은, 법 앞에 있는 문지기는 시골사람이 법 안으로 들어가지 못하게 하는 결정적인 방해물이 될 수 없다는 사실이다.[57] 따라서 시골사람이 누구를 위해 정해진 문이냐는 마지막 질문을 더 일찍 할 수 있는 용기를 가졌다면, 즉 문지기의 위협적인 모습과 힘에 경직되지 않고 존재의 가능성으로 가는 길로 두려움 없이 과감한 일보를 내디뎠다면, 그는 법 안으로 들어갈 수 있었을지 모른다. 그것은 법 안으로 들어갈 수 있는 가능성이 바로 시골사람 자신의 자유로운 결정에 달려 있다는 것을 말한다. 왜냐하면 '관리로서의 문지기는 자유가 없고 법에 대해서만 책임이 있을 뿐이며 시골사람에 대해서는 책임이 없는 반면에, 시골사람은 자유로운 인간으로서 자신의 행위에 완전한 책임을 지기'[58] 때문이다.

법은 광채의 유혹과 문지기에 의해 상징된 위협과 공포의 양면성을 지닌다. 법 안으로 들어가려면, 이 위협과 공포를 극복해야 한다. 절대적 진리에 대한 접근은 파우스트처럼 생명을 담보로 내건 용기와 감행이 없이는 불가능하다. 시골사람도 법 안으로 들어가느냐 안 들어가느냐는 양자택일의 결심 앞에 서 있다. 그는 법 안으로 들어가려고 문지기 앞에 왔으나 동경과 공포 사이에서 결정의 능력과 행동의 자유를 빼앗기고 만다. 그는 미래의 위험에 대한 두려움에서 본래의 숭고한 목적을 포기하고, 문 옆에 앉아서 입장 허가를 얻을 때까지 기다리겠다는 소극적 결심을 한다. 그는 위기를 극복하려는 힘과 용기 대신에 자신의 좌절과 포기에 대한 변명만을 찾는다. 법의 문 앞에서 기다리는 동안에 시골사람은 끊임없이 노력한다. 그러나 그의 노력은 결코 합리적이고 계획적인 것이 아니며, 잘못된 목표설정과 접근방법에 의해 실패할 수밖에 없다. 그는 결코 법 안으로 들어갈 수 없다.

《소송》에서도 요제프 K는 재판에서 풀려나기 위해 무력한 하급관료 세계의 사람들과 접촉해서 도움을 얻으려고 애쓰면서 헛된 희망에 빠진다. 시골사람이나 요제프 K는 본래의 목적을 포기해서 멸망한 자들이다. 시골사람이 법 안으로 들어가지 못한 죄는 법보다도 오히려 위험이 없는 실존의 안전을 선택한 태만의 죄이며,[59] 할 수 있는 자유가 있으면서도 하지 않은 죄이고, 자신의 행위에 대한 책임을 주위세계와 이웃에 돌리려고 한 죄다. 인간은 본래 선과 악을 인식할 수 있는 능력을 가지고 태어났으나, 선을 행할 수 있는 윤리적 의지와 실천의 힘이 없다는 것은 곧 인간이 선을 모르거나 스스로 포기한 것과 같은 것이다. 시골사람의 죄는 바로 도덕적 태만으로 올바른 인식을 하지 못한 데 있다. 그가 쪼그라들고 허약해지며 끝내는 노망이 들어 죽게 되는 과정은 그의 도덕적 자아 상실의 단계적 발전 과정에 대한 비유다. "시골사람은 행위의 당연성에 대한 불안, 당황, 무지로 충만한 카프카의 전형적 인간이며, 그래서 그는 빠져나올 수 없는 순환 속에 갇혀 있다."[60] 반대로 이것으로부터의 탈출은, 즉 구원의 가능성은 자기 자신의 죄에 대한 냉철한 통찰과 엄격한 죄의식을 통한 도덕적인 힘의 강화에 있다. 시골사람의 망설임과 기다림은 문지기에 대한 공포로 인한 윤리적 의지의 포기이며 도덕적 행위의 정지를 의미한다. 카프카는 유고 산문인《죄, 고통, 희망 그리고 올바른 길에 대한 관찰Betrachtungen über Sünde, Leid, Hoffnung und den wahren Weg》에서 현존을 위한 강한 윤리적 소명으로서 '망설임'을 극복해야 한다는 생각을 이렇게 밝히고 있다.

우리 주변의 모든 괴로움을 우리도 겪지 않을 수 없다. (…) 아이가 모든 인생의 단계들을 거쳐 백발이 되고 죽음에 이를 때까지 발전하듯이 (…) 우리는 (우리 자신과 못지않게 인류와 깊이 연관되어) 이 세상의 모든 괴로움을 통해서 발전한다. (…) 우리는 세상의 괴로움 때문에 망설일 수 있다. 그것은 각 개인의 뜻에 달렸고, 각 개인의 천성에 해당한다. 그러나 아마도 바로 이 망설임이 우리가 피할 수도 있는 유일한 괴로움이기 때문에 우리는 세상의 괴로움 때문에 망설일 수 없다.[61]

카프카의 주인공들에겐 "목표는 있으나 길은 없다. 우리가 길이라고 부르는 것은 망설임이다".[62] 시골사람처럼 카프카의 주인공들은 목표에 대한 확신과 그 목표에 이르는 방법의 불확실성 사이의 갈등 속에서 헛된 방황과 미로에 빠진다. 시골사람 역시 문 앞에서 망설이면 망설일수록 점점 더 이 세상에서 낯선 이방인이 된다. 카프카의 다른 단편《귀향Heimkehr》은 이 주제를 잘 나타낸다. 옛날 농장 주인인 아버지 집에 돌아온 아들은 "문 앞에서 오랫동안 망설이면 망설일수록 점점 더 낯설어지게 된다."[63] 그 아들은 농부처럼 천진하고 순박한 인간으로서 아직 사회에 낯설고 익숙지 못한 이방인 같은 존재이며, 다른 한편으로는 아담과 비유해서 원죄로 인해 추방당해 에덴의 입구에서 들어가길 기다리며 온갖 애를 쓰는 인간의 노력에 대한 의인화라고 할 수 있다.[64] 이같이 카프카의 인물들의 비극적 상황은 모든 인간의 일반적인 비극적 상황에 대한 비유다. 법문 앞에서 평생을 헛되이 기다리는 시골사람의 상황도 낙원의 입구 앞에서 구원의 확신을 가지고 기다리는 원죄적 인간의 형이상학적 고립 상태라고 할 수 있다.

전설 《법 앞에서》에서 법은 인간 전체에 대한 것이 아니라 철저하게 시골사람에게만 해당되는 법이다. 여기에서 우리는 카프카 문학의 기본 성향을 알 수 있다. 즉 카프카는 언제나 개개인의 존재에만 관심을 기울였기 때문에, 그의 문학의 대상은 카프카 자신이며 인간 개체다. 두 번이나 약혼했으나 끝내 결혼하지 못한 펠리체 바우어 양에게 보낸 편지에서 "나는 나와 전혀 관련이 없는 것이라면, 아마도 아무것도 쓰지 못할 것이다"[65]라고 자신의 성향을 알리고 있다.

이 개체는 현실세계와 융화할 수 없는 긴장 속에서 존재하고 있으면서 언제나 이 긴장의 위기로부터 탈출하려고 아무리 노력해도 탈출하지 못하고, 도달할 수 없는 목적을 향해 장애가 많은 길을 헤치고 가야 한다는 것이다. 그래서 카프카의 주인공들은 노력하면 할수록 새롭게 커지는 방해물들에 의해 끝내 사멸하고 마는 비극적 운명의 표본들이다. 시골사람, 《성》의 측량사 K, 《소송》의 요제프 K 등이 대표적 인물들이다. 그러나 이같은 카프카의 비극적 테마는 괴테의 파우스트의 방황에서 나타난 비극적 테마와는 다르다. 괴테는 "인간은 노력하는 한 방황한다"고 말했다. 파우스트의 방황은 존재와 삶의 근원에 대한 신비를 캐고 체험하기 위해 생명을 내건 초인적인 의지에서 나온 방황이라는 데서 카프카와 다른 것이다.

평생을 기다린 시골사람에게 법은 침묵한다. 법의 침묵은 바로 미로 속에서 방황하는 인간에게 구원의 소원을 들어주지 않은 '신의 침묵'[66]이다. 그래서 카프카는 초월적인 신을 믿지 않았으며《기도하는 사람과의 대화Gespräche mit dem Beter》에서도 대화의 대상은 신이 아니라 인간이었다.[67] 카프카의《일기》에 있는 다음의 메모는 '최고의 법정'보다 '인간법정'을 강조하는 데에서 그와 그의 문학이 얼마나 사실주의적인가를 보여준다.

만일 내가 내 최후의 목표에 대해 신중히 생각한다면, 나는 본래 선한 인간이 되기 위해서 그리고 최고의 법정에 응하기 위해서 노력하는 것이 아니라, 정반대로 전체의 인간 및 동물 공동체를 파악하고, 그들의 근본적인 특별한 관심들, 소망들, 윤리적 이상들을 인식하기 위해 노력한다는 결과에 이른다. (…) 그러니까 요약하면 나에게 중요한 것은 오직 인간법정일 뿐이다.[68]

카프카에게 법정이란 인간에 의해 만들어진 현세법의 법정이 아니라 양심의 법정인 것이다. 인간은 현실세계에서 용감하게 진실에 직면하여 자신의 어리석음, 겁 많음, 나약함, 무력함을 직시하고 개선할 수 있는 용기를 가져야 한다. 망설임은 피할 수 있는 유일한 고통이기 때문에 우리는 망설일 수 없으며, 그래서 망설임은 망설일 때 죄악이며 고통이 된다. 스스로 가야 할 길은 나만이 갈 수 있다. 아무도 대신 가줄 수 없다. 그럼으로써 우리는 '빛의 세계'로 갈 수 있다는 희망의 메시지를 카프카는 자신의 문학을 통해 우리에게 전하고 있다. 그에게 "문학 자체는 진리를 향한 탐험이다."[69]

04

고통 속에서 피어나는 희망의 이야기들

볼프강 보르헤르트
Wolfgang Borchert

1921~1947

"그의 비난, 절규, 저주 뒤에는 현존에 대한 사랑이 빛나고 있다."

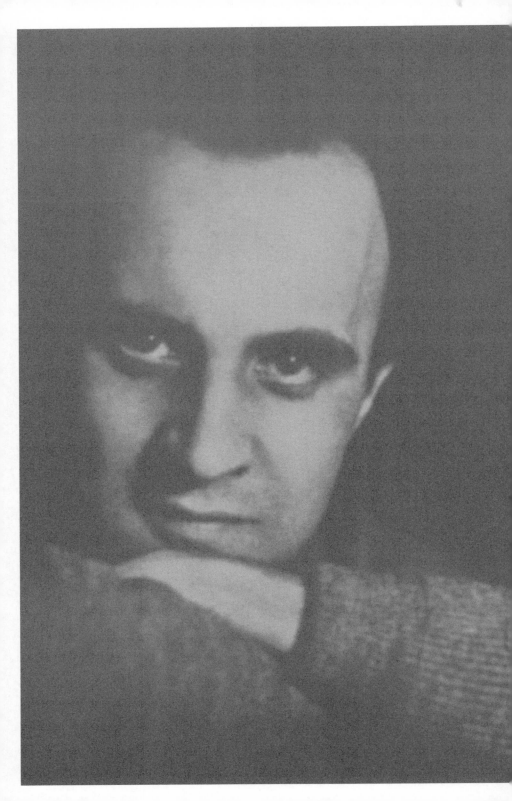

Wolfgang Borchert

볼프강 보르헤르트는 1921년 5월 20일 함부르크에서 태어나 1947년 11월 20일 바젤에서 26세의 젊은 나이에 병으로 사망했다. 그는 1941년에 종군해서 1942년에 러시아 전선에서 부상을 입고 후송되어 치료를 받았으나 당과 국가에 해가 되는 반전적인 몇 개의 편지 때문에 투옥되어 사형선고를 받았다. 그는 6주간을 사형에 대한 공포와 두려움 속에서 지낸 후에 변호인의 신청으로 사면되었고, 다시 특공부대로 배속되어 러시아의 동부전선으로 갔다. 그는 그곳에서 다시 황달과 디프테리아에 걸려 중환자로 후송되었고, 새로운 발열과 간의 통증으로 마침내 근무불가 판정을 받아 일선 야전극장에 배속되었다. 퇴원하기 전날 저녁에 그는 몇몇 동료들 앞에서 괴벨스를 패러디화했는데, 그들 중 하나가 그를 밀고해서 베를린의 한 감옥에 다시 감금당했다. 1944년 8월에 9개월 금고형을 받았으나 다시 9월에 적군 관찰병으로 석방되었다. 그의 중대는 프랑스군의 포로가 되었고, 그는 수송 도중 탈출에 성공했다. 그는 만성 열 환자로서 1945년 전쟁으로 파괴된 삭막한 고향의 전경 앞에 서게 된다.

　이러한 체험이 그의 작품에 반영되어 있다. 1945년에 전쟁이 끝났을 때 그의 나이는 24세였다. 그가 1947년에 죽었으니 그의 창작활동 기간은 고작 2년뿐이었다. 그는 함부르크에서 극장의 조연출자로서, 카바레 등지에서 연기활동, 무대감독, 자신의 작품을 낭독하는 등의 일을 하면서 연예활동을 했으나 건강이 허락하지 않았다. 그럼에도 불구하고 그는 이 2년 동안에 병마와 싸우면서 집필에 열중하여 1946년에는 24편의 단편과 시들을 수록한《가로등, 밤 그리고 별 Laterne, Nacht und Sterne》을 발표했다. 그러나 건강이 날로 악화되어 친구들의 주선으로 스위스의 바젤에 있는 한 요양원에서 치료를 받았으나 1947년에 사망했다. 그날은 그해에 8일 만에 완성한 그의 불후의 유일한 희곡《문밖에서 Draußen vor der Tür》(1947)가 고향인 함부르크에서 초연되기 전날 밤이었다.

　"파멸과 희망, 죽음과 삶, 절망과 믿음 사이에서 볼프강 보르헤르트의 작품은 생겨났다."[1] 그는 군인으로서 그리고 귀향병으로서 전쟁의 참상과 혼돈된 사회, 그리고 고향의 폐허를 체험한다. 그래서 전쟁에 의해 기만당하고 삶을 박탈당한 젊은 세대의 절망과 새 삶에 대한 절규를, 자신의 병으로 인한 죽음과의 투쟁에서 겪었던 체념과 삶에 대한 희망을 간결한 언어로 그의 작품에 옮겨놓았다. 비록 그는 한 편의 희곡과 많은 단편들을 내놓았지만, 삶의 진리에 대한 추구와 전쟁으로 인해 희생당한 젊은이들의 외침과 고발을 차원 높게 표현하고 있어 그의 작품은 전쟁의 지옥에서 고통당했던 당시의 독일 사람들의 심금을 크게 울렸고, 전후에 전쟁문학을 대표하는 중요한 위치를 차지하게 되었다.

　그의 작품들에는 죽음 앞에서의 의연함, 전쟁의 참상과 나치의 잔혹함을 고발하는 용기, 그리고 절망, 죽음, 파멸 속에서도 희망과 믿음을 주려는 휴머니즘의 체취가 때로는 암호문처럼 추상적으로, 때로는 유머가 있는 단아한 문장으로 표현되고 있다. 그의 문체는 사실성과 상징성이 조화롭게 대치되고 있어 표현주의적인 특징을 지닌다. 그의 이야기는 부드럽고 섬세하고 깊은 시적 세계를 표출하고 있기도 하다. 그의 인간 상황에 대한 폭넓은 절규는 그의 작품에서 인간의 존엄성과 사랑의 부드러운 불빛으로 비친다. 그래서 그의 작품들은 빨리 그 당시 청년들의 마음을 사로잡게 되었다.

그의 작품은 내용적으로 전쟁, 귀향, 전후사회로 크게 나누어 볼 수 있는데, 여기서 다루게 될 세 작품들도 19편의 단편들로 되어 있는 단편집《이번 화요일에》(1947)에 수록된 것으로, 전쟁(《이번 화요일에》), 귀향(《어둠에 싸인 세 경배자》)과 전후사회(《밤에는 쥐들도 잠을 잔다》)를 주제로 삼고 있다. 그가 전후 2년 동안에 병과 싸우면서 창작의 열정에서 완성한 그의 중요한 작품은 다음과 같다. 단편집으로《가로등, 밤 그리고 별》과《이번 화요일에》외에 12편의 단편으로 된《민들레꽃Die Hundeblume》(1947)이 있으며,《문밖에서》는 그의 유일한 방송극이다. 15편의 시와 8편의 단편으로 된《슬픈 제라늄Die traurigen Geranien》이 페터 륌코르프에 의해 뒤늦게 1962년에 간행되었다.

《이번 화요일에》
An diesem Dienstag

한 주에는 한 번의 화요일이 있다.

한 해에는 쉰 번이 있다.

전쟁에는 수많은 화요일이 있다.

이번 화요일에

그들은 학교에서 대문자 연습을 했다. 여선생은 두꺼운 유리를 낀 안경을 썼다. 안경알엔 테가 없었다. 안경알은 너무 두꺼워서 눈을 거의 알아볼 수 없었다.

마흔두 명의 여자 아이들이 흑판 앞에 앉아서 대문자로 썼다.

늙은 프리츠는 양철 술잔을 가졌다. 뚱뚱한 베르타는 파리까지 썼다. 전쟁에서 모든 아버지들은 군인이다.

울라는 혀끝을 코에까지 내밀고 왔다. 그때 여선생이 그녀와 마주쳤다.

"넌 Krieg(전쟁)를 Kriech로 썼구나, 울라야. Krieg는 'g'로 써야 한다. Grube(구덩이 또는 집단 매장을 위해 크게 파놓은 무덤)의 'G'처럼. 벌써 얼마나 그걸 말했니."

여선생은 출석부를 들고 울라의 이름 뒤에 갈고리 표시를 했다.

"내일 넌 그 문장을 열 번 정서해라, 아주 깨끗하게, 알겠니?"

"예."

울라는 말하며 생각했다. '안경잡이 여편네.'

교정에서 뿔까마귀들이 내버려진 빵을 주워 먹었다.

이번 화요일에

엘러스 소위는 대대장에게 불려 갔다.

"당신은 빨간 숄을 벗어야만 하오, 엘러스 씨."

"소령님?"

"그래요, 엘러스. 2중대에서 그런 것은 인기가 없다네."

"제가 2중대로 가나요?"

"그렇소. 2중대 사람들은 그런 것을 좋아하지 않아. 당신은 거기서 배겨 나기 힘들 거요. 2중대는 옳은 것에 익숙하다네. 빨간 숄 때문에 중대는 당신을 가만히 내버려두지 않을 거요. 헤세 대위는 그런 것을 두르고 다니지 않지."

"헤세 대위는 부상당했나요?"

"아니야, 그는 병가를 신청했어. 자신의 건강 상태가 좋지 않다고 말했지. 대위가 된 뒤부터 그는 약간 기력이 없어졌어. 난 이해를 못하겠네. 옛날에는 항상 옳았지. 그래, 그렇고말고. 엘러스, 중대와의 문제를 잘 해결하도록 조심해요. 헤세는 중대원들을 잘 교육시켰다네. 그러니 숄을 두르고 다니지 말아요, 알았나?"

"물론입니다, 소령님."

"그리고 중대원들이 담배를 조심한다는 것에 유의하게. 인정할 만한 우수 사수가 개똥벌레들이 윙윙 소리를 내며 이리저리 날아다니는 것을 볼 때면, 집게손가락이 그를 좀 쑤시게 할 것이 틀림없네. 지난주에 다섯 명이 머리 총상으로 죽었다네. 그러니 좀 조심하게, 그렇지?"

"예, 소령님."

2중대로 가는 길에 엘러스 소위는 빨간 숄을 두르지 않았다. 그는 궐련 한 개비를 물었다.

"중대장 엘러스요."

그는 큰 소리로 말했다. 그때 총소리가 났다.

이번 화요일에

한젠 씨는 제버린 양에게 말했다.

"우린 헤세에게 이번에도 무얼 좀 보내야겠소. 담배 피울 것이나 군것질할 것을. 몇 권의 서적들을, 장갑 한 켤레 또는 그런 것들을요. 젊은 친구들이 있는 밖은 혹독한 겨울이오. 내가 그걸 알죠, 대단히 고마워요."

"횔덜린이 어때요, 한젠 씨?"

"말도 안 돼요, 제버린 양, 무의미해요. 아니죠, 마음 편하게 좀 더 친절한 것이어야죠. 빌헬름 부슈² 혹은 그와 비슷한 작가 말이오. 그는 잘 웃어요. 당신도 그걸 알고 있죠. 맙소사, 제버린 양, 이 헤세가 웃을 수 있는 것이 무엇일까!"

"그래요, 그건 웃을 수 있을 거예요."

제버린 양이 말했다.

이번 화요일에

그들은 헤세 대위를 들것에 싣고 퇴원시설로 운반했다. 문에는 한 표지판이 있었다.

장군이든, 보병이든 간에 머리카락은 이곳에 둔다.

그는 삭발되었다. 위생병은 길고 가는 손가락을 가졌다. 마치 거미 다리들처럼. 손가락들은 뼈마디마다 붉게 물들어 있었다. 손가락들은 약국 냄새가 나는 무엇인가를 가지고 뼈마디를 문질러 닦았다. 그러고 나서 그 거미 다리들은 그의 맥박을 재고 두꺼운 기록부에 적었다. 체온 41.6도. 맥박 116. 의식 없음. 발진티푸스 의심. 위생병은 두꺼운 기록부를 닫았다. 그 기록부 위에는 전염병 군병원 스몰렌스크, 그 아래에는 1,400 침상이라 쓰여 있다.

운반병들은 들것을 들어 올렸다. 계단 위에서 그의 머리는 담요 밖으로 나와서 계단을 디딜 때마다 계속해 이리저리 흔들렸다. 그리고 삭발되었다. 그때 그는 계속해서 러시아 사람들을 비웃었다. 운반병 하나가 코감기에 걸렸다.

이번 화요일에

헤세 부인은 이웃 여자의 집으로 가 초인종을 울렸다. 문이 열렸을 때, 그녀는 편지를 이리저리 흔들었다.

"그이가 편지에 대위가 되었다고 썼어요. 대위와 중대장이라고요. 그런데 그곳은 영하 40도의 추위래요. 편지 쓰는 데 9일이나 걸렸고요. 그이는 편지 윗부분에 헤세 대위 부인에게라고 썼어요."

그녀는 편지를 높이 들었다. 그러나 이웃집 여자는 똑바로 쳐다보지 않았다.

"40도의 추위라니."

그녀는 말했다.

볼프강 보르헤르트

"불쌍한 애들. 40도의 추위라니."

이번 화요일에

군의관 중령은 스몰렌스크 전염병 치료 야전병원의 과장 군의관에게 물었다.

"매일 몇 명이나 되나?"

"반 다스(6명)입니다."

"끔찍하군."

군의관 중령은 말했다.

"예, 끔찍합니다."

수석 군의관이 말했다.

그렇게 말할 때 그들은 서로 얼굴을 마주 보지 않았다.

이번 화요일에

《마적》[3]이 공연되었다. 헤세 부인은 입술에 붉게 루주를 발랐다.

이번 화요일에

엘리자베트 간호사는 그녀의 부모에게 편지를 썼다. '하나님 없이는 결코 견딜 수 없어요.' 그러나 하위급 군의관이 왔을 때 그녀는 일어섰다. 그는 러시아 전체를 홀을 통해 짊어지고 가기나 하듯이 몸을 굽히고 갔다.

"뭘 좀 드릴까요?"

간호사가 물었다.

"아뇨."

하위급 군의관이 말했다. 그는 마치 부끄러워하듯이 아주 나직하게 말했다.

그 후에 그들은 헤세 대위를 밖으로 운반했다. 밖에서 시끄러운 소리가 났다. 그들은 언제나 그렇게 쿵 하는 소리를 낸다. 왜 그들은 죽은 사람들을 천천히 내려놓을 수 없을까. 매번 그들은 죽은 사람들을 땅 위에 쿵 소리가 나게 내려놓는다. 한 사람이 그런 말을 했다. 그리고 그의 이웃은 나직하게 노래했다.

착 착 착 착 하나, 둘, 셋, 넷
보병은 절도 있게 걸어가네

하위급 군의관은 침대에서 침대로 두루 다녔다. 매일같이. 낮과 밤을, 수일간을, 여러 밤을 지새우며. 그는 몸을 굽히고 다녔다. 그는 러시아 전체를 홀을 통해 짊어지고 간다. 환자를 나르는 두 사람이 그곳에서 빈 들것 하나를 가지고 비트적거리며 밖으로 나갔다.

"4번이야."

그중 한 사람이 말했다.

"그는 코감기에 걸렸었어."

이번 화요일에

울라는 저녁에 앉아서 그녀의 공책에 대문자로 그림을 그렸다. '전쟁에서 모든 아버지들은 군인이다. 전쟁에서 모든 아버지들은 군인이다.' 그녀는 그것을 열 번 썼다. 대문자로. 그리고 Krieg를 G로 썼다. Grube처럼.

볼프강 보르헤르트

189

삶과 죽음의 갈림길에서 울리는 사랑의 메아리

《이번 화요일에》의 소재는 보르헤르트가 러시아 동부전선에서 실제로 겪은 체험이다. 그는 1941년 6월에 소집되어 11월에 동부전선에 있는 칼 민에 배치되었다. 이미 1940년 4월에 몇 편의 시와 편지로 인해 게슈타포 의 감시대상이 되어 함부르크의 시청에서 심문을 받았고, 군복무 기간 중에도 국가기관으로부터 계속해서 어려움을 겪었다. 그는 소련군과의 결투에서 손가락 부상으로 후송되었으나 자해라는 의심으로 고소되었고, 1942년 7월 31일에 무죄판결을 받았다. 그러나 그는 국가에 대한 위험한 편지 때문에 또다시 4개월의 금고형을 받고 6주간 구금생활을 한 후에 다시 러시아 전선으로 보내졌다. 그해 12월에 그는 토로페츠 전투에 무기 없는 전령으로 투입되었고, 그때 동상에 걸린 발과 아직 진단되지 않은 발열로 우선 토로페츠에 있는 야전병원으로, 그 후에 악명 높은 전염병 치료 야전병원 스몰렌스크로 이송되었다. 이 병원에서 실제로 그가 체험한 것이 이 작품의 소재가 되었다.[4]

그는 황량하고 망망한 러시아의 땅에서 버림받은 수많은 젊은이들이 피흘리며 쓰러져 가는 것을 목격했다. 그는 토로페츠 전투에서 무기 없는 전령으로서의 경험을 1943년 1월 22일의 편지에 이렇게 썼다.

이 짧은 시기, 12월은 나에게 너무나 혹독했어요. 당신들은 무기 없이

숲과 러시아군 사이를 이리저리 뛰어다니는 것을 상상하실 수 있겠지요.[5]

죽어가는 전선의 젊은이들처럼 보르헤르트 역시 전쟁의 희생자였다. 너무나 처참한 전쟁에 시달리면서 그 현장을 지켜본 그는 전쟁의 사망자들이 더 이상 말할 수 없는 것을 살아남은 자들에게 말하기 위해 이 짧은 산문 속에 토해냈다. 괴테는 자신의 작품《친화력Die Wahlverwandtschaften》이 철저한 체험 문학이라고 강조하면서 "이 작품에는 체험하지 않은 내용은 한 줄도 있지 않다. 그러나 체험한 내용을 그대로 쓴 것도 한 줄도 없다"고 요한 페터 에커만에게 말했듯이[6] 보르헤르트의 이 짧은 산문도 괴테 못지않게 철저하게 자신이 체험한 것을 소재로 삼고 있으나, 이 작품처럼 체험된 내용을 그대로 묘사하지 않고 문학적으로 차원 높게 변형시킨 작품은 드물다 할 수 있다. 보르헤르트에게 전쟁은 승리와 패배를 떠나서 오직 대량학살일 뿐이다. "전쟁에서 모든 아버지들은 군인이다." 전쟁은 아버지들의 희생뿐만 아니라 많은 고아와 과부와 자식 잃은 부모를 남긴다. 시인으로서 보르헤르트는 전쟁의 역사와 개인의 엄청난 희생이 빚어내는 비극을 체험했기에 태연히 있을 수 없었다. 그는 이 짧은 산문에서 전쟁에 책임이 있는 역사적 반역자들이 주장하는 소위 '옳은 것'이 얼마나 어리석고 비극적인가를 변증법적으로 증명하고 있다.

이 이야기는 '일주일에는 한 번, 일 년에는 쉰 번, 전쟁에는 수많은 화요일이 있다'는 말로 시작한다. 줄거리는 시간적으로 엄격하게 제한된 화요일에 일어나는 사건들로 구성되어 있다. 그럼으로써 이 화요일은 인간의 현존재를 체험할 수 있는 대표적인 시간이 되고, 그날의 사건들은 우리의 큰 관심을 끄는 다른 특수한 상황들을 대표하게 된다. 예를 들어 전쟁에서 인간의 참혹한 현실을 체험할 수 있는 날들은 수없이 많기 때문에 전쟁에서 '화요일'은 요일의 수적 범주를 넘어서 수없이 증가될 수 있다. 그래서 "전쟁에는 수많은 화요일이 있다", "수많은 화요일"에 일어나는 일들은 고향과 전선이라는 전혀 상이한 두 공간이 교차적으로 이어지면서 대립된 상태를 이룬다. 이것이 이 이야기가 우리의 관심과 긴장을 불러일으키는 구성 형식이다. 각 장면들은 전선에서의 실제적인 것, 즉 현존재의 극한적 위기에 직면한 사람들과 고향에서의 상상적인 것, 즉 전선의 현실과 거의 접촉되지 않는 사람들과의 대립적 관계에서 이루어지고, 이 대립적 원칙은 상호연관 속에서 내용을 점차적으로 심화시킨다.

첫 번째 화요일은 여선생과 마흔두 명의 일학년 여학생들이 교실에서 '전쟁'이란 단어 'Krieg'를 대문자로 쓰는 연습을 하는 수업으로 시작한다. 어린 울라는 주도 단어인 'Krieg'를 'Kriech'로, 즉 끝 자음 'g'를 'ch'로 잘못 써서 Grube(구덩이)의 G처럼 'g'로 올바로 쓰도록 주의를 받는다.

수업 시간에서 철자법의 '옳고 그름'은 전쟁이란 역사적 사건에서 인간의 운명을 결정하는 '옳고 그름'으로 확대된다. 여선생은 그녀에게 그 단어의 철자법을 '올바로' 가르쳐주기 위해 더 큰 열의를 가지고 감독하려고 출석부에 있는 울라의 이름 뒤에 갈고리 표시를 하고, 그 문장을 열 번 정서해 오도록 숙제를 내준다. 울라는 마음속으로 '안경잡이 여편네'라며 불만을 가진다. 여선생은 42명의 소녀들이 수업 시간에 '전쟁'이란 단어를 '올바로' 쓰고 기계적으로 암기하도록 가르치고 소녀들은 말없이 글씨를 쓰고 암기하려고 연습하고 훈련한다. 여기서 이 이야기 전체와 관련된 중요한 세 개의 주도 동기가 나타난다.

첫째로 그녀의 수업에는 '전쟁'이란 현상을 감수성이 강한 어린 소녀들의 의식 속에 불러일으키고, 울라의 틀린 철자법을 바로잡듯이 전쟁에 대한 부정적·비판적 사고를 없애고 전쟁의 당위성을 간접적으로 교육시킨다는 상징성이 내포되어 있다. 울라가 숙제로 '전쟁 중에 모든 아버지들은 군인이다'라는 글을 열 번 써야 하는 첫 장면의 숙제는 마지막 장면의 숙제와 연결되는데, 이것은 계속되는 전쟁에서 젊은이들이 그 전쟁을 위해 기만당하고 교육시켜진다는 것을 시사한다.

둘째로 이 수업 장면에서는 철자법의 '옳고 그름'의 문제가 다루어지고 있다. 철자법의 '옳고 그름'의 문제는 전선에서나 고향에서나 전쟁에 대한 사람들의 옳고 그른 생각과 태도로 확대된다. '옳은 것'의 기준은 절대 전쟁 편에 있다. 전선에서의 '옳고 그름'은 죽이느냐 아니면 죽느냐의 극한적 상황을 초래하는 원인이 된다. 여학생들처럼 군인들도 전쟁에서의 '옳은 것'을 연습과 훈련을 통해 습득해야 한다. 그렇지 않으면 '옳지 않은 것'으로 희생될 수밖에 없다. 그러나 고향에서의 '옳고 그름'은 사람들의 전쟁에 대한 생각과 태도를 결정할 뿐이다. 죽음과는 직접적인 관계가 없다. 그런데 울라의 생각과 태도는 별다른 의미를 지닌다. 그녀는 표면으론 "예"라고 대답하나 속으로는 '안경잡이 여편네'라 부르며 불쾌감을 참고 견딘다. 울라처럼 전쟁에 대한 불만을 가진 자들이 있으나, 그들은 저항하지 못하고 전쟁의 참혹한 고통을 견디어가는 사람들이다.

위에서 설명한 '옳고 그름'의 의미에서 각 장면들의 특징을 결정하는 인물들의 유형은 세 가지로 분류된다. 우선 전선에서 소위 '옳지 않은 것'으로 희생될 수밖에 없는 군인들로서 엘러스 소위, 헤세 대위와 코감기에 걸린 병사로 상징되는 희생자들이다. 그다음으로 전쟁의 현실과 거리가 먼 곳에 있는 사람들로서 전쟁에 무관심하거나 그 냉혹함을 의식적으로 하찮은 일로 다루려고 하는 소시민들이다. 근시안의 여선생, 헤세 부인, 소령, 한젠 씨 등이 여기에 속한다. 마지막으로 전쟁의 육체적·정신적 고통을 넘어 사랑으로 인류에게 봉사하는 일련의 인물들이다. 전선의 추위를 걱정하는 헤세 부인의 이웃 여자, 죽어가는 자들에 대한 심리적 부담으로 서로 감히 바라보지 못하는 상급 군의관들, 신의 도움 없이는 견딜 수 없다는 간호사 엘리자베트, 그리고 전쟁터의 모든 고통을 자신의 굽은 등 위에 지고 가려는 하급 군의관이 여기에 속한다.

마지막 세 번째로 여선생은 울라가 잘못 쓴 '전쟁Kriech'의 'ch' 철자법을 올바르게 'g'로 교정시키기 위해서 단어 '구덩이Grube'를 택한다. 비석과 제단을 갖춘 개인의 묘지가 아니라 구덩이는 쓰레기, 오물, 불필요한 물건들을 버리기 위해, 동물이나 죽은 사람들의 집단매장을 위해 사용된다. 그래서 전쟁으로 인한 인간의 대량살상과 무의미한 죽음을 연상시킨다.

여선생이 구덩이의 의미처럼 어떤 면에선 진부하고 섬뜩하기도 한 것을 연상시키는 단어를 사용한 것은 눈이 보이지 않을 정도로 두꺼운 안경을 쓰고 있어 정서법 외에는 아무것도 내다볼 수 없는 그녀의 무지에서 생긴 것이다.[7] 수업 장면에서는 여선생만이 말한다. 울라만이 "예"라고 겨우 대답한다. 여선생은 울라의 내적 불쾌감에 개의치 않는다. 그녀는 오직 외적 세계의 나무랄 데 없는 진행에 대해서만, 즉 전쟁이란 단어가 올바로 써져야 한다는 것만을 감시한다. 서술자는 이 첫 장면을 "교정에서 뿔까마귀들이 내버려진 빵을 주워 먹었다"는 의미 깊은 말로 끝낸다. 사람들이 구덩이를 묻기 위해 일하다 버린 빵 조각들을 뿔까마귀들이 주워 먹는다. 바로 우리가 그 구덩이를 덮는다. 전쟁의 책임은 우리 모두에게 있다는 것이다.[8] 이렇게 언어 속에 전쟁 당시의 독일 현실이 반영되어 있다.[9]《이번 화요일에》의 첫 장면은 계속되는 전체 이야기의 주도적 동기를 내포하고 있다.

두 번째의 '이번 화요일에'는 전선에서의 사건을 다룬다. 수업 시간에서 철자법의 '옳고 그름'의 문제는 전쟁에서의 '옳고 그름'의 문제와 연관되어 삶과 죽음의 원인으로 작용한다. 엘러스 소위는 헤세 대위가 지휘관이었던 2중대 중대장으로 명령을 받는다. 엘러스 소위는 늘 빨간 숄을 두르고 다닌다. 빨간 숄은 한 인간의 개성과 취미와 자유의지를 나타내기 때문에 제복 입은 사람들의 질서정연한 대열에서는 비난의 동기가 된다. 군대의 엄격한 조직세계에서 개인의 자유와 의지는 허용되지 않는다. 그래서 지휘관인 소령은 빨간 숄을 두르는 것을 금지시키고, 엘러스 소위는 그것을 포기한다. 게다가 소령은 담배에 조심하라고 경고한다. 전선에는 잘 훈련된 명사수들이 배치되어 있어서 지난주에 다섯 명이나 머리에 총상을 입고 사망했다는 것이다. 그리고 엘러스 소위는 정확한 대답으로 조심할 것을 약속한다. '2중대로 가는 길에 엘러스 소위는 빨간 숄을 두르지 않았다.' 여기까지 그는 '옳았다'. 중대장이 된 들뜬 기분에서 도중에 담배를 피워 물고 "중대장 엘러스요"라고 그는 큰 소리로 말했다. 그러나 이번에 엘러스 소위는 '옳지 않았다'. "그때 총소리가 났다." 비록 명확하게 말해지지 않고 있다 해도 그는 담배를 피우는 순간에 적의 저격수에 희생되었음을 예측할 수 있다. 울라의 잘못은 엘러스 소위의 경우에서처럼 전쟁에선 생명을 희생시킨다.

지휘관 소령은 헤세 대위가 '중대원들을 잘 교육시켰다'고 엘러스 소위에게 말했다. 소령의 말에 의하면 헤세 대위는 이전엔 언제나 '옳은 것'만을 이행했고 매우 정확했기에 2중대 사람들은 '옳은 것'에 익숙해 있다는 것이다. 헤세 대위는 '옳았다'. 그러나 그는 대위가 되자마자 병가를 신청했다. 그는 건강상의 이유로 결근하지만 그것은 의심받기에 충분하다. 소령은 그의 그런 태도를 이해하지 못한다. 소령의 지적처럼 헤세 대위의 나태함은 '옳지 않은 것'이다. 엘러스 소위의 경우에서처럼 그것은 죽음의 원인이 된다. 헤세 대위는 후일에 전염병 야전병원 스몰렌스크로 후송되고, 발진티푸스로 급사한다. 이어서 들것 "운반병 하나가 코감기에 걸렸다". 그역시 다가올 죽음을 예감케 한다.

전선 장면에 이은 고향 장면은 '화요일'이란 통일된 시간에 고향에 남아 있는 다른 세계의 사람들을 인식할 수 있게 한다. 그것은 한젠 씨와 헤세 부인의 모습들에서 특색 있게 나타난다. 나이 들고 상냥한 상인인 한젠 씨는 모든 기회마다 적절한 위로의 말을 할 줄 아는 호탕하고 자만한 자선가의 유형으로서 무엇이 헤세 대위에게 보내야 할 적절한 선물인가를 아는 사람이다. 그는 '담배 피울 것이나 군것질할 것', '몇 권의 서적들', '장갑 한 켤레 또는 그런 것들'이 좋을 것이라고 여직원인 제버린 양과의 대화에서 밝힌다. 그리고 '젊은 친구들이 있는 밖은 혹독한 겨울'이라는 것도 알고 있다. 마치 이전에 전쟁에 참전했던 노병처럼 그는 전쟁의 내막을 알고 군인들을 위로할 줄 알며, 자신의 고객처럼 조언해주고 도와줄 줄도 아는 사람이다. 제버린 양이 자유를 제창한 시인 횔덜린의 책을 조심스럽게 말했을 때 그는 '헤세가 웃을 수 있는 것'이어야 한다고 강조한다. 횔덜린의 책은 아무것도 웃기지 않기 때문에 무의미하다는 것이다. 그녀는 옳지 않았다. 그 대신에 한젠 씨는 빌헬름 부슈 혹은 그와 비슷한 작가의 책을 보내려 한다는 것이다. '예'란 대답에 익숙해 있는 직원 제버린 양은 즉시 "그래요, 그건 웃을 수 있을 거예요"라고 말한다. 고향에 있는 이 두 사람은 전쟁의 냉혹한 현실을 억지의 쾌활함과 진부한 잡담조로 하찮은 일로 다루려고 하는 사람들이며, 그 입장에서 그들은 옳았다. 그러나 전쟁에 분노하고 항의하는 사람들의 입장에서는 옳지 않았다.

전쟁의 참상은 네 번째 '이번 화요일에' 장면에 와서 상당히 고조된 모습을 드러낸다. 헤세 대위는 발진티푸스로 1,400개의 침상이 있는 스몰렌스크 야전병원으로 후송된다. 장군이나 사병이나 여기서 죽어가는 사람들은 모두 삭발되어야 한다. 죽음 앞에서 모든 사람은 동등해진다. 헤세 대위의 머리는 삭발되었다. 위생병들은 피로 붉게 물든 거미 다리같이 긴 손가락 마디들을 약물로 닦아내고, 그 손으로 '체온 41.6도, 맥박 116, 의식 없음, 발진티푸스 의심' 등을 병상 기록부에 기재한다. 이 병원에서 인간은 기록부에 기재되는 수와 통계 자료가 된다. 수와 통계 수치의 증가는 죽음의 증가를 의미한다. 인간은 존재적 가치의 수치화에서 환멸과 공허감을 느낀다. 전쟁의 참상이, 전쟁의 '옳지 않음'이 간접적으로 폭로되고 있다.

형용할 수 없는 전쟁의 참상이 헤세 대위의 죽음을 통해 묘사된 장면에 이어서 다음 화요일 장면에서는 남편의 승진으로 의기양양해진 헤세 대위의 부인이 모습을 보인다. 그녀 역시 한젠 씨와 같이 전쟁의 현실과 거리가 먼 사람들에 속한다. 그녀는 이웃집 초인종을 누르고, 남편의 편지를 그녀 앞에 높이 쳐들어 흔들면서 남편이 대위와 중대장이 된 것을 자랑했고, 영하 40도의 추위에서 9일이나 걸려 쓴 편지에 감동한다. 남편의 승진에 대한 그녀의 기쁨, 이웃집 여인에게 보인 자랑, 남편의 사랑과 관심에 대한 감동, 그것들은 '옳았다'.

그러나 헤세 대위 부인은 편지의 뒤에 숨어 있는 현실을 파악하지 못한다. 그녀가 편지를 높이 쳐들고 흔들었을 때, 들것에 실려 가면서 담요 밖으로 나온 남편의 머리는 층계를 오를 때마다 계속해서 이리저리 흔들렸다. 아내에게 감동을 일으킨 40도의 추위는 헤세 대위를 위협하는 죽음의 체온인 41.6도의 수치를 상기시킨다. 그녀는 자신의 흥분된 분위기에 사로잡혀서 자신의 밖을 내다볼 수 없고, 아무것도 모른다. 그래서 그녀가 화요일에 오페라 극장에 가는 것은 아주 당연한 것이다. 그녀의 붉은 입술은 피 묻은 거미 다리 같은 위생병들의 손가락을, 오페라의 큰 무대와 1,400석을 넘는 객석은 1,400개 침상의 전염병 야전병원을 연상시킨다. 그녀는 현실의 이면에 숨겨진 진실을 보지 못한 것이다. 그것은 '옳지 않은 것'이다.

그러나 개인의 운명을 순간적으로 그리고 맹목적으로 파괴해버리는 전쟁의 현실과 연관해서 볼 때, 헤세 부인의 이 같은 모습은 인간적 본성의 결여에서 생긴 것이라고만 할 수 없다. 그보다는 전쟁이 인간과 사회에 불러일으키는 정신적·공간적 폐쇄성에 더 많이 기인한다고 말할 수 있다. 즉 헤세 부인이 그녀의 남편이 끔찍하게 죽어가는 같은 시간에 남편의 승진 소식을 받는다는 데서 그녀의 모습이 변호될 수 있다는 것이다. 그렇게 보았을 때 소령 역시 헤세 대위가 발진티푸스로 희생되는 것을 알지 못하는 순간에 그의 '게으름'을 비난한다. 한젠 씨는 전쟁의 현실을 바로 알지 못한 채 '젊은 친구들이 있는 전선의 혹독한 겨울'을 안다고 말한다. 여선생의 행동은 근시안 안경으로 상징된 무지에서 나온다. 인간과 사회에 덮친 전쟁으로 인한 폐쇄성이 이들의 모습들을 특징 있게 만들었다는 데서 이들은 같다고 할 수 있다.

헤세 부인과 같은 사람들이 보이고 있는 모습들과는 달리 고향과 전선 사이의 떨어진 거리를 초월해서 전쟁의 참혹한 현실을 함께 느끼고 아파하는 마음을 가진 사람들이 있다. 이들에게 전선과 고향 사이의 격리된 공간은 아무런 의미가 없다. 헤세 부인의 이웃집 여자가 대표적인 예다. 남편의 편지를 높이 들고 자랑하고 감격해 하는 헤세 대위 부인의 모습과는 반대로 이웃집 여자는 마음속으로 러시아의 겨울에서 40도의 추위와 전쟁의 공포에 시달리는 젊은 군인들의 운명을 비탄한다.

그녀의 모습과 말에는 헤세 부인, 여선생, 한젠 씨 같은 사람들과 상반되는 분위기에서 인간애의 불빛이 서려 있다. 그녀 외에도 인간애의 불빛은 러시아 전선의 현실을 상징하는 스몰렌스크 전염병 야전병원에서도 빛난다. 군의관 중령, 수석 군의관, 엘리자베트 간호사 그리고 러시아 전선의 온갖 고난을 혼자 짊어진 양 몸을 굽히고 다니는 하급 군의관이 그들이다. 군의관 중령이 과장 의사에게 매일의 사망자 수를 묻고, 후자는 '반 다스'라고 대답한다. 그들은 전쟁에서 젊은이들이 죽음에 무기력하게 내맡겨진 '끔찍한' 현실 앞에서 체념과 충격을 느끼고, 그래서 무거운 심리적 부담 때문에 서로 똑바로 바라보지도 못한다. 죽은 자는 물건처럼 그것을 세는 단위(반 다스)로 계산된다.

드디어 이어지는 고향에서의 '화요일' 장면과 전선에서의 '화요일' 장면 사이의 양극성은 극에 이른다. 헤세 대위 부인은 입술에 붉게 루주를 바르고 오페라 공연《마적》을 보러 갔다.

그다음 장면에서 간호사는 아버지에게 편지로 야전병원의 참상과 '하나님 없이는 결코 견딜 수 없는' 자신의 심적 두려움을 밝힌다.

하급 군의관 역시 죽음 앞에 자신의 무능함을 느껴 부끄러운 듯 몸을 굽히고 다니며 낮은 목소리로 말한다. 위생병들도 죽음에 무감각해져서 마치 죽음의 사자 역할을 대신하듯 '거미 다리' 같은 피 묻은 손으로 죽은 자들을 물건처럼 '구덩이'에 '쿵 하는 소리'가 나게 던져버린다. 헤세 대위에 이어 네 번째로 코감기에 걸렸던 병사도 던져졌다. 그들의 섬뜩한 행위는 그들에게 거의 의식되지 않는다. 수많은 사망자들이 '전쟁'이 파놓은 '구덩이'에 집단으로 매장되는 전율이 느껴진다. '전쟁'은 '구덩이'의 'G'로 써야 한다는 울라의 숙제가 지닌 상징적 의미가 현실로 나타난 것이다. 러시아 전선에서의 비참함과 절망이 야전병원에서 극한적으로 표현되고 있다.

생과 사의 분계선인 러시아 전선에서 보르헤르트의 절규는 신에 대한 원망으로 치닫는다.

> 사랑하는 하나님! (…) 당신은 스탈린그라드에서 사랑스러우셨나요. 사
> 랑하는 하나님, 당신은 그곳에서 사랑스러우셨나요. 어땠어요? 예? 도대
> 체 언제 당신은 실제로 사랑스러웠습니까? [10]

그러나 그의 모든 고발, 절규, 저주 뒤에는 현존에 대한 사랑이 지울 수 없게 빛나고 있다. 절망의 어둠 속에는 희망을 밝히는 불빛이 있다. 그것은 전쟁에 분노하고 그 고통과 희생을 함께 동정하고 슬퍼하는 일련의 인물들에서 나타나고 있는 사랑의 힘이다. 또한 들것 운반병들의 모습도 도외시할 수 없다. 그들 가운데는 헤세 대위의 시체를 쿵 소리 나게 던져버리는 것을 탄식하는 사람이 있기 때문이다. 그리고 그 사람 외에도 또 다른 옆의 군인이 나직하게 그러나 씩씩하게 군가를 부른다. 그 노래는 이제 시체를 던지는 쿵 하는 소리보다 더 강하고 생기 있는 소리로 들려온다. 코감기에 걸리지 않은 산 자들(보병)의 절도 있고 생기 있는 발걸음 소리가 죽음의 메아리를 압도한다. 생명의 힘이 죽음의 위협을 극복하고 승리한다. 이 극복과 승리는 긴 말이나 문장에 의해서가 아니라 오직 운반병이 부르는 짧은 노래의 리듬과 멜로디, 울림과 하모니로 칭송된다. 이들은 자신을

스스로 극복하고 그들의 삶을 오직 인간을 위해 바치는 모습을 보여준다.

그뿐만 아니라 비록 군복을 입고 있다 해도 죽음에 맞서 생명을 구하려고 헌신하는 가장 위대하고 존경스러운 인물이 있다. 그는 러시아 전선의 모든 고통을 짊어진 양 밤낮없이 침대에서 침대로 몸을 굽히고 두루 다니면서 생명을 돌보는 하급 군의관이다. 그는 스스로 전쟁의 고통과 고뇌에 시달리면서도 오직 사랑의 정신으로 고통받는 모든 이들을 위해 헌신한다. 간호사 엘리자베트는 그 옆에서 그를 도우며 한몫한다. 그는 죽음에 맞서 러시아 전선의 모든 고통을 시간과 공간을 넘어 인류애로 짊어지려 한다. 비록 몸이 굽었다고 하나 그의 모습에는 봉사하는 사랑의 길로 묵묵히 걸어가는 위대함이 있다. 거기엔 더 이상 '이번 화요일'의 위협이 없으며, 더 이상 스몰렌스크 전염병 야전병원이 없다. 거기엔 고통으로부터의 해방과 구원이 있다. 그의 모습은 러시아 전선의 모든 고통을 등에 지고 가는 구제자다.[11] 십자가를 지고 가는 예수의 모습이 연상된다. 제버린 양이 암시적으로 횔덜린 책을 언급한 것이 상기된다. 하급 군의관은 횔덜린이 "위험이 있는 곳에 구원하는 것도 생겨난다"[12]고 말한 의미에서 구원의 힘인 것이다.

마지막 장면은 울라가 숙제로 Kriech의 'ch'를 Grube의 G로 고쳐서 "전쟁 중에 모든 아버지들은 군인이다"라는 문장을 열 번 쓰는 것으로 끝난다. 끝은 다시 시작으로 돌아간다. 모든 것이 원점으로 돌아간 것처럼 보인다. 인간의 의식에는 아무것도 변한 것이 없다는 것이, 즉 아버지들에겐, 싸울 수 있는 젊은 남자들에겐 계속해서 전쟁이 강요되고 있다는 의미가 시사되고 있다. 모든 장면들에서 전쟁의 대참사와 인간의 비극이 때로는 비유적으로, 때로는 변증법적으로, 때로는 형이상학적으로 묘사되었지만,

화자는 우리의 새로운 미래의 삶과 존재를 위한 확실한 질문도, 그 해답도 말하지 않고 있다. 마지막 장면까지 이 질문은 열려 있고, 그 대답은 우리에게 넘겨졌다.

그러나 그의 다른 단편과 마찬가지로 이 이야기도 전쟁의 참혹한 현실과 그 현실과 연관된 인간의 생각과 행동을 경험할 수 있는 공간을 우리에게 충분히 열어주었다. 때문에 우리는 화자가 이 이야기를 통해서 우리에게 미래의 새로운 삶을 위해 문학적으로 제시하고 있는 생각을 밝혀내야 할 것이다. 이런 의미에서 지그프리트 운젤트가 말한 것은 화자의 생각을 올바르게 지적한 것이라고 할 수 있다.

이 이야기의 끝은 부름이다. 이야기의 현실은 냉정하고 파괴적인 힘들의 위력을 보여주지만, 또한 인간 존재의 새로운 가능성들을 환기시킨다.[13]

하인리히 뵐은 "보르헤르트에 관한 모든 평론에는 절규라는 단어가 빠지지 않는다"[14]고 말했다. 전쟁의 대참사와 연관된 인물들과 장면들은 일관되게 전쟁의 쓰디쓴 아이러니에서 반영된다. 따라서 보르헤르트의 부름이나 절규는 더 이상 아버지들이 전쟁에서 군인으로 희생되어서는 안 된다는 것이며, 동시에 평화롭고 행복한 새로운 시대에 대한 소망의 표현인 것이다. 그는 이 짧은 이야기《이번 화요일에》에서 자기 시대의 절망을 미학적으로 어느 작품보다도 훌륭하게 표현하면서 전쟁의 대참상과 인류의 비인간적인 행동에 대해 주의와 경고를 불러일으키고, 동시에 새로운 시대, 새로운 존재의 가능성을 시사해준다. 극도의 절망과 견딜 수 없는 고통에서 비로소 희망이 시작한다는 메시지인 것이다.

《어둠에 싸인 세 경배자》
Die drei dunklen Könige

그는 도시의 어두운 변두리 길을 터벅터벅 걸어갔다. 집들은 파괴된 채 하늘을 향해 우뚝 서 있었다. 달은 없었고, 포장도로는 늦은 밤의 사람 발걸음에 놀라는 듯 소리를 내었다. 그때 그는 낡은 나무판자 하나를 발견했다. 그것을 발로 밟자 우지직 신음소리를 내며 부서져버렸다. 그 나무는 푸석푸석하고도 달콤한 냄새를 풍겼다. 도시의 어두운 변두리 길을 지나 그는 터벅터벅 돌아왔다. 별 하나 떠 있지 않았다.

그가 방문을 열었을 때(문은 우는 듯이 소리를 냈다) 아내의 핼쑥한 두 눈이 그를 맞이했다. 그 눈은 그녀의 얼굴을 피곤해 보이게 했다. 그녀의 숨결이 방 안에 하얗게 서려 있었다. 그렇게 추웠다. 그는 뼈가 나온 무릎을 구부려 그 나무를 부러뜨렸다. 나무는 신음소리를 냈다. 그러자 주위에 달콤한 썩은 냄새가 번졌다. 그는 코 밑에다 그 조각 하나를 갖다 대었다. '과자 같은 냄새가 나는군.' 그는 조용히 웃었다. '안 돼요.' 아내의 두 눈이 그렇게 말하는 것 같았다. '웃지 마세요. 아기가 잠들었어요.'

남편은 달콤하고 썩은 냄새가 나는 그 나무조각을 양철난로 속에 넣었다. 그러자 빨갛게 불길이 살아나며 한 줌의 다스한 불빛을 방 안에 던져주었다. 그 빛은 자그마하고 둥그스레한 얼굴을 밝게 비추면서 한동안 환하게 남아 있었다. 그 얼굴은 태어난 지 한 시간밖에 안 되었지만, 갖출 것은 모두 갖추고 있었다. 귀, 코, 입, 눈. 눈은 감겨 있었지만 클 것이 분명하다는 것을 알 수 있었다. 하지만 입은 벌려진 채 있었으며 나지막하게 숨소리가 거기서 새어나왔다. 코와 두 귀는 빨갰다. 살아 있구나, 하고 어머니는 생각했다. 그 조그마한 얼굴은 잠자고 있었다. 남편이 말했다.

"귀리가 아직 남아 있군."

"예, 잘됐어요. 날이 추운걸요."

아내가 대답했다. 남편은 달콤한 냄새가 나는 푸석한 나무를 더 주워 왔다. '지금 아내는 아이를 낳았는데도 떨고 있어야만 하다니.' 그는 생각했다. 하지만 그렇다고 그가 얼굴에 주먹이라도 휘둘러댈 상대가 아무도 없었다. 그가 난로 뚜껑을 열었을 때 다시 한 줌의 빛이 잠들어 있는 얼굴 위로 비쳤다. 아내는 나지막한 소리로 말했다.

"이것 좀 보세요, 마치 성체의 후광 같아요, 그렇잖아요? 정말 성체의 후광 같은데!"

그는 그런 생각을 했지만, 주먹으로 얼굴이라도 때려줄 만한 사람이 그에겐 아무도 없었다. 그때 누군가가 문 옆에 나타났다.

"우리는 창문으로 새어나오는 불빛을 보았습니다."

그들이 말했다.

"우리는 십 분 동안만 앉아 있었으면 좋겠어요."

"하지만 갓난아기가 있어서요."

남편은 그들에게 말했다. 그때 그들은 아무 말도 하지 않았으나, 코로 안개와 같은 김을 내쉬면서 발끝을 높이 쳐들어 올리며 방 안으로 들어왔다.

"아주 조용히 있을게요."

그들은 소곤대듯 말하면서 발끝을 높이 들고 들어왔다. 그때 불빛이 그들을 밝게 비추었다.

세 사람이었다. 모두가 낡은 제복을 입고 있었다. 한 사람은 마분지 상자를 가지고 있었고, 또 한 사람은 자루를 들고 있었다. 그리고 세 번째 남자는 손이 하나도 없었다.

"동상에 걸려 잃었어요."

그가 그렇게 말하면서 팔목을 쳐들어 보였다. 그러고는 몸을 돌려 남편에게 외투 호주머니를 들이댔다. 그 안에는 엽초 담배와 얇은 종이가 들어 있었다. 그들은 담배를 말았다. 그러나 아내가 말했다.

"안 돼요, 아기가 있잖아요."

그러자 네 사람은 문밖으로 나갔다. 그들의 담뱃불이 어두운 밤 속에서 네 개의 점으로 보였다. 그중 한 사람은 두텁게 두 발을 싸매고 있었다. 그는 자루에서 나무조각 하나를 꺼냈다.

"당나귀입니다."

그는 말했다.

"일곱 달 동안이나 새겨서 만들었어요. 아기에게 주시지요."

그는 그렇게 말하면서 그것을 남편에게 주었다.

"그 발은 왜 그렇습니까?"

남편이 물었다.

"굶주려서 생긴 물집입니다."

당나귀를 새긴 남자가 말했다.

"그럼 다른 한 분은, 또 저 세 번째 분은요?"

남편은 그렇게 물으면서 어둠 속에서 당나귀를 만져보았다. 그 세 번째 남자는 제복을 입은 채 몸을 떨고 있었다.

"아, 아무것도 아닙니다."

볼프강 보르헤르트

그는 속삭이듯 말했다.

"그저 신경증세일 뿐입니다. 바로 불안감이 너무 많기 때문이지요."

그러고는 그들은 담뱃불을 밟아 끄고 다시 방 안으로 들어갔다.

그들은 발끝을 높이 들고 걸으면서 그 잠자는 조그만 얼굴을 쳐다보았다. 떨고 있던 남자는 마분지 상자에서 두 개의 노란 사탕을 꺼내면서 덧붙여 말했다.

"이것을 부인께 드립니다."

그 부인이 어둠 속에서 온 세 남자가 아기에게 몸을 숙이는 것을 보았을 때 그녀의 창백한 푸른 눈은 휘둥그레졌다. 그녀는 겁에 질려 있었다. 그러나 바로 그때 아기가 그녀의 가슴에다 그의 다리를 뻗대며 세차게 울어 댔기 때문에 어둠 속에서 온 그 세 사람은 발끝을 높이 들어 올리고 문 쪽으로 살금살금 걸어갔다. 거기서 그들은 다시 한 번 목례를 하고는 캄캄한 어둠 속으로 사라져버렸다.

남편의 눈은 그들을 좇고 있었다.

"기이한 성자들이야."

그는 아내에게 말했다. 그러면서 그는 문을 닫았다.

"선량한 성자들이야."

남편은 중얼거리면서 귀리가 있는 쪽을 바라보았다. 그러나 그에게는 주먹으로 때려줄 아무런 얼굴도 없었다. 아내가 속삭이듯 말했다.

"아기가 소리를 질러요. 아주 세찬 소리로요. 이제 그들은 가버렸어요. 보세요, 아기가 얼마나 활기찬지를."

그녀는 자랑스러운 듯이 말했다. 아기는 입을 열고 소리를 질렀다.

"우는 거야?"

남편이 물었다.

"아녜요, 내 생각엔 웃는 걸 거예요."

아내가 대답했다.

"흡사 과자 냄새 같네."

남편이 말하면서 나무조각의 냄새를 맡았다.

"과자 같아, 아주 달콤해."

"오늘이 정말 크리스마스군요."

아내가 말했다.

"그래, 크리스마스야."

그는 중얼거렸다. 난로에서 한 줌의 불빛이 잠들어 있는 조그만 얼굴 위를 밝게 비춰주었다.

절망과 어둠 속에서 비치는 구원의 희망

《어둠에 싸인 세 경배자》는 보헤르트의 유일한 방송극《문밖에서》의 주
인공 베크만 하사처럼 전후에 발생하는 귀향병의 문제를 다루고 있다. 그
러면서 전쟁의 처절한 진실을 증언하고 전쟁으로 상처받은 인간의 영혼
을 이야기한다. 전쟁으로 죽거나 아니면 불구자가 되고 혹은 전쟁터에서
나 포로수용소에서 자신의 젊음을 희생했던 젊은이들은 그들이 귀향했을
때 자신이 사회에 적응하기 어려우며, 더구나 동서의 이념적 대립에서 시
작되는 냉전 시대가 자신들을 더 이상 필요로 하지 않음을 느꼈다. 따라서
젊은이들은 전쟁을 일으켰음에도 아무런 책임의식도 갖지 않는 아버지 세
대에 대한 분노와 증오, 새로운 시대를 향한 불신과 적응에 대한 두려움이
매우 컸다. 그러나 보르헤르트의 미래에 대한 시선은 반파쇼적 입장에서
전쟁에 대한 항의와 함께 여전히 잔존하는 사회의 비인간성에 대해 비판
하면서 현실의 사회적 대립들을 해소하고 사랑에 기초한 공동체로서의 새
로운 사회를 지향한다.[15]

《어둠에 싸인 세 경배자》는 이미 그 제목에서 성서적 소재를 연상시킨
다. 보르헤르트는 이 이야기에서 아기 예수의 탄생과 연관된 세 동방박사
들의 경배에 관한 전설을 막 갓난아기를 출산한 황폐한 한 가정과 불빛을
보고 찾아가는 세 명의 귀향병들에 접목시킨다. 이로써 세 귀향병들은 상
징적·성서적 모습으로서 전설 속의 세 박사를 구체화하고, 갓난아기의 부

모와 그들의 대화는 이야기의 정점을 이루며, 종교적으로 채색된 사랑의 온정을 상징적으로 암시하면서 줄거리에 긴장을 준다.

이 이야기는 세 개의 장면으로 구성되었고, 각 장면은 고유한 내용과 의미를 가지고 있다. 첫 장면에서는 캄캄한 밤과 혹독한 추위에서 남편, 아내, 갓난아기가 처해 있는 존재적 궁핍이 묘사되어 있고, 둘째 장면에서는 세 명의 귀향병들이 등장해서 각자 선물을 주고 퇴장하는 것을 포괄하고 있다. 마지막 장면에서는 이방인들의 방문으로 갓난아기를 출산한 가정은 아기 예수 탄생의 성서적 의미로 승화된다. 이 장면들의 변화는 작가가 제시하는 문학적 이상의 단계적 표현과 일치한다. 자세히 말해서 전후 사회에 적응과 참여를 방해하는 분노, 증오, 불신과 같은 귀향병들의 요소들이 갓난아기를 만남으로써 인간애를 발휘할 계기를 발견하고, 상호 유대를 회복하는 원인으로 바뀌어가는 발전 과정이 장면의 변화와 함께 그려져 있다.[16]

첫 문장에서는 폐허가 된 어느 가난한 도시의 어두운 변두리 풍경이 굶주림과 추위가 서려 있는 전후의 참상을 그대로 전하고 있다. 그곳엔 빛이라곤 없다. 심지어 밤하늘의 빛인 달도 없고 별 하나 떠 있지 않다. 게다가 전쟁으로 집들은 파괴되고 폐허의 잔해들만 어둠 속에 쌓여 있을 뿐, 인간의 삶을 알리는 불빛은 전혀 없다. 오직 칠흑같이 어두운 밤이 이 도시의 변두리를 덮고 있다. '포장도로는 늦은 밤의 사람 발걸음에 놀라는 듯 소리를 내었고', '낡은 나무판자'는 '우지직 신음소리를 내며 부서져버렸다'. 그가 방문을 열었을 때 문은 우는 듯이 소리를 냈다. 사람은 고사하고 사물들도 인간의 손에 의한 파괴로 계속해 떨고 있고, 사람보다 더 아픔을 느끼는 듯했다. 이 변두리의 저녁 풍경은 제2차 세계대전이 만들어낸 황량하고 암울한 전후 사회의 참상을 반영하고 있다.

캄캄한 밤에 한 남자가 어두운 변두리 길을 터벅터벅 걸어갔다. 그는 도시 변두리에 있는 남의 집 낡은 울타리를 뜯어 온다. 그가 '낡은 나무판자'를 가지고 방문을 열고 들어섰을 때, 바깥 변두리의 비참한 풍경은 한 가정의 방 안으로 옮겨진다. 그때서야 그는 출산으로 핼쑥해지고 피로해 보이는 아내와 갓난아기의 남편이고 아버지라는 것이, 그리고 그 나무판자는 그들을 추위에서 보호하기 위해 난로에 불을 지피기 위한 땔감이라는 것이 밝혀진다. 남편, 아내, 갓난아기라는 가족의 구성적 기능만을 가지고 한 가정이 비로소 비참한 환경 속에서 모습을 드러낸다. 이들은 모두가 이름도, 직업도, 주소도 없고, 더구나 아기의 성별도 분명치 않다. 모두가 인칭대명사와 보통명사로 쓰였기 때문이다. 그래서 이들은 '나'이고, '너'이며, '우리 모두'다. 그의 가정도 마찬가지다.

방에서도 그들의 숨결이 안개처럼 뿜어 나올 정도로 매우 추운 겨울이다. 그 겨울은 '그렇게 추웠다'. 그가 나무판자를 앙상히 마른 무릎으로 부러뜨렸을 때, 밖에서와 마찬가지로 방 안에서도 나무는 신음소리를 냈다. 그는 너무나 굶주린 나머지 나무의 썩은 냄새를 과자 같은 냄새로 착각하고 홀로 조용히 웃는다. 그러나 아내는 겨울의 추위와 어둠 외에도 전쟁으로 인해 먹을 것이라고는 귀리밖에 없는 존재적 위기에 직면해서 남편의 웃음을 허용할 수 없다고 눈으로 말한다. 그곳엔 새 생명이 태어난 기쁨과 축복 대신에 거대한 자연의 힘에, 그리고 전쟁의 폐허에 내맡겨진 한 가정의 절망적인 분위기만 서려 있을 뿐이다.

그때 '남편은 달콤하고 썩은 냄새가 나는 그 나무조각을 양철난로 속에 넣었다. 그러자 빨갛게 불길이 살아나며 한 줌의 다스한 불빛을 방 안에 던져주었다. 그 빛은 (갓난아기의) 자그마하고 둥그스레한 얼굴을 밝게 비추면서 한동안 환하게 남아 있었다'. 그 불빛은 새로운 생명에 대한 존재를 확인시키고, 어머니에게 생존에 대한 확신을 심어주었다. '살아 있구나, 하고 어머니는 생각했다.' 그러나 남편은 갓 분만한 아내가 떨고 있어야만 하는 절망적인 현실에 누구라도 주먹을 휘둘러 때려주고 싶은 분노를 느낀다.

그들에겐 이 고난에 대한 책임을 물을 수 있는 어떤 대상도, 비참한 현실에 죄를 물을 수 있는 죄인도 없다. 다만 분노에 찬 남편의 절규만이 헛되이 또다시 반복될 뿐이다. 그의 절규는 전쟁을 일으킨 죄인임에도 불구하고 무의미한 대참사의 과거에서 아무런 교훈을 얻지 못하고 반성도 없이 살아가면서 무관심하게 행동하고 책임을 회피하는 사람들에 대한 항의인 것이다. 그의 주변을 에워싸고 있는 사람들은 허수아비들이다. 때문에 이 작품에 등장하는 남편은 분노와 증오에서 그들의 얼굴을 주먹으로 쥐어박고 싶지만 그런 얼굴을 발견할 수 없다. 그러나 그가 다시 주워 온 나무를 태울 때 '한 줌의 빛이 잠들어 있는 (아기의) 얼굴 위로 비쳤다.' 그때 남편의 분노를 말없이 인내했던 아내는 아기에게서 성스러운 것을 보고, 보다 높은 의미를 예시할 수 있게 된다. 그 빛은 아내에게 '성체의 후광'처럼 보였고, 남편도 그녀의 생각에 동감한다. 비록 남편이 그 순간에 다시 한 번 분노의 말을 터뜨리지만 그의 분노는 바뀌기 시작한다. 성체의 후광처럼 어린아이의 잠자는 얼굴 위에 던져진 빛은 성탄절의 아기 예수의 후광을 연상시키고, 동시에 지금까지 지녔던 남편의 생각을 변화시키는 계기를 주는 것으로 작용한다.

보르헤르트의 빛 개념은 성서에 근거하고 있다. 성서에 의하면 신에 의해 창조된 생명은 사람들의 빛이었으며, 그 빛은 어둠 속에 비치고 있었지만 어둠이 빛을 이겨본 적이 없었고, 모두가 빛을 함께 누리는 사람들이 되었다는 것이다.[17] 빛은 종교적으로 채색된 희망의 상징이다. 마르틴 루터는 "세상에는 새로운 빛이 있을지어다"라고 말하고 빛을 인류의 미래에 대한 새로운 희망의 상징으로 인식했다. 양철난로에서 나무가 타는 한 줄기 불빛은 한 가정의 어둠 속으로 뚫고 들어와 갓난아기의 '자그마하고 둥그스레한 얼굴'을 비춰주고, 그의 작은 얼굴 주위에 밝게 빛나는 후광을 만든다. 그래서 그 아기는 그 가정의 새로운 희망이 된다.

하늘의 별빛이 동방박사 세 사람을 아기 예수에게 인도했듯이, 어두운 곳에서 세 명의 귀향병들이 창문으로 새어나오는 불빛을 보고 문 옆에 나타나서 10분 정도 쉬어 가자고 한다. 낯선 세 삶이 들어올 때 남편은 갓난아기를 이유로 막으려 한다. 그러나 그들은 아무 말도 하지 않았으나 조심스럽게 방 안으로 들어온다. 남편은 더 이상 못 들어오게 막을 수 없게 된다. 그들은 그가 주먹으로 때려주고 싶은 증오의 대상들이 아니라 한 조각 땔감 나무를 위해, 한 줌의 온기를 위해 싸우는 자기 자신처럼 같은 비극적 운명 속에서 오직 살아남기 위해서 싸우는 자들이기 때문이다. 그래서 그들은 부지불식 중에 일체감을 느낄 뿐만 아니라 말과 간단한 몸짓만으로도 서로를 충분히 이해할 수 있게 된다. 그들은 모두가 전쟁으로 인해 파괴된 세계에서 어둠, 추위, 굶주림의 극한적 고통에 함께 처해 있다. 먹을 거라곤 귀리밖에 없는 가족은 굶주리고 있고, 한 남자의 발엔 '굶주려서 생긴 물집'이 있을 정도로 어둠 속의 세 사람도 기아에 시달리고 있다.

그들 모두는 추위에 떨고 있다. "날이 추운걸요" 하고 갓 출산한 아내가 추위를 호소한다. 그러나 세 사람도 동상으로 고통을 당하고 있다. 그들 중한 사람은 동상으로 두 손목을 잃었다.

가족은 공포심을 가졌다. 세 이방인이 허리를 굽혀 아기를 보려 했을 때 그녀의 눈은 두려움으로 둥그레져서 낯선 사람들을 아기에게서 물리친다. "그녀는 겁에 질려 있었다." 세 사람들 또한 전쟁에서 신경이 파괴될 정도로 두려움을 겪었다. "아, 아무것도 아닙니다. 그저 신경증세일 뿐입니다. 바로 불안감이 너무 많기 때문이지요."

이들의 대화는 비록 짧다 해도 내용적으로 서로 결합되어 있다. 그 언어는 기본적인 일상어처럼 꾸밈없이 사용되고 있지만 대가답게 그들이 처해 있는 공통된 상황을 묘사하고, 그들에게 일체감과 이해를 만들어준다. 낡은 군복을 입은 이방인들이 스스로 밝히고 있듯이, 그들은 모두가 전쟁의 희생자들이며 밤과 추위 속을 헤맨 방랑자들이다. 그들은 불빛을 향해 와서 10분만 쉬고 가려 한다. 밝음, 갓난아기, 가정의 따뜻함은 그들의 몫이 아니기 때문이다. 그들은 의미도 희망도 없는 버려진 존재들이다. 그러나 어둠 속의 세 사람은 불빛을 향해 가야만 한다. 그들은 삶의 의미와 희망을 찾아가야만 한다. 그들은 불빛을 보고 희망의 장소를 알았기에, 남편이 거절하지만 그들은 방 안으로 들어가야만 한다.

그들은 아이를 걱정하면서 방 안으로 아주 조용히 들어왔을 때처럼 10분 후에 떠나갈 때도 똑같이 조용히, 게다가 목례까지 하고 밤의 어둠 속으로 사라져갔다. 이 같은 태도는 그들이 예의와 교양이 있는 사람들임을 증명한다. 그들은 비록 불청객이라 할지라도 10분간 머문 손님으로서 절망적인 상태에서 그들이 지니고 있는 소지품을 선물할 줄 아는 선량한 사람들이다. 그들은 남편과 아내와 아기에게 선물한다. 양손이 없는 사람은 그의 몸을 돌려 남편에게 외투 주머니 안에 있는 엽초 담배와 얇은 종

볼프강 보르헤르트

이를 선사한다. 그들은 모두 담배를 말아 피운다. '떨고 있던 남자'는 아내에게 두 개의 노란 사탕을 선물한다. 그리고 발에 물집이 있는 남자는 아기에게 주려고 일곱 달 동안이나 나무로 깎아 만든 당나귀를 자루에서 꺼낸다. 그들은 불빛의 은혜를 받기에 족한 사람들이다. 작은 선물로 그들은 그 불빛의 은혜를 되돌려준다.[18]

아기에게 준 당나귀 선물은 그 가정의 분위기를 아기 예수가 탄생한 베들레헴의 말구유의 분위기와 연결시키는 가장 큰 의미를 가진다. 귀향병이 전쟁 중에 반년이나 넘게 그 많은 희망과 고뇌를 그것에 새겨 넣었다는 것만으로도 그 선물은 큰 가치를 지닌다. 더 나아가 그것은 동방박사 세 사람이 아기 예수에게 바친 성스러운 제물과 비유될 수 있다는 데서 아주 위대한 분들의 선물이며, 왕의 선물이라 할 수 있다.

동시에 갓난아기 역시 아기 예수와 비유되면서 새로운 상징적 의미를 갖게 된다. 귀향병들이 10분 동안 방 안에 머물 때, 갓난아기가 그들에게 인생에 대한 희망을 준 것이다. 불빛이 아기의 자그마하고 둥그스레한 얼굴을 밝게 비추면서 눈, 코, 입, 귀 같은 얼굴의 윤곽을 뚜렷이 보여주듯이, 그 희망도 그들에게 구체적으로 나타난다. 세 사람의 귀향병은 그들의 마지막 소유물을 갓난아기와 그의 부모에게 선물함으로써 귀향병들의 누적된 인간 증오가 사랑으로 변하고 있음을 보여준다. 갓난아기는 순진무구한 존재로서, 전쟁의 유산인 궁핍 속에서 육체적으로 정신적으로 상처를 입은 어른들에게 가치관의 변화를 유도하며 행동에 변화를 가져오게 하는 역할을 한다.[19] 비록 아기는 부모의 보호 속에서 잠자고 소리 지르는 것밖에 아무것도 할 수 없다 해도 그에겐 희망과 미래가 깃들어 있다. 아기가 어머니의 가슴에다 그의 다리를 뻗대며 세차게 울어댔을 때 어둠 속에서 온 그 세 사람은 미래의 희망을 품고 밤 속으로 사라질 수 있었다. 이제 그들이 가는 어둠 속의 길은 이전의 어둠 속의 방황과는 다르다. 그들은 불빛에 비친 잠자는 어린 아기의 얼굴에서, 그리고 생동감 넘치게 우는 소리에서 인간애를 발휘할 계기를 발견하고, 상호 유대를 회복하는 새로운 삶에 대한 믿음과 희망을 얻었기 때문이다.

보르헤르트는 자신의 다른 이야기《이별 없는 세대Generation ohne Abschied》에서 전후의 젊은 세대를 "행복도 모르고, 고향도 잃은, 이별마저도 없는 세대", "서로 만남도 없고 과거도 없으며, 감사할 아무런 것도 갖고 있지 않은 세대"[20]로 보았다. 그러나 이 같은 부정적·비관적 세대관 이면에는 전후의 시대적 역경을 넘어 미래의 희망에 대한 확실한 믿음이 강조되고 있다. 그래서 보르헤르트는《이별 없는 세대》에서 전후의 젊은 세대를 새롭게 정의한다.

그러나 우리는 미래에 도착하는 세대다. 어쩌면 우리는 새로운 별에, 새로운 삶에 완전하게 도착할 세대일 것이다. 새로운 태양 아래에서 새로운 마음을 향한 완벽한 도착. 아마도 우리는 새로운 사랑, 새로운 웃음, 새로운 신에게 가고 싶은 희망으로 가득 차 있는지도 모른다. 우리는 이별이 없는 세대다. 그러나 우리는 모든 미래가 우리의 것이라는 것을 알고 있다.[21]

그 당시 전후의 젊은 세대의 절망과 희망에 대한 두 양극적 표현에는 보르헤르트의 문학적 이상이 나타나 있다. 절망적 상황 속에 있는 자신과 모든 젊은이에게 미래에 대한 희망의 불빛을 밝혀주려는 이상이다. 보르헤르트는 신학자 마르틴 코르데스의 질문에 대한 1947년 11월 9일자 편지에서 미래의 희망에 관한 믿음을 이렇게 밝혔다.

　모든 도착은 우리의 것입니다. 이로써 내가 의미하는 것은 우리 독일인
만의 것이 아니라, 미국인이든, 프랑스인이든 혹은 독일인이든 간에 실망
한 세대, 배반당한 세대의 것입니다. 이 문장은 우리 아버지, 교사, 목사,
교수의 세대에 대한 정신적 반대 입장에서 나온 것입니다. 말하자면 그들
이 우릴 맹목적으로 이 전쟁에 나가도록 했습니다만, 이제 볼 수 있게 된
우리는 오직 새로운 목표로의 도착만이 우리를 구할 수 있다는 것을 압니
다. 좀 더 용감하게 말해서 이 희망은 완전히 우리만의 것입니다![22]

이제 귀향병들은 전쟁 후에 겨울의 추위가 위협적인 밤의 어둠 속으로
내쫓겨져 방황하는 자들이 아니라 목적을 향해 걸어가는 자들이다. 그들
에겐 뜻이 있기 때문에 어둠 속이라 해도 길이 있기 마련이다. 그들은 어
둠 속에서도 그들의 기본적인 존재의식과 목적을 잃지 않는다. 이것은 이
미 어둠 속에서 땔감을 구해 집으로, 가정을 향해 터벅터벅 걸어가는 남편
에게 나타나 있다.
　어둠 속으로 사라지는 그들의 뒷모습을 한동안 바라본 남편의 눈에 그
들은 처음에 '기이한 성자들'로 보였다가 후에는 '선량한 성자들'로 변용
되어 들어온다. 아직도 마음속에 남아 있는 분노와 증오가 다시 남편에게
서 폭발했을 때, 아기가 세차게 소리 내어 울었다. 그 소리를 '울음'으로 듣
는 남편과는 달리 아내에겐 활기차고 자랑스러운 '웃음'으로 들린다. 새 생
명을 보호하려는 아내의 모성애적 의지는 그녀에게 미래의 더 좋은 삶에
대한 기다림과 인내심을 주고, 그녀로 하여금 아기에게서 성스러운 것을

볼 수 있게 한다. 그녀는 아기의 생동감 넘치는 목소리가 새로운 삶에 대한 믿음을 일깨우고 있다는 종교적으로 승화된 높은 의미를 남편보다 먼저 깨닫고, 이 이야기의 절정을 이루는 중요한 말을 남편에게 한다. "오늘이 정말 크리스마스군요."

　이미 《어둠에 싸인 세 경배자》란 제목에서 암시되고 있듯이, 극도의 궁핍 속에 있는 한 가정에서 일어난 사건은 베들레헴의 전설과 연결된다. 갓난아기의 출생, 한 줌의 불빛, 성체의 후광, 어둠 속의 세 사람, 당나귀 등 연속되는 상징들은 시종일관되게 그리고 논리적인 무리가 없이 그 가정을 은혜를 받은 베들레헴 마구간의 성가정으로 승화시킨다. 게다가 세 명의 귀향병들이 그 가정을 방문하고 예물을 바친다. 그중에는 당나귀까지 있다. 아버지와 어머니는 이 밤의 방문자들을 전설 속의 성자들로 의식한다. 그래서 남편과 아내는 갓난아기를 예수로, 그가 탄생한 날을 크리스마스로 실감 있게 체험하게 된다. 남편과 아내는 선물을 받고, 또한 세 사람도 은혜를 받고 간다. 그들은 공포의 어둠 속에서 빛나는 빛을 보았고 가정의 온기를 체험했기 때문이다. 그 은혜와 구원의 불빛은 잠들어 있는 조그만 얼굴 위를 밝게 비춰주었다. 이렇게 아기(예수)의 출산(강림)을 통해 인류의 구원에 대한 약속이 완성되었다. 아무리 혹독한 고난이 인간의 삶을 위협한다 해도 인간은 믿음으로 극복할 수 있고, 사랑을 통해 신의 보호 속으로 귀의할 수 있다.

　세 명의 귀향병들이 어둠 속의 길을 걸어가지만 그들이 어디로 가는지는 아무도 모른다. 그러나 세 사람의 귀향병은 순진무구한 갓난아기와의 만남으로 전쟁에 의한 육체적·정신적 상처를 정화할 수 있는 인간 본연의 순수성에 이르고, 그들의 마지막 소유물을 이 아이와 그 부모에게 선물함으로써 그들의 누적된 인간에 대한 증오가 사랑으로 변하고 있음을 보여준다. 그들이 가는 길은 어두운 현실을 실제로 극복하는 휴머니즘을 향한 길일 것이다. 전쟁 중이나 후의 절박한 상황들에 대한 남편의 분노와 절규는 때때로 그의 작품 속에서 비난의 격앙된 어조로 나타나지만, 그 이면에 작가는 뛰어난 능력으로 인간의 근원적인 문제를 다루면서 인간의 존엄성과 인간애를 마치 어둠 속의 빛처럼 우리에게 비춰준다. 때문에 그의 문학이 무릇 그러하듯이, 이 짧은 이야기도 전후의 시대적 절망에 사로잡힌 묵시록적 세계가 아니라 그 세계를 극복할 수 있는 메시아적 희망을 제시하고 있다. 이런 의미에서 성서적 비유에 근거한 이 작품은 독일 전쟁의 비극을 넘어 오늘날의 우리에게까지 절망을 극복하는 용기와 희망을 줄 수 있으며, 성서가 그러하듯이 어느 시대, 어느 사회를 막론하고 사랑으로 역사적 참상과 인류의 불행을 평화와 행복으로 승화시킬 수 있다는 것을 보여준다고 말할 수 있다. 때문에 이 짧은 이야기는 시대를 초월해서 우리로 하여금 절망에서 새로운 삶에 대한 희망을, 새로운 사회를 건설하는 정신적 자세를 갖도록 노력해야 한다는 성찰을 일깨운다.

《밤에는 쥐들도 잠을 잔다》
Nachts schlafen die Ratten doch

황량한 벽에 움푹 뚫린 창은 초저녁 햇빛을 가득히 머금고 주홍빛을 띠며 하품했다. 먼지 구름은 가파르게 뻗어 있는 부서진 굴뚝들 사이에서 가물거리고 있었다. 폐허가 된 황야는 멍하니 졸고 있었다.

그는 눈을 감았다. 갑자기 눈앞이 더 어두워졌다. 누군가가 와서 조용히 서 있어 지금 자기 앞이 어두워진 것을 알아차렸다. '이제 그들이 나를 잡아가는구나!' 그는 생각했다.

그러나 그가 눈을 살짝 깜박이며 쳐다보았을 때, 그는 좀 초라하게 보이는 바지를 입은 두 다리를 보았을 뿐이었다. 그 두 다리는 상당히 휘어진 모습으로 그 앞에 서 있어, 그는 그 사이로 내다볼 수 있었다. 그는 조심스럽게 가는눈을 살짝 뜨고 바지 입은 다리를 올려다보았다. 그리고 그가 한 노인이라는 것을 알았다. 그는 손에 칼과 바구니를 들고 있었다. 손끝에는 흙도 좀 묻어 있었다.

"넌 여기서 자고 있구나, 그렇지?"

그 남자는 이렇게 물으며 위에서 더벅머리를 내려다보았다. 위르겐은 눈을 깜박이면서 그 남자의 두 다리 사이로 햇빛을 바라보면서 말했다.

"아뇨, 나는 자고 있지 않아요. 나는 여길 지켜야만 해요."

그 남자는 고개를 끄덕였다.

"그렇구나, 혹시 그래서 넌 큰 막대기를 가지고 있니?"

볼프강 보르헤르트

위르겐은 씩씩하게 "예" 하며 답하고, 막대기를 꼭 잡아 쥐었다.

"넌 도대체 무엇을 지키고 있니?"

"그건 말할 수 없다니까요."

그는 손으로 막대기를 꼭 움켜쥐었다.

"아마 돈이겠구나, 그렇지?"

그 남자는 바구니를 내려놓더니 칼을 자기 엉덩이 쪽 바지에 대고 이리 저리 문질렀다. 위르겐이 경멸하듯 말했다.

"아뇨, 돈 따윈 결코 아녜요. 전혀 다른 것이에요."

"그래, 대체 그게 뭘까?"

"말할 수 없다니까요. 바로 그 다른 것을요."

"그래, 그러니까 말할 수 없다는 거지. 그러면 나도 물론 너에게 여기 바 구니 안에 무엇이 들어 있는지 말할 수 없구나."

그 남자는 발로 바구니를 툭툭 차면서 칼을 접었다.

"흥, 전 바구니 안에 무엇이 들어 있는지 생각할 수 있어요."

위르겐은 대수롭지 않게 말했다.

"토끼풀이죠."

맙소사, 맞았다! 그 남자는 놀라 말했다.

"넌 정말 대단한 녀석이구나. 도대체 몇 살이지?"

"아홉 살이에요."

"오오라, 생각 좀 해보아라, 그러니까 아홉 살이라. 그렇다면 넌 아홉 곱 하기 셋이 얼마나 되는지도 잘 알겠구나, 그렇지?"

"당연하죠."

위르겐은 말했고, 시간을 벌기 위해서 한마디 덧붙여 말했다.

"그건 정말 아주 쉬워요."

그리고 그는 그 남자의 두 다리 사이로 내다보았다.

"아홉 곱하기 셋이라고 했죠?"

그는 다시 한 번 물었다.

"스물일곱이죠. 전 금방 알았어요."

그 남자가 말했다.

"맞아. 난 바로 그 숫자만큼 토끼를 가지고 있단다."

위르겐은 놀라서 입을 딱 벌렸다.

"스물일곱 마리나요?"

"넌 그놈들을 볼 수도 있단다. 아직 몇 마리는 아주 어리단다. 보고 싶으냐?"

"그렇지만 전 그럴 수 없어요. 전 꼭 지켜야 해요."

위르겐이 불확실하게 말했다.

"계속해서? 밤에도?"

그 남자가 물었다.

"밤에도요. 언제나 계속해서죠."

위르겐은 굽어진 다리를 올려다보았다.

"벌써 토요일부터 이러고 있어요."

그는 중얼거리듯이 말했다.

"그렇다면 넌 집에도 전혀 가지 않는단 말이냐? 그래도 먹기는 해야 할 게 아니니?"

위르겐은 돌멩이 하나를 위로 쳐들었다. 거기엔 반 조각의 빵과 양철 갑도 한 개 있었다.

볼프강 보르헤르트

221

"너 담배 피우니? 그러니까 파이프도 가지고 있겠구나?"

위르겐은 그의 막대기를 꼭 쥐고 주저하면서 말했다.

"난 말아 피워요. 파이프를 좋아하지 않아요."

"안됐구나"라며 그 남자는 바구니를 향해 허리를 굽혔다.

"넌 토끼 새끼들을 편안히 구경할 수 있을 텐데. 특히 어린 새끼들을 말이다. 어쩌면 한 마리를 골라 가질 수도 있을 텐데. 하지만 넌 여길 정말로 떠날 수 없겠구나."

"떠날 수 없어요, 안 돼요. 떠날 수 없어요."

위르겐은 슬프게 말했다. 그 남자는 바구니를 쳐들고 몸을 바로 세웠다.

"그것 참, 네가 여기에 머물러 있어야만 한다니, 안됐구나."

그리고 그는 돌아섰다.

"내 말을 남에게 하지 않는다면 말이에요."

그때 위르겐이 재빨리 말했다.

"그건 쥐들 때문이에요."

휘어진 다리의 남자가 한 걸음 뒤로 물러섰다.

"쥐들 때문이라고?"

"예, 쥐들은 죽은 사람들을 먹는대요. 사람들을요. 그놈들은 그렇게 해서 사니까요."

"누가 그런 말을 하던?"

"우리 선생님요."

"그래서 넌 지금 쥐들을 지키고 있는 거니?"

그 남자가 물었다.

"하지만 쥐들을 지키고 있는 게 아녜요!"

그러고 나선 그는 아주 나직하게 말했다.

"내 동생을 지키고 있는 거예요. 그 애가 저 아래에 깔려 있기 때문이죠, 저기에."

위르겐은 막대기로 허물어진 벽을 가리켰다.

"우리 집은 폭격을 당했어요. 갑자기 지하실에서 전깃불이 꺼졌어요. 그리고 내 동생도 없어졌어요. 우리는 계속해서 그 아이를 불러댔어요. 그 애는 나보다 훨씬 어렸죠. 겨우 네 살이었거든요. 틀림없이 여기에 아직 있을 거예요. 그 아이는 나보다 훨씬 어리거든요."

그 남자는 더벅머리를 위에서부터 내려다보았다. 그러고는 말했다.

"그래, 너희 선생님은 밤에는 쥐들도 잠을 잔다는 것을 말하지 않으시던?"

"아뇨" 하며 위르겐의 목소리는 속삭이듯 작아졌고, 갑자기 아주 피곤해 보였다.

"선생님은 그런 말을 하시지 않았어요."

"그랬구나. 그러나 그런 것을 알지 못한다 해도 선생님이긴 하지. 밤에는 쥐들도 잠을 잔단다. 넌 밤에는 안심하고 집에 가도 된단다. 쥐들은 밤에 언제나 잠을 자지. 어두워지면 벌써 잠을 잔단다."

위르겐은 그의 막대기로 폐허 위에 작은 구멍들을 뚫었다. '그게 그놈들의 침대가 되겠구나' 그는 생각했다. '구멍마다 모두 작은 침대들뿐이군.' 그때 그 남자(그의 휘어진 두 다리는 아주 불안해 보였다)가 말했다.

"이젠 좀 알겠지? 난 이제 내 토끼들에게 빨리 먹이를 줘야겠다. 어두워지면 널 데리러 오마. 어쩌면 한 마리 갖고 올지도 모르지. 작은 놈으로, 네 생각은 어떠니?"

볼프강 보르헤르트

223

위르겐은 폐허 위에 작은 구멍들을 뚫었다. 온통 작은 토끼들뿐이었다. 흰 놈, 회색 빛깔 나는 놈, 흰 회색 빛깔 나는 놈.

"난 쥐들이 정말로 밤에 자는지 모르겠어요."

그는 나직하게 말하면서, 굽은 다리를 쳐다보았다. 그 남자는 허물어진 담을 넘어 길로 나갔다. 그는 그곳에서 말했다.

"물론이지, 너희 선생님은 그것도 알지 못한다면 보따리를 싸야지."

그러자 위르겐이 일어나서 물어보았다.

"제가 토끼 한 마리를 얻을 수 있을까요? 가능하면 흰 놈으로요?"

그 남자는 벌써 사라져가면서 소리쳤다.

"그렇게 해보마. 하지만 넌 여기서 그때까지 기다려야 한다. 그러면 난 너와 함께 집에 갈 거야, 알겠니? 난 네 아버지에게 토끼장을 어떻게 짓는지 말씀드려야 하거든. 너희가 그런 것을 잘 알아야만 하기 때문이란다."

위르겐은 외쳤다.

"예, 기다릴게요. 어두워질 때까지는 계속 지키고 있겠어요. 꼭 기다릴게요."

그러고 나서 그는 또 소리 질렀다.

"우리 집엔 판자도 있어요. 나무판자예요."

그러나 그는 이미 이 말을 더 이상 듣지 못했다. 그는 휘어진 다리로 햇빛을 향해 서둘러 갔다. 해는 벌써 붉은 저녁노을이 되었고, 위르겐은 햇빛이 두 다리 사이로 비치는 것을 볼 수 있었다. 두 다리는 그렇게 휘어 있었다. 그리고 바구니는 혼란스럽게 이리저리 흔들렸다. 토끼풀이 그 안에 들어 있었다. 푸른 토끼풀, 그것은 폐허의 먼지로 조금 회색빛을 띠었다.

전쟁의 폐허와 혼돈에서 피어나는 믿음과 질서

이 이야기는 아홉 살짜리 어린아이와 한 노인의 대화로 구성되었다. 한 어린아이가 전쟁 중에 폭격으로 파괴된 부모의 집 파편 더미 아래에 묻혀 버린 어린 동생을 쥐들로부터 보호하려고 그곳을 지키고 있으면서 그 사실에 대해 말하기를 오랫동안 거부한다. 그런 어린아이의 태도에 직면해 대화 파트너로 등장한 한 노인은 어린아이를 "밤에는 쥐들도 잠을 잔다"는 거짓말로써 그 아이가 처해 있는 혼돈의 세계에서 정상적인 삶으로 인도해 오는 데 성공한다.

이 두 사람 사이의 대화에는 전체의 이야기에 내적 활력을 주는 긴장의 양극성이 성립되어 있다. 그 긴장은 사회적 현실이 구체적으로 설명할 수 없는 어린아이와 노인 관계에서 설명된다. 즉 어린아이가 전쟁으로 인한 폐허의 세계에서 겪는 회의와 불신의 절망적인 현실과 노인이 암시하는 삶의 건전한 질서 위에 근거한 믿음의 세계 사이에 있는 긴장의 양극성이다. 이것이 이야기를 지배한다. 그리고 이 두 세계 사이의 긴장은 시종일관 중요한 문장들에서 상징적으로 나타난다. 이 짧은 이야기의 시작과 끝 문장을 예로 들 수 있다. 첫 문장에서 부서진 집의 창문을 통해 그 집 안의 어둠 속으로 비치는 저녁노을의 주홍빛 햇빛, 그리고 마지막 문장에서 '폐허의 먼지'로 약간 회색빛을 띠고 있는 푸른 토끼풀, 처음과 끝의 이 짧은 두 문장은 어둠과 빛, 그리고 회색과 초록의 색채로 상징된 절망과 희망 사이에서 이루어지는 긴장의 양극성을 나타낸다. 그러면서 어린 위르겐이 존재하는 폐허의 세계에도 태양, 토끼, 풀로 상징되는 우주적·동식물적 자연의 생동력과 풍부한 색채들에서 새로운 생명감이 일깨워지고 또한 현존하고 있음을 말해준다.[23]

파괴된 집의 창문은 하품을 머금고 있고, 부서진 굴뚝과 돌 조각이 흩어져 있는 황야는 '꿈꾸듯이 졸고 있어' 폐허의 경치는 활기 없고 혼란스럽게 전쟁이 남긴 고통의 흔적을 풍기고 있다. 또한 위르겐도 그것에 감염된 것처럼 보인다. 그 역시 지친 나머지 눈을 감는다. 그는 한때 살았던 자기 집의 잔해 옆에서 계속해서 그 속에 묻힌 동생을 쥐로부터 지키고 있기 때문이다. 그때 그는 눈앞이 갑자기 어두워짐을 느끼고 놀란다. 그는 그림자의 주인공을 자신을 붙잡아 갈 경찰로 생각한다. 어떤 위기적 상황에 대한 아무런 사전의 설명도 없이 경찰에 의해 한 범인이 체포된다는 상상에서 우리는 갑자기 긴장된 분위기에 휩싸인다. 그러나 곧 이 긴장은 풀어진다. 예상했던 경찰 대신에 토끼풀이 들어 있는 바구니를 든 휘어진 다리의 한 노인이 나타난다. 이 노인의 출현으로 부모 집의 폐허 속에 갇혀 있는 아홉 살 소년의 정체가 드러나고 두 사람의 대화가 시작된다.

잠을 자고 있느냐는 노인의 첫 질문에 위르겐은 자지 않고 지키고 있노라고 '씩씩하게' 대답한다. 잠을 자지 못하면서 여러 밤과 낮을 그는 돌더미 속에 파묻힌 죽은 동생을 지키고 있다. 부모의 보호도 없이 자기 자신에만 의존한 채 그는 스스로 빵 조각을 먹고, 담배를 말아 피운다. 위르겐은 어린아이답지 않게 자립과 고립 속에 갇혀서 죽은 자의 세계에 빠져 있다. 이런 위르겐의 모습에서 전쟁 및 전후 시대에서 본래의 생활공간을 빼앗긴 어린이들의 전체적 곤경이 간접적으로 표현되고 있다. 이제 노인은 어린 위르겐의 불신을 없애주고, 삶의 자연스러운 질서로 돌아오는 길을 찾게 해주는 한 인간의 모습으로 어린아이 앞에 마주해 있다.

우선 이런 노인의 모습은 두 사람이 만나는 장면과 노인의 휘어진 다리에서 상징적으로 보여진다. 그 노인은 '위에서 더벅머리를 내려다보았다' 그리고 '위르겐은 눈을 깜박이면서 그 남자의 두 다리 사이로 햇빛을 바라본다'. 곧 노인의 휘어진 다리는 햇빛을 받아들이는 폐허가 된 건물의 '움푹 뚫린 창'과 같다. 위르겐은 햇빛을 노인의 휘어진 다리 사이로 본다. 그 노인의 '두 다리는 그렇게 휘어 있다'. 이러한 두 사람 사이의 장면 묘사는 전체 이야기 과정에서 여덟 번이나 반복된다.[24] 그때마다 이 문장들은 대화의 주제를 더욱 깊이 있게 전환시키고 또한 위르겐의 심리적 변화를 나타낸다. 이로써 대립적인 두 인물의 관계가 어떻게 발전할지에 대한 전망이 우리에게 암시된다.

두 인물의 대립성이 질서와 혼돈, 명료함과 혼란 사이의 긴장에서 나타난다. 이 대립성은 다양한 형태로 나타나는데, 우선 그 예로 두 사람의 대화를 들 수 있다. 대화의 목적은 인간과 인간의 관계를 긴장에서 소통의 신뢰로 발전시키는 데 있다. 비록 노인이 대화를 주도하고 있다 해도 이들의 대화는 처음에는 정상적으로 이루어지지 않는다. 노인은 아이와의 대화를 질문으로 열고, 질문을 통해 계속해서 대화를 이끌어간다. 그러나 그의 질문은 대화를 지속하기 위해서만은 아니다. 오히려 위르겐의 마음속으로 계속 파고들어 가기 위해, 그리고 상처 입은 어린 시절을 노출시키기 위해서다. 그런데 그의 질문은 어린 위르겐의 마음을 더욱 경직시킬 뿐이다. "위르겐은 그의 막대기를 꼭 쥐고 주저하면서 말했다." 비록 그가 담배를 말아 피우고, 어른들을 대신해서 어린 동생을 지키기 위해 막대기를 꼭 쥐고 있다 해도 그의 '주저하는' 말씨는 그가 한낱 아홉 살 먹은 어린아이에 불과하다는 것을 말해준다. 그뿐만이 아니다. 순수해야만 하는 그의 어린 시절은 전쟁으로 짓밟히고, 처음에 그가 취했던 완강한 태도는 전쟁의 비극적 사회현실이 그에게 얼마나 큰 영향을 주었는지를 보여준다. 그래서 그는 노인의 계속되는 친절한 질문에 '경멸하듯', 그리고 '대수롭지 않게' 대답한다. 그는 대체로 꼭 필요한 것만을 말하고 왜, 무엇을 지키는지를 오랫동안 고집스럽게 말하지 않는다. 이것이 대화에서 나타난 두 사람의 대립적 관계다.

노인은 포기하지 않고 친절하고 사려 깊은 질문으로 위르겐에게 다가간다. 노인은 처음에 위르겐의 완강한 침묵에 맞서 "바구니 안에 무엇이 들어 있는지 말할 수 없다"는 말로 그의 호기심을 자극하고, 그럼으로써 그의 마음을 열도록 시도한다. 그러나 그의 시도는 원했던 위르겐의 반응을 불러일으키지 못한다. 위르겐은 벌써 폐허 속에서 찾을 수 있는 것은 토끼 먹이밖에 없음을 알고 있기 때문이다. 오히려 이 질문은 그에게 어른들의 단순함을 비웃는 생각을 갖게 할 뿐이다. 그러나 노인의 친절한 접근에 위르겐은 오랫동안 자신 속에 갇혀 있을 수만은 없다. 특히 의미 있는 것은 노인이 위르겐의 닫힌 마음을 여는 데 계산 문제를 이용했다는 것이다. 노인은 질문으로 위르겐이 아홉 살이라는 것을 알게 되고, 그의 나이와 연관해서 9×3의 답을 묻는 계산 문제로 위르겐을 대화로 유도한다.

노인의 질문은 이제 오직 대화를 지속하기 위한 것만은 아니다. 구구법은 수학의 기초이며, 수학은 엄격한 질서의 기본이고 합리적·논리적 사고의 기초다. 따라서 이 질문은 위르겐을 질서의 세계로, 합리적이고 온전한 세계로 인도하는 질문으로서 처음으로 소년의 대답을 이끄는 데 성공한다. 처음에 위르겐은 노인의 질문에 금방 대답하지 못하고 당황한 나머지 시간을 벌기 위해 계산 문제를 확인하려는 듯이 질문한다.

위르겐이 처음으로 스스로 질문한다는 것은 매우 중요한 의미를 갖는다. 이 질문은 내면의 변화를 알리는 위르겐의 첫 반응이기 때문이다. 그가 처음에 경찰로 생각해서 경직되었던 마음의 문이 열리고, 노인의 질문에 비로소 관심을 갖게 된다. 더구나 노인이 스물일곱 마리의 토끼를 가지고 있다는 것을 들었을 때, 그는 놀라서 입을 동그랗게 벌린다. 그것은 어린아이의 천진난만함이 시작하는 순간이다. 이 같은 위르겐의 심리적 변화는 그의 태도만을 바꾼 것이 아니라 언어적 표현의 변화에서도 나타난다. 말하는 방법이 부드러워진다. 그때까지 사용되었던 불완전한 문장, 언어의 거친 표현이 중지된다. 그가 지금까지 대화의 대상자에게 혐오감에서 불손하게 말하고 대답했다면, 그는 이제 관심과 호감을 가지고 겸손하고 올바른 말로 대화한다.

노인은 아이의 심리적 변화를 파악하고, 스물일곱 마리의 토끼를 보러 가자고 위르겐을 초대한다. 비록 아이가 그 초대를 거절했다 해도, 그는 토끼를 보고 싶은 은밀한 바람과 동생을 지켜야 한다는 의무 사이의 갈등 속에서 혹시나 초대에 응할 수 있는 어떤 다른 방법이 없을까 해서 대화를 더 계속하고 싶은 욕망을 나타낸다. 소년은 처음에 거칠게 대답한다. 그러나 처음의 무뚝뚝한 소리는 사라지고 동생을 꼭 지킬 수밖에 없는 자신의 불가피한 처지에 대한 호소로 바뀐다.

보르헤르트는 인간적 감정의 모든 척도를 나타내는 특징적인 단어들을 사용해 위르겐의 심리적 변화 과정을 대가답게 표현한다. 위르겐은 처음엔 '씩씩하게', '경멸하듯', '대수롭지 않게' 말했으나, 이젠 '불확실하게',

'주저하면서', 결국엔 '슬프게' 점점 더 작아지는 목소리로 말한다. 비록 위르겐이 막대기를 꼭 잡고 동생을 지키고 담배를 말아 피우는 등 어른스러운 행동을 한다 해도 그의 내면에는 아직 어린이다운 천진난만함과 보호받고자 하는 본능이 잠재해 있다. 그는 급기야 처음으로 경직된 태도에서 벗어나 자발적으로 자기 의견을 말하게 되고, 노인에게 자신의 신뢰감을 보여준다. 노인은 비로소 위르겐의 경직된 태도가 바로 땅 속에서 죽은 사람들을 먹고 산다는 쥐들 때문이라는 것을 알게 된다. 그래서 노인은 '밤에는 쥐들도 잠을 잔다'는 불가피한 거짓말로써 아이에게서 쥐와 밤에 대한 걱정을 없애준다.

불가피한 상황에서 선으로 향하는 거짓말은 상징적 의미에서 진실하다. 노인의 거짓말이 소년의 걱정을 없애주고 그를 신뢰의 세계로 인도할 수 있는 변화를 일으킨다면, 그 거짓말은 진실의 가치를 지닌다.

위르겐의 변화는 그의 행동에서 처음으로 나타난다. 위르겐은 그의 막대기로 폐허 위에 작은 구멍들을 만들었다. 처음에 그것들은 그에게 쥐들의 침대로 생각되었다. 그는 아직 경직된 자신으로부터 벗어나지 못하고 내면의 갈등을 보여준다. 그러나 어린 토끼 한 마리를 줄 수도 있다는 노인의 말은 소년의 마음에 큰 변화를 불러일으킨다. 다시 말해서 노인과 말할 때도 작은 구멍들을 파는 아이의 행동은 계속된다. 그러나 그 구멍들은 더 이상 '쥐들의 침대'가 아니라 순수한 침대로 보였고, 결국엔 '온통 작은 토끼들'의 침대로 바뀌었다. 그럼에도 그는 회의에서 완전히 벗어나지 못한 채 '쥐들이 정말로 밤에 자는지' 묻는다.

이 질문은 위르겐의 큰 변화를 말해준다. 그는 이제 다른 사람에게 속마음을 털어놓을 정도에 이르게 되었고, 대화를 계속하길 원하고, 조금 전까지만 해도 동생과 함께 홀로 있고 싶어 했던 그곳에 홀로 있으려 하지 않는다. 토끼들은 처음으로 위르겐을 경직된 태도에서 풀어주는 동물이며, 쥐들은 그의 경직된 태도를 불러일으키는 동물이다. 그리고 노인은 살아 있는 것을, 즉 그의 토끼들을 가지고 있고, 소년은 죽은 동생을 가지고 있다. 구멍과 침대, 쥐들과 토끼들, 어둠과 빛, 죽음과 생명, 동생에 대한 어른스러운 책임과 가정적 보호를 동경하는 천진스러운 감정, 이렇게 양극적인 유형들에서 보르헤르트의 특징적인 대조법이 나타나며, 여기서 그의 짧은 산문의 예술성이 증명된다.[25]

이미 위에서 말했듯이 노인의 중요한 역할은 위르겐과 처음 만날 때부터 지도와 순종의 관계에서 암시되고 있다. 아무리 위르겐이 반항적인 태도를 보인다 해도 그는 위에서 내려다보는 노인의 우위를 넘어설 수 없다. 더구나 노인은 질문으로 어린아이의 관심을 유발시키고, 계산 문제로 합리적 생각을 일깨운다. 이런 노인의 모습은 아이들을 가르치는 선생의 모습을 연상시키며, 나아가 그의 거짓말은 교육적 목적을 추구하는 수단으로서 노인의 위상이 평범한 선생을 넘어선 것처럼 보이게 한다. 참교육을 위한 방법과 수단을 모르는 선생은 보따리를 싸야 한다는 것이다. 노인은 불가피한 거짓말로써 선생의 권위를 제압하기에 이른다.

좋은 결말을 향한 결정적인 전환이 시작된다. 잠의 동기가 처음과는 달리 새롭게 떠오른다. 어린 동생을 지키기 위해 밤에 자지 않고 깨어 있어야 하는 필연성은 그 의미를 상실한다. 위르겐의 목소리는 작아졌고, 아주 피곤해 보인다. 인간은 피로할 때면 휴식을 원한다. 쉴 수 있고 잠을 잘 수 있는 가정의 안전과 보호에 대한 동경이 그를 사로잡는다. 이 동경으로 폐허와 쥐들에 의한 어린아이의 혹독한 현실이 구축된다. 폐허에 구멍을 파는 그의 동작은 계속 반복되지만, 이제 그 '작은 구멍들'은 온통 토끼들의 작은 침대들로 보일 뿐이다. 이미 계산 문제에 대한 질문을 통해서 위르겐은 자연스럽게 학교생활과 연계된다. 이런 사실들은 어린 위르겐이 전쟁으로 인한 경직 상태에서 풀려나 노인(인간)에 대한 신뢰와 어린애다운 삶이 있는 세계로 돌아갈 수 있다는 것에 대한 증거다. 그는 토끼를 갖고 싶어 한다. 그리고 토끼집을 만들고 토끼를 키우며 놀기를 원한다. 드디어 위르겐은 죽은 것과의 유희가 아니라 살아 있는 것과의 유희를 시작한다. 어린애다운 존재의 세 가지 주요 요소들, 즉 가정, 학교, 놀이는 위르겐에게 생각을 불러일으키고 움직이게 하는 힘이 되고, 이로써 이 길 잃은 소년은 자신에 알맞은 세계로 되돌아가는 데 성공한다.[26] 위르겐은 비로소 죽음의 세계에서 생명의 세계로, 폐허와 혼돈에서 믿음과 질서의 세계로 돌아올 수 있게 된다.

잿빛으로 물든 폐허의 전경, 주홍색의 저녁노을 그리고 흰색과 회색 빛깔의 토끼들, 푸른 풀 등, 색채는 사물과 인물에 암시적으로 의미를 부여한다. 즉 흰 토끼 한 마리를 가져다주길 바랐던 위르겐의 소원에서도 그에게서 일어난 변화가 보이고 있다. 흰색은 위르겐이 순진한 어린이의 세계로 돌아왔음을 암시해준다. 폐허의 세계에서도 모든 것이 잿빛만은 아니다. 토끼풀이 '폐허의 먼지로 조금 회색빛을 띠었다' 해도, 그 속은 푸른색이며, 생명의 색채를 나타낸다. 이 세상에는 폐허와 파괴에서도 생명이 존재한다는 것을 보여주고 있다.

끝으로 위르겐은 돌아가는 노인을 향해 동생을 어두워질 때까지는 계속 지키면서 꼭 기다리겠다고 반복해서 외친다. 그리고 집엔 토끼집을 지을 수 있는 나무판자도 있다고 소리친다. 이미 대화가 끝난 후에도 반복된 위르겐의 외침은 보르헤르트의 방송극《문밖에서》의 주인공인 베크만 하사의 외침과는 다른 특별한 의미를 갖는다. 베크만 하사는 전후에 집으로 돌아가지만 귀향병들을 위한 안식처가 더 이상 존재하지 않는 비참한 현실에 직면한다. 그는 자신의 상관인 대령에게 전사한 군인들에 대한 책임을 묻기 위해 다리를 절며 파괴된 고향으로 돌아오지만 책임을 져야 할 자들은 마치 아무 일도 없었던 것처럼 책임을 회피하고 무관심하게 그들의 일을 계속하고 있음을 목격하고 절망적으로 외친다.

우리가 다 컸을 때 그들은 우리를 위해 전쟁을 생각해냈어. (⋯) 그러고 나서 마침내 전쟁이 났지. 그러고는 우리를 전쟁터로 보냈지. (⋯) 그런데 지금은 아무도 우릴 파병하지 않았대. 아니래, 누구도. 이제 그들은 모두가 문 뒤에 앉아 있어. 문을 굳게 걸어 잠그고. 그리고 우린 문밖에 서 있어. (⋯) 이렇게 그들은 우릴 배반했어. 이렇게 지독하게 배반했어.[27]

그들이 머물 곳은 한밤중에 비 내리는 거리이고 집 밖인 것이다. 전쟁의 기억과, 명령에 따라 부하들을 어쩔 수 없이 죽음으로 이끌어갔다는 죄의식으로 인하여 베크만 하사는 자포자기에 빠져 문밖에서 죽어간다. 전쟁, 파괴, 부패의 세계가 보르헤르트의 간결하고 짧은 문장들을 통해서 가차없이 폭로되고 있다는 점은 같다 해도, 베크만 하사의 외침에는 긍정적인 것이, 즉 새로운 인생과 사회의 창조에 대한 희망과 '이웃에 대한 긍정이 결여되어 있다. 베크만 하사의 헛된 귀환과는 달리 위르겐은 인간으로 돌아간다. 위르겐의 외침은 어린아이의 혼란된 마음이 안전한 가정의 보호 속으로, 정상적인 건전한 사회생활로 되돌아왔다는 확실한 변화의 표시이

며 동시에 전쟁의 폐허와 혼돈에서 피어나는 믿음과 질서의 미래 세계에
대한 희망의 표현이기도 하다.

전쟁의 폐허 속에서 시작하고 끝나는 이 이야기는 표면적으로 보았을
때 아무것도 달라진 것이 없다. 더 정확히 말해서 서술된 폐허의 경치, 문
장과 언어의 형태들은 거의 변하지 않았다. 변화는 다만 상반된 대화의 긴
장에서 소통의 신뢰로 발전해가는 과정에서 암시적으로, 또는 상징적으로
나타날 뿐이다. 위르겐과 노인으로 상징된 실제 사회계층 간의 대립들이
이 이야기의 줄거리에 긴장을 주지만, 그 긴장은 사회적 현실만으로는 구
체적으로 설명할 수 없는, 다시 말해서 작가에 의해 문학적으로 승화된 아
이와 노인 관계에서 새롭게 설명된다. 보르헤르트는 이 두 사람의 관계를
통해서 전후의 독일사회에 미래에 대한 작가의 비전을 제시하고 있다. 이
이야기의 끝 문장이 이것을 말해준다.

태양을 향해 가는 노인의 동작은 역동적이다. 폐허 위를 비추는 태양과
회색 먼지 속의 푸른 풀은 희망의 징후다. 여기에 미래에 대한 작가의 비
전이 나타나 있다. 그것은 전후에 여전히 잔존하는 인간과 사회의 폐쇄성
을 극복하고 점점 더 신뢰와 소통의 안정된 사회로 발전하기 위한 도덕적
에너지를 활성화해야 한다는 것이다. 따라서 이 작품은 전쟁의 폐허에서
벗어나기 위해 조심스러운 첫걸음을 막 내딛으려고 하는 사람들에게, 특
히 젊은 세대에게, 과거에 대한 가차 없는 부정과 동시에 정신적 삶의 개
선과 새로운 사회의 건설을 호소한다. 이런 맥락에서 볼프강 보르헤르트
는 전후 독일의 많은 젊은이들의 생각과 느낌을 표현하는 데 성공한다. 그
리고 이 작품은 시간과 공간을 넘어서 오늘을 사는 모든 젊은이들에게도
삶에 대한 희망과 용기를 주고 있다.

05

인간과 사회를 위한 투쟁으로서의 문학

베르톨트 브레히트
Bertolt Brecht

1898~1956

"역사의식이 담긴 달력 이야기는 민중을 위한 세계의 선구자다."

Bertolt Brecht

베르톨트 브레히트는 1898년 2월 10일에 독일 바이에른주 아우크스부르크의 한 제지공장 지배인의 가정에서 태어나 유복하게 성장했다. 그는 1908년부터 1917년까지 아우크스부르크의 레알 김나지움에서 아비투어를 마치고, 스무 살 되던 1918년에 아버지의 소망에 따라 뮌헨에서 의학을 공부했고, 잠시 동안 위생병으로 근무했다. 그러나 그는 이미 김나지움 시절에 작가적 재능을 보여주었고, 대학에서 문학과 예술에 관심을 보이며 그 분야의 강의를 들었을 뿐만 아니라 기타를 배우고 연극이론과 실제에서 경험을 쌓아갔다. 마침내 그는 1921년에 의학공부를 중단하고 그 당시의 이름 있는 작가들과 교류하면서 문학 활동을 시작했다.

브레히트 연구는 그의 문학적 생애를 대체로 3단계로 분류한다. 그 첫 단계는 1913년부터 1926년까지, 즉 카를 마르크스를 접하기 전까지 '주관주의적·개인주의적·허무주의적·무정부주의적' 사고가 그의 문학을 지배했던 시기이고, 제2단계는 1931년 또는 그가 망명길에 오르기 시작한

1933년까지의 시기로서, 마르크스 이론에 근거해서 '객관주의적·교육적' 경향을 보여준 시기이며, 주로 학습극이 주류를 이룬다. 제3단계는 1956년에 그가 사망할 때까지의 시기로서, 마르크스의 변증법에 근거해서 앞의 두 단계의 경향이 '성숙한 합'으로 이루어진다. 동독 학자들에 의해 연구된 이 3단계 이론은 1, 2단계를 3단계에 도달하기 위한 습작기로 보아 이 시기의 연구가 소홀했다는 점이 지적되고 있다. 이 같은 결점은 라이너 슈타인베크와 얀 크노프가 각 시기의 고유한 특성을 연구함으로써 극복되었다.

1914년에 발발한 제1차 세계대전은 브레히트에게 큰 영향을 주었다. 그는 일찍이 자신의 주변세계를 불신했다. 이미 김나지움 학생일 때 "조국을 위해 죽는 일은 감미롭고 사랑스러운 일이다"라는 호라스의 말을 학교 작문에서 선전이라고 하여 1915년에 학교에서 퇴학을 당할 뻔하였다. 젊은 의학도였던 브레히트는 야전병원에서 위생병으로 근무하면서 전쟁으로 인한 살인과 죽음의 공포를 체험했으며 동시에 제국주의 전쟁에 대한 충격과 혐오를 느꼈다. 그는 젊은 지식인으로서 전쟁을 운명적인 자연사건이 아니라 인간에 의해 의식적으로 일어난 사건으로 바라보고 인도주의적 사고에서 전쟁의 뒤에 숨어 맹위를 떨치는 무서운 힘에 대해 관심을 갖기 시작했다. 전쟁에 책임이 있는 위선적인 시민생활과 유복한 부모에 대한 반항심에서 브레히트는 더 이상 내적인 안정을 찾지 못한 채 시민사회의 밖에 있을 수밖에 없었다. 야전병원의 경험에서 쓴 시 〈죽은 병사의 전설Legende vom toten Soldaten〉(1918)[1]에서 그는 자신이 시민사회에 대한 조소적이고 풍자적인 비판자임을 보여주었다.

1918년까지 계속된 제1차 세계대전에서 브레히트는 그가 성장했던 세계의 붕괴를 체험했고, 자신이 교육받았던 휴머니즘과 이성에 기초한 시민계급사회에서 개인의 위대성과 정체성은 위기에 빠져들었다. 20세기에 발전한 산업자본주의 사회는 인간을 기계화 내지 물物화시킴으로써 역사발전의 주체로서 여겨왔던 개체로서의 존재적 기반을 흔들어놓았다. 그는 전쟁과 시민사회의 변화에서 실망과 반항의 감정을 느끼면서도 그 문제들을 정확히 이해하지 못한 채 그의 문학에서 무정부주의적 허무주의에 빠져들었다. 이러한 자신의 현실 인식을 바탕으로 쓴 첫 번째 작품이 브레히트가 1919년에 쓴 희곡《바알Baal》이다.

이 희곡은 전쟁에 책임이 있는 시민사회와 물질만능적 생활양식에 대한 브레히트의 반항적 표현이었다. 이 같은 '주관주의적·개인주의적·허무주의적·무정부주의적' 사고는 그가 카를 마르크스의 자본론을 탐독하면서 마르크스 사상을 연구하기 시작한 1926년 이전까지 그의 문학을 지배했고, 이 시기의 작품들을 '바알 유형'이라 불렀다.[2]《한밤의 북소리Trommeln in der Nacht》(1919),《도시의 정글 속에서Im Dickicht der Städte》(1921~1922),《남자는 남자다Mann ist Mann》(1924)는 이 시기에 속하는 작품들이다.

1924년에 브레히트는 자신의 문학 활동무대를 유럽의 대도시인 베를린으로 옮겼다. 그곳에서 그는 패전 이후에 닥친 정치적 불안과 경제적 빈곤이 지배하는 사회적 혼란을 겪지 않을 수 없었다. 이 사회적 혼돈과 참상의 배후에서 작용하는 무서운 힘이 자본주의 경제체제라는 것을 예감할 수 있었으나, 그 체제를 깊이 있게 이해하지 못했고, 그것을 극복하고 개혁할 수 있는 이론적·이념적 가능성을 찾지도 못했다. 다만 개인의 갈등문제를 주로 다루는 전통적인 연극미학으로는 현실의 문제들을 형상화할 수 없다는 것을 알았기 때문에 그는 한동안 한편의 드라마도 쓸 수 없었다.[3]

브레히트는 1926년에 마르크스 자본론에 심취한 이후 비로소 이 난관을 극복하고 작품을 다시 쓸 수 있게 되었다. 이제 브레히트는 마르크스주의자가 되어 새로운 세계관에서 처음으로 1928년에 《서푼짜리 오페라Die Dreigroschenoper》를 썼고, 이어서 1929년에 《마하고니 시의 흥망성쇠Aufstieg und Fall der Stadt Mahagonny》를 발표했다. 그는 이 두 극작품에서 자본주의 사회를 고용과 착취의 세계로, 시민사회의 질서를 약탈의 질서로 풍자하고, 황금만능주의에서 타락의 수렁으로 빠져든 자본주의의 대도시 사회를 폭로하고 비판했다. 이 두 작품은 오페라 장르로 구성되었으며 브레히트의 학습극과 서사극의 시초를 알리고 있다는 데서 중요한 의미를 지닌다. 그는 계속해서 《도살장의 성 요한나Heilige Johanna der Schlachthöfe》, 《둥근 머리와 뾰쪽 머리Die Rundköpfe und die Spitzköpfe》(1932~1934)를 발표했다.

브레히트는 마르크스주의를 연구하면서 자본주의에 대한 비판과 사회개혁을 위해 극작품의 내용과 형식의 변화가 필요하다는 것을 인식하게 되었으나, 아직 노동세계와 노동자계급에 대한 깊은 인식이 없는 상태에서 자본주의의 구조적 모순을 비판할 수 없는 과도기적 상태에 있었다. 즉 에른스트 슈마허가 지적하고 있듯이, 브레히트는 자본주의 체제에서 일어나는 빈부의 격심한 차이, 그것으로 인한 불행이나 범죄를 올바로 보았을지 모르지만, 그 근원을 파악하지 못했기 때문에 그의 비판은 단순히 현상들에 머물러 있었으며, 그래서 가난한 사람들에게 무엇인가 먹을 것을 주는 유산계급에 호소하는 사회개혁자가 되었다.[4]

브레히트는 사회개혁을 위한 새로운 연극 형식을 만들었다. 그것은 전통적인 연극 형식을 파괴하는 소위 서사극이다. 서사극에 대한 브레히트의 개념은 문학적 장르와 관객의 적극적인 참여의 결합으로 이해할 수 있다.

아리스토텔레스의 연극이론에 의한 전통적 연극에서는 무대 위의 인물과 관객이 일치해서 동정과 카타르시스를 일으키는 것과 달리, 브레히트는 관객의 비판을 일깨우고 경험을 강요하는 새로운 극 형식을 시도한다. 이 것이 20세기의 연극사에 큰 변화를 가져온 서사극이다. 서사극은 관객들을 관찰자로 만들고 그들에게 무대 위의 사건을 우리 삶의 한 예로서 객관적으로 보여주어 관객들에게 감정보다 오히려 논증과 비판을 불러일으키고, 무엇이 변할 수 있고 변해야만 하는가를 보여준다. 배우는 연극의 어떤 인물과 자기를 동일시하지 않고 그 인물을 제시한다. 변증법적 투쟁은 관객들에게 판단력을 가질 것을 요구한다. 장면은 법정이 되고, 사건은 비유와 본보기가 되며, 극은 옳고 그른 행동의 실험적 증명이 된다. 그럼으로써 연극은 관객의 분석적 이성에 호소하고, 연극의 환상을 파괴하는, 그래서 새로운 이해를 일깨우는 소위 '기이화奇異化 효과'를 일으킨다.

아리스토텔레스적 전통 연극에 대한 브레히트의 개혁 시도는 실험성이 강한 학습극이란 또 다른 새로운 장르를 만들어냈다. 1926년부터 1933년에 그가 망명하기까지의 학습극은 이름 그대로 인간의 학습을 통한 사회개혁을 목적으로 한다. 그러나 전통 연극에 비해 규모가 작고 등장인물들이 적은 실험극이었다. 서사극에서 연극의 생산자와 소비자 사이의 관계가 연기자 대 관객이라는 대립적 체계라면, 학습극은 연기자와 연구자가 일치한다는 데서 차이가 있다. 즉 관객이 필요 없는 연극으로 학생이 배우가 되고, 배우가 관객이 된다. 1930년 6월에 발표한 《린드버그들의 비행Der Flug der Lindberghs》은 최초의 라디오 학습극이 되었다. 《동의에 관한 바덴의 학습극Badener Lehrstück vom Einverständnis》(1929), 《긍정자와 부정자Der Jasager und der Neinsager》(1929~1930), 《조처Die Maßnahme》(1930), 《어머니Die

Mutter》(1931)는 브레히트의 대표적인 학습극들이다. 이 희곡이 교육의 목표로 삼고 있는 것은, 학생들이 직접 연기하고 관람함으로써 이 희곡이 그들에게 어떤 중요한 생각을 전달할 뿐만 아니라 배움과 즐김을 동시에 준다는 것이다.[5]

1933년 히틀러가 집권하면서 좌파 지식인들은 망명길에 올랐다. 브레히트는 그해 4월에 발생한 제국 의사당 방화사건을 계기로 독일을 떠나야만 했다. 그는 우선 빈으로 갔고, 그리고 스위스로, 그 후엔 프랑스, 덴마크(1933~1939)로 망명했다. 1939년에 나치스의 폴란드 침략으로 시작된 제2차 세계대전의 전운 속에서 그는 스웨덴과 핀란드로 갔다. 그는 스웨덴의 스벤보르에서 《제3제국의 공포와 비참 Furcht und Elend des Dritten Reiches》(1937), 《칠거지악 Die Sieben Todessünden》 외에 많은 드라마와 《스벤보르 시들 Svendborger Gedichte》을 썼다. 그는 1940년에 핀란드에서 《주인 푼틸라와 그의 하인 마티 Herr Puntila und sein Knecht Matti》를 완성했다.

브레히트는 1941년에 소련을 거쳐 미국의 로스앤젤레스로 망명했다. 그곳에서 그는 《갈릴레이의 생애 Leben des Galilei》(1938), 《사천의 선인 Der gute Mensch von Sezuan》(1938~1939), 《루쿨루스의 청문 Das Verhör des Lukullus》(1938), 《억척어멈과 그 자식들 Mutter Courage und ihre Kinder》, 《시몬 마샤르의 환상들 Die Gesichte der Simone Machard》(1941~1943), 《제2차 세계대전 중의 슈베이크 Schweyk im Zweiten Weltkrieg》(1943)와 《코카서스의 백묵원 Der kaukasische Kreidekreis》(1944~1945)과 같은 대표작들을 발표했다.

그 후에 브레히트는 1947년 10월 30일 반미활동 청문회에서 자신의 공산주의적 성향과 전력에 대해 심문을 받았다. 그는 즉시 그다음 날 망명시절에 창작한 많은 극작품들을 가지고 취리히로 돌아왔고, 1948년에 소련 점령구역의 베를린으로 이주했다. 지난날 노동자 문화운동의 중심지였고, 이제 또 반파쇼, 민주문화의 출발지가 되어야 할 이 도시에 브레히트는 극장을 만들 결심을 굳게 한다. 그래서 그는 그의 부인이며 배우인 헬레네 바이겔과 함께 1949년 7월에 베를린 앙상블을 창립했다. 《주인 푼틸라와 그의 하인 마티》가 초연작품으로 1949년 가을 무대에 올려졌다. 베를린 앙상블은 그가 죽기 전까지 그에게 세계적인 명성을 부여했을 뿐만 아니라, 근대 음악극과 그의 작곡가들, 각본 작가들 그리고 연출가들에게 큰 영향을 주었다. 동독사회를 비판하는 브레히트와 동독 정부와의 문화적·정치적 갈등에도 불구하고 그는 일등 민족공로상과 국제 스탈린평화상을 받았으며, 1954년에는 독일 예술아카데미의 부회장으로 부임했다. 그는 1956년에 《코카서스의 백묵원》의 영국 공연을 준비하는 도중에 심장마비로 사망하여 헤겔의 묘가 있는 베를린의 도로테아 공동묘지에 안장되었다.[6]

위에서 설명한 브레히트의 문학적 생애가 말해주듯이 그가 극작가, 연출가, 무대예술의 이론가로서 드라마 창작에 주력했음은 부인할 수 없다. 그는 극작가나 시인으로 워낙 유명했기 때문에 그의 산문작품들은 크게 주목받지 못했다. 실제로 그가 극작활동이 힘들어진 망명 시기에 밥벌이를 위해 산문을 썼다는 것, 그리고 망명생활 이후에는 산문창작에 거의 손을 대지 않았다는 것이 이런 사실을 뒷받침해준다. 브레히트 자신도 산문보다는 드라마를 사회개혁을 위한 인식과 교육에 더 적합한 장르로 보았기 때문에, 산문은 드라마 창작 이전의 습작으로 남아 있거나 드라마로 개작되기도 했다. 예를 들면, 추리소설 형식의 《서푼짜리 소설Der Dreigroschenroman》은 음악극 형식의 《서푼짜리 오페라》가 되었고, 앞으로 다룰 달력 이야기 《아우크스부르크의 백묵원》은 《코카서스의 백묵원》이란 희곡으로 개작되었다.

그러나 그는 드라마와 서정시 외에도 풍자와 비유, 달력 이야기, 단편소설, 서한문 등 많은 산문작품을 썼다. 중요한 것은 이 산문들에도 그가 드라마에서 보여주었던 문학적 개혁 의지가 충분히 반영되고 있다는 것이다. 이런 의미에서 그는 짧고 교훈적이며 사실적이고 민중적인 달력 이야기를 가장 선호했기 때문에, 이 분야에서 처음으로 이것을 문학적 수준으로 올린 요한 페터 헤벨과 함께 독일 문학에서 큰 위치를 차지하고 있다. 전후의 혼란한 시기에 그가 귀국하여 베를린에서 처음으로 발표한 작품이 헤벨과 자신의 달력 이야기 모음집이었다. 그는 달력 이야기란 장르 자체가 지닌 특성 때문에 독자의 논리적·비판적 생각을 자극하여 사회개혁의 투쟁의식을 불러일으키는 데 다른 문학 형식에 못지않은 가능성이 있다는 것을 알고 있었기 때문이다.

마르틴 루터가 민중성에 관심을 가지고 찬송가를 민중의 언어로 만들어 종교개혁에 성공했듯이, 브레히트는 달력 이야기에서도 민중성이 역사적 사회현실의 모순들을 추구하고 비판하는 중심적 역할을 한다고 보았다. 브레히트의 민중성에 대한 욕구는 질풍노도 시대의 사회비판적 작가들의 민중성에 대한 욕구와 일치했다. 점점 커져가는 세계대전의 참혹한 야만상태에서 기대할 수 있는 유일한 것은 바로 그 야만상태로 인해 고통당하고 괴로워하는 민중이라고 브레히트는 생각했다. 게다가 민중적인 것은 광범위한 대중에게 쉽게 이해되고 공감될 수 있기 때문에, 그에게 민중을 지향하는 것은 그 어느 때보다도 중요했다. 그래서 브레히트는 파시즘에 맞선 투쟁에서 문학적 관습에 사로잡히지 않은 채 민중의 언어와 표현 형식을 받아들인 새로운 문학적 기법으로 사회개혁을 위한 자신의 환상, 독창성, 유머, 상상력 등을 펼칠 수 있었다. 그의 산문들은 사회적 현실의 모순을 변증법적으로 인식시키고 표현하는 데 있어서는 드라마보다 더 직접적이고 사실적으로 표현할 수 있는 수단이었다. 바로 짧고 교육적이며 민중적인 달력 이야기들과 질의응답 형식으로 구성된《코이너 씨의 이야기들Geschichten von Herrn Keuner》가 그 대표적인 예다.

앞으로 연구대상으로 삼은 작품들도 그의 달력 이야기에서 발췌한 것들이다. 문학작품들에서 브레히트는 교육자로서, 문학을 나치에 대한 투쟁의 무기로 사용한 투사로서, 그리고 사회주의 사회의 건설을 위한 개혁자로서 반영하고 있다. 그는 괴테에 버금가는 근대 독일문학의 고전주의 작가임이 분명하다.

《라 시오타의 병사》
Der Soldat von La Ciotat

제1차 세계대전 후에 우리는 남 프랑스의 작은 항구도시 라 시오타에서 배의 진수를 축하하기 위한 대목장이 섰던 어떤 공공장소에서 한 프랑스 군 병사의 청동색 입상을 보았다. 그 주위엔 많은 사람이 몰려들었다. 우리는 더 가까이 다가갔고, 그리고 그것이 살아 있는 사람이라는 것을 알았다. 그는 그곳에서 흑갈색의 외투를 입고, 머리엔 철모를 쓰고, 손엔 총검을 든 채 뜨거운 유월의 햇볕 속에서 돌 받침대 위에 움직이지 않고 서 있었다. 그의 얼굴과 두 손은 청동색 도료로 칠해져 있었다. 그는 어떤 근육도 움직이지 않았고, 속눈썹 하나 까딱하지 않았다.

그의 발아래에는 한쪽의 판지가 받침대에 기대어 세워져 있었는데, 그 위에서 다음과 같은 구절을 읽을 수 있었다.

입상 인간

(인간 입상)

나, (…) 연대의 병사, 찰스 루이 프랑샤르는 베르둔 교외에서 매몰되었던 후유증으로 완전히 움직이지 않는 상태에서 마음대로 오랜 시간 동안 입상처럼 꼿꼿이 서 있는 비상한 능력을 얻었습니다. 나의 이 재능은 많은 교수들에 의해 시험되었고, 설명할 수 없는 병으로 진단받았습니다. 일자리 없는 한 가장에게 제발 작은 적선을 베풀어주십시오!

우리는 이 판지 옆에 있는 접시에 동전 한 닢을 던지고 머리를 내저으면서 계속 갔다. 그러니까 여기에 완전무장을 하고 그가 서 있다고 우리는 생각했다. 수천 년의 끈질긴 병사가, 역사를 만들어냈던 그가, 우리가 교과서에서 읽는 알렉산더, 카이사르, 나폴레옹의 모든 위대한 행위들을 가능하게 했던 그가 서 있다고 생각했다. 그것이 그 남자다. 그는 속눈썹 하나 까딱하지 않는다. 그것은 키로스[7]의 궁수이고, 사막의 모래가 끝내 묻을 수 없었던 캄비세스[8]의 전차 기수이며, 카이사르 군단의 병사이고, 칭기즈칸의 창기병이며, 루드비히 14세와 나폴레옹 1세의 스위스인 근위병이다. 파괴의 상상할 수 없는 모든 도구들이 그에게서 실험될 때, 그는 결코 그렇게 대범하지 않지만 아무런 내색도 하지 않는 능력을 가지고 있다. 사람들이 그를 죽음으로 보낼 때, (그는 말한다) 그는 돌처럼 무감각하게 머물러 있다는 것이다. 석기, 청동기, 철기의 상이한 시대들의 창에 찔리고, 전차들에, 아르탁세르세스[9]의 전차들과 루덴도르프[10]의 전차들에 치이고, 한니발의 코끼리들과 아틸라[11]의 기병대에 의해 짓밟히고, 여러 세기를 거쳐 점점 더 완벽해지는 화포들의 날아가는 금속 조각들에 의해, 그러나 또한 투석기의 날아가는 돌들에 의해 박살나고, 비둘기 알처럼 크고 벌처럼 작은 소총 탄환들에 의해 갈기갈기 찢겨져서 그는 끈질기게, 언제나 새롭게 서 있다. 그는 여러 가지 언어로 명령을 받지만, 왜 그리고 무엇을 위한 것인지 언제나 알지 못한다. 미장이가 자신이 지은 집에서 살지 않듯이, 그가 정복했던 영토를 그는 소유하지 못했다. 그가 방어했던 땅은 조금은 아직 그의 것이었다. 그의 무기나 제복은 결코 그의 것이 아니다. 그러나 그는 서 있다. 그의 위에는 비행기들의 죽음의 비와 도시 외벽의 불타는 송진, 그의 아래에는 지뢰와 함정, 그의 주변에는 페스트와 황색 십자가 표시의 독가스, 투창과 화살을 위한 두꺼운 화살통, 과녁, 탱크의 진흙, 가스버너, 그의 앞에는 적들 그리고 그의 뒤에는 장군! 그에게 갑옷을 짜주고, 투구를 두들겨 만들고 장화를 재단했던 헤아릴 수 없는 손들! 그에 의해서 채워졌던 헤아릴 수 없는 주머니들! 세계의 모든 언어로 그를 격려했던 헤아릴 수 없이 많은 외침들! 그를, 치유할 수 없는 무감각의 병으로 기진맥진하여 인내의 무서운 나병에 걸려 있는 그를 축복하지 않은 신은 없었다! 그에게 이 병을, 무서운, 전대미문의, 그렇게 지나치게 전염되는 이 병을 일으키게 한 매몰埋沒은 어떤 것일까? 하고 우리는 생각했다. 도대체 그 병은 치유될 수 없는 것일까? 우리는 자문해본다.

물질적 도구가 된 인간과 그 병폐를 비판한다

《라 시오타의 병사》는 모스크바에서 1937년에《국제 문학Internationale Literatur》제2권에《인간 입상L'homme statue》이라는 제목으로 처음 발표되었다. 브레히트는 1928년, 1930년 그리고 1931년에 일 때문에 남부 프랑스 지방에 있는 라 라브나두에 머물렀을 때, 마르세유와 툴롱 사이에 있는 작은 항구 도시인 라 시오타에서 실제로 체험한 사건을 이 작품의 소재로 삼은 것으로 추측된다. 이 작품을 쓰게 된 직접적인 동기는 1935년 10월 5일자의 신문보도였다. 그것은 무솔리니가 식민지 획득을 위해 아비시니아로 진군하기 직전에 홍해에 있는 에티오피아 지방의 에리테리아에 주둔한 이탈리아군에 대한 기사였다. 그때 쓴 초안의 제목은《9월 27일Der 27, September》이었고, 그 후에《설명할 수 없는 병Eine unerklärliche Krankheit》또는《라 시오타의 포아뤼Der Poilu von La Ciotat》[12]였다. 처음 원고엔 라 시오타의 대목장의 체험이 자세히 묘사되었으나 브레히트 본래의 문학적 의도에 따라서 후일의《라 시오타의 병사》의 원고에서는 대부분 삭제되었다.[13]

여류작가이며 언론인인 엘리자베트 카스토니어의 짧은 이야기《다시 시작할 수 있다Es kann wieder losgehen》는 브레히트의 이 작품에 또 다른 자료의 출처로서 영향을 주었을지도 모른다. 그녀는 이 작품을 한 풍자적인 주간지에 발표했다. 거기엔 청동색 물감을 칠한 한 병사가 대목장의 작은 상점들 사이에서 상자 위에 움직이지 않고 서 있고, 그의 가슴에 있는 표지판에는 "심한 복부총상, 가스 중독됨, 일할 수 없음. 정부가 살 수 있게 충분히 주지 않기 때문에 여기에 청동 인간으로 서 있습니다. 적선해주십시오"라고 쓰여 있다. 카스토니어는 최근의 군비확충, 무기개발, 무기거래 이윤 등을 위한 노력들을 반어적·조롱적 의미로 풍자하기 위해 표지판을 사용했다. 소재 면에서 브레히트와의 유사성이 분명하다.[14]

《라 시오타의 병사》는 형식과 내용에서 두 부분으로 확연히 분리된다. 앞부분은 한 입상 인간의 생생한 모습과 그렇게 된 체험에 대한 구체적인 묘사이고, "우리는 (…) 생각했다"로 시작해서 "우리는 자문해본다"로 끝나는 뒷부분은 관찰자의 입장에서 가질 수 있는 생각과 해설, 확인과 비평, 그리고 체험에 대한 숙고다. 즉 이야기의 형식 및 내용상의 이등분은 한 병사의 체험에서 관찰자들(혹은 독자들)의 인식으로 이월되는 이 이야기의 구조적 특징이다.

남 프랑스의 항구도시 라 시오타의 대목장에는 제1차 세계대전을 겪은 한 병사가 청동색의 입상으로 서 있다. 그 병사는 자신을 전시하고 그의 가족을 부양할 수 있는 생활비를 번다. 이 입상 인간 앞엔 판지 표시판이 서 있고, 거기엔 그가 입상처럼 마음대로 오랫동안 움직이지 않고 꼿꼿이 서 있을 수 있는 능력을 갖게 된 이유가 설명되어 있다. 그 능력은 베르둔 근교에서의 전투에서 매몰되었던 후유증이며, 자기 자신뿐만 아니라 의사들에 의해서도 '설명할 수 없는 병'으로 진단받았다. 여름의 무더위 속에서 외투, 철모 그리고 총검으로 무장한 한 병사의 청동색 입상 인간은 움직이지 않는 능력을 완벽하게 발휘함으로써 자신의 행위를 예술적 경지로 승화시키면서 관중을 매료하기에 충분했다. 때문에 입상 인간은 그를 관찰하는 사람들로부터 생계를 위한 동정을 요구할 수 있고, 동시에 그들로 하여금 생각하게 하는 동기를 준다.

　완전무장을 하고 얼굴과 손에도 청동색 도료를 칠하고 서 있는 한 병사의 입상은 금속과 강철색의 분위기에서 인간의 기계화를 연상시킨다. 뿐만 아니라 산업과 기술의 발전으로 인간이 전쟁을 위한 기계화 내지 도구화가 된 제1차 세계대전 당시의 비인간적이고 잔인하고 호전적인 시대적 상황과 이런 전쟁과 관계된 병사들의 비극적 유형을 상기시킨다. 매몰의 후유증으로 생긴 라 시오타의 병사는 이런 유형의 대표적인 인물이다. 그의 무감정 혹은 무감각적 부동의 특징들은 밖으로는 역사적 전쟁에 의한 개인적 희생의 비극적 단면을 보여주고 있지만, 안으로는 극도의 긴장 상태에서 얻는 일종의 '설명할 수 없는 병'으로, 근육의 경련 상태를 동반한 정신분열증의 한 형태라고 할 수 있다.

　앞부분에서 언급된 라 시오타의 병사에 대한 구체적인 이야기 동기는 그다음에 이어지는 뒷부분에서는 보편적인 것으로 확대된다. 즉 뒷부분의 첫 문장이 '우리'로 시작하듯이, 브레히트는 한 병사, 즉 개체인 '나'를 공동의 '우리'로 확대시키고, 그럼으로써 관찰자들(혹은 독자들)을 입상 인간과 그의 행동에 관여시키면서 서술된 세계의 관심에 그들을 끌어들인다. 그리고 한 작은 프랑스 항구도시에서의 입상 인간의 문제는 시간과 공간을 넘어 역사적 사건과 연관된 우리 모두의 문제로 보편화된다.

　발터 벤야민이 헤벨의 달력 이야기에서 지적했듯이, 브레히트 역시 역사를 장소적으로나 시간적으로 제한해서 생각하지 않는다.[15] 따라서 라 시오타의 병사는 모든 시대에 걸쳐 수천 년을 끈질기게 싸워온 병사의 화신이 된다. 그는 알렉산더 대왕에서 한니발을 거쳐, 카이사르, 루드비히 14세, 나폴레옹 또는 제1차 세계대전의 장군인 루덴도르프에 이르기까지 역사의 위대한 인물들의 승리를 위해 싸운다. 그는 그들의 전쟁수행을 위한 불가피한 도구처럼 유용하게 쓰였고, 그들에게 그토록 많은 것을 얻게 해주었지만, 그가 승리에서 얻은 이익은 아무것도 없다. 그는 자신을 위해서 정복한 것은 아무것도 없다. 그가 방어한 것은 그의 것이 아니다. 그가 정복한 땅들은 그의 소유가 되지 않으며, 그가 방어한 땅 역시 그의 것이 아니다. 많은 사람들이 그에게서 이익을 챙기기 위해 그를 돕는다. 그는 군수산업과 무기 생산자들의 주머니를 채워주는 수단일 뿐이며 전쟁의 사회에서 빼놓을 수 없는 요소다.[16] 학교 교과서와 역사책에는 전설적인 영웅들의 위대한 이름만이 기록될 뿐이다. 라 시오타의 병사는 백성의 한 사람일 뿐이고, 영웅들의 위대한 행위를 위해서는 언제나 다시 교체될 수 있고 역사적으로 무차별하게 마음대로 사용해도 되는 도구와 같은 하찮은 남자일 뿐이다.

그뿐만이 아니다. 고대로부터 현대에 이르기까지 모든 전쟁에서 그는 '모든 파괴의 도구들'을 실험하기 위한 무명의 병사다. 그 결과로 라 시오타의 병사는 전쟁에서 매몰된 후유증으로 많은 교수들의 실험에도 불구하고 '설명할 수 없는 병'에 걸린다. 그 병은 무감각 상태에서 무제한으로 서 있을 수 있는 능력으로서 '인내의 병'이며 '무감각의 병'이다. 그래서 이 병은 그를, 인간을 모든 전쟁을 위해 새롭게 사용할 수 있게 만들고, 그는, 인간은 전쟁의 역사와 함께 수천 년에 걸쳐 위대한 사람들을 위한 전쟁의 도구가 된다. 이렇듯 '치유할 수 없는 무감각의 병으로 기진맥진하여 인내의 무서운 나병에 걸려 있는' 병사는 세계의 모든 언어로 칭송되었고, '그를 축복하지 않은 신은 없었다!' 라 시오타의 병사는 전쟁에 희생된 무명의 병사 기념비인 동시에 역사의 추상적 인간이다.

'인내와 무감각의 병'에는 그 병사의 무지가 한몫을 한다. 브레히트의 다른 이야기 《부상당한 소크라테스Der verwundete Sokrates》에서 철학자는 한자리에서 사색에 깊이 빠져 꼼짝도 하지 않고 있어, 스스로 자신의 동상이된다. 라 시오타의 입상 인간은 사색이 아닌 '병'에 의한 것으로 소크라테스와는 다르다. 소크라테스는 전쟁터에서 적으로부터 도주하는 비영웅적인, 그러나 인간적이고 자연적인 면을 보인다. 그가 가시에 찔린 발 때문에더 이상 도망칠 수 없는 상황에서 페르시아군과 마주쳤을 때 방어하려는본능에서 큰 소리로 외쳐대는 순간에 그리스의 기병대가 나타나 적들을물리치게 되고, 그는 영웅으로 칭송된다. 그러나 전쟁은 '소아시아의 선주들, 포도밭 소유주들, 노예상들이 페르시아의 선주들, 포도밭 소유주들, 노예상들의 영역을 침범했기 때문에'[17] 일어난 것으로 소크라테스와는 아무런 관계가 없으며, 그래서 그는 자신의 용감성도 시인하지 않고 영웅으로서의 명예도 거부한다.

그렇지만 내가 싸움을 승리로 이끈 건 절대 아니야. 난 공격을 받았기때문에 방어를 한 것이야. 난 무기상도 아니고 근방에 포도밭을 가지고 있지도 않아. 난 싸움을 할 이유가 뭔지도 몰랐으니까. 난 싸움에는 흥미가없는 교외 출신의 정말 분별 있는 사람들 틈에 끼어 있었고 그들 모두가했던 그대로 했을 뿐이야. 기껏해야 그보다 한발 앞서 그랬을 뿐이지.[18]

여기서 라 시오타 병사의 희생의 의미는 소크라테스에 의해서 붕괴되고만다. 소크라테스는 '인내와 무감각의 병'에 걸린 입상 인간의 반대상이다.소크라테스의 부상은 올바른 가치판단을 위한 의식을 집중시키는 반면에 무감각의 병에 걸린 입상 인간의 경직 상태에는 이성이 상실되어 있다. 그래서 그는 인간이 자신을 악용한다는 사실을 전혀 인식하지 못하고, 그 사실을 사회에서 허용된 보편적인 현상으로 받아들인다. 게다가 그는 일자리가 없는 가장으로서 생활비를 벌기 위해서는 자신을 전시하는 것 외에는 다른 방법이 없기 때문에 입상으로서의 존재를 최선의 것으로 수용하고, 사람들이 경탄할 정도로 예술적 경지에서 완성하려 한다. 병사는 말하자면 그의 고통을 예술로 판다.[19] 전쟁의 상처로 인한 고통이 노동의 대가로 위장된다는 데서 이 입상 인간의 비극적 아이러니가 내재해 있다.[20]

자신의 병을 사회의 보편적인 현상으로 생각하는 입상 인간의 기이한 모습에서 그 병의 메타포에 대해서 생각하게 한다. 입상 인간에 관한 이야기의 결말은 첫 부분의 매몰된 병사의 '설명할 수 없는 병'으로 돌아간다. 그가 지닌 '무감각의 병'의 증상은 인간이 자신의 악용을 전혀 의식하지 못하는 무지의 현상들이다. 병사는 전쟁의 도구로 쓰인 역사의 희생자이며 동시에 희생의 고통을 예술로, 노동의 대가로 유리하게 이용한다. 특히 생계를 위해 돈을 벌 수 없는 사람들에게 자신의 희생이 사회적으로 높게 평가될 때 그 유혹은 이 병을 무서운 전염병으로 퍼지게 한다. 이런 의미에서 라 시오타의 병사는 자신의 희생의 대가로, 즉 다른 사람의 희생의 대가로 이익을 얻는 사람들의 음모를 촉진시킨다. 결국 그 병사는 역사의 희생자이며 동시에 가해자가 된다. 그의 병은 세계사적 사건들에 의해 개인이 희생되는 역사적 부조리이며 동시에 국가적·사회적 병폐인 것이다.

병의 메타포는 시대비판의 동기로 사용되었다. 이 병은 그 당시 사회에 만연된 나치의 파시즘과 히틀러에 대한 열광을 저지할 능력이 없는 '우리'의 무능과 사회적 부조리에 대한 메타포였다.[21] 노동자들은 전시에 무기와 군수물자의 생산에 종사해야 하고, 그것들에 의해 희생된다. 노동자와 전쟁의 근본적인 관계는 결과적으로 전선의 상황에 맞게 형성된다. 이것이 치유될 수 없는 사회적 병인 것이다.

《라 시오타의 병사》는 역사 서술에 있어서의 문제를 제시한다. 브레히트는 위대한 인물들과 함께 수백 년의 역사를 끈질기게 만들어온 하찮은 병사에서 보통 사람들에 대한 자신의 구상을 나타낸다. 즉 세계사적 인물과 사건에서 억압과 침묵을 강요당해왔던 과거에서 해방되어 이제 영향력을 행사하기 시작하는 보통 사람들에서 그리고 일상에서 역사적 중요성이 시인되어야 한다는 것이다. 얀 크노프가 헤벨의 달력 이야기에서 정의했듯이, 브레히트의 이 이야기도 영웅 중심의 역사 서술을 비판하고 폭로하며 동시에 '일상에도, 일상의 보통 인간에게도 역사적 중요성을 시인하는'[22] 다시 말해서 더 인간적이고 민주적인 역사 서술을 강조한다. 의연하게 참고 견디면서 '알렉산더, 카이사르, 루드비히 14세, 나폴레옹'의 위대한 행위들을 가능하게 했던 '설명할 수 없는' 병에 걸린 입상 인간에 관한 달력 이야기는 더 이상 단순한 이야기가 아니고, 올바른 역사 서술에 대한 중요한 숙고다. 또한 이 이야기는 이름 없는 병사의 역사적 희생을 묘사하지만 동시에 그 희생을 만드는 시대를 비판한다. 그럼으로써 인류 역사의 병을 만드는 시대를 마침내 끝낼 수 있길 바란다.

"도대체 그 병은 치유될 수 없는 것일까?"라는 자문 형식으로 끝나는 이 이야기의 마지막 문장은 브레히트의 문학적 의도를 다시 한 번 깊이 생각하게 한다. 여기엔 라 시오타 병사의 '설명할 수 없는 병'은 꼭 치유되어야 한다는 소망과 필연성이 암시적으로 제시되고 있다. 그 소망과 필연성이란 바로 역사가 인간적이고 민주적으로 기술되고, 라 시오타 병사의 병을 일으키는 전쟁이 미래에는 더 이상 있어서는 안 된다는 브레히트의 휴머니즘과 이 휴머니즘의 기초 위에 미래의 사람들을 위한 올바른 사회주의 국가로서 독일의 건설이 필요하다는 것이다. 이것이 브레히트가 이 이야기에서 강조하고 있는 것이다.

《품위 없는 할머니》
Die unwürdige Greisin

내 할아버지가 돌아가셨을 때 할머니는 일흔둘이었다. 할아버지는 한 작은 온천 도시에서 조그만 석판 인쇄소를 가지고 있었고, 거기서 두세 명의 종업원과 함께 돌아가실 때까지 일하셨다. 할머니는 하녀 없이 집안 살림을 꾸려갔고, 낡고 삐걱거리는 집을 돌보며 남편의 종업원들과 아이들을 위해 음식을 장만했다.

그녀는 생기 있는 도마뱀 눈을 가진 작고 메마른 부인이었으나 말투는 느렸다. 정말로 형편없는 수입으로 그녀는 자신이 낳은 일곱 가운데서 다섯 아이를 키웠다. 그 때문에 그녀는 나이가 들면서 체구가 더욱 작아졌다.

자식들 가운데 두 딸은 미국으로 갔고, 아들 중에 둘은 다른 곳으로 떠났다. 몸이 허약한 막내아들만이 그 도시에 남았다. 그는 인쇄업자가 되었고, 대식구를 거느리게 되었다.

그래서 그녀는 할아버지가 돌아가셨을 때 집에 혼자 남아 있었다.

자식들은 그녀를 어떻게 해야 할까 하는 문제로 서로 편지들을 주고받았다. 한 아들은 자기 집에서 할머니가 거처할 곳을 제공할 수 있다고 했고, 그 인쇄업자는 자기 가족과 함께 그녀의 집으로 들어가길 바랐다. 그러나 할머니는 그 제안들을 거절하고, 여력이 있는 자식들에게 조금씩 금전적 보조를 받길 원했다. 이미 오래전에 낡아버린 그 석판 인쇄소는 팔아봤자 남는 게 거의 없었고, 게다가 빚도 있었다.

자식들은 그녀에게 혼자서는 결코 살아갈 수 없지 않느냐고 편지를 했지만, 그녀가 그것에 전혀 관심을 보이지 않자 그녀의 뜻에 따라 매달 약간의 돈을 보냈다. 그래도 인쇄소 아들이 그 도시에 남아 있으니까 하고 그들은 생각했다.

그 인쇄업자는 자기 형제자매들에게 가끔씩 어머니에 대해 보고하는 일도 떠맡았다. 내 아버지에게 보낸 그의 편지들과, 아버지가 할머니를 방문했을 때 들은 이야기와 2년 후에 할머니의 장례식을 마친 뒤에 들은 이야기는 무슨 일이 이 2년 동안에 일어났는지 짐작하게 한다.

그 인쇄업자는 할머니가 지금 비어 있는 꽤 큰 집으로 그를 받아들이기를 거부해서 처음부터 실망한 것 같다. 그는 네 아이와 함께 방 세 개에서 살았다. 그러나 할머니는 그와 아주 최소한의 관계만을 유지했다. 그녀는 아이들을 일요일 오후마다 커피 시간에 초대했고, 그것이 실제로 전부였다.

그녀는 석 달에 한두 번 아들을 방문했고 딸기 조림을 할 때 며느리를 도와주었다. 젊은 며느리는 인쇄업자의 작은 집이 너무 비좁다는 시어머니의 몇 마디 말을 흉내 냈다. 인쇄업자는 그 일을 전하는 편지에 느낌표를 찍지 않고는 견딜 수가 없었다.

그 노인네가 도대체 요즘 뭘 하고 지내느냐고 질문한 내 아버지의 편지에, 그는 아주 짧게 그녀는 영화 구경을 다닌다고 대답했다.

그런데 그것은 적어도 자식들의 눈에는 결코 예삿일이 아니었다. 영화관은 30년 전에는 아직 요즘과 같은 것이 아니었다. 문제는 그것이 초라하고 환기도 안 되는 장소로서 자주 낡은 볼링장에 설치되어 있고, 문 앞에는 살인과 애정 비극을 선전하는 야한 플래카드가 걸려 있다는 것이다. 사실은 청소년들이나 사랑하는 연인들만이 어둠 때문에 드나들었다. 나이 먹은 여자 혼자서 그곳에 간다는 건 분명히 남의 이목을 끌 수밖에 없었다.

그리고 영화 관람의 다른 측면도 생각할 수 있었다. 입장료는 분명히 쌌지만, 영화를 즐긴다는 것은 대체로 사치에 속했으므로 그것은 '내버리는 돈'을 뜻했다. 그리고 돈을 내버리는 것은 존경할 만한 일이 아니었다.

게다가 할머니는 그곳에 사는 자기 아들과 정기적인 내왕을 하지 않았을 뿐만 아니라 그 밖의 어떤 아는 사람도 찾아가거나 초대하지 않았다. 그녀는 그 작은 도시의 커피 모임에 한 번도 나가지 않았다. 그 대신에 그녀는 가난하고 평판이 나쁘기까지 한 뒷골목에 있는 구두 수선공의 작업장에 자주 갔는데, 그곳에는 특히 오후면 일자리 없는 여급들과 떠돌이 견습공들 같은 여러 가지 별 볼 일 없는 사람들이 모여 앉아 있었다. 그 구두 수선공은 온 세상을 두루 돌아다녔지만 아무것도 이룬 것이 없는 중년의 남자였다. 그가 술꾼이라는 소문도 있었다. 그는 아무래도 우리 할머니와 교제할 상대가 아니었다.

그 인쇄소 삼촌은 한 편지에서, 본인이 어머니에게 그런 일에 주의를 환기시켰으나 아주 냉담한 항의를 받았노라고 전했다. "그 사람은 세상 구경 좀 해봤어", 그것이 그녀의 대답이었고, 대화는 그것으로 끝이 났다. 할머니가 얘기하고 싶지 않은 일에 대해 그녀와 얘기하는 것은 쉽지 않았다.

할아버지가 돌아가신 지 대략 반년쯤 되어 그 인쇄소 삼촌은 어머니가 이젠 이틀에 한 번씩 식당에서 식사를 한다고 아버지에게 편지를 했다.

이게 무슨 소식이란 말인가! 일생 동안을 십여 명의 자식들을 위해 음식을 만들어주고 항상 남긴 음식만을 먹었던 할머니가 이제 호텔 식당에서 식사를 하시다니! 할머니에게 무슨 일이 일어난 게 아닐까?

그런 일이 있은 후에 곧 아버지는 그 근처에 출장을 가서서 할머니를 찾아갔다.

그가 찾아갔을 때 그녀는 막 외출하려던 참이었다. 그녀는 다시 모자를 벗고 그에게 붉은 포도주 한 잔과 비스킷을 내놓았다. 그녀는 특별히 쾌활한 것도 아니고 특별히 말이 없는 것도 아니면서 아주 차분한 기분인 것처럼 보였다. 그녀는 우리의 안부를 물었지만 아주 자세히 캐묻지는 않았고, 주로 아이들에게 버찌가 있는지를 알고 싶어 했다. 그때 그녀는 평소와 다름이 없었다. 방은 물론 지나칠 정도로 깨끗했고 그녀는 건강해 보였다.

그녀의 새로운 삶을 암시하는 유일한 것은 그녀가 남편의 무덤에 아버지와 함께 가려 하지 않았다는 것이다. "너 혼자 갈 수 있겠지" 하고 그녀는 성의 없이 말했다.

"열한 번째 줄의 왼쪽에서 세 번째란다. 난 다른 데 가야만 해."

인쇄소 삼촌은 그 후에 그녀가 아마 그 구두 수선공에게 간 것이 분명하다고 설명했다. 그는 불만을 심하게 털어놓았다.

"난 여기 굴속 같은 방에서 가족들과 함께 앉아 있고 겨우 다섯 시간밖에 일거리가 없으며 보수도 형편없고 게다가 천식까지 재발해서 괴로운데 큰길에 있는 그 집은 비어 있다니!"

내 아버지는 여관에 방을 정했지만 그의 어머니가 적어도 말만이라도 집에서 묵도록 권하지 않을까 기대했다. 그러나 그녀는 그런 말을 하지 않았다. 그런데 그 집이 식구로 꽉 차 있을 때조차 그녀는 그가 자기들 집에서 묵지 않고 게다가 돈을 호텔비로 지출하는 것을 언제나 못마땅하게 여겼으니!

그러나 그녀는 자기의 가정생활을 끝내고 자신의 인생이 저물어가는 지금 새로운 길을 가고 있는 것 같았다. 유머가 꽤 많았던 내 아버지는 그녀가 '아주 원기왕성하다'고 생각했고, 인쇄소 삼촌에게 그 할머니가 원하는 것을 하도록 내버려두라고 말했다.

그러나 그녀가 원하는 것이 무엇일까?

보고된 바에 의하면 그다음에 벌어진 일은 그녀가 브레그 마차를 주문해서 보통 목요일에 유원지로 소풍을 간 것이었다. 브레그 마차는 전 가족이 탈 수 있을 정도의 크고 바퀴가 큰 마차였다. 우리 손자들이 방문할 때면 가끔 할아버지가 브레그 마차를 빌려 오곤 했었다. 할머니는 언제나 집에 남아 있었다. 그녀는 손을 내저으면서 함께 갈 것을 거절했다.

브레그 마차 다음에 벌어진 일은 철도 편으로 약 2시간 떨어진 꽤 큰 도시인 K 시로의 여행이었다. 그곳에서는 경마가 있었고, 할머니는 그 경마에 가셨던 것이다.

인쇄소 삼촌은 이제 정말로 놀라버렸다. 그는 의사를 불러오려고 했다. 내 아버지는 편지를 읽고 고개를 설레설레 흔들었으나 의사를 불러오는 것은 허락하지 않았다.

할머니는 K 시에 혼자 가지 않았다. 그녀는 한 젊은 아가씨를 데리고 갔는데, 인쇄소 삼촌이 편지에 쓴 것처럼 그녀는 반백치이고 할머니가 이틀에 한 번 식사를 하는 식당의 부엌데기였다.

이 '병신'이 이제부터 한몫을 했다.

할머니는 그녀한테 홀딱 반한 모양이었다. 할머니는 그녀와 함께 영화관에 갔고 사민당원으로 알려진 구두 수선공에게도 갔다. 그리고 이 두 여자가 포도주 잔을 기울이면서 부엌에서 카드놀이를 했다는 소문이 돌았다.

"어머니는 이제 그 병신에게 장미꽃이 붙어 있는 모자를 사주었어요. 그런데 우리 안나는 성찬식용 예복도 없답니다!"라고 인쇄소 삼촌은 실망하여 편지를 썼다.

인쇄소 삼촌의 편지는 아주 신경질적으로 '사랑하는 우리 어머니의 품위 없는 짓거리'에 대해서만 얘기할 뿐 그 밖엔 아무런 내용이 없었다. 다음 이야기는 내가 아버지한테서 들은 것이다.

식당 주인은 눈을 끔벅이면서 아버지에게 귓속말로 말했다.

"B 부인은 소문 그대로 지금 한창 즐기고 있지요."

사실 할머니는 이 몇 해 동안을 흥청망청 보낸 것은 결코 아니었다. 그녀가 식당에서 식사를 하지 않을 때는 약간의 계란요리와 커피와 무엇보다 그녀가 좋아하는 비스킷을 들었다. 그 대신 그녀는 값싼 붉은 포도주를 사서 그것을 식사 때마다 작은 잔으로 한 잔씩 마셨다. 그녀는 집을 아주 깨끗하게 유지했고, 그녀가 사용하는 침실뿐만 아니라 부엌도 그러했다. 그러나 그녀는 그 집을 자식들 모르게 저당 잡혔다. 그녀가 그 돈으로 무엇을 했는지는 끝내 밝혀지지 않았다. 그녀는 그 돈을 그 구두 수선공에게 준 것 같았다. 그는 그녀가 죽은 후에 다른 도시로 이사해서 상당히 큰 맞춤구두 가게를 열었다고 한다.

자세히 살펴보면 그녀는 잇달아 두 가지의 삶을 살았다. 첫 번째의 삶은 딸로서, 아내로서 그리고 어머니로서의 삶이었고, 두 번째의 삶은 그저 B 부인으로서의 삶이었으며 아무런 의무도 없고, 검소하지만 충분한 돈을 가진 홀로 사는 사람으로서의 삶이었다. 첫 번째의 삶은 60년간 계속되었고 두 번째의 삶은 2년을 넘지 못했다.

아버지는 할머니가 지난 반년 동안 보통 사람들은 전혀 알지 못하는 어떤 자유를 누렸다는 것을 알게 되었다. 그래서 할머니는 여름날 새벽 3시에 일어나 그 작은 도시를 혼자 독차지하면서 텅 빈 거리를 산보할 수 있었다.

그리고 사방에 소문이 나돌았듯이, 그녀는 외롭게 사는 노부인에게 말벗이 되어주려고 찾아온 신부에게 영화관에 가자고 청했다는 것이었다!

그녀는 조금도 외롭지 않았다. 구두 수선공에게는 겉보기에 정말 재미있는 사람들이 드나들었고 많은 얘기가 오갔다. 그녀는 그곳에 항상 붉은 포도주 한 병을 두고 다른 사람들이 얘기를 나누면서 그 도시의 기품과 권위 있는 사람을 욕하는 동안에 자기의 작은 잔으로 술을 마셨다. 이 붉은 포도주는 그녀만을 위해서 보관되어 있었지만 그녀는 가끔 모인 사람들을 위해 독한 술을 가져오기도 했다.

그녀는 어느 가을날 오후에 너무나 갑자기 그녀의 침실에서 돌아가셨지만 침대에서가 아니라 창가의 나무의자 위에서였다. 그녀는 그 '병신'을 저녁때 영화관에 가자고 초대했었고, 그래서 그 아가씨는 할머니가 돌아가실 때 그녀 옆에 있었다. 그녀는 74세였다.

나는 돌아가신 침상 위에 누워 있는 모습이 담긴 할머니의 사진을 보았다. 그 사진은 자식들을 위해 찍은 것이었다. 그녀의 얼굴은 작고 주름살투성이에다 입술은 얇지만 입은 큰 모습으로 보인다. 많은 것이 작은 일이었지만 그 무엇도 하찮은 것은 아니었다. 그녀는 오랜 세월의 노예생활과 짧은 자유의 세월을 만끽했으며 인생이라는 빵을 마지막 부스러기까지 알뜰하게 다 드셨던 것이다.

내가 변해야 사회가 변화할 수 있다

《품위 없는 할머니》는 아마도 브레히트의 할머니 카롤리네의 100세 생일과 연관해서 1939년 말경에 쓰인 것으로 추측된다. 로베르트 민더는 작품 속의 할머니와 브레히트의 할머니의 전기적 유사성이 있다는 데 주의를 환기시켰으나[23] 연구 결과 후일에 부정적인 것으로 결론지어졌다.[24] 이 작품은 브레히트의 성공적인 산문작품으로서 1949년 1월에야 달력 이야기로 출간되었다.

이 이야기는 일인칭 서술자인 손자가 자신의 할머니에 관해 이야기하는 한 노파의 전기다. 그러나 그는 서술자로서 그에게 주어진 정보만을 사용할 수밖에 없다. 그는 인쇄소 삼촌의 편지들과 아버지와 그 주변 사람들의 정보들을 몽타주해서 하나의 할머니 상을 만들지만 자신은 밖에 남아 있다. 이 이야기는 할아버지가 돌아가신 해, 즉 할머니의 나이 72세를 전후한 두 시기로 나뉜다. 전기는 가족들이 모두 아는 소시민적 가정 속에서의 할머니의 생활상이고, 후기는 할머니가 74세에 죽기까지 2년에 걸친 그녀의 변화된 생활상이다. 그런데 이 이야기에서는 할머니의 짧은 2년 동안의 삶이 주제를 이룬다.

이 이야기의 정보들은 연대기적으로 제시되고 있다. 할아버지가 사망하기 이전까지 할머니에 대해 보고하는 것으로 시작한다. 이어서 서술자의 할아버지가 돌아가신 후 서술자의 아버지가 그의 어머니, 즉 서술자의 할머니를 방문하기까지 첫 반년에 대한 그녀의 생활이 인쇄소 삼촌의 편지들에서 보고된다. 그 후에 아버지가 할머니를 방문했을 때 얻은 아버지의 인상들이 이어진다. 다시금 인쇄소 삼촌의 편지들이 할머니에 대한 정보로서 그다음의 문장들을 이룬다. 이야기의 마지막 부분은 서술자의 아버지가 그의 어머니의 장례식을 치른 후에 아는 사람들에게서 할머니가 살아계실 때의 마지막 몇 개월에 대해 수소문한 것에 기초한다.

우선 서술자는 할아버지가 돌아가실 때까지의 할머니의 삶에 대해 보고한다. 그녀는 할아버지의 작은 인쇄소의 근소한 수입으로 하녀 없이 집안일을 꾸려갔고, 삐걱거리는 집을 돌보고, 남편, 두세 명의 종업원, 다섯 명의 자식들의 식사 뒤치다꺼리를 했다. 때문에 작고 깡마른 그녀는 나이가 들면서 더욱 체구가 작아졌다. 일곱 명의 자식들 중에 두 명은 죽고, 딸 둘은 미국으로, 두 아들은 객지로 떠났기 때문에 많은 식구를 거느린 약질인 막내아들만이 고향에 남아 인쇄업자가 되었다. 할아버지가 돌아가셨을 때 그녀는 혼자 집을 지키고 있었다. 자식들은 홀로된 어머니 문제 때문에 서로 편지로 의견을 교환하면서 그녀의 의사와는 관계없이 그녀의 문제를 처리하려 한다. 그러나 그녀는 자식들의 모든 제의를 거절하고 그들이 조금씩 금전적으로 보조해줄 것을 요구하고, 그 뜻을 관철한다. 할머니의 이 고집은 남편의 죽음을 계기로 비로소 자신의 삶을 스스로 결정하기 시작하는 한 단면을 나타낸다. 이것이 그녀가 보여준 변화의 첫 징후다.

고향에 남아 있는 인쇄업자 막내아들은 자연히 '자기 형제들에게 가끔씩 어머니에 대해 보고하는 일'을 떠맡게 된다. 그는 어머니와 같은 도시에 사는 유일한 자식으로서 그녀의 제2인생에 대한 유일하고도 직접적인 증인이기 때문이다. 할머니의 행위는 인쇄소 삼촌과 아버지, 그리고 이 정보들을 몽타주하고 논평하는 서술자의 '삼중의 관점'에서 관찰 및 묘사된다. 그중 대부분의 정보들은 인쇄소 삼촌이 아버지에게 보낸 편지들에서 나온 것이다.

인쇄소 삼촌의 편지는 아버지가 돌아가신 후 반년 동안 어머니의 변화된 생활에 대한 보고로 시작한다. 건강이 나쁘고 수입도 적으며 많은 식구가 작은 집에서 사는 인쇄소 삼촌은 아버지가 돌아가신 후에는 당연히 그 집으로 이사할 수 있을 것이라 생각한다. 그러나 어머니는 홀로 살기 위해 아들의 입주를 거절한다. 여기서 어머니와 아들 사이의 최초의 갈등이 생기고 아들의 희망은 실망이 되고 만다. 이 실망에서 쓴 인쇄소 삼촌의 편지는 당연히 불평과 비난으로 차 있다.

비난의 대상이 된 할머니의 변화된 삶은 그녀가 영화관에 간다는 것으로 시작한다. 그러나 여기서 중요한 것은 서술자가 인쇄소 삼촌의 정보를 순수한 정보로서만 받아들이지 않는다는 것이다. 서술자는 인쇄소 삼촌의 정보를 이용해서 간접적으로 할머니에 대한 유용한 소식들을 보충하거나 사건들을 비판적으로 논평한다. 그는 문화적 시설물로서의 영화관에 대한 시대적 의미와 할머니의 영화 관람에 대한 인쇄소 삼촌의 생각을 간접적으로 나타낸다. 즉 30년 전의 영화관은 '요즘'과는 달리 어둠 때문에 청소년들이나 사랑하는 연인들만이 드나드는 장소였으며, 그래서 '나이 먹은 여자 혼자서 그곳에 간다는 것은 분명히 남의 이목을 끌 수밖에 없다'는 것이다. 그리고 비록 입장료가 싸다 할지라도 영화 관람은 대체로 사치에 속하므로 '내버리는 돈'이라는 것이다. 이것은 인쇄소 삼촌의 편지에서 나온 보고를 서술자가 간접적으로 재표현한 것에 불과하다. 인쇄소 삼촌의 편지는 할머니의 행위를 이중으로 비난받아 마땅한 것으로 강조하고 있지만, 서술자의 의도적인 재표현에서 암시적으로 강조하고 있는 것은 그녀가 지금까지 지배해온 시민사회의 인습과 인간관계의 틀을 깨고 자의에 따라 자유로운 행동을 처음으로 시도했다는 것이다.[25]

남편의 죽음은 그녀에게 강요되었던 인습적 삶의 굴레에서 그녀를 해방시켜줄 수 있었다. 그런데 인쇄소 삼촌은 어머니가 그 속박의 굴레에서 벗어나 말년에 와서 처음으로 자신의 요구와 욕구를 만족시키려 한다는 것을 파악하지 못한다. 서술자는 그녀의 마지막 2년을 '자유로운 세월'이라고 했다. 이 시기에 그녀는 해방된 개체로서 시민적 관습과 단절하고 자신의 자율적 결정으로 자신의 욕구를 만족시키려 한다. 그럼으로써 그녀는 소시민 가정의 규범에 어긋나고, 그녀의 희생을 기대하는 가정과 갈등에 빠지게 된다. 그녀는 가정에서 더는 어머니가 아니며, 점점 더 가치가 없어졌기 때문이다. 통상적인 사회생활에서 요구되는 사회적 체면을 고려하지 않은 채 그녀는 자신의 재물로 자기 뜻대로 하고 싶은 일을 하면서 인생을 즐긴다.

이어지는 할머니의 자유로운 행동은 인과관계에서 더욱 특징적으로 나타난다. 할머니는 자식들과는 내왕하지 않으나 '평판이 나쁜 뒷골목 구두 수선공'이나 그 주변의 '별 볼 일 없는 사람들'과 어울린다. 인쇄소 삼촌이 어머니에게 주의를 환기시켰을 때, 어머니는 아들보다 오히려 세계를 두루 여행한 구두 수선공과의 대화에 더 관심이 있다고 냉정하게 그와의 대화를 끊는다. 이 사실을 인쇄소 삼촌은 서술자의 아버지에게 편지로 알리면서 구두 수선공과 같은 사람들은 할머니에게 어울리는 상대가 아니라는 자신의 의견을 밝힌다. 그러나 서술자는 '할머니가 얘기하고 싶지 않은 일에 대해 그녀와 얘기하는 것은 어렵다'는 할머니의 성격을 말함으로써 그가 그녀에 관해서 인쇄소 삼촌보다 더 많이 이해한다는 것을 보여준다.

그 소식에 이어서 아버지에게 보낸 인쇄소 삼촌의 편지에 의하면 할머니는 남편이 죽은 지 반년 후에 이틀에 한 번씩 호텔 식당에서 식사한다는 것이다. 인쇄소 삼촌은 '항상 남긴 음식만을 먹었던 할머니'의 생활이 이전에 비해서 향락적으로, 엄청난 탈선으로 보이기 때문에 비방받을 만하며, 사회적 웃음거리가 된다고 생각한다. 그래서 서술자는 인쇄소 삼촌의 불평과 흥분된 감정을 여과 없이 나타낸다.

인쇄소 삼촌은 할머니에 대한 놀랄 만한 소식을 계속해서 보고한다. 그녀가 브레그 마차를 타고 유원지로 소풍을 가고 경마장에서 경마를 즐긴다는 것이다. 그 충격에서 인쇄소 삼촌은 할머니의 행위를 병적으로 판단하고 의사를 불러오려 했으나 아버지의 반대로 이루어지지 않았다. 뿐만 아니라 할머니는 식당에서 일하는 반백치의 '부엌데기'와 친하게 지낸다. 할머니는 그 아가씨와 함께 자신을 사민당원으로 밝힌 구두 수선공에게 놀러가고, 식사를 하고, 카드놀이를 하며, 그녀에게 선물도 하고, 여러 가지 일에 초대한다. 그리고 구두 수선공 가게에서 별로 존경할 만한 가치가 없는 사람들과 술도 마시면서 지낸다. 또한 그녀는 집을 저당 잡힌다. 인쇄소 삼촌은 할머니가 그 돈을 구두 수선공에게 주었을 것이라고 추측한다. 그녀가 죽은 후에 그가 다른 도시로 이사하여 상당히 큰 맞춤구두 가게를 열었다는 소문이 있기 때문이다. 그녀는 아들에게 아무것도 주지 않은 것은 고사하고 손녀딸에게조차 '성찬식용 예복'도 사주지 않는 대신에 그 '병신'에게는 '장미꽃이 붙어 있는 모자'를 사주었다고 인쇄소 삼촌은 탄식하면서 '병신'이란 격앙된 감정의 표현을 서슴없이 사용한다. 서술자는 의도적으로 삼촌의 흥분되고 과장된 표현들을 따옴표로 또는 감탄 부호나 의 문표와 함께 그대로 인용해서 간접적으로 인쇄소 삼촌의 분노를 나타낼 뿐만 아니라 그를 파로디화한다. 또한 어머니의 인생을 오직 부정적이고 비관적인 측면에서만 보고하는 인쇄소 삼촌의 이기적이고 편협한 소시민적 기질을 간접적으로 폭로한다.

어머니의 행동은 인쇄소 삼촌에겐 오직 '품위 없는 짓거리'에 불과하다. 그러나 서술자는 인쇄소 삼촌의 편지들을 어머니에 대한 신경질적인 탄식과 비난일 뿐, 그 밖엔 아무런 내용이 없는 것으로 보고 그의 편지에 더 이상의 접근을 거부한다. 인쇄소 삼촌은 어머니에 대한 신경질적인 반응에서 그녀의 삶을 객관적으로 정확하게 형제들에게 보고하는 것보다 오히려 자기 자신에 대해서 더 많이 쓰게 된다. 결과적으로 그의 편지들은 할머니의 역할 거부를 비시민적으로, 그래서 경멸할 만한 것으로 평가한다. 반대로 자신은 가난하지만 소시민적 가정의 규범 안에서 살아가는 것을 '품위 있는' 삶으로 전제하고, 자신의 삶과 대조하여 어머니의 '품위 없는' 삶에 대해 경고한다.

여기서 인간의 삶과 연관된 '품위'의 문제가 할머니와 자식들의 삶에 대한 이중적 시각에 의해 대립적으로 표현된다. 다시 말해 서술자에 의해 언급되었듯이, 할머니의 첫 번째 삶은 가정에 대한 책임과 역할에 구속된 긴 '노예생활'이었고, 두 번째의 삶은 짧지만 자신의 독자적인 자유에 의한 '품위 있는' 삶이었다. 그러나 전자가 아들들에게는 시민생활의 규범과 도덕에 바탕을 둔 '품위 있는' 삶이고, 후자는 '품위 없는 짓거리'일 뿐이다. 반대로 할머니의 입장에서 볼 때 그녀를 위한 자식들의 제안이나 요구는 표면적으로 부모에게 자식들이 지켜야 할 이성과 예의처럼 보이지만, 내면적으로는 이기적 본성의 밑바닥을 드러내는 것으로, 그녀의 자유만을 방해하는 '품위 없는 짓거리'인 것이다. 이렇게 인간의 '품위'에 대한 상이한 가치관이 상충한다. 즉 시민적 규범 안에서의 인습적 품위와 자유로운 자아구현의 독립적 품위가 상충한다. 이 둘은 상존할 수 없기 때문에 어떤 하나의 포기를 전제한다. 할머니는 첫 번째의 긴 삶을 포기함으로써 B 부인으로서의 독립적인 삶이 가능했다. 그녀는 외부 사람들과의 교류를 통해 사회적 소외감에서 벗어날 수 있고, 그들로부터 자기구현의 행복뿐만 아니라 뜻있는 사회생활의 행복도 경험한다. 그녀는 오직 시민적 규범 밖에서만 자신이 인간으로의 자아를 구현할 수 있다는 것을 배운다. "그녀는 사회적 체면을 희생한 대가로 자유로운 자율에서 살 수 있는 그녀의 인간적 품위를 얻는다."[26] 그런데 시민적 관습에 젖어 있는 인쇄소 삼촌은 대가족에다 가난하기 때문에 어머니의 도움에 의한 자신의 정상적인 삶 즉 '품위 있는' 삶을 기대하면서도 자기 어머니의 인생을 '품위 없는' 인생으로 이야기한다. 이중적 시각을 보여주는 '품위의 개념'에 대한 표현이 이 이야기 구성의 원칙을 이루면서 독자가 할머니의 삶을 바탕으로 이루어진 '품위'의 의미가 무엇인지를 생각하게 한다.

제목 자체가 '품위'의 문제에 대해 변증법적으로 접근하도록 유도하고 있다. 사전적 의미에서 독일어의 Greis(in)는 품격과 인격을 지닌 고령의 남(여)자를 말하기 때문에 제목 《품위 없는 할머니》는 그 자체가 역설적이다. 품위 '없음과 있음'의 역설적 내용은 인쇄소 삼촌의 편지와 아버지의 정보, 그리고 주어진 정보들에 대한 서술자의 논평들로 이루어진다. 이미 설명했듯이 인쇄소 삼촌은 할머니의 품위에 대해 부정적이고, 아버지는 중립적이며, 서술자는 긍정적이다. 허구적 서술자인 손자는 전적으로 할머니를 대신하며, 그의 논평은 단순히 늙은 부인에 대한 설명을 넘어서 근본적으로 자기 할머니의 삶에 대한 해설자의 역할을 하기 때문이다.

반년 후에 아버지는 출장 기회에 어머니를 방문한다. 이때 얻은 아버지의 어머니에 대한 인상들은 편지 속의 인쇄소 삼촌의 정보와 대조를 이룬다. 유머가 꽤 많고 비교적 여유 있는 생활이 가능한 지위에 있는 아버지는 인쇄소 삼촌이 비난하는 어머니의 '품위 없는' 행동거지에 중립적인 태도를 취한다. 그는 어머니가 원기왕성하게 살고 있기 때문에 자신의 인생을 스스로 결정할 권리가 있다고 생각했고, 때문에 인쇄소 삼촌에게 어머니가 원하는 것을 하도록 내버려두라고 말한다.

비록 서술자의 아버지가 그의 동생보다 어머니에 대해서 덜 비판적이라 해도 그 역시 자신의 드문 방문에도 불구하고 말로나마 어머니가 집에서 묵도록 그를 초대하지 않은 것, 그리고 아들과 함께 남편의 묘를 방문하지 않고 자신의 저녁 계획을 바꾸지도 않은 것을 이상하게 여기고, 논평은 없으나 이 사실들을 강조해서 말함으로써 서운한 감정을 내면적으로 가진다. 이와는 대조적으로 인쇄소 삼촌은 어머니가 구두 수선공에게 갔을 것이라고 폭로한다. 비록 인쇄업자가 경제적으로 하층계급에 속한다 해도, 자신은 시민계급에 속해 있으며 적어도 소시민적 도덕의 규범 속에서 살고 있다고 생각하기 때문에, 그는 어머니의 행위가 소시민적 가정의 인습적 도덕과 윤리에 어긋난다고 비난한다.

그러나 아버지는 사실적이고 현실적으로 생각하기 때문에 인쇄소 삼촌의 과장되고 편파적인 보고들을 부정하고 새로운 생각을 불러일으킨다. 아버지의 정보들은 인쇄소 삼촌의 보고들에 대해 반대의 역할을 한다. 즉 아버지는 할머니의 독자적이고 자유로운 삶을 묵인한다. 인쇄소 삼촌의 잘못된 보고들은 아버지의 관점에 의해 해체되고 부정된다. 한 예로, 할머니가 무절제하게 낭비한다는 비난을 아버지는 그녀가 검소하게 식사하고 집안을 깨끗이 유지해왔다면서 "이 몇 해 동안을 흥청망청 보낸 것은 결코 아니었다"고 반박한다. 아버지는 할머니가 낭비하지 않고 절약해서 작은 오락을 즐겼다고 그녀의 삶을 변호한다. 아버지의 정보들은 할머니의 사건에 대한 인식을 새롭고 더 높은 단계로 끌어올릴 뿐만 아니라 인쇄소 삼촌의 소시민적 모습을, 그의 '품위 없는' 현존을 독자들에게 전달하는 역할도 한다. 인쇄소 삼촌과는 달리 아버지는 지난 2년의 진실하고 사실적인 어머니의 모습을 전한다. 할머니를 방문했을 때 아버지는 비로소 어머니의 변화된 새로운 삶을 정상적인 것으로 인식하게 되었기 때문이다. 아버지는 말한다. "그녀는 자기의 가정생활을 끝내고 자신의 인생이 저물어가는 지금 새로운 길을 가고 있는 것 같았다."

그러나 아버지의 인식은 할머니가 60년에 걸친 가정의 굴레에서 벗어나 그녀의 고유한 인생을 자유롭게 살아갈 권리를 인정하는 데는 아직 미치지 못한다. 소위 인쇄소 삼촌이 비난하는 할머니의 '품위 없는' 삶을 아버지는 나쁘거나 비정상적으로 보지 않기 때문에, 비록 그녀의 행동이 관습적이지 않다 해도 사회적 규범이 허용하는 범위 안에서 자유를 허용해도 좋은 노인의 특권으로, 또는 '늙은 부인의 기벽'으로 여길 수 있다는 것이다. 그래서 만일 서술자가 아버지의 정보만을 가졌다면, 할머니의 이야기는 한 노쇠한 부인의 품위 없거나 기벽스러운 행위에 대한 이야기에 머물 수 있었을지도 모른다. 인쇄소 삼촌의 편지들이 보여준 이기적 관심, 흥분, 과장은 비로소 늙은 부인의 행위를 눈에 띄게 하고 이야기할 가치가 있게 만든다. 이런 이유에서 이 이야기는 B 부인의 이야기일 뿐만 아니라 인쇄소 삼촌의 이야기이기도 하다.[27]

이야기의 마지막 부분은 서술자의 아버지가 할머니의 장례식을 치른 후에 아는 사람들에게서 할머니가 살아계실 때의 마지막 몇 개월에 대해 수소문한 것에 기초한다. 주어진 정보들을 전달하는 서술자는 아버지의 보고에서 할머니가 살아온 양극적인 '두 가지의 삶'을, 즉 60년을 '딸로서, 아내로서 그리고 어머니로서' 살아온 삶과, 2년을 'B 부인으로서', '아무런 의무도 없고, 검소하지만 충분한 돈을 가진 홀로 사는 사람으로서' 살아온 삶을 정확하고 사실적으로 관찰한다.

그러나 아버지는 할머니의 삶에서 새로운 사실을 알게 되었다. 지난 반년 동안 할머니는 '보통 사람들은 전혀 알지 못하는 어떤 자유'를 누렸다는 것이다. 그래서 그녀는 새벽 3시에 그 작은 도시의 텅 빈 거리를 혼자서 산보하고, 외롭게 사는 노부인에게 말벗이 되어주려고 찾아온 신부를 영화관에 가자고 청하며, 그 도시의 '품위 있는 사람들'을 구두 수선공의 친구들 모임에서 욕한다. 어머니의 태도가 시내에서 이목을 끌었다 해도 그것은 인쇄소 삼촌의 언급처럼 그렇게 부정적으로 평가될 수 없다. 식당 주인이 아버지에게 'B 부인은 소문대로 지금 한창 즐기고 있다'고 보고한 것처럼, 그녀는 조금도 외롭지 않은 삶을 산 것이다.

할머니의 임종 때는 반병신인 부엌데기 소녀만이 곁에 있었다. 할머니는 침대가 아니라 창가의 나무의자 위에서 죽었다. 그녀의 죽음도 정상적인 가정의 의례를 벗어난 반항의 작은 행위로 나타난다. 많은 주름살과 얇은 입술과 큰 입모습을 한 작은 얼굴을 보여주는 죽은 사람의 사진은 할머니의 인생을 암시한다. "그녀는 오랜 세월의 노예생활과 짧은 자유의 세월을 만끽했으며 인생이라는 빵을 마지막 부스러기까지 알뜰하게 다 드셨던 것이다"라고 서술자는 그녀의 생애에 대해 논평했다.

베르톨트 브레히트

273

서술자로서의 손자가 그의 할머니의 인생을 '노예생활'과 '자유의 세월'로 명료하게 구분하여 표현한 것은 의미하는 바가 크다. 그녀는 일생 동안을 아내와 어머니로서의 봉사를 강요당했다. 형편없이 가난한 집안 살림으로 고통과 희생의 생활을 해왔다. 그래서 '나이가 들면서 점점 더 작아진' 할머니의 육체적 붕괴는 고령화에 의한 자연적 현상이 아니라 사회적 요인에 의한 것이다.

그러나 자식들은 평생 자신들을 위해 살아온 어머니의 희생과 고통에 대한 감사를 느끼지 못하고, 오히려 소시민적 가정의 인습적 규범에서 어머니의 희생을 자연의 법칙으로 여기고 계속해서 요구한다. 남편이 죽은 이후에 그녀는 자식들에게서 노예적 존재를 새롭게 되풀이하거나 연장하는 것을 거부한다. "소시민적 가정이념은 사랑과 보살핌의 관계로 위장된 내면화된 억압의 메커니즘으로 나타난다"[28]는 이유 때문이다. 가정은 다른 사람의 희생으로 몇몇 가족의 이익을 보존하기 위한 기관이다. 더 자세히 말해 남편과 아내의 역할 분담이 주인과 하인관계에서 이루어지는 가부장적 가정생활에서 그녀는 하녀로서, 부엌데기로서, 양육자로서 봉사해야 했기 때문에 그녀의 작은 기쁨과 개인의 인생을 포기해야 했다. 그것은 그녀에겐 60년에 걸친 '노예생활'과 같은 것이었다.

서술자는 할머니의 인생에 대한 마지막 논평에서 그녀가 '노예생활'과 '자유의 세월'을 알뜰하게 경험했다고 결론지었다. 그녀는 가족을 떠나서, 그리고 시민사회의 인습적 규범에서 벗어나 소문이 나쁜 사민당원인 구두 수선공, 그 주변의 '하찮은 사람들', '병신'과 같은 하층계급 사람들과의 새로운 인간관계에서 '자유의 세월'을 만끽할 수 있었다. 따라서 그녀의 자유는 하인으로서의 역할을 거부함으로써, 더 자세히 말해 그녀가 속한 계급에 대한 배반과 반항에서 얻은 새로운 삶의 가치인 것이다. 할머니가 짧은 2년 동안 자유를 누렸다면, 그녀의 첫 번째 60년의 인생은 자유롭지 못했다는 것을 의미한다. 서술자인 손자가 그녀의 첫 번째 인생을 '노예생활'로 관찰했듯이, 그는 할머니의 해방을 시인하는 반면에 인쇄소 삼촌과 아버지로 대표되는 시민사회를 삶의 가치와 자유가 유린되는 비정상적인 사회로 부정한다. 그리고 그는 인습적 제도의 틀 속에 갇혀 있는 사회와 시민성을 변증법적으로 비난하면서 시민사회의 변혁을 강조하고 있다. 문학이론에서 일인칭 서술자는 무릇 작가를 의미한다. 그는 브레히트의 사회개혁 의지를 전달하는 인물인 것이다.

로베르트 민더는《품위 없는 할머니》에서 할머니의 인생이 아우크스부르크에서의 젊은 시절의 브레히트에 대한 묘사와 일치한다고 보았다. 브레히트는 자신을 할머니 속에 반영하고 이렇게 썼다.

소년은 (…) 아버지들의 세계와 전쟁의 세계를 비난하고, 하마터면 패배주의 때문에 퇴학당할 뻔했다. 그의 부모는 그가 시민가정의 평안한 생활에서 나와 다락방으로 이사했고, 선술집에서 불량배들이나 깡패들 같은 평판이 나쁜 사람들과 어울렸다고 말한다. 그의 인생의 시작은 할머니의 마지막 삶과 같은 길을 걸었다. 다시 발견된 일치다![29]

로베르트 민더에게 서술자의 할머니는 브레히트가 '재발견한 할머니'이며, 따라서《품위 없는 할머니》는 꾸며낸 것이 아니라 브레히트가 아우크스부르크에서 보낸 젊은 시절의 자기묘사다.[30] 그 밖에도 헬무트 린넨보른도 비판 없이 할머니의 지난 두 생애를 보고한 서술자를 브레히트와 동일

시했다.[31]

　문학작품과는 달리 역사는 창작되는 것이 아니라 서술되는 것이다. 서술자는 인쇄소 삼촌과 아버지의 자료들로 할머니의 인생을 정확하고 빈틈없는 자신의 관점에서 재구성한다. 서술자는 할머니의 역사를 쓴다. 마르크스주의자인 브레히트에게 역사의 발전은 위대한 인물이나 큰 사건에 의해서만 이루어지는 것이 아니다. 눈에 많이 띄지 않고 보잘것없는 사람과 표면상 사소하고 드물고 평범한 사건도 역사적으로 중요하다.[32] 그래서 '작고 깡마른' 할머니의 인생은 사회주의 사회와 인류의 발전을 위해 역사적으로 중요한 사건이 된다. 비록 할머니의 행동이 이 작품이 쓰일 때의 시민사회에서는 선동적이고 '품위 없는' 것으로 보일 수 있으나, 할머니는 브레히트의 사회개혁 이념의 선구자라 할 수 있으며, 미래의 이상적인 사회주의 사회의 도래를 위한 시민의식의 모범을 앞서 보여주는 사회주의의 여혁명가다.[33] 할머니의 인생에서는 많은 것이 작은 일이었지만 그 무엇도 하찮은 것은 아니었다. 내가 변해야 사회를 변화시킬 수 있다.

《아우크스부르크의 백묵원》
Der Augsburger Kreidekreis

30년 전쟁 당시에 징글리라는 한 스위스의 신교도가 레히 강변에 있는 자유도시인 아우크스부르크에 가죽상점이 딸린 큰 피혁공장을 가지고 있었다. 그는 아우크스부르크 여자와 결혼해서 그녀와의 사이에 한 아이를 두었다. 가톨릭군이 그 도시로 진군해 왔을 때, 그의 친구들은 그에게 급히 피하라고 권했으나, 한편으로 몇 안 되는 가족이 그를 붙들기도 하고, 다른 한편으로 그의 피혁공장을 위험에 내버려두고 싶지 않고 해서, 어쨌든 간에 그는 제때 피난 갈 결정을 할 수 없었다.

가톨릭 측 황제의 군대가 그 도시로 몰려왔을 때 그는 아직도 그곳에 있었고, 저녁에 약탈당할 때 그는 염료를 보관하는 마당 안의 굴속에 숨었다. 그의 아내는 아이와 함께 교외에 있는 그녀의 친척에게 가기로 했지만, 그녀의 물건들, 옷들, 장신구들과 침구들을 챙기느라 너무 오래 머물러 있었다. 그러다가 그녀는 갑자기 2층의 한 창문에서 한 떼의 황제 측 병사들이 마당으로 몰려오는 것을 내다보았다. 놀라서 얼이 빠진 그녀는 모든 것을 내팽개치고 뒷문을 통해 그 집을 뛰쳐나갔다.

그래서 그 아이는 집에 남겨져 있었다. 그 아이는 큰 대청마루에 있는 요람에 누워 천장에서 내려온 실에 매달린 나무 공을 가지고 놀고 있었다.

어린 하녀만이 아직 집에 남아 있었다. 골목에서 시끄러운 소리가 들려왔을 때 그녀는 부엌에서 허드렛일을 하고 있었다. 창가로 달려가면서 그녀는 건너편 집의 2층에서 병사들이 온갖 약탈품들을 골목길로 내던지는 것을 보았다. 누군가 대청마루로 뛰어가서 그 아이를 요람에서 안아 올리려 했을 때 그녀는 참나무 대문을 심하게 두드리는 소리를 들었다. 그녀는 공포에 사로잡혀 계단 위로 뛰어 올라갔다.

대청마루는 모든 것을 산산조각 내고 있는 술 취한 병사들로 가득 찼다. 그들은 자기들이 신교도의 집에 있다는 것을 알았다. 안나라는 그 하녀는 기적처럼 수색과 약탈에도 들키지 않았다. 떼거리가 물러갔고, 숨어 있던 옷장에서 기어 나오면서 안나는 대청마루에 있는 그 아이도 무사한 것을 발견했다. 그녀는 아이를 재빨리 안고 마당으로 살그머니 빠져나갔다. 그 사이에 밤이 되었지만 가까이서 타고 있는 집의 붉은 불빛이 마당을 훤히 비췄다. 그리고 그녀는 끔찍하게 살해당한 집주인의 시체를 보고 깜짝 놀랐다. 그 병사들은 그를 굴에서 끌어내어 타살했던 것이다.

이제야 비로소 그 하녀는 만약 신교도의 아이와 함께 길거리에서 붙잡힐 경우 자기에게 어떤 위험이 닥쳐올지를 분명히 깨달았다. 그녀는 무거운 마음으로 그 아이를 요람에 다시 뉘어놓고 우유를 좀 주고 요람을 흔들어 잠들게 했다. 그리고 그녀의 시집간 언니가 살고 있는 구역으로 떠났다.

밤 10시경에 그녀는 형부와 함께 야단법석을 치며 승리를 축하하는 병사들을 헤치고 교외로 아이의 어머니인 징글리 부인을 찾아 나섰다. 그들은 커다란 저택의 대문을 두드렸고, 그 문은 한참 후에야 조금만 열렸다. 징글리 부인의 삼촌인 키 작은 노인이 머리를 내밀었다. 안나는 숨 가쁘게 징글리 씨는 죽었지만 그 아이는 무사히 집에 있다고 보고했다. 그 노인은 그녀를 차가운 눈으로 싸늘하게 쳐다보면서 자기 질녀는 거기에 없으며 자기는 신교도의 사생아와는 아무 상관도 없다고 말했다. 그러면서 문을 다시 닫아버렸다. 돌아오면서 안나의 형부는 한 창문에서 커튼이 움직이는 것을 보고 징글리 부인이 그곳에 있다는 확신을 얻었다. 그녀는 자기 자식을 부인하는 게 부끄럽지 않은 모양이었다.

한참 동안 안나와 형부는 말없이 나란히 걸어갔다. 그러고 나서 그녀는 피혁공장에 돌아가서 그 아이를 데려오고 싶다고 형부에게 밝혔다. 조용하고 얌전한 성격의 형부는 그녀의 말을 듣고 깜짝 놀라면서 그 위험한 생각을 그만두도록 그녀를 타이르려고 했다. 그녀가 이 사람들하고 무슨 상관이 있으며, 그녀가 한 번이라도 예의바르게 대접받은 적이 있었느냐는 것이다.

안나는 그의 말을 조용히 듣고, 지각없는 짓은 하지 않겠다고 그에게 약속했다. 그렇지만 그녀는 무슨 일이 있어도 빨리 그 피혁공장으로 가서 그 아이가 무사한지 보고 싶어 했다. 그리고 그녀는 혼자 가려고 했다.

그녀는 자기 의사를 관철시켰다. 그 아이는 부서진 대청마루 한가운데서 자기 요람에 조용히 누워 잠자고 있었다. 안나는 지친 몸으로 아이 옆에 앉아 바라보았다. 그녀는 감히 불을 켜지 못했지만 근처에 있는 집이 아직도 계속해 타고 있었고, 그 불빛에 그녀는 아이를 뚜렷이 볼 수 있었다. 그 아이의 조그마한 예쁜 목덜미에는 작은 점이 있었다.

그렇게 얼마 동안, 아마도 한 시간쯤, 그 아이가 숨을 쉬고 자기의 조그마한 주먹을 빠는 모습을 지켜보았을 때, 그녀는 그 아이를 그냥 놓고 가기에는 너무 오랫동안 거기 앉아 너무 많이 쳐다보았다는 것을 깨달았다. 그녀는 무겁고 느린 동작으로 일어나서 그 아이를 아마 포대기에 싸서 팔에 안고는 마치 양심에 찔리는 도둑처럼 사방을 두리번거리면서 그 아이와 함께 마당을 나섰다.

그녀는 언니와 형부와 오랫동안 상의한 끝에 보름이 지난 후 자기 오빠가 농부로 있는 그로스아이팅겐의 시골마을로 그 아이를 데리고 갔다. 그 농가는 그의 부인의 것이었고, 그는 다만 데릴사위로 들어갔을 뿐이었다. 그녀는 혹시나 해서 그 아이가 누구인가를 오빠에게만 말하기로 작정했다. 그녀는 젊은 올케를 한 번도 본 적이 없었고 그녀가 그렇게 위험한 어린 손님을 받아줄지 알 수 없었기 때문이다.

안나는 점심때쯤 그 마을에 도착했다. 그녀의 오빠와 그의 아내 그리고 머슴들이 앉아서 점심을 먹고 있었다. 그들은 그녀를 반갑게 맞이했으나 새 올케를 본 그녀는 그 아이를 즉시 자기의 자식으로 소개하지 않을 수 없었다. 그녀의 남편이 멀리 떨어진 마을의 방앗간에 일자리를 얻어서 2~3주 안에 그녀가 아이와 함께 그곳으로 올 것을 기다리고 있다고 설명한 후에야 비로소 올케의 어색한 감정이 풀리고 그 아이는 마땅히 받아야 할 칭찬을 받았다.

오후에 그녀는 숲으로 나무하러 가는 오빠를 따라갔다. 그들은 나무 그루터기에 앉았고 안나는 그에게 진실을 숨김없이 털어놓았다. 그녀는 오빠가 자신의 처지에 만족하고 있지 않은 것을 볼 수 있었다. 그 집에서 그의 위치는 아직 확고하지 않았고 그는 안나가 자기 아내에게 말하지 않은 것을 매우 칭찬했다. 그는 자기의 젊은 아내에게서 신교도 아이에 대해 특별히 관대한 태도를 기대하지 않은 것이 분명했다. 그는 계속해서 그 일이 숨겨지길 바랐다. 그런데 그것을 오래 지키는 일은 쉽지 않았다.

안나는 추수 때 함께 일했고 다른 사람들이 쉴 때면 언제나 들에서 집까지 뛰어가서 틈틈이 '자기' 애를 돌보았다. 그 꼬마는 무럭무럭 자랐고 살이 찌기까지 했다. 안나를 볼 때마다 웃었고 힘 있게 머리를 쳐들려고 했다.

그러나 그 후에 겨울이 왔고 올케는 안나의 남편 소식을 묻기 시작했다.

안나가 그 집에 머무는 데 대해서는 아무런 반대도 없었다. 그녀는 언제나 유익한 일을 할 수 있었다. 문제는 이웃 사람들이 어린애의 아버지에 대해 궁금해한다는 것이다. 그가 애를 보러 한 번도 오지 않았기 때문이다. 만일 그녀가 그 아이의 아버지를 보여주지 못한다면, 그 집은 곧 구설에 오를 것이 분명했다.

어느 일요일 오전에 오빠는 마차에 말을 매더니 이웃 마을에 가서 송아지를 끌고 오는 데 함께 가자고 안나를 큰 소리로 불렀다. 덜커덕거리는 마차에서 그는 그녀를 위해 한 남자를 찾아서 구했노라고 밝혔다. 그는 죽을병에 걸린 소작인이었다. 그 두 사람이 그의 나지막한 오두막집 안에 서 있을 때 그는 더러운 이부자리에서 수척해진 머리를 들지도 못할 지경이었다.

그는 안나와 결혼할 의사가 있었다. 침대 머리에는 피부가 누런 노파가 서 있었다. 그의 어머니였다. 그 노파는 안나에게 베푸는 봉사의 대가를 받아내려고 했다.

그 일은 10분 만에 타협되었고, 안나와 오빠는 계속해 마차를 몰고 가서 송아지를 살 수 있었다. 결혼식은 같은 주말에 거행되었다. 신부가 결혼의 례를 중얼거리는 동안 그 병자는 단 한 번도 멍한 시선을 안나에게 돌리지 않았다. 그녀의 오빠는 그들이 며칠 안에 사망확인서를 받게 될 것을 믿어 의심치 않았다. 그러면 안나의 남편이며 아이의 아버지는 그녀에게 오는 도중에 아우크스부르크 근처의 어느 마을에서 어찌 되었든 간에 죽은 것이 되며, 그러면 과부가 자기 오빠 집에 머물게 된다 해도 누구도 이상하게 생각하지 않을 것이었다.

베르톨트 브레히트

281

안나는 교회의 종도 취주악도 들러리를 서는 처녀도 축하객도 없는 자기의 기이한 결혼식에서 즐거운 마음으로 돌아왔다. 그녀는 결혼 피로연으로 식당에서 한쪽의 베이컨과 함께 빵 한 조각을 먹고 나서 자기 오빠와 함께 이제 이름을 갖게 된 아이가 누워 있는 상자 앞으로 다가갔다. 그녀는 이불을 단단하게 여며주고 자기 오빠를 웃으며 바라보았다.

그렇지만 사망확인서는 쉽게 오지 않았다.

다음 주에도 그리고 그다음 주에도 그 노파에게선 소식이 없었다. 안나는 집에서 자기 남편이 지금 자기에게 오는 중이라고 얘기했다. 이제 그녀는 남편이 어디 머물고 있는지 사람들이 물을 때면, 깊이 쌓인 눈이 여행을 힘들게 하는 모양이라고 말했다. 그러나 이어서 3주가 지난 후에 그녀의 오빠는 정말로 걱정이 되어서 아우크스부르크 근처의 마을로 마차를 타고 갔다.

그는 밤늦게 돌아왔다. 안나는 아직 자지 않고 있다가 마차가 마당으로 덜컹거리며 들어오는 소리를 들었을 때 문으로 뛰어갔다. 그녀는 오빠가 느릿느릿 말을 마차에서 푸는 것을 보고 가슴이 오그라들었다.

그는 나쁜 소식을 가져왔다. 그 오두막집에 들어섰을 때 그는 죽음의 문턱에 있었던 그 남자가 셔츠만 걸치고 식탁에 앉아 저녁을 먹는 것을 발견했다. 그는 다시 완전히 건강해졌다.

오빠는 계속해서 소식을 전할 때 안나의 얼굴을 쳐다보지 않았다. 오터러라는 그 소작인과 그의 어머니는 역시 그런 변화에 놀란 것 같았고, 어찌해야 할지 아직 아무런 결정을 못 하고 있었다. 오터러는 불쾌한 인상을 주지 않았노라고 전했다. 그는 말이 별로 없었지만, 한번은 자기 어머니가 자기 아들이 이제 원치 않는 여자와 낯선 아이를 떠맡게 됐다고 한탄하려하자 조용히 하라고 그녀를 나무랐다. 그는 대화 도중에 계속해서 치즈 요리를 먹었고, 안나의 오빠가 그곳을 떠날 때도 여전히 먹고 있었다.

다음 며칠 동안 안나는 매우 우울했다. 집안일을 하는 틈틈이 그녀는 아이에게 걸음마를 가르쳤다. 그 애가 물레에서 실 감는 나무막대를 빼내고 조그마한 예쁜 두 팔을 벌리면서 그녀에게 뒤뚱거리며 올 때면 눈물을 삼킨 흐느낌을 억눌렀고, 그 애가 넘어질라치면 그를 꼭 껴안았다.

언젠가 그녀는 오빠에게 그가 어떤 사람이냐고 물었다. 그녀는 그를 임종의 자리에서, 그것도 저녁때 흐릿한 촛불 밑에서 보았을 뿐이었다. 이제 그녀는 자기 남편이 일에 찌든 50대의 남자로서 '소작농처럼' 생겼다는 말을 들었다. 그러고 나서 그녀는 곧 그를 만났다. 한 행상이 아무도 눈치채지 못하게 많은 애를 쓰면서 '어떤 아는 사람'이 그녀를 아무아무 날 아무아무 시에 오솔길이 란츠베르크로 갈라지는 어떤 마을에서 만나고 싶어 한다고 그녀에게 전했다. 그래서 그 부부는 마치 고대의 장군들이 그들의 전선 중간에서 만나듯이, 그들의 마을 사이에 있는 눈 덮인 들판에서 만났다.

안나는 그 남자가 마음에 들지 않았다. 그는 작은 회색의 이를 가졌고, 그녀가 두툼한 양털가죽으로 몸을 감싸고 있어 별로 볼 것이 없는데도 머리 위에서 발끝까지 그녀를 훑어보았고 '혼배성사'란 말을 사용했다. 그녀는 그에게 모든 것을 다시 생각해봐야 하겠노라고 짧게 말했으나, 그로스아이팅겐을 지나가는 어떤 행상이나 백정 편에 그가 곧 올 것이며 오는 도중에 병이 났노라고 그녀의 올케에게 전해달라고 부탁했다.

오터러는 신중한 태도로 고개를 끄덕였다. 그는 그녀보다 머리 하나가 더 컸으며 말할 때 계속해서 그녀의 왼쪽 목덜미를 바라보아서 그녀는 화가 났다.

그러나 소식은 오지 않았다. 그래서 안나는 그저 아이와 함께 집에서 나와 계속 남쪽으로, 예를 들면 캄프텐이나 존트호펜으로 가서 일자리를 찾아보려는 생각을 했다. 다만 소문이 많이 난 시골길의 위험과 때가 한겨울이라는 것이 그녀를 붙잡아 두었다.

그 집에 머무는 것은 갈수록 어려워졌다. 올케는 점심식사 때 모든 일꾼들 앞에서 그녀의 남편에 대해 미심쩍게 물었다. 그녀가 언젠가 거짓으로 동정하는 체하며 아이를 바라보면서 큰 소리로 "불쌍한 녀석" 하고 말했을 때, 안나는 떠나기로 결심했다. 그러나 그때 그 아이가 병이 났다.

아이는 머리에 열이 벌겋게 오르고 눈이 흐려진 채 불안하게 누워 있었고 안나는 불안과 희망 속에서 며칠 밤을 꼬박 지새우며 아이를 지켜보았다. 아이가 다시 회복되면서 웃음을 되찾았을 즈음, 어느 날 오전에 문 두드리는 소리가 나더니 오터러가 들어왔다.

방 안에는 안나와 아이밖에 아무도 없었으므로 남을 속이려고 표정을 꾸밀 필요가 없었다. 아마도 그녀는 너무 놀라서 표정을 꾸밀 수도 없었을 것이다. 그들은 한동안 말없이 서 있었다. 오터러는 이 문제를 자기 나름대로 생각했으며, 해서 그녀를 데리러 왔다고 말했다. 그는 다시 혼배성사라는 말을 꺼냈다.

안나는 화가 났다. 억눌렸지만 단호한 목소리로 그녀는 그와 함께 살 생각을 하지 않았으며 오직 아이 때문에 결혼했고 그가 자기와 아이에게 그의 이름을 주는 것 외에는 아무것도 바라지 않는다고 말했다.

그녀가 아이에 대해 말했을 때 오터러는 아이가 누워서 옹알거리고 있는 쪽을 힐끗 쳐다보았으나 그곳으로 가지는 않았다. 그것이 안나로 하여금 그에 대해 더욱 나쁜 감정을 품도록 했다.

그는 몇 마디 말을 했다. 즉 그녀가 모든 것을 다시 한 번 깊이 생각해보아야 하며 자기 집에서는 근근이 입에 풀칠할 정도이고 어머니는 부엌에서 자도 된다는 것이었다. 그때 올케가 들어왔고 호기심에 가득 차서 그에게 인사를 하고 그를 점심식사에 초대했다. 그는 식탁에 앉으면서 오빠에게 무관심하게 고개를 끄덕여 인사했다. 그는 그를 모르는 척하지도 않았고 그렇다고 그가 그를 안다는 티를 내지도 않았다. 올케의 질문에 그는 접시에서 눈을 들지 않은 채 그가 메링에서 일자리를 찾았기 때문에 안나는 자기에게 옮길 수 있게 되었노라고 짧게 대답했다. 그렇지만 당장 그녀를 데리고 갈 것인지에 대해서는 한마디도 하지 않았다.

오후에 그는 안나의 오빠와 어울리는 것을 피했고 아무도 그에게 요구하지 않았는데도 집 뒤에서 장작을 팼다. 그가 다시 말없이 함께했던 저녁식사를 마친 후에 올케는 손수 안나의 방으로 이불을 가지고 와서 그가 그곳에서 밤을 지내도록 했다. 그러나 그때 그는 이상하게도 천천히 일어나서 그날 저녁에 돌아가야 한다고 중얼거렸다. 그는 떠나기 전에 멍한 시선으로 아이가 있는 곳을 쳐다보았으나 아무 말도 하지 않았고 그 아이에게 손도 대지 않았다.

그날 밤에 안나는 병이 나서 몇 주일 내내 열에 시달렸다. 그녀는 대부분의 시간을 멍하니 누워 있었고 다만 열이 좀 내려가는 아침녘에는 몇 번 아이가 있는 곳으로 기어가서 이불을 다독거려주곤 했다.

병이 난 후 4주째가 되는 날에 오터러는 마차를 몰고 농가로 와서 그녀와 아이를 데려갔다. 그녀는 아무 말 없이 그대로 따랐다.

그녀는 아주 서서히 기운을 차리기 시작했다. 그 소작농의 오두막집에서 멀건 수프만 먹은 것은 전혀 놀라운 일이 아니었다. 그러나 어느 날 아침에 그녀는 아이가 더러운 꼴을 하고 있는 것을 보고 결연히 그 자리에서 일어났다.

그 꼬마는 다정한 미소로 그녀를 맞이했는데 그녀의 오빠는 항상 그 미소가 그녀를 닮았다고 주장했다. 그 애는 무럭무럭 자라서 놀랄 만큼 빨리 온 방 안을 두루 기어 다녔다. 그러다 얼굴을 찧을 때면 손으로 쿵쿵 소리가 나게 바닥을 두드리며 작게 외마디 소리를 질렀다. 그녀는 나무 통 속에서 그 애를 씻겼고 그녀의 다시 확신을 얻었다.

며칠이 지나자 그녀는 오터러와의 생활을 더 이상 참을 수 없었다. 그녀는 그 꼬마를 몇 개의 모포로 싸고 빵 한 조각과 약간의 치즈를 집어넣고 도망쳤다.

그녀는 존트호펜으로 가려고 마음먹었으나 멀리 가지는 못했다. 그녀는 아직 다리에 힘이 없었고, 시골길은 눈이 녹아 질퍽거렸다. 그리고 마을 사람들은 전쟁 때문에 매우 의심이 많아지고 인색해졌다. 길을 떠난 지 사흘째 되는 날에 그녀는 길에 파인 웅덩이에 발을 삐었고 몇 시간을 아이 때문에 걱정하면서 보낸 후에 한 농가로 옮겨져 마구간에 누워 있어야 했다. 그 꼬마는 암소들의 다리 사이를 이리저리 기어 다녔고 그녀가 걱정되어 소리를 칠 때마다 웃기만 했다. 마침내 그녀는 그 집 사람들에게 자기 남편의 이름을 대지 않을 수 없었고, 오터러는 그녀를 다시 메링으로 데려갔다.

이제 그녀는 더 이상 도망가려 하지 않았고 자기 운명을 받아들였다. 그녀는 심하게 일했다. 작은 밭에서 뭘 일궈내서 작은 살림살이를 꾸려나가기는 힘들었다. 그렇지만 남편은 그녀에게 불친절하지 않았고 그 꼬마는 배불리 먹었다. 그녀의 오빠도 가끔씩 건너와서 이것저것을 선물로 가져왔다. 그리고 언젠가 그녀는 심지어 그 꼬마의 저고리를 빨갛게 물까지 들일 수 있었다. 그녀는 그것이 염색업자의 아이에게 잘 어울릴 것이라고 생각했다. 시간이 지나면서 그녀에겐 만족스러운 기분이 들게 되었고 꼬마를 키우면서 많은 기쁨을 맛보았다. 그러면서 세월이 흘렀다.

그러던 어느 날 그녀는 당밀을 가져오려고 마을에 갔다. 그런데 그녀가 돌아왔을 때 아이는 오두막집에 없었다. 그녀의 남편은 옷을 잘 차려입은 부인이 마차를 타고 와서 아이를 데려갔다고 전했다. 그녀는 놀라 비틀거리며 벽 쪽으로 갔고, 그날 저녁으로 먹을 것 한 보따리만 싸들고 아우크스부르크로 떠났다.

그 도시에서 그녀가 제일 먼저 찾아간 곳은 피혁공장이었다. 그녀는 면회가 허락되지 않았고 그 아이를 볼 수도 없었다. 언니와 형부는 그녀를 달래려 했으나 소용이 없었다. 그녀는 관청으로 달려가서 누가 자기 아이를 훔쳐갔다고 정신없이 소리쳤다. 그녀는 심지어 신교도들이 자기 아이를 훔쳐갔다고 암시하기까지 했다. 그녀는 나중에서야 지금은 다른 시대가 지배하며 가톨릭교도와 신교도 사이에 평화가 맺어졌다는 것을 알게 되었다.

만일 그녀를 특별한 행운이 도와주지 않았더라면 그녀는 거의 아무것도 이룰 수 없었을 것이다. 그녀의 소송사건은 아주 특이한 한 재판관에게 넘겨졌다.

그는 이그나츠 돌링거라는 재판관으로 거친 언행과 박식함 때문에 슈바벤 지방에서 유명했고, 그를 상대로 자유도시의 소송사건을 치렀던 바이에른의 선제후로부터는 '이 라틴 촌놈'이란 별명을 얻었지만 하층민들로부터는 긴 민요 속에서 칭송되었다.

안나는 언니와 형부와 함께 그 남자 앞으로 나왔다. 키는 작지만 엄청나게 살이 찐 늙은 남자가 꾸미지 않은 작은 방에서 양피지 더미 사이에 앉아 있었다. 그리고 아주 짧게 그녀의 말을 들었다. 그러고 나서 그는 무엇인가를 종이 위에 쓰고 나서 "저기로 걸어가, 빨리!" 하고 고함쳤다. 그러면서 그는 작고 통통한 손으로 좁다란 창을 통해 햇빛이 들어와 비치는 한 장소를 가리켰다. 잠시 동안 그는 그녀의 얼굴을 자세히 살펴본 다음 깊은 한숨을 내쉬면서 그녀에게 가라고 손짓했다.

그다음 날 그는 재판소의 하인을 시켜 그녀를 데려오게 하고 그녀가 문턱에 들어서기도 전에 소리를 질렀다.

"왜 너는 소송문제가 막대한 재산이 딸린 피혁공장의 일이라는 것에 대해 한마디의 말도 하지 않았나?"

안나는 자기에게 중요한 것은 아이라고 완강하게 말했다.

"네가 피혁공장을 가로챌 수 있다고 상상도 하지 말아라" 하고 재판관이 소리쳤다.

"만약 그 사생아가 정말 네 자식이라면, 그 재산은 징글리의 친척이 차지하게 되는 거야."

안나는 그를 쳐다보지 않은 채 고개를 끄덕이며 말했다.

"그 아인 그 피혁공장이 필요 없어요."

"그 아이는 네 아이냐?" 하고 재판관이 거칠게 소리쳤다.

"예" 하고 그녀는 나직하게 말했다.

"그 애가 말을 다 할 수 있을 때까지만이라도 제가 데리고 있을 수 있다면 좋겠어요. 그 애는 겨우 일곱까지밖에 몰라요."

그 재판관은 기침을 하고 자기 책상 위의 서류들을 살폈다. 그러고 나서 그는 좀 누그러졌지만 여전히 화가 난 어조로 말했다.

"넌 그 꼬마 녀석을 원하고 다섯 겹의 비단치마를 입은 저 계집도 그 녀석을 원한단 말씀이야. 그러나 그 꼬마에겐 올바른recht 엄마가 필요하지."

"그래요" 하고 안나는 말하고 재판관을 바라보았다.

"꺼져버려" 하고 그는 말했다.

"토요일에 재판을 한다."

그날 아우크스부르크의 페를라하 탑 옆에 있는 시청 앞 광장은 '신교도 아이'의 재판을 참관하려는 사람들로 새까맣게 뒤덮였다. 이 특이한 사건은 처음부터 비상한 관심을 불러일으켰고 집 안에서나 음식점에서나 누가 진짜echt 엄마이고 누가 가짜falsch 엄마인가에 대한 논쟁이 벌어졌다. 또한 그 늙은 돌링거는 신랄한 말투와 격언을 구사하는 민중적인 재판관으로 널리 알려져 있었다. 그의 재판은 시끄러운 소리꾼들이나 교회 헌당식보다 더 인기가 있었다.

그래서 시청 앞에는 많은 아우크스부르크 시민들이 몰려들었을 뿐만 아니라 적지 않은 주변의 농부들도 그곳에 있었다. 금요일이 장날이어서 그들은 재판을 기다리며 시내에서 하룻밤을 지냈다.

돌링거 재판관이 재판하는 방은 이른바 황금홀이라는 곳이었다. 그 방은 전 독일에서 같은 크기의 방 중에 기둥이 없는 유일한 곳으로 유명했다. 천장은 용마루에 사슬로 매달려 있었다.

키가 작고 둥근 모습으로 비대하게 살찐 돌링거 재판관은 한쪽 세로 벽의 닫혀 있는 큰 문 앞에 앉아 있었다. 흔히 보는 새끼줄이 방청객들과 그를 갈라놓았다. 그러나 그 재판관은 평평한 땅바닥에 앉아 있었고 그 앞에는 책상도 없었다. 그 자신이 몇 년 전에 이러한 지시를 내렸었다. 그는 이런 꾸밈새를 매우 중요하게 생각했다.

새끼줄이 쳐진 곳의 안쪽에는 징글리 부인과 그녀의 삼촌, 그리고 이곳에 온 죽은 징글리 씨의 스위스 친척들, 많은 보수를 받고 있는 상인들처럼 보이는 두 명의 잘 차려입은 품위 있는 남자들, 그리고 안나와 그녀의 언니가 있었다. 징글리 부인의 옆에는 아이를 안고 있는 유모가 보였다.

재판의 당사자들과 증인들은 모두 서 있었다. 돌링거 재판관은 재판에 관계있는 사람들이 서 있는다면 재판은 더 빨리 끝난다고 입버릇처럼 말하곤 했다. 그러나 그는 아마도 그들이 방청객들 앞에서 그를 가림으로써 방청객들이 발뒤꿈치를 들고 목을 쭉 빼야만 겨우 재판관을 볼 수 있도록 하려고 그들을 서 있게 했는지도 모른다.

재판이 시작할 무렵 예기치 않은 일이 일어났다. 안나가 그 아이를 보았을 때 그녀는 비명을 지르며 앞으로 나갔고, 그 아이는 그녀에게 가려고 유모의 품 안에서 세차게 버둥거리며 울부짖기 시작했다. 재판관은 그 아이를 홀에서 데리고 나가도록 했다.

그러고 나서 그는 징글리 부인을 불렀다.

그녀는 옷자락을 땅에 끌면서 앞으로 나왔다. 그리고 때때로 손수건을 눈에 갖다 대면서 약탈이 벌어졌을 때 황제의 군사들이 그녀에게서 아이를 어떻게 빼앗아 갔는지를 설명했다. 바로 그날 밤 그 하녀가 그녀의 삼촌 집으로 와서 그 아이가 아직도 그 집에 있다고 보고했는데, 그것은 아마도 수고비를 기대하면서 그렇게 한 것 같다고 그녀는 말했다. 그렇지만 피혁공장에 보낸 그녀 삼촌의 식모는 그 아이를 찾아내지 못했고, 그녀는 그 사람이(그녀는 안나를 가리켰다) 어떻게 해서든 돈을 뜯어내기 위해 그 애를 인질로 잡고 있는 것으로 생각했다는 것이다. 사전에 그 아이를 그 여자한테서 빼앗아 오지 않았더라면 그녀는 아마도 조만간 그런 요구들을 해왔을 것이라고 주장했다.

돌링거 재판관은 징글리 씨의 두 친척을 불러내어 그들이 그 당시에 징글리 씨의 안부를 알아보았는지, 그리고 그들에게 징글리 부인으로부터 무슨 얘기가 있었는지를 물었다.

그들은 징글리 부인이, 자기 남편은 타살되었고 그 아이는 한 하녀에게 맡겼는데 그녀에게서 무사히 잘 있다고 자기들에게 알렸다고 증언했다. 그들은 징글리 부인에 대해 매우 불리하게 말했는데, 물론 그것은 결코 놀라운 일은 아니었다. 징글리 부인이 재판에서 지게 될 경우, 재산은 그들에게 돌아가기 때문이었다.

그들의 진술이 끝난 후에 재판관은 다시 징글리 부인에게로 몸을 돌리고 그녀가 습격을 받았을 당시에 그저 정신이 없어서 그 애를 위험 속에 내버려두지 않았는지를 그녀에게 캐물었다.

징글리 부인은 놀란 듯이 창백한 푸른 눈으로 그를 바라보면서 자기 아이를 위험 속에 내버려두지 않았다고 모욕당한 듯이 말했다. 돌링거 재판관은 헛기침을 하고 나서 어머니라면 누구도 자기 자식을 위험 속에 내버려둘 수는 없다고 그녀가 생각하는지 흥미 있게 물었다.

"예, 그렇게 생각합니다"라고 그녀는 확고하게 대답했다.

그렇다면 그런 짓을 하는 어머니에겐 아무리 많은 치마를 입었다 해도 상관없이 볼기를 쳐야 마땅하다고 그녀가 생각하는지 재판관은 계속해서 물었다.

징글리 부인은 아무 대답도 하지 않았다. 그리고 재판관은 이전에 하녀였던 안나를 불렀다. 그녀는 재빨리 앞으로 나왔고 나지막한 목소리로 그녀가 이미 예심에서 했던 말을 되풀이했다. 그러나 그녀는 말을 하면서도 동시에 무슨 소리를 들으려고 귀를 기울이는 것처럼 이따금씩 그 아이를 데려간 큰 문 쪽을 쳐다보았고, 그 아이가 아직도 계속해 울고 있는지 걱정하는 것 같았다.

그녀는 그날 밤에 징글리 부인의 삼촌 집으로 가기는 했지만, 그다음엔 황제의 구교도 군인들이 무서워서 그리고 이웃 동네인 레히하우젠에 있는 착한 사람들의 집에 맡겨놓았던 자신의 외동아들이 걱정되었기 때문에 피혁공장으로 돌아가지 않았다고 진술했다.

돌링거는 거칠게 그녀의 말을 중단시키고, 그렇다면 적어도 두려움 같은 것을 느낀 한 사람이 시내에 있었던 것이라고 말을 가로챘다. 그는 말했다. "나는 그것을 확인할 수 있어서 기쁘다. 왜냐하면 이제 적어도 한 사람은 그 당시에 이성을 가지고 있었다는 것이 증명되기 때문이다. 그렇지만 이 여자 증인이 자기 자식에게만 신경을 쓴 것은 좋지 않았다. 그러나 한편으론 피는 물보다 진하다고 말들 한다. 그리고 올바른 어머니라면 자기 자식을 위해 도둑질도 마다하지 않는 법이다. 그러나 그것은 법으로 금지되어 있다. 소유권이란 인정되어야 하기 때문이다. 그리고 도둑질하는 사람은 거짓말도 하게 되는데 거짓말하는 것도 역시 법으로 금지되어 있다."

그러고 나서 그는 법정을 속여먹는 사람들의 교활함에 대해 증인들의 얼굴이 창백해질 때까지 현명하고도 거칠게 질책했다. 그리고 잠깐 말을 돌려 죄 없는 암소의 젖에다 물을 섞는 농부들과, 이 소송과는 아무런 상관이 없지만 농부들한테서 너무 많은 시장세를 징수하는 시 당국자에 대해서도 질책한 다음에, 증인들의 증언은 끝났지만 아무런 결과가 없다고 선언했다.

그러고 난 다음 그는 한참 동안 말없이 있다가 마치 어떻게 결론을 내야 할지 어느 한쪽에서 제안해주길 바라는 것처럼 사방을 둘러보면서 어찌할 바를 모르는 온갖 표정을 다 지었다.

사람들은 어리둥절해서 서로 바라보았다. 그리고 몇몇 사람은 어쩔 줄 모르는 재판관을 한번 쳐다보려고 목을 길게 뺐다. 그러나 재판정 안은 매우 조용했고 다만 거리로부터 수많은 사람들의 웅성거리는 소리만 들려왔다.

그때 재판관은 다시 한숨을 쉬면서 말을 꺼냈다.

"누가 올바른 어머니인지는 확인되지 않았습니다" 하고 그는 말했다.

"아이에겐 유감스러운 일이지요. 아버지들이 마땅히 해야 할 일을 비겁하게 기피하고 애비 노릇을 하지 않으려 한다는 말은 들었습니다. 나쁜 놈들이지요. 그러나 여기에는 두 사람이 어머니라고 나섰습니다. 본 법정은 이 두 사람에게 허락된 시간 동안, 즉 각자에게 주어진 5분 동안 그들의 말을 경청했습니다. 그리고 본 법정은 이 두 사람이 새빨간 거짓말을 하고 있다는 확신을 갖게 되었습니다. 그러나 이젠 말씀드렸듯이 하나의 어머니를 가져야만 하는 아이도 생각해야 합니다. 그러니까 허튼소리는 집어치우고 누가 그 아이의 올바른 어머니인지를 확인하지 않으면 안 되겠습니다."

그러고는 화난 목소리로 법정 관리를 불러 백묵 하나를 가져오라고 명령했다.

그 관리는 가서 백묵 한 개를 가져왔다.

"그 백묵으로 저기 땅바닥에 세 사람이 들어설 수 있는 원을 그리시오" 하고 재판관이 지시했다. 그 관리는 무릎을 꿇고 백묵으로 원을 그렸다.

"이제 그 아이를 데리고 오시오" 하고 재판관이 명령했다.

아이가 안으로 들어왔다. 아이는 다시 울부짖기 시작했고 안나에게 가려

베르톨트 브레히트

293

고 했다. 돌링거는 그 울부짖는 소리에 신경을 쓰지 않고 다만 좀 더 큰 소리로 자기 할 이야기를 했다.

"이제 실시하게 될 이 시험은 내가 옛날 책에서 발견한 것입니다. 그리고 그것은 아주 좋은 방법으로 여겨집니다" 하고 그는 밝혔다.

"백묵원으로 실시하는 이 시험의 간단한 기본 생각은 올바른 어머니란 자식에 대한 그녀의 사랑으로 알아볼 수 있다는 것입니다. 그러니까 이 사랑의 강도가 시험되어야만 합니다. 관리, 그 아이를 이 백묵원 안에 세워놓으시오."

관리는 울부짖는 아이를 안나의 손에서 떼어내 백묵원 안으로 데리고 갔다. 재판관은 징글리 부인과 안나를 향해 계속 말했다.

"당신들도 백묵원 안에 들어가서 각자가 아이의 팔을 하나씩 잡으시오. 그리고 내가 '시작' 하고 말하면 힘을 다해 그 아이를 원 밖으로 끌어내시오. 당신들 가운데 더 강한 사랑을 가진 여자가 더 세게 잡아당길 것이고 그래서 그 아이를 자기 쪽으로 끌어가게 될 것이오."

법정 안은 술렁거렸다. 방청객들은 발뒤꿈치를 들고 일어서서 자기 앞에 서 있는 사람들과 말다툼을 했다. 그러나 두 여자가 원 안에 들어가서 그 아이의 손을 하나씩 잡았을 때, 다시 죽은 듯이 조용해졌다. 아이도 무슨 일이 벌어지는지를 예측이나 하듯이 울음을 그쳤다. 아이는 눈물이 흐르는 얼굴을 안나를 향해 쳐들고 있었다. 그다음에 재판관은 '시작' 하고 명령을 내렸다.

그리고 단 한 번 힘껏 잡아당김으로써 징글리 부인은 그 아이를 원 밖으로 잡아채 갔다. 안나는 어쩔 줄 모르고 믿기지 않는 듯이 그 아이 쪽을 쳐다보았다. 아이의 두 팔이 동시에 양쪽으로 잡아당겨지게 된다면 아이가 다칠 수도 있다는 걱정 때문에 그녀는 즉시 놓아버렸다.

그때 늙은 돌링거가 일어섰다.

"이로써 우리는 누가 올바른 어머니인가를 알게 되었습니다" 하고 그는 큰 소리로 말했다.

"저 나쁜 계집에게서 그 애를 뺏어 오시오. 저년은 냉혹한 마음으로 그 애를 두 조각으로 찢어버릴 뻔했습니다."

그리고 그는 안나에게 고개를 끄덕이고 아침을 먹으려고 서둘러 재판정에서 나갔다.

그리고 다음 몇 주 동안 멍청하지 않은 주변의 농부들은 재판관이 그 아이가 메링에서 온 여자의 아이라고 판결했을 때 눈을 찡긋했다고 서로들 이야기했다.

인간애는 피보다 더 진하다

백묵원 소재의 근원은 중국에서 13세기에 나온 리 씽 타오의 가극이다.[34] 하나의 서곡과 4막으로 된 이 가극에서 백묵원은 아니지만 처음으로 백묵 선線에 관한 소재가 다루어졌다. 부유한 '마' 씨의 첩인 '하이 탕'은 아름다 울 뿐만 아니라 '마'의 아이를 가졌기 때문에 아이가 없는 본부인이 질투 로 남편을 살해하고, 첩의 아이를 자기 아이라고 속여 '마'의 재산에 대한 상속을 주장한다. 첫 재판은 매수로 인해서 '하이 탕'에게 유죄판결이 나왔 으나, 북경의 상급 재판관이며 현명하고 청렴한 '파오 첸'은 이 사건을 새 로 조사하고, 다음과 같은 시험을 결심한다. 아이를 백묵 선 위에 놓고, 진 짜 어머니는 아이를 자기 쪽으로 끌어낼 힘을 증명해야 한다는 것이다. '하 이 탕'은 아이가 다칠까 두려워 곧 놓아버렸다. 재판관은 그녀를 올바른 어 머니로 인정하고, 그녀는 합법적으로 아이와 재산을 상속받는다.[35]

리 씽 타오의 가극은 클라분트에 의해 자유롭게 개작되어 1925년에 5막 으로 된 연극《백묵원Der Kreidekreis》으로 성공적으로 발행되었다. 중국의 작품에서 순수한 모성애 외에도 이미 아이를 통해 유산을 확보하려는 재 산의 문제가 주제로 나타난다. 이것을 브레히트는 자신의 작품에 수용한 다. 이미 베를린에서 1920년에 그를 알았던 브레히트는 덴마크의 핀 섬 에 있는 스벤보르에서 망명生活(1933~1939)을 할 때 클라분트의 백묵원 소 재를 자신의 드라마와 단편 이야기의 소재로 다루기 시작했고, 이어진 망명지인 스웨덴의 리딩외에 1년간 머무는 동안(1939~1940)에, 즉 1940년 1월 중순에 《아우크스부르크의 백묵원》을 끝냈다. 그것은 그가 어려운 망명의 조건에서는 무대에 적합한 드라마처럼 긴 작품들보다는 짧은 산문작품이 조속히 완성하고 출판하고 판매하는 데 용이하다고 생각했기 때문이다.[36] 후에 브레히트는 이 소재를 드라마 《코카서스의 백묵원》에 이용했다. 《아우크스부르크의 백묵원》은 어느 의미에서 이 드라마 작업을 위한 전 단계라 할 수 있지만, 성공적인 독자적 산문으로서도 유명하다.

《아우크스부르크의 백묵원》은 중국에서 유래한 소재 외에도 구약성서(열왕기 상 3, 16~28)에서 전래된 솔로몬 왕의 칼의 판결을 연상시킨다. 성경의 열왕기는 같은 집에서 같은 시간에 아이를 낳은 두 창녀에 관한 이야기다. 한 아이가 죽음으로써 두 여자는 서로 살아 있는 아이를 자신의 아이로 주장한다. 아이의 합법적인 소유를 위한 싸움에서 솔로몬 왕은 '진짜' 어머니를 찾아야 한다. 왕은 칼을 가져오게 하여 아이를 두 쪽 내라고 명령한다. 그때 생모는 자기 아이가 상처를 입을까 두려워 아기를 포기한다. 그녀는 '올바른 사랑'을 나타내는 바로 이 '포기'로 인해 '진짜' 어머니로 증명되고, 그 아이를 소유하게 된다. 피는 물보다 진하다는 혈연에 의한 사랑이 강조된다.

그러나 브레히트는 중국의 악극이나 성서의 소재들을 자신의 문학적 이념에 맞게 바꾸려 했다. 즉 그는 처음부터 전래된 아이의 소유권에 대한 판결을 법의 규범에서 벗어나 새로운 사회적 규범의 정신에서, 다시 말해서 혈연적·생물학적 관계에 의해서가 아니라 사회적·모성애적 관계에서 인정하려는 것이었다. 그래서 브레히트는 이미 스벤보르에서 클라분트의 백묵원 소재를 자신의 드라마와 달력 이야기의 소재로 다루기 시작했을 때, 아이를 버린 생모가 아니라 아이를 키운 '올바른' 모성애를 가진 여자가 아이를 차지하는 것으로 작품을 새롭게 구상했다. 《아우크스부르크의 백묵원》에서 재판의 피상적인 이유는 아이와 직결된 상속사건을 규명하는 것으로 보이지만, 재판의 궁극적 목적은 아이에게 생물학적으로 '진짜' 어머니가 아니라 사회학적으로 '올바른' 어머니를 갖게 하려는 것이다. '진짜' 어머니와 '올바른' 어머니에 대한 문제는 브레히트에 의해 비로소 제기된다. 전래된 속담이나 법이 보여주듯이 혈연관계에서만 모성애가 존재한다는 진리는 올바른 모성의 실행 없이는 낡고 무의미하다는 것을 말해준다.

우선 브레히트는 《아우크스부르크의 백묵원》에서 사건의 시기와 장소를 가톨릭의 구교와 신교가 싸웠던 30년 종교전쟁(1618~1648) 때로, 그리고 자신의 고향인 아우크스부르크로 옮겨놓았다. 그는 종교전쟁을 이미 자신의 연극 《갈릴레이의 생애》(1938)와 《억척어멈과 그 자식들》(1939)에서 보여주었듯이 봉건주의와 시민계급 사이의 싸움으로, 그리고 경제적 이해관계에서 동기화된 유산계급과 무산계급 사이의 싸움으로, 다시 말해서 계급투쟁으로 형성했다. 뿐만 아니라 세계사적 관점에서 작가 자신이 겪고 있는 제2차 세계대전과의 연관을 암시적으로 나타내면서, 그 전쟁이 싸우는 사람들에게 무슨 의미를 가질 수 있는지를 생각하게 한다. 이상에서 언급된 내용들은 브레히트가 전래된 소재를 바꾼 전반적 윤곽을 보여주고 있다. 《라 시오타의 병사》처럼 이 이야기 역시 1941년에 모스크바에서 잡지 《국제 문학》 제6권에 독일어로 처음 출간되었다. 그 후에 1948년에는 베를린의 프랑스 점령구역에서 발간되는 잡지 《황금의 성문Das Goldene Tor》에, 그리고 1949년에는 요한 페터 헤벨의 작품들과 함께 책으로 출간되어 많이 판매되었을 뿐만 아니라 학교 교과서에도 수록되어 브레히트가 망명에서 돌아왔을 때 그는 이 작품으로 유명해져 있었고 이미 많은 독자층을 확보하고 있었다.[37]

《아우크스부르크의 백묵원》의 줄거리는 시작부터 마지막 판결의 절정에 이르기까지 3단계의 발전 과정을 거친다. 그 첫 단계에서는 30년 전쟁이 시대적 배경을 이루면서 큰 역사적 사건의 소용돌이에 휘말린 개인의 운명들이 묘사된다. 가톨릭 황제 군대들이 자유도시 아우크스부르크에 진군하고, 신교도인 징글리라는 피혁공장 주인이 피살되며, 그의 부인은 자기 아이도 놓아둔 채 황급히 도주하고, 하녀인 안나가 아이를 구조하여 '그 아이와 함께 마당을 나선다'는 것으로 끝난다(시작~279쪽). 전체 이야기의 중간 부분인 두 번째 단계의 줄거리는 아우크스부르크에서 30년 전쟁의 바람을 피한 시골로 옮겨진다. 즉 이야기는 안나가 그녀에 의해 구출된 아이와 함께 데릴사위로 들어간 그녀의 오빠를 찾아간 그로스아이팅겐의 마을과 안나가 소작인 오터러와 결혼한 후에 살았던 메링에서 이루어진다. 두 번째 부분은 '그러면서 세월이 흘렀다'로 끝난다(280~287쪽). 세 번째 마지막 단계의 줄거리는 형식에 얽매이지 않은 재판으로 유명한 이그나츠 돌링거 판사가 두 어머니를 심문하는 과정과 안나를 그 아이의 '올바른 어머니'로 인정하는 판결을 내리는 데서 절정을 이루며 끝난다(287~295쪽).

첫 단계의 이야기는 30년 전쟁의 소용돌이에 휘말린 아우크스부르크에 사는 한 신교도 시민가정의 묘사로 시작한다. 신성로마제국 황제 페르디난트 2세의 군대와 에스파냐의 연합군이 1634년 9월 6일에 노르트링겐에서 신교도 국가인 스웨덴 군대를 격파했고, 이 전투로 남부 독일에 대한 스웨덴의 지배가 막을 내렸다. 이야기의 시대적 배경을 이루고 있는 결정적인 사건은 스웨덴이 페르디난트 2세의 가톨릭 군대에게 아우크스부르크를 전투 없이 1635년 3월 28일에 넘겨준 것이다. 이로써 아우크스부르크에서는 비교적 종교적 관용이 있었던 시대가 끝나고 다시 가톨릭이 지배하는 시대가 시작한다. 그러나 자유도시였던 아우크스부르크에서 결혼을 통한 종파 간의 혼합은 있을 수 있는 일이었다. 신교도이며 피혁공장 주인인 징글리와 가톨릭교도인 아우크스부르크 여자와의 결혼이 그 예다.

자유도시인 아우크스부르크는 가톨릭의 황제 군대에 의해 정복되고 약탈당한다. 황제의 군인들이 신교도인 징글리의 집에 몰려올 때 징글리 내외와 아들 그리고 하녀인 안나가 집에 있었다. 이 이야기에서 역사적 사건은 다만 인물들이 처한 상황과 그들의 행동에 대한 동기만을 부여할 뿐이다. 여기서 중요한 것은 역사적 사건에 대한 묘사가 아니라, 극도로 위험한 상황에서 보여주는 인간들의 대립이다. 이 대립의 효과는 신분, 계급, 소유의 차이에서 생기는 인간적 또는 사회적 대립을 통해 더욱 강화된다. 이 이야기의 시작에서도 두 개의 대립된 사회계층, 즉 시민계급과 무산계급이 등장한다. 징글리 가족은 큰 피혁공장의 소유자고 그들의 아이는 그 상속자다. 안나는 하녀로 일하고 그 아이를 돌보는 의무를 가진다. 또한 브레히트는 종파적 대립을 사회계급의 대립이나 소유의 대립과 연결했다. 더 자세히 말해서 징글리 부인은 유산계급으로의 신분상승을 위해 상이한 종파에도 불구하고 부유한 피혁공장의 주인과 결혼한다. 그 부인의 친척들은 돈을 목적으로 한 그녀의 결혼을 위험 없이 물질적 개선을 제공하는 한에서 받아들인다. 그러나 그녀의 삼촌은 징글리가 살해된 후에 조카딸이 교회법상 불법적으로 결혼해서 낳은 '신교도의 사생아'를 받아들이지 않는다. 이런 그의 태도는 종파적 반감을 나타낸 것이다.

재산에 대한 소유욕 또한 인물들의 행동에서 표현되고 있다. 가톨릭군이 쳐들어오기 전에 도주할 것을 친구들이 충고했으나 징글리는 가족 아니면 사업적인 이유에서 제때 아우크스부르크를 떠날 시기를 잃고 타살된다. 화자는 그 이유를 확실히 밝히지 않고 있다. 그러나 그의 부인의 경우에 그 동기는 분명하다. 그녀는 그녀의 물건들, 옷들, 장신구들과 침구들을 꾸리느라 너무 오래 머물러 있었다. 그녀는 너무나 황급한 나머지 자기 자식을 위험에 버려둔 채 도피해서 자신만 겨우 피신할 수 있었다. 그리고 안나가 아이에 관해서 보고하려고 삼촌 집을 찾아갔을 때 '신교도의 사생아'는 위험하기 때문에 그녀는 자기 삼촌으로 하여금 집에 있으면서도 없다고 말하게 한다. 재물에 대한 소유욕과 극단의 위기에서 자기 아이의 구원을 소홀히 한 냉정하고 계산적인 이기주의에서 그녀는 모성을 상실한다.

똑같은 위기 상황에서 처음에 안나는 징글리 부인과 유사한 행동을 보인다. 그녀는 본능적으로 대청마루로 뛰어가서 그 아이를 요람에서 안아 올리려 했으나 군인들이 대문을 심하게 두드리는 소리를 듣고 급작스러운 공포에 사로잡혀 그 아이를 요람에 남겨두고 2층으로 도망간다. 아이를 위한 안나의 첫 번째 시도는 실패한다. 위험에 직면한 즉흥적인 반응에서 볼 때 두 여인은 똑같이 아이의 구원에 대해서는 전혀 생각하지 않고 오직 자신들의 생명만을 구하려고 도망치는 이기주의적 행동을 한다. 그래도 안나는 징글리 부인 삼촌 집으로 찾아가서 아이의 무사함을 알린다. 그것은 그녀가 양심적으로 그 아이를 법적으로 소유할 권리가 있는 자, 즉 생모에게 보모로서 아이를 돌봐야 하는 자신의 책임을 돌려주려는 시도인 것이다. 그러나 그 어머니가 지금의 위기 상황에서 그 아이를 자기 아들로 인정하고 받아들이는 것을 거부했기 때문에 아이를 위한 안나의 두 번째 시도 역시 좌절된다.

이제 안나는 그 아이에 대해 책임을 느낄 수밖에 없다. 그녀는 다시 한 번, 즉 세 번째 시도로서 아이를 보기 위해 걱정하는 형부의 만류에도 불구하고 징글리 씨 집으로 간다. 그녀는 형부에게 '지각없는 짓'은 하지 않겠다고 약속한다. 그러나 그녀는 그 약속을 지키지 않는다. 안나가 주인집에서 아이를 '너무 오랫동안', '너무 많이' 바라보면서 그 아이를 그냥 놓고 갈 수 없는 모성적 본능이 그녀에게 깨어나기 시작했기 때문이다. 동시에 안나는 자신의 뜻과는 관계없이 그 아이를 죽음의 위기에 방치해두거나 아니면 자신이 받아들이거나 결정해야만 하는 순간에 있다는 것도 비로소 깨닫게 된다. 마침내 그녀는 그 아이를 팔에 안고 마치 나쁜 양심을 가진 사람처럼, 도둑처럼 사방을 두리번거리면서 마당을 떠난다. 결국 안나는 세 번째 시도에서 아이를 돌보게 된다. 그러나 엄격히 말하자면 안나의 돌봄은 아직 모성애에 근거한 것이 아니다. 그것은 의지할 데 없는 가련한 인간에 대한 여성의 원초적 본능이며, 일반적인 동정에 근거한 안나의 즉흥적인 결심인 것이다. 만일 안나가 너무 오래 앉아서 너무 많이 보지 않았다면, 그녀도 거의 생모와 같은 상황에 빠졌을지도 모른다. '무겁고 느린 동작으로 일어나는' 그녀의 체언體言은 신교도의 사생아가 자신의 생명을 위태롭게 할 수 있다는 망설임과 내면의 갈등을 나타내주고 있지만, 또한 생모의 행동에서 보여준 인간의 보편적인 이기주의에 반대해서 위험을 무릅쓰고 실행에 옮겨진 인간애를 보여준다. 안나의 '즉흥적인 동정'은 아이에 대한 '모성적인 책임'으로 바뀌고, 싹터오는 '모성애'로 발전한다.[38]

안나가 어린아이를 '너무 오래 많이 보았다'라는 모티프, 즉 '본다'는 것의 동기는 인간에게서 인간성의 발견과 연결된다. 이야기의 후반에 가서 재판관 돌링거는 안나를 올바로 '꿰뚫어 보고' 그녀에게서 그 아이를 위한 '올바른' 어머니를 발견한다. 뿐만 아니라 그 동기는 나중에 생긴 브레히트의 백묵원 드라마인 《코카서스의 백묵원》에서도 그대로 사용되고 있다. 드라마에 나오는 가수는 큰 소리로 노래 부른다.

> 너무 오래 그녀는 아이 곁에
> 저녁이 올 때까지, 밤이 올 때까지
> 새벽 동이 틀 때까지 앉아 있었네
> 너무 오래 그녀는 앉아서
> 너무 오래 바라보았네
> 조용한 숨소리, 작은 주먹을
> 유혹이 아침때쯤 심해질 때까지
> 그리고 그녀는 일어나 허릴 굽히고 한숨을 쉬면서
> 그 아이를 안고 떠나갔다네[39]

위험 속에서 아이를 보호하는 것은 선한 행위다. 그런데 가수는 "선으로의 유혹은 끔찍하다!"[40]고 외친다. 전시와 같은 비인간적인 시대에 인간적이어야 한다는 것은 끔찍한 것이다. 비인간적인 시대에 인간애는 비이성적 행위를 일으키는 위험한 생각으로서 그 시대에 맞지 않는다. 그래서 '조용하고 얌전한 성격의 형부'는 아이를 보러 혼자 피혁공장으로 가겠다는 안나의 고집을 '위험한 생각'으로, '지각없는 짓'으로 꾸짖는다. 인간애를 허용하지 않는 이기주의적인 사회 안에서 그녀의 인간적인 행위는 무의미한 자기희생일 뿐이며, 오히려 비이성적인 행동으로 눈에 띄고 의심스럽게 된다는 것이다. 그래서 안나는 아이를 안고 '나쁜 양심을 가진 사람처럼, 도둑처럼' 마당을 떠난다. 비인간적인 시대에 인간답게 존재하는 것은 비이성적이다.

안나와 징글리 부인의 행동의 차이는 신분과 직업의 차원에서, 즉 하녀와 주인의 관계에서 관찰될 수 있다. 황제 군대가 몰려오는 절박한 상황에 직면해서 두 여인은 처음에 똑같이 즉흥적이고 이기적인 행동을 하지만, 그 순간에서도 안나는 아이를 먼저 생각하고, 생모는 자기의 재산만을 생각하는 차이가 나타난다. 이 생각의 차이는 위험을 무릅쓰고 아이를 돌보는 행위와 위험 때문에 아이를 버리는 행위의 차이로 발전한다. 안나는 주인의 아이를 돌보는 것이 주인으로부터 그녀에게 위임된 일이고 책임이기 때문에 그 아이를 생각하고 돌봐야 한다. 이 경우에 그것은 그녀에게 직업적인 일일 뿐이며 모성애가 아니다. 그래서 그녀는 위험 속에 아이를 놓아두고 자신을 구하려는 이기주의에서 행동할 수 있다는 것이다. 또한 징글리 부인은 자기 아이에 대한 보호 의무를 하녀에게 맡겼기 때문에 아무런 위험이 없는 평상시에도 자기 아이를 생각할 필요가 없고 다만 피상적인, 결손된 아이와의 관계를 가지고 있을 뿐이다. 때문에 그녀도 아이를 돌보는 생각보다는 재물에 더 큰 관심을 갖는 이기적인 행동을 할 수 있다는 것이다.

그러나 안나의 생각이 직업적이든 즉흥적이든 절박한 위기상황에서 그녀에게 모성적 본능이 깨어난 것은 분명하다. 안나는 자신의 뜻과는 반대로 생모가 이행하길 거부하는 모성적 역할을 떠맡고, 그럼으로써 여자 본연의 의무를 이행하기 때문이다. 하녀의 깨어난 모성적 본능이 생모의 냉정하고 계산적인 이기주의를 압도한다. 안나의 모성애는 생모의 자리를 대신한다. 이렇게 해서 이 이야기는 모성의 근원적 문제, 말하자면 모성애의 거부와 이행의 문제로 집약된다. 이 두 여인은 다만 '올바른' 모성애를 밝히는 수단일 뿐이다. 그래서 백묵원의 재판에서 문제가 되는 것은 두 여인 중에 누가 '올바른' 모성애를 이행하느냐는 것이다.[41] 이로써 브레히트는 전래된 소재를 자신의 특유한 소재로 바꾸었다. 즉 속담이나 성서에서처럼 사회적 관습에 의해 규정된 낳은 어머니의 혈연관계의 절대성에 기른 어머니의 인간적·희생적 모성애를 대립시켰다. '인간적 인연은 핏줄의 인연보다 더 강하다'[42]는 브레히트적 소재의 변용이다.

중간 이야기는 안나가 그녀의 오빠가 살고 있는 그로스아이팅겐으로 찾아가는 것으로 시작한다. 그곳은 종파적 긴장이나 전쟁의 회오리바람에서 벗어난 시골마을이다. 그곳에서 세월의 흐름은 이야기의 첫 부분에서처럼 역사적 사건과 관계된 구체적인 연대기로 기록되지 않고 씨 뿌리고 수확하는 계절로 표현된다. '그러고 나서 겨울이 왔다' 또는 '그러면서 세월이 흘렀다'처럼 시간의 흐름을 암시하기 위해 막연한 계절이 사용된다. 그곳은 아이에 대한 안나의 사랑과 안나에 대한 아이의 의존이 깊어지는, 즉 인간애에 근거한 인간관계가 깊어지는 시간과 공간이다. 그곳에 징글리 부인은 설 자리가 없다. 그래서 그녀는 오랫동안 우리의 시야에서 사라진다. 그녀의 모성적 감정은 아이와 단절된다. 수년 후에 안나가 없는 사이에 일어난 그녀의 아이 유괴사건이 재산에 대한 그녀의 천박한 욕심에서 생겼음을 말해준다.

아이를 구하려는 안나의 시도는 즉흥적이었기 때문에 처음엔 단순했고 목적이 없었다. 그러나 이제 안나의 첫 걱정은 올케에게 아이의 신분을 합법적으로 증명하는 것이다. 데릴사위로 들어간 그녀 오빠의 위치가 불안하기 때문에 안나는 올케에게 사실을 털어놓을 수 없다. 올케가 아이를 의심스러운 시선으로 바라보았을 때 안나는 그 아이를 즉시 '자기의 자식'으로 소개하지 않을 수 없었다. 그녀의 남편이 멀리 떨어진 마을의 방앗간에 일자리를 얻었고, 2~3주 안에 그녀와 아이를 데리러 그곳으로 올 것이라고 안나는 거짓말을 한다. 그런데 거짓말이 오래 지켜지는 것은 쉽지 않았다는 화자의 설명에서 안나의 말할 수 없는 어려움이 암시되고 있다.

이렇듯 안나의 고통은 단계적으로 짧은 문장에서 간결하고 암시적으로 표현된다. 안나의 시골생활에 대한 보고와 장면묘사는 점점 커져가는 그녀의 외적·내적 고통의 단계들을 알려준다. 안나는 농가에서 일을 도와야 하고, 다른 사람들이 쉬는 동안에 틈틈이 '자기 아이'를 돌봐야 한다. 남편은 오지 않고, 안나는 올케에게 남편을 보여주어야 한다. 그래서 오빠는 중병에 걸린 소작인과의 위장 결혼을 통해서 그녀와 아이의 이름과 그의 사망확인서를 얻어 그들이 농장에서 안전하게 머물 수 있도록 시도하지만 이는 결국 실패로 끝난다. '일에 찌든 50대의 남자'인 오터러는 기적처럼 병에서 회복되어 '혼배성사'를 근거로 남편으로서의 권리를 주장한다. 더구나 오터러가 그녀를 찾아왔을 때 안나는 그 남자가 마음에 들지 않았다. 게다가 아이에 대한 남편의 무관심은 안나가 그에 대해 나쁜 감정을 품도록 했다. 그 후 그녀는 병이 났다. 4주 후에 오터러가 안나와 아이를 데리러 왔을 때 그녀는 말없이 그대로 따랐다. 그 후에 안나는 소작인의 가난한 살림을 견디지 못하고 도주하나 도중에 부상을 입고 어쩔 수 없이 다시 메링으로 돌아갈 수밖에 없다. 고통스러운 시기의 끝에는 조용한 체념이 있다. 이제 그녀는 더 이상 도망가려 하지 않고 자기 운명을 받아들였다. 이렇게 한 상황을 매듭짓는 간단한 문장들 뒤에는 안나의 심해져 가는 엄청난 고통이 숨어 있다.

그러나 안나가 감수해야 했던 고통은 헛된 것이 아니다. 그 고통이 심해질수록 아이에 대한 안나의 사랑도 점차적으로 깊어졌기 때문이다. 바꾸어 말하면 안나의 깊어지는 사랑이 그녀의 삶을 그만큼 더 어렵게 만든다 해도, 그 고통은 사랑으로 기르고 교육시키는 재미와 기쁨으로 치유된다. 안나와 아이의 생애가 상호 간의 사랑과 의존으로 연결되고, 이 두 사람의 행동과 모습은 서로 유사하게 닮아간다. 그들은 정신적으로 그리고 육체적으로 새로운 가족으로 결합한다. 안나와 아이의 사회적 결합이 생모와 아이의 혈연적 결합을 능가하고 물리친다. 안나는 오랫동안 순수한 어머니의 행복을 누렸다.

안나의 모성은 그들이 서로 의지하고 사랑하며 살아온 시골생활의 공동의 역사에서 나온다. 그것이 길면 길수록 그들의 관계는 점점 더 깊어지고, 급기야 후일에 그녀는 그 아이가 자기의 아이라고 재판관에게 거짓말하기까지에 이른다. 안나가 일찍이 올케에게 '자기의 자식'으로 소개했다는 것에서 아이에 대한 안나의 소유개념은 처음부터 여성의 본능적 모성에서 비롯되었음을 알 수 있다. 비록 그녀가 혈연 간의 유대를 주장하지 않는다 해도, 그 아이가 '그녀의 아이'라는 주장은 거짓이 아니며 또 부인할 수도 없다. 이 경우에 '소유대명사'는 생모로서 소유의 합법성을 상실하고 오히려 상호 간의 의지와 사랑으로 결합된 공동역사에서 생긴 모성애에 그 합법성을 부여하기 때문이다. 아이에게 모든 것은 안나에 의해서 생겼고, 반대로 안나에게 모든 것은 아이에 의해서 생겼다. 이와는 반대로 비록 생모와 아이 사이에 혈연관계가 있다 해도 그들은 서로 소외되었고, 서로 알아보지도 서로 인정하지도 않는다. 생모와 아이는 서로가 아무런 관계가 없다. 낳은 어머니가 비모성적이고, 기른 어머니가 모성적으로 증명되면서 모성애가 뒤바뀐다. 그녀가 신문 과정에서 재판관 돌링거에게 말했듯이, 안나의 모성애는 유산 때문이 아니라 '그 아이가 모든 말을 할 수 있을 때까지'만이라도 데리고 있어, 그 아이가 독자적으로 사회적 행동을 하도록 가르치려는 데 있는 것이다. 그녀의 모성애는 다시 한 번 혈연이 아닌 사회적으로 정의된다. 여기에는 인간 본성의 특징이 인간의 혈통을 통해서가 아니라 일차적으로 역사를 통해 생긴다는 브레히트의 마르크스주의 사상이 숨어 있다. 지금까지 언급된 이야기의 두 번째 단계의 시골은 이 두 사람의 사회적 결연이 만들어지며 동시에 다음에 열리는 재판관에게 합리적 판결의 가능성이 주어지는 공간이다.

이야기의 세 번째이며 마지막 부분에서는 안나와 징글리 부인에 대한 돌링거 재판관의 심문에서 판결에 이르는 과정이 중심을 이루고 있다. 안나가 없는 사이에 징글리 부인은 아이를 데리고 간다. 안나는 관청으로 달려가서 신교도들이 자기 아이를 훔쳐 갔다고 거짓말하며 정신없이 소리친다. 그녀는 아우크스부르크가 점령된 지 13년 후에, 즉 1648년에 구교와 신교 사이에 맺은 베스트팔렌의 평화 협정을 뒤늦게 알았다. 이젠 신교도 아이가 더 이상 위험하지 않기 때문에, 그리고 피혁공장에 대한 소유권을 요구하기 위해서 아이가 필요하기 때문에 징글리 부인은 아이를 마을에서 데리고 갔다.

다행히도 그녀의 소송사건은 아주 특이한 재판관 이그나츠 돌링거에게 넘겨졌다. 그는 귀족들로부터는 욕을 먹지만 힘없고 가난한 하층민들로부터는 칭송받는 재판관으로 유명했다. 공판에 앞서 시행된 첫 심문에서 그는 안나의 말을 아주 짧게 듣고, 안나에게 좁다란 창을 통해 햇빛이 들어와 비치는 한 장소에 서 있도록 거칠게 지시하고 잠시 동안 그녀의 얼굴을 자세히 살펴본 다음 깊은 한숨을 내쉬면서 그녀에게 가라고 손짓했다. 그는 꿰뚫는 시선으로 이미 그녀의 얼굴에서 진실을 인식하고 그녀에 대한 동정을 말로써가 아니라 깊은 한숨 속에, 자기감정의 표현 속에 숨긴다. 재판관은 합법적인 어머니에게 상당한 유산이 돌아간다는 것을 알고 우선적으로 소유물에 대한 욕망을 소송의 동기로 내세운 점에서 현명했다. 재판관은 다음 심문에서 안나가 유산 때문에 그 아이를 붙들고 있는지 캐묻는다. 그러나 안나는 자기에게 중요한 것은 아이라고 완강하게 말한다. 유산에 관심 없는 순수한 그녀의 사랑을 확인했을 때 재판관은 "그 아이는 네 아이냐?"고 거칠게 소리쳐 묻는다. 그녀는 "예" 하고 나직하게 대답했으나, 지금 겨우 일곱까지밖에 모르는 아이가 말을 다 할 수 있을 때까지만이라도 데리고 있을 수 있다면 좋겠다며 간절한 소망을 말한다.

재판관은 안나에게서 위기에 처한 아이를 보호하려는 여성의 본능, 언어를 모두 습득함으로써 사회에서 독자적으로 존립할 수 있게 키우려는 사심 없는 소망을 보지만, 동시에 그 아이가 그녀를 필요로 하지 않을 때가 되면 그 아이를 포기할 준비가 되어 있는 희생적 결심도 본다. 재판관은 당혹해서 다시금 '기침을 하고 자기 책상 위의 서류들을 살피는' 동작으로 그녀에 대한 자신의 호의와 믿음을 숨긴다. 그는 자신의 과제가 안나와 '다섯 겹의 비단치마를 입은 저 계집' 사이에서 '누가 그 아이의 올바른 어머니인지'를 가려내는 것임을 안다. 그래서 그는 좀 누그러졌지만 여전히 화난 어조로 말한다. '다섯 겹의 비단치마를 입은 저 계집'이라는 돌링거 재판관의 표현에는 이미 재판 시작 전에 징글리 부인의 모성에 대한 의심과 그녀의 인성에 대한 경멸이 나타나 있다.

토요일에 재판이 열렸다. 온 시내는 '누가 진짜 엄마이고 누가 가짜 엄마인가에 대한 논쟁'으로 들끓었다. 시중의 논쟁은 생물학적 관계에서 볼 때 누가 아이의 생모냐는 문제에 대한 것이다. 그러나 재판의 핵심은 사회학적으로 볼 때 '진짜' 엄마와 '올바른' 엄마의 문제에 있다. 이때 '올바른'의 의미는 혈연관계에 의한 모성에서가 아니라 사회적 관계에서의 인간애에서 나온다. 즉 이 문제는 재판관이 어머니를 도와 그녀의 아이를 갖게 하려는 것이 아니라 아이를 도와 하나의 '올바른' 어머니를 갖게 하려는 것이다.

돌링거 재판관은 그의 '민중적인 재판'으로 유명하고 인기가 있기 때문에 재판이 열리는 토요일에 아우크스부르크의 시청 앞 광장은 신교도 아이의 재판을 참관하려는 사람들로 새까맣게 뒤덮였다. 돌링거는 재판의 형식이나 격식을 무시하고 자신은 바닥에 앉고 모든 관련자들, 즉 피고와 원고의 양측과 증인들은 서 있도록 지시했다. 징글리 부인의 옆에는 아이를 안고 있는 유모가 보였다. 이때 안나와 아이는 비명을 지르고 울부짖으며 서로 다가가려 했고, 안나는 심문 중에도 내내 밖으로 내보내진 아이에 대한 걱정에서 문 쪽을 쳐다보며 귀를 기울였다. 이런 그녀의 시선과 몸짓은 그 아이의 안녕이 그녀에게 무엇보다 중요하다는 것을 알려준다. 바로 이 생각은 사랑하는 아이를 구하기 위해 그 아이를 즉시 '포기'하는 행동으로 나타난다.

재판관은 징글리 부인도 안나도 모두 거짓말을 한다는 것을 안다. 징글리 부인은 황제의 군대들이 자기에게서 아이를 빼앗아 갔고, 그 후에 아기를 데려오도록 그녀가 피신했던 삼촌네의 하녀를 집에 보냈을 때는 안나가 돈을 목적으로 인질로 데려갔기 때문에 그 집에 없었다고 거짓 진술한

고통의 해석

것이다. 재판관이 징글리 부인에게 그녀가 습격당했을 때 정신을 잃지 않았는지, 그래서 그 애를 위험 속에 내버려두지 않았는지를 캐물었을 때, 그녀는 그의 질문을 모두 부인함으로써 그녀가 자신의 곤경에서 빠져나올 변명의 기회를 잃고 만다. 안나도 "레히하우젠에 있는 착한 사람들의 집에 맡겨놓았던 자신의 외동아들이 걱정되었기 때문에 피혁공장으로 돌아가지 않았다"고 거짓 진술을 했다.

돌링거 재판관은 두 여자 모두 믿지 않는다. 징글리 부인에게서는 그녀가 아이를 잃어버린 것에 대한 무죄를 믿지 않고, 안나에게서는 생모의 존재를 믿지 않는다. 그는 자기 앞에 있는 두 여인을 낳은 어머니와 기른 어머니에 대한 대표적인 예로 삼는다. 그는 어머니의 이 두 개념이 전래된 사회적 규범과 법에 반해서 새롭게 존재할 수 있다는 것을 다시 속담과 법을 인용하여 증명한다. '올바른' 어머니란 낳은 어머니뿐만 아니라 기른 어머니일 수도 있다는 것이다. 그는 '진짜'와 '올바른'이란 개념의 언어유희에서 그의 타고난 재주를 나타낸다. 돌링거는 말한다.

그러나 한편으론 피는 물보다 진하다고 말들 한다. 그리고 올바른 어머니라면 자기 자식을 위해 도둑질도 마다하지 않는 법이다. 그러나 그것은 법으로 금지되어 있다. 소유권이란 인정되어야 하기 때문이다. 그리고 도둑질하는 사람은 거짓말도 하게 되는데 거짓말하는 것도 역시 법으로 금지되어 있다.

재판관은 '피는 물보다 진하다'라는 속담과 그 속담에서 나오는 법을 자신의 판결을 위해 변증법적으로 이용한다. 돌링거의 인용문에는 세 개의 속담과 두 개의 법이 제시되고 있다. 피는 물보다 진하고, 올바른 어머니라면 자기 자식을 위해 도둑질도 마다하지 않으며, 도둑질하는 사람은 거짓말도 하게 된다는 세 개의 속담과, 소유권이란 인정되어야 하고 도둑질과 거짓말은 법으로 금지되어 있다는 두 개의 법이 앞으로 있을 재판관의 판결을 예단케 한다. 속담과 법이 유효하다면 모든 것은 안나에게 불리하게 작용한다. 그리고 안나는 아이를 자기 자식으로 차지할 수 없다.

그 이유는 이렇게 설명될 수 있다. 만일 '피는 물보다 진하다'라는 속담이 유효해서 재판의 기준이 된다면, 안나는 아이의 생모가 아니기 때문에 돌링거는 아이를 생모인 징글리 부인의 소유라고 판결해야만 한다. 만일 '올바른 어머니라면 자기 자식을 위해 도둑질도 마다하지 않는다'는 격언이 유효하다면, 안나는 그녀의 아이를 위해 아무것도 훔치지 않았기 때문에 그녀는 올바른 어머니일 수가 없다. 그러나 도둑질하는 것을 금지한다는 법이 유효하다면, 안나는 아이를 훔쳤다고 비난받고 있기 때문에 벌을 받아야만 한다. 게다가 소유권이란 인정되어야 한다는 법이 여전히 유효하다면, 안나는 그 아이를 낳지 않았기 때문에 그 아이는 그녀의 소유물이 아니다. 그래서 안나에 대한 재판은 전망이 없다. 법에 의하면 생모가 아이에 대한 근본적인 권리를 가진다. 안나의 행위는 '도둑질하는 사람은 거짓말도 한다'는 격언과 일치한다. 안나는 아이를 훔쳤고, 자신을 아이의 생모라고 진술했기 때문에 법정 앞에서 거짓말한 것이다.[43]

이렇듯 만일 속담과 법이 유효하다면, 안나의 경우는 절망적이다. 이 절망적인 상황에도 불구하고 안나는 재판에서 그 아이의 소유권을 인정받는다. 그것은 모순이다. 그러나 안나의 절망적인 상황과 재판판결 사이의 모순은 이렇게 해명될 수 있다. 우선 돌링거는 이 재판과 전혀 아무런 관계가 없는 '암소의 젖에다 물을 섞는 농부들'과 '농부들한테서 너무 많은 시장세를 징수하는 시 당국자들'의 교활하고 비도덕적 행위에 대한 법의 엄격함을 참석한 사람들에게 알리고 훈계한다. 그러면서 그는 관중으로 하여금 과연 두 어머니 중에서 누가 위에서 지적한 교활하고 비도덕적인 행위로 속담과 그 법을 어겼느냐는 것을 생각하게 한다. 다시 한 번 '피는 물보다 진하다'라는 속담과 법이 유효하다면, 어떻게 징글리 부인은 극도의 위기 상황에서 아이를 버리고 자신만 도망칠 수 있느냐는 것이다. 대체로 속담은 윤리적 질서와 사회적 인습을 존속시키는 데 이바지하기 때문에 속담과 법의 세계는 예외를 허용하지 않으며, 오직 복종만을 강요한다. 속담과 법을 지키는 삶은 도덕적이고, 어기는 사람은 비도덕적이기 때문에 처벌받아야 한다. 그래서 징글리 부인은 속담과 법의 진리를 어긴 비도덕적 인간으로서 처벌받아야 한다. 현명한 재판관은 안나와 징글리 부인이 다 같이 거짓말을 한다는 것을 잘 알고 있으나 전자는 아이에 대한 올바른 사랑에서 그리고 후자는 오직 유산 상속만을 위해서 거짓말을 한다는 것을 안다. 때문에 징글리 부인의 거짓말 또한 도둑질과 거짓말을 금지시키고 있는 법에 의해 처벌되어야 한다. 그녀에게 피는 물보다 진하지 않다. 그래서 그녀는 아이를 소유할 자격을 상실할 수밖에 없다.

그러나 돌링거 재판관은 속담과 법의 진리에 반해서 안나의 도둑질과 거짓말을 올바른 어머니의 모성애로 변호한다. 그는 도둑질과 거짓말을 금지시키고 있는 법은 아이를 위해서 도둑질도 마다하지 않는 모성애에 대한 민중의 지혜와 모순된다는 것을 안다. 안나는 징글리 부인의 위치를 대신해서 속담과 법의 진리를 받아들였기 때문에, 다시 말해서 오직 어머니다운 어머니가 어머니일 수 있기 때문에 결과적으로 아이의 소유를 인정받는다. 인간다운 인간으로서의 실제적 의무를 전제하는 안나의 세계에서 속담은 그 가치를 상실하게 된다. 다만 속담은 속담이 전제하는 것과 같은 특성을 세계가 가지고 있을 때만이, 즉 속담을 요구하는 세계에서만 이 속담은 가치가 있다는 것을 보여준다. 돌링거의 속담 인용은 속담에 내재한 모순을 폭로하고 속담의 반박할 여지가 없는 규범을 파괴한다. 속담들의 모순을 폭로한다는 것은 브레히트에 있어서 언제나 사회적 폐해를 밝히는 것이다. 그래서 브레히트의 세계는 속담에 맞지 않는다.

《품위 없는 할머니》에서처럼 여기에서도 사회적 논리가 자연적 논리를 대신한다. 이미 지적했듯이 안나와 그 아이의 사회적 결합은 그 아이와 생모 사이의 생물학적 결합을 물리친다. 돌링거는 안나의 경우에 법을 아마도 조소적으로만 인용했다고 할 수 있다. 돌링거는 법적 규범에 반해서 결정하고 육체적 결합보다 사회적 결합에 우위를 둔다. 그 아이는 소유물로 취급되지 않고 안나에 의해서 비로소 개체로서 존중되었다. 돌링거의 재판은 소유적 관계에 대한 인정이 아니라 사랑에 근거한 상호적 인간관계에 대한 인정인 것이다.

재판 중에 했던 그의 연설과 판결하기 직전의 행동은 이 이야기의 독창적이고 특징적인 부분이라고 할 수 있다. 그는 증인들의 증언은 끝났지만 아무런 결과가 없다고 선언했다. 재판관은 거칠지만 분명한 언어로 독자로 하여금 재판관의 교육적 의도를 인식하게 하는 엄한 진리들을 말한다. 그가 말한 진리란 그 아이는 하나의 '올바른' 어머니를 가져야만 한다는 순수한 인간적인 진리다. 법원의 심리 과정과 방법에서 재판관의 영리한 교육자적 기본 모습이 나타난다. 그의 인간인식, 청렴결백함, 재치 있는 말, 현명함, 그리고 정의와 자비의 진리에 이용되는 거친 언행, 솔로몬의

'백묵원' 판결을 생각해낼 수 있었던 지혜, 이 모든 것이 그가 민중의 올바른 교육자임을 증명한다. 그는 '올바른' 어머니를 확인하기 위해 솔로몬의 지혜를 이 재판의 기본 생각으로 이용한다.

더 강한 사랑을 가진 여자가 더 세게 잡아당겨서 그 아이를 자기 쪽으로 끌어가게 된다는 것이다. 돌링거는 관리에게 그 아이와 두 여자를 백묵원 안에 세워놓도록 지시한다. 솔로몬 재판의 경우에선 생모가 아이를 살리기 위해 즉시 놓아버렸기 때문에 그 판결은 피에 의한 원초적 판단이다. '피는 물보다 진하다'라는 속담과 그것 안에 있는 법이 유효한 세계에서의 판결이다. 이 세계에서 안나의 인생은 인정되지 않는다. 그러나 돌링거의 시험에선 하녀가 그 아이를 다치지 않도록 즉시 놓아버린다. 징글리 부인은 힘껏 끌어당겨서 냉혹한 마음으로 그 애를 두 조각으로 찢어버릴 뻔했다. 아이를 구원하는 주체가 바뀐다. 속담과 법에 안나의 모성과 인간애가 대립한다. 재판관은 두 여자 중에서 하나를 택해야 한다. 그는 안나를 택하고 그녀의 삶을 올바른 삶으로, 인간적인 삶으로 보고 아이의 소유권을 인정하고, 그녀는 합법적으로 '올바른 어머니'로서 그 아이를 얻는다. '피는 물보다 진하다'라는 속담은 그 가치를 상실한다. 혈연은 인간성과 모성애와는 아무런 관계가 없다. 브레히트에게 중요한 것은 인간이 개체적 존재로서 서로 의존하며 사랑하면서 살 수 있는 권리를 인정함으로써 이루어지는 결합인 것이다. 그것은 공동체적 결합이며 사회적 결합이다. 피는 인간애보다 진하지 않다.[44]

재판이 끝난 후에 사람들은 돌링거 재판관이 판결할 때 안나에게 눈을 찡긋했다고 서로들 이야기했다. 이 같은 그의 제스처는 특별한 뉘앙스를 준다. '윙크'라는 제스처는 상대방의 의견에 대한 이해 내지 동감을 드러내는 자기감정의 표현이다. 재판관의 이 제스처는 그가 하녀에게서 헌신적인 사랑을 꿰뚫어 보고 속담이나 법에 의한 형식상의 합법적인 판결 대신에 인간애에 근거한 올바른 판결을 내렸다는 것에 대한 기쁨의 표현인 것이다. 보다 정확히 말해서 하녀가 그 아이의 생모가 아닌 것을 잘 알면서도 그 아이를 그녀의 소유로 판결한 것에 대한 자기변호의 제스처다. 안나의 인격은 돌링거의 판결에 의해 인정된다. 그리고 그는 자신의 판결로 자신이 개혁자임을 보여준다. 그의 민중적 재판은 대중의 마음을 따른 판결로 끝난다. 그러면서 그는 사람들의 마음을 깊이 파고들고 감명을 주는 인물을 이야기의 중심에 두고 교육적인 것을 예술적으로 형성한다. 바로 이 이야기는 선은 보상되고 악은 처벌되며 정의는 성취된다는 교훈에 대한 예인 것이다.[45]

마르크스주의에 근거한 브레히트의 문학적 의도는 현재 사회의 정체된 것, 낡은 것을 깨뜨리고 보다 좋은 미래의 사회주의 사회를 실현하기 위한 변화와 개혁에 있다. 이 이야기에서 이 변화와 개혁을 위한 기본 명제는 모성애로 상징된 인간애다.[46] 안나의 인간애는 증명되고, 우리에게 미래에 대한 희망적 전망을 열어준다. 마르크스주의자인 브레히트에게 미래에 대한 이 희망은 아우크스부르크 재판에서의 안나처럼 피억압자들과 무산자들이 무명의 대중적 존재에서 벗어나 인간애의 새로운 추진자로 나타나야 한다는 것이다. 이제 브레히트에게는 마르크스주의의 이론을 넘어서 인간애가 그의 사회주의적 사회개혁의 원동력이 되었다. 이 이야기는 '피는 물보다 진하다'라는 전래된 속담의 진리를 낡은 것으로 만들고 새로 해석된 이웃 사랑에 대한 새로운 격언을 제시한다. '인간애는 피보다 더 진하다.'

06

진정한 인간화를 위한 문학과 예술

하인리히 뵐
Heinrich Böll

1917~1985

"문학과 예술의 목적은 인간의 진정한 인간화에 있다."

Heinrich Böll

하인리히 뵐은 1917년에 독일 쾰른에서 수공업자의 아들로 태어났다. 그는 어린 시절을 가톨릭 식으로 교육받았고, 쾰른에서 고등학교를 졸업한 후에 서점에서 견습생으로 일했다. 1938년과 1939년에는 나치 노동봉사단에 있으면서 한 학기 동안 독문학과 고대 언어학을 공부했다. 그러나 제2차 세계대전이 일어나자 1939년부터 1945년까지 6년간 러시아, 프랑스, 헝가리, 루마니아 등지의 전선에서 보병으로 복무했으며, 병원생활도 하고 잠시 동안 포로로 지내기도 했다.

뵐은 전후 1945년에 쾰른대학에서 독문학을 다시 전공했다. 그는 1947년부터《옛날 옛적에Aus der Vorzeit》,《라이문트와 르네 아들들의 출생 Geburt der Söhne Raimund und René》을 비롯해서 단편의 산문작품들을 여러 신문과 잡지에 싣기 시작했다. 1949년에는《열차는 정확했다Der Zug war pünktlich》가 그의 첫 소설로 발표되었고, 1950년에는《방랑자여, 스파로 가는가…Wanderer, kommst du nach Spa…》등 25편의 단편 모음집을 펴냈다. 그

는 1951년에 장편소설《아담아, 너는 어디에 있었느냐?Wo warst du, Adam?》
를 발표했고, 단편소설《검은 양들Die schwarzen Schafe》로 '47 문학상'을 수
상했으며, 1952년에는 풍자소설《크리스마스 때 뿐만 아니라Nicht nur zur
Weihnachtszeit》로 르네 슈켈레상을 수상했다. 그리고 1953년에는 장편소설
《그리고 아무 말도 하지 않았다Und sagte kein einziges Wort》로 독일 비평가상
과 단편 작가상을 받음으로써 작가로서 대성공을 거두었다. 그는 풍자적
단편 이야기인《무르케 박사의 침묵 수집Doktor Murkes gesammeltes Schweigen
und andere Satiren》으로 부퍼탈 시로부터 에두아르트 폰 데어 호이트 상
을, 1959년에는 장편소설《아홉 시 반의 당구Billard um halbzehn》로 노르트
라인베스트팔렌 주의 대예술상을 받았다. 이어서 그는 큰 호평을 일으킨
《아일랜드 기행Irisches Tagebuch》(1954) 외에도《어느 광대의 견해Ansichten
eines Clowns》(1963),《부대 이탈Entfernung von der Truppe》(1964),《여인과 군
상Gruppenbild mit Dame》(1971) 등의 장편소설을 펴냈으며, 1967년에는 독일
최고의 문학상인 게오르크 뷔히너 상을, 1972년에는《여인과 군상》으로
노벨 문학상을 받아 세계적인 작가로서의 명성을 얻게 되었다.

그의 작품은 여러 나라의 언어로 번역되었다. 그는 서독 펜클럽 회장
(1970~1972)과 세계 펜클럽 회장(1971~1974)을 역임했고, '프랑크푸르트 연
설Frankfurter Vorlesungen'이나 '노벨 문학상 수상연설Rede zur Verleihung des
Nobelpreises'과 같은 수많은 연설문들, 방송극, 인터뷰, 논설, 논평 등으로 유
명했다. 그는 장편소설《카타리나 블룸의 잃어버린 명예Die verlorene Ehre der
Katharina Blum》(1974)와《신변보호Fürsorgliche Belagerung》(1979)를 발표했고,
1985년에《강 풍경 앞의 여인들Die Frauen vor Flußlandschaft》을 유고로 남기
고 그해 7월 16일 사망했다.

제2차 세계대전의 대참사를 겪은 독일의 젊은이들은 정신적인 상처가 너무나 커서 자신들이 겪은 전쟁의 악몽에서 벗어날 수 없었다. 따라서 전후 독일의 많은 젊은 작가들은 전쟁을 주제로 하는 작품들을 발표했다. 이런 의미에서 독일의 전후 문학은 '장애자 문학', 혹은 '폐허 문학'이라고 했다. 뵐의 문학도 예외일 수 없다. 뵐의 전쟁체험은 그의 전체 문학에 흐르고 있으나, 그중에서도 1947~1950년대에 쓰인 뵐의 크고 작은 산문작품들은 전쟁의 주제를 가장 심층적으로 다루고 있다는 데에서 일치된 특징을 보인다. 한스 마이어가 지적했듯이 전후 시대의 어느 작가도 하인리히 뵐처럼 짧은 시기에 국민 작가로서의 위치를 확고히 하고 동시에 세계적 명성을 얻지 못했다.[1] 뵐은 자신의 문학을 통해 전쟁을 증오감과 비판정신으로 냉정히 고발하고, 전후의 절망적인 사회 상태에서 무능하게 겪을 수밖에 없는 개인의 고통을 그 시대의 사람들에게, 특히 젊은이들에게 감동과 희망을 주는 뚜렷한 언어로 당시의 어느 작가보다도 분명하게 말했기 때문이다.

뵐의 문학은 전쟁에 대한 증오에서 시작하고, 그 증오는 그의 작품의 주된 모티프다.[2] 전쟁은 부인들을 과부로, 아이들을 고아로 만들며, 인간적인 삶의 영위를 위한 가장 기본적 단위인 가정을 송두리째 파괴하기 때문이다. 특히 초기 작품들에서는 전쟁에 의한 인간성 파괴가 중점적으로 다루어져 있다. 여기서 인물들은 수많은 부상병들, 국외자들, 실패자들처럼 모두가 전쟁의 피해자들로서 등장한다. 이들은 "무엇을 반대하여 투쟁할 능력을 갖추지 못한 역사적 상황의 가여운 희생자들로서 절규하고 실망하고 기도하고 죽을 뿐 행동하지 못하고 고통만 당한다".[3] 이들은 능력도, 의욕도 없고, 감정도 마비된 듯하다. 전쟁은 이들에게 육체적으로 부상을 입혔을 뿐만 아니라, 정신도 마비시켰다.

뵐의 주인공들에 의한 전쟁묘사는 죽음의 원초적 체험에 대한 묘사다. 뵐의 초기 이야기들에서 전선의 전투상황은 주제로 다루어지는 경우가 극히 드물고 다만 배경에 지나지 않으며 주 테마를 전개시키기 위한 수단으로 작용할 뿐이다.[4] 인물들이 전선으로 가는 도중이나 전선에서 오는 도중 또는 야전병원이 주제로 다루어진다. 다시 말해서 뵐은 인물들이 전선으로 가는 도중에서, 즉 죽음으로 가는 과정에서 또는 야전병원에서 죽음을 기다리는 작별의 한계상황을 묘사하고 있다.[5] 《아담아, 너는 어디에 있었느냐?》의 수잔 부인이 전투 행위의 담담한 관찰자인 것처럼, 그의 인물들은 전쟁을 지휘하거나 전쟁을 수행하는 자가 아니고 전쟁이 인간을 어떻게 만드는가를 보여주려고 한다. 관찰된 전쟁의 모습은 피투성이의 지루함이고 무의미한 총질이며, 죄 없는 자를 죽이는 살인 행위다. 《열차는 정확했다》, 《방랑자여, 스파로 가는가…》, 《아담아, 너는 어디에 있었느냐?》 등 초기 작품들의 인물들이 바로 그러한 살육 행위의 희생자들이다.

뵐에게 있어서 과거는 특별한 의미를 가진다. 현실은 과거 없이 생각될 수도 발전될 수도 없기 때문에 과거는 전 작품에 계속 남아 살아 있다. 실제로 뵐의 전쟁체험은 전후 독일사회의 도덕적·정치적·경제적 현상과 근본적으로 분리될 수 없다. 그래서 전쟁을 고발하는 것으로 시작한 뵐의 단편문학은 전후 독일의 사회비판으로 이어진다. 즉 그의 문학은 경제발전의 기적 뒤에 숨은 전후사회의 비도덕성과 나치에 의한 전쟁의 고통을 쉽게 잊은 독일인들의 정신적 마비상태를 비판하고 1950년대와 1960년대 사회를 진단한다. 사실 뵐처럼 전후 독일의 좌절감과 도덕성의 붕괴를 예리하게 파헤친 작가는 없다.

1950년대에서 1960년대에 걸친 그의 초기 단편 이야기들과 《보호자 없는 집Haus ohne Hüter》, 《아홉 시 반의 당구》, 《어느 광대의 견해》와 같은 장편소설들이 전후에 전쟁의 참상과 그 후유증을 고발하고 기적적인 경제발전 시기에 물질만능주의에 빠져 인생의 참가치를 상실한 인간의 모습을 비판하고 있다면, 그의 후기 작품들은 경제발전으로 이룩한 자본주의의 복지사회에 대해서 비판하고 있다. 즉 오늘날 독일의 복지사회는 표면상으로 평화스럽게 보이지만 실제로 인간은 소비와 실적 위주의 사회에서 보다 많은 소유, 소비, 안락에 대한 무한한 욕망의 포로로 전락되어 인간에게 인간적인 삶이 보장되는 사회가 결코 아니라는 것이다.[6] 뵐은 이 같은 사회를 '노동은 자유를 만든다Arbeit macht frei' 대신에 '소비는 자유를 만든다Verbrrauch macht frei'로 정문 위의 표어를 바꾸어 써놓은 아우슈비츠의 거대한 유대인 집단수용소에 비유했다.[7] 경제성장으로 인한 복지사회에서 소비와 안락에 대한 인간의 욕망이 클수록 뵐의 비판은 더욱 날카로워진다.

뵐은 마르셀 라이히 라니키와의 인터뷰에서(1967) 자신은 작가로서 "오직 두 가지 테마, 즉 사랑과 종교에 대한 관심이 크다"[8]고 밝히고 있다. 전쟁과 전후사회 전반에 걸쳐 가해진 그의 비판은 바로 사랑과 종교에 기초한 그의 사회 참여의식으로부터 나온 것이다. 그의 문학작품 외에도 에세이, 인터뷰, 특히 1972년의 노벨 문학상 수상연설은 그의 문학이 온갖 비인간적 요인들을 제거한, 인간이 살 수 있는 사회의 구축을 위한 참여문학임을 말해준다. 그중에서도 그가 1973~1976년 사이에 여러 정기 간행물들에 기고한 글들은 민주주의와 자유와 인간의 존엄성에 대한 그의 관심이 국경과 이데올로기를 초월하고 있음을 보여준다. 실제로 그는 당시 국제사회에서 일어나는 인간의 권리와 자유와 존엄을 위협하는 사건들에 개입했다. 다음의 두 예는 이런 사실을 증명한다. 뵐은 무정부주의자이며 테러리스트인 바더 마인호프의 테러와 그의 옥중 아사 사건에 연관해서 이런 일이 일어날 수밖에 없는 사회풍토를 강하게 비판했다. 뵐은 확인되지 않은 테러를 그들의 소행으로 기사화한 신문 〈빌트Bild〉를 언론의 폭력으로 공격하다 언론에 의해 집중적으로 성토당한다. 뵐은 그것을 소재로 그의 유명한 소설 《카타리나 블룸의 잃어버린 명예》에 '언론의 폭력은 어떻게 일어나며 어떤 결과를 가져오는가?'라는 부제를 달아 발표한다.[9] 또한 1976년 일간지 〈프랑크푸르터 알게마이네 차이퉁〉에 '김지하를 위한 걱정Angst um Kim Chi Ha'이라는 글도 발표했다. 뵐은 유신독재에 항거한 김지하의 현실비판문학을 참여문학의 한 예로 보여줄 뿐만 아니라, 그의 참여문학이 국경과 이데올로기를 초월한 휴머니즘에 뿌리를 두고 있음을 말해준다.

뵐의 참여문학은 전후 독일의 산업화 사회에서 모든 것이 규격화, 기계화, 비인간화를 지향하는 인간사회의 불안정성에 기초하면서 이 모든 성향에 대해 항의한다. 베르너 침머만에 의하면 뵐의 참여문학의 사회비판적 동인은 전후의 도덕적·정치적·문화적 사회현상에 대한 '보편적인 불쾌감'에서 생겼다는 것이다. "이 불쾌감은 (…) 그가 태어난 도시의 주민들에 대한 쾰른 사람으로서의 불쾌감, 자기 국민에 대한 독일인으로서의 불쾌감, 계층 사람들에 대한 소시민으로서의, 교우들에 대한 가톨릭 신자로서의 불쾌감뿐만 아니라, 특히 자유와 인간애의 이념에 대해 전례가 없는 강한 소리로 고백하면서도 개인의 자유공간이 점점 더 좁아지고 야만으로의 퇴보로 위협당하는 것처럼 보이는 현재사회에 대한 불쾌감이다."[10] 이 '불쾌감'에 근거한 우리 사회에 대한 비판과 함께 뵐은 처음부터 심히 고통당하고 억압당한 사람들에 대한 도덕적 의무감을 느꼈다. 그래서 사회학자 테오도르 아도르노는 자신의 에세이 모음집에서 뵐의 도덕적 의무감과 사회적 이완현상에 대한 저항의지에서 그를 계관시인poeta laureatus으로 평가했다.[11] 마침내 뵐은 1964년에 프랑크푸르트대학에서 행한 '프랑크푸르트 연설'에서 자신의 '인간 미학'에 대해 언급하면서 자기 문학의 이상적 과제가 '인간의 인간화'에 있음을 확실히 밝혔다.

> 나는 언어, 사랑, 유대감이 인간을 인간으로 만들고, 인간을 자기 자신과 타인, 그리고 하나님과 관계를 맺게 해준다는 전제에서 출발한다.[12]

가톨릭 가정에서 독실한 신앙인으로 자란 뵐에게 그의 문학의 기초를 이루고 있는 '인간 미학'은 이웃 사랑에 뿌리를 둔 기독교적 인도주의 정신과의 연관을 부인할 수 없는 것으로, 비인간적 요소들과 행위들, 말하자면 '인간의 인간화'에 역행하는 모든 것에 비판을 가한다. 교회는 경제 부흥의 흐름 속에서 안일주의에 빠지고, 세속적인 권리와 야합하여 관료화되며 권위주의적 기구로서 개인 위에 군림하고 교회의 기본정신인 형제 사랑, 이웃 사랑을 실천하지 못한다는 것이다. 즉 교회는 사랑이 무엇인지 이해하지 못하고 있다는 것이다. 뵐은 방송극《가정평화의 파괴 Hausfriedensbruch》(1965)에서 한 주연 여배우의 입을 통해 교회 지도부는 "무엇이 죄인이고 무엇이 성자인지는 알고 있으나 무엇이 인간인지를 모르고 있다"[13]고 교회를 비난한다. 가톨릭교회는 그의 신랄한 비판의 표적이 되었고, 그의 비판은 큰 논란을 야기했다. 그러나 그의 가톨릭교회에 대한 비판은 비방이나 증오에서만 나온 것이 아니라, 교회에 대한 그의 기대와 애착에서도 나왔다고 볼 수 있으며, 기독교적 사랑으로 '인간의 인간화'를 이룩해보려는 그의 염원의 표현이기도 하다.

'작가는 타고난 참견인'[14]이어야 하기 때문에 동시대인들의 엄격한 관찰자여야 한다는 사명에서 뵐의 참여문학은 사회질서 전반에 걸친 신랄한 해학이나 악의 있는 풍자도 거리끼지 않았다. 때문에 뵐의 문학에 대한 평가는 독일 전후문학에서 그 유례가 없을 정도로 긍정과 부정으로 양분되어 있는 것이 특징이다. 특히 가톨릭교회에 대한 신랄한 비판들은 평가의 양극 현상을 가져왔다. 작가의 순수한 휴머니티에도 불구하고 문학적 형식 면에서 양심과 도덕의 지나친 강조로 인한 예술성의 손상 여부가 논란이 되기도 했다. 그의 문학은 처음부터 고통당하고 억압당한 사람들에 애착을 보였다. 그러나 역사의 흐름을 통해 볼 때 역사는 언제나 힘 있는 사회의 특권층에게만 유리하도록 작용해왔다. 때문에 이웃 사랑을 통한 가톨릭교회의 사회개혁 정신에 근거한 뵐의 인도주의 미학은 그 특권이 사회의 모든 계층에 허용되어야 하며, 그래서 부단히 짓밟히고 위협받아온 약자와 소외된 자들의 권익이 그것을 위협하는 세력으로부터 지켜져야 한다는 것이다. 이런 의미에서 뵐의 문학은 한 시대의 결함과 그것으로 인한 "모든 비인간적 요소를 고발하여 인간과 그의 존엄성을 지키려는 인간 문학이다".[15] 뵐은 이러한 문학적 욕구를 훌륭히 이행했고, 국민 작가로서의 명예와 성공을 거두었다.

문학에 대한 비난에도 불구하고 뵐은 당시 독일문단의 또 다른 거성인 권터 그라스를 능가해 독일 국내외에서 가장 많이 읽혀진 전후의 독일 작가였다. 이 사실에는 도덕주의자 뵐의 휴머니즘이 근간을 이루는 단편문학이 크게 작용한다. 그는 요한 페터 헤벨, 하인리히 폰 클라이스트, 어니스트 헤밍웨이와 오 헨리에게서 단편소설 기법의 영향을 크게 받았다. 그는 단편 산문작품을 현재의 독일 상황과 자신의 휴머니즘을 집약적이고 긴장감 있게 묘사할 수 있는 가장 현대적이며 매력적인 장르로 보고, '단편 문학이 모든 산문 형식 중에서 제일 아름다운 것'[16]이고 '제일 좋아하는 형식'[17]이라고 고백했다. 특히 젊은 시절에 처음으로 겪었던 전쟁의 체험에서 극단적 반휴머니즘의 전쟁으로부터 인간을 지키기 위해 초기 작품들을 영혼으로 쓸 수밖에 없었기 때문이다. 초기의 짧은 산문작품들에서 뵐이 잘 알고 있는 상황들을 사실적으로 서술하는 천재적 창작성은 그 정점에 이른다. 그래서 초기의 짧은 작품들은 전 작품의 이해를 위한 중요한 전제로서 후기의 부피가 큰 작품들보다 문학적으로 높게 평가된다고 할 수 있다. 그러나 1960년 이후에 나타난 소설들, 말하자면《아홉 시 반의 당구》와《어느 광대의 견해》에서처럼 뵐은 초기의 사실적 묘사에만 머물러 있지 않고 '눈에 띄지 않게 일상적인 것에서 신화적인 것으로', 즉 '창작의 허구적 변화의 폭'을 넓혀갔다.[18]

뵐은 약 60편의 단편을 주로 초기에 발표했고, 후기에 가서는 거의 없었다. 그중에서 80% 정도가 '화자 이야기(즉 일인칭 이야기)' 형식이다.[19] 1947년에서 1951년 사이에 나온 뵐의 짧은 이야기는 1950년대에 학교에서 현대문학의 영역 가운데 가장 인기 있는 작품이었다. 그것은 아직 전쟁의 과거에서 벗어나지 못하고 있는 젊은이들에게 역사적 참상을 새롭게 체험하게 할 뿐만 아니라 산업사회와 복지사회로 치닫는 과정에서 겪어야 할 위험들에 눈을 뜨게 하고 또 그것을 주의 깊게 관찰하도록 하기 위해 더없이 좋은 교재였기 때문이다. 뵐은 자신의 작품을 인간의 고난을 감싸고 인간이 인간답게 살 수 있는 사회를 구축하려는 휴머니즘의 이야기로 만든다.

이런 의미에서 뷜의 작품들은 비록 시간이 흘렀다 할지라도 전쟁을 체험하지 못한 오늘날의 젊은이들에게 한 시대의 역사에 대한 체험문학으로서뿐만 아니라 기독교적 이웃 사랑에 바탕을 둔 뷜의 휴머니즘에 대한 시대적 사유와 성찰을 새롭게 불러일으킨다는 데서 여전히 교육적 의미를 지니며 큰 호응 또한 얻고 있다.

《다리 옆에서》
An der Brücke

그들은 나에게 의족을 해주었고, 내가 앉아서 할 수 있는 일자리를 마련해주었다. 나는 새 다리를 건너가는 사람들을 센다. 그들의 유능함을 숫자로 증명하는 것을 그들은 아주 재미있어한다. 그들은 몇몇 숫자로 된 아무런 의미가 없는 것에 흠뻑 취하고, 나는 저녁에 그들에게 숫자의 승리를 선사하기 위해 번호에 번호를 더해가면서, 나의 말없는 입은 온종일 시계의 기계장치처럼 셈한다.

내가 그들에게 내 작업의 결과를 알려줄 때면 그들의 얼굴은 빛나고, 숫자가 높을수록 그만큼 그들의 얼굴은 더 빛나며, 그들은 만족해서 침대에 누울 이유를 가진다. 수천 명의 사람들이 매일같이 그들의 새 다리 위를 지나가기 때문이다.

그러나 그들의 통계는 맞지 않다. 유감스럽지만 통계는 맞지 않다. 비록 내가 정직한 인상을 불러일으킨다는 것을 알고 있다 해도, 나는 신뢰할 수 없는 사람이다.

여러 번 한 사람을 숨기고 그러고 나서 내가 동정심을 느낄 때 다시 그들에게 몇 명을 선사해주는 것은 남몰래 나를 기쁘게 한다. 그들의 행복은 내 손안에 있다. 내가 화날 때나 피울 담배가 없을 때, 나는 평균치만 알릴 뿐이고, 여러 번은 평균치 이하를 알린다. 그리고 내 마음이 열리거나 기쁠 때, 나는 다섯 자리 수에서 내 아량을 베푼다. 그들은 정말로 매우 행복해한다! 그들은 공식적으로 그 결과를 매번 나의 손에서 단숨에 잡아채고, 그들의 눈에는 빛이 번쩍이며, 그들은 내 어깨를 두드린다. 그들은 정말로 전혀 알지 못한다! 그러고 나서 그들은 곱하고 나누고 백분율로 계산하기 시작한다. 나는 그것이 무슨 짓인지 모른다. 그들은 얼마나 많은 사람들이 오늘 매분마다 다리 위를 지나가는지 그리고 얼마나 많은 사람들이 10년 후에 다리 위를 지나가게 될 것인지 계산으로 산출한다. 그들은 제2의 미래를 좋아한다. 제2의 미래는 그들의 특기다. 그럼에도 불구하고, 미안하게도 모든 것이 맞지 않다.

하루에 두 번 오는 나의 작은 애인이 다리 위에 보이면 내 심장은 곧장 멈춰 선다. 내 심장의 지칠 줄 모르는 고동 소리는 그녀가 가로수 길로 접어들어 사라지기까지 곧장 중지한다. 그리고 이 시간에 지나가는 모든 이들을 나는 그들에게 비밀로 숨긴다. 이 2분은 나의 것이다, 전적으로 나만의 것이고, 나는 그 2분을 나에게서 가져가지 못하게 한다. 그리고 그녀가 저녁에 다시 빙과점에서 돌아올 때도, 그녀가 보도의 다른 편에서 세고 또 세야만 하는 내 말없는 입을 지나갈 때면, 내 심장은 다시 멈추고, 그녀가 더 이상 보이지 않을 때에야 비로소 나는 다시 세기 시작한다. 이 몇 분 사이에 보이지 않는 내 눈앞을 지나가는 행운을 가진 모든 이들은 통계의 영원 속으로 들어가지 않는다. 상상 속의 남자들과 상상 속의 여자들, 통계의 제2미래에서 함께 행진하지 않을 통계에 가치가 없는 존재들.

내가 그녀를 사랑하는 것은 분명하다. 그러나 그녀는 그것에 대해서 아무것도 모른다. 그리고 나 또한 그녀가 그것을 아는 것을 원치 않는다. 얼마나 끔찍한 방법으로 모든 계산을 헛되이 만드는지 그녀가 알아차려서는 안 된다. 그리고 그녀는 아무것도 모르고 순수하게 긴 갈색 머리와 매력적인 발로 빙과점으로 행진해 가야 하며, 그리고 많은 팁을 받아야 한다. 나는 그녀를 사랑한다. 내가 그녀를 사랑하는 것은 분명하다.

얼마 전에 그들은 나를 감사했다. 다른 편에 앉아서 자동차를 세야 하는 동료가 나에게 아주 일찍이 경고해주었고, 나는 지독하게 주의를 했다. 나는 미친 듯이 셌다. 주행기록계도 더 잘 셀 수는 없다. 통계분석 주임은 저쪽 다른 편에 서 있었고, 후에 한 시간의 결과를 내 시간 보고서와 비교했다. 단 한 사람만이 그보다 적었다.

나의 작은 애인이 지나갔다. 나는 내 인생에서 이 귀여운 아이를 제2의 미래로 옮겨지게 하지 않을 것이며, 이 작은 나의 애인은 곱해지고 나눠지고 백분율의 무로 변화되어서는 안 된다. 내가 그녀를 눈으로 배웅하지 못한 채 세야만 했기에, 내 심장은 터질 것 같았다. 나는 자동차를 세어야 하는 건너편 동료에게 감사했다. 내 생존을 위해 정말로 순조롭게 진행되었다.

통계분석 주임은 내 어깨를 두드리며, 내가 착하고 믿음직스러우며 성실하다고 말했다. "한 시간에 하나를 잘못 셌 것은" 하고 그는 말했다.

"많은 것이 아니오. 우리는 어차피 일정한 백분율의 감가를 가산한다오. 나는 당신의 근무지가 마차로 옮겨지도록 요청할 것이오."

마차는 물론 잔꾀 부리기에 십상이다. 마차는 전에 없이 편안한 일이다. 마차는 최고로 하루에 25번 지나가고, 30분마다 한 번 머릿속에 다음 번호를 가산하는 것, 그것은 식은 죽 먹기다!

마차는 훌륭한 일일지도 모른다. 4시와 8시 사이에는 결코 아무 마차도 다리 위를 지나가선 안 된다. 그리고 나는 산책을 하거나 빙과점에 갈 수 있을지도 모르며, 그녀를 한동안 바라보거나 또는 그녀를 아마도 한 구간쯤 집에 바래다줄 수 있을지도 모른다. 나의 작은 세지 않은 애인을.

노동세계에 대한 비판과 미래에 대한 희망

하인리히 뵐은 17세 때부터 작가로서의 직업을 가지려고 결심했으나 전쟁으로 인해 늦게야 글을 쓰게 되었고, 30세의 늦은 나이에 비로소 첫 단편작품을 발표했다. 그럼에도 불구하고 그는 1947~1951년 사이에 계속해서 많은 짧은 이야기들을 발표함으로써 전후 독일문학의 비중 있는 작가로서의 위치를 굳혔다. 그는 초기 작품들에서 전후 독일의 현실을 사실적으로 서술하는 것을 문학적 과제로 보았다. 뵐의 《자기비판Selbstkritik》이 이것을 말해준다. "아침에 내가 깨어날 때면, 나는 벌써 어떤 문제가 더럽고 충분히 시사성이 있어서 묘사될 만한 가치가 있는가를 곰곰이 생각한다."[20] 그럼으로써 뵐의 초기 작품들은 젊은이들에게 아직 극복되지 않은 과거를 상기시키고, 새롭게 시작하는 경제 및 복지사회에서 커져가는 미래의 위험들에 대해 눈을 뜨게 하고 또 그것을 주의 깊게 관찰하게 한다. 이런 의미에서 뵐의 초기 단편 이야기들은 1950년대 김나지움에서 현대문학 분야의 교과서에 수록되었고, 가장 인기 있는 작품이었다. 여기서 다루려는 두 개의 짧은 이야기 《다리 옆에서》와 《발레크 가의 저울》 역시 그러하다. 비록 짧다 해도 이 이야기들은 뵐의 문학에 일관되게 흐르고 있는 휴머니즘을 이해하기 위한 훌륭한 작품들이다.

《다리 옆에서》는 1949년 2월 1일 잡지 《외침Der Ruf》 제3권에 처음으로 발표된 후 1950년 1월 2일 라디오에 방송되었고, 뵐의 모든 이야기 모음

집과 대부분의 김나지움 교재에 실릴 정도로 호응이 대단했다. 이 짧은 이야기에서도 예외 없이 전쟁이 배경을 이루고 있다. 그러나 그 주제는 전쟁 자체나 전쟁의 상해가 오히려 생활의 수단이 되는 전쟁 상해자의 어려운 운명이 아니라 전후의 신속한 산업발전 과정에 뵐의 주변에서 점점 심각하게 대두되고 있는 일반적이고 현실적인 사회문제, 즉 기계화, 자동화로 치닫는 과학기술과 노동세계가 인간적인 것을 위협하고 있다는 것이다.

구성적 특징에서 볼 때 이 단편은 내용상 크게 두 단락으로 나눌 수 있다. 첫 번째 단락(그들은 나에게 의족을 해주었고, (…) 그럼에도 불구하고, 미안하게도 모든 것이 맞지 않다)은 다리 위를 지나가는 사람들의 수를 기계처럼 세야 하는 화자와 관계된 노동의 세계를, 그리고 둘째 단락(하루에 두 번 오는 나의 작은 애인이 다리 위에 보이면 (…) 나의 작은 세지 않은 애인을)은 하루에 두 번씩 다리 위를 지나가는 이름도 모르는 빙과점 아가씨에 대한 화자의 돌발적이며 엉뚱한 사랑의 세계를 나타낸다. 화자는 이 두 세계의 대립을 통해서 전후의 독일사회에 내재해 있는 문제를 성공적으로 보여준다. 다리는 이 두 세계를 상징적으로 연결하는 역할을 한다.

우선 주인공인 화자에게서 전쟁의 상흔이 드러나 있다. 그는 전쟁으로 한쪽 다리를 잃고 모든 꿈을 박탈당한 상이군인이며, 아이러니하게도 그것 때문에 새로 만들어진 다리를 건너가는 사람들을 세는 일자리를 얻고 생계를 유지한다. 그는 전쟁의 희생자이며 동시에 혜택자로서 자신의 삶을 전쟁의 역사적 아이러니를 풍자하는 한 현상으로 나타낸다. 짧은 시작의 문장에서 벌써 뵐의 풍자적 성격이 두 가지 면에서 잘 나타나 있다. 그 하나는 '수의 무의미함'과 무의미한 수를 근거로 자신들의 유능함을 증명하려는 '통계자들의 어리석음'이며, 또 다른 하나는 노동세계에서의 '인간의 기계화'다. 한 인간을, 그것도 전쟁 상해자를 인간 계산기로서 새로 건설된 다리 옆에 배치하고, 매일 시계처럼 반복해서 다리 위를 지나가는 사람들을 세야만 하는 것은 의심의 여지 없이 인간을 기계화시키는 노동세계의 비인간성을 폭로하는 풍자적 성격을 가진다.[21]

화자가 존재하고 있는 노동세계는 곧 수의 세계다. 이 수의 세계에서 인간의 가치는 통계자료를 위한 하나의 수로 환산될 뿐이다. 따라서 화자가 일하고 있는 노동세계는 인간의 영혼이 없는 무의미한 세계다. 그런데 역설적으로 화자는 이런 비인간적 체계에서 인간을 세면서 기록하는 통계의 당사자로서, 또한 이 체계를 위해 기계처럼 일해야만 하는 희생자로서 한낱 도구일 뿐이다. 그는 가해자이며 동시에 피해자다. 그런데 자신을 고용한 사람들, 즉 미래사회를 건설해야 할 관료계층의 사람들은 '아무런 의미가 없는 몇몇 숫자에 흠뻑 취하고' 그들의 유능함을 증명하고 아주 재미있어한다. 이 아이러니를 통해서 뵐은 바로 화자의 계산 행위를 모든 인간적인 것을 수치화하는 현대사회의 획일주의적 가치관에 대한 비판으로, 나아가 규격화, 기계화, 비인간화를 지향하는 독일 전후 산업사회의 모든 성향에 대한 항의로 나타내는 데 성공하고 있다.

화자는 이야기의 시작부터 전혀 꾸밈 없는 도전적인 언어를 사용해 통계의 세계를 가차 없이 우화화한다. 우선 이 이야기의 첫 문장에서 화자는 고용주들이나 관료들 모두 '그들'이라는 지시대명사 하나만을 사용해서 익명의 애매모호함 속에 획일적이고 경멸적으로 같은 가치관의 카테고리 안의 무리로 비하한다. 그는 '그들'이 '무슨 짓'을 하는지 전혀 알지 못한다. 뿐만 아니라 '그들'의 세계에 대해서도 전혀 무관심하다. 반대로 '그들'은 화자가 저녁에 주는 계산의 결과에 전적으로 의지하고 있다. 그들은 화자가 제시한 수가 증가하면 더욱 행복해하고 '그들'이 산출한 백분율의 통계로 10년 후 다리의 유용성을 계산하며 '그들'의 특기인 '제2의 미래'를 설계한다.

'그들'의 '제2의 미래'에 대한 생각에서 뵐의 풍자는 정점에 이른다. 비인간적인 수의 세계에 대한 우화화가 '신뢰'와 '비신뢰'의 대립을 통해 극에 이르기 때문이다. 다시 말해 화자에 대한 '그들'의 '신뢰'와 화자가 스스로를 '신뢰할 수 없는 사람'으로 고백한 '비신뢰'의 대립을 통해 '그들'이 생각하는 '제2의 미래'의 계산 근거가 되는 통계의 세계는 극도로 우화화된다. '그들'의 신뢰는 화자가 지닌 외모의 '정직한 인상'에 기초하고 있기 때문에 감정적일 뿐, 논리적·객관적 근거를 가지고 있지 않다. 그러나 화자는 동정심을 느낄 때, 화날 때, 피울 담배가 없을 때, 마음이 열릴 때, 기쁠 때처럼 자신의 변덕스러운 기분과 감정에 따라 임의로 계산해서, 즉 의식적인 과오를 통해 통계의 정확성을 파괴할 뿐만 아니라 통계자들의 반응을 우스꽝스럽게 만들어버린다.

신뢰할 수 없는 수에 의해 산출된 통계, 그 통계에 의해 설계된 미래는 모두가 허망한 것이 되고 만다. '그들'의 만족과 행복은 화자의 기분에 따라서, 그의 손안에서 만들어지기 때문에 그들의 행복은 화자의 손안에 있다. '그들'의 제2의 미래는 의식적인 과오의 산물일 뿐이다. 이렇게 화자는 그 통계를 자기 기분의 노리갯감으로 만들고, 고용주들은 이 장난에 기만당한다. 통계의 세계에서 절대적으로 요구하는 수의 정확성과 완벽성은 파괴되고, 먹고살기 위해 감수해야 하는 노동세계에 대한 의존성은 내적 감정의 유희로 극복된다. 비록 화자가 생계를 위해 다리 위를 지나는 사람들을 세는 일을 한다 해도 그 일이 그의 내면의 정신적 자유까지 빼앗지 못한다는 것이다. 화자는 이 내적 자유를 통해서 노동을 상상력에 의해 일상의 삶에서 벗어난 자유로운 일시적 활동으로, 즉 정신적 유희로 즐길 수 있는 있는 '호머 루덴스homo ludens'이며[22] 동시에 영혼이 없는 수와 통계에 의존하는 노동세계를 풍자적으로 폭로한다.

이 이야기의 본래의 제목은 '세지 않은 애인'이었다. 이어지는 다음 문단에서 빙과점 아가씨가 등장함으로써 이 이야기의 핵심적 주제가 분명해진다. 즉 영혼이 없는 수의 통계세계와 그 수로 환산될 수 없는 인간적인 사랑의 세계가 대립한다. 그녀가 출근하고 퇴근할 때, 하루에 두 번 다리를 지나 화자의 시야에서 사라지는 2분 동안에 그는 세는 일을 멈춘다. 그 2분은 화자가 노동의 강압에서 벗어나 노동을 유희로 즐길 수 있는 그만의 정신적 자유의 시간이다. 이 시간에는 그녀뿐만 아니라 그때 다리 위를 지나가는 모든 사람들이 영혼이 없는 숫자놀이의 법칙에 강제되지 않음으로써 그 사람들은 '통계의 영원 속으로', '통계의 제2미래'로 '함께 행진하지 않을 존재들'이다. 노동의 세계에서 사랑의 세계로 구제된 존재들이다.

"나는 그녀를 사랑한다. 내가 그녀를 사랑하는 것은 분명하다"라는 화자의 독백은 이 이야기를 한 여인에 대한 은밀한 사랑 이야기로 만들 수 있다는 점에서 중요한 것이 아니다. 중요한 것은 바로 사랑이 계산의 정확성을 잃게 하고, 통계의 세계를 우스꽝스럽게 만든다는 사실이다. 그는 그녀를 향한 사랑에서 수의 세계에 대한 저항의 힘과 자기 자신의 존재에 대한 자유를 얻는다. 이 이야기에서 그의 '작은 애인'은 한 인물로서 하등의 독자적 의미를 가지고 있지 않다. 중요한 것은 다만 화자의 사랑과 화자에게 미치는 그 사랑의 작용일 뿐이다. 그녀는 화자의 시야 안에서만 존재하고 작용할 뿐이다. 하지만 그녀는 화자의 시야에서 사라질 때까지의 몇 분 사이에 '끔찍한 방법으로 모든 계산을 헛되이' 만들고, 인간적인 것이 통계의 제2의 미래를 위한 자료로 전락하지 않도록 하는 동기를 부여한다. 이런 사실을 그의 '작은 애인'이 알아서는 안 되며, '그들'도 화자의 사랑에 대해서 아무것도 알아서는 안 된다. 그리고 그는 사랑과 자유의 짧은 시간 안에서 일어나는 일들을 '그들'에게 비밀로 해야 한다. 그렇지 않을 경우 화자의 '정직한 인상'에 근거한 수의 신뢰성은 파괴되고, 그가 스스로 '신뢰할 수 없는 사람'이라고 독백한 비신뢰성은 사실로 폭로되어 사랑의 몇 분 안에 누릴 수 있는 유희의 자유공간을 박탈당하기 때문이다. 이같이 화자가 표면적으로 숨기려 하는 필연성은 화자의 내적 위기의식에서 기인한 것이다. 다시 말해 화자처럼 현실의 노동세계에서 가질 수 있는 인간적인 꿈의 유희공간이, 즉 인간적인 것이 자유롭게 전개될 수 있는 미래에 대한 희망이, 영혼이 없는 수로서만 계산되는 미래의 노동세계의 폐쇄성과 완벽성에 의해 항상 위협당하고 있다는 위기의식이다. 이 위기의식은 관리기관의 감사에서 극에 이른다. 감사를 받는 상황에서 화자의 사랑의 세계는 비인간적 통계의 메커니즘에 의해 제도적으로 위협받는다. 뿐만 아니라 화자의 내적 자유 역시 계산의 정확성을 확인하는 감사에서 가장 심하게 위협당한다. 수의 부정확성은 화자에게 경제적 위기를 초래하기 때문이다. 이 위협에서 벗어나기 위해, 그리고 계산 결과의 정확성에 대한 최대한의 신뢰를 지키기 위해 화자는 자동차를 세는 동료가 미리 경고해준 대로 기계보다 더 정확하게 세야 했다. 애인까지 포함한 모든 지나가는 사람들을 세야만 하는 숙명적인 순간은 그에게 자신의 인간적 존재가치를 위협하는 순간이 되어 다가온다. 이런 딜레마에도 불구하고 화자는 용감하게 그의 '작은 애인'만큼은 통계의 숫자로 계산하지 않고 '백분율의 무'로 변화되어버리는 '제2의 미래'로 옮겨지지 않게 했다. 한 시간 후의 결과 비교에서는 단 한 사람만의 오차가 있었다.

이때 애인을 세지 않음으로써 생기는 하나의 오차는 두 개의 큰 의미를 가진다. 첫째로 이 하나의 오차는 통계를 위해 백분율로 계산될 때 "많은 것이 아니오. 우리는 어차피 일정한 백분율의 감가를 가산하다오"라고 통계분석 주임이 말했듯이, 정확성을 크게 침해하지 않는 한 무가치한 것으로 버려진다. 인간적 관용조차 오직 통계의 자료로서만 이용되고 평가되는 비인간적인 미래의 노동세계를 드러낸다. 이와는 반대로 화자에게 하나의 오차는 인간성이 숨겨진 공간으로서 통계의 제2미래에서도 인간적인 것이 숫자로 계산되지 않고 자유롭게 전개될 수 있다는 한 가닥의 희망을 준다. 여기서 인간적인 것을 자유롭게 펼칠 수 있는 꿈의 유희공간이, 그리고 '인간의 인간화'가 실현될 수 있는 미래에 대한 희망이 노동세계의 강압과 완벽성에서도 꼭 있어야 한다는 뵐의 작가적 소명의식이 나타나 있는 것이다.

화자는 자기 일에 대한 집중과 자동차를 세는 다른 동료의 인간적인 도움으로 감사의 위기를 잘 넘길 수 있다. 그 결과 그는 마차를 세는 보다 편하고 좋은 자리로 옮기게 되고 그의 '작은 세지 않은 애인'과 산책하며 사랑할 수 있는 꿈을 꾼다. 다른 동료 역시 화자와 같은 위협을 앞서 체험했기에 화자를 도울 수 있다. 즉 전후의 젊은 세대는 모두 화자가 체험한 통계의 노동세계에 의한 위협을 겪었거나 직면해 있다는 것이며, 이로써 화자의 체험은 현대에 사는 누구에게나 해당되는 보편화된 주제로 확대된다. 여기서 또 다른 중요한 주제가 부상한다. 즉 화자와 다른 동료 간의 협력이 공동의 위기를 넘길 수 있었듯이, 전후의 급격한 산업화 시대를 사는 젊은이들 역시 '도움'과 '감사'의 교감이 이루어져야 한다는 것이다. 비록 화자의 행위가 강압과 메커니즘의 비인간적 노동세계에 대한 한 개인의 작은 반항이라 할지라도, 이 세계에 살고 있는 오늘날의 젊은이들이 화자와 같은 체험을 통해 인간의 자유에 대한 올바른 위기를 함께 의식하고 반항한다면, 이들은 비록 개개인이 무기력함을 고통스럽게 느낀다 할지라도, 꿈과 집중과 협동을 통해 이 위기를 극복할 수 있고, 사랑을 통해 인간적인 미래사회를 만들 수 있다는 것이다. 이것이 이 이야기가 우리에게 제시하고 있는 교훈이다. 이 이야기의 화자는 전후의 경제 기적의 시기에서뿐만 아니라 컴퓨터 기술과 대중매체 산업이 극에 이른 오늘날의 우리 시대에서도 여전히 인도주의적 가치관이 위협되고 있기 때문에 인간은 인간적인 것을 잃어서는 안 된다는 것에 대한 경고자로서 우리 앞에 서 있다. 뵐의 이 짧은 이야기는 인간 존재의 가치를 최대의 관심사로 보는 뵐의 휴머니즘을 평범한 인물과 일상을 통해 감동적으로 전달한다. 다리를 지나가는 여인에 대한 사랑으로 다리 밖의 다른 세계를 우화화하는 알레고리에서 첨단적 기술에 도취되어가는 현대사회에 작가가 의도하는 도덕적 교훈을 전달하는 창작의 천재성을 새롭게 확인할 수 있다.

《발레크 가家의 저울》
Die Waage der Baleks

내 할아버지의 고향에서는 대부분의 사람들이 아마분쇄기로 하는 일로 살아갔다. 다섯 세대에 걸쳐 그들은 부서진 줄기에서 올라오는 먼지를 마셨고 그것으로 서서히 죽어갔다. 그들은 염소 치즈와 감자를 먹었고 때때로 토끼도 잡았던 참을성 있고 즐겁게 사는 사람들이었다. 저녁이면 그들은 방에서 물레질과 뜨개질을 하면서 노래도 부르고 페퍼민트 차를 마시며 행복해했다. 낮 동안에 그들은 아마를 고물 기계에 집어넣고 먼지와 건조가마에서 뿜어내는 열에 무방비한 상태로 내맡겨져 있었다. 그들의 방에는 부모용으로 정해진 장롱 모양의 유일한 침대가 있었고, 아이들은 사방의 긴 의자 위에서 잠을 잤다. 아침에 그들의 방은 볶은 밀가루 수프의 냄새로 가득했다. 일요일엔 슈테르츠(곡식 가루 반죽을 기름에 튀겨 썰어놓은 음식)가 있었다. 그리고 특별히 축제일엔 검은 도토리 커피가 어머니가 미소를 띠면서 커피 주전자에 부어 넣은 우유로 점점 밝은 색을 띠어갈 때면 아이들의 얼굴도 기쁨으로 붉어졌다.

부모들은 아침 일찍이 일하러 갔고 집안일은 아이들에게 맡겨졌다. 그들은 방을 청소하고 정돈하고 그릇을 설거지했으며, 누런색의 귀한 열매인 감자 껍질을 벗기기도 했다. 그들은 혹시나 낭비하거나 경솔하게 다루지 않았나 하는 의심을 없애주기 위해 감자의 얇은 껍질을 부모님들에게 보여주어야만 했다.

아이들은 학교에서 돌아오면 숲 속으로 가야 했고 계절에 따라서 버섯이나 선갈퀴와 백리향, 큐멜과 페퍼민트와 같은 약초들과 디기탈리스도 따 모아야 했다. 그리고 여름에, 비옥하지 않은 초원에서 건초를 수확할 때면, 그들은 건초의 풀씨를 모았다. 아이들은 건초 풀씨 1킬로에 1페니히를 받았으나, 그것은 시내에 있는 약국에서 신경이 과민한 부인에게 1킬로에 20페니히에 팔렸다. 버섯의 값은 더 비쌌다. 버섯은 킬로당 20페니히였는데 시내에 있는 상점들에서는 1마르크 20페니히에 거래되었다. 가을에, 습기로 인해 버섯이 땅에서 솟아오르면 아이들은 푸른 숲 속의 어둠 안으로 깊숙이 들어갔다. 그리고 거의 모든 가정은 그들만이 버섯을 따는 장소들을 알고 있었는데, 그 장소들은 대대로 내려오면서 후손들에게 은밀히 귀띔해준 곳들이다.

숲들은 발레크 가의 것이었고 아마분쇄기들도 그러했다. 그리고 발레크 가는 내 할아버지의 고향마을에 성을 가지고 있었다. 가장인 부인은 언제나 우유 조리실 옆에 작은 방을 차지하고 있었는데, 그곳에서 버섯, 약초, 건초 풀씨의 무게를 측정하고 그 대금도 지불했다. 그 방에는 책상 위에 발레크 가의 큰 저울이 놓여 있었는데, 고풍스럽고 여러 가지 무늬로 장식되었으며 황금색 동으로 칠해진 물건으로, 그 앞에 내 할아버지의 조상들이 이미 서 있었던 것이다. 그들은 버섯이 담겨 있는 바구니, 건초 풀씨가 든 종이 포대들을 그들의 때 묻은 어린 손에 들고, 흔들리는 바늘이 정의의 가느다란 선인 검은 눈금 위에 정확히 멈출 때까지, 발레크 부인이 얼마나 무거운 저울추를 저울 위에 얹는지를 긴장해서 주시했다. 이 정의의 가느다란 선은 매년 새로 그어진 것이 분명했다. 무게를 달고 난 후에 발레크 부인은 책등이 갈색의 가죽으로 덮인 큰 장부책을 꺼내 무게를 기록하고 돈을 지불했는데, 그것은 몇 페니히가 아니면 몇 그로셴이었고 아주 드물게 1마르크일 때도 있었다. 내 할아버지가 어린아이였을 때 그곳에는 신맛 나는 사탕이 든 큰 유리그릇이 있었는데, 그 사탕들 중에는 킬로당 1마르크나 하는 것도 있었다. 그 당시 그 방을 관리하던 발레크 부인은 기분이 좋을 때면 유리그릇에서 사탕을 꺼내어 아이들마다 하나씩 나누어 주었다. 그러면 아이들의 얼굴이 어머니가 특별히 축제일에 우유를 커피 주전자에 타서 커피가 밝은 색을 띠면서 아가씨의 땋아 내린 머리처럼 금발색이 될 때까지 점점 더 밝아질 때 홍조를 띠었듯이, 그들의 얼굴은 기쁨으로 붉어졌다.

발레크 가가 마을에 포고한 법 중의 하나는 아무도 저울을 집에 가지고 있어서는 안 된다는 것이었다. 그 법칙은 이미 너무 오래되어서, 아무도 언제 그리고 왜 생겼는지에 대해 더 이상 깊이 생각하지 않았고, 그 법은 준수되어야만 했다. 그 법을 어기는 자는 아마분쇄기의 일에서 해고당했고 그의 어떤 버섯도, 백리향도 건초 풀씨도 받아주지 않았기 때문이다. 발레크 가의 세력은 아주 멀리까지 미쳤기 때문에 이웃 마을에서도 아무도 그에게 일거리를 주지 않았고, 아무도 그가 숲에서 채집한 약초들을 사주지 않았다. 내 할아버지의 조부모들이 어린아이들이었을 때 부유한 프라하 사람들의 부엌에서 구운 고기에 양념으로 쓰거나 파이를 굽는 데 쓰일 수 있도록 버섯을 따 모아서 발레크 가에 공급한 이래로 이 법을 어기려고 생각해본 사람은 아무도 없었다. 밀가루를 재기 위해서는 계량용기가 있고 계란은 수를 셀 수 있었으며 뽑아낸 실은 엘렌이란 단위로 측정되었다. 그런데 고풍스럽고 황금색 동으로 장식된 발레크 가의 저울은 그것이 맞지 않을 수도 있으리라는 인상을 주지 않았다. 다섯 세대에 걸쳐 사람들은 순진한 열정으로 숲에서 채집한 것들을 이리저리 흔들리다가 멈추는 검은 바늘만 믿고 맡겼던 것이다.

그러나 이처럼 조용한 사람들 가운데에는 말하자면 한 달 내내 아마공장에서 벌 수 있는 것보다 하룻밤 사이에 더 많이 벌려고 하는 밀렵꾼처럼 그 법을 무시했던 사람들도 있었지만, 이 사람들 중에서도 아직은 아무도 저울을 사들이거나 만들려는 생각은 해보지 않은 것 같았다. 발레크 가의 사람들은 성에서 살았고 두 대의 마차를 굴렸으며, 계속해서 그 마을의 한 젊은이에게 프라하대학 연구소에서 신학공부를 하도록 장학금을 지급했고, 신부는 매주 수요일마다 타로 카드놀이를 하려고 그들에게 들렀다. 마차에 황제의 휘장을 단 그 지역 구청장이 신년 인사차 그들을 방문했고, 황제는 1900년 새해에 귀족의 칭호를 부여했다. 내 할아버지는 그런 발레크 가의 정의를 아주 대담하게 검사하려 했던 최초의 사람이었다.

내 할아버지는 부지런했고 영리했다. 그는 이전에 먼저 일가친척들의 아이들이 들어갔던 것보다 더 멀리 숲 속으로 헤쳐 들어갔다. 그는 전설에 의하면 발데라의 보물을 지키는 거인 빌간이 살고 있다는 덤불 속까지 들어갔다. 그러나 내 할아버지는 빌간을 두려워하지 않았다. 그는 벌써 어렸을 적에 덤불 속으로 멀리 들어가서 많은 버섯을 따 왔으며, 발레크 부인이 파운드당 30페니히를 쳐준 트뤼플 버섯까지도 찾아냈다. 내 할아버지는 모든 파운드의 버섯, 모든 그램의 백리향 등 발레크 가에 가져다준 모든 것을 달력 뒷면에 기록했고, 어린아이 글씨로 그 옆 오른쪽에 그 대가로 받은 것을 적어두었다. 그는 일곱 살부터 열두 살이 되기까지 매 페니히를 빠짐없이 끄적거렸다. 그가 열두 살이 되었을 때 1900년이 시작되었고, 황제가 발레크 가에게 귀족의 작위를 수여했기 때문에 발레크 가는 마을의 모든 가정에 브라질에서 온 진짜 커피를 4분의 1파운드씩 선물했다. 남자들에겐 공짜 맥주와 담배가 주어졌고, 성에서는 큰 잔치가 벌어졌다. 많은 마차들이 성문에서 성으로 나 있는 가로수 길에 서 있었다.

그러나 축제 하루 전에 벌써 커피는 거의 백 년 전부터 발레크 가의 저울이 있었던 그 작은 방에서 나누어졌다. 전설에 의하면 거인 빌간은 발레크 가의 건물이 서 있는 그곳에 큰 성을 가지고 있었기 때문에 발레크 가는 이제 발레크 폰 빌간으로 불렸다.

내 할아버지는 학교를 마친 뒤에 체흐 가, 바이들러 가, 포오라스 가 그리고 자신의 브뤼허 가의 네 가정을 위해 커피를 가지러 갔던 이야기를 나에게 가끔 해주었다. 그날은 섣달그믐 전날 오후였다. 방들을 꾸며야만 했고 빵도 구워야만 했다. 그래서 4분의 1파운드의 커피를 가지러 가기 위해 네 명의 아이들, 각 가정에서 한 명씩을 성으로 보내려 하지 않았다.

그래서 내 할아버지는 그 방 안에 있는 작고 좁은 나무의자 위에 앉아 있었고 하녀인 게르트루트가 포장된 8분의 1킬로의 커피 봉지 4개를 자기가 보는 앞에서 세고 있을 때, 그는 저울의 왼쪽 접시에 반 킬로의 저울추가 놓여 있는 것을 보았다. 발레크 폰 빌간 부인은 축제 준비로 분주했다. 그리고 게르트루트는 이제 내 할아버지에게 신맛 나는 사탕 하나를 꺼내주기 위해 유리그릇을 잡으려 했을 때, 그 유리그릇이 빈 것을 알게 되었다. 그 유리그릇은 매년 한 번씩 채워졌고, 1마르크의 값이 나가는 사탕 1킬로를 담을 수 있었다.

게르트루트는 웃으면서 "기다려라, 새 병을 가져오마" 하고 말했다. 내 할아버지는 공장에서 포장되고 봉해진 네 개의 8분의 1킬로의 봉지를 가지고 누군가가 반 킬로의 저울추를 얹어두었던 그 저울 앞에 서 있었다.

그리고 내 할아버지는 네 개의 커피 봉지를 들어서 비어 있는 저울 접시 위에 올려놓았다. 그런데 그가 정의의 검은 바늘이 눈금 옆 왼편으로 처져 있는 것을 보았을 때, 그의 심장은 격렬하게 뛰었다. 반 킬로의 저울추가 놓여 있는 접시는 아래에 머물러 있었고 반 킬로의 커피는 꽤 높이 솟아 있었다. 그의 심장은 그가 숲 속에 있는 관목 뒤에 숨어서 거인 빌간을 기다리기나 하듯이 심하게 뛰었다. 그리고 그는 어머니의 배추를 쪼아 먹던 참새들을 새총으로 쏘기 위해 늘 지니고 있었던 작은 돌멩이들을 그의 호주머니에서 찾았다. 반 킬로의 저울추가 놓인 접시가 올라가서 드디어 바늘이 정확하게 검은 눈금 위에 놓일 때까지 그는 네 개의 커피 봉지 옆에 세 개, 네 개, 다섯 개의 작은 돌멩이들을 올려놓아야만 했다. 내 할아버지는 저울에서 커피를 내려놓고 다섯 개의 작은 돌멩이들을 손수건으로 쌌다. 그리고 게르트루트가 또다시 일 년 동안 아이들의 얼굴에 기쁨으로 홍조를 띠게 하는 데 충분할 만한 신맛 나는 사탕으로 가득 찬 커다란 1킬로의 봉지를 가지고 와서 딸그락거리는 소리를 내며 유리그릇에 쏟아 넣었을 때 창백해진 어린 녀석은 그곳에 서 있었고 아무것도 달라진 것이 없는 것같이 보였다. 내 할아버지는 커피 봉지들 중에서 세 개만 가졌다. 그리고 신맛 나는 사탕을 땅바닥에 내던지고 짓밟으면서 "저는 발레크 부인과 얘기할래요"라고 말하는 창백한 소년을 게르트루트는 의아해하면서 놀라 바라보았다.

"발레크 폰 빌간 부인이라고 불러라"라고 게르트루트가 말했다.

"좋아요, 발레크 폰 빌간 부인."

그러나 게르트루트는 그를 비웃었다. 그는 어둠 속에서 마을로 돌아와 체흐 가, 바이들러 가, 포오라스 가에게 그들의 커피를 가져다주었고, 자기는 신부님에게 가야만 한다고 말했다.

　그러나 그는 손수건에 싼 다섯 개의 작은 돌멩이들을 가지고 캄캄한 밤길을 떠났다. 그는 저울을 가지고 있는, 가지고 있을지도 모르는 누군가를 찾을 때까지 멀리 걸어가야 했다. 블라가우와 베르나우 마을에는 아무도 저울을 가지고 있지 않았다. 그래서 그는 그 마을들을 지나서 두 시간을 걸어간 뒤에 호니히란 약제사가 살고 있는 작은 도시인 딜하임까지 왔다. 호니히의 집에서는 막 구워낸 팬케이크의 냄새가 났고, 호니히가 추위에 얼은 소년에게 문을 열어주었을 때 그의 입김에서는 펀치 술 냄새가 풍겼다. 그리고 그는 엷은 입술 사이에 젖은 담배를 물고 잠깐 동안 소년의 찬 두 손을 꼭 쥐고 말했다.

　"그래, 네 아버지의 폐가 더 나빠졌니?"

　"아니요, 약 때문에 온 것이 아니고, 제가 온 것은……."

　내 할아버지는 그의 손수건 끈을 풀고 다섯 개의 작은 돌멩이들을 꺼내 호니히에게 내밀며 말했다.

　"저는 이것들의 무게를 달아보고 싶어요."

　그는 걱정스레 호니히의 얼굴을 바라보았다. 그러나 호니히가 아무 말도 하지 않고 화도 내지 않고 묻지도 않았을 때 내 할아버지는 말했다.

　"이만큼이 정의에서 모자란 것입니다."

　그러고 나서 따뜻한 방에 들어섰을 때 자신의 발이 얼마나 젖었는가를 그제야 느꼈다. 눈이 좋지 않은 신발에 스며들었고, 숲 속에서는 나뭇가지들이 그에게 눈을 뿌렸으며, 그 눈이 이제 녹아들었다. 그는 지쳤고 배도 고팠으며, 다섯 개의 작은 돌멩이들의 무게가 정의에서 모자라는 그 저울로 무게가 계산된 그 많은 버섯들, 약초들, 꽃들이 생각났기 때문에 갑자기 울기 시작했다. 그리고 호니히가 고개를 내저으면서 다섯 개의 작은 돌멩이들을 손에 쥐고 그의 아내를 불렀을 때, 내 할아버지에겐 채집한 모든 버섯, 모든 꽃을 그 저울로 달게 할 수밖에 없었던 그의 부모와 조부모들의 얼굴이 떠올랐다. 그리고 부정의 큰 파도 같은 것이 그를 엄습했다. 그리고 그는 더욱 심하게 울기 시작했고, 앉으라고 권하지도 않았는데도 호니히의 방에 있는 의자들 가운데 한 의자에 앉았고, 착하고 뚱뚱한 호니히 부인이 그에게 내놓은 팬케이크와 뜨거운 차를 거들떠보지도 않았다. 가게에 갔던 호니히가 돌아와 손에 쥔 작은 돌멩이들을 흔들면서 그의 아내에게 "정확히 55그램이야"라고 말했을 때 그는 비로소 울음을 그쳤다.

내 할아버지는 두 시간 동안 숲을 가로질러 돌아왔고 집에서 매를 맞았다. 그는 커피에 대해 질문을 받았을 때 침묵을 지키며 한마디도 하지 않았고, 그동안 발레크 폰 빌간 부인에게 제공했던 모든 것을 적어두었던 그의 쪽지를 저녁 내내 계산했다. 자정의 종소리가 울리고, 성으로부터 폭죽 소리가 들리며 온 마을에는 고함 소리와 딸랑딸랑하는 큰 소리가 울려 퍼졌을 때, 가족들이 키스하고 껴안았을 때, 그는 그 소란 뒤에 찾아온 새해의 침묵 속으로 빠져들며 말했다.

"발레크 가는 나에게 18마르크 32페니히를 빚지고 있다."

그리고 그는 마을에 살고 있었던 많은 아이들을 생각했고, 버섯을 많이 땄던 그의 형 프리츠와 여동생 루드밀라를 생각했다. 발레크 가를 위해 버섯을 따고 약초들과 꽃들을 채집한 수백 명의 아이들도 생각했다. 그리고 그는 이번엔 울지 않고 그가 찾아낸 것에 대해 그의 부모와 형제자매들에게 얘기했다.

발레크 폰 빌간 가의 사람들이 삼나무 아래에 웅크리고 앉아 있는 거인의 모습을 한 새 문장이 이미 푸른색과 황금색으로 그려진 마차를 타고 새해 첫날 대미사에 참석하기 위해 성당에 왔을 때, 그들은 자신들을 응시하고 있는 마을 사람들의 경직되고 창백한 얼굴을 보았다. 그들은 기를란덴 마을에서 아침에 소야곡과 환성과 만세 소리를 기대했으나, 그들이 그 마을을 지나갔을 때 마을은 죽은 듯이 고요했다. 그리고 성당 안에서 창백한 사람들의 얼굴이 그들에게 향하고 있었으나, 말이 없었고 적대적이었다. 그리고 신부가 축제의 설교를 하기 위해 설교단에 올랐을 때, 그 전에는 그렇게도 조용하고 평화스럽던 얼굴들에서 차가운 냉기를 느꼈고, 신부는 간신히 설교를 대충 끝내고 땀을 흘리며 제단으로 돌아왔다. 그리고 미사가 끝난 뒤에 발레크 폰 빌간 가가 그 성당을 다시 떠날 때 말없고 창백한 얼굴들이 늘어선 행렬 사이를 지나갔다. 그러나 젊은 발레크 폰 빌간 부인은 앞에 있는 어린이 의자 곁에 서서 내 할아버지의, 어리고 창백한 프란츠 브뤼허의 얼굴을 찾았고, 그에게 성당 안에서 물었다.

"왜 너는 네 어머니의 커피를 가지고 가지 않았니?"

그러자 내 할아버지는 일어서서 말했다.

"당신이 5킬로의 커피 값에 해당하는 돈만큼 나에게 빚을 지고 있기 때문입니다."

그리고 그는 다섯 개의 작은 돌멩이들을 그의 호주머니에서 꺼내어 그 젊은 부인에게 내밀며 말했다.

"당신의 정의에는 반 킬로그램에서 55그램이 부족했습니다."

그리고 그 부인이 무언가를 말하기도 전에 성당 안에 있던 남자들과 여자들이 노래를 부르기 시작했다.

"오 주여, 지상의 정의가 당신을 죽였나이다."

발레크 가의 사람들이 성당 안에 있는 동안에 밀렵꾼 빌헬름 포올라가 그 작은 방에 침입해서 저울과 함께 매 킬로의 버섯과 건초 풀씨 등 발레크 가가 마을에서 사들였던 모든 것이 기록되어 있는 가죽으로 제본된 크고 두꺼운 장부책을 훔쳤다. 그리고 새해 첫날 오후 내내 그 마을의 남자들은 내 증조부모의 방에 앉아서 그들이 팔았던 모든 분량의 10분의 1을 계산하고 또 계산했다. 그러나 그들이 벌써 수천 탈러를 산출해냈음에도 여전히 끝나지 않았을 때, 그 지방 구청장의 경찰관들이 와서 총을 쏘고 칼로 찌르면서 내 증조부의 방으로 들어와 강제로 그 저울과 장부책을 뺏어 갔다. 내 할아버지의 키 작은 여동생 루드밀라는 그때 살해되었고, 몇몇 남자들도 부상당했으며, 경찰관들 중 한 명은 밀렵꾼 빌헬름 포올라에게 찔려 죽었다.

폭동은 우리 마을뿐만 아니라 블라가우와 베르나우에서도 일어났고, 아마포 공장에서의 작업도 거의 일주일 동안 중단되었다. 그러나 아주 많은 경찰관들이 와서 남자들과 여자들을 감옥에 보내겠다고 위협했다. 그리고 발레크 가는 공개적으로 학교에서 그 저울을 전시하여 정의의 바늘이 이리저리 흔들리다 정확하게 멈춘다는 것을 증명하도록 신부에게 강요했다. 그리고 남자들과 여자들은 다시 아마분쇄기로 돌아갔으나 신부를 보기 위해 학교로 간 사람은 아무도 없었다. 그는 저울추와 저울과 커피 봉지를 가지고 당혹스럽고 슬픈 표정으로 그곳에 홀로 서 있었다.

아이들은 다시 버섯을 땄고, 백리향과 꽃들과 디기탈리스도 다시 채집했다. 그러나 지방 구청장이 모든 마을에 이 노래를 부르는 것이 금지되었다는 사실을 공식적으로 알렸을 때까지, 매주 일요일마다 성당에서는 발레크 가의 사람들이 그곳에 들어서자마자 노래가 시작됐다.

"오 주여, 지상의 정의가 당신을 죽였나이다."

내 할아버지의 부모는 그 마을을, 그들의 어린 딸의 새 무덤을 떠나지 않을 수 없었다. 그들은 바구니 짜는 사람이 되었고, 모든 곳에서 정의의 추가 거짓으로 표시하는 것을 방관하는 것이 그들을 괴롭혔기 때문에 어떤 곳에서도 오래 머물러 있지 않았다. 그들은 천천히 국도 위를 기어가는 마차 뒤에 비쩍 마른 염소를 데리고 갔다. 그리고 그 마차 옆을 지나간 사람은 마차 안에서 부르는 듯한 소리를 자주 들을 수 있었다.

"오 주여, 지상의 정의가 당신을 죽였나이다."

그리고 그들의 노래에 귀를 기울이고자 한 사람은 발레크 폰 빌간 가의 정의에는 10분의 1이 모자라다는 그 가문의 이야기를 들을 수 있었다. 그러나 그들의 말을 귀담아 듣는 사람은 거의 아무도 없었다.

자본주의적 착취를 개혁하기 위한 도전

하인리히 뵐은 태어나서 죽을 때까지 쾰른을 떠나지 않고 지켜온 향토 작가로 유명하다. 노벨 문학상을 독일에서 추방된 상태에서 받은 토마스 만이나 시민권을 버린 상태에서 받은 헤르만 헤세와는 달리, 뵐은 이 상의 수상 연설(1972년 12월 10일)에서 조국에서 끝까지 전쟁을 체험한 최초의 독 일 작가로서 수상한 것을 명예롭게 생각한다고 말했다. 그리고 그는 "내가 나를 표현하는 언어와 내가 시민으로 있는 나라에도 감사합니다"[23]라는 말 로 연설을 끝냄으로써 자신이 독일과 독일어를 매우 사랑한 작가라는 것 을 밝혔다. 따라서 그는 작가로서, 그리고 독일의 역사와 현실의 산증인으 로서 전쟁 뒤에 직면한 생생한 현실을 누구보다도 깊이 있게 그의 문학의 주제로 삼고 있다. 현실문제에 대한 그의 문학적 관심은 인간의 생존을 위 한 필수적인 모든 것들을 문학의 당면과제로 제시하게 만든다. 여기에 문 학을 통해 불의를 고발하고 정의를 구현하려는 뵐 문학의 목적이 있다. 1952년에 발표된 《발레크 가의 저울》은 이 목적을 가장 잘 나타내고 있는 작품이다. 다만 이 이야기의 특징이라 할 수 있는 것은 다른 많은 작품들 처럼 전쟁의 보편적인 주제와는 상관없다는 것, 그리고 뵐의 체험시간 밖 으로 옮겨진 1900년경의 보헤미아 지방의 한 농장 상황을 소재로 선택한 최초이며 유일한 작품이라는 것이다.

《발레크 가의 저울》역시 1954년에 김나지움의 7~8학년 학생들의 독일어 수업을 위해 교재로 발간되기 시작한 이래로 가장 많이 읽히고 해설된 작품에 속한다.[24] 그 이유는 이 작품이 가지고 있는 사회비판적 내용 때문이다. 다시 말해 이 이야기에서 일인칭 화자의 할아버지인 12세 소년의 행위와 체험을 통해 취급된 그 시대의 윤리적·사회적 문제는 오늘날의 상이한 시대에서도 여전히 동일한 문제로 다시 발견되고 있기 때문이다. 또 다른 이유는 이 이야기가 화자의 할아버지에 대한 단순한 보고가 아니라 예술적으로 정교하게 구성된 이야기 구조를 가지고 있다는 데 있다.[25] 이 이야기에서 주제들, 인물들, 사건들은 소설 기법에 의해서 정교하게 차례로 연결되고 서로 결합되며, 각 문단들은 긴밀하게 서로 짜여 있다는 것이 예술적 특징으로 나타난다. 그리고 뷜은 일인칭 화자의 증조부모와 할아버지가 발레크 가의 부정에 대해 취했던 행동을 후손이 이야기하게 함으로써 옛 사실을 자연스럽게 현재로 옮겨와 의미 있게 전달하는 데 성공한다.

이 이야기는 묘사된 인물들과 줄거리의 진행 과정에 따라 네 개의 단락으로 분류된다. 첫째 단락(처음부터 343쪽 '최초의 사람이었다'까지)은 마을 사람들의 삶과 발레크 가문을 소개하면서 그 집안 저울의 절대적 존재와 위력을 설명하고 있다. 둘째 단락(347쪽 '그의 부모와 형제자매들에게 얘기했다'까지)에서 할아버지는 발레크 가 저울의 부정을 발견하고 그것을 마을 사람들에게 알린다. 셋째 단락(348쪽 '오 주여, 지상의 정의가 당신을 죽였나이다'까지)은 마을 주민들의 반란을 그리고 마지막 넷째 단락은 화자의 증조부모와 할아버지 가족이 마을에서 추방되어 방랑하는 운명을 묘사하고 있다.

첫째 단락은 이야기의 도입부다. 여기서 전체 이야기의 플롯을 진행시키는 사람들과 사물들 그리고 문제들이 제시되고 있다. 즉 마을 주민들의 삶, 할아버지의 가족, 발레크 가, 저울과 정의 등이 언급된다. 이미 첫째 단락에서 언급된 인물들, 언어들, 사물들은 이어지는 다음 단락들에서 다시 나타나 동기의 연속적 관계에서 의미를 상승시킨다. 몇 가지 예를 들 수 있다. 첫째 단락에서 커피와 발레크 가의 사탕은 아이들에게 기쁨을 주지만 둘째 단락에서 커피는 발레크 가 저울의 부정을 밝히는 수단으로, 사탕은 분노의 표현으로 사용되고 있다. 그러면서 이어지는 문단들을 동기적으로 연결한다. 어머니의 커피에 기쁨으로 붉어진 화자의 할아버지 얼굴은 저울의 부정을 발견했을 때 '창백하게' 변했고, 첫째 단락에서 마을의 '참을성 있고 즐겁게 사는 사람들'은 셋째 단락에서 '경직되고 창백한 얼굴들'로 연결되면서 마을 사람들의 분노와 반항을 나타낸다. 그 밖에도 첫째 단락의 밀렵꾼 빌헬름 포올라는 넷째 단락에서 경찰관을 살해한 폭력의 가해자로, 그리고 둘째 단락의 할아버지 여동생 루드밀라는 경찰관에 의해 살해되는 폭력의 희생자로 다시 나타나서 동기와 장면을 긴밀하게 연결할 뿐만 아니라 위기적 상황을 심화시킨다. 신부의 상이한 등장(1, 3단락), 발레크 가의 강압(1, 2, 4단락), 거인의 동기(2, 3단락), 노래 "오 주여, 지상의 정의가 당신을 죽였나이다"(3, 4단락)들도 같은 방법으로 구성되었다.

이 이야기의 구조적 특징은 공장 노동으로 살아가는 마을 사람들의 가난한 사회와 권력과 재력이 있는 발레크 가의 봉건적 자본주의 귀족사회를 묘사하는 두 개의 플롯으로 구성되었다는 것이다. 이미 첫째 단락에서 이 두 세계는 일인칭 화자에 의해 대립적 관계에서 자세히 묘사되고 있다. 우선 화자는 자신의 할아버지인 프란츠 브뤼허 조상들이 체코의 고향마을에서 살았던 생활환경을 5세대를 거슬러 올라가서 설명한다. 그들은 발레크 가의 아마분쇄기에서 일하며 살았고, 그 먼지로 서서히 죽어갔다. 비록 가난하다 해도 그들은 '참을성 있고 즐겁게', 그리고 저녁이면 '방에서 물레질과 뜨개질을 하면서 노래도 부르고 페퍼민트 차를 마시며' 행복하게 사는 사람들이었다.

마을 주민들이 느끼는 행복은 주관적 감정에 기인한다. 그들의 주관적 행복의 감정은 그들이 치명적인 노동환경 속에서도 행·불행에 대한 별다른 비판적 의식 없이 주어진 환경에 순응하며 살아가는 태도를 말해준다. 아이들의 경우도 마찬가지다. 아이들도 궁굅한 살림을 돌보기 위해서 발레크 가의 숲에서 버섯, 약초, 건초 풀씨를 채집하고 근소한 보수로 발레크 부인에게 넘겨준다. 어른들처럼 아이들의 얼굴에도 어머니가 끓여주는 커피에 기쁨의 홍조가 떠오른다. 이렇듯 그곳 사람들이 행복하게 살아갈 수 있었던 것은 그들이 지금보다 더 나은 삶과 노동의 다른 가능성에 대해서뿐만 아니라 그들이 당해왔던 봉건적 자본주의의 착취에 대해서도 알지 못한 채 5세대에 걸쳐 그 같은 삶을 숙명적으로 살아왔기 때문이다. 따라서 그들의 '조용하고 참을성 있는' 모습이나 평화스럽고 행복한 삶은 아직 그들이 인식에 도달하지 못한, 아직 인식으로 깨어나지 못한, 다시 말해서 인습의 테두리에서 벗어나지 못한 데 기인한다.[26]

특징적인 것은 이 이야기에 나오는 시기나 인물들 그리고 그들의 세계는 모두 구체적인 것이 아니라 상징적이라는 점이다. 그래서 인물들은 개성을 지닌 특정한 개체가 아니라 집단의 개념으로만 언급되고 있다. 즉 화자의 할아버지인 소년을 제외하고 마을 사람들은 독자적이고 엄밀하게 묘사되지 않고, 다만 체흐 가, 바이들러 가, 포오라스 가, 브뤼허 가 등과 같은 가문의 이름으로만 등장한다. 그래서 힘 있는 발레크 가에 의존해 살아가는 마을은 어느 정해진 특정한 마을이 아니라 피지배 계층의 서민사회를 대표한다. 그들은 '조용하고 참을성 있게', '가난하지만 평화스럽고 행복하게' 살아가는 자신들의 모습을 그 사회에 속하는 특성으로 보여주고 있다. 이 이야기의 시기 또한 화자의 할아버지로부터 증조부모에까지 거슬러 올라가는 막연한 어떤 시대를 상징하고 있을 뿐이다. 때문에 이야기된 시기는 바로 화자가 이야기하는 시대가 될 수 있다. 이미 첫 단락에서 마을 사람들이 느끼는 주관적 행복과 노동환경의 객관적 위협 사이의 대립은 이야기 시간을 넘어 오늘날에까지 이어지는 사회적 갈등의 문제로 발전할 것을 예시하고 있다.

이어서 발레크 가의 생활환경과 행동이 묘사된다. 발레크 가는 아마 농장과 공장, 광대한 숲을 가지고 있고 마을 사람들이 채집한 것을 크고 고풍스러운 저울로 무게를 달아 구매하는 등 재력을 가졌다. 또한 성에서 살면서 두 대의 마차를 굴렸고, 신부나 그 지역 구청장이 인사차 방문하고, 1900년에 귀족 휘호까지 받는 등 권력도 가지고 있다. 뿐만 아니라 한 명의 마을 청년에게 신학공부를 위한 장학금을 지급하고, 채집물을 팔러 온 가난한 아이들에게 이따금 사탕을 선물하는 자선의 면도 보여준다. 마을 사람들의 생활에 미치는 발레크 가의 재력과 권력은 절대적이어서 발레크 가에 의해 포고된 사항은 법을 능가하는 구속력으로 마을 사람들의 삶을 지배한다. 그중 하나가 '개인의 저울 소지 금지법'이다. 그 법을 어기는 자는 모든 생존의 가능성을 박탈당하기 때문에, 마을 사람들은 그 법이 언제, 왜 생겼는지 생각할 겨를도 없이 오랜 시간에 걸쳐 준수해왔을 따름이다. 법을 무시하고 돈을 더 많이 벌려는 밀렵꾼 같은 사람들도 이 법을 어기려 하지 않았다. "다섯 세대에 걸쳐 사람들은 순진한 열정으로 숲에서 채집한 것들을 이리저리 흔들리다가 멈추는 검은 바늘만 믿고 맡겼던 것이다."

브뤼허 가의 마을처럼 발레크 가 역시 개인이 아니라 늘 집단으로 보여진다. 다만 한 소년과 마찬가지로 발레크 가의 한 젊은 부인만이 예외적으로 묘사되고 있다. 그럼에도 그녀는 '가문의 우두머리 부인', '그 당시 그 방주인이었던 부인' 혹은 '젊은 발레크 폰 빌간 부인'이라고만 불릴 뿐 이름도, 외모도, 그 밖의 어떤 것도 등장하지 않는다. 발레크 부인은 돈을 지불할 때 규칙적으로 사탕을 나누어 주지 않고, 다만 그녀가 기분이 좋을 때만 나누어 준다. 개인이 저울을 소지하는 것을 금지하는 것, 기분에 따라서 임의적으로 자비를 베푸는 그녀의 행위 등은 재력과 힘에 의해 가난한 서민사회에 군림하는 지배계층의 특성을 구체화한다. 다시 말해 발레크 가는 물질적으로나 법적으로나 오래전부터 봉건귀족과 대등한 위치에서 봉건군주처럼 행세해왔고, 아마공장을 운영하고 버섯 거래를 하는 등 봉건적·자본주의적 생활양식과 경제 형태를 보여준다. 발레크 가는 재력과 권력을 쥐고 있는 귀족이나 관료의 지배계층 전체를 대표한다.

이 이야기의 첫 단락에서 발레크 가의 저울은 인상적으로 묘사되면서 사건의 중심에 서 있다. 저울은 '고풍스럽고 여러 가지 무늬로 장식되었으며 황금색 동으로 칠해진' 모습이었다. 그런 모습의 저울은 근 100년간을 같은 방에 놓여 있으면서 5세대에 걸쳐 할아버지의 조상들에게 그들의 채집 물을 맡기기에 충분한 믿음과 저울의 정확성에 대한 기대를 충족시키기에 충분했다. "저울은 마을의 일상세계를 초월한 황금색의 성물처럼 보였다."[27]

발레크 가의 저울은 '정의'라는 문제를 이 이야기의 중심으로 끌어들인다. 그 저울의 '검은 눈금'은 '정의의 가느다란 선'이며 동시에 아이들 채집 물의 가격을 결정한다. 오늘날에도 법의 정의가 저울로 상징되고 있듯이, 발레크 가의 저울은 마을을 지배하는 그 가문의 법과 질서의 정당성과 정확성의 상징이며, 또한 누구도 소유해서도, 침해해서도 안 되는 권위의 상징이기도 하다. 때문에 여러 세대를 거쳐 내려온 '개인의 저울 소지 금지법'의 배후에는 위반자에 대한 해고라는 처벌이 위협적으로 도사리고 있다. 그래서 마을 사람들은 맹목적인 신뢰에서 그 법의 배경이나 의미에 대해 캐고 묻거나 그들의 상황을 인식하려 하지 않고, 순수하게 모든 것을 받아들이는 순진성과 소극적인 태도로 그들의 삶을 영위하고 있는 것이다. 따라서 발레크 가와 마을 사람들의 관계는 절대적 권위와 지배에 대한 무조건적 신뢰와 복종의 관계라 할 수 있다. 저울로 상징된 정의가 이 관계를 유지하는 힘이 된다. 저울의 정의가 훼손된 경우에 과연 정의란 무엇이며, 인간의 양심과 오용된 권력이 훼손된 정의에 어떻게 작용하는지가 이어지는 이야기의 중심을 이루고 있다.

지금까지 마을 사람들과 발레크 가의 두 세계에 대한 일반적인 묘사가 있은 후에 두 번째 단락에서의 이야기는 화자의 할아버지인 어린 프란츠 브뤼허의 단일 사건으로 진행된다. 어린 프란츠는 발레크 가가 황제로부터 1900년 새해에 귀족의 칭호를 받게 되는 전날 저녁에, 즉 1899년 섣달 그믐날 저녁에 발레크 가 저울의 부정과 기만을 발견하게 된다. 화자는 처음부터 할아버지의 존재를 '발레크 가의 정의를 아주 대담하게 검사하려 했던 최초의 사람'으로 남달리 소개한다.

이 이야기에서는 다른 집안에 비해서 브뤼허 가의 집안만이 비교적 자세히 묘사되고 있다. 이 가정은 아버지와 어머니, 후일에 살해되고 마는 딸 루드밀라, 버섯을 많이 따는 아들 프리츠 그리고 주인공인 프란츠로 구성되어 있다. 주인공인 프란츠는 열두 살의 '어린 창백한 소년'으로만 묘사되었을 뿐, 그 밖의 것은 전혀 알려지지 않고 있다. 다만 그는 마을의 다른 아이들과는 달리 보다 더 영리하고 대담하고 겁이 없다는 성격 묘사가 있을 뿐이다. 따라서 그는 그의 역할이 어느 시대, 어느 장소, 어느 소년에게도 주어질 수 있는 상징적 인물이 된다.

마을의 부모들, 법을 가볍게 여기는 밀렵꾼, 그리고 모든 아이들은 전설 속의 거인을 한 번도 보지 못했다. 그렇지만 아이들은 거인의 존재와 힘을 인정하고, 그의 힘을 시험해보거나 그의 전설적인 경계선을 넘을 생각을 전혀 하지 않았다. 이런 아이들에 비해서 프란츠만은 예외인 것처럼 보인다. 우선 다른 소년들을 능가하는 그의 영리함과 대담성 외에도 그는 전설적인 거인인 빌간에 대해서조차 무서워하지 않는 용기도 가지고 있다. 뿐만 아니라 그는 채집물의 양과 판매액을 장부에 자세히 기록했기 때문에 후일 발레크 가에 의해 기만당한 자신의 액수를 계산할 근거를 마련하는 정확성도 보여준다. 이 같은 그의 대담성, 영리함, 정확성은 그가 발레크 폰 빌간 가의 부정과 기만의 비밀을 찾아내는 행위의 기초가 된다. 그가 거인 빌간의 영역인 깊은 숲 속에 들어가 버섯을 채취하는 것은 발레크 폰 빌간 가의 기만의 덤불 속으로 겁 없이 파고들어 발레크 가의 권력에, 거인 빌간의 힘에 대항해서 비밀을 찾는 것에 비유될 수 있다. 골리앗에 마주 선 다윗의 모습을 연상시킨다.[28]

발레크 가 저울의 정의는 절대가치로서 마을 사람들의 삶 속에 존속해 왔고, 발레크 가에 대한 마을 사람들의 신뢰를 나타내주는 상징으로 존재한다. 저울의 가느다란 선이 정의의 경계선을 설정한다. 저울이 옳을 때 정의로운 것이며, 법 또한 옳은 것이다. 그런데 이 정의의 가느다란 선은 매년 새로 그어진 것이 분명했다. 마을 사람들은 노력해서 얻은 수확물을 발레크 가에 가져오나 발레크 가는 외견상으로만 정의롭게 행동하고 속임수로 임금을 지불했다. 어린 프란츠가 작위서품의 큰 축제가 준비되고 있는 동안에 이 사실을 발견한다. 비로소 정의는 파괴되고 5대에 걸친 그들의 '믿음과 기대'는 배신당한다.

발레크 부인은 축제의 선물로 일꾼들에게 8분의 1킬로의 커피를 나누어 준다. 할아버지는 마을의 네 집안을 대신해서 커피를 가지러 홀로 발레크 가의 하녀인 게르트루트에게 간다. 그녀가 그에게 줄 사탕을 가지러 간 잠깐 사이에 할아버지는 커피를 저울에 달아볼 수 있었다. 그래서 그는 발레크 가가 5대에 걸쳐 순진하게 지켜온 마을 사람들의 믿음을 올바른 저울에 의해 정의롭고 양심적으로 지켜왔는지를 감히 시험해보려고 시도한 최초의 사람이 되었다. 그 결과로 그는 발레크 가의 저울이 정의로부터 '다섯 개의 작은 돌멩이들의 무게'만큼 모자라다는 것을 확인했다. 하녀 게르트루트가 없는 사이에 그 소년이 저울을 시험해봐야겠다는 생각을 일으키게 한 원인에 대해서는 아무런 언급이 없다. 그것은 아마도 그가 신비하고 원초적인 전설의 세계에 대한 충동에서 거인 빌간의 숲으로 들어갔듯이, 그때 그의 행위는 모든 사물의 근본을 규명하고, 여태껏 그들이 믿어왔던 '정의'를 입증해보고 싶은 소년의 충동에서 나온 것이라 할 수 있다.

그러나 그가 숲 속의 거인 빌간을 보지 못했듯이, 그는 자신의 행동이 어떤 결과를 초래할 것인지를 예측하지 못하고 있다. 그 저울이 맞지 않는다는 것을 알게 되었을 때에야 비로소 그가 확인한 사실이 얼마나 중요하며 어떤 파장을 불러일으킬 것인지를 깨닫는다. 그가 '정의의 검은 바늘이' 그들을 기만했음을 알았을 때, 그의 심장은 마치 그가 숲 속에 숨어 거인 빌간을 기다릴 때처럼 심하게 뛰었다. 그 소년은 아무도 보지 못한 상상 속의 두려운 거인의 실체를 바로 발레크 가에서 발견한 것이다. 이제야 그는 숲 속에서 찾았던 거인 빌간이 바로 발레크 가의 힘과 독재와 폭력임을 깨닫게 된다. 발레크 가의 저택이 전설에 나오는 거인 빌간의 성이 있었던 곳에 위치한다는 것, 그리고 발레크 가가 스스로 발레크 폰 빌간이라고 명명하고 거인의 초상을 그들의 문장으로 택한 것이 이 같은 사실을 말해준다. 거인은 숲 속이 아니라 마을 사람들 가운데 있었으나 그들이 그를 알아보지 못했을 뿐이다.

마치 예상하지 못한 충격으로 마비된 듯이 창백한 얼굴로 그는 자기 몫의 커피를 거절하고 사탕을 발로 밟아버린다. 그는 분노해서 지금까지 저울을 속여온 발레크 부인을 보길 요구한다. 그의 요구가 거절당하자 그는 두 시간이나 멀리 떨어져 있는 약사에게 가서 그의 저울로 다섯 개의 돌멩이들만큼 부족한 무게까지 산출해낼 수 있었다. 그 약사의 방에서 그의 충격은 해소되고 실제적 사실이 파악된다. 말하자면 5.5데카(55g)가 부족하다는 것을 확인할 수 있었다.

다섯 개의 작은 돌멩이들은 '정의에서 부족한 것'이 되고, 부정한 저울로 계산된 그 많은 버섯들, 약초들, 꽃들이 생각났기 때문에 그는 갑자기 울기 시작했다. 그는 축제의 들뜬 분위기에 빠져 있는 마을 사람들과 달리 '그 소란 뒤에 찾아온 새해의 침묵 속'에서 자신이 간직했던 기록으로 발레크 가의 부정한 저울이 기만한 액수, 18마르크 32페니히를 계산해냈다. 그 소년이 자기 자신에 해당하는 부정의 양을 확인했을 때, 그는 손상된 정의를 생각했을 뿐만 아니라 다섯 세대에 걸친 신뢰와 가치들이 기만당한 것을 갑자기 깨닫게 되고, 마치 큰 파도가 그를 엄습하듯이 그 부정의 크나큰 규모에 압도된 것 같았다.

이제 그는 울지 않고 절망은 다시 분노가 되었다. 우선 그가 찾아낸 발레크 가 저울의 부정과 기만을 초하룻날 아침에 대미사가 시작하기 전에 자기의 가족과 멀리 있는 마을에 알렸다. 이로써 발레크 가의 저울에 대한 프란츠의 발견은 사회적 문제가 되었다. 즉 소년의 다섯 개의 작은 돌멩이들은 마을의 모든 사람들에게 '정의에서 부족한 것'에 대한 상징적 척도가 되었고 발레크 가의 부정과 기만의 증거가 되었다. 그리고 5대에 걸쳐 마을 사람들에게 정의의 물적 상징이었던 고풍스러운 저울은 이제 계속적인 기만을 통해 봉건적 자본주의의 부정에 대한 상징이 되었다. 이로써 이 이야기는 주제상 '정의', '법과 양심' 그리고 '오용된 권력'이 중심을 이루면서 정의란 무엇이며 정의에서 부족한 것은 무엇인가라는 문제를 제기하고 있다. 오늘날까지도 법원에서 법의 정의가 저울로 상징되고 있듯이, 저울의 물적 상징은 정확하고 올바른 측정만의 의미를 넘어선다. 다시 말해서 저울이 상징하는 정의는 단지 측정 단위의 정확함, 즉 경제적 문제성과 관계된 양적 정의에 제한되어 있지 않고, 오용된 권력에 의해 조작된 잘못된 정의의 윤리적 문제성을, 즉 질적 정의를 우선적으로 전제하고 있다는 것이다.[29] 이 이야기 속 두 세계 사이의 사회적 갈등이 이 같은 사실을 말해준다. 실제로 마을 주민들에게 치명적인 것은 아마 분쇄공장에서의 살인적인 노동이지 그들이 버섯을 팔 때 기만당한 5.5데카가 아니다. 그럼에도 불구하고 마을 사람들의 봉기는 살인적인 노동조건들과 같은 경제적 문제를 전제하고 있는 것이 아니라 그들이 신뢰해온 질적인 정의에 대한 멸시와 억압에 항의하는 윤리적 문제를 우선적으로 전제하고 있다. 이런 의미에서 카제스 체자레가 발레크 가 저울의 정의에서 결여된 것을 양적이 아닌 질적인 면에서, 경제적이 아닌 윤리적 면에서 분석한 것은 아주 적절하다.

한 소년의 집요하고 대담한 행동은 공동으로 기만당한 손실을 요구하는 모든 사람들의 사회적 항의를 불러일으키게 되고, 그 아이들의 부모들이 이제 도전하게 된다. 마을 사람들의 봉기의 시대적 배경을 이루는 역사적 변혁의 시기는 그들의 봉기에 상징적 의미를 준다. 프란츠의 사건은 아주 정확하게 정해진 시점, 즉 1899년이 1900년으로 바뀌는 마지막 날에, 세기의 전환 시점에 일어난다. 그리고 그 봉기는 할아버지의 조부모들이 어린 아이들이었을 때가 도대체 언제였는지를 계산해본다면, 1899년의 섣달 그믐날보다 적지 않게 중요한 역사적인 시기에, 말하자면 1848년의 2월 혁명의 해에 가까이 와 있음을 알 수 있다.[30] 이렇게 뵐은 브뤼허 가의 사건을 역사적 변혁의 시기와 연관시키면서 사회개혁의 의미에서 생각하게 한다.

섣달 그믐날의 사건으로 마을 사람들과 발레크 가는 첨예한 대립관계로 발전한다. 귀족이 된 발레크 가의 새 문장에는 '삼나무 아래에 웅크리고 앉아 있는 거인의 모습'이 그려져 있다. 그 모습은 실제로 마을 사람들에게 금방이라도 공격할 준비가 되어 있는 발레크 가의 힘과 폭력의 모습을 연상시킨다. 모든 것을 깨닫게 된 마을 사람들은 그 힘에 공동으로 대항한다. 성당에서는 기대했던 하인들의 환호성 대신에 발레크 가 사람들에 대한 경멸의 얼음처럼 찬 침묵이 흐른다. 지금껏 아무것도 모른 채 천국에서 살아온 그들의 '조용하고 평화스럽던 얼굴'은 기만당했다는 인식에서 '경직되고 창백한 얼굴'로 변했고, 말이 없고 적대적이다. 그들은 그들의 천국이 한낱 환상에 불과하며 그들이 절대가치라고 간주했던 것이 와해되고 말았음을 깨닫게 된다. 밀렵꾼 빌헬름 포올라는 발레크 가에 침입해 저울과 구매 장부를 훔쳐 화자의 증조부모의 집으로 가져온다. 그곳에서 이제 마을의 모든 남자들은 그들이 기만당한 금액을 계산함으로써 그들이 알지 못했던 발레크 가의 엄청난 부정과 기만을 밝히려 했으나, 그 계산은 끝이 없고 그 부정과 기만은 돈으로 표현될 수 없다. 그들은 모두 함께 항의하려 한다. 결국 이 사건은 치명적인 유혈사건으로 치닫는다. 밀렵꾼의 가택침입과 절도는 힘 있는 발레크 가에게 경찰 투입의 빌미를 주게 된다.[31] 발레크 가는 마을 사람들의 도전에 그들의 힘을 과시한다. 거인 빌간이 폭력의 실제적 모습을 드러낸다. 새해 첫날 오후 내내 그 마을의 남자들이 화자의 증조부모의 방에 앉아 그들이 기만당했던 돈을 계산하고 있을 때 경찰관들이 습격하여 강제로 그 저울과 장부책을 뺏어 간다.

이 사건에서 경찰에 의해 할아버지의 여동생 루드밀라가 살해되었고, 몇몇 남자들도 부상당했으며, 한 명의 경찰이 밀렵꾼에게 찔려 죽었다. "세상의 외적 질서구조는 폭력에 의해 다시 구축된다."[32] 발레크 가는 신부를 이용해 수십 년의 부정을 은폐하려 한다. 이에 주민들의 반응은 냉담했지만, 주민들에겐 단지 수동적 저항과 반항심 이외에 딴 방법이 없다. 비록 이 유혈사건이 연쇄반응을 불러일으켜서 다른 마을로도 퍼졌고, 일주일 동안이나 아마 공장의 작업과 숲 속에서 채집하는 일이 중단되었지만, 힘없는 마을 사람들은 성당에서 "오 주여, 지상의 정의가 당신을 죽였나이다"라는 노래만 부를 수밖에 없었다.

프란츠 요제프 티머만은 이 노래를 기독교적 특색을 지닌 해설과 연결시킨다.[33] 이 노래는 그들에게 일어난 일들을 예수 그리스도의 희생과 비유해서 생각하게 한다. 말하자면 그들은 자신들의 운명을 진리와 정의의 화신인 그리스도가 두 개의 부당한 재판에서[34] 즉 지상의 왜곡되고 잘못된 정의에 의해 재판받고 살해된 성서적 의미에서 변호하려 한다. 이러한 마을 사람들의 태도는 올바른 정의의 복구를 현실이 아닌 신에게서 찾는 체념의 한 형태를 보여준다. 저울은 여러 세대를 거쳐 마을 사람들에게 절대정의의 상징이었다. 그 '정의의 가느다란 저울 눈금'이 발레크 가에 의해 조작되고, 조작된 눈금이 지상의 정의로서 삶을 지배할 때 그들의 운명도 세계의 부정한 정의에 의해 희생된 예수 그리스도와 동일하다는 것이다. 이 노래조차 관청에 의해 금지되었을 때 그들은 조용히 옛 생활로 돌아가는 것밖에 아무것도 할 수 없었다. 그러나 그들의 조용함은 옛날처럼 더 이상 무지에서 또는 아직 인식하지 못한 데서 오는 것이 아니라 체념에서 온 것이다. 그리고 서민이 귀족이나 관료세계의 폭력에 의한 부정한 지배에 반항한다는 것은 절망적이라는 것도 암시하고 있다. 이 이야기는 힘에 의한 저항의 진압과 힘에 의해 다시금 법이 된 거짓 정의로 끝난다.

마지막 단락은 증조부모와 그 가족들의 비극적 운명을 묘사하고 있다. 오직 브뤼허 가만이 체념할 수 없었기에 타협 없는 저항을 계속한다. 그들은 지상의 '모든 곳에서 정의의 추가 거짓으로 표시하는' 부정과 기만을 지속적으로 체험할 수밖에 없고 또 그것이 그들을 괴롭혔기 때문에 그들은 고향을 떠나 사방으로 떠돌아다닐 수밖에 없다. 그러면서 그들은 지상 세계의 불의와 타협하려 하지 않고 정의의 실현을 추구하려고 계속해서 그 '정의의 노래'를 부른다. 딸과 일자리와 고향을 잃은 브뤼허 가의 운명은 말하자면 '지상의 모든 곳'에 있는 부정, 즉 '세계의 부정'에서 기인한 것이며, 따라서 이 노래는 '세계의 부정'에 대한 브뤼허 가의 고소이며 동시에 힘에 의해 억류된 정의에 대한 항의인 것이다.

아마도 뵐에 의해 창작되었을지도 모르는 이 노래는 시대를 초월한 자본주의 사회의 부당함에 대한 저항의 표현이 분명하다. 그러나 브뤼허 가의 사람들은 절대 정의를 찾을 수 없었기 때문에 그들 자신도 도울 수 없었고, 또한 다른 사람들도 도울 수 없었다. 그래서 깊은 관심을 가진 자들 외에 대부분의 다른 사람들은 이 노래에 무관심하다. 이 노래에 귀를 기울이는 자만이 발레크 폰 빌간 가의 훼손된 정의의 이야기를 들을 수 있으나 "그들의 말을 귀담아 듣는 사람은 거의 아무도 없었다".

　뵐은 이 마지막 문장으로 브뤼허 가의 운명에서 우리가 무엇을 생각해야 할 것인지를 구체적으로 시사하지 않고 우리 자신에게 위임하고 있다. 이미 이야기에서 발레크 가는 마을 사람들의 노동시간뿐만 아니라 피착취자들과 그들의 아이들의 자유 시간까지도 돈벌이로 이용하는 자본주의의 착취에 대한 전형을 보여주고 있다. 그렇기 때문에 뵐은 지배계층이나 권력계층의 부당한 폭력이 브뤼허 가의 운명처럼 우리의 운명을 비극적으로 만들 수 있다는 비판적 의미를 충분히 이해하게 한다. 그렇게 뵐은 브뤼허 가의 수난의 역사를 자본주의적 약탈 방법에 의해서 초래된 부정한 사회질서를 개혁하기 위해 노력하는 도전의 역사로 바꾸어놓았다.

　뵐의 사회비판적 의식은 기독교적 사회관에서 나온 것이다. 그는 고향에서 쫓겨난 화자의 증조부모를 다시금 예수의 산상 설교, "정의에 굶주리고 목마른 자들은 구원받을지어다"(마태 5, 6)를 예증으로 내세워 수난의 예수 그리스도 가까이로 옮겨놓고 우리에게 구원을 약속한다.[35] 그러고는 뵐은 우리에게 사회개혁을 위한 참여를 호소하고 선동하려 한다. 비록 브뤼허 가의 노래에, 즉 그들의 경고와 호소에 귀 기울이는 사람은 '거의' 없다 해도 뵐은 노래에 귀를 기울이는 아주 적은 사람들에게서 미래에 대한 희망의 서광을 비춰주고 있다. 뵐은 이 단편의 마지막 구절에 있는 '거의'라는 말 속에 담긴 아주 적지만 그래도 존재하는 의식 있는 사람들에게 자신의 편에 설 것을 선동한다.[36]

대중은 진실을 학자나 정치가나 교회에 묻지 않고 바로 작가에게 기대하고 있기 때문에 뵐은 대중에게 공개적으로 솔직하게 진실을 말하는 것을 작가로서의 의무로 생각했다.[37] 기독교에 뿌리를 둔 그의 인간 미학은 모든 사회계층의 권리와 요구가 위협받거나 짓밟혀서는 안 되며, 똑같이 허용되어야 한다는 것이다. 그러나 역사는 특권계층이 늘 힘없는 사회계층에 위협적인 세력으로 군림해왔음을 보여준다. 그는 소외된 계층에 대한 무한한 애착을 가지고 문학을 통해 이 사회에서 나타나고 있는 불의를 고발하고 정의를 구현하려 한다. 《발레크 가의 저울》은 인간사회의 모든 비인간적 요소들을 외면한 채 무지와 무관심의 침묵 속에서 이 시대를 사는 인간들에 대한 작가의 꾸짖음이며, 동시에 미래에 대한 사유와 성찰의 조용한 파장을 불러일으킨다.

07

폭력의 역사와 파괴로 살펴보는 경악의 연극 미학

하이너 뮐러
Heiner Müller

1929~1995

"글쓰기는 예술이 필요하지 않은 사회의 도래를 위한 투쟁의 수단이다."

Heiner Müller

하이너 뮐러는 구동독의 에펜도르프에서 출생했다. 그는 1945년에 나치의 노동봉사에 징집되었고, 미군의 포로가 되었다가 탈출했다. 종전 후에는 한 도서관에서 일하면서 창작활동을 시작했고, 《일요신문Der Sonntag》과 《신독일문학Neue Deutsche Literatur》의 기자로 활동했으며, 월간지 《청년 예술Junge Kunst》의 편집장으로, 또한 베를린의 막심 그로키 극장에서 활동했다. 1959년 첫 번째 부인 잉게 뮐러와 함께 공동 집필한 《임금 삭감자Der Lohndrücker》(1958)로 하인리히 만 문학상을 탄 것을 비롯해 베를리너 차이퉁 비평가상(1970, 1976), 뮐하임 극작가상(1979), 게오르크 뷔히너 상(1985), 클라이스트 상(1990), 베를린 연극상(1995) 등을 수상했다. 그는 연출가로서도 활약했고, 동베를린뿐만 아니라 서베를린의 예술아카데미 회원이었으며, 1990년 7월 16일에는 동독 예술아카데미 원장에 피선되었고, 서베를린대학 극작과 객원교수도 역임했다.

그의 작품들은 동독과 그의 역사관의 변화와 함께 변해갔으며, 이 과정에서 배척과 부정, 수용과 찬양의 수많은 곡절을 겪었다. 그럼에도 그의 작품들은 1980년대에 와서 동·서독의 많은 연극 비평가들과 문학사가들의 큰 관심을 불러일으켰으며, 마침내 뮐러는 "독일어 언어권에서 가장 언어 구사력이 뛰어나고, 이론적일 뿐만 아니라 정치적으로도 가장 엄격한 수준 높은 극작가"[1]이며, 브레히트 이후에 "동독뿐만 아니라 유럽 연극계의 가장 중요한 극작가"[2]로 평가되었다.

뮐러의 창작시기는 그의 역사에 대한 인식과 그것이 작품에 수용되어 나타나는 변화에 따라서 대개 4단계로 구분된다. 그의 모든 작품들에서 일관되게 흐르고 있는 뮐러의 역사관은 지배와 피지배, 억압과 굴종, 강함과 약함의 끊임없는 대립적 폭력구조에서 비롯된다. 이것은 남성 중심의 역사에서 폭력의 주체인 남성과 그에 희생당하는 여성의 상관구조와 일치한다. 첫 번째 단계는 뮐러가 1950년대에 창작활동을 시작해서 1960년대 초반에 이르는 시기로서, 이때 문학은 생산성 증가와 사회주의 이념을 찬양하기 위한 수단과 도구로 이용되었기 때문에, 1950년대에서 1960년대에 이르기까지 소위 생산현장을 중심으로 한 '생산문학' 혹은 '건설문학'이 지배적이었으며, 희곡 분야에서는 '생산극' 또는 '작업반극' 형식이 대두되었다. 뮐러의 초기 극작품들은 '생산극'에 속한다. 그는 자신의 기본 경험을 토대로 소위 생산극에 속하는 《임금 삭감자》, 《수정Der Korrektur》(1957), 《이주해온 여인 또는 시골에서의 삶Die Umsiedlerin oder das Leben auf dem Lande》(1961), 《건설Der Bau》(1963~1964)을 썼다. 이 초기 작품들에서는 거의 남성의 역할이 중심을 이루면서 사회주의 건설과 연관된 '위대한 생산'으로 묘사되고 있는 반면, 여성의 역할은 사랑, 임신, 출산의 전통적인 여성상의 범주에 머물러 있어 남성에 비해 '하찮은 생산'으로 축소된다.[3] 남성의 폭력성은 생산의 이념으로 은폐되고 있을 뿐만 아니라, 아이를 낳는 여성 본연의 창조성과 노동력으로서의 생산성도 은폐하고 있다.

밀러는 이미 초기 작품들에서 당이 주도하는 본래의 목적과는 달리 생산현장에서 드러나는 동독의 사회구조적 모순과 개인 간의 갈등뿐만 아니라 히틀러의 파시즘의 체험에서, 그리고 새롭게 사회주의 국가로 건설되어가는 초기 동독의 사회현상과 역사의 진행 과정에서 기형화되어가는 현실을 기자와 작가의 시각으로 타협 없이 작품들에 폭로하고 또 비판했다. 그래서 그는 당에 의해 반정부적·반체제적 작가로 낙인찍혔으며, 그의 창작활동도 감시와 제지, 탄압의 길로 들어서게 되었다. 그의 작품들은 공연금지 조치를 당했으며, 밀러는 작가연맹에서 1961년에 제명되었다.

두 번째 단계는 1960년대 중반부터 1970년대 초까지의 시기로, 밀러는 검열과 탄압을 피하기 위해 자신이 경험한 동독의 사회주의 현실을 직접 비판의 대상으로 자신의 문학에 수용하지 않고, 신화와 고대로 표시되는 '전사前史'의 야만적 요소들과 비교한다. 다시 말해 밀러는 마르크스 이념에 근거한 사회주의가 성립되기 전까지의 역사를 '전사'라 하고, '전사'를 전쟁과 죽음, 폭력과 갈등, 살육과 희생이 반복되는 야만의 역사로 보았다. 그는 과거의 역사에서 고전주의의 진실한 것, 선한 것, 아름다운 것을 찾지 않고 오히려 신화와 전사에서 야만적인 것을 동독의 사회주의 현실과 연결시킨다. 동독에서 기대했던 이상적 사회주의 국가로의 출발에 대한 희망이 실현될 수 없다는 생각에서 실망하고, 그 실망은 밀러의 역사에 대한 시각을 바꾸어놓는 요인으로 작용한다. 밀러의 역사관의 변화와 함께 처음에 노동과 출산의 제한적 의미를 지녔던 여성의 성 메타포 역시 후기 작품으로 갈수록 역사적·정치적·사회적 문제와 연결된다. 그의 변화된 역사관은 잘못된 역사를 고발하기 위해서, 그리고 밝은 미래의 역사를 위해서 과거를 두려워하지 말고 알아야 한다는 인식에서 비롯된다. 그는 말한다.

역사의 악몽에서 벗어나기 위해 우리는 먼저 역사의 존재를 인정해야만 한다. 우리는 역사를 알아야만 한다. 그렇지 않으면 역사는 옛날의 방식으로, 하나의 악몽으로서, 햄릿의 유령으로서 부활할 수 있을 것이다. 우리는 먼저 역사를 분석해야만 한다. 그러고 나서 우리는 역사를 고발할 수 있고 그것에서 벗어날 수 있다.⁴

뮐러는 이 시기에 브레히트의 영향을 받아 시도 계열의 학습극을 창작한다. 《헤라클레스 5 Herakles 5》(1964), 《필록테트 Philoktet》(1964), 《프로메테우스 Prometheus》(1967~1968), 《호라치 사람 Der Horatier》(1968), 《마우저 Mauser》(1970) 《시멘트 Zement》(1972)가 이 시기에 쓰인 작품들이다. 《필록테트》, 《마우저》, 《시멘트》는 혁명을 주제로 삼고 있으면서도 동독에서의 스탈린주의의 폭력이 철학적인 언어놀이로 다루어지면서 폭력의 억압상황에서 희생자로 전락하는 인간의 모습을 주 테마로 다룬다. 사회주의 작가인 뮐러는 혁명을 필수적인 과제로 보았으나 혁명의 폭력과 그 폭력에 의해 희생당하는 개인의 문제는 반드시 제거되어야 한다고 생각한다. 그러기 위해 뮐러는 오늘날의 시대에서 과거로 돌아가 신화나 전사시대의 야만성을 낱낱이 보여줌으로써 관객에게 공포와 경악을 불러일으키고, 이를 통해 현재의 야만적 상황에서 벗어나 발전할 수 있다는 소위 '파괴의 미학'을 자신의 작품에서 제시한다. 뮐러는 "극작품을 쓸 때 나의 주된 관심은 사물을 파괴하는 것이다"[5]라고 말했다. 이는 뮐러의 글쓰기에 있어서 원초적 동기다. 뮐러는 《마우저》에서 "희망의 최초의 형상은 두려움이고 새로운 것의 최초의 현상은 경악이다"[6]라고 후기하고 있다. 가혹할 정도로 전사의 야만성을 동독 현실과 연결시키면서 '파괴의 작용미학'을 통해 관객에게 '두려움'을 줌으로써 '희망'을 심어주고 '경악'을 통해 '새로운 것'을 인식하게 하려는 극작 시도가 이 시기에 이루어지며, 이는 후기 작품에 중요한 극작 요소로 계속 이어진다. 뮐러에게 있어 공포와 충격의 경험은 경직된 사고의 틀을 깨트리고 새로운 인식을 만들어내기 위한 전제다. 뮐러의 역사 서술 방식은 '부정의 변증법'[7] 혹은 '잔혹한 변증법'[8]의 특징을 지닌다.

세 번째 단계는 1970년대 중반부터 1980년대 중반까지의 시기로, 이때 뮐러는 그의 역사에 대한 시각을 동독에만 국한하지 않고 독일 전체, 유럽, 제3세계로 확대하면서 다양한 역사의 파편을 비연대기적으로 그의 작품 속에 배열하고 다양한 형식실험을 시도한다. 《게르마니아 베를린에서의 죽음 Germania Tod in Berlin》(1971), 《살육 Die Schlacht》(1974), 《트럭터 Truckter》(1974), 《군들링의 삶 프로이센의 프리드리히 레싱의 잠 꿈 비명 Leben Gundlings Friedrich von Preußen Lessings Schlaf Traum Schrei》(1976), 《햄릿기계 Hamletmaschine》(1977)는 학습극 형태를 벗어나 극작방법의 다양성을 보여주는 이 시기의 전기에 속하는 작품들이며, 《임무. 어느 혁명에 대한 회상 Der Auftrag. Erinnerung an eine Revolution》(1979), 《사중주 Quartett》(1980), 《황폐한 물가 메데아 자료 아르고 호 사람들이 있는 풍경 Verkommenes Ufer Medeamaterial Landschaft mit Argonauten》(1982), 《그림쓰기 Bildbeschreibung》는 이 시기의 후기 작품들로서, 여기에선 드라마의 전통적인 장르 개념과 구조를 파괴하는 극단적인 실험방식이 시도되었다.

뮐러는 첨예화된 동서 냉전의 긴장된 국제정세에 의해 발전이 정체된 동독사회에서 당의 낙천적이고 기계적인 거짓선전에 실망하고 비판한다. 우선 뮐러는 올바른 동독의 모습을 비참한 전체 독일 역사의 맥락에서 보았다. 그가 보는 '독일 역사의 비참함'이란 고대로부터 나치스의 파시즘을 거쳐 현재에까지 이르는 '호전성, 잔혹성, 거친 폭력'으로 점철된 '게르만 민족의 유산'[9]이다. 뮐러는 파시즘이라는 테마를 극복해야 할 당면문제로 보고[10] 역사가 보여주는 파시즘의 폭력에서 글쓰기의 동인과 영감을 얻고 있다. 그래서 뮐러는 '도살장으로서의 독일 역사'에 대한 시도 극으로서 《살육》을 발표했고, 《게르마니아 베를린에서의 죽음》에서 민족 상쟁과 조국 분단의 기형적인 독일이 '자기 살 찢기의 유산'[11]에 의한 것임을 밝히고 있다. 《군틀링의 삶 프로이센의 프리드리히 레싱의 잠 꿈 비명》에서는 프로이센의 절대군주주의의 파시즘과 시민계급의 권력에 예속된 신하근성이 오늘날에도 청산되지 못한 채 이어지고 있음을 지적하면서 과거와 현재를 변증법적으로 일치시키고 있다.

그리고 뮐러의 역사에 대한 시각은 1970년대 후반에 들어와서 서유럽과 제3제국의 역사와 문명뿐만 아니라 작가이자 지성인인 자기 자신에 대한 폭넓은 성찰로 확대된다. 그것은 동독에서 야만적 상태가 지속되는 이유가 독일 역사에만 있지 않고 유럽, 나아가 세계의 역사에 있다는 뮐러의 생각에 기인한다. 《햄릿기계》에서 덴마크로 비유된 서유럽은 '폐허'이며 '살인자와 과부의 음탕한 짝짓기'[12]가 이루어지는 타락과 부패의 악순환이 계속되는 하나의 '거대한 방'으로 묘사되어 있다. 자본주의의 물질만능적 이기주의만이 서유럽을 지배하고 있기 때문에, 그곳에는 역사도 그 발전도 존재하지 않으며[13] 따라서 서유럽은 역사의 정체 속에서 석화石化되어 있다. 뮐러는 무대를 덴마크로부터 동독으로 옮겨와 동독 역시 똑같이 부패되어 있음을 강하게 암시한다.《게르마니아 베를린에서의 죽음》에서 서독은 독일의 여신 게르마니아가 산파 역할을 해 히틀러와 괴벨스 사이에서 태어난 '기형 늑대'로 묘사되는데, 이것은 바로 독일 '파시즘 정신으로부터의 서독의 탄생'[14]을 말해주고 있다.

그 밖에도 현대사회는 문명이나 이념적 갈등에서 생기는 폭력에 시달리고 있다. 동서 진영의 냉전에서 오는 경쟁적인 군비확장 이면에는 세계평화와 인류의 종말을 위협하는 현대 과학문명의 폭력이 도사리고 있으며, TV와 같은 영상매체가 폭력을 일상의 것으로 무감각하게 만들어 미래에 대한 희망은 극도의 위험상태에 놓여 있다. 이러한 위기상황에서 뮐러는 작가로서 자신에 대해 깊게 성찰한다. 그는 자신이 역사의 정체 속에서 그 발전을 위한 역할과 정체성을 상실한 존재로 생각한다. 이런 의미에서 뮐러는《햄릿기계》의 '햄릿은 희망상실의 큰 상징'[15]이라고 말했다. 여기에서 햄릿은 뮐러 자신이기도 하며, 동시에 동독의 지성인을 대표한다.

뮐러는 1980년대 초에 와서 '독일의 비참함'에서 벗어나 유럽 역사의 정체와 석화를 깰 수 있는 가능성을 제3세계의 역사에서 찾는다. 뮐러는 제3세계를 "역사를 기다리는 거대한 대기소와 같다"[16]고 보았고, 제3세계의 발전은 "서방에겐 커다란 위협이나 우리 측에겐 커다란 희망"[17]으로 여겼다. 그의 희망이라는 것은 지구상의 모든 나라들 사이에 빈부의 격차가 없는 '세계적인 연대 공동체'[18]로서의 세계역사를 창조하는 것이다. 이 세계역사는 뮐러에게 있어 기회균등의 바탕 위에 이루어질 세계의 공산주의를 의미하지만, 뮐러는 이러한 "세계역사는 존재하지 않는다"[19]고 단언한다. 이러한 뮐러의 비관적 역사관은 서독에 대한 비판에서 비롯된다. 자본주의 사회인 서독에는 "과거도 없고 미래도 없으며 오직 현재만이 있다"[20]는 생각에서 올바른 사회주의 사회의 "유토피아와 역사가 더욱더 서로 멀어지는 문제점"[21]이 있다는 것이다. 또한 이 같은 문제점은 올바른 사회주의의 발전이 정체되어 있는 동독에도 존재한다는 것이다.

그래서 그는 역사의 정체와 석화의 요인이 되는 모든 것을 과감히 파괴하고 새로운 역사를 창출하기 위해 형식파괴의 극작 시도를 1970년대에 비해 더욱 극단화한다. 즉 뮐러는 전통적인 드라마 구조와 형식을 파괴해 이 시기의 작품들이 '탈 드라마화된 극작품'[22]이라는 특징을 갖도록 만든다. 《임무. 어느 혁명에 대한 회상》는 뮐러가 제3세계를 향한 그의 역사관에서 집필한 최초의 작품이다. 그는 자메이카의 노예봉기를 다루면서 '회상의 기법'으로 과거를 성찰하고[23] 이를 통해 현실을 재인식하게 함으로써 제3세계 역사로부터 개혁의 동인을 끌어낸다. 제3세계는 뮐러에게 있어 올바른 사회주의가 실현될 수 있는 희망의 공간이기 때문에, 뮐러는 글쓰기로 이 희망의 공간을 메운다. 그러나 그의 글쓰기는 동독의 현재에 대한 그의 위기의식과 희망의 상실이 크면 클수록 이를 극복하기 위한 전통적인 극 형식 파괴가 절정을 이룬다.

이는 또한 시대의 혼돈을 반영하는 것이기도 하다. 그는 시대적 혼돈에 대한 환멸에서 벗어나기 위해서는 환멸에 집착해야 하고[24] 두려움을 극복하기 위해서는 두려움과 대결해야 한다고 주장한다.[25] 뮐러의 문학에서 "경악의 역할은 (…) 다름 아닌 인식하는 것이고 배우는 것"이며, 그래서 "인간의 어느 대집단도 경악 없이, 쇼크 없이는 결코 무엇인가를 배우지 못했다"[26]는 것이다. 이런 경악의 미학적 논리에서 뮐러의 작품들은 환멸, 두려움, 경악, 쇼크를 유발하는 현실의 온갖 처참한 모습을 통해서 이와 반대되는 다른 세상에 대한 동경을 일깨워준다.《사망신고》에서의 잉게 뮐러나 메디아, 오필리어, 엘렉트라처럼 이 시기의 작품들에 나오는 뮐러의 여성은 두려움, 경악, 쇼크를 통해 인식하고 배우는 '경악의 미학'의 중심적 역할을 하며, 소위 뮐러가 말하는 공포를 통한 교육의 주체다.

마지막 단계는 1980년대 중반부터 뮐러가 죽기 전까지의 시기로《볼로코람스크 국도 1-5 Wolokolamsker Chaussee 1-5》(1985~1987)와 유작으로《게르마니아 3, 죽은 남자 옆의 유령들 Germania 3. Gespenster am Toten Mann》(1995)이 이 시기에 속하는 작품들이다. 이 시기는 소련의 개방정치, 독일 통일, 동구권과 소련의 붕괴와 같은 국제상황의 변혁의 시기였으며 뮐러에게 있어서는 학습극 형식을 다시 수용한 시기였고, 통일이 된 이후에 자본주의 사회에서 더 이상 글을 쓸 수 없었던 긴 침묵의 시기였다. 뮐러는 1980년대 중반에 고르바초프의 페레스트로이카 정책에 의한 국제정세의 변화에 따라 동독에서의 사회주의 발전에 대한 새로운 시각을 가지게 된다. 히틀러의 파시즘과 스탈린의 파시즘을 야만적 역사의 맥락에서 동일시하고 있는 뮐러에게 소련의 개방정책은 신선한 충격이며 동독의 미래에 대한 희망의 계시였다.

소련의 존재 사실은 무엇보다도 먼저 모든 대륙에서의 해방운동에 대한 가능성을 창조해냈다. (…) 소련의 존재는 역사와 미래에 대한 전제다. 때문에 이 텍스트들(즉《볼로코람스크 국도 1-5》) 또한 그러하다. 우리가 우리의 미래를 믿는 한 우리는 우리의 과거를 두려워할 필요가 없다.[27]

뮐러는 그의 작품《볼로코람스크 국도 1-5》에서 소련이 제시하는 역사와 미래를 위한 희망을 동독에 옮겨놓는다. 실제로 볼로코람스크 국도가 모스크바와 베를린을 연결하는 도로인 것처럼 5막 중에 두 개의 막은 소련 군을, 세 개의 막은 동독을 주제로 하고 있는 극 구성도 소련과 동독의 연관성을 암시한다. 그는 미래에 대한 확고한 믿음에서 과거의 역사를 두려움 없이 취급하지만 뮐러의 기대는 더 이상 비극이 반복되어서는 안 된다는 의미에 있다. 뮐러는 새로운 출발을 위해 자신의 극작방법도 변화되어야 한다는 것을 인식한다. 그는 극단적인 형식파괴로 인한 상징과 은유로 가득 찬 극 형식보다는 학습극이 올바른 사회주의에 대한 관객의 인식을 불러일으키기에 더욱 실제적이라고 생각하게 된다. 따라서 그는 학습극을 재수용한다. 《볼로코람스크 국도 1-5》는 학습극의 이론을 바탕으로 구성되어 있어 '시도 계열'의 3부작 《필록테트》, 《호라치 사람》, 《마우저》의 실험방식을 다시 수용하고 있다.

그의 글쓰기의 목적은 마르크스주의에 근거한 올바른 사회주의가 동독에서 실현되는 것이다. 이러한 그의 미래에 대한 희망을 그는 그의 극작 활동과 연관해서 이렇게 말한다.

나의 희망은 현실이 글을 쓰기 위한 재료를 더 이상 준비해주지 않기 때문에 《게르마니아 베를린에서의 죽음》과 같은 작품이 더 이상 쓰일 수 없는 세계다.[28]

뮐러의 글쓰기는 글을 쓸 필요가 없는 '조화로운 세계', '더 이상 예술이 필요하지 않은 사회'의 도래를 위한 투쟁의 수단인 것이다.[29] 뮐러는 《볼로코람스크 국도 1-5》 이후 죽기까지의 긴 시간을 침묵으로 일관했다. 소련과 동구권의 붕괴, 통일로 인한 동독의 자본주의화라는 엄청난 역사적 변화 속에서 그는 침묵할 수밖에 없었다. 그러나 그의 침묵이 '글을 쓸 필요가 없는 조화로운 세계'가 도래했음을 의미하는 것은 아니다. 오히려 그는 "나는 더 많이 써야 한다"[30]라고 분명히 말한다. 이것은 통일된 독일의 현실이 파괴되어야 할 어두운 독일 역사의 유산을 여전히 지니고 있다는 또 하나의 간접적인 증언이다.

뮐러의 서방세계에 대한 시각은 여전히 부정적이다. 그래서 자본주의화되어가는 현대 독일 역사의 변화는 사회주의 작가인 뮐러에겐 커다란 혼돈일 수밖에 없으며, 뮐러 텍스트의 작용사에 있어 의심의 여지 없이 하나의 깊은 단절을 표시한다. 1995년 12월 30일 그가 사망한 후에 출간된 그의 유고작품인《게르마니아 3, 죽은 남자 옆의 유령들》은 그의 오랜 침묵을 깬 새로운 창작의 시작이었으며 동시에 영원한 종식이었다. 결론적으로 뮐러는 역사 서술에 있어서 '부정의 변증법' 혹은 '잔혹한 변증법'을 통한 '유용의 원칙'[31]을 그의 문학에서 철저히 지킨 전후 독일의 위대한 극작가다.

《철십자 훈장》
Das Eiserne Kreuz

1945년 4월에 메클렌부르크 슈타르가르트의 한 지물포 상인은 그의 아내, 그의 열네 살 된 딸과 자기 자신을 총살하기로 결정했다. 그는 고객을 통해 히틀러의 결혼과 자살에 관해 들었다. 제1차 세계대전 때 예비역 장교였던 그는 아직도 권총 한 자루와 열 발의 실탄을 가지고 있었다.

그의 아내가 저녁 식사를 가지고 부엌에서 나왔을 때, 그는 식탁 옆에 서서 무기를 청소했다. 다른 때는 축제일에만 그러했듯이 그는 철십자 훈장을 상의의 옷깃에 달았다.

총통이 자살을 선택했다고 가족들에게 설명하고, 총통에게 신의를 지키겠노라고 말했다. 그는 아내에게 이 경우에도 그를 따를 준비가 되어 있는지 물었다. 딸의 경우 그녀가 명예롭지 않은 삶보다는 아버지의 손에 명예롭게 죽기를 더 좋아한다는 것을 의심치 않는다고 그는 말했다.

그는 딸을 불렀다. 그녀는 역시 그를 실망시키지 않았다.

그는 세인의 이목을 피하기 위해 그들을 도시 외곽의 어느 적당한 곳으로 데리고 가려 했기 때문에, 아내의 대답을 기다리지도 않은 채 두 사람에게 외투를 입으라고 재촉했다. 그들은 순순히 따랐다. 그러고 나서 그는 권총을 장전했고, 외투를 입는 데 딸이 도와주도록 내버려두었으며, 집 문을 잠그고 열쇠를 우편함 투입구에 던져버렸다.

그들이 어두워진 거리를 지나 시내에서 나왔을 때는 비가 내리고 있었다. 남자는 간격을 두고 그를 따르는 여자들을 뒤돌아보지도 않고 앞서 갔다. 그는 아스팔트 위를 걷는 그들의 발걸음 소리를 들었다.

그는 도로를 벗어나 너도밤나무 숲으로 가는 오솔길로 접어든 후에 어깨너머로 뒤돌아보고 서둘러 가자고 재촉했다. 나무 없는 평지 위에 점점 세게 불어오는 밤바람에, 비에 젖은 땅 위에서 그들의 발걸음은 아무런 소음도 내지 않았다.

그는 아내와 딸에게 앞서 가라고 소리쳤다. 그들이 자기에게서 도망갈 수도 있다고 두려워했거나, 아니면 스스로 도망가길 바랐는지, 그는 알지 못했다. 그것은 오래 걸리지 않았다. 그리고 그들은 멀리 앞에 있었다. 그들을 더 이상 볼 수 없었을 때, 그가 무작정 도망가기엔 너무 많이 두려워했다는 것은 자명한 일이었고, 그래서 그는 그들이 도망가주길 매우 바랐다. 그는 멈추어 서서 소변을 보았다. 그는 권총을 바지 호주머니에 지녔고, 그것은 얇은 천을 통해 차갑게 느껴졌다. 그가 여자들을 따라잡기 위해 더 빨리 갔을 때, 그 무기는 발걸음을 떼어놓을 때마다 그의 다리를 쳤다. 그는 더 천천히 걸어갔다. 그러나 권총을 버리려고 호주머니 속으로 손을 넣었을 때 그는 아내와 딸을 보았다. 그들은 길 한복판에 서서 그를 기다리고 있었다.

그는 그 일을 숲 속에서 하려고 했다. 그러나 총소리가 들릴 것이라는 위험은 이곳이 더 크지는 않았다.

그가 권총을 손에 들고 안전장치를 풀었을 때 아내는 흐느껴 울면서 그의 목에 매달렸다. 그녀는 무거웠다. 그는 그녀를 뿌리치느라고 애먹었다. 그는 멍하니 자신을 바라보는 딸에게로 다가가 권총을 그녀의 관자놀이에 대고 눈을 감은 채 방아쇠를 당겼다. 그는 총알이 발사되지 않기를 바랐지만 총소리를 들었고, 그녀가 비틀거리며 쓰러지는 것을 보았다.

아내는 몸을 떨며 울부짖었다. 그는 그녀를 꼭 붙들어야만 했다. 세 발을 쏜 후에야 비로소 그녀는 조용해졌다.

그는 혼자였다.

그곳엔 권총의 총구를 자기 자신의 관자놀이에 대라고 그에게 명령할 사람은 아무도 없었다. 죽은 자들은 그를 보지 못했고, 그를 보는 사람은 아무도 없었다.

그는 권총을 집어넣고 그의 딸 위로 허리를 굽혔다. 그러고 나서 달리기 시작했다.

그는 그 길을 돌아서 큰 길까지 달려갔다. 한 구간을 더 큰 길을 따라갔지만 시내 쪽이 아니라 서쪽이었다. 그러고 난 후에 그는 길가에 주저앉아 등을 나무에 기댄 채 힘들게 숨을 쉬면서 자신의 상황을 깊이 생각했다. 그는 그 상황이 희망이 없지는 않다는 것을 알았다.

그는 오직 계속해서 서쪽을 향해 달릴 수밖에 없었고, 가까운 마을들을 피해 가야만 했었다. 그러고 나서 그는 어디에선가, 가장 좋게는 어느 큰 도시에, 어떤 알려지지 않은 피난민이란 다른 이름으로 평범하고 부지런하게 잠적할 수 있었다.

그는 권총을 길 웅덩이에 던져버리고 일어섰다.

걸어가면서 철십자 훈장을 내버리는 것을 잊어버렸다는 생각이 떠올랐다. 그는 그것을 내버렸다.

특정 집단의 비인간적 폭력과 망상에 의한 개인의 파멸

뮐러가 "글을 쓰게 되면 마음속에 새겨진 기본 경험에 의존하게 된다. 나의 기본 경험이란 폭력으로서의 국가였다"[32]라고 말했듯이, 뮐러 문학의 공통된 주제는 그가 실제로 겪었던 히틀러 시대부터 동독에 이르는 국가와 파시즘, 그리고 역사 속에 내재해 있는 다양한 폭력의 문제다. 히틀러가 지배했던 나치 시대는 가장 암울했던 독일 역사로 간주된다. 그 당시에 나치에 동조하는 소위 기만적인 선전문학 작품도 있었으나, 제2차 세계대전 후에는 반파시즘적·사회주의적 저항문학이 지배적이었다. 이 작품들은 대부분 인간을 멸시하고 학살한 나치의 파시즘적 폭력에 대한 묘사보다는 어떻게 그런 파시즘의 체제가 성공적으로 계속될 수 있었으며, 개인은 나치즘과 직접적인 관계가 없으면서도 죄를 짓고 또 희생되는가를 밝히려는 데 중점을 두었다. 하이너 뮐러의 《철십자 훈장》과 《사망신고》는 이 같은 주제를 아주 명료하게 다룬 대표적인 단편이다.

《철십자 훈장》은 내용적으로 두 개의 상이한 부분으로 구성되었다. 즉 이야기의 첫 부분은 처음 시작문장에서 중간(그는 아스팔트 위를 걷는 그들의 발걸음 소리를 들었다)까지고, 둘째 부분은 이어지는 문장(그는 아내와 딸에게 앞서 가라고 소리쳤다)에서 끝까지다. 이야기의 첫 부분에서는 무의식 상태에 이르기까지 몸에 밴 확고부동한 히틀러 추종자인 주인공의 행동이 줄거리의 기초를 이루고 있다. 이 부분은 주인공이 히틀러의 길을 따르려고 자신과 자신의 가족을 살해하려는 서론적 부분이다. 그 뒷부분은 자기 자신에 대해 혐오감을 느껴 조금 전에 자신의 아내와 딸 앞에서 보여주었던 것과는 아주 다른 반응을 돌연히 나타내기 시작하는 주인공의 행동에 대한 묘사로서, 가족 살해 이후에 자신은 자살하지 않고 서독으로 도주하는 국면의 급전에서 이야기는 정점에 이른다. 이것이 이 이야기의 본래 줄거리에 해당한다. 따라서 사건은 자신과 자신의 가족을 살해하려는 결심의 실행과 그 뒤에 있는 행동의 분석에 집중된다.

주인공은 메클렌부르크의 한 지물포 상인으로 이름 없이 등장한다. 그는 제1차 세계대전의 예비역 장교였고, 지금까지 당시의 권총과 열 발의 실탄을 가지고 있으며, 철십자 훈장의 소유자다. 그는 충성스러운 히틀러 추종자로서 히틀러와 같은 방법으로 자신과 가족을 살해하기로 결정한다. 그리고 가족은 저항 없이 그의 결정에 순응한다. 이런 서술 과정에서 형식상 지물포 상인의 태도에 대한 묘사에 집중되기 때문에 개인의 관점에서 이야기되고 있는 것이 아니냐는 뉘앙스를 주는 것 같지만, 본래는 특정한 역사적 상황에서 발생하는 인물들과 사회적·정치적 사건들에 대해 이야기하고 있다. 그래서 지물포 상인과 마찬가지로 그의 부인과 딸 역시 이름도 인상의 특징도 없이 등장하는데, 이들은 개인이 아니라 한 시대의 집단이나 계층을 대표하는 유형들로서의 상징적 의미와 역할을 가지고 있기 때문이다.

그가 제1차 세계대전의 예비역 장교라는 것, 그때의 무기인 권총과 실탄을 계속해서 가지고 있다는 것, 그리고 맹목적인 히틀러 추종자라는 것, 이 사실들은 시공을 초월한 역사적 폭력의 연속일 뿐만 아니라 살해의 동인이 바로 독일 역사에서 가장 잔혹했던 나치 시대에 있었던 인간 멸시와 살육에 기인한다는 것을 말해준다. 군중을 집단적 열광에 젖어들게 하는 정치적 선동, 독일의 안녕과 부강을 위한 전쟁이라는 기만적 선전, 유대인종에 대한 대량학살, 갈색의 유니폼을 입은 나치스 돌격대원들에 의해서 자행된 억압, 처벌, 정적政敵 가족들의 살인 등, 시대적 모든 폭력의 다양성은 주인공의 가족 살인을 통해 집약적으로 나타나고, 동시에 그는 역사적 폭력의 주체가 된다. 그래서 그는 살인할 장소를 찾아 앞서 가면서 뒤돌아보고 자신의 희생물들에게 서둘러 가자고 재촉할 수 있다.

전쟁의 패배로 다른 사람을 억압하고 살해하는 힘이 불가능하게 되었을 때, 그 힘의 메커니즘은 자기 자신의 가족에게, 자기 자신의 생명으로 향한다. 그리고 그의 살인 행위는 허황된 이념으로 변호되고, 결국 자기 자신도 이 이념의 희생물이 되고 만다. 반면에 소시민 사회와 개인의 생활 영역은 무기력과 두려움으로 만성적인 마비의 상태로 빠지게 되고, 저항이 불가능한 희생의 제물이 되고 만다. 총통을 중심으로 수직적 계급조직 아래 구성된 나치즘의 집단원칙은 전래된 가부장적 기능을 시민가정에서 강화시킨다. 즉 주인공은 명령권을 가지고 가족 살해를 결정할 수 있고, 어머니와 딸은 복종에 익숙해져서 피할 수 없는 그들의 운명에 순응할 수밖에 없다. 그 부인에겐 저항의 가능성이 허용되지 않은 채 그녀는 남편에 의해 마치 종교 의식처럼 실행된 살인을 나치의 명예를 위한 행동규범으로 받아들여야 한다.[33] 죽음을 초월한 충성맹세를 강요하는 나치 청년단의 이념은 총통의 자살을 모방하는 결심을 유발하기에 충분하다. 이미 그 조직의 이념과 함께 성장한 14세의 딸은 자신의 죽음을 받아들일 수 있는 태도를 취한다. "그녀가 명예롭지 않은 삶보다는 아버지의 손에 명예롭게 죽기를 더 좋아한다는 것을 의심치 않는다"는 아버지의 말이 이것을 말해준다.《철십자 훈장》은 《사망신고》이전에 쓰인 작품으로서 뮐러의 역사관에서 볼 때 이 이야기에 나오는 여성은 희생의 제물이 되는 약한 계층을 대표한다. 뮐러는 구동독 체제의 파시즘과 개인의 갈등문제를 마르크스의 이론에 의거해 소위 집단이나 국가로 대변되는 상부구조와 그것의 목적과 이익을 위해 희생되어야 하는 개인으로 대변되는 하부구조와의 대립관계에서 보았다. 그는 역사적 폭력 속에서 개인은 정체성을 상실한다고 생각했다. 이는 곧 '개성의 소멸' 또는 '추상적 집단에 의한 개인의 파멸'[34]인 것이다. 이런 면에서 볼 때 어머니와 딸의 죽음도 국가의 집단적 폭력이나 정치적 이념의 희생이라는 상징적 의미를 가지게 된다. 이야기의 첫 부분은 대체로 나치 망상에 의한 파괴적 폭력에 대한 예를 제시하는 서론적 부분이라 할 수 있다.

이야기의 뒷부분은 심리학적 접근이 필요하다. 이야기의 줄거리는 가족 살인이라는 비극적 정점으로 치달으면서 이제 주인공은 자신의 사고와 행동의 지침이 되어왔던 나치 망령에 대한 회의뿐만 아니라 자기 자신에 대해 혐오감을 느끼며, 돌연히 자신의 아내와 딸 앞에서 보여주었던 행위와는 아주 다른 반응을 나타내기 시작한다. 처음에 오솔길로 들어갈 때 그는 아직 이념적으로 확신에 차서 앞서 행진해 갔으나, 그 길을 반쯤 왔을 때부터는 한편으로는 아내와 딸이 그에게서 도주할 수 있을지도 모른다는 두려움에서, 아니, 오히려 그들이 도망가주길 바라는 희망에서, 또 다른 한편으로는 갑자기 그의 권총을 버리고 자신도 도망가고 싶은 충동에서 그들에게 앞서 가라고 명령한다. 그는 망설임에서 멈추어 서서 소변을 보았고, 더 천천히 걸어간다. 그는 본래 권총을 버리려는 마음에서 호주머니에서 이를 꺼냈으나, 나치의 이념에 젖어 있고 그 체제에 잘 순응해나가는 것을 배운 사람으로서 도덕적 감각이 마비되어 확실한 결정을 할 수 없는 상태에서 자기 딸을 살해하게 된다. 우스꽝스럽게도 그는 그 순간에 권총이 발사되지 않아 자기를 도우리라는 우연을 기대함으로써 자신의 행위를 코미디화한다. 그의 아내가 떨며 울부짖는 것도 효과가 없다. 그 두 사람이 살해되고, 그가 자기 혼자만 남아 있을 때에야 비로소 그는 상의의 옷깃에 있는 철십자 훈장이 말해주고 있듯이, 예비역 장교이고 확고한 히틀러 추종자라는 자신의 정체성을 새롭게 인식하게 된다. 그래서 그는 히틀러의 망령에 사로잡힌 자신의 정체성에서 벗어나 아주 '비영웅적'으로, 말하자면 '인간적으로' 행동하기 시작한다. 따라서 살인 장소로 가는 길은 주인공에게 인간성의 인식으로 가는 '발전의 길'인 것이다.[35]

자신의 정체성에 대한 인식은 그의 살인 행위를 일종의 자기 파괴적인 연극으로 만든다. "그곳엔 권총의 총구를 자기 자신의 관자놀이에 대라고 그에게 명령할 사람은 아무도 없었다." 연극은 끝났고, 막은 내려졌다. 아내와 딸의 살인자가 된 그는 총통의 후계자로서 그의 길을 따르지 않고, 죽은 딸을 한번 굽어본 후에 자신의 옛 존재의 잔재를, 말하자면 권총과 철십자 훈장을 마치 쉽게 바꿀 수 있는 무대 위의 소도구처럼 버려버리고, 서쪽으로, 계속해서 서쪽으로 도주해 어느 큰 도시에, 다른 이름으로, 평범하고 부지런한 피난민으로 잠적하길 희망한다. 이름 없이 등장한 주인공은 한편으로는 나치 이념에 맹목적으로 젖어 있는 잔인한 파시즘 폭력의 하수인이며 다른 한편은 연약한 기회주의적 가장이라는 이중적인 면모를 지닌다.

이 이야기에서 나타난 가장의 이중적 모습은 후일에 발표된 밀러의 자서전적 산문 《아버지Der Vater》(1958)에서 더 구체적으로 표현되고 있다. 밀러는 사회민주당 당원이었던 아버지가 나치 돌격대원에게 체포되었을 때 구타당하며 끌려가는 모습을 목격하고 폭력의 체험 현장이 되어버린 아버지의 체포 광경을 '내 연극의 첫 번째 장면'[36]이라고 회고했다. 그때 뮐러는 다섯 살이었다. 그는 "덜덜 떨며 이불을 턱까지 끌어올리고 침대에 누워 있었다."[37] 뮐러가 학교의 숙제로 히틀러 시대의 고속도로 건설에 대한 작문을 써야 했을 때, 처음에 아버지는 작문을 써서 "너는 상을 받으면 안된다"고 말했지만, 두 시간 후에 다시 생각을 바꾸어 "히틀러 총통이 고속도로를 건설하게 되어 기쁘다"[38]라고 쓰도록 요구했고, 그 사건 덕분에 자신은 일자리를 얻을 수 있게 될 것이라고 그에게 말했다. 뮐러는 후에 아버지가 도와준 "그 문장이 나에게 배반의 충격을 불러일으켰다"[39]고 회고한다. 아버지는 몇 년 뒤에 서베를린으로 탈출해 "바덴의 작은 도시에서 노동자 살해자들과 노동자 살해자의 과부에게 연금을 세어주면서 자신의 평화를 찾았다."[40] 아버지의 체포 광경과 기회주의적인 태도에서 뮐러는 폭력과 배반의 중요한 체험을 하게 되고, 이 체험은 독일 역사의 이면에 있는 폭력의 문제들과 사회주의 국가로 건설되어가는 과정에서 또다시 새로운 파시즘의 현상으로 나타나는 초기 동독사회의 '기형화된 현실'[41]을 타협 없이 작품에 폭로하고 또 비판하는 동인으로 작용한다.

나치의 이념에서 가족 살인까지 자행하는 몰아적 용기, 무분별한 대담성과 자신의 파멸에 직면하여 도주하는 기회주의적·기만적 비겁함이 날카롭게 대조되고 있다. 여기서 전후 동독의 사회적 풍토와 사람들의 비겁함이 비판되고 있다. 더 자세히 말해 열광적으로 '하일 히틀러'를 외쳐댔던 사람들이 패전 후에 갑자기 모두가 그것에 반대하고, 밤새 민주주의자들이 되어버린 당시 독일 사람들의 태도에 대한 비판인 것이다. 이미 위에서 지적했듯이, 이 이야기는 정치적 이념의 하수인으로서 기괴한 괴물의 모습으로 전락한 우울하고 혐오스러운 한 개인의 일상에 대한 묘사가 아니라, 인간 멸시와 파괴를 유발한 나치 이념에 의해 중독된 맹목적인 추종이 얼마나 평화로운 개인생활 영역을 위협적으로 침해할 수 있었느냐에 대한 경종이라 할 수 있다. 따라서 이 이야기는 잔인하고 오만했던 나치 이념자들과 전후 동독의 사회적·정치적 풍토에 대한 뮐러의 비판적인 풍자화다. 나아가 국가의 큰 역사에 유린당하는 개인의 작은 역사의 비참함에 대한 봉기와 반란이며, 반파시즘적·사회주의적 저항문학인 것이다. 뮐러는 파시즘의 폭력을 극복하기 위해서 폭력을 주 테마로 그의 작품에 수용한다. 그는 자신의 드라마《마우저》에서 "어떤 것이 오기 위해서는 어떤 것이 가야만 한다"[42]고 말하고 있다. 뮐러는 폭력을 낡은 것을 파괴하고 새로운 것을 생산하는 기본적인 동력으로 긍정적으로 수용한 것이다. 따라서 이 이야기는 주인공의 잔인성과 비겁함을 통해 나치의 잔혹성을 독자들에게 폭로하고, 이로써 과거 역사의 잘못을 깨우쳐줌과 동시에 미래의 이상적 사회주의 국가에 대한 성찰을 불러일으키게 하려는 뮐러의 계몽적·교육적 의도에서 나온 것이다.

《사망신고》
Todesanzeige

내가 집에 돌아왔을 때 그녀는 이미 죽어 있었다. 그녀는 부엌 돌바닥에 누워 있었다. 반쯤 배를 깔고, 반은 옆쪽으로 누워, 다리는 잠자고 있을 때처럼 구부리고, 머리는 문 가까이에 두고 있었다. 나는 몸을 굽혀 옆으로 돌려진 그녀의 얼굴을 들어 올렸다. 그리고 우리 둘만 있을 때 그녀를 부르던 식으로 말을 건넸다. 나는 내가 연극을 하고 있다는 느낌이었다. 나는 문틀에 기대어, 새벽 3시쯤 부엌에서 돌바닥에 쭈그리고 앉아 어쩌면 의식 불명인, 어쩌면 죽은 아내 위로 몸을 굽히고 그녀의 얼굴을 두 손으로 받쳐 든 채, 나 이외엔 아무도 없는 관객을 위해 마치 인형과 이야기하듯 그녀와 이야기하고 있는 남자를 반쯤은 지루하게, 반쯤은 흥미롭게 바라보고 있는 나 자신을 발견했다. 그녀의 얼굴은 찡그린 모습이었고, 턱은 마치 탈골된 듯, 열린 입에는 위쪽 치열이 비스듬히 걸려 있었다. 내가 그녀를 일으켜 세웠을 때, 나는 그녀의 입에서라기보다는 그녀의 배 속에서 나오는, 어쨌든 멀리에서 들리는 신음소리 같은 무엇인가를 들었다. 나는 이미 자주, 내가 집에 돌아왔을 때 그녀가 마치 죽은 듯이 그곳에 누워 있던 것을 보았다. 그리고 그녀가 죽었다는 걱정(희망)으로 그녀를 일으켜 세웠다. 그러면 끔찍한 소리가, 그건 일종의 대답이었다, 다행스럽게도 울려 나왔다. 나중에 의사가 내게 설명해주었다. 그것은 자세 변경을 통해 일어나는, 호흡된 공기나 가스의 나머지가 폐로부터 밀려 올라오는 일종의 트림이라고. 아니면 그와 비슷한 것이라고. 나는 그녀를 침실로 옮겼다. 그녀는 평상시보다 무거웠으며 맨몸에 가운만을 걸치고 있었다. 내가 그 짐을 침대용 소파에 내려놓자 그녀의 입에서 의치 하나가 굴러떨어졌다. 그것은 단말마의 고통 속에서 헐거워진 게 틀림없었다. 나는 그제야 무엇이 그녀의 얼굴을 찌그러뜨렸는지 알았다. 나는 그녀가 의치를 하고 있다는 걸 몰랐다. 나는 부엌으로 되돌아가 가스레인지를 껐다. 그리고 나서 그녀의 표정 없는 얼굴을 잠시 들여다본 후, 전화기로 가서 수화기를 손에 들고 죽은 자와 함께하는 나의 삶을, 그녀가 13년 동안 오늘의 성공적인 밤에 이르기까지 여러 번 시도하고 실패했던 죽음을 생각했다. 그녀는 면도날로 자살을 시도했다. 그녀는 동맥을 끊어버리고는 날 불렀고 내게 피를 보여주었다. 그녀는 문을 잠근 후에 밧줄로 시도했다. 그러나 희망에서인지 산만해서인지 지붕으로부터 들어올 수 있는 창문은 열어두었다. 이 목적을 위해 스스로 부러뜨린 체온계의 수은으로, 약으로, 가스로, 내가 집에 있을 때는 창문으로 또는 발코니에서 뛰어내리려고 했다. 나는 한 친구에게 전화를 했다. 나는 여전히 그녀가 죽었다는 사실을 알고 싶지 않았다. 당국의 일이었고 그다음엔 인명 구조소였다. 당신 미쳤어요 당장 담뱃불을 끄세요 죽었어요 분명합니까 그래요 최소한 두 시간은 지났다고 술 마셨나 심장은 당신은 눈치채지 못했나요 당신 부인의 편지는 어디 있죠 아내가 무슨 편지를 써놓기라도 했을 거란 말입니까 아무런 편지도 남아 있지 않아요 당신은 어디에 있었습니까 언제부터 언제까지 아침 아홉 시에 이십삼 호실 소환입니다 시체는 가져갑니다 부검이오 걱정 마시오 아무것도 보지 못할 테니. 영구차를 기다린다. 옆방에는 죽은 여자. 시간의 돌이킬 수 없음. 살인자의 시간. 과거와 미래의 괄호 속에 소멸된 현재. 옆방으로 들어가시오(세 번), 시체를 다시 한 번 보시오(세 번), 그녀는 시트 아래 나체다. 나의 느낌(고통 슬픔 갈망)과는 전혀 무관한 '그 런 건 거기 있다'라는 식엔 점점 더 관심이 없어진다. 시트를 다시 몸에 덮으시오(세 번), 시체는 내일 절개될 것이오, 그 표정 없는 얼굴까지. 세 부분에 독물 투여의 첫 번째 흔적. 푸른색. 대기실로 돌아가시오(세 번). 작센의 작은 집, 낮은 3층 높이, 비좁은 침실에서의 내 죽음에 대한 나의 첫 번째 생각(다른 생각은 없다), 나는 다섯 살 혹은 여섯 살이었고 자정쯤 피할 수 없는 요강 위에 나는 혼자였다, 창에는 달. 칼 아래 고양이를 붙잡고 있는 그 놀이친구는 나였다. 나는 일곱 번째 돌을 제비둥지를 향해 던졌고 그 일곱 번째가 명중탄이었다. 잠든 방의 창을 향해 하얗게 달이 뜨면 마을에서 개 짖는 소리가 들렸다. 나는 늑대들에게만 쫓기는 늑대 사냥꾼이었는가. 잠이 들기 전 나는 때때로 마구간에서 말들이 소리 지르는 걸 들었다. 너무도 꼭 조이는 군화를 신고 너무 큰 제복을 입고 메클렌부르크의 철둑 위를 야간행군할 때 우주의 느낌. 쿵쿵 울리는 허공. 닭 머리 인상의 아이. 전쟁이 끝나갈 무렵 어디에선가 그는 나를 따라다녔다, 땅바닥에 끌리는 헐렁한 군복 외투 속에 앙상한 모습, 작은 새머리 위에 너무 큰 야전모, 무릎 높이에 빵 주머니, 회녹색 군복을 입은 어린아이. 내 옆에서 그는 총총걸음으로 나를 따라다녔다, 아무 말 없이. 나는 그가 무슨 말을 했는지 기억할 수가 없다. 내가 그를 떨쳐버리기 위해 더 빨리 걸었을 때, 거의 뛰었을 때만 그는 헐떡거리는 호흡 사이에서 작고 가련한 소리를 내뱉었다. 나는 벌써 두어 번, 결국엔 그를 떨쳐버려야 한다고 생각했다. 그는 이제 내 뒤의 평원의 한 점이었다. 그러고 나서 그 점은 더 이상 보이지 않았다. 그러나 날이 저물면 그는 뒤쫓아 왔고 늦어도 내가 깨어날 때면 헛간에서건 들판에서건, 그는 다시 내 옆에 누워 있었다. 자기의 구멍 난 외투를 감고서, 그 새머리는 내 무릎쯤에, 그리고 그가 깨기 전에 내가 일어나 떠나는 것이 성공해도 내 뒤에서는 곧 그의 가련한 기침소리가 들렸다. 나는 그에게 욕을 해댔다. 그는 내 앞에 서서, 고맙다는 듯 눈물 고인 개의 눈으로 나를 쳐다보았다. 나는 내가 그를 경멸했는지 모르겠다. 나는 그를 때릴 수 없었다. 사람들은 닭을 때리지 않는다. 사람을 죽인다는 것은 결코 내 바람이 아니었다. 나는 그 아이가 마지막 남은 자기의 통조림 고기를 나와 나누려고 제 군복 외투 깊숙한 곳에서 꺼낸 총검으로 그 아이를 찔렀다. 나는 그의 침을 먹지 않기 위해 먼저 먹었고 그가 먹을 차례가 되기도 전에 총검은 그의 앙상한 견갑골 사이에 꽂혀 있었다. 나는 냉정하게도 그의 피가 풀 위에 반짝이는 걸 바라보았다. 그것은 내가 그를 다른 길로 가게 하려고 그를 걷어찬 이후 벌어진 어느 철둑에서의 일이었다. 나는 우리가 밤을 지새워야 할 평원 위로 불어오는 바람을 막기 위해 그가 둑을 쌓아 올릴 때 그의 야전삽으로 그를 후려쳤다. 그는 내가 그의 손에서 야전삽을 낚아챘을 때도, 삽날이 날아오는 것을 보면서도 저항하지 않았다. 그는 비명을 한 번 질렀을 뿐이다. 그는 그것을 예상했음이 분명했다. 그는 단지 두 손으로 머리를 감싸 쥐었을 뿐이다. 나는 빠르게 침입해 들어오는 어둠 속에서 검은 피의 마스크가 그 닭머리 인상을 지우는 걸 가벼운 마음으로 바라보았다. 5월의 어느 청명한 날, 나는 어느 파괴된 다리에서 그를 떠밀었다. 나는 그를 앞서 걷게 했으며 그는 주위를 돌아보지 않았다. 등을 한 번 미는 것으로 족했다. 폭발구멍은 폭이 20미터였고 다리는 떨어져 죽기에 충분한 높이였으며 밑은 아스팔트였다. 나는 그의 비행을 주시했다. 그의 외투는 마치 돛처럼 바람을 안았고 빈 빵 주머니는 노櫓였다. 죽음의 착륙. 그러고 나서 나는 폭발구멍을 넘어갔다. 나는 그저 팔만 벌리면 그만이었다. 마치 천사처럼 공기에 의

하이너 뮐러

393

해 옮겨졌던 것이다. 내가 그를 죽인 이래로(세 번) 그는 더 이상 나의 꿈에 자리하지 못했다. 꿈 나는 나무들이 무성하게 자라난 낡은 집 안을 걸어 다닌다. 나무로 된 벽들은 파괴되어 있거나 그대로 유지되어 있고 하나의 계단이 솟아 있다. 그 위에 거대한 여자가 거대한 유방을 하고 나체로 팔과 다리를 넓게 벌리고 밧줄에 목매단 채 걸려 있다(어쩌면 그녀는 이 상태로 고정되지 않은 채 걸려 있다. 공중에 떠 흔들리며). 내 위에는 거대한 넓적다리가 마치 가위처럼 벌어져 있다. 그 안으로 나는 한 계단 한 계단 계속해 걸어 들어간다. 검은 관목 숲과 같은 음모, 음순의 있는 그대로의 상태.

인류의 해방과 존엄성을 일깨우기 위한 여성의 역할

뮐러의 극작품들은 물론 산문들까지도 다양한 상징과 비유로 표현되고 있어 그 응축된 의미를 이해하기 어렵다. 《사망신고》도 예외는 아니다. 1975년에 쓰인 이 산문은 뮐러 자신인 일인칭 화자의 아내의 자살, 그가 전선에서 저지른 세 번의 가상적 살인 그리고 모체로 귀환하는 꿈의 세 문단으로 구성되어 있다. 뮐러의 아내였던 잉게 뮐러는 1966년 6월 1일에 41세의 나이로 자살한다. 여기에 뮐러는 15세의 나이로 1944년에 나치 노동봉사에 참여했고, 16세 때 미군의 포로가 되었던 제2차 세계대전의 체험을 추가한다. 따라서 이 산문은 그의 아내의 자살과 전쟁의 체험기록인 것이다. 뮐러는 이 체험들을 미국 체류 중인 1975년에 《사망신고》란 제목의 산문으로 작품화한다. 비록 마지막 '꿈'의 문단이 짧다 해도, 여기에는 폭력이 주제가 되는 독일 역사에서 여성과 남성의 역할이 갖는 중요한 의미가 응축되어 있다.

사건의 상황과 인물들은 외부로부터 관찰된 객관적 묘사로 일관되어 있으며, 줄거리 전개를 위한 기능보다는 상징적 의미를 전달하는 기능을 가진다. 화자는 아내의 죽음에 직면해서 '연극을 하고 있다는 느낌'으로 "나 이외엔 아무도 없는 관객을 위해 마치 인형과 이야기하듯 그녀와 이야기하고 있는 남자를 (…) 바라보고 있는 나 자신을" 발견한다. 화자는 자기 아내가 의치를 하고 있다는 사실을 그녀의 죽음을 통해서 비로소 알게 된다.

하이너 뮐러

이는 그가 그녀의 죽음을 방관자적 위치에서 객관적으로 보고 있는 것처럼, 그녀와의 생활이 무관심으로 일관되어왔음을 폭로하고 있다. 남편의 무관심이 그녀를 죽음에 이르게 하는 요소일 수 있다. 이 같은 그의 태도는 구동독의 정치현실에서 사회주의의 이름으로 일어나고 있는 폭력과 개인의 희생에 대한 문제를 비판 없이 일상의 것으로 무감각하게 받아들이는 구동독 지성인의 모습을 연상시킨다. 이런 의미에서 화자는 뮐러의 극작품 《햄릿기계》에서 희망과 정체성을 상실한 햄릿과 같은 유형의 인물이라고 말할 수 있으며 동시에 구동독의 지성인을 대표한다고 할 수 있다. 그래서 그녀의 자살은 햄릿 유형의 지성인에 의한 희생이며 동시에 반항이란 사회적 문제를 가지게 된다.

화자는 아내의 죽음 앞에서 그녀와 살았던 13년 동안 그녀가 시도했던 갖가지 자살의 형태를 회상한다. 면도날로 동맥 자르기, 밧줄로 목매달기, 체온계의 수은, 약, 가스, 창문이나 발코니에서 뛰어내리기 등의 다양한 자살의 형태는 한 개인의 한계를 벗어나 역사 속에서 나타난 여인들의 다양한 죽음의 형태로 확대된다. 같은 예로서 《햄릿기계》의 2막에서도 오필리어는 셰익스피어의 연극에서처럼 사랑의 번민으로 죽어가는 순수한 여인이 아니라 "강물에 투신한 여자, 목맨 여자, 동맥을 끊은 여자, 약을 과다 복용한 여자, 가스 오븐에 머리를 넣은 여자"[43]처럼 다양한 죽음의 형태를 보여준다. 그녀는 역사 속에서 피지배적 존재로서의 여성뿐만 아니라 희생된 모든 사람들을 대표하고, 이제 엘렉트라의 이름으로 '고문의 태양 아래서', '희생된 자들의 이름으로'[44] 복수할 것을 예언한다. 이런 의미에서 오필리어의 죽음의 다양한 형태와 비유된 잉게 뮐러의 자살 역시 역사의 폭력에서 희생된 여성의 존재와 그 희생에 대한 저항을 알리는 상징적 의미를 지닌다.

밀러의 작품에 나타난 여성상은 그의 역사관의 변화와 함께 모습을 달리한다. 《철십자 훈장》에서 살해되는 어머니와 딸처럼 여성들은 가부장적 역사 속에서 남성세계와 그 질서에 지배되는 존재이지만 동시에 이에 대해 꾸준히 저항하는 존재라는 점에서 전 작품을 통해 공통점을 지닌다. 저항의 형태는 근본적으로 여성해방과 올바른 정체성의 추구로 나타나지만, 후기 작품으로 갈수록 잘못된 역사의 종식과 미래에 대한 희망을 암시하기 위한 봉기와 파괴의 과격성을 보인다.

고딕체로 강조된 부분은 무질서한 단어들의 삽입과 마침표 없는 미완성된 문장들의 나열로 이루어졌다. 이것은 화자처럼 희망과 정체성을 상실한 방관적인 개인과 국가 권력기관과의 갈등적 관계, 대화의 단절, 죽음을 야기한 사회적 혼란과 폭력의 연속성을 암시하기 위해 의도적으로 파괴된 문장구조다. 아내가 죽은 현재는 '살인자의 시간'이며, '과거와 미래의 괄호 속에서' 소멸된다. 따라서 살인의 현재는 과거와 미래로 연결된다. 화자는 방관적인 또 다른 자아에게 아내의 죽음을 '다시 한 번' 확인하라는 일을 세 번 반복시킨다. 아내의 죽음에 대한 현재의 관찰과 확인은 세 시칭時稱의 개념에서 과거와 미래로 이어지는 역사적 폭력의 연속성에 대한 인식을 불러일으킨다. 또한 그는 아내의 죽음에 직면해서 세 가지 '느낌(고통 슬픔 갈망)'을, 즉 죽음에 이르기까지의 '단말마의 고통(과거)', 아내의 죽음에 대한 '슬픔(현재)', 그리고 새로운 미래의 역사에 대한 '갈망(미래)'의 느낌을 가진다. 이 느낌들은 동독의 역사적 현실에 대한 것이기도 하다.

'현재'의 아내의 죽음은 화자 자신이 최초로 체험했던 살생의 '과거' 역사와 연결된다. 화자는 유년 시절에 체험한 최초의 살생놀이를 회상한다.

고양이와의 위험한 칼 놀이, 돌로 제비 맞히기 같은 어린 시절의 살생놀이는 후일에 러시아 혁명이나 세계대전에서 인간사냥으로 발전한다. 화자인 '나'는 처음부터 폭력과 살생의 주체다.

뮐러의 극작품《시멘트》에서 여혁명가인 주인공 다샤는 여성을 성적 소유물로 생각하는 저속한 성관념이나 낡은 사회적 인습에 젖은 남자들을 '짐승'이라고 불렀고, 러시아 혁명 때 혁명 세력에 맞선 러시아군을 '늑대'라고 불렀다.[45] 유년 시절의 살생놀이는 러시아 혁명 때 백러시아 군과 혁명군 사이에서 죽고 죽이는 전쟁의 역사적 사건으로 발전한다. 화자는 '늑대들에게만 쫓기는 늑대 사냥꾼'이 되어 살인의 가해자인 동시에 피해자가 된다. 이와 유사한 예는《사망신고》와 함께 자서전적 색채를 띤 또 다른 산문인《아버지》에서도 볼 수 있다. 이 산문의 2단에서 아이들의 전쟁놀이가 이렇게 묘사된다.

> 그들은 납 병정들을 전투대열로 마주 세워놓고 교대로 상대편 전선에 돌을 튕기며 놀았다. 그러면서 그들은 대포소리를 냈다. 서로를 장군님이라고 부르며 대포를 한 번 쏠 때마다 기세등등하게 사망자 숫자를 불러댔다. 병정들은 마치 파리 떼처럼 쓰러졌다. (…) 12년 후에 친구들은, 위대한 장군들에 의해 화염 속으로 보내져서, 천둥소리 같은 실제 사격 속에서, 제2차 세계대전의 끔찍한 마지막 살육현장에서, 죽고 죽이면서 누가 범죄자인지를 알게 되었다.[46]

유년 시절의 살생놀이는 급기야 뮐러가 겪은 제2차 세계대전의 경험과 연결된다. 이어지는 다음의 둘째 문단(너무도 꽉 조이는 군화를 신고 (…) 그는 더 이상 나의 꿈에 자리하지 못했다)에서 화자의 전쟁체험이 묘사되면서 유년 시절의 놀이에서 익혀온 살생은 후일의 전쟁에서 살인 행위로, 즉 역사적 폭력의 행위로 발전한다. 전쟁이 끝나갈 무렵 어느 전선에서 화자를 따라다녔던 '닭 머리 인상의 아이'는 가공의 인물이 아니라 전쟁 중에 만났던 실제의 인물임을 뮐러는 밝히고 있다.[47]

화자인 '나'는 그를 환상 속에서 총검으로, 삽으로 그리고 다리에서 떠밀어 세 번 살해한다. 세 번의 살인은 과거, 현재, 미래로 이어지는 살인의 연속을 의미한다. 그 폭력의 주체는 바로 화자인 '나'다. 닭 머리 인상의 아이는 미래의 희망으로서 사회적으로 보호받아야 할 존재임에도 불구하고 전쟁에서 죽는다. 그는 파시즘의 폭력에 희생된 한 모습이며, 암울한 미래를 상징한다. 이는 미래의 꿈과 희망이 상실된 살육의 독일 역사를 말하고 있다. 그 예로서《니벨룽겐의 노래》에서 군터 왕의 독일군이 헝가리 에첼 왕의 궁성에서 모두 살해된 신화 속의 사건은 제2차 세계대전 당시 독일군이 스탈린그라드에서 대량 희생된 역사적 사건과 연결되어 있다는 것이다. 전선에서의 화자처럼 '나'는 역사적 폭력의 주체이면서 동시에 그 폭력의 희생자인 것이다. 화자가 세 번 살해한 후에 닭 머리 인상의 아이는 더 이상 꿈에 나타나지 않는다. 살육의 행위가 중단된 것을 암시한다. 폭력의 주체인 남성 중심의 역사가 바뀌어야 한다. 이제 화자인 '나'는 다른 꿈을 꾼다.

'꿈'의 짧은 마지막 문장에는 역사적 폭력과 연관된 뮐러의 역사관과 여성의 성 메타포에 대한 인식이 없이는 이해할 수 없을 정도로 상징적 의미가 농축되어 있다. 아내의 자살을 묘사한 첫 문단에서 여성은 남성 중심의 역사적 폭력에 의한 희생자로 나타난다. 그러나 꿈 장면에서 여성은 전사의 폭력에 대한 대응 폭력으로 나타난다. 1970년대 이후의 뮐러 작품에 나타나는 남성들은 더 이상 역사발전의 주체로서가 아니라 여성의 성에서 죽음과 연관된 공포를 느끼는 존재로 나타난다. 여성은 남성 중심의 역사를 파괴하는 주체로 등장하며, 이 파괴는 새로운 건설을 위한 전제로서, 새 시대에 대한 희망으로 수용된다. 뮐러는 여성에게서 남성 중심의 역사를 극복할 수 있는 희망과 가능성을 보고 있기 때문이다. 그래서 뮐러는 역사 발전에 있어 개혁의 가능성을 여성에게서 찾아야 한다고 생각한다. 이와 연관해서 뮐러는 이렇게 말한다.

> 만약 남성 차원에서 아무런 발전이 없다면 무엇인가 여성들에게 생각
> 이 떠올라야 한다. 그렇게 계속되어야만 한다. 운동은 변방에서 오며 여성
> 은 남성의 변방이라고 언제나 레닌은 말했다.[48]

이제 여성은 희생자로서의 역할을 거부하고 남성 지배의 역사에 대항해 역사를 개선하지 못한 남성의 대리자로서, 역사발전의 주체로서 개혁과 혁명의 임무를 떠맡는다. 여성은 미래의 희망인 아이를 낳는 생산자로서, 생산현장의 노동력으로서 사회발전에 기여하는 긍정적인 모습보다는 남성 중심의 잔혹한 역사진행을 거부하기 위해 출산을 거부하는 개혁의 모습을 지닌 존재로 나타난다. 뮐러는 여성의 성 메타포를 새 역사에 대한 인식과 변혁의 가능성을 위해 '경악을 일으키는 형태'[49]로 사용한다. 그 예로 셰익스피어의 비극《햄릿Hamlet》에서 순수하고 가련한 오필리어의 모습은 뮐러의《햄릿기계》에서 복수의 여신 엘렉트라의 이름으로 나타난다.

나는 오필리어 (…) 이제 난 날 죽이는 일을 중단했다. 나는 혼자다. 내 젖가슴과 내 허벅지와 내 자궁만이 함께할 뿐. 나는 내 구속의 도구들을 파괴한다. 의자를, 책상을, 침대를. 나는 내 고향이었던 도살의 무대를 부순다. 나는 문들을 부수어 연다, 바람이 그리고 세상의 비명이 들어올 수 있도록. 나는 창문을 산산이 부순다. 나는 피 흐르는 손으로 내가 사랑했던 그리고 침대 위에서, 책상 위에서, 의자 위에서 그리고 바닥에서 나를 필요로 했던 남자들의 사진을 찢어버린다. 나는 내 감옥에 불을 지른다. 나는 내 옷을 불 속에 던져 넣는다. 나는 내 심장이었던 시계를 내 가슴에서 꺼내 파묻는다. 나는 거리로 나간다, 내 피로 옷을 입고.[50]

여성의 출산 행위는 세계를 살육장으로 만드는 폭력의 주체를 생산하는 것이기 때문에 중단되어야 한다. 여성의 자살은 이 역사의 악순환을 종식시키기 위한 자기 파괴적 반항이다. 이때 여성은 더 이상 역사적 폭력의 악순환이 아니라 이 폭력을 파괴하는 대응폭력의 주체로 나타난다. 이것은 뮐러가 1974년에 팬터마임 형식으로 집필한《메데아 놀이Medeaspiel》에서 좀 더 구체적으로 나타난다.

침대 하나가 무대 천장에서 내려와 세로로 세워진다. 데스마스크를 쓴 여배우 두 명이 젊은 여자 하나를 무대로 데려와 침대에 등을 돌려세운다. 젊은 신부에게 신부예복이 입혀진다. 그녀는 신부예복의 허리끈으로 침대에 묶여진다. 데스마스크를 쓴 남자 배우 두 명이 신랑을 데리고 와 그를 신부와 마주 세운다. 신랑은 물구나무를 서서 걷고 신부 앞에서 재주를 넘곤 한다. 신부는 소리 없이 웃는다. 신랑은 신부의 옷을 갈기갈기 찢어버리고 신부 옆에 자리를 잡는다. 성 행위 모습이 영사된다. 데스마스크를 쓴 남자 배우들은 찢어진 신부복 조각으로 신부의 손을 침대에 묶고 데스마스크를 쓴 여배우들은 신부의 발을 침대에 묶는다. 나머지 조각들은 재갈로 이용된다. 남자가 (여성) 관객들 앞에서 물구나무를 서고 거꾸로 걷고 재주넘기를 하는 동안 여자의 배는 터질 때까지 부풀어 오른다. 출산 행위가 영사된다. 데스마스크를 쓴 여배우들이 여자의 배에서 아이를 꺼낸다. 그리고 그녀의 묶인 손을 풀어주고 아이를 그녀의 품에 안겨준다. 그와 동시에 데스마스크를 쓴 남자 배우들은 남자가 단지 사지로만 기어 다닐 수 있도록 그에게 무기를 매달아 준다. 살인 행위가 영사된다. 여자는 자기의 머리를 떼어내 버리고 아이를 갈기갈기 찢어 그 조각들을 남자에게 던진다. 무대 천장으로부터 손, 발의 조각, 창자 조각들이 남자의 머리 위로 쏟아진다.[51]

데스마스크를 쓴 두 쌍의 남녀들은 죽은 사회와 폭력의 역사를 상징한다. 신랑은 이들의 지시에 따라 성폭행하듯이 신부의 옷을 갈기갈기 찢어버린다. 침대 위의 남녀는 성 행위를 연출하고, 출산 행위가 영사되면서 여자는 출산을 한다. 데스마스크를 쓴 남자들이 준 총을 매단 채 남자가 무대 위를 동물처럼 기어 다니는 동안 살인 행위가 영사된다. 신부가 낳은 아이는 곧 이 살인자들임이 암시된다. 신부는 자기의 머리를 떼어버리고, 아이를 갈기갈기 찢어 그 조각들을 남자에게 던지는 살인 행위로 끝난다. 게니아 슐츠가 지적했듯이 "남자의 일. 살인 행위는 여자의 일. 모성을 무의미하게 만든다."[52] 모성의 거부는 '성 행위, 출산 행위, 살인 행위'[53]라는 억압의 3각 굴레에서 탈출하는 '얼굴 없는 여성의 자기해방'[54]임과 동시에 침묵 속에서 남성의 폭력에 대항하는 육체의 봉기인 것이다. 여성들이 침묵으로부터 나와서 말하기 시작한다면, 그들은 더 이상 어머니로서 여성이 아니라 역사의 희생자로서, 피억압자들로서 행동하며, 이 행동은 어머니로서의 여성의 역할에 대한 부정을 통해 남성세계에 대한 복수의 형태로 나타난다. 그래서 화자는 아내가 죽었다는 현재의 사실을 '걱정'과 함께 미래에 대한 '희망'으로 보고 그녀를 일으켜 세운다.

이처럼 여성의 성 메타포는 뮐러의 문학에서 중요한 의미를 지닌다. 세번 살인을 한 '나'는 거대한 여자의 자궁 속으로 들어가는 꿈을 꾼다. 나체로 목매달아 죽은 여자의 '거대한 넓적다리는 마치 가위처럼 벌어져 있어' 남성을 거세하기에 충분히 위협적이다. 그는 관목 숲의 동굴 속으로 들어가듯 여성의 자궁 속으로 걸어 들어간다. 여성의 자궁은 파괴와 살육을 자행하는 생명(남성)의 출구이며, 출산은 세계를 살육장으로 만드는 폭력의 생산이고 동시에 죽음의 생산이다. 여성의 자궁은 출산과 함께 '살인기계'가 된다. 그래서 여성의 자궁은 '출산과 죽음의 합일'[55]이 이루어지는 장소다. 또 다른 해석이 가능하다. 이제 남성 우월의 신화를 종식시켜야 하는 역할을 여성이 맡아야 한다. 모계사회의 구심점은 자식을 절대적·무조건적으로 사랑하는 어머니의 모성애에 있다. 이 모성애는 은총과 자비(히브리어로 rachamim)이며, 어원학적으로 여성의 '자궁rechem'에서 유래한다.[56] 이런 의미에서 꿈속에서 한 남자가 여성의 자궁으로 들어가는 것은 가부장적 역사 폭력의 종식과 동시에 태고의 모계 사회로의, 즉 절대적 모성애로의 회귀를 의미한다. 자궁은 남성적·폭력적인 것이 여성적·모성적인 것과 조화롭게 융화될 수 있는 합의 장소라 할 수 있다. 남성 중심의 역사에서는 이러한 합이 결코 실현될 수 없다. 이로써 살인자이며 동시에 희생자인 '나'는 그곳으로 들어감으로써 살육의 역사가 종식될 수 있다. 그러기엔 오랜 시간이 흘러야 한다. 나무들이 무성하게 자라난 낡은 집안, 파괴되어 있거나 그대로 유지되어 있는 나무로 된 벽들, 이들은 수 세기 아니면 수십 세기가 지나서 인간의 문명과 자연이 융화를 이룬 미래를 암시한다. 뮐러가 열망한 유토피아의 도래를 예언한다.

뮐러가 자신의 문학에서 추구한 것은 동독의 유토피아적 미래였다. 그는 글을 쓰면서도 언젠가는 더 이상 예술이 필요하지 않은 인간적인 사회를 희망했다. 미래에 대한 희망에서 그는 과거를 두려워하지 않고 과거의 역사에서 암울하고 참혹한 사건들을 묘사한다. 이것은 우리가 역사를 알아야만 역사를 고발할 수 있고 역사의 악몽에서 벗어날 수 있다는 뮐러의 역사관 때문이다. 뮐러가 전 작품에 걸쳐 폭력과 파멸의 주제를 즐겨 다루고 있는 이유는 그에게 "폭력은 위협적이긴 하나 생산적이기 때문이다. 즉 폭력은 충격적으로 석화된 것을 깨뜨리기 때문이다."[57] 이로써 뮐러 문학에서 긍정적 의미를 갖는 폭력의 변증법적 해석이 가능해진다. 즉 폭력의 생산적 작용미학을 이해할 수 있다. 여성의 성 메타포가 강조하는 것은 어머니의 탯줄에서 분리되어 태어난 자아는 이제 더 이상 도살자로서 태어나지 말아야 하며, 혁명을 통해 새롭게 태어나야 한다는 것이다. 여성의 자궁이 남성에 대한 살인기구나 무덤으로 비유되고, 여성의 출산 행위가 세상을 도살장으로 만드는 여러 가지 잔혹한 살인 행위와 연관해 묘사되고 있는 것에서 우리는 여성의 성 메타포를 새 역사에 대한 인식과 변혁의 가능성을 위해 '경악을 일으키는 형태'[58]로 사용한 뮐러의 문학적 의도를 이해할 수 있다. 《사망신고》에서 여성상은 미래에 대한 희망과 현재의 부정적 역사진행에 대한 거부의 메타포이며, 인류의 해방과 존엄성을 일깨우기 위한 반의적 모습이다.

역사가 계속되는 한 세계고도 계속된다. 인간의 고뇌와 고통이 있는 한 예술은 존재한다. 그래서 "예술은 무엇인가 잔인한 것을 가지고 있다. 예술은 인간을 소모한다. 예술은 인간을 파괴한다. 예술은 무조건 어떤 선한 것, 또는 인간적인 것이 아니다".[59] 그러나 우리는 예술에서 세계고를 선先 체험할 수 있고, 나아가 언젠가는 더 이상 예술이 필요하지 않은 인간적인 사회가 오리라는 희망을 가질 수 있다. 이것이 《사망신고》가 우리에게 전하는 메시지다.

우리는 왜
문학을 공부해야 하는가

사람이 돈으로 살 수 있는 경험은 책을 통해서만 가능하다. 세상을 통찰하고 깨닫고 지식을 얻는 기쁨은 책 덕분이다. 독서의 가장 큰 의미는 독자가 독서 행위를 통해서 자신의 개인적 체험과 보충적 환상이 융화된 새로운 자신과 만나는 것이다. 이 만남에서 중요한 것은 어떤 문학적 인물의 외적·내적 경험의 새로움이다. 독자가 이전에는 얻지 못했던 삶에 대한 깊은 통찰력의 결과로 인식하게 된 인간의 새로운 경지를 의미한다.

우리는 독서하는 법을 배우지 않으면 안 된다. 괴테는 그것을 위해 80년이 걸렸다고 했다. 독서를 배우는 자는 책으로부터 미리 선취된 자기 경험들에서 그가 있는 현재의 순진한 상태를 벗어나 앞으로 나아간다. 그의 순진한 감정은 그 사이에 성찰의 정확성을 얻는다. 그래서 독자는 작품에서, 꿈과 일상의 서정적 실험실에서, 전설과 역사가 작용하는 공간에서 자신이 가야 할 길을 안다.

우리에게 문학은 이를 통해 현재의 모습을 탐지하는 곳에서, 문학이 우리의 현실을 함께 창조하는 곳에서 가장 자극적이고 미학적이다. 그러나 미학적 판단이란 다루기 까다로운 일이다. 그것을 보이는 그대로 지나는 말로 나타내기엔 쉽지만, 일반적으로 통용되게 설명하기란 어렵다. 많은 사람이 문학의 작용에 대해 묻고 논쟁을 해왔다. 문학작품들은 우리를 개선하고 세상에 대한 우리의 관계를 바꿀 수 있도록 영향을 주지만, 그것은 우리가 책 속에 '나'를 채워 넣을 때에야 비로소 가능해진다. 그래야 문학작품들은 때로는 은은하게, 때로는 독선적으로, 때로는 가상적으로 진실을 약속할 수 있다. 그 책들은 우리 인간들처럼, 우리와 함께 살아 있는 존재다.

문학작품은 한 유기물과 비교할 수 있으며, 구성요소들은 그것이 리듬이든, 비유성이든, 구성방법이든 간에, 그들의 기능에 대한 미학적 분석을 요구한다. 내용에 대한 관찰이 형식 연구에 뒤따라야 한다. 이때 독자는 의식적이든 무의식적이든 자기 자신에 대한 그리고 작품에서 경험한 세계에 대한 자신의 관찰을 생각하게 된다. 그리고 우리는 한 책을 추천하거나 또는 읽지 않기를 충고하는 식으로 평가한다. 유치한 작품 또는 실패한 작품은 정확한 독서에서 쉽사리 인식된다. 수년 전부터 유토피아, 해방, 치유, 행복 등을 다루고 있는 소위 경향문학은 이미 주제 선택에서 시류에 편승했기 때문에 광적인 군중을 얻을 수 있지만 분명히 문학으로서의 미학적 질은 얻지 못했다. 다시 말해 어떤 문학적 인물의 외적 및 내적 경험의 새로움이 결여되었기 때문에 독자는 새로운 삶에 대한 깊은 통찰력을 얻지 못한다는 것이다. 경험이 경시된 직설적·교화적 처방으로 결국 사람들은 불안정한 자의식과 자애적 데카당스에 내맡겨진 채 목적 없이 사방을 어슬렁거린다. 남는 것은 멜랑콜리다.

그렇다면 소위 '고전'이라고 말하는 문학작품의 완전성은 어디에 있으며, 그 가치는 어디서 생기는가? 독일의 문학사가인 빌헬름 엠리히는 최고 수준의 문학작품이란 그 작품이 지닌 고유한 역사적 내용과 형식을 넘어서 그 의미와 가치를 후대를 위해 밝힐 수 있는 최고 질의 문학작품이라고 정의했다.[1] 이 표현에서 분명한 것은 그런 작품은 시대를 초월한 모범작품이 되어 고전으로서의 영구적 존립을 가능케 해준다는 것이다. 고전이 된 작품은 그 기능 면에서 차이를 보인다. 즉 전적으로 유행에 사로잡혀 있는 평범한 작가들의 작품은 그 시대의 평범한 생각에 대한 전망을 가능하게 하지만, 위대한 작가의 고전적 작품은 그들 시대의 마지막 비밀을 계시하고, 그 시대를 이전의 시대와 다가오는 시대와의 관계에서 밝혀준다.[2]

이런 의미에서 문학작품의 해설은 역사와의 관계를 배제할 수 없다. 역사는 경직되어 머물러 있지 않고 이어지는 시대와 함께 변한다. 때문에 과거의 것에 대한 이해는 역사적 해설을 필요로 한다. 독일의 유명한 문학사가인 벤노 폰 비제는 "역사적 분석과 문학작품 해설을 근본적으로 서로 분리하는 것은 처음부터 무의미하다"[3]고 말했다. 문학은 어떤 형태로든 역사의 길을 가고, 그 위에서 자기 고유의 형식과 형성력으로 역사를 현실화한다. 옛 작품의 이해는 현재의 경험들에 새롭고 깊은 지식으로 작용하기 때문에 현재의 작품 해설과의 원칙적인 차이는 인정될 수 없다. 다만 자연과학이 그들의 대상들을 일반적 법칙들에서 설명할 수 있는 것과는 달리, 문학은 오직 인간의 감성과 오성에 의해 이해될 수밖에 없기 때문에, 여기서 같은 작품에 대한 해설들 사이에서 차이가 발생할 수 있다. 즉 옛 작품에 대한 가치판단의 수정과 평가 변경이 가능하다는 것이다. 그 차이는 동시대 사람들의 동시적 판단방법의 상이성에 있을 뿐만 아니라 무엇보다도 한 작품의 평가가 한 시대에서 다른 시대로 바뀌는 점차적인 변화에 있다.[4]

작가들이란 집단적 의식의 변화에 지진계처럼 반응하고, 인간적인 것이 위협적으로 일그러지는 것을 명확하게 예언하고 그런 경향을 마치 사실처럼 모든 사람들에게 전해주는 자들이다. 때문에 문학작품에는 분명히 무엇인가를 밝히기 위한 사명이 주어져 있다. 그런가 하면 작가들은 언제나 독자들의 관심에 부합하려고 노력하면서 그들과 관계있는 소식이나 그때마다의 현존의 문제성을 표현하려는 특성을 가지며, 어느 정도 동시대의 사건에 대한 명확한 태도 표명의 책임을 지고 있다. 그런데 예술과 마찬가지로 문학이 가진 사회적 역할에 대한 질문은 변해가는 시대와 함께 새로운 해답을 찾기 위해 늘 열려 있는 질문으로 남아 있다. 그래서 문학작품에 대한 정확한 해설은 시대와 함께 변할 수밖에 없다. 다만 한 문학작품에 대한 해설은 보편적으로 독자가 그 작품을 이해할 수 없는 난관에 봉착했을 때, 의미가 드러나지 않고 숨겨져 있을 때, 그리고 그런 이유로 해서 작가와 독자 사이의 관계에서 논리적으로 틀린 결론이 생기게 될 때 필요한 것으로 요구된다.

문학은 주어진 소재를 단순히 베끼는 것이 아니라 압축된 표현과 재치 있는 비유를 통해 그 소재를 예술적으로 변형해서 세상과 자신의 모습을 바라보는 삶의 지혜를 독자들에게 전하고 있다. 다시 말해서 문학은 우리의 삶과 모습을 생생하게 비춰주므로 세상과 독자 사이에 작가가 세워놓은 '거울'과 같은 것이다. 헤르만 헤세의 《데미안Demian》은 '거울로서의 문학'에 대한 좋은 예라 할 수 있는데, 여기서 거울은 '자기 자신에게로 이르는 길'을 비춰준다.5 헤세의 또 다른 소설 《황야의 늑대Der Steppenwolf》에서도 거울은 정체성을 추구하는 그의 문학의 중요한 상징물로 작용한다. 프리드리히 실러는 시민들의 시에 대한 서평에서 '거울로서의 문학'에 대해서 말했고,6 요한 페터 헤벨도 "잘 선택된 달력 이야기는 세상의 거울이어야 한다"[7]고 말했다.

그런데 괴테는 거울로서의 문학의 기능과 연관해서 작품 이해와 해설에 대한 독자의 창의적 역할을 강조한다. 그의 말에 따르면 거울로서의 문학의 기능을 위해서는 독자 역시 그의 개인적 체험과 보충적인 환상을 독서 행위 속으로 집어넣는 '창조하는 거울'이어야 한다는 것이다. 흔히 우리가 말하는 '거울'은 아무것도 숨기지 않고, 있는 사실을 그대로 비춰주는 진실한 보고이며 사실에 대한 충실성을 의미한다. 그런데 문학이라는 거울 속에 비친 형성물은 단순히·복사된 것이 아니고 작가의 철저히 계산된 의식과 구성 법칙에 의해서 변화되고 승화된 예술적 형성물이다. 일상적 현실의 세계상은 '문학적 거울-상像'으로 변하고, 이로써 문학은 '세상의 거울'이 된다. 괴테가 말했듯이, 거울 속에 비친 세계의 숨겨진 진실을 찾는 일은 독자에게 창조적 과제로 주어진다. 이미 주어진 소재의 예술적 변형과 형성 과정에서 진리의 윤곽은 암호화되어 있어 해설이 요구되며, 이 해설의 기초를 이루는 독자의 지식만이 암호를 이해할 수 있기 때문이다.

사람들은 아는 것만을 볼 뿐이다. 그래서 숨겨진 진리를 찾기 위해서는 '거울-구성'과 '거울-상'의 구조에 대한 분석과 이해가 필연적이다. 우리는 한 작품에서 주제적 동기와 형성, 인물들의 상징성과 특성화, 이야기 구조의 형식, 언어 선택에서 문장구조에 이르는 언어양식 등, 하나하나의 요소들을 구명함으로써 우리의 해설을 가치 있게 하고, 한 문학작품의 '고전적' 가치를 음미할 수 있다. 괴테가 그러했듯이 니체 역시 독서방법의 중요성을 강조하면서 마치 약탈하는 군인들이 사용할 수 있는 것 몇 가지만 취하고, 나머지는 엉망진창으로 만들어 전체를 모독하듯이 '나쁜 독자'는 아는 것만을 볼 뿐 시학적 형성력으로 포장된 진리의 탐구를 포기해버리는 것에 대해 경고했다.[8] 니체는 단순한 독서가 아니라 '공부하는 독서'를 주장한다. 여기서 공부라 함은 영어 단어나 수학 공식을 외우는 주입식 습득이 아니라 새로운 지식을 얻고 세상을 탐험하며 자신의 꿈을 찾아가는 노력을 의미하는 것이고, 독서는 그 해결의 행위인 것이다. 니체의 의미에서 '선한 독자'에로의 이정표를 제시하려는 것이 이 책의 목표라 할 수 있다.

실로 '고전적' 문학작품은 테세우스가 미궁에서 길을 잃지 않게 해준 아리아드네의 실을, 현존의 미궁에서 우리를 구하기 위해 짜고 있다. 그리고 세계상은 문학이란 거울 속에서 일그러짐 없이 시학적 강도를 잃지 않은 채 사실에 충실하게 변한다. 과거가 다시 현재로 되돌아가는 거울이 되고, 묘사된 것은 그 시대를 초월해서 독자를 현재로 붙잡는다. 그리고 많은 문학작품은 우리 일상의 부조리와 불합리에 대한 반항을 자유로운 환상으로 표현한다.

넓은 의미에서 볼 때 예술은 자연을 재료로 빚은 작품이다. 예술은 자연의 결함을 보완하고 아름다운 것을 완성시킨다. 만일 예술이 없다면, 다시 말해 예술가의 손으로 자연을 더 가꾸지 않으면, 자연은 완숙의 경지에 이르지 못하고 야만의 상태에 머물고 만다. 인간의 본성도 마찬가지다. 인간은 교육을 받지 못하면 부족하고 거친 야만의 상태에서 벗어나지 못한다. 인간이 어떤 형태든 완성의 단계에 오르기 위해서는 인위적인 연마가 필요하다. 이것이 니체가 주장하는 '공부하는 독서'다. 프란츠 카프카도 니체의 생각과 같았다. 그는 인생의 모든 것이 싸움이자 투쟁이며, 그것을 이겨내는 사람만이 삶과 사랑에 보람을 느끼게 될 것이라고 생각했다. 그에게 문학이란 항상 진실에 대한 탐험에 지나지 않는다.[9] 문학이란 현실의 부조

에필로그

411

리를 극복하고 보다 나은 미래의 삶을 찾기 위한 노력의 언어적 표현이기 때문이다. 그래서 문학은 카프카에게 인생의 싸움과 투쟁을 이겨내기 위한 방법이었고 책은 도구였다. 카프카는 그의 친구 오스카 폴라크에게 보낸 편지에서 말한다.

우리가 읽는 책이 주먹으로 머리를 때려서 우리 자신을 깨우쳐주지 않는다면, 무엇 때문에 책을 읽을까? (…) 책이란 마음속에 있는 얼어붙은 바다를 깨뜨리는 도끼가 되지 않으면 안 될 것이다.[10]

좋은 문학작품은 균형 있는 인간을 만들고, 그의 내적 조화는 인간적 관계의 형성에 영향을 준다. 좋은 문학작품을 읽으면서 공부하는 것은 자신이 경험하지 못한 세상의 비밀을 찾아내고 세상의 지혜를 익혀서 자신의 삶을 풍성하게 만들고 자신의 꿈을 찾아가는 노력인 것이다. "새는 알에서 나오려고 투쟁한다. 알은 세계다"라고 헤세가 말한 것처럼, 새롭게 태어나려는 자는 낡은 관습의 세계를 깨뜨려야 한다. 인간은 의식적이든 무의식적이든 지금까지의 '나'로부터, 즉 자신의 낡은 이미지 속에 계속 안주하려는 타성을 깨고 나오려 한다. 이런 의미에서 문학은 카프카의 도끼인 것이다. 문학은 세상의 거울로서 인간의 삶과 꿈을 탐구하는 것이며, 나아가 인간이 인간적으로 되기 위해서 부단히 현실의 부정과 싸우면서 나날이 새롭게 사는 길을 제시해주기 때문이다. 이로써 제시된 질문 "왜 문학을 공부해야 하는가?"에 대한 대답이 분명해진다. 문학은 삶의 고통을 지혜로 승화시킨다.

독일어의 약어 표기

각 장에서 주 텍스트로 사용된 작가의 전집은 처음 인용문에 한해 전체를 표기하고, 이후에는 약어를 사용했다.

A. a. O. : am angegebenen Ort = 앞의 책
Bd. 또는 Bde. : Band 또는 Bände = 권券
Ebd. : ebenda = 위 책의 같은 쪽, 면
Vgl. : Vergleiche = 참조 또는 비교하라
u. a. : und andere = ~ 등
S. : Seite = 쪽, 면
V. : Vers = 시행詩行
Hrsg. : Herausgeber 또는 herausgegeben = 편저자 또는 편저
Diss. : Dissertation = 박사학위 논문
f. : folgende Seite = ~면 이하 다음 면까지
ff. : folgende Seiten = ~면 이하 여러 면

프롤로그

1_ Goethes Werke. Hamburger Ausgabe in 14 Bde. Bd. 4. Die Leiden des jungen Werthers. S. 341: leidend lernt' ich viel.
2_ Kafka, Franz: Franz Kafka. Gesammelte Werke. Hrsg. v. Max Brod. Fischer

Taschenbuchausgabe in 7 Bänden. Bd. 6. S. 30.

3_ Böll, Heinrich: Heinrich Böll Werke, Interviews 1. Hrg. v. Bernd Balzer. Köln 1961-1978. S. 97.

4_ 최인훈(2012), 《바다의 편지》, 삼인, 155쪽: "인간이 인간이기 위해서는 부단히 현실을 부정하여 나날이 새롭게 사는 길밖에 없을 것이다."

01 요한 페터 헤벨: 숨겨진 진실을 비추는 세상의 거울

1_ Vgl. Wittmann, Lothar: J. P. Hebels Spiegel der Welt. Darmstadt 1969. S. XIII.

2_ Vgl. Benjamin, Walter: Johann Peter Hebel. Zu seinem hundertsten Todestag, 1926. In: Schriften, Hrsg. v. Th. W. Adorno u. Gretel Adorno. Bd. II, Frankfurt a. M. 1955. S. 280.

3_ Vgl. Rhie, Tschang-Bok: Johann Peter Hebels Kalendergeschichten. Köln 1976. S. 9-21.

4_ J. P. Hebels Briefe in 2 Bde.. Hrsg. v. Wilhelm Zentner. Kalsruhe 1957, Bd. I, S. 5. (Brief an Th. Fr. Volz vom 8. Dez. 1809.)

5_ Vgl. J. P. Hebels Briefe. Bd. II . S. 694. (Brief an Gustav Fecht u. Karoline Günttert, vom 11. Juni 1823)

6_ Vgl. Rehm, Walter: Goethe und Johann Peter Hebel. Eine Freiburger Goethe-Rede. 1949. In: Begegnungen und Probleme. Bern 1957, S. 16.

7_ Benjamin, Walter: Johann Peter Hebel. A. a. O., S. 280. Und auch Bloch, Ernst: Nachwort zur Hebel-Auswahl, Sammlung Insel. Frankfurt a. M. 1965. S. 196.

8_ 헤벨은 거울 개념을 인간의 기억과 연관해서 생각했다. "과거는 현재와 분리할 수 없기 때문에 조용한 기억을 통해 현재로 되어야 한다. (…) 또한 사람들의 기억은 과거가 다시 현재가 되는 거울이라 말할 수 있다." Vgl. Brief an Gustab Recht u. Karoline Günttert. Nr. 501. Vom 11. Juni 1823. 'Briefe', Bd. II. S. 694.

9_ 〈로마서〉 3장 3-4절은 인간에 대한 신의 성실에 대해 언급하고 있다. 3절: 어떤 유대인들이 신의를 저버렸다고 합시다. 그렇다고 해서 하나님께서도 신의를 버리시겠습니까? 4절: 절대로 그럴 수 없습니다. 세상 모든 사람이 거짓말쟁이라 하더라도 하나님은 언제나 진실하십니다. 성서에도 '당신의 말씀에는 언제나 정의가 드러나고 재판을 받으시면 반드시 이기십니다'라는 말씀이 있지 않습니까?

10_ Vgl. Galling, Kurt(Hrsg): Die Religion in Geschichte und Gegenwart. Handbuch für Theologie und Religionswissenschaft. 3. Aufl. Bd. VI. Tübingen 1963. S. 1011.

11_ Vgl. Emil Franz Lorenz: Die Geschichte des Bergmanns von Falun. Imago. Bd. 3. 1914. S. 250f.

12_ Ebd., S. 251f. Vgl. auch Scherer, Michael: Die Bergwerk von Falun. Eine Studie zu E. T. A. Hoffmann und J. P. Hebel. In: Blätter für den Deutschlehrer. München. S. 9f.

13_ Vgl. Knopf, Jan: Geschichten zur Geschichte. Kritische Tradition des 'Volkstümlichen' in den Kalendergeschichten Hebels und Brechts. Stuttgart 1973. S. 75-80.

14_ Vgl. Scherer, Michael: Die Bergwerke von Falun. Eine Studie zu E. T. A. Hoffmann und J. P. Hebel. In: Blätter für den Deutchlehrer. S. 9-16.

15_ Vgl. Wittmann, Lothar: Spiegel der Welt. A. a. O., S. 17.

16_ Vgl. Rehm, Walther: Goethe und J. P. Hebel. A. a. O., S. 31.

17_ Heidegger, Martin; Hebel der Hausfreund. Stuttgart 1957. 3 Aufl. 1965. S. 8.

18_ Wittmann, Lothar: A. a. O., S. 26f.

19_ Fromm, Erich: Haben oder Sein. Die seelischen Grundlagen einer neuen Gesellschaft. Deutsch von Brigitte Stein. Deutscher Taschenbuch Verlag. 13. Aufl. 1983.

20_ 카를 테오도르Karl Theodor(1724-1799): 팔츠-바이에른의 선제후로 건축과 예술을 장려했다. 그는 1742년부터 쿠어팔츠의 선제후를 지냈다. 바이에른의 승전으로 1779년에 오스트리아의 알프스 지방에서 철수해 1788년에 만하임으로 수도를 옮겼다.

21_ 후베르투스부르크의 평화조약Hubertusburger Frieden: 작센의 선제후가 1763년 2월 15일에 프로이센의 연합군과 슐레지엔 연합군 사이의 7년 전쟁(1756~1763)을 종식시킨 평화조약이다. 프랑스군이 마지막으로 전쟁을 포기함으로써 라이프치히 근교의 후베르투스부르크에서 프로이센과 평화조약을 맺었고 프로이센의 승리로 끝났다.

22_ 아미앵의 평화조약Frieden von Amiens: 독일 연합군과 프랑스 사이의 전쟁을 끝내기 위해 1802년 3월 27일에 체결된 평화조약이다.

23_ Bloch, Ernst: Hebel, Gotthelf und bäuerliches Tao. 1926. In: Verfremdungen I. Frankfurt a. M. 1962. S. 196.

24_ Vgl. Die Religion in Geschichte und Gegenwart. Handbuch für Theologie und Religionswissenschaft. Hrsg. v. Galling, Kurt. 3. Aulf. Bd. VI. Tübingen 1963. S. 1011.

25_ Vgl. Gustab Janouch: Gespräche mit Kafka. Frankfurt a. M. 1951. S. 99. Und auch; Fritz Martini: Franz Kafka. Das Schloss. In: Das Wagnis der Sprache, Stuttgart, 1954. S. 295.

26_ Joh. 20; 24-29: "그리고 토마에게 '네 손가락으로 내 손을 만져보아라. 또 네 손을 내 옆

구리에 넣어보아라. 그리고 의심을 버리고 믿어라' 하고 말씀하셨다." 사도 토마는 의심
많은 사람, 믿지 않는 사람을 의미하기도 한다. Vgl. auch Wittmann, Lothar: Johannn
Peter Hebels Spiegel der Welt. A. a. O., S. 170f.

27_ Vgl. Wittmann, Lothar. A. a. O., S. 200-201.

28_ 성서의 골로사이인에게 보낸 편지. 3, 9-10: "여러분은 옛 생활을 청산하여 낡은 인간을
벗어버렸고 새 인간으로 갈아입었기 때문입니다. 새 인간은 자기 창조주의 형상을 따라
끊임없이 새로워지면서 참된 지식을 가지게 됩니다." 유사한 내용은 에페소인들에게 보
낸 편지 4, 24에도 있다. "마음과 생각이 새롭게 되어 하나님의 형상대로 창조된 새사람
으로 갈아입어야 합니다. 새사람은 올바르고 거룩한 진리의 생활을 하는 사람입니다."

02 요한 볼프강 폰 괴테: 인간의 초인적 노력과 구원의 이념

1_ Vgl. Ibel, Rudolf: Goethe Faust I. Hamburg 1972. S. 7.

2_ Vgl. Goethes Briefe. Hamburger Ausgabe in 4 Bde. Bd. I (1968). S. 40. Goethes Brief
an Schwester Cornelia Goethe am 18. 10. 1766. Und auch vgl. Eckermann, Johann
Peter: Gespräche mit Goethe in den letzten Jahren seines Lebens 1823-1832.
Aufbau-Verlag Berlin 1962. S. 519.

3_ Wölfel, Kurt (Hrsg.): Lessings Werke in 3 Bde. Bd. 1., Insel Verlag. Fraunfurt a. M. 1967.
S. 251. "지나친 지식욕은 하나의 과오이다. 사람들이 그것에 너무 많이 골몰한다면, 하
나의 과오에서 모든 악습이 생길 수 있다."

4_ 1816년 11월 14일에 친구인 첼터에게 보낸 편지에서 괴테가 50년 전에 메피스토펠레
스에 관해 말했다는 사실에서 볼 때 1766년을 의미하며, 1831년 6월 1일에 역시 첼터에
게 보낸 편지에는 20세에 파우스트를 구상했다고 기록하고 있다. 이는 1769년에 해당
한다. Goethes Briefe. Hamburger Ausgabe in 4 Bde. Bde. III (1965). S. 379. Und Bd.
IV (1967). S. 424-425.

5_ Vgl. Ibel, Rudolf. A. a. O., S. 12.

6_ VML. Goethes Briefe. Hamburger Ausgabe in 4 Bde. Bd. II (1968). S. 416. Brief an
Schiller am 6. 3. 1800 [3. 4. 1801]. 괴테는 토론 장면을 통해 이 틈새를 없애려 한다는
생각을 실러에게 밝힌다.

7_ Vgl. Tagebuch am 23, 24, 26 u. 27 Juni 1797 und Brief an Schiller am 22. Juni 1797.
Goethes Briefe. Hamburger Ausgabe in 4 Bde. Bd. II (1968). S. 280.

8_ Vgl. Requadt, Paul: Goethes Faust I. Leitmotivik und Architektur. München 1972. S. 40.

9_《파우스트》. V. 11582.

10_ V. 12110. '영원히 여성적인 것'은 영원한 사랑을 베푸는 성모 마리아로 상징되는 여성의 본질을 의미하는 것으로 여성의 몰아적 사랑이 우리를 진실한 존재로, 도덕적 완전성으로 인도한다는 의미이다. 괴테는 그레첸을 성모 마리아에 비유함으로써 파우스트의 구원의 동기로 삼았다.

11_《파우스트》. V. 11580, V. 11575/11576.

12_ 폭풍이나 낙뢰는 파괴력을 가지고 있으나 천사의 눈으로 보면 오히려 그곳에는 우주의 장엄한 질서가 있다. 파괴와 생성, 죽음과 탄생, 변화 속의 통일 등. 따라서 뇌우 따위도 맑게 갠 하루와 꼭 같은 주님의 섭리라는 것이다.

13_ 최고의 인식과 진리를 향한 내면적 충동을 의미한다.

14_ 근원이란 생성의 신비가 있는 곳으로, 파우스트가 추구할 이상적 노력이나 학문적 연구를 의미한다.

15_ 아담과 이브를 유혹하여 금단의 열매인 사과를 따 먹게 하고 인간을 타락시켜 신으로부터 저주를 받았다. 죄의 길로 유혹하는 존재에 대한 비유로 사용되고 있다.

16_ 인간에게 신의 목적을 추진시키도록 되어 있는 모든 악령들을 말한다.

17_ 괴테의 악(부정)에 대한 긍정적·낙관주의적인 사상이 잘 나타나 있다.

18_ 위에서 언급된 세 대천사들을 말한다.

19_ 우주와 인간세계를 망라한 파괴와 생성 속에 영원히 살아서 일하는 신의 창조력을 의미한다.

20_ Manfred Kluge u. Rudolf Radler (Hrsg.): Hauptwerke der deutschen Literatur. 9. Auflage. München 1974. S. 179.

21_ 이 표현은 천동설을 주장한 프톨레마이오스 세계상에 근거한 것이다. 피타고라스의 학설에 따르면 태양과 다른 별들은 지구 주위를 돌 때 우레와 같은 음(천체 음악)을 낸다고 한다. 그러나 인간은 능력에 한계가 있으므로 너무 작거나 큰 소리는 듣지 못한다는 것이다. 천체 음향에 대한 표현은《파우스트》비극 제2부에서도 볼 수 있다: "들어라! 저 폭풍우처럼 치받는 호렌의 소리를! 요정들의 귀에는 우렁찬 소리가 들리고 이미 새로운 날은 태어났도다. 바위덩이 문은 소리 내어 열리고 푀부스의 수레는 요란하게 굴러간다. 빛이 이다지도 소리를 낸단 말인가!"(V. 4666~4671)

22_ 고트프리트 라이프니츠는 독일의 철학자이자 수학자로서 미적분법을 확립하는 큰 공헌을 했다. 철학에서 그는 그의 유명한 단자론을 통해 모든 단자에는 신에 의해 미리 정해진 특별한 내용이 부여되어 서로 연관되어 있다는 '예정 조화설'을 주장한다. 이를 통해 그는 우주의 보편적·조화적 구조를 규명하려 했다. 그의 단자론은 그 당시 최고의 변신론이었다. 칸트 이전의 독일 학계를 지배했던 계몽기의 철학자이며 수학자인 크리

스티안 볼프가 그의 철학을 계승해서 보편화했다.

23_ Requadt, Paul: Goethes Faust I. Leitmotivik und Architektur. München 1972. S. 42.

24_ Vgl. Werbeck, Wilfrid (Rdt): Die Religion in Geschichte und Gegenwart. in 6 Bde. 3. Auflage. Tübingen 1959. Bd. 3. Art. Knecht Jahwes 1. (Sp. 1680.) 종의 개념은 기독교적 의미에서 볼 때 '신에 의해 선택된 자'이다. 이것은 구약성서의 〈욥기〉 제1장 8절에서 확인된다: "그래, 너는(사탄) 내 종 욥을 눈여겨보았느냐?"

25_ 《파우스트》 비극 제1부 1198-1201행 참조: "다시금 이성은 말하기 시작했고 희망은 또 다시 꽃피기 시작한다. 사람은 삶의 시냇물을 그리워하고, 아아! 삶의 원천을 그리워한다."

26_ Vgl. Buchwald, Reinhard: Führer durch Goethes Faustdichtung. 7. Auflage. Stuttgart 1964. S. 17.

27_ 위의 미주 24 참조.

28_ Brief an Eckermann vom 18. Jan. 1825. Und vgl. Brief an Friedrich von Müller vom 10. Dez. 1825.

29_ Strich, Fritz: Zu Faust I. In: Deutsche Dramen von Gryphius bis Brecht. Hrsg. v. Jost Schillemeit. Hamburg 1965. S. 95.

30_ Wiese, Benno von: Die deutsche Tragödie von Lessing bis Hebbel. Hamburg 1955. S. 175.

31_ Vgl. Buchwald, Reinhard. A. a. O., S. 20-22.

32_ Requadt, Paul. A. a. O., S. 45.

33_ 《파우스트》. V. 456, V. 568, V. 1200.

34_ Vgl. 《파우스트》 V. 403: "벌레들이 갉아먹고 먼지가 뒤덮인" V. 653-655: "나는 쓰레기 속을 파헤치고 있는 벌레를 닮았도다. 쓰레기 속에서 영양분을 빨아먹으며 살아가는 동안 나그네의 발길에 짓밟혀 매장돼버리는 그런 벌레를" V. 658-659: "이 벌레 먹은 세계에서 수천 가지 쓸데없는 것들로 나를 짓누르고 있는 저 잡동사니들도 쓰레기가 아닌가?"

35_ Vgl. Buchwald, Reinhard. A. a. O., S. 35.

36_ Goethes Briefe in 4 Bde. Bd. I (1968). S. 91. Brief an Friederike Oeser vom 13. 2. 1769.

37_ Goethes Werke. Hamburger Ausgabe in 14 Bde. Hrsg. v. Erich Trunz (u.a.) Hamburg 1948-1960. Bd. 1. S. 111.

38_ Goethes Briefe in 4 Bde. Bd. III (1965). S. 253. Brief an August von Goethe vom 14. 1. 1814: "사람은 방황하면서 배운다(Irrend lernt man)."

39_ Goethes Werke. Hamburger Ausgabe in 14 Bde. Bd. 7. S. 527. Wilhelm Meisters Lehrjahre. 8. Buch. 3. Kap.

40_ 《파우스트》 비극 제2부. V. 7847. 메피스토펠레스: "그대가 방황하지 않고서는 오성에 이르지 못한다."

41_ Die Leiden des jungen Werthers. 1. Buch. 15. August.

42_ Ebd.

43_ Goethes Werke. Hamburger Ausgabe in 14 Bde. Bd. 13. Naturwissenschaftliche Schriften. Die Fragmente über die Natur: "자연의 왕관은 사랑이다. 오직 자연을 통해서 인간은 사랑에 접근한다."

44_ 《파우스트》 제1부. 〈헌사〉 V. 1-3.

45_ 《파우스트》 제2부. V. 11582-11586.

46_ 《파우스트》 제2부. V. 12110.

03 프란츠 카프카: 진리를 향한 탐험으로서의 문학

1_ Vgl. Grabert, Willy: Die Geschichte der deutschen Literatur. 3. Aufl. München 1953. S. 471.

2_ Vgl. Baumer, Franz: Franz Kafka. Siebenprosastücken. München 1965. S. 89. Auch vgl. Zimmerman, Werner: Deutsche Prosadichtungen unseres Jahrhunderts. Bd. I. 4. Aufl. Düsseldorf 1974. S. 209.

3_ 그 밖의 장편소설이 함축된 예로 《아메리카》에서는 〈아저씨의 편지Der Brief des Onkels〉, 《성》에서는 〈클람의 편지Der Brief Klamms〉, 《요제피네Josefine》에서는 〈호두까개 Nußknacker〉를 들 수 있다.

4_ Hillmann, Heinz: Franz Kafka. In: Deutsche Dichter der Moderne. Hrsg. v. Benno v. Wiese. Berlin 1969. S. 275. Und ders.: Franz Kafka. Dichtungstheorie und Dichtungsgestalt. Bonn 1963. S. 177.

5_ Meurer, Reinhard; Franz Kafka. Erzählungen. Interpretation. München 1984. S. 87.

6_ Vgl. Hacker, Theodor: Schriftentum und Kultur. München 1946. S. 193. 학커는 현재 분사를 밀려들어 오고 빠져 나가면서 현혹시키는 것, 끝나지 않으려 하는 것, 의미를 파악하고 붙잡는 것으로 정의했다.

7_ '갈릴레Galiläa'는 고대 프랑스어 갈릴레Galilée에서 유래한 것으로 긴 회랑이란 의미 외에도 성서에 나오는 갈릴리란 지명으로도 사용된다. Vgl. Weinberg, Kurt: Kafkas Dichtungen. Die Travestien des Mythos. Bern und München 1963. S. 46f.

8_ 트라베스티: 파로디와 비슷하나 그보다는 심하지 않다. 진지한 작품을 풍자적으로 조롱

하는 문학 장르이며, 내용을 유지하면서 형식과 내용 사이의 모순을 통해 우스꽝스럽게 작용하는 부적절한 모습으로 재현한다. 서사시, 드라마, 서정시 등 모든 문학 장르에 가능하나 원작에 대한 지식이 있을 경우에 비로소 작용하며, 그로 인해 고전이나 일반적으로 잘 알려진 소재를 선호한다.

9_ Kafka, Franz: Gesammelte Werke. Hrg. v. Max Brod. Taschenbuchausgabe in sieben Bde. Frankfurt a. M. 1976. Bd. 7. Tagebücher. 1910-1923. S 366. (19. 6. 1916.) (이하 GW. Bd. 1-7로 표기)

10_ Vgl. Weinberg, Kurt. A. a. O., S. 47.

11_ Brief an Felice Bauer am Juli 1922. S. 401.

12_ GW. Bd. 7. Tabebücher S. 346. (4. 5. 1915)

13_ 〈고린도전서〉 15장 52절: "마지막 나팔소리가 울릴 때 순식간에 눈 깜빡할 사이도 없이 죽은 이들은 불멸의 몸으로 살아나고 우리는 변화할 것입니다."

14_ 4. Mos. 23. 10 〈민수기〉: "야곱은 티끌 같아 헤아릴 수 없고 이스라엘은 먼지 같아 셀 수도 없구나."

15_ Vgl. Meurer, Reinhard: Franz Kafka, Erzählungen. Interpretation. München 1984. S. 87-96. 카프카는 1913년 8월 13일에 펠리체 바우어에게 보낸 편지에서도 팽이를 자기 자신과 연관해서 말한다. "나에게 있는 이 끔찍스러운 팽이는 다시 돌아가게 될 것이다."

16_ Vgl. Weinberg, Kurt. A. a. O., S. 46.

17_ Vgl. Emrich, Wilhelm: Franz Kafka. Frankfurt a. M. Bonn 1965. S. 36.

18_ GW. Bd. 6. Brief an den Vater. S. 120. "Nur eben als Vater warst Du zu stark für mich."

19_ S. 17 u. 25. Und vgl. auch Meurer, Reinhard: Franz Kafka, Erzählungen. Interpretation. München 1984. S. 83.

20_ Ebd. S. 129.

21_ GW. Bd. 5. Beschreibung eines Kampfes. S. 60.

22_ 《만리장성 축조》와 연관해서 볼 때 《황제의 밀지》에서 말하는 황제의 나라는 중국을 의미한다. "워낙 우리 땅이 넓다. 동화도 그 크기에는 미치지 못하고, 하늘도 그걸 다 덮기가 어려우니 (…) 북경은 다만 하나의 점 그리고 황성은 한층 더 작은 점일 뿐이다." GW. Bd. 5. 《Beim Bau der chinesischen Mauer》. S. 58.

23_ Vgl. Meurer, Reinhard: Franz Kafka, Erzählungen. Interpretation. München 1984. S. 85.

24_ GW. Bd. 4. Erzählungen. S. 128.

25_ Vgl. Weinberg, Kurt: Kafkas Dichtungen. A. a. O., 1963. S. 229f.

26_ Vgl. GW. Bd. 6. Betrachtungen über Sünde, Leid, Hoffnung und den wahren Weg. S. 30.

27_ Keller, Werner: Kafkas "Eine kaiserliche Botschaft." Alman Diledebiyata Dergisi V. Sonderdruck als Festgabe zum 65. Geburtstage Gerhard Frickes. Universität Istambul o. J. S. 104.

28_ GW, Bd. 5. 《Beim Bau der chinesischen Mauer》. S. 60.

29_ Vgl. Keller, Werner: Kafkas "Eine kaiserliche Botschaft." A. a. O., S. 105.

30_ GW. Bd. 4. Erzählungen. S. 128.

31_ Keller, Werner: Kafkas "Eine kaiserliche Botschaft." A. a. O., S. 105.

32_ Nietzsche, Friedrich: Werke. Hrsg. v. Karl Schlechta. München 1954-1956. Bd. III, S. 873.

33_ 이 작품은 1916년 쿠르트 볼프 출판사 연감에 《최후 심판의 날Vom jüngsten Tag》이라는 제목으로 인쇄되었으며, 거의 같은 시기에 게오르크 트라클의 시집 《그로덱Grodek》에도 수록되었다. Vgl: Wagenbach Klaus: Franz Kafka in Selbstzeugnissen und Bilddokumenten. Reinbeck in Hamburg 1964. S. 98.

34_ GW. Bd. 5. Tagebücher 1910-1923. S. 326. (13. 12. 1914.)

35_ Henel, Ingeborg: Die Türhüterlegende und ihre Bedeutung für Kafkas Prozeß. DVjs. 37. 1963. S. 52.

36_ Vgl. Nagel, Bert: Franz Kafka. Aspekte zur Interpretation und Wertung. Berlin 1974. S. 233.

37_ Hillmann, Heinz: In: Deutsche Dichter der Moderne. A. a. O., S. 270.

38_ Nagel, Bert: Franz Kafka. A. a. O., S. 237: Kafkas Stil ist ein untrüglicher Spiegel: die Wahrheit seiner Dichtung ist die Wahrheit seiner Sprache.

39_ Vgl. Henel, Ingeborg. A. a. O., S. 57: "그러나 죄는 소설과 전설의 테마이며, 실로 카프카 전 작품의 테마다(Schuld aber ist das Thema des Romans und der Legende, ja der gesamten Dichtung Kafkas)."

40_ Vgl. Ecker, Egon: Franz Kafka. Interpretation und didaktische Hinweise. Hollfeld 1981. S. 52. Auch vgl. Nagel, Bert: Franz Kafka. A. a. O., S. 219.

41_ Zimmermann, Werner: A. a. O., S. 211.

42_ Baumer, Franz: Franz Kafka. A. a. O., S. 90.

43_ Weinberg, Kurt: Kafkas Dichtungen. A. a. O., S. 134: "불확실성이 법이다Ungewißheit ist das Gesetz."

44_ Henel, Ingeborg. A. a. O., S. 52. Auch vgl. Nagel, Bert. A. a. O., S. 215.

45_ Nagel, Bert. A. a. O., S. 229.

46_ GW. Bd. 2. 《Der Prozeß》. S. 11: Sieh, Willem, er gibt zu, er erkenne das Gesetz nicht, und behauptet gleichzeitig schuldlos zu sein.

47_ 김광규 편(1978), 《카프카》, 문학과 지성사, 137쪽.

48_ GW. Bd. 2. 《Der Prozeß》. S, 18.

49_ Vgl. Nagel, Bert: Franz Kafka. A. a. O., S. 214.

50_ Vgl. GW. Bd. 2. 《Der Prozeß》. S. 121-144.

51_ A. a. O., S. 133: "Die abschließenden Entscheidungen des Gerichts werden nicht veröffentlicht, sie sind nicht einmal den Richtern zugänglich."

52_ Emrich, Wilhelm: Franz Kafka. 4. Auflage. Frankfurt a. M. 1957. S. 266.

53_ GW. Bd. 2. 《Der Prozeß》. S. 188.

54_ GW. Bd. 2. 《Der Prozeß》. S. 188.

55_ Zimmermann, Werner. A. a. O., S. 212.

56_ Vgl. Emrich, Wilhelm. A. a. O., S. 266.

57_ Vgl. Polizer, Heinz: Franz Kafka. Der Künstler. Frankfurt a. M. 1978. S. 270.

58_ Henel, Ingeborg: Türhüterlegende. A. a. O., S. 54.

59_ Vgl. Sokel, Walter: Franz Kafka. Tragik und Ironie. München-Wien 1964. S. 295.

60_ Ecker, Egon: Franz Kafka. A. a. O., S. 47. 《갤러리에서》의 여자 곡마사의 상황과 유사하다.

61_ GW. Bd. 6. 《Betrachtungen über Sünde, Leid, Hoffnung und den wahren Weg》. S. 30 u. 39-40.

62_ GW. Bd. 6. S. 32.

63_ Vgl. GW. Bd. 5. S. 107. 《귀향》

64_ Vgl. Ecker, Egon. A. a. O., S. 51f.

65_ Kafkas Briefe an Felice. Hrsg. v. Erich Heller u. Jürgen Born. Frankfurt a. M. 1976. S. 271. Auch Ryan Laurence: Zum leztenmal Psychologie! Zur psychologischen Deutbarkeit der Werke Franz Kafka. In: Psychologie in der Literaturwissenschaft. Heidelberg 1971. S. 171: "그는 오직 개인만을 알았다 Er kannte nur das Individiuum."

66_ Weinberg, Kurt: Kafkas Dichtungen. A. a. O., S. 134.

67_ GW. Bd. 4. 《Gespräche mit dem Beter》. S. 9-15.

68_ GW. Bd. 7. Tagebücher. S. 390. (28. 9. 1917)

69_ Vgl. Janouch, Gustab: Gespräche mit Kafka. Frankfurt a. M. 1951. S. 99. Und auch; Martini, Fritz: Franz Kafka. Das Schloss. In: Das Wagnis der Sprache. Stuttgart 1954. S. 295.

04 볼프강 보르헤르트: 고통 속에서 피어나는 희망의 이야기들

1_ Meyer-Marwitz, Bernhard: Biographisches Nachwort. In; Wolfgang Borchert: Das Gesamtwerk. Rowohlt Verlag. Hamburg 1949. S. 325. (이하 GW로 표기)

2_ 빌헬름 부슈Wilhelm Busch: 하노바 근교의 비덴잘에서 1832년 4월 15일에 태어나 메히츠하우젠에서 1908년 1월 9일에 사망했다. 화가, 도안가, 시인으로서 독성, 사이비 도덕, 잘못된 형식주의를 폭로한다. 그의 서정시와 산문은 쇼펜하우어의 영향을 받았다. 기계 세계에 빠진 19세기 후반의 시민사회와 소시민층의 혼란스러운 상태를 질탕한 유머와 신랄한 해학으로 비판했다. 장 파울이나 하이네의 유머와 같으며, 요한 네스트로이처럼 언어의 마술사이기도 했다.

3_ 〈마적Zauberflöte〉은 모차르트의 오페라이다. 2막으로 구성된 대규모 오페라로 모차르트가 죽기 10일 전에, 1791년 9월 30일에 빈에서 초연되었다.

4_ Vgl. Burgess, Gordon J. A.: Wolfgang Borchert. Person und Werk. Hamburger Bibliographien Bd. 24. Hamburg 1985. S. 22 u. 25. Und auch vgl. Rühmkorf, Peter: Wolfgang Borchert in Selbstzeugnissen und Bilddokumenten. A. a. O., S. 169-171.

5_ Hier zitert nach Burgess, Gordon J. A.: A. a. O., S. 25.

6_ Eckermann, Johann Peter: Gespräche mit Goethe in letzten Jahren seines Lebens 1823-1832. Berlin 1962. S. 528. (17. 2. 1830)

7_ Vgl. Zimmermann, Werner: Deutsche Prosadichtungen unseres Jahrhunderts. Interpretationen Teil 2. Düsseldorf 1969. S. 58.

8_ Vgl. Hischenauer, Rupert: An diesem Dienstag. In: Interpretationen zu Wolfgang Borchert. Oldenbourg Verl. München 1962. 9. Aufl. 1976. S. 58.

9_ Vgl. Hischenauer, Rupert: An diesem Dienstag. A. a. O., S. 57.

10_ Meyer-Marwitz, Bernhard: Biographisches Nachwort. In: GW. 345.

11_ Vgl. Hischenauer, Rupert: An diesem Dienstag. A. a. O., S. 65.

12_ Ebd. S. 69.

13_ Unseld, Siegfried: An diesem Dienstag. Unvorgreifliche Gedanken über die Kurzgeschichte. Akzente, 2. Jg. 1955. S. 146.

14_ Böll, Heinrich: Der Schrei Wolfgang Borcherts. Moderna Spork, Stockholm 1957. S. 20.

15_ Vgl. Thalheim, Hans-Günther(Vorsitzender der Hersg.): Geschichte der deutschen Literatur. Berlin 1977. Bd. 11. S. 132.

16_ 조창섭(2000),《볼프강 보르헤르트의 삶과 문학》, 서울대학교출판부, 307쪽.

17_ 〈요한복음〉 1장 4-5 참조. "빛은 어둠 속에 비치고 있다."

18_ Vgl. Weber, Albrecht: Die drei dunklen Könige. In: Interpretationen zu Wolfgang Borchert. verfaßt von einem Arbeitskreis. 9. Auflg. Müchen 1976. S. 106.

19_ 조창섭(2000), 《볼프강 보르헤르트의 삶과 문학》, 서울대학교출판부, 310쪽.

20_ Borchert, Wolfgang: GW. S. 59-61.

21_ Borchert, Wolfgang: GW. S. 60f.

22_ Hier zitiert nach Rühmkorf, Peter. A. a. O., S. 159.

23_ Vgl. Zimmermann, Werner: Deutsche Prosadichtungen unseres Jahrhunderts. A. a. O., S. 62f.

24_ 1) 두 다리는 상당히 굽어진 모습으로 그 앞에 서 있어서, 그는 그 사이로 내다볼 수 있었다. 2) 위르겐은 눈을 깜박이면서 그 남자의 다리 사이를 통해 태양을 바라보면서 말했다. 3) 그리고 그는 그 남자의 다리를 통해 바라보았다. 4) 위르겐은 굽어진 다리를 올려다보았다. 5) 굽어진 다리의 남자가 한 걸음 뒤로 다가왔다. 6) 그는 나직하게 말했고 굽어진 다리를 쳐다보았다. 7) 그는 굽어진 다리로 태양을 향해 서둘러 갔다. 8) 위르겐은 태양이 다리 사이를 통해 비치는 것을 볼 수 있었다.

25_ Vgl. Christmann, Helmut. Nachts schlafen die Ratten doch. In: Interpretationen zu Wolfgang Borchert. verfaßt von einem Arbeitskreis. 9. Auflg. Müchen 1976. S. 79.

26_ Ebd. S. 81.

27_ Borchert, Wolfgang; GW.《문밖에서》. S. 158.

05 베르톨트 브레히트: 인간과 사회를 위한 투쟁으로서의 문학

1_ Bertolt Brecht: Gesammelte Werke in 20 Bde. Suhrkamp Verl. Frankfurt am M. 1967. Bd. 8. S. 256-259. (이후 GW. Bd. 1-20으로 표기)

2_ Vgl. Knopf, Janf: Brecht. Handbuch in 2 Bde. Theater, Stuttgart 1986. S. 412. (이후 Brecht. Handbuch in 2 Bde. Bd. 1-2로 표기)

3_ Vgl. Müller, Klaus-Detlef (Hrsg): Bertolt Brecht. Epoche-Werk-Wirkung. 1985. S. 114f.

4_ Schumacher, Ernst: Die dramatischen Versuche Bertolt Brechts. 1918-1933. Berlin 1955. S. 238.

5_ Vgl. Schumacher, Emst. A. a. O., S. 340f.

6_ 이창복(2011), 《문학과 음악의 황홀한 만남》, 김영사, 536-562쪽.

7_ 키로스Kyros: 고대 페르시아 왕국의 시조(BC 529년에 사망), 캄비세스의 아버지이고 소아시아 국가들과 바빌론을 BC 539년에 정복했다.

8_ 캄비세스Kambyses: 페르시아의 대왕으로 BC 522년에 사망했다. BC 525년에 이집트와 리비아를 정복했다.

9_ 아르탁세륵세스Artaxerxes: 이집트와 그리스를 침략하고 해방시킨 페르시아의 왕들.

10_ 에리히 루덴도르프Erich Ludendorff: 제1차 세계대전 당시에 프로이센 출신의 장군으로 히틀러에 동조했고, 초국가 세력인 프리메이슨 회원들, 예수회원들 마르크스주의자들의 제거를 위해 투쟁했다.

11_ 아틸라Attila: 5세기 흉노족의 왕으로 헝가리를 중심으로 동으로는 카우카수스와 서로는 라인강에 이르는 방대한 나라를 다스렸다. 452년에 이탈리아를 공격했으나 로마 앞에서 돌아왔고, 그 후 곧 결혼식 날 저녁에 사망했다. 크림힐트 전설의 기원이 되었다. 그의 나라는 멸망했으나 전설과 노래에서 오랫동안 전해지고 있다.

12_ 포아뤼: 제1차 세계대전 당시 프랑스 병사의 별명이다.

13_ Vgl. Brecht, Bertolt: Werke. Große kommentierte Berliner und Frankfurter Ausgabe. Hg. v. Werner Hecht u. a., in 30 Bde. Fruankfurt a. M. 1960~2000. Bd. 18. S. 634. (이후 GBFA로 표기) Auch vgl. Knopf, Jan (Hrsg.) Brecht Handbuch in fünf Bänden. Bd. 3. Prosa, Filme, Drehbücher. Stuttgart, Weimar 2002. S. 273. (Brecht Handbuch in 5Bde. Bd. 1-5로 표기)

14_ Ebd.

15_ Benjamin, Walter: Gesammelte Schriften. Bd. I-V. 1. Aufg. Frankfurt a. M. 1977. Bd. III. S. 637.

16_ Vgl. Hasselbach, Karlheinz (Interpretiert v.): Bertolt Brecht. Kalendergeschichten. Oldenbourg Interpretationen. München 1990. S. 56.

17_ Brecht, Bertolt: GW. Bd. 11. S. 288.

18_ A. a. O., S. 296.

19_ Knopf, Jan: Brecht Handbuch. Lyrik, Prosa, Schriften. Stuttgart 1984. S. 304.

20_ Hasselbach, Karlheinz (Interpretiert v.): Bertolt Brecht. A. a. O., S. 57.

21_ Vgl. Knopf, Jan (Hrsg.) Brecht Handbuch in 5 Bde. Bd. 3. S. 275. Auch vgl. Wagner, Frank Dietrich: Bertolt Brecht. Kritik des Faschismus. Opladen 1989. S. 171f. u. 212f.

22_ Knopf, Jan: Geschichten zur Geschichte. Kritische Tradition des Volkstümlichen in den Kalendergeschichten Hebels und Brechts. Stuttgart 1973. S. 260.

23_ Vgl. Minder, Robert: "Hölderlin unter den Deutschen." und andere Aufsätze zur deutschen Literatur. Frnakfurt a. M. 1968. Darin: Brecht und die wiedergefundene

Großmutter. S. 67.

24_ Müller-Sauer, Michael: Brecht in der Schule. Beiträge zu einer Rezeptionsgeschichte Brechts (1949-1980). Stuttgart 1984. S. 336f.

25_ Vgl. Knopf, Jan (Hrsg.) Brecht Handbuch in 5 Bde. A. a. O., Bd. 3. S. 356. Und auch vgl. Köpf, Gerhard: "und drinnen waltet die züchtige Hausfrau?" Anmerkungen zu Norm und Sympathie in Brechts Kalendergeschichte "Die unwürdige Greisin." In: Literatur für Leser (1979). S. 136.

26_ Hasselbach, Karlheinz (Interpretiert v.): Bertolt Brecht. Kalendergeschichten. A. a. O., S. 66.

27_ Vgl. Knopf, Jan: Geschichten zur Geschichte. A. a. O., S. 118.

28_ Müller, Klaus-Detlef: Brecht-Kommentar zur erzählenden Prosa. München 1980. S. 338. Auch vgl. Knopf, Jan: Brecht Handbuch. A. a. O., S. 310.

29_ Vgl. Minder, Robert: "Hölderlin unter den Deutschen." und andere Aufsätze zur deutschen Literatur. Frnakfurt a. M. 1968. Darin: Brecht und die wiedergefundene Großmutter." S. 67f.

30_ Vgl. Knopf, Jan: Geschichten zur Geschichte. A. a. O., S. 301.

31_ Vgl. Linnenborn, Helmut: 《Die unwürdige Greisin》. In: DU. 10 (1958), H. 6. S. 101.

32_ Vgl. Brecht, Bertolt: GW. Bd. 19. S. 531.

33_ Vgl. Linnenborn, Helmut: 《Die unwürdige Greisin》. A. a. O., S. 103.

34_ 이 가극은 알프레드 포르케에 의해 1927년에 라이프치히에서 독일어로 번역되었다.

35_ Vgl. Knopf, Jan: Brecht Handbuch. Lyrik, Prosa, Schriften. A. a. O., S. 306.

36_ Weber, Albrecht: Bert Brechts "Kreidekreis" und Augusburg. In: Ders. (Hg.): Handbuch der Literatur in Bayern. Regensburg 1987. S. 531. Vgl. auch Knopf, Jan (Hrsg.): Brecht Handbuch in 5 Bde. A. a. O., Bd. 3. S. 366.

37_ Vgl. Thröming, Jürgen C: Kontextfragen und Rezeptionsbedingungen bei Brechts frühen Geschichten und Kalendergeschichten. In: Arnold, Heinz Ludwig (Hg.): Text+Kritik. München 1973. S. 95. Und auch vgl. Knopf, Jan (Hrsg.): Brecht Handbuch in 5 Bde. A. a. O., Bd. 3. S. 366.

38_ Vgl. Müller, Klaus-Detlef; Brecht-Kommentar zur erzählerischen Prosa. München 1980. S. 340.

39_ Brecht, Bertolt: GW. Bd. 5. S. 2025.

40_ Ebd.

41_ Vgl. Schwimmer, Helmut: Bertolt Brecht. Kalendergeschichten. München 1967. S. 43.

42_ Klotz, Volker: Bertolt Brecht, Versuch über das Werk. Darmstadt 1957. S. 25.

43_ Vgl. Schwimmer, Helmut: Bertolt Brecht. A. a. O., S. 202.

44_ Vgl. Hermann Pongs: Die Anekdote als Kunstform zwischen Kalendergeschichte und Kurzgeschichte. In: Der Deutschunterricht 9. 1957. H. 1. S. 18f. Auch vgl. Knopf, Jan: Geschichten zur Geschichte. A. a. O., S. 209 u. 316. Anm. 34. 여기서 언급된 "피는 물보다 진하지 않다"라는 부정은 한 단계 더 심화되어 표현될 수 있다. 즉 피는 인간애보다 진하지 않다는 이론이다.

45_ Vgl. Zimmermann, Werner: Der Augsburger Kreidekreis-Lehrstück oder Dichtung? In: DU 10. 1958. H. 6. S. 92.

46_ Payrhuber, Franz-Josef: Bertold Brecht. Der Augsburger Kreidekreis. In: Lehmann, Jakob: Deutsche Novellen von Goethe bis Walser. Bd. 2. Königstein 1980. S. 188.

06 하인리히 뵐: 진정한 인간화를 위한 문학과 예술

1_ Mayer, Hans: Zur deutschen Literatur der Zeit. Reinbeck bei Hamburg 1967. S. 312.

2_ Wagner, Frank: "Der Kritische Realist Heinrich Böll." In: Zeitschrift für deutsche Literaturgeschichte 1. 1961. S. 99.

3_ Reich-Ranicki, Marcel: Deutsche Literatur in West und Ost. Stuttgart 1983. S. 144f.

4_ Vgl. Balzer, Bernd: Anarchie und Zärtlichkeit. In: Heinrich Böll Werke. Romane und Erzählungen 1. Hrg. v. Bernd Balzer. Köln 1977. S. 16.

5_ Vgl. Wirth, Günther: Heinrich Böll. Essayistische Studie über religiöse und gesellschaftliche Motive im Prosawerk des Dichters. Berlin 1967. S. 40.

6_ Vgl Minger. Karl: Heinrich Böll. In: Deutsche Literatur seit 1945 in Einzel-darstellungen. Hrg. v. Dietrich Weber. Stuttgart 1970. S. 290.

7_ Böll, Heinrich: Heinrich Böll Werke. Essayistische Schrften und Reden. II. Hrg. v. Bernd Balzer. Köln 1972. S. 46.

8_ Böll, Heinrich: Heinrich Böll Werke. Interviews 1. Hrg. v. Bernd Balzer. Köln 1967. S. 68.

9_ 이 소설은 1997년에 번역되어 출간되었다. 하인리히 뵐(1997), 《카타리나 블룸의 잃어버린 명예》, 이창복 옮김, 사랑의 학교.

10_ Zimmermann, Werner: Deutsche Prosadichtungen unseres Jahrhunderts. Interpretationen. Teil 2. Düsseldorf 1974. S. 67.

11_ Reich-Ranicki, Marcel (Hrg): In Sachen Böll. Ansichten und Einsichten. Köln 1968. Und auch Zimmernann, Werner: A. a. O., S. 67.

12_ Böll, Heinrich: Heinrich Böll Werke. Essayistische Schrften und Reden. II. Hrg. v. Bernd Balzer. Köln 1972. S. 37.

13_ Böll, Heinrich: Heinrich Böll Werke. Hörspiel. Theaterstücke, Drehbücher. Gedichte. 1, Hrg. v. Bernd Balzer. Köln 1977. S. 525.

14_ Böll, Heinrich: Heinrich Böll Werke. Essayistische Schrften und Reden. III. A. a. O., S. 24.

15_ 허민호(1997),《하인리히 뵐 연구》, 세종, 21쪽.

16_ Böll, Heinrich: Heinrich Böll Werke. Interviews 1. Hrg. v. Bernd Balzer. Köln 1967. S. 67.

17_ Ebd. S. 13.

18_ Vgl. Mayer, Hans.: Zur deutschen Literatur der Zeit. Reinbeck bei Hamburg 1967. S. 313.

19_ Benn, Marice: Heinrich Bölls Kurzgeschichten. In: Böll Untersuchungen zum Werk. Hrg. v. Manfred Jurgesen. Bern und München 1975. S. 171f.

20_ Vgl. Böll, Heinrich: Das Heinrich Böll Lesebuch. (Hrsg. v Viktor Böll). München 1982. 《자기비판Selbstkritik》. S. 126.

21_ Vgl. Sowinski, Bernhard; An der Brücke (Die ungezählte Geliebte). In; Oldenbourg. Interpretation. Heinrich Böll. München 1988. S. 65.

22_ 네덜란드의 역사학자 요한 호이징가Johan Huizinga가 제창한 '호모 루덴스Homo ludens'의 개념과 일치한다. 인간이 다른 동물과 다른 본질은 놀이를 하는 데 있다. 자유로운 상상력으로 노동을 정신적 유희로 즐길 수 있다는 뜻이다. '호모 파베르Homo faber'와 반대되는 개념이다.

23_ Böll, Heinrich: Das Heinrich Böll Lesebuch. Hrg. v. Viktor Böll. München 1982. S. 446.

24_ Vgl. Stückrath, Jörn: Heinrich Böll. Die Waage der Baleks. Der IGS Stierstadt gewidmet. In: Jakob Lehmann (Hrsg.): Deutsche Novellen von Goethe bis Walser. Königstein 1980. Bd. 2. S. 247. Und auch Sowinski, Bernhard: Die Waage der Baleks. In: Oldenburg Interpretationen mit Unterrichtshilfen. Heinrich Böll. Kurzgeschichten. München 1988. S. 93.

25_ Vgl. Schulz, Berhard: Der literarische Unterricht in der Volksschule. Eine Lesekunde in Beispielen. Bd. II. Düsseldorf o. J. S. 35. Und Vgl. Reich-Ranicki, Marcel: In Sachen Böll. Ansichten und Einsichten. 2. Aufl. Köln u. Berlin. S. 226.

26_ Frank, Brigitte: Die Waage der Baleks. Interpretationen zu Heinrich Böll.

Kurzgeschichten II. München 1965. S. 59.

27_ Frank, Brigitte. Die Waage der Baleks. A. a. O. S. 62.

28_ Vgl. Frank, Brigitte. A. a. O., S. 61. Und auch Vgl. Stückrath, Jörn: Heinrich Böll. A. a. O., S. 249.

29_ Vgl. Cases, Cesare: Die Waage der Baleks, dreimal gelesen. A. a. O., S. 227f.

30_ Vgl. Stückrath, Jörn. Heinrich Böll. A. a. O., S. 246. 왕정에 반대하여 보통선거를 요구하는 서민집회의 탄압을 계기로 1848년 2월 22일에 프랑스에서 서민이 봉기했다. 국왕 루이 필리프는 망명하고 제2공화정이 설립되었으며, 이를 계기로 온 유럽에 자유주의 혁명운동이 널리 파급되었다. 1917년 3월 10일에 러시아에서 일어난 혁명은 전제정치가 끝나고 공화정이 시작되게 했다.

31_ Sückrath, Jörn: Heinrich Böll. Die Waage der Baleks. A. a. O., 2. S. 239:《발레크 가의 저울》에서의 유혈사태에 대한 해설은 다양한 시각에서 이루어졌다. 대체적으로 마을 주민들을 옹호하고 발레크 가를 반대하여 권력자들에 대한 사회비판적 의미로 이루어졌으나, 이와 반대로 발레크 가를 변호하는 해설을 시도한 연구도 있다. 그 극단적인 예로 미국의 독문학자인 존 페처의 해석을 들 수 있다. 그는 발레크 가가 개인적인 잘못이 없으며, 오히려 12세의 프란츠 브뤼허를 선동자, 유혹자, 민중 사주자로서 비판적으로 묘사했다(Fetzer, John: The Scales of Justice: Comments on Heinrich Böll's Die Waage der Baleks. In: German Quaterly 45. (1972), S. 478). 비록 페처처럼 극단적이진 않지만 베르하르트 슐츠는 마을 주민들의 행동을 문제시한다. 밀렵군 포올라의 '친입과 도둑질'을 통해 그들은 유혈 사건에 공범이 된다고 주장한다. 반대로 그는 발레크 가의 속임이 고의적인 것이 아니기 때문에 비난할 수 없으며, 또한 깊은 생각 없이 사회적·정치적 상황을 개선하려는 자는 불행을 불러일으키기 쉽기 때문에 개혁에 신중함과 냉정함을 잃어서는 안 된다고 주장했다(Schulz, Berhard: Der literarische Unterricht in der Volksschule. Eine Lesekunde in Beispielen. Bd. II. Düsseldorf o. J. S. 28-42).

32_ Frank, Brigitte: Die Waage der Baleks. A. a. O., S. 64.

33_ Thiemermann, Franz-Josef: Kurzgeschichten im Deutschunterricht. Texte-Interpretationen - Methodische Hinweise. 12. Aufl. Bochum 1977. S. 105. Und auch vgl. Stückrath, Jörn: Heinrich Böll. A. a. O., S. 240.

34_ 예수는 제사장, 율법학자, 지도자들로 구성된 고대 예루살렘의 유대인 최고 협의체인 지네드리온Synedrion에 의해서 그리고 빌라도Pilatus(《누가복음》 23장 7절 이하 참조. 그는 세 번이나 예수의 죄를 부인했으나 대사제들과 지도자들과 백성들의 반대로 예수에게 사형을 언도했다)에 의해서 사형된다.

35_ Vgl. Thiemermann, Franz-Josef. A. a. O., S. 105. Und auch Vgl. Stückrath Jörn:

미주

Heinrich Böll. Die Waage der Baleks. A. a. O., S. 240.

36_ Vgl. Helmers, Hermann. A. a. O., S. 112f. Und auch vgl. Frank, Brigitte: Die Waage der Baleks. A. a. O., S. 65.

37_ Vgl. Böll, Heinrich: Heinrich Böll Werke. Essayistische Schrften und Reden. II. A, a, O., S. 408

07 하이너 뮐러: 폭력의 역사와 파괴로 살펴보는 경악의 연극 미학

1_ Schulz, Genia: Heiner Müller. Stuttgart 1980. S. 15.

2_ Wittstock, Uwe: Der Mensch ist keine Maschine. Heiner Müllers Theater der Revolution. In: Ders: Von der Stalinallee zum Prenzlauerberg. Wege der DDR-Literatur 1949-1989. München 1989. S. 63.

3_ Schulz, Genia: Abschied von Morgen, Zu den Frauengestalten im Werk Heiner Mülers. In: Heiner Müller. Text+Kritik 73. München 1982. S. 59.

4_ Heiner Müller: Gesammelte Irrtümer. Interviews und Gespräche. Frankfurt a. M. 1986. S. 78.

5_ A. a. O., S. 102.

6_ Heiner Müller: Texte. 11 Bände. Rotbuch. Berlin 1974-1989. 《Mauser》. Berlin 1983. S. 68. (이하 Text. Bd. 1-Bd. 11로 표기)

7_ 김명찬(1996), 〈몽타즈의 미학〉, 서울대학교, 10쪽.

8_ Wendt, Ernst: Moderne Dramaturgie. Frankfurt a. M. 1974. S. 62.

9_ Schulz, Genia: Heiner Müller. Stuttgart 1980. S. 11.

10_ Vgl. Heiner Müller: Text. Bd. 4. 《Theater-Arbeit》. Berlin 1975. S. 125. "파시즘이라는 테마는 당면문제이며 그것이 우리의 생애에 남아 있게 될 것이 두렵다."

11_ Schulz, Genia. A. a. O., S. 11.

12_ Ebd.

13_ Vgl. Heiner Müller: Gesammelte Irrtümer. Interviews und Gespräche. Frankfurt a. M. 1986. S. 72: "서유럽에 역사는 더 이상 존재하지 않는다. (…) 서방에서 진보는 존재할 수 없다. 문제는 간단하다. 우리가 가지고 있는 것을 어떻게 지키고 잃어버리지 않을까 하는 것이다. 이것이 서방의 유일한 일이다."

14_ Seibel, Wolfgang: Die Formenwelt der Fertigteile. Künstlerische Montagetechnik und ihre Anwendung im Drama, Diss., Würzburg 1988. S. 196.

15_ Heiner Müller: Gesammelte Irrtümer 2. Interviews und Gespräche. Frankfurt a. M. 1990. S. 103.

16_ A. a. O., S. 71.

17_ A. a. O., S. 86.

18_ Eckardt, Thomas: Der Herold der Toten. Geschichte und Politik bei Heiner Müller. Diss., Frankfurt a. M. 1992. S. 20.

19_ Heiner Müller: Ich bin ein Neger. Diskussion mit Heiner Müller. Darmstadt 1986. S. 21.

20_ Heiner Müller: Gesammelte Irrtümer 2. A. a. O., S. 154.

21_ Heiner Müller: Gesammelte Irrtümer. A. a. O., S. 84.

22_ Keller, Andreas: Drama und Dramaturgie Heiner Müllers zwischen 1956 und 1988. Diss., Frankfurt a. M. 1992. S. 255.

23_ Vgl. Eke, Norbert Otto: Heienr Müller. Apokalypse und Utopie. Paderborn 1989. S. 67. 그는 뮐러의 연극을 '회상 작업의 의미에서 지나간 것(역사)에 대해 말하기'로 보았다.

24_ Vgl. Heiner Müller: Rotwelsch. Berlin 1982. S. 153. "환멸에서 벗어나는 길은 도피가 아니라 환멸에 대한 작업이다."

25_ Vgl. Heiner Müller: Gesammelte Irrtümer 2. A. a. O., S. 56. "두려움과의 대결을 통한 두려움의 극복."

26_ A. a. O., S. 23.

27_ Heiner Müller: Gesammelte Irrtümer. A. a. O., S. 186.

28_ Heiner Müller: Mühlheimer Rede. In: Theater heute, H. 9. 1979. S. 14.

29_ Vgl. Heiner Müller: Gesammelte Irrtümer 3. Interviews und Gespräche. Frankfurt a. M. 1994. S. 157: "조화로운 세계에서는 글을 쓸 필요가 없다. (…) 언젠가는 더 이상 예술이 필요하지 않은 사회가 존재할지도 모른다."

30_ A. a. O., S. 88.

31_ Vgl. Raddatz, Frank-Michael: Dämonen unterm Roten Stern. Zu Geschichts-philosophie und Ästhetik Heiner Müllers. Stuttgart 1991. S. 67.

32_ Heiner Müller: Gesammelte Irrtümer 3. Texte und Gespräche. Frankfurt. a. M. 1994. Und Zur Lage der Nation. Berlin 1990. S. 154.

33_ Vgl. Durzack, Manfred: Die deutsche Kurzgeschichte der Gegenwart. Reclam. Stuttgart 1980. S. 347.

34_ Knopf, Jan: Brecht Handbuch. Theater. Stuttgart 1980. S. 418.

35_ Vgl. Durzack, Manfred. A. a. O. S. 348.

36_ Heiner Müller: Text Bd. 1. Geschichten aus der Produktion 1. Berlin 1974. S. 9.

미주

37_ Heiner Müller: Text Bd. 5.《Germania Tod in Berlin》. Berlin 1975. S. 20.

38_ A. a. O., S. 24.

39_ Heiner Müller: Krieg ohne Schlacht. Leben in zwei Diktaturen. Köln 1992. S. 24.

40_ Heiner Müller: Text Bd. 5.《Germania Tod in Berlin》. Berlin 1975. S. 26.

41_ Buck, Theo: Heiner Müller. In: Kritisches Lexikon zur deutschsprachigen Gegenwartsliteratur. Hrsg. v. Heinz Ludwig Arnold. Göttingen 1978. S. 5.

42_ Heiner Müller: Text Bd. 6.《Mauser》. Berlin 1983. S. 68.

43_ Heiner Müller: Text Bd. 6.《Mauser》. Berlin 1983. S. 91.

44_ A. a. O., S. 97.

45_ Heiner Müller: Text Bd. 2.《Geschichten aus der Produktion 2》. Berlin 1974. S. 79. 혁명가로 변신한 다샤는 그녀와의 동침을 요구하는 남편 글레브, 러시아 장교, 혁명 동지 바딘을 모두 '동물'이라 불렀다: 다샤는 "글레브, 당신들은 모두 짐승들이오." 그리고 "그가(러시아 장교) 벽 옆에 섰을 때 그는 울었어요. 그가 누구를 아쉬워했는지 당신은 알고 싶으시죠. 그의 숲 속에서 살고 있는 늑대들이죠. 늑대들은 겨울에 여러 번 마을로 내려와 한 농부를 갈기갈기 찢어버렸죠. 그는 스스로 늑대라고 말했고, 그가 죽을 때까지 그의 늑대들을 위해 흐느껴 울었어요."

46_ Heiner Müller: Text Bd. 5.《Germania Tod in Berlin》. Berlin 1977. S. 21.

47_ Heiner Müller: Krieg ohne Schlacht. S. 40.

48_ Heiner Müller: Krieg ohne Schlacht. Leben in zwei Diktaturen. Köln 1992. S. 295.

49_ Vgl. Heiner Müller: Gesammelte Irrtümer. A. a. O., S. 23.

50_ Heiner Müller: Text Bd. 6.《Mauser》. Berlin 1983. S. 91f.

51_ Heiner Müller: Text Bd. 3.《Die Umsiedlerin oder das Leben auf dem Lande》. Berlin 1975. S. 17.

52_ Schulz, Genia: Abschied von Morgen. Zu den Frauengestalten im Werk Heiner Mülers. In: Heiner Müller. Text+Kritik 73. München 1982. S. 63.

53_ Ebd.

54_ Genia Schulz: Medea. Zu einem Mortiv im Werk Heiner Müllers. In: Renate Bergen, Jage Stephan (Hrsg.): Weiblichkeit und Tod in der Literatur. Köln/Witu 1987. S. 249.

55_ Heiner Müller: Text Bd. 4.《Theater-Arbeit》. Berlin 1975. S. 126.

56_ 에리히 프롬(2002),《소유냐 존재냐》, 차경아 옮김, 까치, 197쪽.

57_ Herzinger, Richard: Masken der Lebensrevolution. Vitalistische Zivilisations- und Humanismuskritik in den Texten Heiner Müllers. München 1992. S. 186.

58_ Vassen, Florian: Der Tod des Körpers in der Geschichte. Tod, Sexualität und Arbeit bei Heiner Müller. In: Heinz Ludwig Arnold (Hrsg.), Text+Kritik, Heft 73. München 1982. S. 53.

59_ Heiner Müller: Gesammelte Irrtümer 3. Texte und Gespräche. Frankfurt a. M. 1994. S. 157.

에필로그

1_ Vgl. Emrich, Wilhelm: Das Problem der Wertung und Rangordnung der literarischen Werke. In: Archiv für das Studium der neueren Sprachen 200(1962), S. 81ff.

2_ Vgl. Krauss, Werner: Grundproblem der Literatuwissenschaft. Reinbeck bei Hamburg 1968. S. 24.

3_ Vgl. Wiese, Benno von: Geschichte oder Interpretation? In: Die Wissenschaft von deutscher Sprache und Dichtung. Festschrift für Friedrich Maurer. Stuttgart 1963. S. 245.

4_ Vgl. Krauss, Werner, a. a. O., S. 19.

5_ Hesse, Hermann: Gesammelte Werke in 12 Bde. Suhrkamp Verlag. Frankfurt a. M. 1970. Bd. 5. S. 163: "그러나 이따금 열쇠를 찾아내어 완전히 내(주인공 싱클레어) 자신 속으로 내려가면, 그곳 어두운 거울 속에서 운명의 영상들이 잠들어 있는 곳으로 내려가면, 난 검은 거울 위로 몸을 굽히기만 하면 된다. 그러면 나는 내 친구이자 인도자인 그와 완전히 닮은 내 모습을 본다."

6_ Vgl. Müller-Seidel, Walter: Probleme der literarische Wertung. Über die Wissenschaftlichkeit eines unwissenschaftlichen Themas. Stuttgart. 1965. S. 155.

7_ Hebel, Johann Peter: Poetische Werke. A. a. o., S. 263. " (⋯) ein wohlgezogener Kalender soll sein ein Spiegel der Welt."

8_ 니체전집(2001-2005), 제8권《인간적인 너무나 인간적인 2》, 김미기 옮김, 책세상, 여러 가지 잠언 137절.

9_ Vgl. Gustab Janouch; Gespräche mit Kafka. Frankfurt a. M. 1951, S. 99.

10_ Franz Kafka. Briefe 1902-1924. Fischer Taschenbuch Verlag. Frankfurt a. M. 1975. S. 27-28. Brief an Oskar Pollak am 27. 1. 1904.

작품명

고통의 해석